拂灯

完结篇

布丁琉璃 著

上册

青岛出版集团 | 青岛出版社

图书在版编目（CIP）数据

拂灯 ： 完结篇 / 布丁琉璃著. -- 青岛 ： 青岛出版社, 2024. -- ISBN 978-7-5736-2577-9

Ⅰ. I247.5

中国国家版本馆CIP数据核字第2024A9C810号

书　　名	FUDENG：WANJIE PIAN **拂灯：完结篇**
作　　者	布丁琉璃
出版发行	青岛出版社（青岛市崂山区海尔路182号）
本社网址	http://www.qdpub.com
邮购电话	18613853563
责任编辑	郭红霞
特约编辑	杨婉莹
校　　对	郭金乔
装帧设计	千　千
照　　排	梁　霞
印　　刷	三河市良远印务有限公司
出版日期	2024年10月第1版　2024年10月第1次印刷
开　　本	16开（640mm×920mm）
印　　张	33
字　　数	491千
书　　号	ISBN 978-7-5736-2577-9
定　　价	65.00元（全2册）

编校印装质量、盗版监督服务电话 4006532017 0532-68068050

拂灯
完结篇

目录

上册

目录 下册

第一章
人心博弈

一

才入东宫，赵嫣就见一道轻快的鹅黄色身影朝自己扑了过来。那人脆生生地唤道：“太子哥哥！”

赵嫣眼皮抽了抽，心道：真是不是冤家不聚头，我倒忘了还有霍蓁蓁这个黏人精。

“长乐郡主。”

“太子哥哥唤什么长乐郡主？你叫我蓁蓁就可以了。”霍蓁蓁笑着，颈部的璎珞项圈“丁零”作响，“方才经筵后我就未见你，你去哪儿了？”

“孤去坤宁宫拜见母后了。”赵嫣说着便走进了殿里，见霍蓁蓁也跟进来，就不动声色地暗示道，“姑母何时返回封地？时日定了吗？”

霍蓁蓁果然撇了撇嘴，怏怏地道：“下个月，秦岁首之后。”

黏人精终于要走，赵嫣强忍着翘起的嘴角，刚想装模作样地惋惜一声，便听见霍蓁蓁抛出了一个石破天惊的话题。

“不过回封地之前，我大概还得去一趟华阳行宫。母亲说，我都好些年没有见过皇外祖母了，她老人家今年身子不好，我得去尽一尽孝心。”说到此，霍蓁蓁又神气起来，叉着小腰挺胸道，“我还要顺便去看一看赵嫣！她在华阳行宫这些年还不知沦落到何等地步，我定要对着她从头到脚地好生嘲笑一番！”

“咳咳……”

“太子哥哥，你怎么了？是不是旧疾复发了，脸色怎么这般奇怪？”

赵嫣摆了摆手，摁着心口半晌，最终挤出了一抹假笑：“要不郡主还是在京城多留些时日吧。年关的烟火和上元节的花灯皆为京中的胜景，错过了可惜，郡主过完年再走也不迟。”

“真的？”霍蓁蓁眼睛一亮，笑吟吟地凑上来问，“那太子哥哥会陪我一同看烟火和花灯吗？”

“嗯……自然。”赵嫣心虚地抿了一口茶，“叫上颍川小王孙和裴飒。”

“好！”霍蓁蓁丝毫没觉得这些人碍事，反而觉得人多热闹，当即抱着赵嫣纤细的胳膊道，“太子哥哥，你最好了！”

察觉到少女毫无顾忌地贴上来的柔软的身躯，赵嫣在心中道了一声“罪过”，正欲将胳膊抽出来，就瞥见殿门外冷不防地站着一个人。

“太傅？”赵嫣一愣，下意识地坐直了身子。

闻人蔺负手踱步进来，目光从霍蓁蓁挽着赵嫣的手上扫过，温文尔雅地颔首道：“本王来辅佐太子殿下夜读，还请郡主回避。”

霍蓁蓁“啊”了一声，问赵嫣：“太子哥哥夜里还要读书吗？”

赵嫣偶尔读，不过那些书……

赵嫣没敢抬眼直视霍蓁蓁，只随意地“嗯”了一声，然后开始装模作样地研墨、铺纸。

“好吧，真辛苦。”霍蓁蓁松了手，起身道，“那我先回去商议留京之事，就不打扰你们了。”

说罢，霍蓁蓁便轻快地蹦跶着出门了。

一阵木料划过地砖的细微声音响起，闻人蔺拖了一把圈椅坐在了赵嫣对面，一只手抵着额角，另一只手随意地压着膝上的袖袍，藏住了袖袍里那一团隆起的东西。

他拿出审问的架势，温和地含着笑，道：“殿下要和谁看花灯来着？”

赵嫣沉默了。

闻人蔺接着问："颍川小王孙、裴飒……还有谁？"

他将名字一个一个地复述出来，每说一个名字，赵嫣的心就蓦地一跳。

"还有霍蓁蓁？"他佯装迟疑地道。

闻人蔺微眯着双眼，模样悠闲又危险。

赵嫣反倒笑了起来，抬起明媚澄澈的眼睛，用笔杆抵住下颌，轻声问："那太傅会陪我看花灯吗？"

闻人蔺原本只是想逗一逗赵嫣，毕竟看她脸上那各色灵动的神情是一件十分愉悦的事。可这回赵嫣显然没被他唬住，甚至大方地将他纳入未来的计划中，问他会不会陪自己一起看花灯。

闻人蔺从不设想未来，因为这对他毫无意义。可明知如此，他还是慢悠悠地算了一下时日——现在距离来年的上元节还有四个月。

时间倒也来得及。

赵嫣见他陷入沉思，一言不发，眼中的笑意凝滞了片刻，心道：莫不是自己这话又越界了？

赵嫣一时有些窘迫，正迟疑要不要岔开话题，便听闻人蔺声音低沉地道："本王尽力。"

赵嫣愣了愣，这才反应过来他这简单平和的四个字是对她方才的邀约的回答。

赵嫣的心间陡然一轻，她强忍住上扬的唇角，说："肃王翻手为云，覆手为雨，做什么都信手拈来，怎么与我看一场花灯还要尽力？这又非赴汤蹈火的难事，肃王连一句明白话也不给，真是好生勉强。"

闻人蔺听到她絮叨，眸中闪过极浅的笑意，屈指敲了敲膝盖，道："殿下莫要得了便宜还卖乖。诺不轻许，故我不负人。"

"诺不轻信，故人不负我。"赵嫣默契地接出下一句，用鼻尖碰了碰笔杆，低声道，"知道了。"

话音刚落，赵嫣就听到从闻人蔺的袖袍里传来了一声娇滴滴的"喵呜"，似在抗议，这才注意到闻人蔺质感极佳的宽大袖袍鼓着一块，里面的东西正不时地蠕动着。

“你将猫带来了？”赵嫣诧异地问道。

闻人蔺抬起了压住袖边的手，那团隆起的东西就一耸一耸的，继而从他的腕下探出了一颗毛发凌乱的小脑袋。

“雪奴！”赵嫣眼前一亮，连忙搁下笔，起身将猫抱过来。

闻到雪缎般丝滑的皮毛上还沾染着闻人蔺袖袍中的清淡冷香，赵嫣笑着道：“雪奴果然胖了不少。”

闻人蔺安静地看赵嫣抚摩着臂弯中的猫，指尖隐入柔顺的雪色猫毛中，一时分不清她的指尖和猫毛哪个更为莹白。

他说：“本王将它放在殿下这儿寄养两日，肉干与藤球也一并送过来了。”

赵嫣下意识地想问为何，刚抬首，才想起又到月初了。

鹤归阁和肃王府都不缺人，定能将雪奴伺候得舒舒服服的。闻人蔺专程来这一趟，或许本意不在于托付雪奴，而是借此由头向她知会一声，让她安心。

赵嫣垂下眼眸，压住那点儿想要刨根问底的渴望之意，低声道：“好。肉干一般什么时辰喂？”

“辰时、申时、睡前各一次，净水要备足。”闻人蔺慢条斯理地交代着注意事项，又补充道，“这小东西不甚老实，半夜时常作孽。若它打坏了东西，殿下尽管记在账上，本王翻倍赔偿。”

赵嫣单手抱着猫，正执笔将闻人蔺交代的东西记在纸上，听到最后一句，不由得笑出声来。

“好，我记着了。”像是突然想到了什么，她又垂下眼眸，捻着笔杆轻声道，“嗯……太傅也要保重身体。”

语毕，赵嫣方觉得此言有些刻意——她应该装作什么都不知道的。她低下头正懊恼着，便见面前落下了一片阴影。

闻人蔺抬起手，用温凉的指腹自然又缓慢地抚平了赵嫣蹙起的眉。

“殿下因何皱眉？本王还死不了。”他垂眸，脸上挂着笑，神情波澜不惊，一如既往的强悍莫测，“只是本王若不做一做样子，难免有人寝食难安。”

赵嫣似懂非懂，试图从他的只言片语中找出自己遗漏的信息。

闻人蔺不太满意她走神，将指腹往下移，按在她的唇畔，然后自然地换了一个话题：“殿下今夜想读什么书？”

赵嫣张了张唇，有些泄气地说：“还真要夜读啊？我听经筵日讲已经够累的了。”她又道，“今晚我要看别的东西，能否不念那些书了？”

闻人蔺望着她不自在地闪躲的眼神，意味不明地笑了一声。

他直起身子，瞥了一眼随行的小太监，小太监便将手中的提盒奉上，打开了盖子，从里面端出几碟精致的咸口点心以及一碗点缀着果干碎的花生酸酪。

上次赵嫣跟着闻人蔺尝了一碗花生酸酪，只觉得乳香开胃，绵密丝滑，可惜除非父皇赐食，否则即便是皇太子也不能随意地品尝御厨的手艺。皇城上下，只有肃王有这份殊荣。

许是因为闻人家满门英烈，而闻人蔺又强悍得恰到好处，父皇对他总是格外倚重些。

浓郁的乳香盖住了空气中那股淡淡的冰雪气息，赵嫣吸了吸鼻子，问道：“给我的？”

闻人蔺单手拎走那只试图抢食的猫，以眼神示意：不然呢？

赵嫣眼眸一弯，道了一声：“多谢太傅。”

正巧太子家令丞送来了整理好的账簿，赵嫣便一边拿着细细的银匙小口地舀食，一边翻查账簿。

雪奴好奇地绕着殿内转了一圈，打量够了，才蜷缩在赵嫣身边“呼呼”地睡去。

此时，殿内只剩烛花的“噼啪”声以及两个人间或翻页的声音。这种宁静的氛围令赵嫣沉迷，她不觉惬意地舒展了腿，从标准的太子跪坐的姿势换成了侧坐。

闻人蔺顺手拿了一份赵嫣写的经论翻看，单手执卷，另一只手搭在扶手上。他间或抬眼，见赵嫣时而蹙眉，时而正色，便放下经论凑近些，问道：“为何想起查账？”

赵嫣猝不及防地从惬意中回过神来，下意识地伸手捂住那些过于寒酸的账目，上唇还沾着一点儿花生酸酪。

“本王连殿下的底裤都见过了，还有什么不能见？”

闻人蔺的视线在赵嫣的唇上停留了半晌，然后他抬手慢慢地替她抹去了唇上的那点儿花生酸酪。恍惚间，赵嫣有一种被羽毛拂过的酥麻感。

闻人蔺的眸中浮现出一丝波澜，他说："何况，东宫的账册比殿下的底裤还干净。"

赵嫣一时耳热，想反驳，却又无从反驳。

"缺钱了？"闻人蔺一眼就看穿了她的窘迫之处。

赵嫣只得点头："我在清算东宫的产出，看看能否挤出一笔钱。"

"故太子要推行新政、减少宗室的支出，必然先从自己的头上动刀，怎么会留生财的余地？"闻人蔺将她捂在账簿上的手拿开，嗓音低沉地道，"不过，本王可以帮你。"

赵嫣讶然，随即摇着头道："我不要你施与。"

"帮和施与，意思大不相同。"闻人蔺耐心地纠正她，轻笑着道，"放心，本王还不至于砸钱来折辱殿下。"

闻人蔺记得雍王伏法后，其家财、田产全都被上缴国库了，用作填补祭祀法会和重建摘星观的空缺。不过雍王的几个拥趸还未被定罪，闻人蔺原想留着这几颗棋子，在必要时搅一搅浑水，既然小殿下需要，就将他们祭了吧，反正这天下已经够乱的了。

闻人蔺不由得愉悦起来：他难得做了一件不计回报的好事，就当是给小殿下的奖赏。

赵嫣还未看完账簿，便趴在几案上睡着了。再醒来时，她已躺在了里间的床上，身上的被子盖得齐整、严实。

月门外的烛台已燃尽，晨光熹微，闻人蔺的身影早已不见了。

直到当天下午，赵嫣才明白昨夜闻人蔺说的那句"本王可以帮你"是何意。

这次来的人是蔡田，他朝赵嫣抱拳，道："禀殿下，刘、江两家随雍王作乱，构陷东宫，罪不容诛。今将其抄家查办，所得资产的清单在此，依律交给太子殿下处置。"

"给孤？"

赵嫣将信将疑地接过蔡田递过来的清单，刚打开便见其上的小字密密麻麻的，整张清单竟有丈许长。李浮和另一个小太监不得不躬身上前，替赵嫣托起垂落的纸。

“雍王府抄检的资产才是大头儿，足以抵大玄国库一年的收入，如今剩下的这些只是九牛一毛。按照大玄律法，构陷皇子者，其家产被抄没后可赠予皇子抵偿损失，此前有先例。”蔡田三言两语地说清缘由后，又道，“王爷还说了，这就当是奖赏殿下拔除雍王党有功，以及经论文章写得好。”

经论文章？

赵嫣想起了昨晚闻人蔺看的那份文章，朝蔡田道：“多谢蔡副将，也请副将代孤向肃王道一声谢。”

说罢，赵嫣三两下拾起那份长得夸张的经折清单，将其交给李浮，然后大步回到殿中，从书案上翻出了昨夜闻人蔺审读的文章。

那是赵嫣在听了大半个月的经筵后随笔写下的感悟，而今上面写满了字迹遒劲的朱批，见解青涩和用典不当之处都被圈注了出来。

这实在是一份敷衍的随笔之作，根本担不起如此奖赏。可赵嫣的嘴角仍不可抑制地翘了起来，笑意染上了眉梢和眼尾。

“殿下，”李浮抱着那一大堆清单，请示道，“这些该如何处置？”

赵嫣收敛心神，思忖了片刻，然后道：“将刘、江两家侵占的田产、房舍等尽数归还给当地的百姓，任何人不得以任何理由再次侵占。金银字画及器玩等物折算、汇总，我另有他用。”

虽说这两家比不上雍王府的一根手指，但毕竟是敲骨吸髓的官宦人家，所以搜出来的钱财并不少。她以不义之财行有义之事，应该不算违逆兄长的原则吧？

赵嫣于心中暗道：这笔钱是被用来扩建明德馆的，届时我将不以男女之别、尊卑之分选才，使天下的英雄皆入我彀中……赵衍，你可一定要理解我。

闻人蔺消失的两日里，皇城中的秋雨并未停歇。

雨天不能出门，重阳之日亦无须开设经筵，赵嫣便坐于书案后，将李浮整理好的清单重新分门别类，将每两银子都尽可能地用在最需要的地方。累了，她便伸展四肢，抱着雪奴撸上一把，倒也过得充实、愉快。

如今许茂筠仕途已毁，婚约解除，掀不起什么风浪了，可赵嫣总觉得心中不甚踏实。

神光教的仙师死了，但闻人蔺依旧会于月初服药疗毒。神光教的阴云依旧密布于皇城上空，如这场秋雨般无孔不入，寒凉透骨。

赵嫣相信自己的直觉——这其中定然有她还未看透的暗局，被暗中扶植起来的许茂筠便是最有力的证明。

思及此，赵嫣起身坐至榻上，打开了枕下的暗格。暗格中静静地躺着被修好的绿檀嵌螺钿首饰盒，盒下压着赵衍的绝笔信以及那本被烧毁了一大半的账册。

她将神光真人的账册取了出来。这不知是她第几次翻看了，她已能将上面的人名和丹药名称倒背如流，可仍没有查出什么新的线索。

赵嫣凝神，将视线定格在末尾的一个熟悉的名字上。

或许，有一个人她可以问一问。

二

晨间刚下过雨，阶前如洗，一片阴冷的潮湿之气。

霍蓁蓁果然如期而至，人还未进殿，清脆的笑声倒先传了进来："太子哥哥，好消息！母亲和爹爹同意我留京过完年再走啦！"

说罢，霍蓁蓁便走进了书房，在宫婢的服侍下解开了遮蔽湿气的斗篷，"咦"了一声，凑上前来："太子哥哥在看什么呢？哦，严书圣的《临湖饯别序》，有什么问题吗？"

在前日被抄没的江家的贪墨之财中有一幅前朝严书圣的真迹，赵嫣临时将其拿来一用。

赵嫣拧眉做思索状，望着飘逸的书法，道："此乃孤偶然所得之物，孤本想进献给父皇赏玩，又担心是赝品，会因此犯了欺君之罪。郡主，你过来替孤瞧一瞧？"

霍蓁蓁在辨别胭脂水粉的色泽方面是内行，却实在不大精通文墨，当即犯了难：“它应该……是真的吧？”

“可是纸和墨的颜色不太对。”

“嗯……墨迹是淡了点儿，不过看其笔锋、题跋和印章，我觉得这不似作假。”

“是吗？我看悬。唉，若有内行人能帮忙鉴别就好了。”

霍蓁蓁装模作样地同赵嫣辩论了一番，而后道：“明日经筵，太子哥哥拿去叫那些老翰林辨别一下不就成啦？”

霍蓁蓁说话时习惯上扬尾音，所以声音显得轻快得很。想起儿时和霍蓁蓁拌嘴时，自己总爱说她是“撒娇鬼”，她被气得又是握拳又是跳脚，赵嫣不由得失笑。

听到笑声的霍蓁蓁狐疑地看了过来，赵嫣旋即收敛了笑意，做出为难的神情，道：“这毕竟是要进献给父皇的东西，孤不可太过张扬！”

霍蓁蓁点头表示赞同，歪着头盯着这幅字。她看了半天，忽然说：“对啦！宁阳侯不是通晓书画吗？咱们找他去。”

赵嫣等的就是这句话。

“可是孤作为太子，不能随意出宫……”

“这还不简单？你换上便服，悄悄地上我的马车，那些禁卫不敢严查的。”霍蓁蓁拍着胸脯保证，随即垮下肩来，哼唧道，“但是你得多带几个高手暗中保护你。”

毕竟若是太子在宫外出了什么事，她可兜不住。

“好，那是自然。”赵嫣颔首微笑，道，“多谢郡主。”

这幅字其实只是一个引子，即便没有霍蓁蓁，赵嫣也能想法子出宫。只是赵嫣寻思，若单单为一幅字去拜访舅舅，总归有些冒昧、唐突，麻烦也多，若能得霍蓁蓁的保证，情况就大不相同了。

毕竟这位小姑奶奶一向众星捧月，又与太子关系匪浅，拐个人出宫实属正常。

宁阳侯府外，数名书生模样的年轻人围在一块儿吟诗，见侯府的门开了，便争相将手中的诗作呈上去。

赵嫣早就听说舅舅有“魏伯乐”之称，慧眼识人，为朝廷举荐过不少人才。是故时常有苦读落第的书生蹲守在侯府四周自荐，期盼能得

“魏伯乐”一顾。

以斗篷的风帽遮面的赵嫣跟着霍蓁蓁下了马车。

宁阳侯府的管家见到霍蓁蓁腰间的宫牌，被吓了一跳，连忙躬身行礼：“二位贵客请移步上座！侯爷正与夫人在行止轩中谱曲，容仆前去通报一声。”

“是我们不请自来，不必惊扰宁阳侯。”赵嫣回道。

廊后传来了阵阵清雅的琴音，赵嫣接过李浮递来的装着书法卷轴的锦盒，与霍蓁蓁一起朝琴音之源走去。

行止轩前，梧桐落叶萧萧，墙边的墨菊垂瓣如丝。

容扶月身着一袭月白色长裙端坐于轩内，素手抚琴，指下琴音袅袅，清雅宛若月中仙子。魏琰则着一袭襕衫立于琴旁，以玉箫和之，风流蕴藉之态宛若画中之人。琴箫和鸣，妙音悠扬婉转，若云间的天籁，涤荡心神。

赵嫣示意身后随行之人放轻步伐，安静地欣赏。

曲毕，余音不绝，竟引得附近的鸟雀于枝头啁啾起来。

抬首看到赵嫣等人，魏琰有些意外。他扶着妻子起身，一同上前行礼道：“太子殿下。”

“舅舅、舅母，不必多礼。”赵嫣回礼道，“方才入府时，孤见外边有不少自荐诗文的儒生，舅舅还给他们备了坐凳和茶点，这倒像是对待门客的待遇了。”

“殿下过誉了，只因臣年少自荐时吃过闭门羹，因此不想让他们也受轻视罢了。”魏琰伸手示意赵嫣进屋落座，温润地笑道，“太子莅临寒舍，可有要事？”

赵嫣还未开口，霍蓁蓁便连珠炮般抢着回答：“太子哥哥得了一幅严书圣的真迹，可不知其真假。我们俩争论了好一会儿，实在难下定论，故而特来请宁阳侯帮忙鉴定。”

“原来如此。”魏琰谦逊地道，“殿下要鉴字，召臣入宫即可。怎敢劳烦殿下屈尊来此？”

“不打紧。孤也想来看一看舅舅。”赵嫣笑了笑，从锦盒中轻轻地取出书法卷轴，将其一寸寸地铺展于书案上。

魏琰俯下身，仔细地观察题跋和印章，又风雅地扼袖抬手，以指腹捻了捻纸张上的墨迹。

霍蓁蓁托着腮，在一侧等了半晌，问道：“如何？这是真迹还是赝品？”

魏琰笑了笑，温柔地招手，示意妻子也过来瞧一瞧。

“到底如何？我与太子哥哥谁看得准？”霍蓁蓁催促道。

容扶月审视良久，莞尔道：“这幅字不算赝品，也不全然算真迹，太子殿下与郡主应当算平手。”

对于这个意料之中的答案，赵嫣并没露出多少惊愕的神色。霍蓁蓁却瞪大了双眼，问：“为何？”

魏琰指着卷轴的装裱处，指腹从宣纸的边缘轻轻地滑过，解释道：“这种宣纸名为夹宣，为双层夹，将其小心地揭开，便可将一幅书画的真迹拆分成一模一样的两层，上层的墨稍浓，下层的墨稍浅。殿下的这幅便是被揭出来的下层。”

“也就是说，这幅字确实出自严书圣之手，只不过这是从真迹里揭下来的一层纸皮？”

“不错。”

赵嫣做出了然的样子，颔首道：“舅舅慧眼，孤受教了。”

魏琰道：“不敢。”

他看了赵嫣片刻，忽然想起一事，说：“去年殿下来寒舍时，似乎落下了一枚玉佩。后来臣带着阿月离京休养，一时将此事忘了。今日既然殿下在此，臣便将其物归原主。”

“有这事？”

赵嫣讶然抬眼，心中猜测：莫非那是兄长遗落的玉佩？

魏琰点头道：“请殿下稍候，臣去取来。”

赵嫣正愁该如何开口打探消息，闻言，忙不迭地颔首道：“好。”

行止轩是魏琰为爱妻打造的谱曲、看书之处，布置得极为雅致。窗边放着一张美人榻，屏风后，书案、笔墨一应俱全，还供着一张价值千金的古琴，三面墙壁立满了书架，墨香与熏香混合，沁人心脾。外间则是一间茶室，置有小炉与茶具，还有长案和柔软的座席。

容扶月花费数道工序，方沏出两盏琥珀般无尘的清茶来，供霍蓁蓁和赵嫣品鉴。

赵嫣端着茶盏，适时地开了口：“舅母的身体可好些了？”

容扶月的气质恬淡如兰，她温婉地答道：“多谢殿下关心，妾今年已好了许多。”

“我观舅母的气色，亦觉得有大好之兆。”赵嫣笑了笑，好奇地道，“孤自小体弱多病，灌了多少汤药也不见好，不知舅母平日吃的是什么药？这药是何来头？既然此药大有裨益，孤也想试试不一样的方子。”

容扶月失笑道：“殿下，药哪能乱吃呢？”

“也对，也不知药是否对症。”说话间，赵嫣侧首，拿出炉火纯青的装病技巧，掩唇轻咳了两声。

许是病患间惺惺相惜，容扶月不禁动了恻隐之心，柔声道：“妾的药是侯爷从一名云游方士那儿求来的，殿下如有需要，稍后可问一问侯爷。”

闻言，赵嫣略微错愕起来：舅舅明明是从神光教的手中求的药，为何要骗舅母，说药是云游方士给的？

若当面对此事刨根问底就显得太刻意了，赵嫣只得摇头道：“孤开玩笑的。孤这弱症真交给外面的人来看，母后也不放心啊。”赵嫣随即又问，“那云游方士开的可是丹药？”

容扶月答道：“是。”

“定然很苦吧？”

“不算太苦，气味甚是沁人。”

赵嫣想看一看那药丸是何模样，正打算问，就听容扶月担忧地道：“殿下近来可有长风公主的消息？”

赵嫣的心下意识地一颤，她不动声色地道：“怎么了？”

“妾许久没有那孩子的音信了，不知其近况如何。”

“还能如何？她被逐去华阳行宫，定然羞于与夫人联系。”霍蓁蓁撇了撇嘴，哼了一声，“虽然我并不认为她那时犯了什么大错。”

赵嫣没想到霍蓁蓁竟会为自己说话，颇为意外。

容扶月觉得有些惋惜，轻柔地道：“妾患心疾，这一生恐怕再也无法有自己的子嗣。妾说一句僭越之言，是殿下与长风公主弥补了妾的遗憾。”

舅母素来温柔如兰，只是严重的心疾使她再难以承受过重的悲喜，这才收敛情绪，养成了孤傲安静的性子。

赵嫣也陷入了回忆中，应和道：“是呢，儿时我……我与妹妹的书画还是舅舅与舅母一手教的。”

容扶月浅笑道：“殿下从小端正好学，时常一练就是两个时辰；而小殿下生性活泼，坐不到一刻钟就扭动身子，眼神飞到窗外去了。”

顶着赵衍的身份听舅母评论自己儿时的窘态，赵嫣一时尴尬，掩饰般看向了手中的茶盏。

舅母是没看到她在华阳行宫里念书时的模样，唯一一个没被她气得拂袖而走的人就是周及。

容扶月知晓太子极为疼爱妹妹，见太子不说话，便补充道：“稚童难免贪玩。长风殿下一向聪慧，妾观其近年的书信，字倒是进步颇大……”

容扶月正说着，忽闻内间的书架前发出一声重物落地的声响。原来是霍蓁蓁踮起脚寻书看，不小心拂落了藏在书架上的一个小木盒。

“抱歉，抱歉！我没看到上面有个盒子！”霍蓁蓁蹲下身去捡，随即“咦”了一声，好奇地端详起来。

从小木盒中掉出来一枚巴掌大的黄铜圆片，铜片如同一面镜子，光可鉴人。

“无碍。”容扶月起身将小木盒放置在一旁，柔荑般的素手轻轻地抚上霍蓁蓁光洁的额头，柔声道，“郡主没被砸伤吧？”

“没……没有。”见容扶月这般温柔，霍蓁蓁反而不好意思了，闹了个脸红，“对不起……”

“郡主没伤着就好。是妾放置得不妥，惊到郡主了。”

容扶月安抚着霍蓁蓁，随后将那枚铜片捧起，轻轻地放入了小木盒中。

赵嫣这才认出来，那是一枚护心镜。

奇怪，舅舅不通武艺，舅母亦出身于书香门第，书房里怎么会放着武将的护心镜？

赵嫣正想着，身后就传来了轻缓的脚步声。魏琰笑道："聚在一块儿商量什么呢？"

"妾未照顾妥当，差点儿让坠物惊吓了郡主。"说着，容扶月将那个小木盒重新放回书架上。

放置小木盒的那层架子有些高，容扶月举着小木盒，够得有些吃力。魏琰顺势在她的身后帮了一把，温柔地道："我来吧，阿月。"

放置好小木盒，魏琰才转身将玉佩交给赵嫣："殿下看看，是这枚吗？"

这是一枚莲花纹玉佩，与赵衍平时佩戴的那枚极为相似。

赵嫣伸手去接，拿近时却发觉不对——自她被逐去华阳行宫后，赵衍就只用华阳产的水玉琢玉佩，而这枚莲花纹玉佩的材质是和田暖玉。

赵嫣一时疑惑起来，迟疑地道："这枚……不太像……"

"这不是殿下遗落的吗？"魏琰有些讶异地望向手中的暖玉。

容扶月走过来看了一眼，道："兴许是别的客人落下的。"

魏琰这才收回了手，将玉佩置于桌案上，道："也对，也许是臣记混了。臣看到玉佩是莲花纹的，就自然而然地想到了殿下。"

侯府里备了午膳，但赵嫣并未留下用膳。

出了侯府，赵嫣便戴上了兜帽遮面。她在上车前想起一事，问霍蓁蓁："郡主可知容家曾与哪家的武将交好？"

"宁阳侯夫人？"霍蓁蓁想了想，拍着手道，"我听阿爹说起过，容夫人在嫁给宁阳侯前曾定过亲。"

"对方是谁？"赵嫣连忙问。

霍蓁蓁皱着眉泄气地道："我不记得了。他们说得隐晦，我也没听清。"

霍蓁蓁还未答复明白，就听见街对面传来了马蹄声。

蔡田驾着肃王府的马车缓缓地靠边停下了，一截冷白修长的手指轻轻地挑开了垂帷的一角。

赵嫣知晓，是闻人蔺回来了。

她朝霍蓁蓁笑了笑，说："郡主先回府吧，不必送孤了。"

"不送？那你怎么蒙混回宫？"霍蓁蓁连忙问。

“有人来接。”说着，赵嫣快步上前，上了闻人蔺的马车。

宁阳侯府。

魏琰看着手中的莲花纹玉佩，直至它从指间滑落，被摔成三块。

玉似君子，连破碎声都是内敛的。

他从碎玉上踏过，没有回头。

三

闻人蔺稳如泰山地坐在马车内，一袭暗色的常服将他的俊颜衬托得如无瑕的冷玉。

赵嫣的心不自觉地安定下来，她躬身坐在他的身侧，在他半披的墨发间嗅到一丝沐浴过后的潮湿的水汽。

她不自觉地轻松了许多：“今天休沐，满城的人都在登高赏菊，我以为你明日才回来。”

闻人蔺抬手捏了捏她的后颈，又轻轻地揉了揉她的耳垂，乐此不疲地玩了半晌，才“嗯”了一声，说：“想见我家的猫。”

闻人蔺一向唤雪奴“小畜生”，赵嫣当然知晓他说的猫并非此猫。

赵嫣觉得有点儿痒，耸了耸肩，偏着脑袋问道：“我能问你一个问题吗？”

“和宁阳侯府有关？”闻人蔺的嗓音轻缓又低沉。

赵嫣一顿，托着腮叹道：“我就知道瞒不过你。”

闻人蔺笑了一声，向前倾身，将一只手搭在膝头上，道：“殿下刚从宁阳侯府里出来，只差将心事写在脸上了。”

赵嫣下意识地摸了摸自己的脸，直言道：“太傅可知宁阳侯夫人容扶月曾与哪家的武将有过往来？”

闻人蔺换了一只耳朵捏，直至将赵嫣的另一只耳朵也揉得绯红、发烫才回道：“我不仅知道，而且跟他很熟。”

“谁？”

“本王死去的长兄——闻人苍。”

赵嫣一愣，不由得想起了中元节时在灵云寺里见到的舅母于菩提树下燃香合掌的样子。记忆的碎片缓缓地拼凑成另一个不为人知的故事，她似乎能猜到舅母心衰之疾的病根从何而来，也明白了那枚藏在小木盒中的护心镜曾属于谁。

“那为何他们……？”

“长兄年轻气盛，与容扶月起了争执，来不及说清就北上御敌了。本王猜他一定很后悔，因为每次京城来信，他都是第一个冲上去查看，再垂着头失望地离开。那方绣着容扶月的小字的绸帕被他摩挲得勾丝、断线了，他也舍不得扔。”说着，闻人蔺哼了一声，“后来，他就这么死了。”

赵嫣抬眼，看到闻人蔺的神色始终淡淡的，不见波澜。

大概逢秋多悲，她无端地涌上一股伤感的情绪，为自己，也为闻人家。

她张了张嘴，想说点儿什么，可千头万绪，又不知从何说起。

赵嫣垂下眼眸，又很快抬起头来，道：“送我回宫吧，太傅。我也想猫了。”

重阳之后，京中的绿意仿佛一夜之间就萎靡了，只余秋寒瑟瑟。

最后一场经筵的盛况尤为空前。刚到辰时，诸位大臣便陆续赶至崇文殿中，围着炭盆取暖寒暄。唯太子旧疾复发，告假于东宫闭门休养，已经有大半个月了。

“太子殿下的身子一到秋冬就容易犯病。”

“可不是吗？去年这时候还闹得沸沸扬扬的，谣言四起。”

“诸位大人慎言，去年妄议诽谤东宫的刘忠是何下场，难道都忘了？”

“嘘！陛下和肃王来了，噤声。”

不知谁低声说了这么一句话，寒暄的大臣们就即刻敛容起身，仔细地端正衣冠，分列于两侧行礼了。

而此时，传闻中缠绵病榻的太子殿下正披衣跪坐于书案后，执笔审视面前的纸稿。

流萤端着吃食走进殿中，一脚踏在了飘落下来的宣纸上。纸上布满了墨团，显示着落笔之人不宁的心绪。

她连忙放下手中的托盘，将纸张小心地拾起来。她再抬头一看，从书案到地上摊满了写满了字的宣纸，殿下则披衣坐于其中，如在纸墨里修行的苦行僧，时不时地用笔杆戳着太阳穴凝思。

殿下披衣沉思的模样竟像极了故去的太子赵衍。

“殿下，地上寒凉，不可久坐。”流萤取了个柔软的垫子，轻轻地置于赵嫣身下，又将一旁的靴子捧来为她穿上，问道，“雍王的事不是已经被解决了吗？殿下怎么突然想起要复查？”

赵嫣跪坐得久了，腿麻得很，小心翼翼地伸了伸小腿，蹙着眉道：“你不觉得事情被解决得太顺利了吗？顺利得就好像有人将线索刻意引向雍王，精心地为我设计了一场戏。”

流萤不明白，殿下经历了那么多九死一生的刺杀与暗算，还能算顺利吗？

但殿下聪慧，她的直觉定然不会有错。

“可有雍王府失踪的那名婢女的消息了？”赵嫣问。

“暂未。”流萤答道，“孤星统领还在全力追查。”

赵嫣点了点头。

她近来的确越发不安了，于是在想出对策之前，索性借着养病的名义待在东宫里，将雍王父子和神光真人伏法的始末捋了一遍。其思虑之细，以至于她写了满屋的纸张，沾了满手的墨渍。

终于，她从这场看似完美的胜利中抓住了几个疑点。

其一，在生辰宴上行刺的太监的供词里写的是雍王挟持了太监的姐姐，逼他下手。雍王伏法后，所有的家产被抄没充公，却无人找到那名被挟持的婢女。

若以冒名信件毒害赵衍的人是雍王，那他为何放着奇毒不用，而选择让太监以刀刃刺杀？

为他传递“赵元煜坠马后不能人道之事是太子暗中所为”这个消息之人又是谁？

其二，若神光真人死于禁军的流箭之下为雍王授意的，那雍王的人为何不顺势追加一箭，将在场的太子一并射杀灭口，反而命江湖浪士在她回宫的路上伏击？

赵嫣将这些疑点一一以朱笔圈出，而后问道：“最近有何宴饮斋醮的大事吗？需要太子出场的那种。”

流萤略一思索，回道：“十月十四为吉日，天子将率王公大臣出郊迎冬，再折回西苑赐宴饮。按礼制，太子殿下须随行。”

十月十四，快了。

赵嫣用过晚膳，竟累得伏案睡着了。

迷迷糊糊间，她感觉手指湿漉漉的，又痒又凉。她抬起眼皮，朦胧的视线逐渐聚焦，而后她倏地直身坐起，肩上宽大的暗色外袍滑落至腰间，脸颊上还粘着一张满是墨迹的宣纸。

闻人蔺坐在椅子上，正拿着一块湿棉布擦拭她满手的墨渍，动作轻而慢。见她醒来，他懒得慢慢地擦拭，直接捋起她的袖子，将她那只沾满墨水的手按入铜盆的温水中浸泡。

“什么时辰了？”

赵嫣抬起另一只手，揭下了粘在脸上的宣纸，被压得发红的细嫩的脸颊上印着墨痕，看上去有些滑稽。

闻人蔺用帕子擦净她脸颊上的墨迹，慢条斯理地道：“亥时，早得很，天还未亮。”

他说话时让人听不出情绪，但是带着一点儿和风细雨的轻柔意味。他的薄唇每吐出一句话，赵嫣的头便低下一分。

这些时日，她告假没去崇文殿听经筵，是以闻人蔺每晚酉末准时赶到东宫，从那一大箱生辰贺礼中挑出一两本书，为她讲解一个时辰方离去。

当然，偶尔一两次赵嫣兴致不错，闻人蔺讲解完正课就会破例待到夤夜，教她做点儿别的事再离开……

赵嫣没想到自己打个盹就足足睡了一个时辰，不由得抬手按了按酸痛的脖颈，细声道：“那你怎么不叫醒我？”

“殿下睡着的时候甚是好看，肤白唇红，眉目如画，本王便多看了一会儿。”闻人蔺一边说，一边往上挽了挽袖袍，笑得别有深意，“殿下难得睡得沉，本王怎么碰都不醒。”

“你……你怎么碰我了？”赵嫣愕然，没有浸在水中的左手悄悄地摸了摸完好无损的衣袍，“碰我哪儿了？”

闻人蔺的目光从赵嫣睡得嫣红的唇瓣上扫过，他将她冷白色的手按入水中，轻轻地揉她的指尖，擦去其上的墨渍。

他的手指修长有力，骨相优美，手背上的青筋随着濯洗的动作微微凸起。他为了给她搓得更干净，手指径直穿过了她的指缝，与她十指相扣地揉搓，连边边角角的地方也未曾放过。

水声“哗啦”，酥麻感没来由地从指缝蔓延开来，令赵嫣的脊背蓦地一抖。

这种感觉着实奇异，她想起前不久闻人蔺来给她上晚课时，自己刚沐浴完，头发被松松地束在头顶，衣裳亦是单薄松垮的，露出了潮湿且纤白的脖颈，一副在他的面前毫不设防的样子。当时闻人蔺扫视她一眼，没说什么，从身后握笔纠正她的文章中的不妥之处，嗓音低沉浑厚，平静又好听。

他认真、严肃，赵嫣便不敢造次，听得很认真，直至搁下笔伸懒腰时才察觉到他的状态。

她倏地回过头去，难以置信又羞恼。

闻人蔺睨了她一眼，没有半分尴尬、羞耻的样子，反而冷淡地责备她走神，那张脸如高山上的神祇般淡漠。

后面的事她不提也罢……

赵嫣不自在地挪了挪身子，闻人蔺发现了，抬起眼问道：“乱动什么？”还未等赵嫣开口辩解，他就惩罚似的捏了捏她的指尖，“殿下癸水未走，安分点儿吧。”

赵嫣沉默了。她是这个意思吗？！

她不太自在地捏了捏手指，又松开了，过了许久，轻声道：“闻人蔺，你父亲为何要喂你吃那样的药？你们是血脉相连的亲人，不是吗？”

她还是开启了禁忌的话题。

“你们是血脉相连的亲人”，这句话与其说是赵嫣在问闻人蔺，倒不如说是她在问自己。

闻人蔺没有计较她直呼其名，慢悠悠地唤了一声："小殿下。"

"嗯？"

"诡者，乃人心的博弈。殿下勿要轻信于人。"

他不会阻拦赵嫣查下去，却也不能助她卷入乱流中。斟酌之下，他只能不轻不重地提醒这么一句话。

小殿下聪慧，自然会懂的。

十月十四，立冬。

寅时，天还是一片深沉的墨蓝色，东宫已灯火通明。

赵嫣沐浴更衣，缠好束胸的绸带，任由流萤为她一层层地套好衣裳，系好腰带。时间仿佛回到了去年此时，她刚回宫扮作赵衍的那日。

穿戴齐整后，她定了定心神，裹着厚重的狐裘推开了殿门，于檐下呵出一口白气。

星沉月落，夜沉如水，暗不透光。

"出发吧。"她轻声道。

四

去年叛军围城，今年洛州的灾民起义，大玄这场迎冬祭礼进行得胆战心惊。

前方公卿开路，禁军护卫于两旁，蜿蜒的队伍色彩缤纷。有肃王闻人蔺护送天子，赵嫣并不担心路上会出什么乱子，果然一路风平浪静。

队伍抵达北郊时，天刚大亮，淡薄的晨光自云中倾泻。赵嫣尚未感觉出暖意，就被寒风吹了个透心凉。

赵嫣从辂车上下来，抬手遮了遮刺目的阳光，左眼皮不可抑制地跳了跳。

远处祭台耸立，百官列队。她眯着眼从指缝中遥望，声音里残留着些许少眠的倦懒之意："情况如何？"

"孤星统领率东宫卫暗中戒备，并未发现异常。礼部、禁军亦多次查验祭台和酒胙，李浮确认过了，没有问题。”流萤替赵嫣捋了捋被风吹皱的衣袍，小声道，“今日迎冬，殿下本可以托病告假的。”

赵嫣放下遮挡眼睛的手，道：“托病只是缓兵之计，我担心缺席太久，有人会以此为把柄大做文章。更何况，我们同暗处的劲敌博弈，并非按兵不动就能赢。”

事到如今，她不如兵来将挡。

按照礼制，迎冬祭祀时须燃炉升烟，太子随天子登台，将供奉冬神的贡品、祝帛等物置于燔柴炉中焚烧。

赵嫣穿过百官的队列，看着台下正在准备火把的礼赞官，突然停住了脚步，心脏蓦地一抽。

她还漏了一处！

禁军只检查了祭台上下，而炉中香灰厚重、隐蔽晦暗，是极易暗藏玄机之处……

赵嫣正凝神想着，面前的阳光就被人遮挡了，一道低沉平和的嗓音传来：“冷？”

赵嫣于阴影中抬眼，只见闻人蔺负手而来。风那么大，他却岿然不动，连衣角都未有一丝凌乱的样子。

祭祀之时人人肃穆，赵嫣不敢有太大的动静，所以只垂着眸不动声色地道：“我想起燔柴炉中的木料和火引……还未被检查。”

原来是这件事。

闻人蔺微微动唇，示意她看祭台。

赵嫣会意后望去，看到台上的几名禁卫已经打开了燔柴炉，麻利地取出里面的香灰、木料等物，换上了新的。

“你早就想到了？”赵嫣松了一口气，肤色在阳光下几近莹白。

闻人蔺不置可否地道：“若连这都想不到，本王也无须在这位置上待着了。”

“王爷，”一名检查祭炉的禁卫匆匆地走下来，朝闻人蔺抱拳道，“香灰中被混了硝石和硫黄……”

禁卫虽将声音压得极低，但赵嫣离得近，还是隐约听到了些许。

竟真让她猜到了，燔柴炉果然有问题！

硝石、硫黄、木炭乃火药的原料，若她随父皇登台燃炉时点燃柴火，后果将不堪设想！

闻人蔺看了一眼赵嫣，随禁卫去祭台后查看被撤换出来的燃料。他将冷白色的指腹于木料上一划，再置于鼻端轻嗅，果然闻到了刺鼻的火药味。

蔡田按刀上前，禀告道："王爷，经手之人已被拿下，可要就地处置？"

"先扣着。"闻人蔺慢悠悠地看向站在百官前列的赵嫣，轻笑了一声，眸色渐浓。

这是他给小殿下设的局。他先看她如何应付，若她连这点儿伎俩都看不穿，自己再出手善后也不迟。到时候他定要将她拎回东宫，好生惩罚、教导一番。

迎冬祭礼的流程烦琐，赵嫣手捧祝帛登上祭坛，被风吹得脑袋疼。

燃炉之后，天子望燎。赵嫣亲手将祝帛奉入燔柴炉中燃烧，执香三拜后方退至一旁。众臣随之叩拜，炉中的火焰"噼里啪啦"地响，燔柴炉却完好无损。

一切有惊无险。

折腾了半天，启程回宫时，跟随仪仗的众人皆有些疲乏，归程的速度明显缓慢了许多。

赵嫣又困又饿，但不敢放松警惕，便抓了一把果干嚼着提神。

车行至一半，队列前方忽然传来了一阵骚乱。

辂车猝然停下，赵嫣险些被果干呛到，灌了一杯茶才缓过来，连忙问道："出了何事？"

禁卫来回奔走安抚众人，东宫卫亦齐刷刷地戒严了。孤星探路过来，回道："前方有人伏击行刺，已被肃王的人拿下。"

赵嫣点了点头。

这条路是回宫的必经之路，等队伍回了宫，刺客就再无机会了。她若是刺客，也会在此设伏。

之后，剩下的路果然畅通无阻，再无波澜。

迎冬郊祀的队伍由皇城的北门进入，因夜间的国宴盛大，故男女分席——皇帝领百官和宗亲于永麟殿中暖酒设宴，皇后则领后妃、命妇于栖凤阁内宴饮。

按礼，太子应先去栖凤阁拜见皇后，再更衣前往永麟殿抚恤众臣。

辂车在北苑门前停下了。看到禁军往来巡视，赵嫣这才彻底松开了紧握的手指，仿佛历了一场劫一般，徐徐地呼出了一口白气。

接下来，就看闻人蔺能从燔柴炉和刺杀者的身上审出什么线索来了。

“回了宫，殿下终于可以松一口气了。”流萤扶她下车，亦如释重负。

天边暮霭沉沉，此时，永麟殿后的曲波池旁，宁阳侯魏琰独自负手而立，一袭月白色的锦袍随风而动。

“侯爷是下不了手吗？今日已失败两次，侯爷不能再失手了。”一名道士打扮的年轻男子道，“若侯爷顾及血脉亲情，小人可代劳。”

“我虽不舍，却并非不顾大局之人。”魏琰温声道，“一鼓作气，再而衰，三而竭……危机过后，人总是容易放松警惕。”

“侯爷的意思是还有后手？”

“太子将于栖凤阁中拜见皇后，酉正乘轿前往永麟殿，途中会经过一条夹道。因在宫中，太子身边只有宫人随行，没有侍卫。”

道士立即明白了，说：“原来侯爷真正的目标是在此处，在所有人都认为最安全的地方。可夹道两边皆是高墙，禁卫即便用箭也无法保证万无一失。”

“普通的箭威力太小，自然不行。”魏琰平静地道，“但若换成‘祝融’，则只需要一个禁卫、一支火箭。”

“祝融”为仙师在炼丹时偶得的一枚鸡蛋大小的铜丸，中空，内置火药，被火点燃后有巨大的冲击力，能炸毁丹炉。

一座轿辇的牢固程度岂能和丹炉相比?

禁卫若将“祝融”绑在涂有硝油的重箭之上，即便一个人站在数十丈开外，也能轻松地完成刺杀，且根本不会给对方留一丝反应的余地，就算侍从近在咫尺也无力回天。

道士不由得大喜过望，竖掌行礼道：“小人静候侯爷的佳音。”

魏琰的脸上却并没有多少喜色，夕阳为他的脸镀上了一层淡淡的哀伤之色。

他明明已经给东宫一个完美的交代了，只要太子不继续钻牛角尖，大家就能相安无事，可惜那孩子总是不让人省心。

要再杀那孩子一次，他总归是难受的……

万幸阿月饮了他亲手泡的香茶，正在侯府中休养，并未赴宴。若是惊扰到她，那他真是万死难赎其罪。

北苑门外已停了不少香车宝马，各家的命妇穿着华衣美服进入，钗饰摇曳生辉。

赵嫣入殿更衣，特意问了一句："宁阳侯夫人到了吗？孤有些话想单独问问她。"

流萤解下她繁复的衮冕祭服，为她换上紫金罗袍，道："娘娘未与殿下说吗？宁阳侯夫人旧疾复发，今夜不能来赴宴了。"

"舅母病了？"赵嫣穿袖的手顿了顿。

自己上个月去宁阳侯府里看她时，她不是说吃了舅舅给的丹药，身体大有增益吗？无缘无故的，舅母怎么又犯病了？

像是想到了什么，赵嫣只觉得一股恶寒由心而生，脊背发颤。她忽然弯下腰，按住了抽痛的太阳穴。

"殿下？"流萤连忙扶住赵嫣，察觉到她的指尖微凉，下意识地就要叫太医来。

"没事，别担心……我只是突然有种不好的预感——这事可能还没完。"

"奴婢立刻去查殿下要触碰的酒水吃食及香炉器皿。"流萤说。

"不，不会这么简单。"赵嫣穿着松散的紫金罗袍，连腰带也顾不上束，坐于椅中撑着额说道，"别出声，让我仔细地捋一捋，想一想该如何应对。"

赵嫣，冷静……

她忍不住地暗示自己，调动仅有的理智仔细地分析起来：自己若是幕后真凶，会在何处布局？

可她一时拿不准，因为有太多种可能了。

自己要去求闻人蔺吗？不，还未到那个时候。

人是会惰化的，她一旦心生依赖，骨软性弱，就很有可能再也站不起来了。这不是她想要的。

她到底下哪步棋，才能将这场敌暗我明的被动之局盘活？

赵嫣以指节抵着唇瓣，垂下眼眸，陷入了前所未有的纠结之中。

她很有可能只有这一次诱敌的机会……

“诡者，乃人心的博弈”……她想起了前夜闻人蔺的指点，颤动的睫毛一顿，心情如止水般平复下来。

“流萤。”

“奴婢在。”

“你去求皇后娘娘，让她下一道懿旨，召宁阳侯夫人赴栖凤阁叙旧，要快。”

闻言，流萤微微一愣：“殿下，上位者有抚恤之心。何况宁阳侯夫人称病在府，恐不会应召。”

“你让母后给舅母带一句话，舅母会赴宴的。”赵嫣自然也想到了这层，仅迟疑片刻便抬起眼眸，轻声道，“就当是……我赌一次人心。”

坤宁宫的人动作很快。半个时辰后，着素裙、戴银钗的容扶月一入阁中，满堂花枝招展的女眷便仿若泥塑般黯然失色了。她面上的病容非但不减她半分颜色，反倒给她增添了美玉易碎的脆弱之感。

容扶月并未驻足，略一颔首为礼，便随何女史进入了栖凤阁内的厢房。

魏皇后正在围炉煮茶，见她入殿，遂放下手中的青竹茶夹，道：“你来得正好，这陆圣茶本宫一时忘了该如何点了。”

容扶月的病容难掩哀伤之色，她仓皇地向前走了两步，朝魏皇后一拜，道：“娘娘所问之事，臣妇惶然难安，特来求娘娘解惑。”

赵嫣换好衣物赶来，见到舅母容扶月，心已定了一半。她上前行礼，唤了一声“舅母”。

容扶月怔怔地坐着，眼中落泪，恰似芙蓉泣露，喃喃自语道：“怎么会……？我竟不知……”

话未说完，她忽然捂住心口，柳眉紧蹙，承受不住般小口地喘息起来。

“宁阳侯夫人。”

“舅母！”

赵嫣记得舅母一直随身带着药，遂解下她的香囊倒出药瓶，给她服了一丸丹药。

浅褐色的药丸散发着极淡的香气，容扶月服了药，很快便缓了过来，呼吸也渐渐平稳了。

容扶月即便忍着泪意也并无半分狼狈失仪之态，起身行礼道：“拜谢娘娘今日告知此事。臣妇身体不适，恐冲撞娘娘，先行告退。”

魏皇后语气柔缓，看向赵嫣，道：“太子，你送宁阳侯夫人出殿。”

说话间，魏皇后暗自朝赵嫣点了点头。

赵嫣得此暗示，便知她的猜测多半坐实了，心不由得一坠，生出了无边的悲凉之感。

容扶月虽面色惨淡，但心神还算平静。出了栖凤阁，她朝赵嫣柔柔地行了一礼。

“舅母，您这是干什么？”赵嫣连忙虚扶住她。

容扶月微微哽咽道：“殿下，妾想见侯爷，当面问他一句话。”

此时，永麟殿内款待的都是王公大臣，容扶月作为女眷要去那儿，就只能借助太子的身份与轿辇。

从北苑出去，长长的夹道尽头便是宫城的北门，北门直通永麟殿。赵嫣知道容扶月想问什么，亦无法拒绝，于是扶着容扶月上轿，放下了垂帷来遮挡视线。

纱灯在风中轻轻地摇曳，暮色四合，宫人安静地立于轿辇两侧，赵嫣却迟迟未发出启程的命令。

赵嫣想了许多，最终抬起了眼，坚定地道：“舅母，您愿意相信孤一次吗？”

永麟殿内，灯如明昼，歌舞升平，众人宴饮正酣。一名宫婢借着斟酒的机会，悄悄地向魏琰通报了一声。

魏琰眸色微凝，以不胜酒力为由婉拒了晋平侯敬的酒，而后放下杯盏，起身离席了。

他一出大殿，橙黄色的明亮灯火便自脸上退去，带走了他脸上温润随和的神色。

他在心里不住地想：阿月此时应该在侯府里养病，突然出现在栖凤阁中，必有蹊跷。姐姐叫走阿月，到底与她说了什么？

魏琰步伐略快，径直出了永麟门，却见门洞外流萤领宫人执灯而立，宫人身后立着一道纤细的身影。

听到脚步声，那人转过身来，眼尾下的一点泪痣嫣红，正目光复杂地看着他。

魏琰一顿——这个人是太子，安然无恙的太子！

赵嫣温声道："舅舅看到孤在此，似乎有些惊讶。"

魏琰的脸上没有露出丝毫破绽，他恭敬谦和地行了礼："臣不敢。殿下怎么现在才来？"

"孤来得不算晚，宴会刚刚开始。有人曾告诉过孤一条捷径，孤幸好赶上了。"赵嫣拢袖道，"倒是舅舅，急着离席是要去哪儿？"

魏琰笑了笑，道："阿月卧病在家，臣想先回去照顾她。"

风从二人之间穿过，像一把无形的刀刃，发出了细微的割裂声。

"儿时，舅舅教我们兄妹俩习字、对弈，我记得舅舅的棋风颇为缜密，极会蛰伏……"赵嫣垂下眼眸，抬手按了按眼尾那颗小痣，轻缓地道，"尤其擅长在别人放松警惕、自以为安全的时候出手，杀对方一个措手不及。"

魏琰面色不改地问道："殿下怎么突然提及往事？"

"孤不知舅舅在何处设伏、准备用禁军的暗箭还是藏在东宫里的毒药，但知道舅舅唯一的软肋是什么。"

闻言，魏琰轻笑了一声。

赵嫣凝眸，握紧了袖中的手指，问道："舅舅笑什么？"

"太子光风霁月，贤良仁德，不是这样的人。"魏琰摇着头，像在纵容一个孩童胡闹。

赵嫣知道自己面对的人是谁——他不是残暴无脑的赵元煜，不是庸碌无为的雍王叔，而是一个隐藏了十余年、不识其真面目的弄权者。

赵嫣掐紧掌心，竭力保持平静，想要寻找一丝突破口：“舅舅定然很好奇，母后用了什么方法让舅母不顾养病也要入宫拜见。”

魏琰不语，谦和地笑着，仿佛看一眼就能洞穿一切，就像从高处俯瞰，一览无余。

这是一场人心的博弈，一句犹豫的话、一个怯懦的眼神都将酿成败局。

“我让母后给舅母带一句话，”赵嫣抬眼，勇敢地回视魏琰，轻缓而清晰地道，“问她‘当年闻人苍负气北上，你为何不给他写信？’。”

魏琰脸上平和的神色终于出现了变化。

他嘴角的笑意渐渐淡去，像和煦的春风下，涟漪终于平息，露出了幽深的暗流。

五

“殿下是何时知道这些事的？”魏琰问，嗓音淡淡的，温润的面容在宫灯的光影下显得有些割裂。

“说实话，孤心中虽有疑窦，却始终不敢往这方面想。即便神光真人那半本来不及销毁的账册上写有舅舅的名字，孤也只当舅舅在为舅母求药。”

“臣的确在为阿月求药。”

“是，舅舅一开始可能只是为了舅母，但这并不妨碍舅舅顺手要点儿别的东西。”

“殿下何意？”

“雍王伏法后，孤一直觉得此局像被人刻意安排好的一般，所有的矛头与线索都了指向了雍王，可孤并不知背后的推手是谁。直至重阳节，孤登门拜谒，舅舅拿出了那枚根本不属于孤的莲花纹玉佩……”

那时赵嫣隐约能猜到，在她旁敲侧击地问神光教的丹药的同时，舅舅也在以莲花纹玉佩试探她。温情之下，暗流涌动，这是可怕的猜想的开始。

“舅舅这样博闻强识之人怎么可能记错呢？”赵嫣定了定神，继续说道，“回到东宫后，孤重新梳理了所有案件的始末，更是发现一件有意思的事——无论是去年郊祀时孤在归途中遇刺、摘星观坍塌，还是孤在生辰宴上遇刺，舅舅都在场。”

魏琰泰然自若地道：“这又如何？同时在场之人有许多，人人皆可疑。”

“是，可舅舅忘了这几起事件中的一个变数——舅母。”赵嫣沉静地回击，“舅母将我们兄妹当作亲生孩子看待，舅舅又爱妻如命，怎么舍得她因目睹孤的死而伤怀？所以最好的办法就是让她缺席这场鸿门宴。”

“殿下难道忘了？摘星观坍塌时的皇后娘娘的寿宴还有殿下被刺时的生辰宴，阿月都是在场的。若这一切都是臣所为，为何这两次臣又舍得让阿月冒险了？”

“那是因为这两起事件的目标根本就不是孤的性命。”赵嫣仔细地观察着魏琰细微的神情变化，接着说，“舅舅担心有人会顺着神光教的线索查到自己的头上，所以计划让摘星观坍塌，为的是制造动乱、引走禁军。只有如此，舅舅的人才能混入通天台，销毁账册。只是舅舅没想到后来孤会卷入其中，得到了半本账册。再说生辰宴之事，舅舅知晓有肃王的人在，这次行刺压根不可能成功，故而将计就计，将全部的线索和矛头指向雍王。换言之，舅舅安排在生辰宴上行刺的真正目的是让雍王成为舅舅脱罪的牺牲品，而非要了孤的性命……所以今日舅母不在，孤便有了不祥的预感。”

“殿下说笑了。臣哪有如此本事，能调动各方人马？”魏琰淡淡地道。

“舅舅当然有，因为您是‘魏伯乐’，受您赏识、举荐的人可不止儒生、文臣，还有不少内监、方士。舅舅，孤要查出这些并不难。”

魏琰仍保持着最谦和的姿态，不露丝毫破绽：“殿下妄加揣测，毫无证据。”

聪明人就是如此，非但不会吐露丝毫对自己不利的证言，反而能从对方的推衍中精准地扼住要害。

是，赵嫣没有证据。这场交锋走到这儿，原本就会陷入死局，所以她只能赌一次人心，让舅舅自乱阵脚，出现纰漏。而舅母作为唯一的变数，是她盘活整个僵局的唯一突破口。

“那日在侯府里，霍蓁蓁不小心看到了舅母藏在小木盒中的护心镜。孤得知，舅母曾与闻人家的长子闻人苍定亲，两情相悦……”

“阿月与他并未两情相悦！”魏琰冷冷地打断了赵嫣的话。

赵嫣掐了掐虎口，稳住了声音：“可闻人苍直到死也未收到舅母的一封回信。试问，若舅母真对闻人苍无情，怎么会收着他的护心镜近十年，且每年中元节皆会出门祭拜？”赵嫣对上魏琰冷淡的目光，一字一顿地道，“舅舅对孤起疑，对舅母隐瞒，到底在遮掩什么，又到底在害怕什么？”

寒风瑟瑟，光影将魏琰的面容分成了明暗的两面。他说：“殿下不该用这些陈年旧事去伤阿月的心。”

赵嫣自嘲地笑了一声，压住了那一丝悲伤的神色。

“舅母说她写过信，而且写过很多，但那些信皆石沉大海，毫无回音。那时她被家人禁足于内院，所有的信皆被交由贴身的侍婢与舅舅送出……所以舅母想来问舅舅，那些信到底是怎么回事。可舅母没有宫牌，必然只能求助于孤。”赵嫣抬起眼眸，而后慢慢地拿出了最后的筹码，“舅舅不妨猜一猜，现在坐在孤的轿辇上的人是谁？”

远处传来酉正的钟声，惊起了飞鸟。

魏琰的瞳孔震颤了一瞬，他来不及迟疑，转身便朝宫门大步走去。

“侯爷，宫宴才开始呢，您这就要出去？”

“宁阳侯，夜间宫门戒严，还请出示令牌查验……哎！我的马！”

“宁阳侯抢了云骑的马，朝北门而去了！”

赵嫣拿出令牌示意禁军，沉声道：“宁阳侯此举恐生变故。上报陛下，快！”

禁军可担不起这个责任，连忙差人上报，剩下的人按刀追了上去。

望着魏琰消失在夜色中的身影，赵嫣缓缓地靠在了宫墙上，浑身无力。

魏琰很清醒，很理智，正因为如此，才看出太子并未撒谎。

阿月知晓了当年信件的事，藏不住心事，所以依她的性子，的确会赶来当面质问。

魏琰知道自己此时赶去夹道意味着什么。

只有布局之人才知晓哪里设有伏击，他一旦成功地拦下轿辇，让其避开刺杀，便等同承认自己为设局的真凶。他只要装作什么都不知道，任由阿月乘坐的轿辇穿过夹道，就不会落人把柄。

这里或许有个陷阱，可哪怕有万分之一的可能，他也不愿赌，也赌不起。

骏马狂奔，狭长的夹道上传出了清脆急促的马蹄声。寒风呼啸，如刀割般刮着他的脸。

魏琰看到了从远处徐徐而来的东宫的轿辇，余光里是藏匿于阁楼中的硝油重箭的微弱的火光。

“停下！”

他勒马高呼，逼停了轿辇。翻身下马后，他以从未有过的仓皇姿态疾步靠近了轿辇，风一吹，轿辇的垂帷飘动……里面空无一人。

万籁俱寂，魏琰伫立在原地，久久不语，只能听见自己快要炸裂的心跳声。

他自诩能揣度人心，洞悉一切，到头来却输在了这场以人心作为赌注的局中。

半盏茶的工夫前，北门的城楼之上，闻人蔺将夹道上的动静尽收眼底。

他听着蔡田事无巨细的汇报，眸中漾出了笑意，直至看到魏琰策马狂奔去拦轿，终于扬起了眉，“扑哧”一笑。

闻人蔺许久没有笑得这般恣意了。他没想到小殿下竟能在如此被动的僵局中，逼得魏琰这只人面兽心的狐狸现出原形。

见此情形，他真是比将魏琰用刀斧戮之还痛快！

只可惜，这还远远不够定魏琰的罪。

魏琰极为擅长玩弄人心，自己须趁热打铁，将他的罪名钉死，截断他所有转圜、脱罪的后路。

闻人蔺的漆眸中漾着兴奋的笑意，他吩咐蔡田：“传信给张沧，护送于随和那名雍王府的婢子来宫里，将计划提前。”

闻言，蔡田略微惊愕。

魏琰一倒，必将牵涉深埋于暗处的巨网。如今孙医仙还未研制出寒骨毒的解药，此时王爷将计划提前，无疑是走了一步险棋……可蔡田很清楚，王爷自地狱的深渊中归来，最不放在心上的现在就是他自己的性命。

蔡田很快地整理好情绪，声音低沉地道："卑职领命。"

"等等，将证人交给颍川郡的王孙，让那个姓柳的替太子出面。"闻人蔺吩咐道。

魏琰终归是太子的舅舅，闻人蔺若是不想让皇帝迁怒于小殿下，唯有让东宫出面大义灭亲，表明立场。然而小殿下重情义，亲自定魏琰的罪对她来说太过沉重，故由柳白微出头最合适。他是太子交好之人，代表东宫的立场……啧，他也就这点儿用处了。

思及此，闻人蔺慢悠悠地摘下了食指上的嵌玉指环，将其轻轻地置于几案上，而后套上玄铁护指，接过两名侍从捧来的一把大弓。

他望向夹道对面的高楼，眼神深沉。

夹道旁高楼的隐蔽处，一名禁军打扮的男子蛰伏于黑暗中，将两枚鸡蛋大小的"祝融"绑于重箭之上，再以火折点燃缠有油布的矢尖。天黑道远，他无法辨出闯入夹道的人是谁，能让他取消刺杀行动的唯有主子的命令。

他瞄准，松弦，硝油火箭带着凌厉的风声，在夜空中灼出一道光痕。

此时，赵嫣与禁军从北门而出，瞳孔中映着火箭的流光。

原来这才是魏琰的后招！

可魏琰还站在原地！在自己问出所有的真相前，他绝不能死！

几乎同时，另一道破空的风声从反方向传来，空中的火箭被精准地击中了。"当"的一声，箭镞相撞，引爆了"祝融"，空中炸开了刺目的火光。

空中霎时间传来了一声震天的声响，热浪裹挟着凛风席卷而来。赵嫣抬起袖子，眯着眼睛，借着火光准确地捕捉到了对面的楼阁中那道身姿如射日般手挽七石硬弓的矫健的身影。

炸裂的铁屑如花火般纷纷坠落，仿若一场星雨。仅一瞬，火光便消失了。

永麟殿中的众人被这响声吓得面面相觑。皇帝放下了杯盏，问道：“怎么回事？”

禁军禀告道：“宁阳侯夺了云骑的马闯出北门，声响正是从那边传出来的，好像是……是带着硝石的飞矛。”

殿中一片哗然。

夹道中，魏琰已被禁军层层包围了。

“宁阳侯，你到底要做什么？”禁军统领高见连宴会也顾不上了，驭马而来。

魏琰见轿辇中无人，面色已然平静了下来。

行刺失败，那名忠心耿耿的禁军校尉便会立即自裁，绝不会活着被俘。只要阿月不在，他就没有软肋，再无任何东西能牵制住他。

魏琰转过身，依旧是那副温润的君子之态，缓缓地道：“内子病重入宫，本侯实在担心她出事，故而着急、莽撞了些，惊扰了禁卫和圣驾。”

高见胸中憋着一口气，道：“侯爷抢马、闯宫门，就为了见宁阳侯夫人？那方才空中的巨响是怎么回事？”

“这……本侯也不知。”魏琰温声道。

“那总不能是谁家的烟火吧？”高见回复道，“侯爷对我说无用，还请去圣上面前请罪。”

“应该的。”魏琰一副配合的模样，目光却穿过人群投向了赵嫣。

赵嫣不由得浑身一颤。舅舅知道，即便在她面前坐实了行刺之事，可没有人证、物证，事情还是会不了了之。

她无法给魏琰定罪，所以他才敢如此坦然。

赵嫣凝神，转身朝宫楼之上走去。

她步伐快而急地上了宫楼，正好见蔡田等人将一具禁卫的尸首抬至闻人蔺的面前。

看到发愣的赵嫣，闻人蔺面色微凝，走过来捂住了赵嫣的眼睛，示意蔡田将尸身处理干净。

他的手修长、宽大，带着玉石般微凉的感觉。赵嫣听到耳畔传来了衣料和皮肉被拖在地上的沉闷声音，略微皱眉，而后抬起了纤白的手指，轻轻地覆在闻人蔺的手背上，往下拉了拉。

“我没有那么脆弱。”她轻轻地喘着气道。

闻人蔺没有松手，反而将她拉入怀中，轻轻地抚着她略显僵硬的脊背，安抚她藏匿于内心深处的、与血亲为敌的沉重的痛意。

直至宫楼上被清理干净，闻人蔺才“嗯”了一声，道：“小殿下长大了。”

赵嫣颤了颤，抬手揪住闻人蔺的衣襟，道：“我知道凶手就是他，他已在我面前无所遁形，可是我还是无法给他定下死罪。”

“殿下已经做得很好了。”闻人蔺极慢地揉了揉她的脑袋，低沉的嗓音带着令人信服的力量，“接下来的事，殿下就交给本王吧。”

赵嫣从他的怀中猛然抬眼，眼下的泪痣泛红，问道：“你有法子？”

闻人蔺轻笑了一声，漆眸中蕴含着绮丽的笑意。

直如弦，死道边；曲如钩，反封侯。他想要的不仅是这几个人的性命，更是让魏琰身败名裂，受万民唾骂。

魏琰受审，夜宴戛然而止。

打破深夜的宁静的是远处如雷般急促的击鼓声。

皇帝按了按额角，问：“又怎么了？”

过了许久，大太监才连滚带爬地跪入殿中，膝行向前，禀告道：“陛下！阙门下有人击登闻鼓鸣冤！”

阙门下的登闻鼓是给有天大的冤屈的人上达天听用的。

皇帝平日求仙问道，不理政事，所以这鼓很多年没有响过了。此次登闻鼓还是在深夜响起的，这必是震惊朝野的大事啊！

皇帝稳住声音，问道：“击鼓者何人？”

“是……是个瘸腿的老和尚，自称乃闻人苍身边的副将，名叫于随。”太监颤巍巍地伏地道，“他说……说是为当年闻人苍惨死的真相而来。”

第二章
君子自毁

一

容扶月做了一个梦。

那是天佑九年的初春，闻人家父子四个人领兵北上的前夕。

梨花飘白，风过吹雪，闻人苍着一身劲装靠墙而立，额前的一缕碎发垂落至鼻尖，年轻的脸庞不笑时有些冷峻严肃。

“容府当真要退亲？是我哪里不好吗？还是你仍旧看我不顺眼？”

容扶月着一袭浅藕色的长裙随风摇曳，仿若空谷幽兰，闻言，脸颊上浮现出一层薄红。

少年时受父母之命定亲，他嫌她娇弱，她恼他粗犷，两个人初始相处得不太愉快。可自从前年容扶月遇山匪劫持，闻人苍一人一枪策马而来，舍身救她于水火之中，一切便有了翻天覆地的变化。

“是父亲的意思，我并未同意，也不会同意。”

容扶月垂首，将早已备好的小木匣奉上，声音轻轻的、柔柔的，恰似此时拂面的春风，暖香盈怀。

“愿大公子早日凯旋。”容扶月柔声道。

闻人苍不禁站直了身子，双手接过小木匣，打开一瞧，发现里面是一枚被打磨得锃亮光滑的护心镜。

他属虎，护心镜的背面就刻着威风凛凛的虎纹。

护心镜是贴在心口处的东西，既是保他平安，亦是表明心迹。

闻人苍冷峻的眉目流露出一缕温情。他抬手揉了揉鼻尖，望着映在镜面中的花影，低声问道："这护心镜材质上佳，你挑了很久吧？"

容扶月将被风吹乱的鬓发别至耳后，笑了笑，道："久闻城西剑斋里的铜品质最佳，但要锻造物件须提前数月预约，我原本是赶不上的，是魏小侯爷托人行了便利，这才及时打磨出来。"

听到魏琰的名号，闻人苍刚刚扬起的嘴角又沉了下去。

"他阴魂不散地缠着你干什么？"

容扶月一顿，下意识地道："他没有缠着我，是我去剑斋时偶遇的。"

"偶遇？他一个文人，去剑斋干什么？你相信这是偶遇？"

"大公子，魏小侯爷并未得罪过你，你因何总对他抱有成见？"

"我没有对他抱有成见，只是单纯地厌恶他。"闻人苍一想到魏琰那张笑脸迎人的和煦面容就习惯性皱起了眉，看上去有些咄咄逼人，"我说话一向如此直接。我不喜欢他，不稀罕他这点儿便利！你今后离他远一些，别对谁都一副滥好人的菩萨心肠。"

容扶月愣了愣，眸中隐隐地泛起泪光，胸口起伏了良久才道："闻人苍，你能不能……好好说话？"

闻人苍一见她微白的面色，什么话都说不出来了。

"就当是我做错了事……"容扶月双肩瘦削，低着头道，"我若惹你不开心了，你不如将东西还我。"

几片柔软的梨花花瓣落入匣中，闻人苍抠着小木匣的边缘，还真就"啪"的一声合拢盒盖，将木匣子连同护心镜还给了她。

容扶月没想到他真的退回了信物，一时仿若僵住了一般，没了反应。

闻人苍沉默着拉起她的手，将匣子归还于她。

容扶月的眼圈渐渐红了，不知是因为羞愧还是因为伤心。

闻人苍大步走了几丈，又停住了脚步。

高墙边，唯有漫天的梨花在风中“簌簌”作响。容扶月知道，只要自己开口唤一声，他就会回头。可碍于心中那点儿薄脸皮的傲气作祟，她几度张口，仍旧没能发出半点儿声音。

闻人苍终是大步离开了，此去便是诀别。

画面陡然翻转，容扶月梦见雁落关之战中，敌军如黑云般滚滚压境，闻人苍率一队人马出城诱敌。

困守于边城多日，兵疲马乏，闻人苍率领的小队皆浑身浴血，战袍上面满是被刀剑所斫的透光的窟窿。

苍穹下，尘土飞扬，闻人苍与仅存的亲卫顺利地将大部分敌军引向矿山腹地，眼看就要成功脱险，忽闻一声破空的声响自身侧传来。他骤然回首，瞳孔中映着锋寒的镞尖，继而眼中之景颠倒，烈马嘶鸣，空中盘旋的孤鹰发出凄厉的哀鸣。

一方沾有血迹的半旧的手帕从马背上飘落，犹如一片雪花，湮没于万马奔腾的黄沙之中。

容扶月捂着绞痛的胸口从梦中惊醒，颤抖得宛若风中即将凋谢的花。

“夫人。”侍婢披衣而起，慌忙给她倒出平复心疾的药丸，送水服下。

容扶月服药后仍喘息不定，推开空盏朝窗外望了一眼，虚弱地问：“什么时辰了？”

“回夫人，子时了。”

“侯爷没回来吗？”

方才护卫一路狂奔回来报信，说魏琰不知因何事被扣在太极殿中，府中上下皆慌得不行。

“尚未……许是受陛下召见，侯爷因商讨国事绊住了脚。”侍婢喏喏地回答，心虚不已。

容扶月想起在栖凤阁外的轿辇上太子对她说的那番话。

“舅母，你愿意相信孤一次吗？孤有个法子可以试探舅舅，但恐有眼线监视，故而需要舅母配合孤……

“瞒过所有人后，孤会秘密地送舅母回府。舅舅若按时归家，则一切如常；若被扣留于宫中，则说明你我的猜测属实。”

子时人未归，容扶月的心中已有了答案，她抱着双臂缓缓地闭上了眼。

相识十八载，成婚八年，她竟不识枕边人。

容扶月回想梦中所见，心脏仿佛被什么东西贯穿了一般，泛起尖锐的疼痛。

宫中，月影在屋脊上镀了一层寒霜。永麟殿的宴席已经散了，太极殿的暖阁中灯火通明，气氛凝重。

登闻鼓响时，赵嫣便知闻人蔺出手了。

为了避嫌，她刻意与闻人蔺错开，先一步赶去了太极殿。

三法司的人皆已到齐，魏琰随禁卫入殿，施施然朝皇帝撩袍跪拜请罪。

宴席上，王侯公卿都在，事情闹得这么大，皇帝只能被迫御审。

他右手屈肘撑在膝头，左手叉腰，微微前倾着身子，坐得不似平日端正。道袍垂地，他声音平静地道：“肃王何在？”

话音甫落，闻人蔺便不疾不徐地自殿外迈进，颀长的影子在地砖上拖出一条长长的暗痕。

他径直从魏琰旁边走过，欠身行礼道：“臣来迟，陛下恕罪。”

皇帝摆了摆手，道：“人都来齐了，将击鼓之人带上来吧。”

柳白微一路将证人护送入殿，视线与一旁的赵嫣的短暂地相接，二人心照不宣。

看到证人的模样，赵嫣不由得一愣。

来者穿着灰扑扑的僧衣，一瘸一拐的，脸上刀疤翻卷，正是中元节时她在偏僻的小寺中见到的那名招待闻人蔺的瘸腿老僧。

老僧艰难地屈起残腿，朝皇帝抱拳，行了个军礼道：“末将于随，叩见陛下！”

皇帝咬了咬槽牙，问：“你是闻人苍身边的副将于随？”

“回陛下，正是。”

“是你击登闻鼓，状告宁阳侯魏琰？”

“是。”

“宁阳侯，”皇帝抬起手，向魏琰指了指这位面毁腿残的老僧，“你可认得此人？”

魏琰扫了于随一眼，温润地道：“臣眼拙，不识得这位高僧。”

“宁阳侯不识得末将，末将却忘不了宁阳侯在暗中所做之事。”于随顿首，声音嘶哑地道，“天佑十年，雁落关，宁阳侯暗中买通苍将军身边的暗卒，在将军出城诱敌途中以冷箭伏击，使其含冤而死……请陛下明察！”

赵嫣没想到自己今夜的反击竟会牵扯出这么大一桩旧案的隐情，殿中也顿时一片吸气声。

“什么？！”

“闻人苍将军不是死于敌军的马蹄之下吗？怎么会和宁阳侯有关？”

大理寺卿和刑部尚书瞠目结舌，齐齐地望向皇帝。

皇帝深吸了一口气，对于随道：“这到底是怎么回事？你且详细地道来。”

“天佑十年，九月十七夜，敌军压境，弓尽粮绝，闻人苍将军为给城中的残部争取御敌时间，领了一支小队出城诱敌。几番厮杀后，我军死伤了大半，才顺利地将敌军的主力引向西北矿山腹地。我军只要再往前一里地，数万敌军便可葬送于矿脉塌方之处，从而逆转局势……”说到此处，于随哽咽起来，声音喑哑地道，“可就在我军即将得胜归城之时，那叛贼竟在将军身后放冷箭！将军在毫无防备之时被一箭射穿了心口，跌于马蹄之下！敌军狞笑着拍刀策马而过，黄沙滚滚中，将军连一具完整的尸骸都没能留下！讽刺的是，当初那叛贼贪生怕死，险些落入敌手时，还是闻人苍将军单枪匹马将他救出来的。谁承想，将军救回来的竟然是一条毒蛇！”

短短数言，字字泣血。

赵嫣不由得攥紧双手，望向了闻人蔺。闻人蔺静静地站着，始终让人看不清他脸上的情绪。

“本王的长兄闻人苍骁勇善战，十六岁时曾着一袭戎服劲装直捣敌营，一战成名。”

赵嫣想起了八月的暖阳下闻人蔺那番看似漫不经心的话语，心口一阵钝痛。

难得的青年将才竟被一箭穿心，还是死于自己人的阴谋之下。

赵嫣又蓦然想起那枚舅母收在小木盒中没送出的护心镜。若是闻人苍收下了此物，贴身佩戴，是不是……就不会死？

答案是苍凉的。

“于副将，你所说的这些可有证据？”刑部尚书开口问道。

“那叛贼知晓不论密谋成败，自己都难逃一死，便私藏了一封宁阳侯的书信，原打算以此为把柄，行勒索保命之用。末将死里逃生，将叛贼斩于马下，得此密信。”于随的眼中布满了血丝，他从怀中取出一封带着斑斑血迹的密信，用粗糙的双手颤抖着呈上，“末将毁了容貌，断了一条腿，辗转躲藏数年，就是为了今日能将此信奉上，使真相大白于天下！”

激动之时，于随猛烈地咳了一声，几欲呕血。

如此惨烈之言，无不令人扼腕动容。

皇帝接过转呈的密信，迎着光打开。

经过多年的颠簸，信已经很破了，然而魏琰的字迹并不难认。他的字颇有造诣，鲜有人能模仿出其间的神韵，更遑论上面还落有宁阳侯府的私印。

于随接着说：“那叛贼好赌成性，欠下一屁股债。魏琰便拿捏了他的家人，再许以常人一辈子无法企及的高官厚禄。叛贼贪饵吞钩，根本没有拒绝的理由。”

此事证据确凿。

皇帝从信后抬眼，望向淡然若水的魏琰：“宁阳侯，你还有何话可说？”

魏琰沉默了一会儿，平静地道：“欲加臣罪，臣无话可驳。唯有一句。”

“说。”皇帝道。

魏琰看向闻人蔺，淡笑道：“若于副将手中的这份证据是真的，那为何七年前不拿出来，而要等到今时？”

皇帝面色微变，从鼻腔中呼出一口浊气。

胶着的气氛微妙地凝滞了一瞬。

舅舅极擅揣度人心，他抛出的这个问题无疑在父皇的心里划开了一道怀疑的口子。父皇的猜忌一旦形成，他就有脱罪的余地。

思及此，赵嫣抿唇向前一步，正欲开口反驳，就见柳白微微抬手，示意她别出头。

“宁阳侯，于副将不傻，若在风口浪尖时露面，恐怕信还未被送到京城，他就被杀了。宁阳侯既然不信七年前的铁证，那就再听听近期的。”说罢，柳白微向前一步，面朝皇帝躬身：“臣请求陛下，允许臣提雍王刺杀太子一案的证人入殿陈词。”

皇帝默然许久，方道：“准。”

第二名证人是一位年轻的青衣婢子。

她刚迈进殿门，便“扑腾”一声跪在地上，抖着双肩伏下身子，不敢面见圣颜。

“你又为何事？”皇帝问道。

“奴……奴婢要检举宁阳侯指……指使雍王府的方士挑唆雍王，行……行刺太子。”

侍婢说得磕磕巴巴的，惹得皇帝皱起了眉。

“那方士与宁阳侯有何关系？”

“那方士是……是宁阳侯暗中举荐，安插在雍王府里的眼线。”侍婢将整个上身都伏在了地上，卑微地道，“雍王将奴婢关在柴房中，挟持奴婢的弟弟于太子的生辰宴上行刺。在柴房中，奴婢恰巧听见后院的方士与宁阳侯的幕僚交接，说只要唆使雍王行刺，一切就结束了。奴婢听……听得一清二楚，不敢有半句虚言。”

若非有人出手相救，雍王事败之后，她必然已经被灭口了。

皇帝起身，看向魏琰，说：“宁阳侯，你还有何话可说？”

魏琰看向皇帝，依旧是那副温和的样子。

君臣目光相接，他仍是那句：“臣无话可言，请陛下明鉴。”

皇帝颔首，连说了两个“好”。他指着宁阳侯，对禁卫道：“褫夺魏琰爵位，即刻押入天牢候审。”

赵嫣的心略微一沉：还要审？父皇是出于严谨考虑还是有所犹豫？

不给她思索的机会，皇帝便挥了挥手，面露疲倦地道：“都退下吧，朕累了。”

赵嫣只好随着众臣行礼，退出了大殿。

“肃王，”皇帝单独叫住了闻人蔺，声音有些沙哑，“今夜事关重大，你有什么想说的？”

闻人蔺答了什么，赵嫣并未听清。

此时已是寅时，临近破晓，连风也安静起来。整座皇城像一座巨大的坟墓，静谧无声。

柳白微从赵嫣身后走来，揉了揉眼睛道：“人证都交给刑部了，有肃王的人守着，不会有事。殿下回东宫吗？”

赵嫣摇了摇头，道：“你先走吧，我等个人。”

柳白微张了张嘴，没说什么，踏着夜色一步三回头地走了。

坤宁宫派人送来了御寒的斗篷，流萤接过，将其抖开，为赵嫣披上，系好了衣结。

赵嫣拢着袖袍行至太极门下，寻了一级干净的石阶，将斗篷的下摆垫在身下，坐下了。

她一直在想舅舅的那句话——“若于副将手中的这份证据是真的，为何七年前不拿出来，而要等到今时？”

除此之外，面对如山的铁证，他始终一言不发。

这句话到底有何深意？

舅舅若对闻人苍下手是因舅母而起，那毒杀赵衍又是为了什么？

赵嫣正撑着下颌想得入神，并未察觉身后某人靠近。

那人俯身，薄唇凑到她的唇边轻声道：“砰！”

赵嫣原本全身心投入在推演中，猝然被耳畔这声低沉的“砰”吓了一跳，抖着肩“啊”了一声。

赵嫣抬头一看，闻人蔺那张冷白的俊颜近在咫尺，带着得逞的浅笑。

闻人蔺孑然一身，行于暗夜中，无亲无友。

赵嫣望着他漆眸中的笑意，不知为何，鼻腔中泛出一丝酸涩之意。

二

闻人蔺一夜未眠，脸上却无半点儿倦怠之色。见赵嫣愣了愣，他敛了笑意，凑近了些，问："殿下被吓着了？鼻尖都红了。"

闻人蔺朝赵嫣伸出手，稍一带力便轻松地将她从石阶上拽了起来。

"没，大概是被风吹的。"

赵嫣露出了笑容，柔软的指尖从他的掌心划过，而后掩饰般低下了头，拍了拍斗篷上沾染的灰尘。

凌晨时分，残星未陨，天边现出晦暗的蓝白色。

闻人蔺身高腿长，即便闲庭信步，亦有一种说不出的凌寒之势。他刻意放慢了脚步，与赵嫣比肩而行，腰间那枚略显粗糙的玉佩微微晃动着。

赵嫣走在他身边，只觉得他沉稳又可靠，宫道上的凛风被尽数遮挡了。

"你和父皇说什么了？"她问。

闻人蔺提了提嘴角。

魏琰擅揣度人心，临了还不忘扎下一根刺。闻人蔺自然不会傻到认为皇帝单独留下他是真的想听他这位"遗孤"对御审的看法。皇帝只是想问清楚，这背后有无他在推波助澜。所以，他只回答了一句："臣信陛下会给天下一个交代，全凭陛下圣裁。"

"就这样？"

"就这样。"

"我还以为你定会趁热打铁，让父皇定魏琰的死罪呢。"赵嫣揣摩着，又道，"我说怎么一直查不到那名婢女的下落，原来她落在了你的手里。"

闻人蔺似笑非笑地道："等殿下想明白其间的始末，那婢女恐怕早就成一具枯骨了。"

"也是。"

赵嫣感到有些挫败——自己拼尽全力才能想通的难题，于闻人蔺而言不过是易如反掌之事。

她没有追问闻人蔺为何不提前告诉她证人在他的手中，为何他不将计划和盘托出，再一手遮天地替她踏平荆棘……

有时，赵嫣觉得闻人蔺是理解她的。

真相要自己探索，血仇要自己报。闻人蔺会教她强大起来的方法，提醒她如何自保反击，以深沉的注视陪伴她跌跌撞撞地前行，却不会将她视作笼中的鸟雀，以关切之名行禁锢之事。

两个人有各自的目标，或短暂地交集，或背道而驰。虽然走得艰难些，但赵嫣觉得很踏实。

闻人蔺见赵嫣拢着袖子时而展眉，时而凝思，神情灵动，不由得失笑。

“殿下也不必自惭。东宫危若朝露，殿下回京一年，能走到今天这步已十分不错了。”他抬手，自然而然地按了按赵嫣的发顶，“以后即便本王不在，殿下亦能自保。”

明明这句话是纵容、夸赞的语气，赵嫣却听得不是那么开心。

“对了，我能问你一个问题吗？”

“问。”

“舅舅当年做的事，太傅为何选在今夜才挑破？”

难道仅仅是因为她做出了反击，两个人的目标一致，闻人蔺才顺水推舟地将了舅舅一军吗？

闻人蔺停住了脚步，垂眸望向赵嫣。他的漆眸在夜色下深若寒潭，泛着浅淡的冷光，但他的嗓音甚是轻柔。他说：“因为本王想要的不只是他的性命，如今天时地利，自然不想再等了。”

赵嫣下意识地问道：“那太傅想要什么呢？”

闻人蔺没有回答，目光扫向停在宫门外的轿辇，笑道：“殿下回去好生睡一觉吧，眼底都熬青了。”

赵嫣下意识地摸了摸眼睛。

为了应付这场迎冬郊祀，她前夜绷着神经未曾睡好，昨晚又熬了一宿，的确快撑到极限了，脑袋宛若被锤凿般隐隐作痛。

“那你呢？”她轻声问。

“本王先送殿下回东宫。”闻人蔺回答。

赵嫣得到了想要的答案，垂下眼，笑着说：“好。”

回到东宫，赵嫣整个人疲乏无力，简单地洗漱一番后，便解了斗篷随手一丢，歪身倒在榻上，扯过被角随意地盖在身上。

闻人蔺走过去，弯腰给她脱了靴子，听到她困乏的声音含混地传来：“舅舅没有招供，我怀疑他还有什么招数，譬如拖到父皇圣寿，大赦天下之时……”

她说得越来越慢，声音越来越小，困得眼皮都粘在一起了，还有精力想这些。

闻人蔺用手掌托着她的双足塞入被子中，慢慢地替她掖了掖被角，方撑着榻沿俯身道：“放心，人言剐之，刀尚未出鞘。本王这样的恶人，怎会让仇者死得轻松？”

赵嫣意识昏沉，无力思索闻人蔺话中的深意，只隐约地觉得他还未拿出最后的底牌。她下意识地往床榻里面挪了挪，让出一半的被子，让闻人蔺也躺下歇会儿。

闻人蔺顺势坐在榻边，就见一双手臂藤蔓般缠上他，拥住了他矫健的腰肢。她甚至还贴得更近些，自顾自地寻了个舒服的姿势，呼吸很快变得绵长起来。

闻人蔺凝望着蜷在身边的柔软的身形，视线从她眼角的泪痣转向绯色的唇，眸中蕴含着缱绻的暖意。

他抬手摩挲着她的鬓角，俯身以唇轻吻她的耳尖，悠悠地低语道：“睡吧。”

直至几日后，赵嫣才明白闻人蔺的那句“人言剐之”是何意思。

宁阳侯魏琰因私怨残害闻人苍，间接导致雁落关近十万将士惨死之事不胫而走，一时举国震惊，民怨四起。先是曾与闻人家交好的霍锋等武将请命彻查，继而以明德馆为首的年轻儒生们振臂高呼，紧接着无数战殁将士的遗属自发地从各地赶来京城。

宫外万人静跪，上至八十岁老者，下至垂髫小儿，无一不身披缟素，相互搀扶着跪于宫门外，为那以尸骨筑墙、宁死不降的近十万英灵讨要说法。

此案愈演愈烈，民意如水，稍一动荡便是狂澜大浪。

一封封奏折纷至沓来，飞页如雪，皇帝已经连着数夜未曾安寝。迫于民怨，他不得不加快刑部的审问进程。

皇帝在四日内提审了魏琰三次，没有给他留下任何斡旋的余地。或许他也清楚，走到这一步，皇帝只能用他的性命平息民愤，给天下人一个交代。

今天早晨，赵嫣醒来就听孤星前来禀告，说宁阳侯府的大门已经被愤怒的百姓泼了狗血和烂菜叶，连石狮子都被砸毁了，一片狼藉。

孤星道："卑职担心，此事会牵连殿下。"

孤星的担忧是多余的。太子亦是魏琰一案的受害人之一，民间非但不曾迁怒于东宫，反而夸太子大义灭亲、英明神武。

眼下唯一的问题是，魏琰在供词中始终没提及以冒名信毒害太子之事。

赵嫣忖量了许久，决定亲自去一趟刑部天牢。

朔风冷冽，冬阳暗淡，枯枝在宫墙上投下一片张牙舞爪的暗影。

顺义门下仍跪着不少请愿的英烈遗属：最前方是一对耄耋之年的夫妻，颤巍巍地互相搀扶着，瘦得如枯枝，还时不时地用手指拭去眼角渗出的混浊的液体；继而是搂着孩子的遗孀、半大的孤儿……一个人跪得昏厥倒下后，后面的人自发补上空缺，一如他们的儿子、丈夫和父亲那般，在战场上前赴后继，以血肉筑墙换身后的安宁。

可那些将士不是死在敌人的手里，而是死在自己人的暗算中啊！若是闻人苍将军没有被害死，若是那天他们诱敌成功，坍塌的矿脉葬送了敌军的主力，那数万人或许就能活着回来，与家人团聚。

赵嫣从马车上下来，望着宫门外跪守在瑟瑟寒风中的人，难掩悲戚之色。

每一张麻木哀戚的脸庞背后都是一个破碎的家庭。

"他们一直跪在这儿吗？"她问。

"回殿下，他们跪了五天了，一拨人倒下另一拨人就替上，皆是来为战死的将士讨说法的。”刑部尚书躬身远迎，恭敬地道，“那对耄耋之年的老夫妻生有三子，三子皆先后在战役中亡故，如今孤苦伶仃，甚是可怜。还有第三排最末的那几名女子，皆是二十多岁的年轻寡妇，刚成亲，丈夫就北上出征，连尸首都没能被殓回……令人扼腕哪！”

寒风袭来，赵嫣的眼中一片湿凉。

她闭目，轻声道：“去给他们备些御寒之物，再煮些姜汤驱寒，所需费用尽管来东宫支取。告诉他们，朝廷一定会严惩恶人，绝不让捐躯赴国难者心寒。”

刑部尚书连声道“是”，下去安排了。

赵嫣定了定神，跟着提灯的吏员入了刑部大牢。

天牢内，阴冷腐朽的气味扑鼻而来，赵嫣见到了关押在最里间的魏琰。

他瘦了一些，但看上去并无多少狼狈之色，头发以布带束着，囚衣穿得齐整，依旧风雅洁净。

他跪坐于牢中唯一一张破几案后，正以羊毛毡打磨着一支廉价的竹箫，举手投足慢而不散，仿佛餐云卧石，而非身处囹圄之中。

那双温润如玉的手曾教过赵衍悬腕练字，曾笑着将赵嫣举上头顶。温情的回忆被现实割裂，如今她只觉得这双手可怖。

见她神情复杂地站在牢门外，魏琰放下手中的竹箫，倒是先一步开了口：“圣上有悯囚之心，准我在牢中摆弄音律，消遣时光。太子想问什么，一并问了吧。”

赵嫣望着他自若的神情，沉静地问道：“舅舅听着门外将士遗属的哭泣声，难道不害怕、不惭愧吗？”

魏琰平静地说：“我做都做了，怕有何用？”

“你现在肯招供了？”

“是。闻人蔺要以人言杀我，事到如今，我无力回天。”魏琰的目光中有一种看透一切的平和之意，“倒不如我坦诚一些，至少能保阿月不受牵连。”

他越是情深义重，如朗月入怀，赵嫣便越觉得讽刺。

她缓声道：“舅舅不配提舅母的名字，以爱之名行伤天害理之事，那是在玷污爱。”

魏琰提笔润墨的动作一顿，半晌，他轻叹了一声：“你们都以为，我对闻人苍下手是为了抢阿月。”

“难道不是吗？”

“不，当然不是。我与阿月相识时，闻人苍还未与她定亲。我十四岁便为侯府的家主，但空有爵位，无殷实的家境。年少寒酸，我在士族贵胄中并不受待见。我也曾写诗文投递于名门自荐，祈求结交，换来的却是无情的嘲讽。我的呕心沥血之作被扬得漫天皆是，纸页纷纷被践踏入泥，他们却哄堂而笑……太子不妨猜猜，折辱我的人是谁？”

赵嫣陡然一寒，抿紧了唇。

重阳那日，她登宁阳侯府，见到不少文人、儒士于门外投诗自荐，受到的待遇颇优。那时魏琰就说过：“只因臣年少自荐时吃过闭门羹，因此不想让他们也受此轻视罢了。”

“是闻人家的两兄弟。那时闻人大将军是圣上身边的股肱，闻人家于京中一呼百应，被他们否决的我自然成了众人奚落的对象。那时只有阿月敢站出来维护我两句，我便下定决心，不负阿月，不负天下有才之人。”魏琰望着从逼仄的窗口照进来的冷光，徐徐地道，“可未等我羽翼丰满，阿月就与闻人苍定了亲，我最厌之人抢走了我视若皎月的女子，你知道这是一种什么感受吗？撕心裂肺也不过如此。我只是想拿回属于我的东西罢了。”

“属于你的东西？你把舅母当什么了？！”赵嫣几乎控制不住地提高了声音，同为女子的她难掩战栗之态。

魏琰一愣，而后自嘲地道：“是，我卑劣。可做了一件错事就要用无数件错事去圆，立于高处，我无法回头，也从不后悔。我唯一对不住的人就是阿月。”

他是拥有过光的人，怎么甘心再回到黑暗的泥沼中呢？

他不顾一切地往上爬，哪怕踩着尸山枯骨，只要能摘到那束光，能振兴宁阳侯府，将当初轻视他的人一个个都踩在脚下，便在所不惜。

“你对不住的人只有舅母？那些枉死的将士呢？”

这份君子假象下的偏执令赵嫣心中发冷，更遑论被他欺骗了八年婚姻的舅母？

“就算你对闻人家动手是为了私怨，那对孤下手又是为何？”赵嫣暗中攥紧了手指，“母后的生辰宴上，舅舅能模仿百种‘寿’字的写法，又曾为我们兄妹启蒙，对我们的笔法了如指掌。那日在宁阳侯府里，舅母说长风公主的字迹大有长进，这说明你们曾见过她近年来的字迹。以舅舅的书法造诣，舅舅模仿吾妹赵嫣的字迹，想必也是信手拈来。”

魏琰并不否认，道：“你果然猜到了。”

真相就在眼前，赵嫣情不自禁地向前一步，声音滞涩地道：“如今所有的线索都指向你，但孤不知道你下此毒手的动机为何，是因为太子的新政触动了你的利益吗？”

谁知魏琰听闻此言，只是摇首轻笑了一声：“读书人经世治国乃天理，太子为国为民，虽伤及我半生积攒的家业，然其心可敬，我没有这么狭隘。”

“那你究竟为何？”

“太子是忘了还是真不知道？”魏琰起身，缓步向前，隔着牢门道，“去年避暑前，太子来宁阳侯府与我对弈时，曾说过一句话。”

赵嫣不露声色，镇定地问：“你指哪一句？”

魏琰望着赵嫣，徐声道：“太子说，当年雁落关一战，恐是内部出了问题。”

即便赵嫣早有准备，脑中仍轰鸣一声，险些站不住脚。

三

自重阳那日从宁阳侯府归来，赵嫣便一遍遍地于纸上梳理、推演，直至所有的疑点都指向魏琰。现实的残酷与回忆的温情被割裂，情与理的拉锯使得她陷入了短暂的迷茫中。

时至今日，在见到顺义门外身披缟素静跪的将士遗属前，赵嫣仍对魏琰存着一丝至亲为仇的痛意。而此时，这丝痛意显得如此可笑。

就为了一句话，即将科举入仕的儒生们死了，赵衍死了，而自己只能顶替兄长的身份行于暗夜之中。

赵嫣眼圈发红，苍凉地道：“舅舅残害自己一手教养长大的亲外甥，再嫁祸给自己的外甥女时，心中可曾有一丝的挣扎与后悔？”

魏琰安静了片刻，略微瘦削的面容清俊儒雅。

“我与阿月是真的很喜欢你们兄妹。”他回答得没有丝毫迟疑，“那孩子什么都好，温柔仁善，就是对人没有戒心。我不知是谁让太子对雁落关之事有了猜疑，唯一可以肯定的是，太子若查出来幕后的真凶是我，不仅我会声名狼藉、以死谢罪，朝中与我有牵扯的一半士族皆会因此受牵连而倒台。之后，太子便可顺理成章地安插人手入朝，推行新政。所以，我没有选择。”

“不是没有选择，而是你已在歧途之上，不愿走正道。”赵嫣打断了他，虽眼睛微红，但清醒无比。

魏琰有一瞬竟难以直视她的目光，垂下眼道：“是，走到这一步，我害怕的不是失败，而是失去。”

他年少时饱尝冷眼，所以极擅长揣摩人心，无论在何时何地，皆能以完美的笑容示人。然而上天并未因他的勤奋与和气而善待于他。容扶月定亲，未婚夫闻人苍是年少英才；武将势大，只手遮天，而魏家依旧在权贵中处于无足轻重的尴尬地位。魏琰隐忍到最后，心中只剩下不甘和偏执。

当年他下手杀闻人苍，的确有赌的成分，不过万幸的是赌对了。

后来宁阳侯府深受赏识，声名鹊起，随之被提拔的还有一批文臣仕宦。

魏琰有了家财和名望，如愿以偿地娶到了心仪的女子。八年安稳的生活却被赵衍一句无心之言瞬间打回原形。

一旦当年的阴谋败露，他如今拥有的一切乃至性命，都将化作泡影。他舍不得那孩子，然而和眼下拥有的一切相比，那孩子的命似乎也没那么重要了。

魏琰花了一夜的时间静坐，然后做出了决定。

太子要离宫避暑，而雍王世子早就觊觎皇储之位，且素来急躁、鲁莽，是最好的棋子。他曾在赵元煜身边安插了一名谋士，只是让谋士动了动嘴皮，赵元煜果然就迫不及待地筹备了归途行刺之事。

可赵元煜刺杀的只是太子的影子卫，赵衍回到东宫后必将更加谨慎，所以魏琰只能亲自出手。

那孩子回宫前专门去了一趟华阳行宫，魏琰深知他们兄妹情深，便仿照赵嫣的字迹写了一封信——这是他能想到的唯一不让太子设防的方法。那孩子总会盲目地相信血脉亲人。

这本该是一个完美的计划，谁承想，东宫闭门近百日后，太子竟安然地现身了。纤细羸弱的少年三步一喘，五步一咳，看上去虚弱无比。魏琰一时不能确定是太子中毒后从鬼门关走了一遭回来，还是有别的隐情。

他观察了许久。好在太子羽翼尽折，落在闻人蔺的手中自顾不暇，没有精力再纠结当年雁落关一战的真相。

这样也好，只要太子安分，他亦无须再冒险出手。

可偏偏闻人蔺与东宫站在了一起，继而摘星观坍塌，太子查到了神光真人的账册。

那账册上除了记录了他为阿月求的养心丸，还有一味毒香。若太子发现了端倪，再向闻人蔺透露点儿什么，他的一切计划都将败露。

魏琰长叹道："闻人蔺已经不是当初那个孤苦无依的十六岁少年了，如今是连宁阳侯府都忌惮的存在。太子和他走得近，我如何心安？"

所以在皇后的寿宴上行刺失败后，他就临时改变了计划——既然无法灭太子的口，就索性将所有线索引向一个替死鬼，让这个替死鬼背负所有罪责。

魏琰知晓太子今非昔比，聪慧绝伦，留着那刺客的活口又故意放出风声，定然是为了引幕后的真凶上钩。于是他将计就计，派人潜入狱中杀了刺客，再故意兜兜转转，与雍王府的那名炼丹方士交接。继而他在中元节命人暗中传信给雍王，说赵元煜是死于太子的私刑之下，再捏造一些似是而非的证据，将赵元煜炼制无上秘药的元凶指向东宫——他擅长模仿字迹，伪造点儿书信并不算太难。

赵嫣想通了所有的关节，随即说："所以在孤的生辰宴上，舅舅假借宫牌丢失吸引在场之人的注意，暗示那名行刺的太监，让他顺利供出雍王。雍王府里的毒药是你栽赃的，那名炼丹方士亦是你安排的，为的就是让孤相信幕后的真凶就是雍王。”

“不错，原本一切恩怨都该就此了结。可惜，你太机敏了些。”魏琰看向赵嫣，像是洞悉了一切，“当年为你们兄妹启蒙，我就觉得你比你兄长灵活、知变通。”

狱吏站得很远，魏琰的声音很轻，可赵嫣仍然瞳孔微微一颤。

他看出来了！

“看来这些年，你在华阳见识了许多，闻人蔺也将你教得很好。”魏琰稍稍侧首，平静地一笑，“不是吗，长风公主？”

“你在说什么？”赵嫣冷眼与魏琰对视。

“直到此刻，我才敢完全笃定你的身份。那孩子太过善良，不会算计人心，亦不会流露出你这般神情。即便知晓我是幕后的真凶，他也不会愤怒，只会悲悯。”

所以赵衍死了。

这个世道哪里容得下纯粹的好人？

赵嫣迎着魏琰的目光，面上不动声色，袖中的双手却攥得越来越紧。

她并不想在这种时候被人揭穿身份，遑论魏琰是将死之人，很难说他不会利用此事大做文章，来个玉石俱焚。

“殿下要杀我灭口吗？现在还来得及。”魏琰精准地拿捏住赵嫣那一瞬的迟疑，“只是如此一来，你便也做出了和我当年一样的选择。”

这种被人从高处俯瞰的紧迫感又来了。

赵嫣知道魏琰的目的是什么。若自己被激怒，他死得轻松不说，还能将她也拉入满是鲜血的深渊之中。

她若为了守住秘密而杀人，便和当年的魏琰并无区别；可若不杀……刀尖悬顶，她坐立难安。

“当自己的秘密即将被捅破时，为了圆谎，君子自毁亦在所不惜。”他重新坐下，仿若漱石枕流的雅士，笑着道，“你看，人并非生来就这样坏的。”

“你想让我证明什么？证明每个人遇到危机时都会做出和你一样的选择，还是想证明你屡下杀手是对的，是不得已而为之？”赵嫣垂眸看着坐在一线冷光中的魏琰，轻声道，“我永远不会成为第二个你。”

魏琰有些意外。

“你以为……只有你会算人心？舅舅如今已是废子，废子说的话自然是废话。”赵嫣微抬下颌，一字一顿地道，“我就是太子，是拂灯夜蛾。舅舅与其白费心思套话，不如留着精力打磨这支短箫吧。”

魏琰敛了笑容，目光从几案上的竹箫上掠过。

赵嫣得到了想要的答案，转身就走。

赵嫣踏上石阶时，身后镣铐声响起，魏琰的声音传来：“闻人蔺时隔七八年才出手，殿下可知为何？”赵嫣脚步一顿，只听魏琰轻叹，“殿下再走下去，只会得到一场必败的局。”

赵嫣攥了攥拳，没有回头。

她出了牢狱，阳光铺洒下来，驱散了她身上透骨的阴寒。

司门郎中正在和刑部尚书说着什么，刑部尚书有些不耐烦，但强忍着脾气道：“我刑部大牢又非菜市场，岂能将什么人都放进来？”

赵嫣拢了拢身上的狐狸毛披风，徐徐地吐息，整理好心神问：“怎么回事？”

“啊，太子殿下！”刑部尚书躬身行礼，忙不迭地解释，“臣不是说您，是宁阳侯……不，是容夫人来探监了。”

舅母？

赵嫣诧异，心情复杂地思索起来：宁阳侯府不是被查封了吗？所有亲眷、侍从都在等候发落，她是如何出来的？

刑部尚书揣摩着赵嫣的面色，请示道：“虽说圣上有悯囚之心，允许亲属探监，然而魏琰所犯之事重大，外面又有那么多遗属看着，臣也不敢……”

他的话还未说完，顺义门外便传来了一阵骚乱。

赵嫣最担心的事发生了。她顾不得听刑部尚书的请示，迎着风大步迈出了大门。

容扶月提着一个食盒下了马车，凛风袭来，吹掉了她遮面的斗篷兜帽，露出了苍白憔悴的容颜。才几日不见，她的身形已经消瘦得宛若一根随时可能被折断的苇草。

侍婢赶紧给她重新戴上兜帽。然而顺义门前跪了那么多遗属，还有不少奋笔疾书前来声援的儒生，很快就有人认出了她。

“是她！容扶月！”人群中传来了一声清晰而愤怒的声音，“大家快看！这个女子就是魏佞臣的妻子！”

一时如投石入水，不少人纷纷闻声转头望了过来。

“蛇鼠一窝，魏琰的女人也不是什么好东西！”

“就是！她穿的衣裳、乘的车马，哪一样不是靠敲骨吸髓得来的？”

“罪人哪！她竟还招摇过市！”

先是一支笔从人群中掷来，在容扶月低调的素裙上砸出了一道触目惊心的墨痕。随后，仿佛什么泄愤的机关被开启了一般，布鞋、纸团、菜叶乃至于石子，纷纷朝容扶月砸来。

容扶月被砸得偏过头去，身子踉跄。

“别砸了，别砸了！我家夫人……我家娘子已经不是魏琰的夫人了，他们和离了！”那侍婢拼命地用瘦小的身子挡在容扶月面前，然而换来的只有更疯狂的声讨，她不由得带着哭腔道，“这关娘子什么事啊？她也是被蒙在鼓里的，你们怎么能这样？！来人哪！有没有人管？”

“舅母。”赵嫣及时将容扶月拉入顺义门中，守门的禁卫立刻一拥而上，执着长戟结成人墙，将激愤的百姓拦在门外。

眼看情况愈演愈烈，赵嫣向前朗声道：“大家冷静点儿！”看到没人听她的，她又提高声音道，“吾乃东宫太子，都冷静点儿！诸位的爱国之心，孤甚为感念，但欺负一个手无寸铁、毫不知情的弱女子就能让死者复生、奸者受惩吗？”

听到“东宫太子”几个字，激愤的人群这才安静下来。

“孤绝不会让奸人逍遥法外，”赵嫣一张嘴就灌了满口寒风，喉咙发痒，但挺直了脊背护着容扶月，坚持将话说完，“也不允有人打着伸张正义的旗号，行欺凌弱小、发泄愤怒之事。”

一片呜咽声中，容扶月摘下兜帽，缓步朝那群身披缟素的人走去。

“舅母……”赵嫣有些担忧。

众人目光如刀，仿佛要将这个娇弱的女子凌迟。但容扶月没有害怕，朔风中，她的鬓发松散，素裙脏污，以柔弱的声音对众人道：“魏琰所做之事，天理难容。妾不为他辩解，亦无颜奢求诸位谅解。”说着，她当着众人一躬到底，像一朵折落的花，虔诚而哽咽地说，“对不起……妾替魏琰给诸位请罪。”

她久久躬身不起，松散凌乱的鬓发从耳后垂落，使她苍白的面容变得模糊起来。

一滴泪自她的鼻尖滚落，砸在了地上。

四

众人霎时间被定身般静了下来，神情复杂地看着这位在宫道上折腰请罪的纤柔女子。

瑟瑟寒风中，那对老夫妻叹了一声：“唉，算了吧！我等想求的不过一个真相、一个公道，为难女子有何用？”

说罢，两个人颤巍巍地相互搀扶，揉着红肿的膝盖重新跪回门外。其余人见状，也陆陆续续地退回到自己的位置上。

赵嫣向前，朝众人拢袖一礼，这才上前搀扶起容扶月。

容扶月几乎站不稳身子，唇上没有半点儿血色，如同一抔即将消融的冰雪。赵嫣轻声道：“舅……容姨还来做什么呢？”

“妾糊涂地活了八年，有些话想当着他的面问清楚。”容扶月将鬓发别至耳后，轻声恳求，“求殿下准允。”

容扶月被蒙骗了八年，从魏琰获罪入狱到如今的数日里，一直被困于侯府中，连个当面质询的机会都没有。

赵嫣于心不忍，思量许久道：“孤可以给容姨争取一刻钟的时间，但所有带进去的东西都要经过严格的检查。”

容扶月点了点头，说：“多谢殿下，应该的。”

容扶月带的食盒里装着一壶酒、两只酒杯，还有一碟糕点。狱吏以银针一一试毒，确定酒水和吃食没有问题，也没有藏什么利器，便将容扶月带了进去。

赵嫣没有立刻离开，吩咐狱吏留意里面的动静后，便站在阶前等候。

狱中，魏琰听到了熟悉的脚步声。

见到容扶月，他淡然的面容一僵，下意识地起身理了理衣袍。他想在容扶月面前保持最儒雅的仪容，可脚上的镣铐、阴暗潮湿的牢狱，无不在提醒着他的狼狈之态。

狱吏打开了牢门，放容扶月进去，重新关上牢门，远远地守在窄道的尽头。

"我已给你写了和离书，定罪后，你不会受牵连……"未将话说完，魏琰便瞧见了容扶月的额上被砸出的红痕以及裙裾上的墨渍，斗篷的兜帽里甚至还有几片腐烂的菜叶。魏琰仿佛明白了什么，眼中浮现一抹痛意，连忙上前抬手道："这伤如何来的？他们欺负你了？"

"无碍，我不小心撞的。"容扶月侧首避开了他的触碰。

微微躲避的动作令魏琰的手霎时间顿在半空中。喉结滚了滚，他垂下手，哑声道："你不该来这里的，阿月。"

"我来这儿是想亲自向你求一个答案，否则我死也难安。"

"别说这样的话，阿月，你不会死的。"

容扶月撑着几案，欲在稻草铺上坐下。魏琰拉住她说："别坐。地上阴潮，你的身体受不住。"

说罢，他拿起牢中唯一一件干净的外袍，将其折叠好，为她垫在膝下，珍视、体贴之情溢于言表。

可偏偏就是这样一个人，为一己私利葬送了近十万将士的性命，甚至多次谋害与他血脉相连的太子。

容扶月忍着心中翻天覆地的绞痛感，将食盒中的糕点与酒水摆在几案上，缓了缓，方问道："闻人苍是你派人暗杀的？"

"阿月，别问了……"魏琰近乎恳求地说。

"是或不是？"容扶月加重了语气。

她从未疾言厉色地说过话，声音稍稍大一点儿就会发颤。

魏琰顿了顿，垂眸道："是。"

容扶月面色惨白，捂着心口，闭目咬唇。

"阿月……"

"你为何要杀他？"

“他不死，阿月就不会属于我，魏家也无出头之日。”

“那近十万将士的死也和你有关？”

“算是。”

“你的亲外甥遇刺，也是你指使的？”

“是。”

“这些话，你可有骗我？”

魏琰惨淡地笑了笑，说：“这种时候，我没有骗你的必要。阿月，你别折磨自己，我都认了。”

他捏了捏指骨，想让容扶月和离后另择佳婿、好好生活。可话到了嘴边，他还是没能说出口。

容扶月深知，就算他此刻脸上流露出了一丝难过之色，也绝非在为自己所做的错事忏悔。

“不管怎样，多谢你告知我答案。”她抚去脸上冰冷的泪，端起酒杯，斟了两杯酒，推给魏琰一杯，举起自己的那杯，道，“愿饮此酒，从此我与你一别两宽，死生不见。”

闻魏琰言，面容变白了。

“一别两宽，死生不见……”他念着这句，端起自己的那杯酒，垂眸笑了一声，“阿月，你我成婚之时并未饮交杯酒，而今倒是补上了。”

当年闻人苍的死讯传入京城，容家陷入两难之地，唯恐自家的女儿落得个“克夫”的恶名。容家本来就有悔婚之意，所以魏琰登门提亲时，容家阿爹想也未想，便匆忙地将女儿嫁了过去。

魏琰忘不了他满心欢喜地揭开盖头时，喜烛的暖光下，容扶月那张被泪水浸透的美丽的脸庞。

“八年了，我以为我能焐热你的心。”魏琰苦笑，当着容扶月的面仰首饮尽了杯中酒。

苦涩的味道顺着他的喉咙蔓延至全身，热意涌上了眼眶。

“可你让我寒心。”容扶月将酒送至唇边，却被魏琰抬掌按住了杯口，轻轻地压下了。

“阿月身体不好，不宜饮酒。”说着，他接过容扶月手中的那杯酒，送入了自己的口中。

容扶月指尖颤抖，那神情说不出是怨还是恨。

“这毒发作得快吗？”魏琰握着杯盏轻轻地问。

容扶月脊背一僵——他看出来了。她将毒抹在了杯口，要给枉死的将士们一个交代，给自己八年来助纣为虐的行为一个惩罚。

“别担心，我本就是将死之人，不会怪你。”魏琰感受着腹中的异样，还有力气笑着安抚她，“应该没那么快毒发，那我给你吹一首曲子吧。”

他将竹箫置于唇畔，吹起了两个人共同谱写的那曲《风入竹》。粗糙的竹箫音质不够清透，听起来像是风在哀鸣。

不多时，箫声变得凝滞起来，箫管中好像流入了什么液体。

魏琰唇角溢血，那血沿着箫身淌下，又从竹孔中溢出，但他没有停下。与此同时，容扶月捂着心口，忽然吐出一口瘀血来。

竹箫发出一声尖厉的声音，乐曲戛然而止。

魏琰望着同样吐血的容扶月，像是被冻住一般难以置信地喊道：“阿月！阿月！”

容扶月凄然一笑，望着掌心里的瘀血，脸上是求仁得仁的轻松表情。

“来之前……我便服了毒。”她颤抖着道，“魏琰，你六亲不认，视人命如草芥，即便身处牢狱，亦毫不悔改……但我知道如何才能伤到你。”

他的软肋只有她，能伤到他的人也只有她。

所以，容扶月以自身为刀，给了他致命一击。

这是她的复仇。

魏琰，原来你也会痛、会悔吗？瞧瞧你现在的样子，真是可怜又狼狈。

魏琰疯了。

竹箫掉落在地上，他接住了容扶月瘫软的身子，嘴唇抖动，想要呼唤什么，却只发出了喑哑的气音。

他目光破碎，再没有了往日儒雅的样子，膝行着抓住牢狱的栅栏，近乎绝望地嘶吼：“来人！来人救救她！”

赵嫣在狱外听到箫声在尖锐而突兀的走调后戛然而止，想起了舅母那张苍白的脸，忽然有了一种不祥的预感。她转过身，从大步疾走到小跑，气喘吁吁地穿过牢房的石阶暗道，停在了最里间的牢房的门前。

她睁大了眼，没有丝毫迟疑地吩咐慌乱的狱吏：“给他们催吐！去太医院叫张煦来！快！”

张煦很快就来了，众人皆手忙脚乱。

过了许久，张煦才从牢房中出来，朝神情凝重的赵嫣道：“殿下，囚犯悲伤过度，心脉俱损，始终不肯张嘴吐出毒酒，恐有些棘手。”

连张煦都说棘手，魏琰当真是一点儿求生的意志也没有了。

“舅……容姨呢？”赵嫣问。

张煦回道：“容夫人所服的并非毒药。”

“不是毒药？那为何她会呕血、昏厥？”

“这……微臣暂时还不能确定，容夫人的症状看起来是急火攻心之兆，不过脉象还算平稳，的确不曾中毒。”

赵嫣回想起容扶月在顺义门下鞠的久久的一躬，发觉那时她的脸上已无多少生念。容姨如果并未服毒，那为何要骗魏琰？她喂给魏琰的毒又是从何而来的？

脑中灵光一现，赵嫣问刑部尚书：“谁负责查封宁阳侯府，监管仆从、亲眷之事？”

刑部尚书不敢隐瞒：“回殿下，是肃王负责。”

赵嫣懂了。

她蹙了蹙眉，吩咐流萤留下来安置容扶月，将容扶月平安的消息暂且瞒下来，而后大步地上了马车。

赵嫣回到东宫，发现寝殿的门是开着的。她一入殿就看见了交叠着双腿、坐在屏风后椅中的男人。

闻人蔺执卷翻阅，时不时地以指腹翻过一页纸。

他显然早有预料，已等候多时，听到脚步声靠近也未抬头，只声音低沉地道：“回来了？”

他的神情被书卷挡住了，赵嫣只能看到他压在书卷上的骨相优美的手指。

见她迟迟不语，闻人蔺将书卷搁在腿上，屈肘搭在椅子的扶手上，含笑道：“有话就问，殿下憋着不难受吗？”

好，是你让我问的。

赵嫣抿了抿唇，然后不客气地道：“容扶月去狱中见魏琰，是你暗中放行的？肃王手底下的人一个个精明能干，没有你的暗许，我不信她能走出侯府的大门。”

“不错。”闻人蔺对她毫不隐瞒，握着书卷的手慢慢地叩着椅子的扶手，“同床共枕八年的夫婿竟是恶贯满盈的幕后真凶，任何一个女子都无法承受这个真相。”

“所以，你就给了她毒药。”

“我给她服的并非什么毒药，是骗她的。她郁结于心，早就毫无生念，那只是让她将瘀血呕出的良药罢了。”

赵嫣向前，于闻人蔺面前站定，皱着眉看他：“但是你利用她一心求死的念头去诛魏琰的心。”

“是。本王说过，不会让魏琰死得太轻松，让他身败名裂后再往他的心口扎上一刀才算痛快。至于容扶月……”闻人蔺笑了一声，声音低沉，缓缓地道，“当年长兄尸骨未寒，死讯刚传回京城，她就嫁与他人。如今她一心求死，本王偏不让她死。活着可比死难多了。”

赵嫣的眉头蹙得更紧了，她随即说道：“可她是无辜的。”

闻人蔺反问：“当年死的近十万人，哪一个不无辜？”

赵嫣哑然。

闻人蔺将语气放缓，抬掌牵住了她的手，亲昵地揉捏着她微凉的指尖：“早就和殿下说过，本王并非良善之人。”

赵嫣反手揪住闻人蔺的衣襟，俯身逼视他深沉的漆眸。

闻人蔺岿然不动，纵容她将自己的衣襟揪得起皱，像一个画地为牢、甘愿将刀刃与枷锁递到她手中的信徒。

“那天从太极门里出来，我问你的问题，你并未回答。”赵嫣居高临下地道，狐狸毛披风的毛领围着她莹白的下颌，“我现在再问你一遍，闻人少渊，你到底想要什么呢？”

闻人蔺明明是被审之人，却比赵嫣这个审问者还要从容。

他说："答案很简单，但殿下未必喜欢听。"

"我要听。"

望着眼前这双坚定澄澈的眸子，闻人蔺难得有些犹豫。

他很清楚说出真实的想法后等待他的是什么。但他不会骗小殿下，因为不舍得。

闻人蔺保持着双腿交叠坐姿，将赵嫣拉近了一些，抬手扣住了赵嫣的后脑勺，轻轻地向下压。

他凝视着赵嫣，眼神深沉，缱绻而疯狂："殿下和太子想拯救大玄，而本王要毁了它。"

五

"你说什么？"赵嫣被震惊得松开了他的衣襟，眼中如星月般清亮的光消散了。

闻人蔺的脸上露出了些许动容之色，他半合着眼，继续说道："既然殿下在意魏琰的那句话，那本王与其坐等殿下一个人乱猜，不如坦诚些。不知这个答案可否令殿下满意？"

赵嫣在御审后的宫道上问过闻人蔺，为何他当年不出手，而要等到现在。那时他回答道："因为本王想要的不只是他的性命。"

赵嫣当时疲倦至极，只浅显地以为此句中的"他"是指魏琰。毕竟闻人蔺要取人首级易如探囊取物，蛰伏至今日许是取仇家的性命还不够，更要让魏琰身败名裂、受万世唾骂……如今她才知道，闻人蔺竟暗藏了这般野心。

赵嫣的嗓子很涩，诸多言辞似乎全乱糟糟地堵在了心口。

"所以你要对付之人不仅是魏琰，你还怨恨大玄……"

这是为何呢？他明明已经权倾朝野，什么都有了……

然而这个念头只在赵嫣的心中冒了个泡，而后便如碎裂的浮冰，从心间划过了。

近十万枯骨、父兄俱亡、每月毒发……眼前之人背负着沉重的过往，孑然行走于朝堂的血雨之中，一半人怕他，另一半人恨他……他如何算什么都有呢？他明明什么都没有了。

赵嫣觉得自己忽然没了力气。

察觉到她在轻颤，闻人蔺手掌微动，拇指慢慢地滑过她的后颈，若即若离。

“亲舅舅成了我的仇人，现在轮到你了吗？”赵嫣固执地凝望着闻人蔺深不见底的眸子，试图从中找出一丝涟漪，“太傅，连你也要站在我的对立面吗？”

闻人蔺的眸子动了动，他没有说话。

他一生无所畏惧，以睥睨之姿俯瞰天下，此刻却下意识地想要回避这个问题。

“上帝深宫闭九阍，巫咸不下问衔冤。太傅想毁之物包括黎民，也……”见他不语，赵嫣竟有些眼眶酸涩，轻轻地道，“也包括我吗？”

赵嫣的声音很轻，闻人蔺却感受到了心口被重压似的窒息感。

她眼里细碎的泪光微微闪动，衬得眼尾那颗被刺下的泪痣更殷红若血。仿佛只要他点点头，她压抑的情绪就会夺眶而出。

他一时无法回答这个问题。

“当初殿下不管不顾地来招惹本王时，本王就说过，我这样负恩昧良之人，总有一天会拉着殿下陪葬的。”闻人蔺用“我”来自称，平淡的嗓音仿佛有了温度，“殿下非要听真话，如今听到了，反而难受成这样。”

他屈起指节，蹭了蹭她的眼尾，感受着她心中弥漫的痛意。

他依旧坐于椅中，交叠着双腿，优雅无比。两个人离得如此之近，压在她后颈上的手掌稍稍用力，他侧首迎上，便轻而易举地吻住了她紧抿的红唇。

她用这样痛心的眼神望着自己，他怎么舍得连她一起毁掉？

闻人蔺合目，轻而强势地抵开她的唇瓣，用由浅入深的攫取之姿来掩饰他内心的动摇与不舍。

赵嫣的呼吸乱了，随即她猛地一窒，愤懑地用力推搡他，狠狠地张嘴咬他的唇，肆意地发泄心中翻涌的情绪。然而闻人蔺只是低哼一声，不退反进。

赵嫣撑着他的胸膛，腰肢无力地塌下，随即她被他的手臂趁势圈住，胸膛与他紧紧地贴合。

一个毫不收敛的吻让闻人蔺与平时判若两人。以往的他永远是清醒的旁观者、定力极强的掌控者，全然不似现在这般，每次吞噬都仿佛要献祭灵魂，带着几分疯意去迎接最后的缠绵。

赵嫣觉得自己是他爪下的猎物，面对庞大强悍的猎手毫无反抗的余地。

她以为自己会被他吞入腹中，连骨带魂地嚼碎，然而将她圈在爪中的猎手只是温柔而强势地吻着她的皮毛。

“不……”赵嫣抵着他的胸膛的手别说推开他，连一分力气也使不上。

“想继续吗？”

呼吸的间隙，赵嫣在自己宛若擂鼓的心跳声中听到了闻人蔺的低语。

他保持着禁锢赵嫣的姿势，深深地凝望着她微红的脸颊，声音低沉喑哑：“今天殿下无论想对本王如何，本王都不会拒绝。”

他是深渊中的魔，以皮肉为蛊，诱她赴最后的沉沦。

赵嫣甚至觉得，别说是共赴沉沦，哪怕自己以刀剑刺之，他亦会全盘接受。

若换个场景和时间，眼前的风花雪月当真缱绻至极，可听到他在半盏茶的工夫前说的毁天灭地的话，她哪里还能与他纠缠得起来？

“闻人少渊，你到底……到底想干什么？”赵嫣恼了，擦着痛到发麻的嘴，气喘吁吁地道，“你真是疯了。”

说一遍还不解气，她像在看一团未知的迷雾，瞪着他重复了一遍：“你疯了！知道吗？”

“嗯，本王这样的人不疯才不正常。”闻人蔺坦然地承认了，嘴角甚至还噙着笑，“在殿下面前装良师与贤臣，本王实在是累了。”

“你……”

“现在，殿下要杀本王吗？”

赵嫣看着他，有一瞬间真的想掐上去。

她的确掐上去了，但闻人蔺只静静地坐着，一丝反抗的意思都没有。

赵嫣提醒自己，思绪越是混乱，她便越不能冲动。于是她最终颤抖着松了手。强迫自己冷静下来，审视面前这个强悍又无情的男人。

“那你想毁灭的东西里有无辜的百姓和我吗？”她抿了抿还红得厉害的唇，然后说，“等太傅告诉我答案，我再回答要不要……”

我再回答要不要执起利刃，站在你的对立面？她在心里说。

闻人蔺从不轻易许诺，也拒绝让别人窥探他的内心。他只要说出誓言，哪怕死也会履行。而现在，他并不想再往两个人的平衡木上增加筹码了，怕自己给不了她那么多。

是的，他开始有一丝害怕了，尽管他的神情如此平静。可对着赵嫣微红的眼尾，他亦无法置身事外、保持沉默。

闻人蔺的眸中漾开浅浅的笑意，像是在深潭中细碎的月影。他说：“我以前似乎说过，会拉着殿下陪葬。”

“那现在呢？”赵嫣捏着指尖问。

闻人蔺没再说话。

他温柔地压下她倔强的脑袋，将自己的下颌埋入她狐狸毛披风的毛领中，慢慢地蹭了蹭她细白又温暖的脖颈。

将士遗属在顺义门前下跪的第六天，皇帝慎重地下达了对魏琰的处决——枭首示众，曝尸七日。

魏琰饮了毒酒，可毒的分量被拿捏得极好，并未立即要了他的命。为了平息民怨，皇帝无论如何也会让他留一口气上刑场。魏琰若是此时死了，皇帝反而无法向天下交代了。

皇帝下达旨意的那日，柳白微受命来了一趟东宫。

那时赵嫣正坐在书房的几案后发呆，在面前摊开的书半晌没被翻动，灯影下，她抱着双膝的身子看上去有些纤薄。

“殿下好些天不见人，是躲在东宫种蕈吗？霍蓁蓁数次被拒之门外，若是知晓你见了我却不见她，怕是又要发脾气了。”柳白微在赵嫣身边坐下，掸了掸珠白色带着金边的下裳，望向她，“处决魏琰的圣旨下来了，你是因为此事难过吗？”

魏琰毕竟是她的舅舅，他们并非全无感情的陌生人。听说皇后还因为此事病了一场。

赵嫣慢慢地摇了摇头。

柳白微压低了声音，问道：“殿下唤我来东宫，是想问太子的事吧？”

“你一向聪明。”赵嫣将下颌搁在膝盖上，略微侧首，“去年赵衍为何会突然怀疑雁落关一战有问题？”

“太子与我聊的都是新政之事，关于雁落关的事他倒并未提及，所以我也不知内情。”提到“雁落关”，柳白微似乎想起了什么，神情凝重起来，“不过出发避暑前，他有一次与我对弈时提过一嘴‘刘顺死得蹊跷’。”

“刘顺是谁？”

“一个宦官，当年被派去雁落关的监军，天佑十一年突发恶疾死了。因年份久远，我对此人并不了解，故而并未在意。”

谁能想到这样一个小小的疑窦竟会引发如此杀机呢？

赵嫣拧起了眉。

柳白微似乎猜出了她的想法，道：“太子都出事了，和此案有关的卷宗必然已经被销毁了。”

明知如此，赵嫣听到这话还是黯然神伤了许久，看上去颇有愁云惨淡的味道。

柳白微从盘中拿了一颗核桃，没有吃，而是握在了掌中。他托腮侧首，担忧地看向赵嫣，清了清嗓子道：“我送殿下一朵芙蓉花吧。”

赵嫣一副无精打采的模样，狐疑地看向他，有气无力地道：“你别哄我了，如今是初冬，残菊已谢，梅花未开，哪有什么花？”

柳白微将核桃往她的桌上一放，笑道：“殿下等等。”

说罢，他起身出门，吩咐了流萤一句话，流萤的面色瞬时变得古怪起来。

流萤于殿外看了赵嫣一眼，见赵嫣没反对，便依言退下了。不一会儿，流萤便将一个东西交给了柳白微。

柳白微走进殿内，重新在赵嫣身边坐下了。

赵嫣被他勾起了好奇心，不由得朝他那边稍稍探首，只见他打开手掌，露出了一颗饱满圆滚的大蒜……

这算什么?

赵嫣哭笑不得，失望地将脑袋收了回去，重新搁在膝上。

柳白微不解释，只是小心地取出蒜瓣，将粉白的蒜皮撕成想要的形状，不一会儿就捣鼓好了。

“给。”

柳白微将杰作递了过去——那是一朵去了蒜瓣之后，用层层叠叠的蒜皮撕成的芙蓉花，花瓣带粉，惟妙惟肖。

“还真是芙蓉花！”赵嫣瞠目结舌。

“像吧？我娘以前就经常用这一招哄我。”

柳白微轻轻一吹，那朵用蒜皮做的脆弱的芙蓉花便轻轻地飞到了赵嫣面前，落在了她的几案上。

赵嫣轻声笑起来，拾起蒜皮芙蓉花，置于眼前看了看，还是没明白柳白微是怎么做的。

柳白微见她笑了，也跟着笑了起来：“现在殿下可以说说到底因何事困扰吗？”

赵嫣顿了顿，捻着手中的蒜皮花说：“我近来的确遇到一个难题，”她垂下眼，将双腿撇向一旁，双臂前伸，趴在了几案上，“但我想自己想明白。”

柳白微也学着她的动作趴在几案上，将下颌放在几案上，皱眉半晌后，问道：“是因为闻人蔺吧？上次你这般消颓还是在簪花宴后……”

柳白微不甘心地闭了嘴，像提及了什么让他难受的话题。

赵嫣沉默了。

柳白微和周及同是聪明人，还是周及比较好。周及即便看穿了什么隐情，也不会说出来让人难堪。

她与柳白微各怀心事，齐齐地长叹了一口气。

第三章
风雪夜归

一

十月二十三，风寒霜重。

今日是魏琰行刑之日，御街门外挤满了或愤怒或感到痛快的围观百姓，最前方是相互搀扶着的将士遗属，人头攒动，黑压压的一片。

赵嫣登上了城楼，从宫门上俯瞰刑场。

这一刻，她得替死去的赵衍见证。

监刑之人是闻人蔺。他坐在太师椅上，着一袭暗色的文武袖衣袍，周身萦绕着不可被侵犯的凛然寒意。

但他的嘴角是挂着笑的，即便隔着这么远的距离，即便他坐在高高在上的阴影中，赵嫣依旧能感受到他眸中那点儿深沉的快意。

刀锋折射出一道刺目的光，寒鸦振翅而飞，赵嫣下意识地扶住了雕栏。

几乎同时，闻人蔺抬眼看到了楼上那道熟悉的身影，眸中的阴寒之意渐渐消散了——她看起来有些难受。

赵嫣的确有些难受，捂着肚子躬身缓了缓神。

身后传来了有人上楼的脚步声，不多时，水声响起了，一杯热茶被递到了她面前。

赵嫣以为递茶的人是流萤，下意识地说了一声：“多谢……”

然而赵嫣接过茶盏，纤细的手指触碰到了冷白的指节。

她愣了愣，抬头一看，发现闻人蔺高大的身影就在眼前，沉稳俊美，一如往日。

不知道因为在寒风中站得太久还是高估了自己对极刑的认知，赵嫣一时胃中翻涌，脸色有些白，小口地抿起茶水来。

闻人蔺伸出两根寒玉般修长的手指，探了探她的脉息，垂眸道：“殿下不该来此等腌臜之地，让腥臭的刑台污了殿下的眼。”

温热的暖流冲淡了喉间的酸涩，赵嫣长长地舒了一口气，抿去唇上的水珠，然后道：“不，我要来。”

刑台下忽然骚乱起来，官兵大声吆喝也无济于事。

那些阵亡将士的亲属和义愤填膺的百姓恨不能冲上去，从佞臣的身上咬下一块肉，仿佛只有如此才能解恨。

赵嫣握紧茶杯，扶着栏杆问：“你不下去看着吗？”

这样大快人心的场面，闻人蔺定然不想错过。但他只缓步上前，抬起袖子自然而然地遮住了她的眼睛，挡住了下方混乱、脏污的场面。

他身形高大，有他在的地方，连呜咽的风声都会收敛一些，赵嫣只能闻到从他的袖口中散发出来的清冷、干净的淡香。

闻人蔺侧首，意兴阑珊地往下方瞥去。

他似乎想到了什么有趣的话题，缓缓地问：“若在刑台上的人是本王，殿下会来看吗？”

赵嫣的心像被人猛地攥了一把，她实在不明白闻人蔺怎么能用平静悠闲的语调说出如此可怕的设想。

她那些乱糟糟的思绪仿佛又被勾了出来。

“会。”见闻人蔺扬起唇角，赵嫣仰首，认真地补充了一句，“但我希望不要有这一天。”

下方的众人渐渐安静，闻人蔺将视线收回，重新落在了赵嫣的脸上。他看着她满眼纯粹、坚定的神色，良久，赞同地“嗯”了一声。

“刑场太脏、太吵……不会有那一天的。”他轻描淡写地说，“若青出于蓝，本王便将刀刃交给殿下，由殿下亲手送本王一程，那才叫快意。”

赵嫣难以置信地看向他，皱了皱眉道：“闻人蔺，你简直有病。”

“本王有病不是一日两日了。”闻人蔺低笑，放下遮挡她视野的手，替她理了理狐狸毛披风的毛领，道，“殿下真是越来越不禁逗了……别在风中傻站太久，今日有雪，早些回去。”

他一如既往地沉稳、可靠、游刃有余，仿佛什么也不曾发生过。

真正的强者并不会因外力而动摇，赵嫣知道自己还差得远。

她不想在他面前流露出自己纠结与软弱的情绪，遂竭力保持冷静，点了点头，转身离去了。

闻人蔺目送赵嫣下楼，直至她走远，蔡田才敢上来请示闻人蔺，七日后怎么处理魏琰。

闻人蔺凭栏远眺，眼中那点儿带着温情的笑意随之消失殆尽：“悬首祭灵，其他的……碾碎了喂狗。”

当年十万尸骸葬身于孤城，无坟无冢，姓魏的的下场自然不能比他们的好。

乌云压顶，寒风带着霜寒的气息，大雪将至。

赵嫣没有回宫，而是去了一趟容府。

那日容扶月呕出郁结于心的瘀血后，赵嫣就命人将她秘密地送回容府休养了，没有让容家和闻人蔺以外的人知晓。

容府如今的当家是太常寺卿容仕青，乃魏皇后的旧识，是个信得过的人，太医院的张煦便是此人举荐的。

容仕青终身未娶，虽年近不惑却依旧丰神俊朗，看上去比实际年龄年轻许多。

他行了礼，听赵嫣问及容扶月的近况后便摇头，流露出心痛的神色，道：“舍妹心思重，沉溺于往事，还是不太吃得下东西。”

容扶月正坐在窗边看书，比前些日子又清减了不少，即便穿着厚实的冬衣也不见丝毫臃肿之态。她的云鬓即便在女子中亦是少见的浓厚，反衬得她天姿国色的脸庞白且小，整个人像纸上的美人，没了生气。

她远远地就看见了赵嫣，连忙放下书起身行礼。

“容姨，不必多礼。”赵嫣就站在窗外，抬手示意她不必起身。

容扶月抬头看了一眼不见日光的天色，忽然问：“可过了午时？”

“是，午正了。”赵嫣回答，“那人已经刑毕。”

过了好半晌，容扶月才点了点头。

赵嫣不禁想起那日在顺义门内，这个纤弱的女子代替魏琰向众人折腰请罪的画面，心中一酸，说：“天理昭然，容姨不必自责。”

容扶月摇了摇头，失神地道：“妾只是不明白，妾这样的人为何还要活在世上？”

为何她连死都是一种奢望？

赵嫣看出了她的想法，轻声道：“容姨有没有想过，若是就这么死了，在黄泉之下见到想见之人，该如何交代？”

容扶月愣了愣。

“生命何其可贵？且容姨当年并非自愿嫁与魏琰，说到底也只是近十万受害之人中的一个。赎罪的方式有很多种，结束生命只是懦夫的选择，除了让自己轻松地得到解脱，毫无意义。”

容扶月双肩一颤，咬了咬唇，然后羞愧地道：“妾浅薄至此，让太子殿下见笑了。”

赵嫣适时地道：“许多阵亡将士的遗孤都无人照顾，孤打算设个学堂，收留他们习字、读书。遗孤中有不少姑娘家，学堂正缺个女夫子，容姨若不嫌弃，可要去试试？”

容扶月讶然抬眼，许久，问道：“妾……可以吗？”

赵嫣温和一笑，说：“当然可以，容姨琴棋书画无一不通，性格又极好，定能将那群孩子教习妥当。不过在这之前，容姨定要保重身子，不然孤可不敢请你。”

从庭中出来后，容仕青朝赵嫣拢袖，深深地鞠了一躬：“臣多谢殿下宽解舍妹，给了她一线活下去的希望。”

“希望是她给自己的，孤不过是给她指了一条道而已。”赵嫣勾了勾唇角，接过流萤递来的手炉暖手，“更何况，孤以后说不定还要继续仰仗容卿呢。”

容仕青连忙将身子躬得更低了些，低声说：“此乃臣之本分，臣何敢担‘仰仗’二字？”

赵嫣笑了笑，未言语。

要照亮昏昏浊世，每一根灯芯无论大小，都尤为重要。

辞行前，容仕青问了一句：“臣听闻皇后娘娘凤体微恙，不知近来情形如何？”

赵嫣道：“已经好多了。”

容仕青道了一声“是”后，再次躬身，拜别了赵嫣。

乌云如墨，皇宫内一片静穆、萧索之色。

“魏琰已死，死前无一言。”一名年轻的道士立于殿前，垂手禀告。

魏琰入狱后，为了保住容扶月的性命，必会守口如瓶。可谁料容扶月竟当着魏琰的面服毒自戕！这名年轻的道士担心此事是有人故意安排的，魏琰没了软肋，会吐露什么不利的消息，就主动去了一趟刑场，确认魏琰说不出话，方回来禀告。

风从殿门灌入，垂纱飘动，百盏长明灯的灯火随之跳跃，屏风后那道模糊的身影也变得张牙舞爪起来。

几案上的红漆木盒开着，里面放着两丸新鲜的暗红色丹药。

那人抬了抬手，道士立刻竖掌，屈起拇指与食指，道了一声：“是，仙师。”

赵嫣回宫后去了一趟坤宁宫，为魏皇后侍疾。

魏皇后摘了沉重的凤冠，脱了凤袍，长发半绾，斜倚在榻上，倒显出几分寻常妇人的脆弱模样来。

“本宫并无大碍，你不必日日来这里侍奉汤药。魏琰出了这样大的事，本宫只能出此下策避嫌，不去碍你父皇的眼。”魏皇后饮了药，将空碗交到宫婢的手中，冷冷地道，“原本三法司与你父皇商议，只判魏琰死罪，是本宫脱簪跪求皇上，将其改为枭首戮尸。”她嘴唇微抖，指甲几乎掐进了掌心的肉里，说，“你可知为何？”

赵嫣当然知道母后的愤恨从何而来。

太子之死始终是个秘密，旁人只当母后假公济私，却不知她承受的丧子之痛。

那是她最引以为傲的孩子。

太子勤勉聪慧，心怀宏图伟业，就连病重咳血时也不忘笑着安抚众人。然而，这样光风霁月的少年竟死在了血脉亲人的暗算之下，何其荒唐、残忍？

“魏琰虽是本宫的亲弟弟，但本宫自从入宫以后，便与他没有交集，更想不到他会为了一己私利，连自己的亲外甥也……”魏皇后揉了揉眉心，压抑着呼吸，“他自小就性格极端，不成圣人便成魔。本宫只恨自己被困于深宫之中，一味忍让避之，未能早些阻止他，任其引火自焚。”

“儿臣知道。”赵嫣跪坐在榻前，垂眸捏了捏袖袍的边缘，“以前儿臣不理解母后为何对谁都冷面冷心，而今想想，母后或许看得比儿臣透彻些。”

魏皇后从剜心之痛中稍稍回神，看向了榻边的少年。不知从何时开始，这张与太子极为相似的脸上再也没了别人的影子。

赵嫣恰如其名“长风”，柔韧张扬，无色无形，却可以令平地起波澜，令万物折腰。

“母后可还有吩咐？”赵嫣下意识地垂下眼眸，以手盖住了眼尾的泪痣。

母后望着自己的脸失神，也许是又想起赵衍了吧？

魏皇后的红唇动了动，然而话到嘴边，她只说：“你父皇近来受民怨影响，颇为气滞，依赖丹药才能入眠。你去太极殿请安时，需要注意措辞。”

赵嫣点了点头：“儿臣知晓。”

魏皇后还想再说些什么，赵嫣却坐不住似的，起身行礼道：“儿臣先行告退，愿母后凤体安康。”

望着那道离去的背影，魏皇后动了动手臂，轻叹了一声。

赵嫣从坤宁宫出来后，径直去了太极殿。

她在心中盘算：闻人苍一案举国皆惊，给天子的威信造成了不小的冲击，父皇虽然嘴上不说，实则极其在意民意。今日此案尘埃落定，她得去向父皇回禀一声。

赵嫣心中想着事，脚步就快了些。她上了石阶后，全然不见冯公公躬身从侧殿中出来，沿着回廊往她这边走。

赵嫣险些一头撞上冯公公，冯公公也被吓了一跳，“哎哟”了一声，道：“太子殿下，老奴没冲撞到您吧？”

“无事……”

话未说完，赵嫣便看到冯公公手中的托盘上有一个被盖住的红漆木盒。木盒只露出了一角，但赵嫣还是认出来了——这个巴掌大小的漆盒与闻人蔺装解药的那个盒子一模一样！

赵嫣的心脏不由得一紧。

她顿了顿，不动声色地问道：“冯公公的手里捧着何物？”

冯公公理了理托盘上的绸布，脸上堆着笑，道：“回殿下，这些是呈给陛下过目的东西。”

赵嫣垂眸，盖住了眼中的情绪，做出谦逊之姿道：“既然这是父皇要的东西，那公公先请。”

“不敢。老奴不急，殿下先请。”说着，冯公公让开了路。

赵嫣没再说什么，随后入殿叩拜，向父皇请安。

赵嫣满脑子都是那个红漆木盒，并未听清父皇吩咐了什么。

闻人蔺的解药是父皇赐的吗？可神光真人不是死了吗？若神光真人不是真正的仙师，那现在炼药的人又会是谁？

赵嫣跪在地砖上禀明刑场之事，不由得感觉到一丝彻骨的寒意。

从太极殿出来后，赵嫣正巧与冯公公擦肩而过。

朔风夹杂着雪扑来，赵嫣觉得脸被刀割一般疼。雪如盐粒般落在地上，她抬眼望去，满目都是灰色与白色。

红炉点雪，赵嫣隐隐明白了什么。

冷风入肺，她忽然捂住嘴咳了起来。候在太极门下的流萤立刻撑伞，为她遮挡风雪。绘着红梅的伞使人想起了那人殷红色的官袍。

除了对立，她与闻人蔺或许还有第二种关系。

“让李浮去请肃王，就说孤要见他。”赵嫣握拳抵着唇瓣，小声催促，“快去。”

二

赵嫣想起了一个细节。

神光真人擅长炼制金丹，因此深得父皇信赖。可在被灭口之前，神光真人并未亲口承认他就是仙师，只说“炼毒是贫道奉他人之命行事”。

这个“他人”十分耐人寻味。

神光真人已经死了，魏琰伏法，那红漆木盒里的药丸却并未因此消失。

赵嫣一度以为闻人蔺的手下还有别人为他炼制解药，直到今日亲眼看到这药盒在太极殿中出现才恍然大悟，自己一开始先入为主的想法是错的。

或许神光真人只是个障眼法，真正炼药的仙师另有其人。

听冯公公的意思，父皇必然知道解药的事。那么他究竟是在救闻人蔺，还是……？

赵嫣的脑袋一阵抽痛，她撑着脑袋，用指尖按了按额角。

殿门在此时被打开了，风冲淡了暖香，空气中多了一丝刺骨的寒意。

灯影摇曳，赵嫣抬眼，见闻人蔺披着一身夜色而来，散漫地抬手掸了掸墨色大氅上的雪粒。

宫人行礼，奉上暖好的酒水、吃食，又安静地退下，掩上了门扇。

闻人蔺解下大氅，随意地将其搭在臂弯中，暗色的常服衬得他整个人笔挺如剑。

“殿下这是又有何难题想不通了？”他信步行至赵嫣身边，单手撑着几案，俯身看向她面前墨迹凌乱的宣纸。

两个人挨得极近，赵嫣甚至能感觉到他身上清冷的冰雪气息。

闻人蔺见宣纸上除了几点墨痕什么也没有，就知道这是赵嫣发呆之时的杰作。闻人蔺略微眯眼，含着笑道：“殿下近来越发得陇望蜀，传召本王就如同传召面首之流般随意。”

赵嫣望着他如冷玉般的侧颜，动了动唇瓣，哑声道：“可你还是来了。”

闻人蔺笑了一声，刚起身想走，袖口就被一只纤白的手攥住了。他回首，顺着那只攥得指尖泛白的手往下看，见到了小殿下抖动的纤长的睫毛。

赵嫣道：“我今日在太极殿里看到了冯公公呈给父皇的丹药，丹药的香味以及装丹药的药盒与你每月服用的解药的香味和药盒一模一样。”

闻人蔺静静地听着。

他当然知道赵嫣撞见了冯太监手中的寒骨毒解药——皇宫内外于他而言并无秘密，对于小殿下的行踪，他自然更加上心。

“你说这毒是闻人将军亲自喂给你的，可是解药为何会在父皇的手中？”赵嫣咽了咽口水，“我想知道，想听你亲口说。”

闻人蔺垂眸看着她，说了个不相干的话题：“殿下可还记得《杨金疑仆》的故事？”

赵嫣自然记得。

那是她在密牢里斩杀赵元煜后，于玉泉宫的汤池中，闻人蔺为她讲述的故事：上将军杨金兵败逃亡，路遇追杀，怀疑身边唯一跟随的仆从告密，便对其施以严刑拷问。那忠仆百般辩解无效，后以刀剖腹，剜心验之。

那时闻人蔺告诉她：“自证清白是要剖腹验心的。”

“殿下可知后续如何？”闻人蔺打断了她的回忆。

“后续？”赵嫣读过《承德广记》，知道这篇《杨金疑仆》根本没有后续，于是问道，“那杨家的忠仆剜了心后不就死了吗？”

“是，他必须死。”闻人蔺淡淡地说，任由赵嫣揪着他的袖子，自顾自地拿了一把椅子坐下，“可若他没死成，杨金又该如何置之？”

若那剜了心的忠仆还活着？

赵嫣以人心度之，凝神道：“若忠仆未死，杨金必然愧疚不已，以厚礼补偿。然而他本性多疑，始终会心怀芥蒂。他伤害了身边最忠诚之人的心，所以多半会从此惶然难安，担心忠仆记仇，终有一日会真正反扑于他……”

赵嫣说到此，心中忽然一激灵。

当年若援兵早到一个月，雁落关这个孤城之中的十万将士或许不会全军覆没。

那时的父皇是如何看待从尸堆中爬出来的闻人蔺的呢？见到唯一幸存、扶棺入京的闻人家的遗孤时，他是否也如故事中的杨金一样，在愧疚之后惶然难安？

月月一次的解药既是他救闻人蔺以全帝王仁德之心的证明，亦是牵制闻人蔺来自保的筹码。所以他才能如此信任闻人蔺，以善待英烈遗孤的名义任由闻人蔺手握无边的权势，登上一人之下万人之上的王座。

这些帝王之术，闻人蔺不可能看不透。

赵嫣好像忽然就明白闻人蔺那些骇人的想法从何而来了——不是他负大玄，是大玄负他已久。

闻人蔺想取而代之吗？

不，赵嫣很快否定了此种猜想。

闻人蔺若有心改朝换代，必会以仁德服众，拉拢民心。可他这副毁天灭地、睥睨尘世的孤独的活法，他哪里像要取而代之的样子？

风雪掠过，在窗纸上留下了残影。殿内一片安静，只有炭火“噼噼啪啪”的声响。

赵嫣的唇瓣翕动，她攥紧指尖，道：“我是个很怕麻烦的人，向来只顾自己门前三尺雪，不管他人瓦上霜，就连扮成太子坐镇东宫，也只为了查清赵衍到底因何而死。”

闻人蔺挑了挑眉，屈指抵着太阳穴道：“殿下这番自白到底想说什么？不妨直接些。”

赵嫣纤白的手指攥紧了他墨色的袖边，而后松开，顺着他的袖口往下，指腹滑过他筋络分明的手背，而后轻轻地握住他的手指。

二人十指交扣时，闻人蔺略微一愣。

“我不仅怕麻烦，而且小气、记仇。小时候，赵衍曾对我说：‘未经他人苦，莫劝他人善。’如果换成是我经历这些，我只会比你更痛苦、更极端，所以没有任何资格替你原谅这个世道，但……”赵嫣顿了顿，抬起澄澈的眼睛，认真地回视闻人蔺，“但能不能请太傅给我一个机会？这天下或许还有救呢……”

与他交扣的手指纤细，却握得很紧，她仿佛担心一松手他就会消失不见。

闻人蔺的眸中闪过一丝波澜，随即他轻笑了一声，翻掌反客为主，手肘抵着膝头，倾身反问：“有救？将士守城，救万民于水火，等待他们的是何下场？太子革新，挽大厦之将倾，等待他的又是什么？北夷压境、起义频发，殿下告诉我，如今的大玄拿什么来救？”

他的声音很轻，像呢喃的耳语，一如此时“簌簌”而落的大雪，温柔却寒凉。

赵嫣抿了抿唇，唇被压得发白。

闻人蔺捏了捏她的手指，让她将紧咬的唇松开，声音低沉地说：“本王毒发时没有避着殿下，如今连目的也和盘托出了，对殿下宽容至此，殿下还想要什么？你知道的，本王不可能再退让了。”

“我知道。我说过，谁也没资格替你原谅这个世道。我不求你放手，亦不会阻拦你为那些惨死的将士讨要说法，只求你给这个满是疮痍、疲敝的国家一个机会，也给那些良知未泯、热血犹存的人一个机会。”她眨了眨眼睛，声音有些哑，“你看，连我这么怕麻烦的人都要学赵衍飞蛾扑火了，太傅能不能让我试试看呢？”

闻人蔺目光一沉：“殿下明知自己是飞蛾扑火，还试什么？”

“可雁落关一战已经死了近十万人，我不能因私怨再牵连无辜之人。”赵嫣起身，声音逐渐清晰而坚定，“我可以帮太傅，只求太傅给我一年的时间。”

见她起身，闻人蔺从垂眸换成了仰视的姿势，凝望着她灼灼的目光，道：“一年太长。”

“那就半年。”赵嫣咬了咬牙，“明年上元节的花灯日，若世道依旧如此，我……”

“你如何？”

“我与这天下……任你处置。”赵嫣用手撑着闻人蔺所坐的椅子的扶手，凑近了些，鼓足勇气道，“你知道我很惜命的。你什么也不缺，这条命已经是我能拿出手的最珍贵的诚意了。”

闻人蔺气定神闲的表情渐渐凝重起来——没人比他更清楚赵嫣这话意味着什么。

他深深地望着赵嫣，良久道：“小殿下冲动了些，何至于此？”

“并非冲动，我闭门思索了几日，拯救太傅就是拯救大玄。”

“若我不愿呢？殿下可会下手杀我？”

赵嫣眼睫一颤，低声道：“会。”

“很好。”闻人蔺满意地颔了颔首。

这才是他赞赏的赵嫣，外柔内刚、坚韧清醒。

“但……”赵嫣忍着心脏似被割伤的痛意，又说，“我不愿与你为敌。不知为何，一想到有朝一日我要与你执刃相对，我心中的痛意更甚于对付亲舅舅魏琰时感受到的痛。我不想有那么一天。太傅，你我之间，除了对立还可以有第二种关系。”

她的呼吸微颤，她固执地想要开辟一线生机。

闻人蔺只是温柔地审视她，像嵌在椅中的一具雕塑，眼神平静无波。

他微微启唇，还未来得及说出什么，一片柔软又温热的东西就贴了上来——赵嫣以唇封缄，不给他任何拒绝的机会。

她几乎是撞上去的，即便弄疼了自己也不管不顾。

闻人蔺微微皱眉，抬手抚上她的颈项，将她的脑袋往后挪了挪，沉声道：“殿下这又是在做什么？说不过就上嘴，殿下从哪儿学的？”

赵嫣索性坐在了闻人蔺的膝头上，仿佛要驯服一匹阴沉古怪的烈马，手臂轻轻地搭着他的肩。

她目光闪烁，呼吸很轻，以孤注一掷的口吻道：“你再好生想想，不必急着回答我。”

说罢，她又屏息堵了上来，给了他一个毫无章法的吻。

她像一只龇牙咧嘴的小兽，用略显笨拙的方式宣泄自己的不安。闻人蔺推开她也不是，不推她也不是，一时拿她没办法。

他尝到了淡淡的血腥味，极致愉悦的交缠令他沉迷。于是，他的漆眸中浮现出了绮丽的笑意，唇齿间溢出了一声无奈的轻叹。

“那些书殿下都白看了，本王如何教你的，嗯？”闻人蔺安抚地轻拍着赵嫣紧绷的脊背，凑到她的耳畔，声音低沉又蛊惑。

说罢，闻人蔺依言衔吻。赵嫣浑身一颤，耳根瞬时发烫起来。

赵嫣被他吻得呼吸凌乱，面颊滚烫，在寒冬腊月里竟有了汗意，僵硬的脊背随之瘫软下来，整个人几乎贴着他。

“还要继续吗？”闻人蔺的声音有点儿哑，眼眸深不见底，蕴含着一丝涟漪。

“闭嘴！”赵嫣垂首跪坐下去。

她被压抑了多日的情绪急需一个宣泄口，而这无疑是最好的方式。

她腮红若荔，抬手拔下发簪，任由青丝倾泻于脸侧，气喘吁吁地道：“太傅不是要拉着我陪葬吗？那太傅不如将一切毁得更彻底些。”

闻人蔺的眸色明显黯了黯。

“刺啦”一声，赵嫣束胸的绸带被勾了出来，闻人蔺一只手环住她的纤腰，另一只手护住她的后脑勺，起身大步朝前走去。

“哗啦”，一阵物什坠地的声音响起，他扫开书案上的笔、墨等物，倾身将怀中之人放在书案上，吻了上去。

赵嫣的脑袋落在了他修长宽大的掌中，锦缎般的墨发丝丝缕缕地从他的指缝中滑下。

“本王去濯手。”闻人蔺审视着灯下脸上泛着红晕的她，慢条斯理地说，像在审视一朵盛开的芙蕖。

赵嫣按住了他的手，无声地与他对望。

闻人蔺有些意外，顺势与她十指相扣，将她的手掌压于几案上，半垂着眼帘道：“殿下不怕吃药了？”

“闭嘴。”回答他的是一声绵软无力的气音。

三

赵嫣依旧不喜吃药。

或许她想到闻人蔺会因拒绝她的提议而走上绝路，心中的不安和难受竟然超过了汤药的苦。

混沌的思绪在他的掌下被捏圆、揉扁，眼下的她已无暇想得太多，只想做燃烧的焰、奔涌的水，将积压的情绪痛快地宣泄干净。

如墨的长发铺在几案上，又顺着案沿流泻下去。感受到阴影笼罩下来，赵嫣被迫睁开了眼，看到面前的男人脸颊冷白如玉，眉睫浓长，目光深沉，一向颜色浅淡的唇被她吻破了一点儿，染上了动人的绯红色。

两个人离得这般近，赵嫣甚至能清晰地感觉到他腰间冷硬的革带，不由得微微一颤。

“殿下的悟性不错。”闻人蔺俯身咬了咬她红透的耳尖，带着慢条斯理地品尝的意味。

他用最温和的语气说着最放肆的话，赵嫣只觉得自己的热血快将薄薄的脸皮烧破了。

手掌被他压着，她索性以双腿缠住他有力的腰肢，既不后退，也不妥协，只是瞪着他，泪痣灼灼如血。

闻人蔺被赵嫣缠着，顺势单手解了革带。听到玉钩带坠地的声响，她情不自禁地僵了一下，强忍着没示弱。

“不许哭啊，小殿下，听到没？”

闻人蔺低沉的嗓音落在耳畔，赵嫣张了张嘴，还未来得及发出声音就被尽数堵上了。

沉重的紫檀木几案被移动了一下，发出了“吱呀”的响声。闻人蔺觉得几案硬得慌，索性就着亲吻的姿势将她抱起来，跨过滑落到地上的大氅，信步朝里间走去。

他的步伐虽稳，但赵嫣整个人挂在他身上，到底觉得有些颠簸。偏偏赵嫣的嘴被堵着，她只得皱着眉推他的肩，却和推一堵墙没有区别——亏她还是拉过弓、练过招式的人。

风雪不知何时停息了，几案上的檀香如云雾般飘散出来。盆中的炭火起了银屑，紫红色的火光忽明忽暗，灯火阑珊，暖香萦怀。

此番两个人虽是面对面，赵嫣却压根不敢睁眼看闻人蔺。他那双漆色的眸子深沉得仿佛能摄人魂魄，缱绻绮丽。

她很没出息地抬臂挡住了眼睛，却被闻人蔺温柔而强势地拿开了。他斜倚在枕边，以指腹碰了碰那簇潮湿的睫毛，声音低沉地问：“哭了？”

“没有。”赵嫣揉了揉眼睛，脸上气血充盈，背过身不去看他。

她也不知怎么回事，明明没有哭，眼睛却湿得不成样子，根本不受控制。

闻人蔺一只手抵着太阳穴，另一只手慢悠悠地绕着她那丝缎般的墨发玩，轻笑了一声：“殿下每每紧张就喜欢乱来。”

“我又没对别人乱来。”

赵嫣感受着男人的指腹穿梭于发间的酥麻感，攥了攥被子。她很想让闻人蔺教教自己，如何才能解决两个人之间的难题。但她没有把话说出口，不想让这场难得和谐的相处变成有所图谋的交易。

“我要沐浴……”赵嫣带着轻微的鼻音说，听起来比平日服药后的嗓音轻软许多。

闻人蔺总算松开了她的发丝，抬手将她的身躯扳过来些：“你自己走，还是本王抱你去？”

赵嫣摇了摇头，倦怠地道：“外面太冷，我不想去净室的汤池，你让流萤传水到寝殿来即可。”

她顺理成章地使唤闻人蔺，他却无半点儿不悦之色，顺手替她掖好被角，掀开被子下榻了。

闻人蔺肩宽腿长，冷白色的精悍身躯一览无余。赵嫣的脸颊又烧了起来，她连忙移开视线，可转念一想，都这个时候了，自己为何要情怯心虚？她遂定了定神，又将目光移了回去。

闻人蔺已拿起榻沿上的衣裳穿上了，散着长袍，未系革带。他这副慵懒的模样着实容易引人误会，赵嫣便让他穿戴齐整些。他并未出门见人，只顺手拾起散落在地上的纸、笔等物，隔着殿门吩咐在外值守的宫人传棉巾和热水，而后转身朝内间走来，坐在了榻边的圈椅中。

赵嫣望着他嵌在阴影中的高大身形，怅然地舒了一口气。

流萤先叩门进来整理了一番，确定不会让人看到什么可疑的画面，才让内侍将浴桶与热水逐一摆进来。

流萤挽着袖口朝内间走来，就听月门的垂帷后传来了肃王低沉的声音："这里无须你伺候。"

流萤小心地往里望了一眼，见小殿下默许，便收敛了神色，行礼退下，顺带掩上了殿门。

纱灯明亮，浴桶中的水泛着涟漪，在帷幔上折射出一层浅金色的波光，又透过帷幔将闻人蔺的眉目点亮了。

闻人蔺随手拿起自己的那件墨色大氅，掀开被子，罩在了赵嫣酥软的身上，而后将她连人带大氅轻松地打横抱起，朝屏风后的浴桶走去。

闻人蔺颇高，这件氅衣自然也大，赵嫣被暗色的衣料衬得皮肤莹白带粉，只露出了足尖。她咬着唇抱住了闻人蔺，借以稳住身子。

身子浸入热水中时，她舒服地喟叹了一声。

一旁的炭盆熏出暖意，水汽氤氲。没有比在温柔寂静的雪夜泡个热水澡、洗去满身疲乏和酸痛更舒服的事了。

闻人蔺取来簪子，将她垂在浴桶外的长发拢成一束，在她的头顶束了一个不太雅正的男子发髻。

他端详了片刻，不甚满意地调整了一番角度，说："冬夜濯发，寒气易入体，殿下先将就着，别睡着了。"

赵嫣趴在浴桶边缘，垂眸点了点头。

闻人蔺看着她不停地抖动的睫毛，俯身撑着浴桶的边缘道："殿下手小，自己洗得干净吗？可要本王帮忙？"

赵嫣一愣，目光落在他骨节分明的修长的手指上，随即气恼地说："不用。"

闻人蔺将目光往下移，继续体贴地问："真不用？"

"不用！"

赵嫣于水中并拢双膝跪坐起来，一不留神便"哗啦"一声带起了一串水花。

闻人蔺虽略微侧首躲了一下，但还是有几滴水溅在了他的下颌和衣襟上。他睁开眼睛，带着湿意的脸庞让他有一种天人落入凡间的俊美感。

赵嫣下意识地想给他擦一擦，却忘了自己的手更湿。眼看着越抹越湿，她只得眼眸一弯，道："你也去洗洗吧。"

闻人蔺握住了她湿滑的手腕，捏了捏，将其塞回热水中泡着，方起身去了屏风后的面盆架前。

他将帕子浸入铜盆中，解下长袍，随意地将其搭在木架上，屏风上立即映出一道线条分明的高大的影子。流畅的线条从宽阔的肩背收束至有力的腰肢，再往下是两条紧实的长腿……哪怕赵嫣已经看过数次，依然会惊艳于这具完美的身躯。

难得风平浪静，赵嫣只敢借着屏风的遮掩暗自赞叹。

正出神，赵嫣就听见了闻人蔺的声音："方才在榻上，殿下还未看够？"

赵嫣骤然回神，连忙收回了视线，转身背靠浴桶坐着，愤然地想：这个人是有千里眼吗？隔着屏风也知道她的眼睛往哪儿看？

她随意地掬了两捧水洗脸，随即皱起眉，捂着肚子，不知在对谁抱怨："我饿了。"

她的语气直白得可爱。

屏风后传来了一声轻笑，闻人蔺不紧不慢地擦拭完毕，将帕子掷入盆中，取下木架上的衣物重新披上了。

他从桶中舀了两瓢热水为她添上，伸手试了试水温，这才擦净手指行至外间，端了两盘干果和糕点过来。

太子有严格的礼仪标准，譬如除非是特殊的节日，否则天黑后不能开伙生灶、宵食夜饮。以前天热的时候赵嫣尚能忍受，如今大雪纷飞，再吃凉的就觉得为难了。

赵嫣看了一眼，小声道："冷食我吃了胃疼，可有热的？"

闻人蔺看向她，伸手捏了捏她的耳朵，顺手拉了一把椅子过来。他交叠双腿坐下，慢条斯理地用银箸插了一块芋头糕和一块水晶饼，置于炭盆上烘烤起来。

火光照在他冷白的脸上，给他的侧颜镀上一层暖意。赵嫣的心中也涌出一股热流，填满了胸腔。

世人皆怕他，就连赵嫣自己也曾视他为洪水猛兽。然而他们跌跌撞撞地纠缠至今，大部分时候对她有求必应的也是此人。

此刻，他们不是肃王与太子，只是一对围着炭盆烘烤糕点的普通人。若这份平和能永远地持续下去，那必定是一件极好的事。

赵嫣不会勉强他退让，而会证明给他看，他们还有敞亮的生路可走。

她感到唇上一暖，是闻人蔺将烘烤得酥香无比的芋头糕递过来了。

他散漫地道："尝尝。"

赵嫣接过银箸，咬了一口，点头道："好吃。你要吃点儿吗？"

闻人蔺没有咬她分享的糕点，而是倾身侧首，以唇衔去她嘴角上的碎渣，"嗯"了一声，道："香的。"

赵嫣想起来了，闻人蔺好像说过他没有吃夜宵的习惯。天黑之后她就很少见他进食了，此人的定力强得可怕。

她抿了抿唇，掩饰一般咬着热乎乎的糕点道："也不知你的身体是什么构造的，你吃得精细还能长得这么高，体力也……"

发觉话题不太对，赵嫣及时住了嘴，专心致志地品尝粉糯清香的芋头糕。

闻人蔺坐在椅子上，颇为愉悦地说："臣多谢殿下夸赞。"

他用了"臣"这个称呼，真是稀奇。赵嫣平白有一种被以下犯上的赧然之感，索性移开视线，去看几案上将尽的烛火。

赵嫣吃饱后，困意席卷而来。

在水凉之前，闻人蔺强行将困倦的赵嫣从浴桶中捞了出来，擦干后裹上干净的亵服，塞进了被子中。

子时已过，万籁俱寂。

赵嫣本已困得不行了，见闻人蔺起身，突然惊醒，拉住了他的两根手指。

闻人蔺回首凝望她眼中的期许之色，脸上诧异的神色一闪而过。他笑着问她："殿下还没吃饱？"

赵嫣握紧他的手指，张了张嘴，脱口而出："外面下着雪呢，太傅何不留宿一夜，天亮了再走？"

四

闻人蔺也曾在东宫待到寅时。那时他会坐在椅子上翻阅书卷，消磨时光，偶尔看一眼榻上赵嫣不甚规矩的睡姿。

从炼狱归来八载，他从不与人同榻而眠，那会让他想起年少时躺在尸堆里的场景。

闻人蔺勾住了她的手指，轻轻地捻了捻，垂眸看着她说："留宿？这不合规矩啊。"

他明明是整个大玄中最恣肆之人，此刻却以一副克己奉公的神情说着"规矩"二字，赵嫣有点儿想笑。

她侧躺着，一缕头发落在唇上，就这样眼巴巴地望着他。

"有何关系？你即便未曾兼任太子太傅，无须日夜辅佐东宫，若想留下来，也无人敢弹劾你。"

"殿下方才还夸下海口要拯救本王，现在分明是在诱惑本王沉沦。"闻人蔺逆着烛火而立，容颜反而有一种深沉的俊美感，"也是，本王若日夜陪伴殿下，无疑是在向朝臣宣示尽心辅佐东宫的决心，殿下以后的路会好走许多。"

赵嫣一顿。

她以前的确这般想过，但后来经历的事多了，眼界开阔了，便知晓依赖别人不如自己强大，渐渐地，这个心思就淡了。

闻人蔺像游荡于人间的过客。赵嫣此番提出让他留宿，实则是不忍心看他冒着寒夜中的大雪往来于府邸与皇宫之间，孤身一人，没有归处。

"我是看现在到子夜了，三个时辰后你还要去崇文殿讲学，这才留你。"赵嫣蹙了蹙眉，松开了手，缩回被窝，"既然太傅有顾虑，我也不勉强。"

说罢，赵嫣拥着被子翻了个身，换了个背对他的姿势。

她没有束胸、束发，即便隔着厚厚的被子，也展现出了女子最柔软、玲珑的曲线。闻人蔺眼中的笑意渐浓，他替她放下遮光的床幔，继而脚步声远去了。

赵嫣面对着里侧，竖起耳朵，听到开门、关门的声音，惊讶地坐起了身。

他还真走了？

赵嫣一愣，呆坐了半晌，蔫蔫地打了个哈欠。

罢了，天大地大，睡觉最大。赵嫣遂憋着一口气躺下，闭目追随周公去了。

不多时，殿门再次被打开了，这次声音轻了许多，连脚步也被刻意放缓了。赵嫣以为流萤来例行为她束胸、束发、检查炭火和门窗，便闭着目道："他走了吗？"

身后之人没有回答。

床幔被人挑开了，身后的褥子稍稍陷下去一块，一个微凉的药丸被压在她的唇间。闻人蔺的声音传来了："张嘴。"

赵嫣的睡意瞬时少了一半，她倏地回首，闻人蔺趁机将那个药丸塞入了她微张的唇瓣中。

清苦的味道席卷而来，她很熟悉。

这下赵嫣的睡意全无了，她捂住嘴，就着闻人蔺递来的茶水送服药丸，然后漱了漱口。

她想起来了，今夜厮混过后，自己还未来得及吃避子药。

"你方才出去就是为了取这个？"赵嫣问道。

"不错，此物由本王经手才放心。"闻人蔺将茶盏搁回床头的矮柜上，转过身看她，"殿下以为呢？"

赵嫣没说话。

闻人蔺抬手拭去赵嫣唇上的一点儿水痕，叮嘱道："殿下不可再乱吃药了。"

"知道了，知道了。"赵嫣赧然应和着。

这件丢脸的事他还要拿出来说几遍？

她重新躺回被窝中，见闻人蔺仍坐在床头看她，不由得咽了咽口水，问道："你总看着我干什么？"

闻人蔺将视线落在她与床沿之间，眼中的笑意更深了些，随即说道："本王在想，殿下何时给本王腾出点儿位置？"

赵嫣反应了过来，拥着被子蠕虫似的往里靠了靠，留出一半的位置来。

闻人蔺将她散落在枕边的头发捋了捋，避免压到，然后才脱下皂靴，转身在她身边躺了下来。

厚重的床幔如瀑布般严丝合缝地归拢了。昏暗的光线中，身侧闻人蔺的侧颜英俊无比，眉骨精致，鼻挺唇薄。

与人同榻的感觉颇为玄妙，仿佛天地间只剩下彼此了。明明他们连更逾矩的事情都做过了，但感受到另一个身体的存在，赵嫣还是会情不自禁地放轻呼吸。

赵嫣看着闻人蔺，觉得新奇，直至闻人蔺抬掌覆住了她的眼睛，声音低沉地道："闭目。"

赵嫣眨了眨眼睛，睫毛如羽毛般拂过他的掌心。她依言闭上眼，在极致的黑暗中，很快就有了睡意，不多时，呼吸就渐渐变得绵长起来。

过了一会儿，闻人蔺才挪开手，侧首望去。他视力极佳，在黑暗中仍能视物，连小殿下微微抖动的睫毛也能看得一清二楚。

闻人蔺动了动嘴角，将双手搁于胸前，也闭上了眼睛。

梦中，鲜血的腥臭味扑鼻而来，冰冷的雨水铺天盖地，湿淋淋的寒鸦伫立在折断的长戟上，歪头觑视满地的尸首。一层层尸体的缝隙中露出了一只充满血丝的眼睛，灰色的瞳孔中映着滚滚乌云下的雨水，没有半点儿光泽。

鲜血混合着雨水淌下，满是潮湿的腐烂味道。

"为父去了，你要好好活着。"

"阿蔺，二哥的命可以不要，但这座城池不能丢。我们一旦放弃，身后几十万百姓的命就没了！防线一破，大玄危矣！"

"我等愿随将军战死！骸骨可不还乡，但国土不可失一寸！"

"阿蔺别动，听话！二哥不疼，真的不疼，只是可惜了母亲做的这身新衣裳……"

"结成人墙！保护少将军！"

"少将军，活下去！您活着，兄弟们才不会枉死！"

…………

一幕幕场景涌现，尸堆下的那只眼睛总算显现出些许光芒。他艰难地张了张起皮的唇，接住了从尸身的铠甲上淌下的淡红色的雨水。

雨水腥得令人作呕，少年却不得不咽下，拼命抓住一切可能生还的机会。

他要活下去，活着回京，为枉死的近十万将士复仇!

噩梦破碎，夤夜如墨。闻人蔺骤然睁开了眼睛，精准地攥住了身侧的手臂。

他手中的腕子纤细，肌肤细腻、温软。

眼中的寒气未散，他面无表情地扭头望去，看到赵嫣因殿中充足的暖炭而不老实地蹬了被子，半截身子暴露在外，莹白的脸颊透着红。

她的头发微微凌乱，衣襟松散，精致的锁骨下，酥山的沟壑隐约可见。美人在侧，暖香萦怀，原来他并非身处腐臭的尸堆之中。

闻人蔺眸中的暗色渐渐消弭了。

他将赵嫣的手臂塞入被中，重新为她掖好被角，正欲起身，就听见了她含混不清的声音："你还没睡吗？"

闻人蔺只好暂且不动，低声回应道："睡了。"

"你别想得太多，会有办法的……"赵嫣自顾自地咕哝了一声，下意识地寻找凉爽的地方。

她往他的怀中钻了钻，额头轻轻地抵着他的胸口，手攥着他的衣襟，睡得正香。属于女子的温软之物贴了上来，驱散了闻人蔺心口的阴寒之气。

闻人蔺没有躲开，曲肱而枕，另一只手有一下没一下地轻抚着怀中少女的腰窝。

他尽管是从梦中惊醒的，此刻却再无半点儿睡意。

或许在大雪天里，谁都渴望温暖。

至少这一回，他不再是一个人坐在冷榻上把玩短刃，睁眼到天明。

卯时，天还未亮，赵嫣就被人揉捏着脸颊，迷迷糊糊地睁开了眼，一时愣神。

闻人蔺还穿着昨日的衣裳，墨发一半被簪子束了起来，另一半披散着。他屈肘抵在榻上，撑着脑袋侧躺着看她，用修长的带着薄茧的手指捏了捏她的脸颊，又揉了揉她的耳垂，乐此不疲。

这是她第一次于清晨睁眼时看到闻人蔺——他真的在东宫里与她同榻一整宿。

“早……”赵嫣喃喃道。

“早啊，小殿下。”闻人蔺神清气爽地说，嘴角带着笑，“还没醒？殿下该梳洗、用膳、去崇文殿了。”

“已经卯时了吗？”

赵嫣在被中伸了个懒腰，纤细的胳膊被拉长，腿无意识地蹬着，胸前现出一片起伏的曼妙轮廓。

昨夜她未曾束发、束胸，没了束缚，睡得又香又沉，感觉才闭眼就被唤醒了。

赵嫣迷迷糊糊地坐起来，正欲宽衣，才想起面前之人不是流萤，而是那个精力旺盛到可怕的男人。

她若是私下与他宽衣解带倒也没什么，但穿衣之事必定要由流萤把关，让其他人看着终归不像样子。

她犹疑了片刻，揉了揉鼻尖道：“要不你还是回避一下吧，我传流萤进来服侍我更衣。”

闻人蔺挑了挑眉：“殿下这就过河拆桥了？”

“哪儿跟哪儿的事？你这样在这儿看我更衣，我怕流萤会被吓到。”赵嫣对上他含笑的眼眸，脸开始发烫，伸手推他，“哎呀，你快去。”

闻人蔺抬手，轻而易举地包住她的指尖，捏了捏，这才慢条斯理地起身掸了掸袖袍，抓起一旁木架上的大氅去了外间。

流萤掐准时辰，独自捧着干净的衣物进了殿里，目不斜视地开始为赵嫣更衣。

赵嫣用双手拢着长发，转着圈将束胸的绸带缠上，一边抬臂穿衣，一边打哈欠，然后道：“给我准备些月事带，这两天我兴许会用上。”

流萤没多问，为她系好衣结，道了一声“是”。

雪天路滑，哈气成冰。赵嫣不能乘坐轿辇，何况今日还有令人头痛的文课考核，她需要提早去崇文殿里做准备。来不及吃早膳，赵嫣收拾齐整后就匆匆地出了东宫，却到处不见闻人蔺。

就当她以为闻人蔺生气地走了，心中隐隐地感到愧疚之时，瞧见了在侧门外伫立的墨色身影。

张沧赶了一辆马车过来，此刻正躬身抱拳，向闻人蔺汇报。

“不必备车了，孤与肃王同行。”赵嫣吩咐李浮，说话间眼里已有了淡淡的笑意。她上前朝闻人蔺笼手一礼：“辛苦太傅日夜操劳，为孤答疑解惑。”

她说得一本正经的，看上去彬彬有礼，任谁也不会多想分毫。可闻人蔺分明从她的袖子后看到了她唇畔那丝狡黠灵动的笑意。

他负手而立，大义凛然地回她：“有殿下配合，山鸣谷应，本王倒也不辛苦。殿下若不嫌弃，可与本王一道赶赴崇文殿，继续探讨难题。”

他将“探讨”二字说得极轻，仿佛别有深意。

赵嫣的睫毛抖了抖，她面不改色地笑了笑，道：“好，有劳太傅。”

闻人蔺单手做了个“请”的手势，赵嫣便接过流萤递来的手炉，揣入袖中，上了闻人蔺的马车。

马车一沉，闻人蔺紧跟其后，抬袖坐在了赵嫣身边。

赵嫣坐得端正，宛若克己复礼的太子本人。直到张沧偷偷地塞进来两包用油纸包裹的物件，又笑着重新放下车帘，赵嫣方长舒一口气，歪身靠在了车壁上。

“我还以为你提前走了呢。”她开口道。

闻人蔺解了大氅，随口道：“本王去换了一身衣裳，顺便有一件事要吩咐底下的人去做。”

“你换了衣裳？”

赵嫣重新打量了闻人蔺一眼，发现他果然换了一身玄红二色的常服，方才因他罩着大氅才没看出来。

“这件你怎么不一起换了？”赵嫣指了指搭在他臂弯上的大氅。

闻人蔺垂眸看了一眼，嘴角浮现出神秘莫测的笑意：“才请殿下为它熏了香，本王自然要穿一穿再换。”

“我什么时候给它……？”

赵嫣想起来了，昨夜闻人蔺用这件大氅裹过刚出浴的她。可那上面沾染的哪里是什么熏香？那分明是她身上的……

明白后，赵嫣不太自然地移开了视线，撑着下颌嘀咕：“这是什么癖好？”

闻人蔺笑了一声，被闷在胸腔中的笑声格外低沉惑人。

赵嫣皱了皱鼻子，嗅到了热乎乎的朝食的香味，不多时便很没出息地将目光移了回来。她捂着肚子，看向闻人蔺，问道：“你饿吗？”

闻人蔺看透了她那点儿小心思，拆开了用油纸包裹的物件，里面酥香无比的蟹黄酥正冒着白气。

赵嫣本想到崇文殿后再随便吃点儿东西果腹，现在却忍不住了，瞬间被蟹黄酥勾起了腹中的馋虫。

她张开嘴，闻人蔺便拈了一块蟹黄酥塞进她的口中，这动作让她想起他扬着肉干喂猫时的优雅模样。

赵嫣咬住那块蟹黄酥，与他四目相对时，心中一热，道：“我自己来。”

闻人蔺以指腹蹭过她的唇，这才给自己拿了一块。

马车启动，车帷随着车轮声微微晃荡。

天已大亮，晨光穿透冰雾，自远方的山脊后斜斜地流泻而来，为青檐薄雪、皇城万物披上一层金纱般的暖光，宫墙下的冰凌折射出夺目的光芒。

赵嫣捧着半块糕点，忍不住将车窗的帷布挑开些，迎着光赞叹道：“山河壮哉！”

闻人蔺将视线移过来，没有看高墙上的雪色，而是看向了她恣意放松的昳丽的脸庞。光落在她的眼睛里，一层层地扩散开来……

“确实很美。”他凝视着她。

崇文殿外，裴飒看到赵嫣和闻人蔺一前一后地走过来，有些意外。他先朝闻人蔺行了学生礼，然后才朝赵嫣躬身抱拳，问了一声：“殿下与太傅是偶遇吗？怎么同行而来？”

这可是头一遭。

赵嫣心虚地看了闻人蔺一眼，低声道：“顺路罢了。”

见裴飒还欲再问，赵嫣发觉不对劲，便岔开话题：“辰时不应该是周侍讲的文课吗？”

闻人蔺撩袍于太师椅上坐下，散漫地道：“他今日不会来了。”

赵嫣刚想问为何，就看见崇文殿的掌事太监躬身迈着碎步而来，请示道："肃王殿下、太子殿下，周侍讲方才传信过来，说马车于半道崩坏了一侧牙轮，阻滞难行，文课的试题亦被雪水打湿。周侍讲一时半会儿赶不来崇文殿，待其更衣整容，誊写试题后再来向殿下请罪。"

这么巧吗？

赵嫣忽然想起方才在东宫门口张沧向闻人蔺回禀事情的画面，不由得狐疑地看向闻人蔺。

他吩咐底下的人去做的事……莫不是此事吧？

"既然周侍讲来不了了，本王就代为授课吧。"闻人蔺抬眸，貌似勉为其难地叩了叩扶手，"殿下，请吧。"

第四章 浅尝欢喜

一

大宁街上多食肆、酒楼，到了辰时，朝食的摊位纷纷摆到篷布之外，赶早上工的食客络绎不绝。

一辆马车陷于路旁，牙轮崩坏，几名家仆与马夫正在抓紧时间修理。

茶肆的雅间里，周及换上了一件干爽的大袖袍衫，濯手熏香，坐回书案后铺纸研墨，趁着修车的工夫重新誊写试卷。

日光穿透了寒雾，照得枝头上的碎雪晶莹。

“宁做寒酥枝上死，不羡王谢屐下泥。”楼下忽然传来了一个年少清朗的声音。

周及的笔尖一顿，他低声复述了一遍，赞叹道：“好诗！”

“一夜东风消玉骨，焕我人间万户春。”

最后两句诗咏雪言志，其狷狂之意倒是让周及想起了他那个英年早逝的师弟。

周及搁下笔，问道：“楼下文圣何人？”

茶博士进门更换热茶，答道：“何以堪当‘文圣’？他们只是明德馆内的几个儒生罢了，早课之后三五成群地来此饮茶，偶尔斗诗，不想扰了贵客。若您觉得喧闹，小人可让他们静声。”

“不必。”周及道，“儒生有此报国之志，实属难得。”

“您雅量。”

此处临近学馆，多文人雅士，就连茶博士亦是识文断字的。他见周及一身文士的气度，如霜似雪，便趁着泡茶的间隙敞开了话匣子：“前不久明德馆扩招，凡才华出众者，入学后非但可以免去束脩，还有津贴奖赏，吸引了不少寒门学子前来就学。这不，虽是隆冬，明德馆却已欣欣向荣。”

“此乃好事。”周及道。

“嗐，也未知好坏。”茶博士朝楼下的方向努了努嘴，“这些学子大多家境贫寒，苦读十余年。天家明面上说着惜才，唯贤是举，去年春天太子殿下还下榻明德馆，听过临江先生讲学，可又有何用？今年的恩科进士中有几个人真正出身于寒门？明德馆虽贤才辈出，却无一上榜，您说可不可笑？”

周及不由得思及师弟沈惊鸣生前所图的变革之事。

“更可笑的是，有些官宦子弟为了让自己的颜面过得去，参加了科考，又买通关系混了个一甲进士。要知道，科考可是寒门学子唯一的出路啊！这些达官显贵的子弟占尽先机，生来本就赢在起点上了，科考还要弄虚作假，挤翻贫苦之人的登天之梯，啧……”茶博士见周及沉默，猜测他亦是官宦子弟中的一员，心中一紧，忙不迭地道，“您请用。”

说罢，茶博士作了一揖，提着茶铫子匆匆地下了楼。

周及倒丝毫不介意，起身推开了窗户。

楼下的几名儒生结伴而行，有人高声唤道：“沈惊秋，等等我！”

前方一名十六七岁的少年转身，朝同伴们露出了一个恣意朝气的笑。

虽对这张面孔记忆模糊，但周及对这个名字有印象——沈惊秋，沈惊鸣的胞弟。

这个少年也来到了他的兄长曾振臂高呼过的地方。

周及抬首望去，满目萧条灰白，然而寒雪之下孕育着来年的万木争春。

崇文殿内，内侍陆续奉上棋枰和棋篓，点燃了兽炉中的檀香。

如春的暖香中，赵嫣好奇地问：“太傅今日不讲骑射吗？”

闻人蔺示意她坐过来些：“殿下身子不适，骑射不急于一时。”

不知为何，赵嫣总觉得他那句“身子不适”别有深意。她下意识地垂眸，不自在地挪了挪身子。

上弈课时，闻人蔺素来是以一对二——他手把手地教赵嫣排子布局，还能兼顾与裴飒对弈，一心二用却从未有败局。

闻人蔺扫了一眼不远处的裴飒，淡淡地道：“六之十一。”

李浮遂按照吩咐替他将白子落在相应的位置上，裴飒的断眉立刻拧了起来。

闻人蔺游刃有余地在赵嫣的对面落下一子，声音有些慵懒地说：“姓周的教到哪儿了？”

他好像从不会正式称呼周及的姓名。

赵嫣在心中吐槽，执子托着下颌，思忖片刻后道：“《孟子》《周礼》皆讲完了，迎冬前周侍讲讲到了《唐鉴·中宗篇》。”

闻人蔺颔首，一连说了“取义”“台谏见论”等七八个重点，随意地道：“考题多半出自这几处，殿下着重温习。”

年底的考课非同一般，考生所做的文章甚至会被交给皇帝过目。赵嫣这些时日因魏琰一案奔波劳累，不能静心温书，的确有些忐忑，唯恐自己水平不够，会露出破绽。

此番听闻人蔺这般说，赵嫣便认真地默记下来。

一旁的裴飒动了动耳朵，倾身想要偷听，却见闻人蔺将深沉的目光投了过来，听到他波澜不惊地道：“这步棋，世子可解出来了？”

裴飒对闻人蔺不敢不服，只得坐直身子，继续冥思苦想。

闻人蔺与赵嫣执子对弈，时不时地就重点问答一番。大部分时间是赵嫣在叙述见解，闻人蔺间或出言纠正，一个时辰转瞬即逝。

赵嫣望着满盘黑白交错的棋子，伸了伸腰，只觉得内心有一种从未有过的充实感。

“不错。”闻人蔺靠在椅子上，含着笑看她。

赵嫣总觉得他的目光不似从前那样淡漠了，偶尔侵略性十足，让人莫名其妙地心发慌。于是她趁别人不注意，警告似的瞪了他一眼。

闻人蔺交叠着双腿，坦然受之。

赵嫣又温习了大半个时辰的书，用了些点心，方见周及带着一身寒霜入了殿。

赵嫣未料到他冒着寒风赶来，有些诧异地道：“周侍讲来了？”

“今日考核，臣不敢怠慢。”周及解下斗篷交给内侍，身姿端正如雪中的松竹，撩袍跪拜道，“臣来迟，请殿下恕罪。”

赵嫣起身宽慰道：“雪天路滑，情有可原，周侍讲快快请起。”

既然周及赶到，考课自然是要继续的。于是赵嫣收了书，坐回自己的几案后。

闻人蔺却未曾离去，起身坐在窗边的圈椅上，背后映着窗外的雪影。他随意地翻看着下属递来的不要紧的公文，大有监考之架势。

周及心无旁骛，目不斜视，没说什么。

试题发下来后，赵嫣匆匆地扫了一眼，惊讶地发现闻人蔺先前为她圈中的那些文题大多押中了，于是接过李浮润好的笔，稍加思索后便落了笔。

一炷香的时辰飞逝而过，香钟撞出了“丁零”的声音。

赵嫣神清气爽地交了试题，相反，裴飒整个人如霜打的茄子一般萎靡，一看就知被“之乎者也”折腾得不轻。

因为只有两份试题，周及便取了朱笔当面批阅。待周及批阅完，赵嫣将题卷交给太监，让其转呈给父皇过目，然后朝闻人蔺走去了。

“是甲等。”她轻声报出成绩，清亮的眸子微微弯着，含着笑意。

这是闻人蔺意料之中的结果。

闻人蔺抬眼，问：“饿吗？”

赵嫣摸了摸肚子，点头道：“饿。”

闻人蔺嘴唇微动，将公文合拢后交给下属，起身带赵嫣从侧门出去，朝后殿走去。

临近黄昏，天已然暗下来了，寒气笼罩着庭中的琼芳碎玉。

长廊曲折，二人比肩徐徐并行。赵嫣笼着手靠近闻人蔺，道：“今日你说的那些篇目押中了九成，你该不会偷看过周及的试题吧？”

闻人蔺笑得很轻，随即说：“酸腐们出题，也就是那几个老生常谈的问题，本王猜也能猜到。”

赵嫣也笑了，扬着秀气的眉问道：“那周及的车是怎么回事？”

“殿下不是夜里睡觉时还念叨着今日的考课吗？”

“有……有吗？”赵嫣停住脚步，用余光瞥了一眼远远地跟在身后的侍从，压低声音，“不对，你如何知道我在梦里说了什么？莫非你一宿没睡？”

闻人蔺笑而不语，垂眸看了她一眼，方慢悠悠地走开了。

由于睫毛浓长，他含着笑看人之时有一种深情的感觉。赵嫣愣了愣，加快步伐跟上去，斗篷的下摆随之一摆一摆的。

赵嫣笑道：“今日雪景不错，我们围炉煮酒如何？”

于无人看见的拐角处，闻人蔺抬手轻轻地按了按她的头顶。

他们寻了一间后殿里供人休憩的茶室。因不能在宫中私自生火，赵嫣便将取暖的炭盆挪过来，命人架上铁网。不多时，李浮领着一队内侍捧着干果、橘子、柿子等物过来了，还有一碟洗净的生芋头和两壶罗浮春。

内侍们烫酒毕，再将芋头用以醪糟浸透的湿纸包裹，置于铁网上慢慢地烤熟，周围撒上两三个橘子，烤得热乎乎的。

做完这些，内侍们便远远地站在廊下了。

茶室内宁静，门口围炉而坐的两个人一个高大俊美，着玄色大氅，另一个身形昳丽纤细，披杏白色的斗篷，与藏雪的青檐遥相呼应，自成一幅画。

闻人蔺端着一只黑瓷建盏，衬得手指愈加修长、白净。他看了一眼身旁默不作声地翻着芋头的赵嫣，问：“殿下在考课中遇到难题了？”

赵嫣回过神，摇着头道：“倒也不是。难的并非是题目，而是我要仿着别人的字迹落笔，字字斟酌，句句考量，难尽胸中之言。譬如那道‘劳心者治人，劳力者治于人’的题，为何劳作之人就要低人一等、受士人所治？若无人劳作，皇粮俸禄、将士军粮从何而来？世人皆言‘兵马未动，粮草先行’，可见力田者对于朝廷的重要性。孟亚圣自己也说过‘民贵君轻’，却将百姓划分为低等人，真是自相矛盾。”赵嫣的眼中跳跃着炭火的暖光，她一只手执着竹夹，另一只手撑着下颌温和地道，“古贤曾言‘国之兴亡，与有责焉’，既然人人有责，为何仅将治国的希望寄托在皇家身上？他们说得挺像那么回事的，如若真的人人都有权治国、护国，说这些大道理的人又要跳出来大骂僭越、礼崩乐坏……”

正絮絮叨叨地诉说着，赵嫣忽闻一声低笑。她诧然望过去，问：“你笑什么？”

闻人蔺执盏抵着鼻尖，半垂眼帘，将浅笑闷在胸中，看上去恣意无比。

这个人笑起来还真是好看，满庭的日暮和雪色也比不上他分毫。

赵嫣慢慢地皱起眉，就听闻人蔺赞许道：“殿下的想法还是如此标新立异。”

“你在取笑我？”赵嫣看着他，问。

“怎么敢？”闻人蔺从酒盏后抬眸，漆眸囚着她灵动的神情，声音低沉地道，“本王就喜欢殿下离经叛道的样子。”

赵嫣愣了愣，心蓦地一跳。

两个人虽有过最亲密的接触，却极少混淆公私，说些不着边际的情话。

“你方才说喜……什么？”她好像突然不会说话了，睁大了眼睛。

炉上热气蒸腾，闻人蔺没再说话。

他放下酒盏，倾身靠近赵嫣，取走了她手中的竹夹，指腹滑过她的手背，为铁网上的芋头翻了个面。

“当心烤煳了。”他慢悠悠地垂眸，藏起了眼中的那点儿笑意。

“太子哥哥！”一声清脆的呼唤将赵嫣的思绪拉了回来。

赵嫣连忙直身正坐，抬眸望去，只见霍蓁蓁披着一身价值连城的雪狐斗篷欢快地奔来了，后面还跟着略显文静清雅的四公主赵媗。

“听说今日考课，我就知道你们不会走得太早，给皇后娘娘问了安我们就过来啦。”霍蓁蓁一副欢快的模样，笑吟吟地道，“方才在崇文殿外，我听见周侍讲在批裴飒的卷子，你猜裴飒写了一句什么诗？”

周及出的试卷十分全面，除了策论问答，还涉及诗赋造诣，最后一题是就景写诗。

裴飒虽武艺卓绝，却觉得读书最让他头痛，可想而知其诗作并不出彩。

赵嫣还未回答，霍蓁蓁就自顾自地叉腰说道：“‘京中大雪似鹅毛，纷纷扬扬满地飘’，笑死我了！”

“我……我倒觉得，这诗还不错。”赵媗说道，声音细细的，“大雅若俗，倒直白、可爱。”

话音刚落，柳白微便与裴飒一前一后地走来了。

裴飒显然听到了赵媗方才的评赏，紧皱的眉头松了下来。他朝赵媗见了礼，这才站在她的左侧，道：“多谢四殿下。”

裴飒的声音略微绷着，有点儿少年人故作老成的低沉之感。赵嫣有点儿想笑。

柳白微大步上前，问道：“你们在烤什么？好香。”

赵嫣笑着回答：“芋头和橘子，这里还有干果和美酒，你们过来一起尝尝吗？”

柳白微正好有事要向她禀告，刚上前两步又停在了阶上，皱着眉看着一旁自斟自饮的闻人蔺，似乎有点儿不爽。

“我们年轻人赏雪议事，怎么还有外人在？”柳白微问道。

听到“我们年轻人”几个字，赵嫣一时未反应过来其中的含义。

她环顾庭中之人，发现除了闻人蔺，其他人的确是不及二十岁的少男少女。闻人蔺比他们大了好几岁不说，还位高权重、压迫感极强，越发显得沉稳莫测。

闻人蔺大概也未料到自己有朝一日会被一群十八九岁的少年嫌弃年纪大。

赵嫣越想越觉得柳白微夹带私怨，没忍住，以袖掩唇，“扑哧”笑了一声。

闻人蔺面不改色，搁下了杯盏，虽然声音很轻，却连霍蓁蓁这样天不怕地不怕的人都缩了缩脖子。

“颍川小王孙不知，偏偏有人不爱少年，就爱本王这般年长之人。”闻人蔺淡淡地唤着柳白微最厌恶的称呼，嘴边噙着散漫的笑，“况且年长之人有年长的好处，譬如本王让你跪，你就得跪；若要罚你，颍川郡王还得争着给本王递鞭子。”

“你……”柳白微果然变了脸色。

“肃王开玩笑呢。”赵嫣唯恐闻人蔺一言九鼎，真让柳白微吃苦头，连忙暗中给闻人蔺递眼色。

闻人蔺依旧泰然自若，让人不辨喜怒，附和道：“殿下说得对，本王开玩笑的。”

然而谁还敢再出言造次？

柳白微心气高，看了看赵嫣，又看了看闻人蔺，心中郁愤，转身一拳砸在了廊下雕栏的积雪上。

积雪如碎玉飞溅，些许落在了一旁的霍蓁蓁的袖口和手背上，她被冰得“啊”了一声，脸皱得像个白面包子：“柳白微，你干什么？！”

说罢，她便蹲身拢起一抔脆硬的净雪，团结实后朝柳白微掷去，“啪”的一声砸在了他的靴子上。

柳白微正巧需要发泄，随即也抓起一捧雪回击。他顾及对方是女孩子，团的雪球松松软软的，砸过去像粉尘一般轻柔。饶是如此，霍蓁蓁还是被冰得尖叫了一声，跺着脚甩了甩脑袋，小狗似的。

庭中之人你来我往，半空中霎时间飞满了各式雪球。

他们这么一打岔，方才凝重的气氛荡然无存。众人只闻惊笑声连连，连赵媗也抛去了礼教的束缚，寻了个角落认真地团起雪球来。

赵嫣跃跃欲试，弯眸直身，招手吩咐李浮道：“去，给孤也弄一兜雪来。”

若非顾及自己还扮演着体弱多病的太子，她定要亲自去庭中疯玩一通。

李浮很快就用下裳兜了一衣兜雪进来了。赵嫣从他的衣兜中取了一捧雪，团了团，被冰得直哈气，可眼中的笑是恣意轻松的。

“孤就拿一捧过过瘾，其他的你快倒了吧，别打湿衣裳冻着了。”

她全神贯注地团着手中的雪球，未料庭中一颗瓷实的雪球失了方向，径直朝她的面门飞来了。

赵嫣刚抬头，视线就被一片暗色的袖袍遮住了。

袖袍挡住了那颗雪球，雪球滚落在地上，碎成了两半。

“好险……”

赵嫣咋舌，正要侧首道谢，就见闻人蔺抖了抖略带湿痕的袖袍，而后接过她手中那颗被团好的雪球，握了握。他始终没有表情，修长有力的手指几乎与白雪同色。

赵嫣没看清他是如何使劲的，只见那颗雪球在他的手中变得像冰一样紧实通透，看起来分量十足、坚硬无比。

他抬腕一掷，冰球带着“呼呼”的风响砸向了庭中的雪松，“哗啦”一声，满树的积雪被震落了，几乎将柳白微和霍蓁蓁掩埋住。

内侍和宫女们被吓得险些跪倒，忙不迭地上前给自己家主子清理。一片惊叫声后，众人总算消停了。

赵嫣已经许久没有这般恣意过了，憋笑憋得肚子疼。

闻人蔺擦净手上的水痕，借着几案和宽大袖袍的遮掩捏了捏她的小指。赵嫣一颤，眼中笑意未退，惊愕地看向他。闻人蔺却一脸正色，波澜不惊。

霍蓁蓁换了一身干爽的衣物过来后，芋头也熟了。她撒着娇，要黏着太子哥哥坐，却冷不防地听见一旁的闻人蔺道：“给郡主在避风处设座。”

候在廊下的内侍上前，在门后设了炭盆和席位。

此处虽避风又暖和，却离太子哥哥的席位颇远，霍蓁蓁有些不满意。她拖着席位准备挪过去，又听见那道波澜不惊的声音传来了：“男女不可同席。”

霍蓁蓁纵使不服气也只得照做。

赵嫣心情好，吃了烤芋头、烤橘子，还饮了两杯罗浮春，一时心绪飘飘，轻松自在。

直至暮色四合，最后一道宫门也要落闩时，霍蓁蓁与柳白微一行人方依依不舍地告别。

临行前，柳白微将一叠信笺郑重地交给赵嫣——这是他此行拜谒的目的。

赵嫣带着微醺之意上了马车，与闻人蔺同归。车中的灯火驱散了夜的阴寒之气。

她面颊绯红，被淡淡的酒香萦绕着，打开了柳白微呈上的信笺，一张张地看过去，不由得会心一笑。

信笺上是柳白微抄录的明德馆中诸位儒生的诗文，这些诗文堪称笔下生花，酣畅淋漓。

赵嫣吸取赵衍失败的经验，并未亲自出面插手明德馆扩招之事，而是交由信得过的柳白微去操办。

她虽不能露面于幕前，但并不妨碍此刻欣喜，因为灭灯一年的明德馆在她的手中又活了过来。

“宁做寒酥枝上死，不羡王谢屐下泥。”她念着其中最喜欢的两句诗，目光移至署名处，不由得微怔。

沈惊秋……

她若没记错，这位应该是“李门双璧”之一的沈惊鸣的胞弟。

沈惊秋虽远不及他的兄长才华出众，但这首言志诗已表明他将走上和他兄长一样的道路，他胸中的热血并不比沈惊鸣的少。

前人燃魂为灯，而后人能做的就是踏着他们的余烬前行。

闻人蔺坐于一旁，凝视着赵嫣每一个细小的神情变化，轻轻地开口：“殿下就这般开心？”

“我开心，并非因为这些信笺是柳白微给的，而是因为星火未泯，长夜将明。”赵嫣笑起来，将信笺小心地折叠，收好。

大概因为她微醺，话也变得多了起来，尾音带着柔软的倦怠之意。

“对了，你发现了吗？裴飒对四姐姐说话的时候会下意识地站在她的左边……那么多人，只有他记得四姐姐的右耳有疾。”说着，她轻轻地喟叹一声，说不出是餍足还是羡慕，“不知何时我才能做回真正的自己，穿想穿的衣裙，做想做之事，像他们一样自由自在。”

闻人蔺凝视着赵嫣因酒意而浮现出艳色的脸庞，缓声道：“殿下只要想，明日就可做回自己。”

赵嫣有些迟钝地看向他，眼里有光掠过，随即又归于平静。

她极轻地摇了摇头，轻声道：“等有一天，这京城里的万家灯火不是为了粉饰太平，而是真正意味着国泰民安之时，等世人知晓赵衍和明德馆里的那群儒生为何而死，且愿意为他们正名之时，我再离开。”她露出一抹淡淡的笑来，继续说，“这样，即使有一天我梦到了赵衍，也可以坦然地昂首对他说，‘看啊，这个烂摊子我给你收拾好了’。”

闻人蔺伸手捋了捋赵嫣翻折进去的狐狸毛披风的毛领，手指蹭过她微红的脸颊，声音低沉地道：“殿下若打破砂锅问到底，锋利的真相会割伤殿下。”

“我不怕。不管真相如何，我绝不退缩。”赵嫣抬起水润的眼睛，眼下的泪痣灼灼若血。她用纤白的手包裹住闻人蔺的手指，坚定地道：“教我，太傅。教我斗争，教我走下去！”

闻人蔺久久地凝视着她。

马车摇晃，宫墙下的灯火在车帘的遮掩下明明灭灭，却映不进他的眼中。

就当赵嫣以为他不会回应时，那片淡色的薄唇总算微微动了。

“本王不会滥杀无辜，也不会帮大玄分毫，更不会为了殿下放下仇恨。”他垂眸，抚着她绯红且满是期许之色的面颊，低声说道，“不牵连他人，这已是本王最大的善意，殿下可满意？”

二

赵嫣一愣，一时仿若身处梦境般，竟有些鼻子泛酸。

明明只过了一日，她却仿佛等这个答案等了一个甲子。

“满意。”赵嫣抵着闻人蔺的肩认真地重复了一遍，唯恐他反悔似的，“我满意的。”

闻人蔺望着她眼中升起的碎光，不动声色地道：“殿下就这么容易满足？”

“我说过，我不阻拦太傅用自己的方式伸张正义，但不愿让太傅被仇恨蒙蔽双眼，毁了无辜之人，也毁了你自己……”积压在心口的难题骤然被解决，赵嫣的语气也轻快了不少，“于我而言，太傅退的这一寸就是你我之间的一线生机。”

她是大玄的公主，肩负苍生之责，纵使再离经叛道，也无法放弃良知，去迎合一个手握屠刀的乱臣贼子。

仙师与解药之事还未有谜底，大玄内外腐败，风雨飘摇。赵嫣不敢说朝廷无罪，但黎民百姓定然是无辜的。闻人蔺若能坚守这一底线，她才不算输，才有底气面对天下。

闻人蔺默默地看着她，用拇指徐徐地抚过她泛着红晕的脸颊。

“直如弦，死道边；曲如钩，反封侯。”父亲死前悲怆的声音犹在他的耳侧，自那时起，他便发誓不愿再保护这样的大玄。

闻人蔺对残害无辜之人并无兴致，所谋之事甚至不用亲自出手。他只要放任自流再稍加引导，便可冷眼睥睨朝廷逐步腐败，坐看万间宫阙化为尘土。

他不愿开口应承，是因为怕一旦破例就会不断地为赵嫣放低底线，直至自己淡忘了仇恨。

但看到赵嫣带着重重的枷锁艰难地前行，闻人蔺忽然有了一丝不忍心的感觉——他不忍心看到他的自毁之路成为她身上的另一道枷锁。毕竟，赵嫣对兄长的死都能耿耿于怀这么久，若他真做了什么对不起天下苍生的事，她还不知内疚成什么样呢。

“其实……”闻人蔺俯身低语，“即便殿下与本王执刃相对，势均力敌，本王也只会为殿下感到骄傲。”

赵嫣瞪他：“没有这样的‘即便’，你答应过我的。”

“嗯，本王答应了。”

“口说无凭，得盖章落印。”赵嫣说着，借着微醺的酒意在他的心口上寻了个位置，张嘴咬了一下。

闻人蔺的肌肉下意识地一绷，赵嫣反被震得牙关发麻。

见她不满地蹙起了眉，闻人蔺随即放松身子，顺势揉了揉她的后颈：“殿下是属猫的，非咬即挠，隔着衣料也不嫌脏？殿下不妨回去等本王脱了衣裳，本王任凭殿下咬个够。”

“不了，我咬一下就够了。”赵嫣捂着发麻的牙关，齆声谴责道，“你身上太硬了，我咬不动。”

闻人蔺低声笑了起来。

他抬手托起赵嫣的下颌，凝望着她眼中如释重负的惬意神色，直至看得她不安地垂下了眼睛，方垂首用薄唇碰了碰她的眉心，再以挺翘的鼻尖轻轻地蹭上一蹭。

这个怜惜的吻印是他的回应。

两个人回到东宫时，灯火通明。

赵嫣下车时有些不稳，闻人蔺扶了她一把，亲自送她回寝殿。

“太傅夜间还有公务吗？”想起了什么，赵嫣解下斗篷交到流萤的手中，回身望着陪了她一整日的闻人蔺，“太傅若是不急着走，便留下，用了晚膳后再走吧。”

闻人蔺不置可否，吩咐身后的张沧：“去将本王未批完的牒牍取来。”

宫人奉了晚膳鱼贯而入，但赵嫣刚才吃了烤芋头，并不饿，便只挑了一碗鸡蓉干贝粥，坐在几案后一边翻阅书籍，一边一勺一勺地抿起来。

闻人蔺吃得优雅，带着慢条斯理的意味。

赵嫣没见他狼吞虎咽，仔细一看，自己才磨磨蹭蹭地吃了一半，他已停了牙箸，坐到几案对面看起了公文。

赵嫣诧异地问道：“你吃完了？”

她再看看一旁的食案，上面除了一碟胭脂色的带血的鹿脯肉，其余的粥菜已被吃了个干净。

这是什么时候的事？！

闻人蔺靠在椅子上，漫不经心地解释：“这是本王年少时在军营中训练出来的习惯，老爷子不许我们拖沓。”

“吃得太快伤胃。”赵嫣轻声道。

闻人蔺置之一笑。

自从从尸堆中捡回一条命，有很长一段时间他都吃不下东西，吃什么都像吃裹挟着腥臭味道的腐肉，故而现在已将饮食的速度放慢许多了。

赵嫣看他吃完了，便也搁下了勺子。

流萤领着宫婢们利落地撤下碗碟，换上了漱口的茶水。赵嫣接过温热的湿棉布擦净十指，歪着身子看向那本在几案上摊开的书卷：“那个……”

闻人蔺知道她遇到了难题，未抬起头便问：“何处不懂？”

赵嫣伏在几案上，以手背贴着因酒意而发烫的脸颊，说：“是《帝策》中的一句，‘驭臣之术，如甘瓠之形，严于口而宽于心’。”

闻人蔺从公文后抬眼，以平和的语调缓声道：“这句话的意思是，对待难以驾驭之臣，帝王不可一味地施恩，而是要先严后宽，先威后恩。帝王要推行的自己想法，绝不可直白地告之，而是应先提出一个不可能达到的目标。若臣子不愿遵从，帝王再适当地降低目标。两害相权取其轻，为臣者不但会遵从，反而会夸赞上位者体恤臣民。”

赵嫣听得瞠目结舌：“还能这样？”

闻人蔺颔首，合拢公文置于腿上，眼中噙着幽幽的笑意，说：“譬如先太子推行新政，锋芒毕露，这就不可取。但若殿下检举本王有不臣之心，说明国之将亡，再提出新政以自救，踩着本王这个佞臣上位，来自群臣的阻力就会小很多。毕竟，相比国家覆灭于逆贼之手，推行新政至少能保半数基业。”

赵嫣沉默了。

闻人蔺是真心实意地教她如何利用手中的棋子达成目的，哪怕这颗棋子是他自己。这才是最令赵嫣毛骨悚然的地方。

她蹙了蹙眉，说：“这便是我不喜帝王之术的缘由——没有情义，只有利益。”

闻人蔺安静地注视她，然后道：“殿下本不必如此努力。”

“我虽不喜，却不可不懂，否则哪天连自己怎么死的都不知道。”赵嫣提笔做好批注，抬眸笑了笑，“何况我努力一点儿，才能证明你的退让是值得的。”

闻人蔺因这明丽无比的笑容眸色微变，微微倾身，抬臂越过几案，似乎要握住她唇畔的那一抹笑意。

然而闻人蔺的指腹离赵嫣的脸颊只有一寸时，她像想起了什么似的，忽然顿笔拧眉，问道：“等等，这招‘两害相权取其轻’你对我用过吧？”不待他回答，她就扳着手指说道，“出发去玉泉宫前，作为交换，你让我答应你一件事，先是提出《玄女经》之事，我不愿，你才拿出早已准备好的脂粉和女子的裙裳，让我换上，扮作侍婢；还有之前，簪花宴后，我那里疼痛，你知我定然不会同意让你亲手上药，便主动退步，提出蒙眼……”

而今赵嫣仔细地想了想，这些伎俩不就是他方才讲的“两害相权取其轻”吗？

闻人蔺用手指捏了捏她的脸颊，毫无悔意地笑着：“怎么办？殿下发现了啊。”

赵嫣被他捏得脸颊变了形，既懊恼又不甘。

这个人真是老谋深算，诡诈至极！自己凭这点儿三脚猫的小算盘也不知要修炼几年才能比得上他。

她拍开闻人蔺的手，憋着气投身于书海，准备化悲愤为力量。她刚挪动身子，便蓦地一僵——不太对……

她捂着小腹，匆匆地搁下笔，起身道：“等等，我去沐浴更衣。”

癸水果然来了，想必是昨夜药效发作，兼之她饮酒导致血液加速流动的缘故。

赵嫣更换了衣物，梳洗、擦拭干净后，方拖着沉重又疲惫的步伐回到了寝殿里，抱着手炉往榻上坐。

“困了？”闻人蔺还坐在原处等她。

赵嫣缩入被中，点了点头。

每个月的这几天，她总提不起精神。

闻人蔺大概猜到了，合拢了公文，吩咐正在铺床的流萤：“打盆热水过来。”

不多时，流萤就将水送进了殿中，收拾齐整后福礼退下了。

闻人蔺稍稍撸起袖子，将冷白的手掌浸入热水中，直至泛红方擦干手指，行至榻边坐下了。

“还痛吗？”他问。

赵嫣点了点头，一顿，又飞快地摇了摇头。

闻人蔺的药可比张煦的避子汤温和多了，她现在没有那种翻天覆地的绞痛感了。

“不太痛，就是有些寒坠之感，正常的。”

赵嫣从被中露出一颗脑袋，困倦地道：“我向来如此，第一天难熬些……”

她话还未说完，闻人蔺的手已伸进了被中，碰到了她攥着衣摆的手。

“手拿开。”他声音低沉地道。

赵嫣刚拿开手，那修长的手指便撩开她的衣摆，带着被热水浸泡的暖意，准确地摸索到了那处暖宫的穴位。

他才按了一下，赵嫣就控制不住仰身，闷哼出声。

“殿下奔波劳累，未曾好生将养，最开始会有些酸胀。”闻人蔺俯身，用另一只手抚了抚她光洁的额头，声音温和轻柔，“忍忍。”

待赵嫣缓过那一口气，他方继续推拿，不轻不重地揉散那团凝滞的寒气。

一股暖意由内而外地扩散开来，不到一盏茶的工夫，赵嫣的手心里就有了一层薄汗，浑身热乎乎的。

身体的阴寒散去，她便有了睡意，上下眼皮打着架还不忘迷糊地问道：“你今夜也宿在此处吗？”

闻人蔺替她理好衣摆，垂眸道：“还有事。”

过了很久，赵嫣才迟钝地“哦”了一声。

“闻人蔺，”她无意识地唤道，“今日，我很开心……”

闻人蔺微顿，垂眸望去，枕上之人的眼睛已经闭上了，最后一个字已然成了模糊的气音。

炭盆烘暖了寝殿，闻人蔺慢悠悠地理了理她散落的长发，神色是从未有过的柔和。

他在榻边坐了一会儿，待床上之人的呼吸变得绵长，方拾起公文推门而出，走入清寒的夜色中。

翌日，赵嫣去了一趟太极殿。

皇帝就昨日的考课象征性地问了几个问题，赵嫣仿着赵衍的语气一一对答，皇帝颔首道了一声“不错”，随后便放她离去了。

赵嫣拜别后，目光不经意地在几案上装着丹药的瓶罐上扫过，发现那个装着解毒丸的红漆小药盒不见了。

在回东宫的马车上，赵嫣一直在想此事。

父皇一心向道，连早朝时都极少露面，赵嫣见他的次数更是少得可怜。她想要查探仙师的真实身份简直难于登天。而母后因魏琰一案不大方便去面见父皇，所以自己还得想办法从别的地方入手。

赵嫣想知道这解药到底还牵涉着什么内情，不只是为了牵制闻人蔺，也是因为不想让他死。

回到东宫，赵嫣刚解了斗篷，便听门外传来了一道脆生生的声音："太子哥哥！"

霍蓁蓁踏着日暮下的残雪，轻快地小跑过来，怀中还抱着一捧怒放的绿萼白梅。

"我知道你爱白梅，刚巧我府里的白梅开了，特别漂亮，我就给你折了一捧来。"霍蓁蓁在门口跺去鹿皮靴上的雪水，自顾自地进门，道，"我给你插到瓶中啦！"

说罢，不待赵嫣回答，霍蓁蓁便将瓶中的红梅一股脑地拿出来，换上了新鲜的白梅，一片清淡雅香。

赵嫣眼见自己最爱的红梅被糟践了，眼皮跳了跳。

赵嫣深吸了一口气，挤出和煦的笑来，说："多谢郡主记挂。"

"我都说了，你叫我蓁蓁即可。"霍蓁蓁拍了拍手，满意地审视瓶中被插得乱七八糟的白梅，而后亲昵地挽着赵嫣的胳膊道，"对了，太史局说后日会有大雪，我打算初七于府中设宴，用新雪煮茶，太子哥哥可一定要来啊！"

初七，月初……

赵嫣想起这个特殊的日子，正犹豫该如何婉拒，便听到身后传来了一道低沉的声音："殿下学业未结，恐拂了郡主的美意。"

说话间，那人看向被霍蓁蓁挽着的赵嫣，笑着问："是吗，殿下？"

霍蓁蓁回头，看到闻人蔺，两弯新月眉不由得蹙成个结。

"是，今日父皇还特意勉励孤要勤学多问。请太傅于书房中稍候，孤这就来。"赵嫣忍着笑意看了闻人蔺一眼，将手轻轻地从霍蓁蓁的臂弯中抽出来：“抱歉，郡主，孤要夜读了……嗯，谢谢你的白梅。”

“那好吧。”霍蓁蓁悻悻地松了手，若有所思。

待闻人蔺走远了些，霍蓁蓁忽然凑到赵嫣身边，低声道：“我怀疑他喜欢我。”

赵嫣险些一个趔趄，愕然问：“谁喜欢谁？”

“肃王喜欢……”霍蓁蓁愤愤地指了指自己，“我。”

赵嫣沉默了。

“否则为何每次我和你在一起时，他就要阴森森地冒出来，打断你我相处？这种事情发生很多次了，真是奇怪！”霍蓁蓁道，“他若不是喜欢我，就是和我有仇。”

赵嫣掐着自己的虎口，嘴角抽搐了半晌，终是没忍住，扶着几案颤巍巍地笑出了声：“不……不太可能吧？”

“如何不可能？！”霍蓁蓁抬着下颌，一副认真的模样，“他虽长得好看，家世也与我匹配，就是老了点儿……”

“他也……也不老吧？”

“他大了我八九岁呢！”霍蓁蓁压低声音，带着少女的娇羞之意，恨不能咬着赵嫣的耳朵叮嘱，“太子哥哥，我告诉你啊，你可得对我好点儿，不能忍让他，知道吗？否则我被抢走了，你可怎么办哪？”

三

霍蓁蓁咕咕哝哝地走了。

赵嫣笼着手去了书房，于纱灯旁坐下，终是没绷住，伏在书案上笑得东倒西歪的。

闻人蔺从书卷后抬眼，待她笑够了，才慢悠悠地推过来一盏茶。

赵嫣端起茶饮了一口，手掌平搁在几案上垫着下巴，抬起桃花眼望向闻人蔺，笑得气息不稳，说：“霍蓁蓁说，你喜欢她，才这般见不得她同我好，这是真的吗？”

她明知故问，闻人蔺听后却连半点儿惊讶的神色也没有，淡然地执卷道：“这若是真的，殿下该如何？”

赵嫣一顿，眨了眨眼："霍蓁蓁虽娇气了些，但天真可爱，挺会撒娇的。我若是男子，也想照顾她。"

赵嫣越说声音越低，眼皮也慢慢地垂了下去。

闻人蔺翻页的手一顿，压下书卷，他凝眸望着自称不会撒娇的小殿下，不甚满意地微微皱起了眉。

"但太傅绝对不可能如此。"赵嫣很快抬起眼来，纤白的手指拈起笔架上的紫毫，以笔杆抵着下颌道，"我实在想象不出，太傅这样精明强悍之人对着一个吵吵闹闹的小姑娘俯首帖耳的模样。"

闻人蔺的眉头舒展了，他颔首"嗯"了一声："本王对太笨的人毫无兴致。"

霍蓁蓁若知晓闻人蔺说她笨，大概会被气得跺脚。

赵嫣笑了笑，而后想到什么，迟疑地问："那你喜欢过谁吗？"

她问这句话时下意识地移开了视线，声音含混得连她自己听了都觉得异样。

闻人蔺望着她转动笔杆的模样，脸上掠过浅浅的笑意："本王这样的恶人从不知喜爱为何物。"

赵嫣的睫毛动了动，半晌后，她低低地"哦"了一声。

"后来本王遇见了一个聪明又有趣的小东西，方得以浅尝欢喜。"闻人蔺声音低沉地补充，用食指轻叩着掌心里的书卷，不紧不慢地道，"本王喜欢谁，殿下当真不知……"

闻人蔺的声音戛然而止，赵嫣倏地抬眸，看向闻人蔺深不见底的眼睛。那双漆眸如同两座小小的牢笼，囚着她此刻无声的愣怔模样，也囚着诸多翻涌的情绪。

赵嫣想起了经筵前，他在宫道上告知她的那句"从深渊里爬出来的人没有未来"。她一直以为这句话是对她的警告，而今恍然大悟，这句话更像他给自己带上的枷锁。

赵嫣的心间骤然一痛，她好像抓住了什么，迫不及待地想要把它抓得更紧。

她托着腮，扬起眉道："太傅不说，我如何知晓？"

她的眸子澄澈，在灯下更显得通透明亮。

闻人蔺意识到自己说得太多了些，毕竟诺不轻许一向是他的处事原则。他若真的珍重一个人，那么对她说出来的每一个字都必须经过他的反复考量，唯恐问心有愧。

然而看到这双潋滟的藏着期许的眸子，任哪个男子也无法保持沉默。

“过来。”他道。

赵嫣虽疑惑，但还是依言将身子前倾，隔着几案凑近了闻人蔺。

“再过来些。”闻人蔺继续道。

赵嫣只好将双手撑在几案上，整个上身越过几案，凑到闻人蔺的面前，说：“神神秘秘的，你到底要……？”

话音未落，闻人蔺倾身，抬手轻轻地扣住了她的后脑勺，垂首敛目，贴了贴她的脸颊。

他们脸颊相贴，鬓发相蹭，男人的脸颊微凉，紧实无瑕的皮下尽显骨相。

“干什么？”赵嫣愣愣地将话补完。

热意从相贴的脸颊处蔓延，直至让她的心口发烫。

“殿下不是说想象不出本王对女子俯首帖耳的画面吗？”闻人蔺低声耳语，让一个轻柔的吻落在她的耳尖上，“现在殿下知道了吧？”

赵嫣不受控制地握了握指尖。

耳后的长发随之垂落至肩头，她红着耳尖道：“这哪里是俯首帖耳……？”

这明明更像耳鬓厮磨。

“不是吗？”想起了什么，闻人蔺揉着她的后脑勺低笑一声，“也对，本王在床笫间伺候殿下时，才更像俯首帖耳。”

当跪则跪，能屈能伸，他绝不含糊。

赵嫣眼看着话题被带歪，一股热意直冲脑门，然后她愤然抓起一旁的毛笔朝他掷去。

闻人蔺抬手，轻松地接住了毛笔，一滴墨也没有溅出来。

毛笔在他修长的手指之间转了个圈，而后被搁回了碧玉的山形笔架之上。闻人蔺笑着问道：“殿下还夜读吗？”

“当然！”赵嫣将字从唇缝中挤出来，坐回位子上，单手贴着滚烫的脸颊，不停地翻阅着昨夜未看完的书。

灯下的少年睫毛长长，掩盖着泪痣，脸颊绯红。

美啊。

十一月初，洛州几次三番地起义，朝廷镇压不下，情势反倒愈演愈烈了。

“什么‘天子乃道君临凡’？天子若果真为临凡的道君，为何不救我等于水火？！”

“就是！皇帝的皇位本就名不正言不顺的，焉知连番的灾乱是不是上天对他篡位的惩罚？”

又一个县被攻破，手持镰刀和大斧的起义军蜂拥而上，砸了神光教徒的道观。

早已兵荒马乱的县衙内，一名手握拂尘的青袍道士快步走了进来，擦着汗对身边的侍从说：“贫道就算嘴皮子再厉害，也无撒豆成兵的本事。眼看外面乱成这样了，我们不出兵杀鸡儆猴根本压不住！宫里还没来消息吗？”

侍从说：“回右护法，仙师派来的使臣已至，就等您回话了。”

青袍道士大喜过望，穿庭而过，全然未发觉高处的屋脊后藏着一道异常高大的如鹰隼般的身影，其凶狠冷漠的眼神已将他们尽数锁定。

仇醉是奉命来此的。

他有一身武力，然而脑子实在不太灵光，直至魏琰定罪行刑之时才知道主公之死是此人与神光教的合谋。

他去晚了一步。魏琰死了，他未能手刃仇敌。

他又想抢魏琰的头颅去祭奠主公，但没能打过那个男人。

是的，他又输了。那个年轻的男人比他更像怪物，简直强悍到令人发指。

那个男人说，他若想帮东宫摧毁神光教，就去洛州，盯着那群道士。

自太子死后，仇醉又成了没有归处的人，流浪到哪儿算哪儿。

所以他来了。

院中的两拨人已然碰头了。青袍道士竖掌行礼，却见庭中的使臣裹着严实的斗篷，以兜帽遮面，屈指回礼道："神光降世，无量仙师。"

使臣声音轻柔，是个年轻的女冠。

仇醉起身，按住脖颈转了转脑袋，而后踩着瓦片一跃而下，漠然地反手摸向腰后的两把弯刀。

一片惊呼声后，院中顿时寂静下来。

扑倒在地的女冠想起身，却被一柄滴着血珠的刀刃抵住了喉咙。脸上刀疤横亘的凶狠的杀手蹲下身，以沙哑古怪的声音问道："你们的主子是谁？"

沉重的杀气扑面而来，女冠的瞳孔中尽是战栗的神色，连头发丝都在颤抖。

她的脖颈倏地僵直，像被一只无形的大手扼住了。她想说话，嘴里却只能淌出黑红色的瘀血来，睁着眼抽搐一番后就没了动静。

她竟服毒自尽了。

仇醉漠然地蹲了片刻，捡起从女冠的袖中掉落的一块铜质腰牌，对着光左右看了看。

这是宫里的东西。

肃王府中，净室内水汽氤氲。桶中是从玉泉宫的泉眼处打来的温泉水，于驱寒疗毒大有裨益。

闻人蔺抬起手臂，随意地搭在浴桶的边缘，听蔡田于屏风外禀告情报。

"洛州那边，起义之人打着前代废太子的旗号，讨伐今上屠戮兄弟、窃取帝位，为天地不容。"蔡田事无巨细地低声道，"其声势之浩大，神光教都压不住。霍锋将军尚在北方，皇上便只能请王爷领兵平乱。"

一切发展都在闻人蔺的预料之中。

闻人蔺闭目，水珠顺着他冷白色的下颌滴落，又沿着胸膛蜿蜒地淌下。

"仇醉如何？"

"前日他捣毁了神光教在洛州的据点。有他扰乱神光教的视野，王爷行事会更方便……”

蔡田正说着，闻人蔺就听见屏风后传来了一阵异样的声响。他忽然收紧了散漫地搭在浴桶边缘的手臂，青筋暴起。

“王爷！”蔡田低低地唤了一声，想上前又不敢造次，只得沉声道，“临近毒发之日，王爷还是出宫疗养几天，请孙医仙好生诊治一番才是！听闻他老人家最近又研制了新的药方，或许对您的寒毒有用。您配合诊治，未必没有希望好转……”

“不必。”闻人蔺感受到体内蠢蠢欲动的寒痛，甚至有几分愉悦的感觉，“你跟随本王多年，应该知晓本王唯一的希望便是复仇成功……”

话音未落，闻人蔺的眼前忽然浮现出一张昳丽的笑颜，柔软而温暖。

闻人蔺下意识地按住了心口，缓缓地睁开了眼。

“哗啦”一声，屏风后出现了一道矫健精悍的身躯。闻人蔺迈出了浴桶，拽下搭在屏风上的干净的衣袍，穿上后吩咐道：“进宫。”

太极殿。

临近冬至，赵嫣入殿问安，不巧撞上父皇盛怒。

皇帝平常喜怒不形于色，连大声斥责都是极少的，可盛怒之时那股无形的帝王威严有如大山一般，压得人抬不起头来。

殿中跪了一片人，这些人皆双手撑地，战战兢兢，伏身不起。

皇帝道袍飘飘，未着鞋履也不觉得寒冷。赵嫣跪在最前方，听他于前方来回走动，冷声道：“前代太子？哼，朕的这位皇兄因谋逆被废，十八年前就殁于流放的途中了，洛州那群反贼拥戴的又是哪位？！”

众臣以额触地，连声道：“陛下息怒，万望保重龙体！”

皇帝停下了脚步，赵嫣垂首望着面前的道袍的一角，只觉得那道沉重的视线落在了自己身上。

“太子，你说说。”皇帝问道，“这事你怎么看？”

赵嫣骤然回过神，有些诧异。

太子未有实权，按理不该过问这等大事。父皇为何突然想起来问她？

她在心中谨慎地思考了片刻，斟酌着道："儿臣年幼无知，不敢置喙。但天佑大玄，必是邪不胜正。"

皇帝没说话，心事重重，也忘了让她起来。

父皇没出声，赵嫣自然得和那群臣子一同跪着。地砖又冷又硬，寒意透骨，没两刻钟她就觉得膝盖痛得慌。

大清早的，她真是倒霉。

赵嫣垂眸暗叹，望着地砖上自己的影子重新放空思绪，竭力将注意力从痛到麻木的膝盖上转移到别处。

闻人蔺就是在此时迈入大殿的，殷红色的官袍掠起了如霜似雪的寒意。走过跪得僵硬的赵嫣身边时，他垂下了眼眸。

"肃王，你来得正是时候。"皇帝指着几案上堆积的奏折说，"看看这些折子，都和洛州的反贼有关！"

闻人蔺稍稍欠身，目光从那堆折子上一扫而过，没有接话。

"陛下忘了让太子平身。"他淡淡地道。

四

经闻人蔺提醒，皇帝这才看向默默地跪在一旁的太子。

赵嫣暗中掐了自己一把，借力直起身，恭敬地道："儿臣愿伴君左右，为父皇分忧。"

她因为疼痛，气息有些颤意，神色惨淡，让人见之生怜。

一旁的闻人蔺依旧神色淡淡的，脸上不见波澜，好似只是顺口一提。

皇帝徐徐地吐气，放缓声音道："还是冬日最难将养。太子体弱，不必操劳了，下去吧。"

赵嫣垂眸再拜，道："是，儿臣告退。"

她撑着地砖缓了缓，等那阵骤然涌上的酸麻感消失才抿着唇起身，躬身退出了大殿。

太极门下，流萤于凛冽的朔风中快步迎上来，以斗篷拥住了赵嫣纤细的身体。

“殿下今日请安怎么去了这么久？”

“别说了。我刚入殿就撞上诸位大人奏请平复洛州动乱之事，父皇心里有气，连带我也跪了小半个时辰。”说话间，赵嫣裹着斗篷穿过门洞，朝马车走去，“父皇还破天荒地问我对此事如何看。”

“殿下是如何回答的？”

“父皇哪里是真心问我的想法？我总觉得父皇那会儿的语气有些复杂，遂没敢答实话，搪塞过去了。”赵嫣皱了皱眉，用余光瞥了一眼空旷的周围，压低声音说，“对了，你有没有听说过前朝废太子之事？他是个什么样的人？又因何谋逆？”

“嘘，殿下慎言。”流萤有些紧张，附耳道，“这是十九年前的旧案了，奴婢并不十分清楚内情，宫中也严禁提及此事。奴婢只听闻前朝废太子原本颇有贤名，后来却因私囤大量甲胄兵刃被宣王和瑞王联名检举，先帝遂以谋逆罪废了太子，将其流放至房陵……在流放的途中，废太子便服毒自尽了。”

宣王和瑞王……关于这两个人，赵嫣在华阳行宫时倒是听太后娘娘提过一嘴。

那时太后娘娘一心向佛，将红尘俗事都看得很淡，但提及这二人时仍有隐隐的厌恶之意，把手中的念珠拨得飞快。

现在赵嫣算是明白了，哪个母亲会对逼死自己的孩子的人有好感呢？所幸宣王和瑞王最后亦竹篮打水一场空，结局甚为凄惨，这也算平了皇祖母心中之愤。

暗淡的云层低低地压在皇城之上，冷风如洪流，像要将一切吞噬。

这座金碧辉煌的牢笼中，父不父，子不子，兄弟相残如猛兽争斗，毫无亲情可言。

回到东宫，赵嫣坐在书房里一边揉着跪疼的膝盖，一边揣摩父皇今日微妙态度中的深意。

去年蜀川乱党逼京，父皇处变不惊，为何今日一见洛州起义的奏折就反应如此之大？难道是因为此事牵涉到前朝废太子吗？

前朝太子被废，宣王和瑞王两败俱伤，父皇在闻人大将军的大力扶持下登基，成为新帝，而后闻人将军领近十万将士战殁于孤城……这几件事之间是否有关联？

她又想起了威慑朝堂的闻人蔺。

父皇一开始派别人去平定洛州的骚乱，如今却被逼得不得不再次倚重闻人蔺，也不知这是好事还是坏事。

赵嫣捂着额头，思绪有些乱。

门外，孤星来报："殿下，仇醉回京了。"

听到这个名字，赵嫣回过神来："他在哪儿？"

"他今天早晨在明德馆里出现了，见了柳公子一面，托柳公子带给殿下一物。"

得到准许，孤星进殿，双手递上一物，说："卑职已检查过了，请殿下过目。"

那是一枚铜质宫牌，供宫人临时出宫采办用的。

"这东西从何而来？"赵嫣神色凛然地问。

孤星回道："仇醉从神光教派去洛州的使臣身上得到的。据闻那使臣是个女子，但已自尽。柳公子已去追查此事了。"

神光教的使臣是宫里的女子？

赵嫣思忖片刻，将宫牌交给身侧的流萤，吩咐道："请母后暗中查查，看宫中六尚女官和宫婢中有无人员失踪。"

流萤道了一声"是"，将宫牌藏入袖中，福礼后退下了。

一阵北风吹过，灰蒙蒙的天空飘下零碎的雪花。雪花越来越大，从细若粉尘到鹅毛飘洒。

果真下雪了。

赵嫣行至廊下，仰首看着重重雪影，朝指尖呼出一团白气。鼻端是湿冷的霜雪味，她不自觉地想起了闻人蔺每至月初时袖口沾染的味道……

雪断断续续地下了一日。

赵嫣亲自提笔回帖，以身体不适为由婉拒了霍蓁蓁用新雪煮茶的邀约，顺带让膳房做了两盒霍蓁蓁最爱吃的糕点赔罪，免得小祖宗又噘着嘴来兴师问罪。

年关考校和私事皆为繁杂，赵嫣实在没有精力应付其他的事情了。

翌日从崇文殿归来后，赵嫣意外地发现闻人蔺竟然已经倚坐在书房之中了。

赵嫣有些意外，屏退了身后的宫侍，进门道：“我还以为你今日不会来了。”

毕竟每个月的月初，他的毒……

闻人蔺放下手中的书卷，倾身抬手抚去赵嫣的领子上的雪花，说：“本王入宫面圣，顺便来见见殿下。”

闻人蔺微凉的手指蹭过赵嫣的颈侧，带来了一阵熟悉的寒霜气息。

她忍不住垂眸观察闻人蔺的面色，好在除了有些白似乎并无其他异样。

“殿下总傻傻地看着本王，本王会疑心殿下对本王有所图谋。”闻人蔺忽然出声，打断了她的思绪。

每到月初他就会如此，漆眸深沉又平静，像两汪枯寂的深潭，映着血月的暗光。

一个念头在赵嫣的脑海中涌现了。

她不退反进，挑着眉凝望他那双浅浅的瑰丽的眼眸，道：“如若我有所图谋，太傅给还是不给？”

“给。”闻人蔺轻声道，没有丝毫迟疑。

赵嫣一愣，再细看，闻人蔺的神色仍是淡淡的，仿佛方才他说出的那个字只是她的错觉。

半晌后，赵嫣的眼中浮现出浅浅的笑意。

“那你等等。”赵嫣起身朝殿门外走了两步，又叮嘱他，“在这里候着不要动。”

闻人蔺不知她要做什么，但还是依言坐在椅子上。

赵嫣出去了两刻钟，闻人蔺便将手置于炭盆上烘烤，看书等候她。然而他翻书的速度明显慢了许多，他半天才翻一页，一直望向殿门外。

不多时，廊下总算传来了脚步声。

直至进了书房，赵嫣才卸下太子的伪装，脚步变得轻快起来，拉着闻人蔺的手道：“裹好大氅防寒，我带你去个地方。”

她的手沁凉无比，闻人蔺一皱眉头，披衣跟上她，问道：“殿下偷玩雪了？”

赵嫣一顿，像干了坏事被抓住的小孩，瞪他：“你别问那么多！”

闻人蔺笑了笑，没说话，负着手停下脚步，示意候在远处的内侍过来，低声吩咐了几句才跟着赵嫣转过回廊。

承恩殿后有一处僻静的园子，里面假山错落，种着十数株傲骨峥嵘的寒梅，一半是热烈的红梅，另一半是清雅的白梅。

这是赵嫣和赵衍在九岁那年一同种下的梅树，数量是他们的年龄，一共十八株。

去年此时，赵嫣一度没有勇气面对这些梅花。现在，她终于能坦然地站在此处了。

“你站在这儿，面朝回廊，等我出声后你再转过来。”

赵嫣嘱咐完闻人蔺，接过流萤递来的火折子，朝院中堆好的几盏雪灯走去。

直至点燃了最后一盏雪灯，她方吹灭火折子，道：“可以……”

赵嫣回首一看，撞上了闻人蔺深沉的目光。

他压根没有好好听话，早早地就转过身来了，正噙笑看着她。

“你怎么偷看啊？不守规矩。”赵嫣拢袖站在灯火深处，似嗔非嗔。

闻人蔺静静地望着她。

她身披杏白的狐狸毛斗篷，周围点着七八盏雪做的灯，晶莹的雪灯中置有小灯盏，看起来又暖又温馨。这一盏盏雪灯像散落在庭院中的星星，映出了梅花的影子，让此处颇有琼林仙境的感觉。

而她就是雪灯中心精致夺目的仙人。

闻人蔺眸中寒潭般的沉寂退去了，取而代之的是几分暖意。

他接过内侍呈上来的一双柔革手衣，缓步走向灯火深处，迎向赵嫣。

他离赵嫣近一分，面上那慑人的苍白便退去一分，脸颊也逐渐被镀上了暖玉般温润的色泽，整个人仿若下凡的谪仙。

“这些是殿下做的？”他凝望着石桌和石凳上那些错落有致的雪灯。

赵嫣点了点头。

“我出不了宫，不能带你去别处赏雪，思来想去，觉得东宫里唯有这处雪景还算雅致，就想邀你一同来散散心。”说着，她似乎想起了有趣的回忆，“我在华阳行宫中时，冬日里最爱做雪灯，也只会做这个。可惜华阳不怎么下雪，大多时候雪还没落地就化了，今夜我倒尽了兴。好看吗？”

闻人蔺静静地听着，应了一声：“好看。”

赵嫣正不满意闻人蔺敷衍的回答，就见他俯身拉起了她藏在袖中的手，搓了搓冷到发红的指尖，将手衣轻轻地套在了她的手指上。

这次，闻人蔺认真了些，语气带着些许缱绻之意：“但不及殿下好看。”

赵嫣的指尖一热。

珍珠白色的手衣是按照闻人蔺记忆中她手掌的大小做的，不长不短，轻薄柔软，于灯火下泛着珍珠般的浅光。

下雪了，闻人蔺今夜过来，原本就是为了送她此物。

“这是手衣？”赵嫣蜷了蜷手指，对手上的物件感到新奇。

手衣她见过，就是难得碰上这般轻薄柔软的戴在手上毫无笨重之感的手衣。

“冬日苦寒，殿下没事就戴着此物，不易被冻伤。”说罢，他隔着手衣惩戒似的捏了捏她的小指，抬起深沉的眼来，“殿下若是再直接用手捏雪，这么漂亮的手指迟早会被冻掉。”

赵嫣下意识地蜷了蜷手指，依旧笑得没心没肺。

宫侍们都候在院外，夜深人静，唯有雪灯映着梅花下的二人。

赵嫣将怀中的手炉交到闻人蔺的手中去暖他微凉的手指，而后转身大步走到庭中的梅树下，隔着手衣掬了一捧净雪，团了团，然后毫无征兆地朝他掷去！

她早就想这么做了——在无须顾忌的地方，和无须顾忌的人痛快地打一场雪仗。

然而那颗雪球压根没有挨着他分毫，被他轻松地侧首躲过了。

“你站在那儿，不许躲。”赵嫣又团起了一捧雪，虚晃了一下，朝闻人蔺抛去。

闻人蔺抬袖一卷，雪球在他宽大的墨色袖袍中转了个圈，转而准确地砸在了赵嫣的心口上，力道很轻。

赵嫣愣了愣，遂撸起袖子又团了一颗更大的雪球，说："我就不信了！你不许用手，也不许用脚！"

闻人蔺面容平静，满是纵容的神色。

赵嫣这回用尽了全身的力气，试图扳回一局。

闻人蔺果然垂手挺身，不移不动，游刃有余。然而雪球还未碰到他，就如琼花般在空中碎了，于灯下绽放，将二人笼罩其中。

碎雪轻柔、微凉，对面闻人蔺的脸庞似乎变得模糊起来。

"你……你是怎么做到的？"赵嫣顶着一头轻柔的雪花，睫毛上也沾着一些，好奇地上下打量他，"莫不是你会什么妖法吧？"

闻人蔺轻声笑起来，翻开掌心给她看。

赵嫣掰开他修长的手指，只见他的指间夹着一节细小的冰凌，大概是方才拂袖时顺手摘的。指甲盖那么大点儿的东西却能在他的指间迸发出强悍的冲击力，而赵嫣连他何时出手都没看清，这实在令人咋舌。

她钦佩而又艳羡。

"上次太傅说要教我一套剑法强身健体，可还作数？"赵嫣握着他的手指，期许地道。

手被攥着，闻人蔺只好俯首，以鼻尖蹭去她的睫毛上那点儿痒人的雪花，直至她的睫毛不安地拂动起来，才得逞般轻笑道："劳烦殿下，去折两根梅枝来。"

赵嫣虽然疑惑，但只得依言照做，将红梅和白梅各折了一枝。

"殿下要认真学。"

闻人蔺随手拿起红色的那枝挽了个潇洒的剑花，随后将一只手负在身后，竟以木代刃，为赵嫣演示起一套简单的剑法来。

这是赵嫣第一次见闻人蔺舞"剑"。

因是演示，他将动作放得很慢，有一种写意的优雅之感。暖光勾勒着他暗色的袍服，他似在舞剑，又似在随意地描绘，翩若惊鸿，矫若游龙。

然而下一招他将梅枝刺出，梅枝竟在他的手中发出了锋利的剑啸声，赵嫣的耳畔满是空气的战栗声，树上的红梅被震得纷纷往下落。

赵嫣看得入了神，完全忘了反应。直至闻人蔺挺身收势，于落梅中抬眸，赵嫣才惊醒似的回过神，小幅度地拊掌。

“殿下来试试。”闻人蔺道。

他仿佛看透了一切，站在雪中、花雨中，如一笔浓墨。

赵嫣一僵，只得拈着白梅花枝磨蹭地上前，一前一后地叉开双腿，摆出起势，但片刻后又泄气了。她老实地恳求道：“太傅能再演示一遍吗？方才我没怎么看清……”

“殿下方才在看什么，竟看得入了神？”闻人蔺的眸中露出一点儿促狭的笑意，他以花枝扫过赵嫣的手臂，一路滑到她的手背上，轻轻地点了点，“殿下心不静，是要受罚的。”

话虽如此，他还是尽职尽责地重新演示了一遍。

因招式基础且简单，这一次赵嫣学得很快，片刻后就能依样画葫芦地跟着闻人蔺舞动起来。

衣袂相触，于雪灯下反射出金色的弧光，熠熠生辉。两个人一黑一白，执梅舞动，雪地上一大一小的两道影子出奇地和谐。

待赵嫣记住了动作，闻人蔺便停下了，负手观看，时不时地在她身后纠正动作。

“剑比花枝重多了，殿下需要稳住手腕。”他低声轻语，用手中的花枝点了点她的手腕，声音几乎是压着耳朵传过来的，“凝神。”

属于男人的气息拂过，赵嫣耳朵一麻，险些手抖。她强迫自己将注意力放在手腕上，一遍遍地被纠正，一遍遍地重来。

不知何时，夜空中又飘起了碎雪。碎雪被光一照就成了团团金屑，洋洋洒洒地落在梅园中，落在赵嫣的眼中。

她力气太小，基础不足，无论如何都刺不出风声。几遍下来，她的鼻尖已渗出微汗。

闻人蔺轻而易举地包住了她的手腕，取走她手中的梅枝，道：“欲速则不达。殿下不必如此努力，以后有的是机会。”

赵嫣微微喘气，有些讶异地回头看了闻人蔺一眼。

大概是因为她的目光太过直白，闻人蔺抬手拂去了她头顶的碎雪，问道：“怎么了？”

赵嫣摇着头笑道："没怎么。"

原来，他们还有以后啊。

她将这份意外之喜藏在了心底。

二人朝廊下走去，赵嫣又回头看了一眼院中自己辛苦做的雪灯，轻叹道："可惜了，明日醒来，这雪灯就会被新雪覆盖。这些灯费了我好些力气呢。"

"这点儿东西也值得殿下心疼？"闻人蔺笑她，语气却很温柔，"殿下若是喜欢这些小玩意儿，回头本王让人取冰，做些冰灯挂着，殿下想挂多少就多少。即便殿下将来四季都想以冰雪为灯，本王也可以满足你。"

"将来？"赵嫣停住了脚步，站在廊下看他。

见她没跟上来，闻人蔺顿足回首，望着她眼中细碎的亮光，开始思索自己方才哪句话说得不对，惹得小殿下露出了如此神情。

"闻人少渊！"赵嫣唤着他的字。

一阵风穿廊而过，明丽的宫灯摇曳，晃落了满地金黄。

赵嫣站在光下，微弯眼眸，大声地道："你知道吗？你开始设想未来了。"

这一次，轮到闻人蔺愣神了。

"你是多难搞定的一个人哪，总是高高在上，说什么'没有未来'，"赵嫣大步走过来，身上披着金黄色的光，仰首看着闻人蔺，"但现在已经开始设想未来了。我忽然对我的选择有些信心了。我觉得我能行的，闻人少渊！"

五

漫天的碎雪仿若悄然停歇了。

若非赵嫣提醒，连闻人蔺自己也没有发现，他那番看似随意的话语竟破了禁忌。

他执着于过往，算计当下，唯独不会设想未来。但今夜他向她许了以后，许了一年四季之约，自然得仿佛生来就该如此。

为何自缚了八年的枷锁会在此刻悄无声息地碎裂？他于心间质问自己。

可他得到的答案很简单：因为心向往之，故而枷锁尽断，他心甘情愿地受她的牵引。

闻人蔺皱了皱眉，随即很快舒展开了，眼中浮现出浅浅的笑意，好似春水破冰。

书房内，暖炉生香。

闻人蔺拂袖掩上房门，转身望着将下颌埋在毛领中浅笑的小殿下，声音低沉地说："过来。"

赵嫣上前两步，静静地看向了他。

闻人蔺的眸色很深，其中涌动的暗流裹挟着缱绻的暖意。他先垂首吻去了在赵嫣的睫毛上融化的碎雪，继而吻其冻得微红的鼻尖，再往下……闻人蔺隔着一线距离顿了顿，而后微垂眼帘，以薄唇贴上她的唇，辗转厮磨。

他似在攫取，又似在确认心迹。

他身躯高大、肩阔胸宽，可以轻而易举地将人整个包裹起来。赵嫣微微睁大了眼睛，承受不住似的仰首后退了一步，却被一把箍住了腰肢，退无可退。

赵嫣的思绪很快就被扰乱了，落地宫灯的烛光在眼前摇晃起来。她唯一可以确定的是，这是闻人蔺少有的主动。

赵嫣腿一软，磕到了书案的边缘，不受控制地一屁股坐在了台面上。男人随之俯身，单膝跪于她的腿间，将她桎梏在他的怀中。

"书……硌着……"

赵嫣一启唇便再也没能合上，整个人宛若溺水般窒息。

她一度以为自己会失去意识，身子不住地后仰，直至瘫软在几案上，弄得笔架"哗啦啦"地滚落在地上。

"殿下？"门外传来了流萤担忧的问候。

赵嫣终于从深吻的间隙中回过神，脸红得快要滴血，气喘吁吁地回应道："我没事，笔掉在地上了……"

闻人蔺单手撑在她的耳旁，唇色微红，指腹轻轻地按压她娇艳欲滴的唇瓣。赵嫣连话也说不完整了，喘着气张嘴就要咬他，结果咬了个空。

她更气了！

“够了吗？今晚的功课我还未读完……”赵嫣气恼地伸手，想要去摸硌在腰下的书本。

“不够。”闻人蔺却将修长的手指插入她的指间，隔着轻薄柔软的手衣与她十指相扣，把她的手压在她的头顶上。

赵嫣被迫举着双臂，倏地睁圆了眼睛。

这个姿势着实有些危险！

闻人蔺再次吻了下来，眼眸半合，眸色深得能将人吞噬进去。

赵嫣总算知道他此刻反常的模样因何而起了，不由得定神闭目，用力地回吻过去。

闻人蔺发出一声极低的鼻息，有些讶异她的“反击”，但眸中很快就浮现出了兴致，手背上好看的筋络尽数凸起。

赵嫣侧首喘息，挑着眉断断续续地说：“没什么大不了的，太傅……太傅心中有我，所以……未来里也有我。”她被按住了双腕，却仍勇敢而温和地回视他，“怎么看都是我赢啊，闻人少渊。”

“是吗？”闻人蔺笑着埋入她的颈窝，声音沙哑地吐出两个字。

是啊，他想要她，无关利益与教学，就是疯了似的想将她糅进骨血中，侵占她的所有，献祭自己的所有。

赵嫣感受到了某处的异样，不由得一僵，艰难地吞咽一番，道：“你想……嗯……俯首帖耳吗？”

她用了个委婉的词，闻人蔺即刻笑出了声。

感受到一阵短促的鼻息拂过，她不由得战栗起来。

“殿下十日前才服了药，纵使那药药性温和，殿下也不可频繁服用。”相比赵嫣面红耳赤的样子，闻人蔺面上并未半分狼狈之色，冷峻得宛若暗夜中的仙人，慢悠悠地道，“殿下是公主，有权拒绝甚至申斥本王，不必为了顺从他人而让自己受苦。”

他的声音低沉沙哑，但是听起来很可靠。

赵嫣似懂非懂，轻轻地“哦”了一声。

赵嫣和闻人蔺在一起的确矛盾，然而她想要做的事情还有很多，所她向往的也绝非那点儿风花雪月，而且吃药确实麻烦。

“那你怎么办？”赵嫣眨着眼睛，僵着身体不敢动。

闻人蔺思忖了片刻，与她额头相抵，鼻尖相触。

“别动，让本王抱会儿。”他缓缓地说着，品味着因她而起的欢愉和痛楚，一丝一毫皆甘之如饴。

后来闻人蔺去了一趟净室，很久才回来。

赵嫣托着红透的脸颊，老老实实地坐在灯下翻看书卷。

漏断人定，雪霁风停。

赵嫣读书读累了，便与闻人蔺一同抱着被子倚在床榻上。她将头枕在他的胸口上，一只手搭在他的肩头上，试图温暖他月初稍低的体温。

他们什么也没做，只是这样静静地依靠着。

子时后，值夜的流萤进来撤换茶水和棉巾。她绕过屏风，见月门后的床榻上，自家主子拥着肃王睡得正酣，肃王则只穿着雪色的中衣，一只手绕过主子的颈项半搂着她，另一只手执着主子的一卷书本，为其朱批作注。两个人姿态亲近，几乎是抵足相拥。

被肃王扫视一眼，流萤立刻恭敬地低下头，上前轻轻地放下厚重的帷幔，把两个人的身影遮蔽严实，这才端着凉透的清水退出殿外，掩紧了房门。

赵嫣睡了一个安稳觉，一夜无梦。

赵嫣被扫雪声吵醒时，天刚蒙蒙亮。闻人蔺已收拾整齐了，从外面推门进来，带来一身清冷的雪气。

“醒了？”他坐在榻沿上轻轻地捏了捏赵嫣睡得绯红发烫的脸颊，亲昵且自然。

赵嫣点了点头，未改嗓的声音含混轻软：“你干什么去了？身上好冷。”

说罢，她下意识地将闻人蔺的手焐入被中，顺势揪住他寒冷的衣袖，蹭了蹭，贴着脸颊降温醒神。

“外面下大雪？这种天气人就应该睡懒觉。”她皱了皱眉，齆声道，“真不想去听学……”

闻人蔺嘴唇一动，用被下的手轻捏她腰间的肉，俯身低语：“殿下想清楚了？不想去便不去。”

“别……我没想清楚呢！我刚睡醒，这犯懒的牢骚话你也信？”赵嫣一个挺身坐起来，将下颌放在膝盖上，吹了吹散落的长发，睨了闻人蔺一眼，“我若真是太子，你非得是个妖妃。”

闻人蔺微不可察地挑了挑眉，扣住她的手腕一拉，说：“太子殿下快洗漱，妖妃送殿下去听学。”

赵嫣更衣后推门而出，只见青檐覆雪，万物银装素裹，格外亮堂。

她特意去了一趟承恩殿后的梅园，心想：经过一夜风雪的摧残，那几盏雪灯必然没了踪迹。谁承想，刚转过回廊，她便见昨夜那几盏雪灯排列在廊下避风处的栏杆上，里面的灯油已经燃尽了，但雪灯完好无损。

她十分惊讶，问院中扫雪的内侍这是怎么回事。

内侍垂手躬身，回道：“回太子殿下，奴醒来扫雪时它们便在此处了。”

赵嫣想起闻人蔺大清早带着一身寒气进门的模样，忽然心安，生出了些许暖意。

她自小被丢在华阳行宫里，野蛮地生长，都快忘了事事被人回应是何滋味。

“那些雪灯是你移至廊下的？”上马车后，赵嫣问闻人蔺。

闻人蔺随手翻着与洛州起义有关的牒牍，不置可否。

赵嫣眉眼一弯，道：“它们迟早会化的，你何苦费这些心思？”

“殿下费心讨本王欢心，本王不过挪动几盏雪灯，算不上费劲。”闻人蔺随口道，“能多留它们几日也是好事。”

闻人蔺说罢，两个人皆心中微动。

霜雪易化，尚可挽留，那他们想挽留之人呢？

马车适时地停在了长庆门下。见闻人蔺岿然不动，赵嫣清了清嗓子，岔开话题：“你不一起去吗？”

闻人蔺合上牒牍，说：“殿下先行。本王尚有公务，待武课时再至。”

“那好吧。”赵嫣起身，又回首轻声道，“你也保重些，勿要太过操劳。”

闻人蔺笑了笑。

他目送小殿下远去，估摸她到了崇文殿，方沉声吩咐亲卫：“回肃王府。”

车轮碾过积雪，留下两道暗褐色的痕迹。

才下过大雪，各色冰灯就应景而生了。但最诱人的要数那一串串红艳晶莹的糖葫芦，在满目素白中格外醒目。

闻人蔺挑开车帘望去，不禁想起了赵嫣。

小殿下肤色白，红色衬得她格外娇艳明丽，可惜如今她只能终日裹在一袭杏白色的素袍中，甚是寡淡可怜。

闻人蔺神色微动，趁道路拥挤之时下车，朝卖糖葫芦的小贩走去。

雪天的糖葫芦格外畅销，人们就算不爱吃也会买来拿在手中，讨个喜庆。故此，才大清早，小贩肩头的草靶上的糖葫芦就只剩下几串了，他身后还跟着几个买不起又嘴馋的穷家稚童。

小贩正要驱赶这些孩子，就听见低沉好听的嗓音传来了：“拿两串，多撒些芝麻。”

小贩抬头一看，顿时愣住了。

穿着墨色大氅的年轻男子个子极高，容貌极其出众，贵气浑然天成。小贩在心中猜测：他该不会是天上下凡的仙人吧？

直至男子身后的侍卫递来一块碎银，小贩才如梦初醒，紧张又卑微地将手在衣摆上蹭了蹭，连声道：“两串糖葫芦四文钱，贵客用不着给这么多！小人找不开……”

“不用找了。”侍卫道。

小贩立即大喜过望，将草靶上的糖葫芦都取了下来，以干净的油纸包成红艳艳的一束，撒上芝麻道：“那这些都给贵客，尝尝鲜！”

闻人蔺接过糖葫芦花束，准备挑两串最饱满漂亮的给小殿下尝尝，结果一低头，便与三四个吸着鼻涕、两腮被冻得紫红、皲裂的稚童目光相对了。那群孩子眼巴巴地看着他手中的糖葫芦，直咽口水。

凛风吹过，阴寒刺骨，来往的众人皆举袖躲避。

屋脊后传来了一声轻微的折枝坠雪的声音，几乎就在同时，闻人蔺眸色一凛，将手中的两串糖葫芦作箭掷出，而后传出了“扑通”两声沉重的声响——在坊墙后藏着的刺客连声音都未来得及发出。

张沧立刻正色，领着两名侍卫绕去坊墙边善后。

闻人蔺知道，如今洛州正乱，自然有人忌惮他出兵。

他面不改色地蹲下身，从糖葫芦花束中挑了三串糖葫芦，分给了那群不明所以的孩童。

“不能再给了。”见孩子们还盯着他手中仅剩的两串糖葫芦，闻人蔺将其藏入袖袍后，朝稚童们竖起一指，“这些是要赠予我家夫人的。”

“那祝大哥哥和夫人白头偕老，恩爱不离！”年纪稍大的那个孩童作了个不伦不类的揖，这才心满意足地带着其他稚童走了。

闻人蔺执着仅剩的两串糖葫芦，慢悠悠地沿街走了一圈。他回到马车上时，手中又多了一盏晶莹漂亮的兔子冰灯，冰灯被装在了匣中，以碎冰护着。

不知从何时开始，他看到一切有意思的物件都会想起小殿下，想买下它们，捧至小殿下的面前，换她眼眸一亮。

这种情绪被人牵着走的感觉他认为尚且不错。既然他阻止不了这颗心，那便坦然地接受吧。

闻人蔺驻足，仰首看着雪霁后的晴天。飞鸟掠过，留下了一点儿暗影。

他负手，忽然道：“蔡田。”

“卑职在。”蔡田按刀躬身。

“执本王的手信去请孙医仙出山。”闻人蔺微眯着眼，淡淡地道，“告诉他老人家，本王愿意试药。”

蔡田愕然抬头，不禁动容，顿感喉咙中一阵温热。

他跟着王爷的时日最长，他见过王爷最痛苦无援的模样，知道王爷狠辣强悍的外表之下是茕茕孑立的身影。这么多年来，王爷第一次有了生的念头。

蔡田顿了顿，立即道：“是！卑职这就去，这就去！”

第五章

日日留宿

一

今日辅佐东宫的几位先生都在，就前几日的文课考试的内容轮番上阵。

他们对周及评卷这件事并不十分赞同，认为他太年轻，许多见解不够深刻，故而自发来此，细致到抠词品句，口若悬河地为太子细讲了两个时辰。

赵嫣知道这几位老臣不会无缘无故地驳回周及的评卷结果，只是不知这是朝中保守派的主意还是父皇的意思。

裴飒本就没考好，此番更听得昏昏欲睡，于是被几位老先生点了名，罚去殿外面壁。

裴飒求之不得，当即起身出了殿，几位老先生气得直摇头。

直至正午，半天的课业才结束。

送走了这些老学究，李浮便领着内侍奉来简单的午膳，侍奉赵嫣于后殿内短暂地休憩。

赵嫣示意李浮："去让晋平侯世子用膳吧。雪化时最是天寒，他别被冻坏了。”

她正说着，便见门外抱臂倚墙站着的裴飒忽然站直了，微微侧首，不太自然地望向了别处。继而一道娉婷的身影从他身边走过去，低头迈入了殿中。

来人正是四公主赵媗。

“四姐姐，你怎么来了？”

自从赵嫣助她脱离许婉仪的掌控，她跟着魏皇后后，两个人就渐渐熟络了些。

赵媗微微侧耳倾听，接过宫婢手中的食盒，娴静地道：“岁暮天寒，母后亲手熬了姜糖水，叫我送来给太子驱寒。”

赵嫣知她有话说，便屏退了李浮之外的侍从，而后端起热乎乎的姜汤碗暖着双手，说：“李浮是自己人，四姐姐有什么话尽管直言。”

赵媗点了点头，双手规矩地交握，放在腿上：“今晨雪霁，许婉仪在阶前滑了一跤。”

赵嫣一愣：许婉仪已有八个多月的身孕，再过一个月便可临盆，这时候脚滑，只怕会被拿来大做文章。

于是赵嫣问：“她没事吧？”

赵媗压低声音说：“许婉仪虽被宫人及时地扶住，但受惊了，哭诉不止。这事还传到了父皇的耳中。方才，负责洒扫阶前的几名宫女、太监都受了严厉的杖刑。”

赵嫣放下碗，惊讶地问道：“许婉仪莫不是怀疑母后？”

赵媗沉默了。

这一次给宫女和太监的杖刑既是天威，亦是警告。赵嫣仔细地揣摩了一会儿，不难猜出父皇的心到底向着谁。

即便捧着热汤碗，烤着火炭盆，赵嫣还是生出了一丝寒意。

父皇子嗣单薄，故而十分重视许婉仪肚里的孩子，派去侍奉的宫人的数量甚至超过了当年派给怀有双生子的魏皇后的宫人的数量。只要许婉仪诞下皇子，父皇便会立即将她升为淑妃，赐许家万亩良田。若这个皇子健康，东宫的路只怕会更难走，更遑论……

赵嫣垂眸，看向了自己被束胸勒得平坦的胸口。

她在一日日地长大，纵使太子再男生女相，她也终究难以长久地将假扮太子之事瞒下去。

许婉仪生得娇艳，又怀有龙嗣，这回哭得梨花带雨的，便是帝王也难以招架。她三言两语一挑拨，原本因魏琰一案而横亘在父皇和母后之间的微小的裂痕只怕又要多上两道……

赵嫣想到了什么，眼睛一转，望着食盒中剩下的一碗姜汤，笑吟吟地道："四姐姐，孤喝不下两碗姜汤，可否赏晋平侯世子一碗？他被夫子罚站了一个时辰，必是被冻坏了。"

待赵媗前去送姜汤，赵嫣便接过李浮递来的擦手绸帕，狠了狠心，在舌尖上使劲咬了一下。刺痛感直冲脑门，赵嫣以绸帕捂着嘴，咳出一小口鲜红的血来。

李浮被惊得帽子都掉了，愣了愣，扑过来道："殿下咳血了！"

赵嫣痛苦地躬身伏案，双手攥拳。这回不全是她演的——方才那一口她没控制好力度，咬得重了些。

示惨谁不会呢？

张煦刚到不久，帝、后二人就一前一后地赶来了。魏皇后一见躺在榻上的赵嫣，再看一旁空了的茶盏，眼皮微不可察地抽了抽。

"父皇、母后……"赵嫣舌头还痛着，说话含混，更添几分气若游丝之态。

"你病着，不必行礼了。"皇帝抬手示意颤巍巍地试图行礼的赵嫣，又看向身后跪着的张煦："继续治！把你们太医院的人都请过来，若治好太子的旧疾，朕有赏！"

赵嫣提前饮了张煦研制的茶，故而此刻脉象不稳。太医院的几名老太医都诊断不出端倪，最后结合近来的天气，只说是"寒邪入体，侵及肺腑"。

这正是赵嫣想要的结果。

她压着咳嗽，声音低沉沙哑："入冬以来，母后就为调养儿臣的身子殚精竭虑，连觉也睡不好。儿臣本以为大好了，谁知一场雪落下，又勾出了旧疾……是儿臣的身子不争气。"

她这番话说得巧妙，一则点明魏皇后近来将全部的精力都放在了自家儿子身上，自顾不暇，根本没心思去害许婉仪；二则将自己的病归咎于天寒大雪，身子抱恙实属正常，和许婉仪无理取闹的行为相比，高下立分。

她将分寸拿捏得极好，既能达到目的，又不会让人觉得刻意。

皇帝缓和了面色，安抚道：“你不必多思，好生将养身子。”

这会儿，一个太监于殿外跪拜，远远地请示道：“陛下，婉仪娘娘心悸得厉害，还是喝不下药。”

许婉仪只是雪天脚滑一下，也值得三番五次地闹？皇帝即便再看重她肚里的孩子，这会儿也有些烦了，顺势淡淡地道：“喝不下就灌。皇嗣有个什么三长两短，叫她全家来朕面前请罪。”

“是。”太监双肩一颤，声音变了调，忙不迭地膝行着退下了。

皇帝破天荒地在赵嫣榻前多坐了片刻。赵嫣饮了汤药发汗，强忍着难受的感觉，躺得身子都僵了。她闷咳两声，虚抬眼皮示意魏皇后，魏皇后这才寻了个借口将皇帝请走，顺便带走了不相干的宫侍。

人一走，赵嫣就活了过来。她眯着眼睛，瞥见四下无人，便揭开被子抬手扇风。她坐起来喝了一口茶，却被温热的茶水刺激得舌尖疼痛，顿时含着也不是，吐掉也不是。

突然，外面响起了脚步声——有人来了！

赵嫣赶忙咽下茶水，缩回榻上，闭上双目，竖起耳朵，只听那人绕过屏风，来了里间。

她嗅到了熟悉的气息，眼珠转动了一下。

那人俯身靠近，一个低沉的声音传来：“听闻殿下吐血了。”

赵嫣倏地睁开了眼睛，看到闻人蔺凑近的俊颜，眼中不自觉地漾开了笑意。她似抱怨又似欣喜地说：“你怎么才来……？”

话未说完，赵嫣便蹙着眉捂住了嘴。

“怎么了？”闻人蔺拿开了她的手腕。

“自己咬的……”赵嫣声音含混地说，眼睛却很明亮，“许婉仪雪天脚滑，欲拿此事做文章，我不能任由她骑到头上来。”

“所以殿下就咬破自己的舌尖，装作受寒病重，既可以勾起皇帝的怜悯，又可以打消其顾虑，使许婉仪的算盘落空？”

“大雪天，谁不会伤寒感冒、脚滑跌跤？偏偏她仗势欺人，示惨装乖。”赵嫣重重地哼了一声，“对于用歪门邪道的人，我自然要以歪门邪道取胜。此事我擅长。”

闻人蔺想起去年刚兼任太傅时，小殿下为了躲避他的试探，在棋盘上“哐当”磕的那一下，不由得嘴角含笑。

他抬手捏住了她的下颌：“本王看看。”

赵嫣微微抬头，“啊”了一声。她的舌尖破了一道暗红色的口子，血已经止住了，但舌头正可怜兮兮地蜷缩着。

闻人蔺看了许久，赵嫣见他眸色微沉，心慌起来，张着嘴含混地问：“怎么？舌头被咬断了吗？”

闻人蔺不语，调整角度将唇贴上来，带着怜爱之意轻舐着可怜的伤处。

舌尖先是刺痛，继而酥麻，赵嫣脊背一颤，舌头如蚌肉蜷缩起来：“你……”

“要上药。”闻人蔺按了按赵嫣的头顶，一副正人君子的模样，“否则舌头会发炎、红肿，殿下连吃东西都费劲。”

涂在舌尖上的药很苦，闻人蔺拿着玉片为赵嫣涂抹药粉时，她一个劲地收舌尖，压根没法配合他。

“别动。”闻人蔺声音低沉，用手指捏住她的下颌，“殿下要是再乱动，本王不介意用别的方法给殿下上药。”

想起方才舌尖相触的感觉，赵嫣立即乖乖地不敢动了。

这药虽苦得让人脑袋疼，但见效极快。抹完不到一盏茶的工夫，赵嫣就感觉舌尖麻麻热热的，疼痛立消。

赵嫣想饮茶压一压苦味，却被闻人蔺制止了：“殿下此时饮茶会冲淡药效。”

赵嫣只得悻悻地作罢，托着腮道：“舌头遭了罪，我得吃点儿好吃的补回来！”

她原是随口一说，故而看到闻人蔺起身行至屏风后，变戏法似的从几案上拿来两串用油纸包裹的糖葫芦时，无神的眼眸倏地就亮了。

“糖葫芦啊！”赵嫣弯着眸伸手接过，却舍不得咬，只是置于鼻端嗅了嗅那酸甜的气息，“哪儿来的？”

“街上的小贩在卖，本王顺手买的。”闻人蔺单手托着一个木盒，于榻边坐下，似笑非笑地看着她，“小孩都爱吃的零嘴。”

赵嫣听出了他话中的揶揄之意，挑出一串来，在顶端咬了一口，坐在榻上回视他，问道：“你说谁小？”

闻人蔺想了想，说：“嗯，也不小了。”

这话她怎么感觉也不太对？

沁人的酸甜味道冲淡了药的苦涩，赵嫣惬意地弯起眼眸，含混地道：“想不到你也会买这种东西。”

毕竟闻人蔺姿容出色，气场强大，朝中之人无不忌惮他三分。冬日大家哈气成冰之时，他说话却没有半点儿白气，根本不似活人。这样的煞神去买糖葫芦……赵嫣想象了一下那个场景，只觉得新奇无比。

然而她很开心，因为这个从不驻足的人间过客，终于开始留恋红尘的烟火了。

闻人蔺的指尖轻叩着，他注视着赵嫣满足的小神情，没说话，回想起方才入宫时禁卫和大臣看着他拿着两串糖葫芦招摇地走过的震惊模样，心中难得一阵愉悦。

糖葫芦不过是很平常的小吃食，若在平时，他都不会看一眼。但现在他就是想起了她，还想把糖葫芦想送给她。

“华阳还有用橘子穿成的糖葫芦。华阳的橘子个头小，但皮薄肉甜，做出的糖葫芦好吃。”赵嫣拈着糖葫芦，逆着光跪坐，“将来有机会，我定要让你尝尝。”

她十分自然地将闻人蔺纳入她的将来之中。

闻人蔺说：“好啊。”

于是赵嫣笑了起来，指着他旁边的木盒问：“这又是什么？”

闻人蔺打开木盒，盒中的碎冰小心地拥着一盏兔子冰灯，冰灯晶莹剔透，雕工精湛。

赵嫣连忙伸手去提灯柄，赞叹不已，嘴中还咬着最后一颗糖葫芦。

宫中之人在除夕前也会在结冰的蓬莱池上凿冰灯。为了方便皇帝、皇后和妃子们于远处观赏，那些冰灯被堆砌成楼台殿宇的形态，硕大且威严，所以赵嫣从未见过这般精巧可爱的冰灯。

赵嫣想：她若是夜间在冰灯里放上蜡烛和灯盏，那情景必是十分雅致的。

她闲不住了，立即下榻蹬上革靴，催促闻人蔺一同回东宫点灯。

冬日昼短夜长，他们回到东宫时天刚擦黑。赵嫣灭了落地的宫灯，只留下那盏兔子冰灯，莹润的暖光立即充盈内室，朦胧又美好。

殿中燃着炭火，温暖如春。赵嫣看了一会儿，舍不得热气将冰灯融化，便依依不舍地让人将冰灯挂在廊下的阴冷处，好歹还能多留着看几日。

舌尖有伤，她又吃过糖葫芦，所以夜间只喝了一碗粥。她将白天落下的兵法课业补上，不知不觉已近子时。

赵嫣揉了揉眼睛，隔着那串被插在瓷瓶中的糖葫芦，托着腮看几案对面的闻人蔺，问道："太傅有没有发觉方才流萤换上的熏香有何不一样？"

流萤刚才来燃香时，闻人蔺便闻出来了，这是安神香。

"殿下近来睡眠不好？"闻人蔺搁下手中的朱笔，问道。

赵嫣轻轻地摇了摇头，伸手点了点糖葫芦上的芝麻："你宿在东宫的这几晚总是睡不安稳，我都察觉到了。也不知是不是我夜间乱动，才让你睡不好……"

"不是。"闻人蔺低声打断了她。

是他自己过不去噩梦的坎，与小殿下无关。

现在他唯一能做的就是在惊醒后不吵醒她。

赵嫣笑了起来，眼眸中闪着光："所以我让人换了安神香，你再试试？"

这些年来，唯一能让他心中好受的事就是看敌人一步步地落入网中，但他没有拒绝赵嫣。

闻人蔺洗漱完回到寝殿里时，赵嫣已宽衣上榻了。听到脚步声靠近，她就自觉地往里挪了挪，让出一半的位置来。

她虽困倦至极，却不忘将绸被推过去一半，而后面对着闻人蔺，用额头抵着他的肩头，以手轻轻地拍他的胸口。

不多时，她那只轻抚他的手就慢了下来，渐渐地没了动静。

“让本王安神的哪里是什么安神香？”闻人蔺将她的指尖包裹于手掌中，侧首于她的发间落下了一个轻吻。

这安神香对闻人蔺有无效用，赵嫣不清楚，唯一清楚的是自己醒来时已天光大亮了。

“辰时？！”赵嫣一骨碌起身了，匆忙地起来穿衣套靴，“我今日还要入宫商议父皇的寿宴之事，你们为何不唤醒我？我还有一只袜子呢？”

流萤看了一眼闻人蔺，没敢说话。

闻人蔺从圈椅上悠然起身，从被中翻出了被小殿下蹬掉的绫袜。

面见天子时亦可免跪的肃王此时却半跪在榻前，将小殿下的那只脚搁在膝头，仔细地为其套袜穿靴。

“本王唤了殿下三次。”

他用了手，又用了嘴，她才迷糊着醒来。

“是吗？”赵嫣捋了捋散落的长发，手撑着床榻的边沿，问道，“这安神香这么有效啊？那你有没有睡得好些？”

“或许……”见赵嫣蹙着眉，闻人蔺捏了捏她的小腿，道，“好些了。”

于是赵嫣展眉，翘了翘脚尖下榻，道：“会慢慢好起来的。”

闻人蔺散漫地一笑，极尽温情。

从前，他只嫌收网太慢、复仇不够快，而现在开始贪恋她嘴里的“慢慢来”。

闻人蔺也要面圣议事，便和小殿下一道入了宫。

道路旁的积雪被冻硬，凝成了晶莹的冰粒，被阳光一照便闪闪发光。太极门下，几名文官簇拥着左相李恪行走来了。

“那不是肃王和太子殿下吗？”文官的队伍中，有人小声地“咦”了一声，“他们怎么走在一起？”

“你不知道吗？肃王近来也不知是转性了还是如何，竟迷上了辅佐东宫太子。”另一个人回答，“太子勤学，时常挑灯夜读，肃王便陪伴左右，答疑解惑，甚至日日留宿东宫。”

“猛兽安能折腰为师？他会这般好心？就怕太子年少单纯，受人挟制，忠奸不分。”

“许婉仪不是要临盆了吗？未来如何还真不好说。”

“此言差矣！太子贤良仁德，若非犯下罔顾人伦礼法的大错，不会动摇根本。”

“宫门之下，诸位慎言啊。”

一阵寂静过后，呜咽的风声中，最先开口的那个人忍不住开口问道：“左相大人，您怎么看？”

二

众人被凛风吹得狼狈，纷纷举袖避之。李恪行依旧身如老松，尽显大儒气度。

他和缓地道：“为臣者忠于礼法，忠于社稷，问心无愧即可。诸位皆为苦读圣贤书出身，当知民贵君轻，身在其位，怎可舍社稷而问朋党？”

这些争论不休的文臣听了，立时收敛了神色，拱手道：“左相大人高瞻远瞩，我等汗颜。”

很快有人岔开了话题，于是众人谈笑一番，各自散了。

过了太极门，闻人蔺先一步进殿议事，赵嫣则去了一趟坤宁宫，例行给魏皇后问安。

魏皇后这几日看上去气色好了些。她将宫婢新折的红梅枝插进瓷瓶中，一边调整一边道：“太子起来吧，坐着说话。昨天才闹出那么大动静，太子这几日须得谨慎些。”

“儿臣知晓。”赵嫣于方椅上坐下，看着被母后染着丹蔻的指尖拨弄的红梅，微微失神。

“你在意的那件事已经有结果了。”魏皇后轻声打断了她的思绪，屏退了宫侍，然后对她说，“十天前，尚寝局有一位女史求得恩典，告假归家探望病重的母亲，逾期三日未回，那枚铜宫牌约莫就是她的。”

“这么说来，与神光教牵扯的人不只朝中官员，还有内廷中人。”赵嫣拧着眉，声音低沉，“此人恐怕来历不明——明明告假探亲，却去了洛州。我们或许可以从她的人际关系入手，暗中查访其亲眷、祖籍有无异常。”

然而她隐约能猜到，现在去查恐怕晚了一步。

魏皇后接下来的话印证了她的猜测。

“那女史的祖宅和房舍被烧了个干净，十余口人皆命丧火海，无一幸存。其祖上三代我亦让人查问过，并无劣迹。”

赵嫣没言语。

这一把火不放还好，烧干净了反而反常。

没有人知晓内廷的女官为何会成为神光教的仙师的使臣，而宫闱之中，能调动尚寝局的女官的人并不多。

“危险蛰伏在我们身边，伺机而动，这才是最可怕的。”赵嫣抬眸道，“多谢母后告知。母后身在内宫中，也请多加小心。”

于下方端坐的少年恭谨有余，与去年相比更像一位太子了。然而，她们“母子”之间始终少了一份恣意的亲近。

魏皇后知道为何会这样，但没有资格抱怨，也不会抱怨。毕竟促成她们离别六年多的人是她，将女儿卷入深宫的危流中的人也是她。

听闻肃王起了拥护东宫之心，夜夜辅佐太子至深夜，甚至于翌日清晨才离开，朝中皆言东宫地位稳固。魏皇后却如坐针毡，甚至有几分战栗之感。

这一步或许从一开始就错了。

时至今日，她连疾言厉色的训斥都做不到了。作为偷梁换柱的幕后推手，她有何资格训斥赵嫣？

“这一年来，你做了许多。”魏皇后望着自己的女儿，“你除了要守住身份，更要守住内心的底线，决不可轻信于人，尤其是男人。”

赵嫣的眸中闪过一丝讶异之色，身子不自觉地坐直了些。

“母后为何突然说这个？”

魏皇后移开了视线，涂有丹蔻的手指微微收拢。半晌，她深吸了一口气，道：“下个月你父皇万寿，北夷使臣会入京庆贺。”

“北夷？”赵嫣面露诧异之色。

去年大玄招安蜀川叛党，今年又有北夷使臣入京，年关多动乱，难怪父皇和礼部这般看重今年的寿宴。

“内患未平，虎视眈眈的北夷却在此时入京贺寿，意欲何为？”

“本宫也在担心此事，从昨夜起心中就隐约不安。”魏皇后旋身而坐，手扣紧了凭几的扶手，长眉微拧，许久后才哑声问，“长风，你可愿脱身回华阳行宫？”

赵嫣一愣。

骤然间，她的脑中好像回荡着一声清脆的“丁零”声，模糊的记忆稍纵即逝。

她按了按刺痛的额角——母后难得的紧张态度让她想起了一桩旧事，一桩被她刻意遗忘了八年的旧事。

只剩下一个半月的时间，原有的寿宴规格要大肆增改，礼部上下忙得人仰马翻。虽说本朝皇帝和皇后的寿宴皆有太子尽孝操办，但毕竟这位太子昨日才呕了血，礼部不敢拘着太子，初步定了宴饮的流程后，便恭敬地请太子回去养病歇息了。

赵嫣有心事，顺水推舟地交代几句便回了东宫。

即使如此，光禄寺和鸿胪寺的文书和奏折依旧如雪片似的纷至沓来，半天就堆了高高一摞。

化雪之日最是寒冷，赵嫣抱着手中的暖炉，提笔润墨，以太子的口吻给长风公主写了一封信。

她模仿赵衍的语气遣词造句，时而拧眉沉思，时而以笔杆抵着下颌低吟，全然没注意身边换了研墨之人。

光线忽然一暗，赵嫣头也不抬地道：“流萤，你往边上站站，挡着光线了。”

研墨之人手一顿，拢了拢殷红色的袖袍，依言往旁边挪了一步。

雪后清冷的光线重新洒过来，赵嫣满意地舒展了眉头，听到身侧之人俯首低语道：“殿下怎么突然想给华阳行宫写信？”

这低沉的嗓音明显不属于流萤。

赵嫣悬着的手腕一抖，一个清秀端正的字便多了一条扭曲的“尾巴”。她愣了愣，扭头看了看闻人蔺近在咫尺的面容，又看向不知何时去了廊下的流萤，问道：“你何时来的？”

“大概是从殿下写到那句‘孤每不辍耕读’开始。”闻人蔺研墨的手未停，墨条将他的手指衬得如霜玉一般，他慢悠悠地道，“本王觉得殿下有必要说明白，是谁在夜以继日地侍奉殿下耕读。”

赵嫣气恼地瞋了他一眼：“你知道，华阳行宫中的长风公主就是一个空壳子。我给自己写信已经够尴尬了，你还来取笑我？”

“殿下愁眉不展，是听到皇后说什么了？”

“你如何知道的？”赵嫣眨了眨眼，而后目光慢慢地凝住了，拿出了审问的架势，“你监视我呀？”

“殿下天不怕地不怕，能压住殿下的人唯有皇帝、皇后与本王。本王可没招惹殿下，而皇帝又万事不问，除了皇后还有谁？”闻人蔺抬手在她的脑袋上一点，笑道，“这等小事，本王稍动脑子就能想明白，还用监视？”

赵嫣弯了弯眼眸，不服地嘀咕了一声：“谁像你似的，心眼那么多？”

闻人蔺睨了她一眼。

赵嫣将写坏的纸揉成一团，掷在纸篓中，重新铺了一张干净的纸，接着说：“今日父皇见你，不是为洛州之事就是为下个月北夷使臣进京之事吧？我与母后皆觉得这事没这么简单，以防万一，我得写信给华阳行宫，让那边也提防些。”顿了顿，她又道，“我也是才想起来当年为何会被赶去华阳行宫。”

宣纸的边缘有些卷翘，闻人蔺拿起镇纸替她抚平，目光深沉，问道：“为何？”

赵嫣垂下眼，拈着笔杆道：“我年幼冲动，揍了北夷派来议和的王子。”

闻人蔺握着镇纸的手指微微一顿。

北夷其实是中原对敌人的蔑称，其真正的国号为北乌。雁落关一战后，因大玄的将士死守孤城，北乌久攻不下，便换了计策，派遣使臣来大玄求亲议和。

这一战，大玄虽未输寸土，却失了近十万将士的性命，举国疲敝。正因如此，好战嗜血的北乌使臣很是嚣张。

两国议和期间有一些燕射、蹴鞠之类的活动，既可交流两国文化，亦可彰显大国威仪。那日雪霁初晴，西苑举办了捶丸比赛，赵嫣和赵衍在宫人的陪同下前去更衣，在毬场外撞见了中场休息的北乌使臣一行人。为首的人是个什么王子，身穿翻领衣服，织着一头脏兮兮的棕褐色小辫，虽才十六七岁，可已长得人高马大，小眼睛，满脸横肉，说是二三十岁也毫不夸张。

这个王子打量着面前生得一般无二的双生子，眯缝眼中透出不怀好意的神色，以杓棒不停地敲击着肥厚的掌心，朝赵衍兄妹咕哝了一句。

赵嫣听不懂北乌话，赵衍却能听懂。他当即停了下来，一贯温和的面容也凝重起来，上前一步，以纤弱的身子将妹妹护在身后。

赵嫣觉察出气氛不对，在赵衍背后戳了戳他的腰，问："他说什么了？他是不是骂咱们了？"

"嫣儿别怕，哥哥在。"赵衍牵住不安的妹妹的手，以充满稚气却温柔的声音道，"他在激咱们和他比捶丸，咱们不用理他。"

两个人说话间，北乌王子不知和下属们说了什么，这群人顿时哄堂大笑起来，不停地朝赵嫣吹口哨，粗鄙至极。

赵嫣猜也能猜出他们说的并非好话，当即捏紧了赵衍的手，大声道："你们叽里咕噜地在说什么？在大玄的土地上，你们就要说大玄的话！"

那群人停了笑声，古怪地看了赵嫣一眼。

"小公主，旁边那个和你长得一样的人是你的阿姐还是阿兄啊？你们这儿的男人都长得像女人吗？"北乌王子用生硬的大玄语讥笑道，"要不他脱下裤子给我们开开眼，看看下面是不是少了点儿什么啊？"

污言秽语！

赵嫣攥紧了拳头，小脸涨得通红。

赵衍被她攥得手指生疼，硬生生忍了下来，笑着示意她不必在意。正值两国议和的关头，他们只能忍。

两个人正要走，又听见身后传来一声尖锐的口哨声。

"我看也别选什么公主了，我还没尝过双生子的滋味呢，就是他们年纪小了点儿。"北乌王子越发放肆起来，"雁落关那近十万人死守城池有何用？他们拼死保护的女人还不是要被送去北乌，沦为我等的胯下玩物吗？早知如此，闻人晋平还不如脱了裤子受降……”

赵嫣本来想走，听到最后已是怒火中烧。她纵然年纪小，也知晓这话有多难听。他们辱骂自己就罢了，侮辱赵衍和战死的将士她万万不能忍！

想到此，赵嫣深吸了一口气，绷着小脸大步走了回去。

“你们要比捶丸是吗？好，来。”她煞有介事地点了点头，然后双手抡起一旁沉重的杓棒，掂了掂，摆出架势后用力一挥。

杓棒脱手，径直地朝毫无防备的北乌王子飞去。

“哐当”一声闷响，继而是一声野兽般的号叫，北乌王子踉跄着朝后仰倒，鼻中鲜血喷涌。

赵嫣托着腮坐在书案后，将浮现出来的记忆碎片一一拼凑起来。

“那一棒虽解气，却惹出了不少麻烦。后来，赵衍为了给我遮掩，亲自去向父皇请罪……为此引发旧疾，咳得不省人事。”赵嫣断断续续地说，“我被关在殿中时，父皇来了一趟，问我为何要打北乌王子。我说是北乌王子非要我和他比捶丸，但我年纪小，力气也小，握不住杓棒，杓棒脱手，无意间打到了北乌王子……”

闻人蔺安静地听着，忽然笑道：“殿下很会回答，将此事归结于少年间的斗气、玩耍，便可大事化小。”

“是，父皇对我的回答很满意。”赵嫣说着，眉头皱了皱，“但母后似乎很生气，说我胆大妄为，没有公主应有的温婉淑静的样子，恐会给大玄带来祸端，还将赵衍病重归咎于我的胡闹。她命我在结了冰的阶前罚跪，从白天到天黑，不许任何人求情。我当时虽年幼，气性却很大，认为自己没有错，故而倔强地不肯低头……”

闻人蔺在听到她在结冰的阶前罚跪时，眸色就已沉了下来。

他将赵嫣拥入怀中，以下颌轻轻地摩挲她的头顶，仿佛如此就能安抚当初那个既冷静又委屈的小姑娘。

“殿下正义且勇敢，并没有做错什么。”他替世人说出了这句迟来了八年的评价，声音低沉地问，“后来呢？”

“后来，我晕过去了，大病了一场。”赵嫣轻轻地吸了吸鼻子，“醒来时，我已经在出城去华阳行宫的路上了。大概耻于母后对我的厌恶，我痊愈后，那件事的诸多细节都记不清了。”

“所以殿下是为了不让太子和战死的将士受辱，才忍不住揍了北夷人？”闻人蔺低语，声音少见的温和。

赵嫣既不点头也不摇头，用纤细的手指夹着毛笔晃了晃，认真地说：“其实那会儿我年纪小，不懂什么大义，就是觉得生气，所以出手了。但若再来一次，我仍会出手揍他们。”

她不仅为赵衍，也为身后这个从尸堆炼狱中爬出来的男人。将士浴血奋战，以身护城，不该受这般大辱。

闻人蔺笑了，笑得低沉恣意。

他垂眸侧首，含住那颗小而饱满的耳垂，喟叹道：“真遗憾，本王当年没有早回京几日。那时挥杆揍人的小殿下定是耀眼极了。”

他记得回京的那天，天寒得滴水成冰，纸钱纷纷扬扬，洒满道路两旁，他身穿一身单薄的缟素，满心疮痍，扶着父兄的棺椁蹒跚地入城。

城门外，一队车马静候在道路旁。

“惨哪！”即将动身去华阳行宫的宫人队伍中，有人扼腕叹息，“近十万闻人家麾下的精兵就回来这么几个。”

一名禁卫翻身下马，朝最宽敞威严的马车跪拜道：“太后娘娘，卑职这就去请闻人少将军回避，以免冲撞了您的凤驾。”

“你这话像什么样子？”车内传来了一个老太太和蔼的声音，太后娘娘手持念珠，一字一顿地道，“将哀家的车驾赶至路边，腾出道路，所有人都跪下，迎大玄近十万忠士魂归故里。”

禁卫即刻正色，庄严地道了一声“是”，随即起身挥动手臂，指挥起来。

太后娘娘离宫的仪仗队自觉地分成了两拨，道旁数百个宫人、禁卫皆肃然跪拜，迎英雄的亡灵还乡。

一阵风吹过，撩起了车帷。素白色的灵幡飘动，纸钱如雪，额头上扎着白布的少年自马车旁走过，漆眸如冰。车内，小公主气息急促地躺在太后娘娘的怀中，含混地呓语，睫毛上挂着晶莹的泪珠。

车帷落下，灵柩入城，马车远去，背道而驰。

三

“闻人苍大将军拼死御敌，以身殉国，尸骨未寒，朝廷转头就将二公主送往北乌和亲……早知如此，那近十万将士何至于这般惨烈啊！”

“唉，陛下做出这个决定也是艰难无比。这场仗陆续打了几年，陛下虽有心做中兴之主，但国库禁不起这样耗啊！”

“谁不希望天下太平，得享盛世？可你也看到了，北乌人趾高气扬、出言不逊，是议和的态度吗？如若闻人大将军未曾战死，大玄的脊骨尚在，他们焉敢轻视大玄？”

“嘘，小点儿声！”一声叹息后，庭中的声音渐渐远去了，“泱泱大国，满朝文武，竟还不如一个稚龄公主？！毬场外那一棒打得真是痛快！”

闻人将军府中白绸刺目，灵堂内，闻人蔺身披缟素，沉默地跪着。

母亲也追随父兄去了，堂中的棺材又多了一口。

闻人蔺曾是京城中最骄傲的少年，文武双全，神清骨秀，此时却瘦得厉害。他深沉的眸中跳跃着幽幽的火光，盆中的纸钱被烧成灰烬，像从地府里飘出的黑蝶。

皇帝安抚他，却也忌惮他。他终于在日复一日的冰冷的噩梦中明白了父兄惨死的真正缘由。

方才庭外两个兵中旧部的谈话，闻人蔺听得很清楚。但他不知他们口中说的那位稚龄公主是谁，也无力去猜。

之后不到半年，和亲的二公主不堪受辱而死，打破了大玄妄图联姻议和的虚梦。北乌再三挑衅，闻人蔺看准时机，主动请缨北上，势如破竹。自此，北乌龟缩于弥山以北，不敢再向南进犯一寸。

这一仗是闻人蔺筑骨复仇的第一步。

将客死他乡的二公主葬回故土的人也是他。

多年过去了，闻人蔺的手上沾过不少犯官、罪臣的血，他却从未真正动过大玄的几位公主，说到底还是因当年的事留了一丝的情谊。

他从未见过那位稚龄公主，可兜兜转转，命运还是将他们绑在了一起。

闻人蔺吻着赵嫣的耳垂，用鼻尖轻轻地蹭她的脸颊，以最低沉缠绵的声音惋惜当年没有早几日归京，轻叹不曾早几年认识她。

赵嫣半边的脸颊都烧了起来，手中的毛笔险些脱手坠地。然而除了酥麻感，她的心中更夹杂了一缕酸疼的窒息感。

闻人蔺一向心狠、强悍，不后悔，不妄念，活得断情绝义。这是赵嫣第一次听到他流露出惋惜之情。如果她与闻人蔺早些相识，是否会改变什么？她不确定。

赵嫣牵了牵唇角，捂住发烫的那边脸颊，轻飘飘地说："虽不可重回过去，却有幸共赴将来。"

赵嫣说罢，心突然一跳。

她亦并非轻易许诺之人，此时说"共赴"二字，多少有些暧昧了。

残雪未化，屋内的气氛却燥了起来。

赵嫣清了清嗓子，迟迟没有落笔，正迟疑是否要说点儿什么岔开话题，闻人蔺就就着半拥着她的姿势，伸手取走了她摊开在书案上的《司马法》。他抽出赵嫣握着的毛笔，慢悠悠地勾画了几笔，然后递还给她。

"什么？"赵嫣问。

闻人蔺以修长有力的手指压着兵书，以极为亲近的半拥的姿势，几乎贴着她的耳朵低语："这几天夜间，本王也许不能按时来辅佐殿下。这篇是今日的课业，内有批注，殿下先自己学着，若有不懂，次日课上再问本王也不迟。"

"你干什么去？"赵嫣想起近来的局势，眉头微皱，"要去处理洛州起义和北乌进京之事？"

"不全是。"闻人蔺并不避讳，悬腕润笔，于砚台边慢条斯理地刮去余墨，又将笔塞入她的指间，垂下浓长的睫毛道，"本王需要抽出些空闲的时间，去争取长久的将来。"

"争取长久的将来？"

闻人蔺说得平淡随意，赵嫣却骤然抬起了头。

这句话是她想的那个意思吗？

闻人蔺陪赵嫣处理完光禄寺和鸿胪寺递来的宴饮折子后，直至天黑才走。

他今日没宿在鹤归阁中，而是直接回了肃王府。书阁的门开着，一对鹤首铜灯以引吭高歌之态托着两簇烛光。

闻人蔺走进门，脱下大氅搭在椅背上，朝坐在光晕中品茶的一名鹤发老者欠身道："有劳孙医仙出山，开始吧。"

孙医仙看着面前这个矫健的年轻男子，叹出一口浊气。

他与闻人大将军乃忘年之交，曾倾尽心力想解这小子身上的奇毒，然而皆是徒劳。

或许这小子心里明白，有人不希望他的毒被拔除，又或许布局和复仇成了他仅存的希望……总之，他自十七岁涉足朝局，便不再接受孙医仙的诊治了。

孙医仙虽然嘴上不说，心中却念着故友的情分，一心想救这孩子，故而七年来翻遍医学古籍，从未放弃过为其解毒的念头。然而这小子的毒不只在身上，更在心里，他要想医治，谈何容易？

"神光教炼制的解药只能压制毒性，无法根除，王爷一旦断药，后果不堪设想。"孙医仙捋了捋及胸的长须，拿出医者的严谨态度来，"老夫研制的新药方中添了一味西域火虫，或许能克制王爷体内的寒骨之毒。但火虫药性凶猛，尚未有病例实践，老夫不敢断言它有无效用，需要根据观察逐渐调整……"

"得，拿我们王爷试药，生死自负是吧？"闻人蔺还未发话，张沧就忍不住了，"不是我说，孙医仙，您也太坑了！您研究了几年，就只研究出这些吗？"

"咯咯。"蔡田握拳抵着唇，暗暗地向张沧使眼色。

"张沧。"闻人蔺含着笑，声音很温和。

张沧立刻挺胸回道："卑职在。"

"滚出去。"

"是！"

张沧梗着脖子转身"滚"了出去，蔡田摇着头扶额。

闻人蔺轻笑道："医仙勿怪，本王这名副将虽看着蠢笨了些，但心肠不坏。"

"要不是看他忠心一片，老夫就用药粉让他闭嘴了。"孙医仙打开药箱，吩咐蔡田："去准备一桶泡澡的热水。"

孙医仙又看向负手挺立的闻人蔺，声音缓和了些："这药用起来会很痛，王爷熬不住时恐怕会失态，最好备些粗绳、铁索等物……"

孙医仙话未说完，就被"扑哧"一声笑打断了。

"本王不需要这些。"闻人蔺的声音透出一股杀伐般的寒意。

"老夫险些忘了，王爷已熬过了近百次毒发，心性比常人坚定百倍。是老夫见识短浅，折辱王爷了。"孙医仙取出银针和药瓶，苍老的面容上流露出几分欣慰之色，"其实老夫心中甚为宽慰，时过七年，王爷终于肯再次迈出这一步了。"

"本王答应了一个人，不想食言，若不能活得长久些，总疑心她将来会受欺负。"闻人蔺信步朝净室内走去，淡然地道，"本王随便试试，您老也随便治治。"

孙医仙听到那句"本王答应了一个人"时，目光不自觉地变得炯炯有神。

闻人蔺这么说，孙医仙哪里能随便治？他必须得尽全力，好好地护这小子到娶妻、生子才行，将来在九泉之下见着故友，将喜事告之，也算无愧了！只是不知是什么样的姑娘焐化了这小子如冰山一般的心？他须得去找那个傻大个套一套话，了解一下状况。

孙医仙暗中如此打定了主意。

这几日，闻人蔺的行踪颇为诡秘。他每天白天在崇文殿里听学，夜里倒是会抽空来一趟，可总是在半夜赵嫣熟睡之后才来，凌晨天还未亮就离开了，身上还带着一股极淡的药味。

赵嫣曾去过鹤归阁，然而闻人蔺已经有一段时间不住在那儿了，阁中只有那只浑圆的狮子猫和几个洒扫的内侍。

赵嫣琢磨：他不在鹤归阁，那必定是回肃王府住了。

赵嫣出不了宫，无法去探望他，只得作罢。

十二月十五，北乌使臣一行人带着成群的骆驼抵达了京师，入住在鸿胪寺的驿站之中。

“加派两拨禁卫，轮流值守驿站。若对方问，就说大玄尽地主之谊，保护远客的安全。”赵嫣翻开鸿胪寺呈上的名单，认真地将上面的内容默记于心，然后视线停在了最上方的名字上，“乌阙……这是哪个王子？”

鸿胪寺少卿上前躬身回道：“回禀殿下，这是北乌的十三王子。他原是北乌的亲王与西域女俘所生的私生奴，后助其父杀叔夺位，一跃成了王子。此次出使大玄之事就是他牵的头。臣等揣摩，其父刚刚夺位，根基不稳，故而才来向大玄示好。”

赵嫣了然，觉得这也说得过去，可心中仍隐隐不安，总觉得北乌人选在洛州动乱之时来京太巧了些。

十六日，北乌使臣入宫面圣。

赵嫣等宫门外那群北乌使臣骂骂咧咧地交了刀刃和利器，检查完毕，方领着鸿胪寺和礼部的诸位官员适时地露面了，替天子招待使臣。

赵嫣一眼就看见了那位北乌的十三王子，无他，只是这个人的长相实在太怪异、太打眼了。

他很年轻，应该也就二十岁，肤色是健康又野性的麦色，左耳挂着一只明晃晃的银环，穿着贴身的翻领上衣、暗红色宽松的束靴裤子，外面罩着一件银貂裘衣；头发是罕见的纯白色，以柔革抹额箍了一圈，就这样乱糟糟的半披着，只在耳后编了一条垂肩的小辫。

他主动上前一步，单手按胸，躬身朝赵嫣咕哝了一句北乌话。

赵嫣前段时间临时抱佛脚，恶补了几日北乌话。然而北乌话实在生涩难学，她如何能和自小钻研北乌话的赵衍相比？

她只勉强听懂了几个常用之词，猜想他大概在自我介绍，遂镇定地道：“北乌使臣远道而来，大玄天子特于永麟殿内略设薄酒，为诸位接风洗尘，一尽地主之谊。”

北乌十三王子又咕哝了一句，抬眼笑了起来，露出一颗尖尖的虎牙。

赵嫣这才发现，这个人的瞳色极浅，在阳光下呈现出罕见的金色。

她无端地想起了某种猛禽的眼睛，犀利璀璨，令人心间生寒。

赵嫣面上仍维持着和煦的笑，不紧不慢地道："我们大玄有句古话，叫作'入乡随俗'。孤待远客如至亲，也请诸位说我们大玄的话，以示尊敬。"

此言一出，几个使臣变了脸色，似有不满之意。

赵嫣半合着眼，寸步不让。他们想在大玄的土地上拿捏大玄的臣民，做梦！

"抱歉，抱歉！在下北乌十三王子乌阙。我大玄语说得不太好，怕表达不出对太子的敬仰之情，情不自禁说了母语，还请见谅！"

十三王子一开口就是流利的大玄语，鸿胪寺准备的两位舌人一时间都面露诧异之色，心道：他这还叫"说得不太好"？

他若非生了一副北乌人的样貌，单听语调，说自己是大玄人也大有人信！

"不过……"乌阙话锋一转，眯着眼睛道，"我记得大玄的太子精通北乌语。"

赵嫣心中"咯噔"一下。

这个乌阙认识赵衍？他也是天佑十年入京的使臣之一吗？可当年来大玄的使臣中，赵嫣只记得那个长得像猪一样的王子了……

"太子是在想那个像猪一样的王子吗？那是我的堂兄，不过已经死了。"乌阙好像看穿了赵嫣的想法，抬手在颈上一划，比了个"杀"的手势。

"八年前出使大玄时，我只是堂兄身后的一个随行小奴，太子肯定不记得我了。话说回来，太子的北乌话说得才叫标准，怎么今天一句也不说？"

赵嫣的确不记得他，不动声色地温声回击："十三王子勿怪。大玄话博大精深，意蕴深厚，孤自然不会舍精华而拾糟粕。"

这话她揶揄得明白，粗鄙的语言哪里能和精妙的大玄话相比？

一时间，身后的几位文官扬眉吐气，脊背都挺直了几分，心道：想让大玄太子说你们的语言？做梦！

乌阙的面色顿时精彩极了，凛风吹来，他耳上的银环"叮当"作响，白发飘动。他扯了扯嘴角，环顾一番，说："怎么不见你们大玄的公主们？"

赵嫣淡淡地道："大玄的公主身份尊贵，自然不是你们想见就能见的。"

"是吗？这回公主们不露面可不行。"乌阙抱着手臂，眯着金色的鹰目笑道，"毕竟我此番前来的主要目的就是代表北乌与贵国的公主和亲。"

四

待北乌人入殿就座，赵嫣借着去配殿里更衣的间隙见了鸿胪寺卿。

赵嫣问道："北乌人要和亲，为何事先无人提及？"

鸿胪寺卿站在地罩外，隔着屏风和垂帘回道："回殿下，北乌只说进京议和示好，和亲之事并未在章程之内，恐怕是他们临时起意。"

赵嫣微张双臂，穿上绯紫色的外袍："他们是临时起意还是蓄谋已久，尚未可知。"

"殿下的意思是……？"

"事关大玄的脸面，大至宴饮流程，小至一言一行，皆须慎重。北乌人既然另有图谋，大玄为东道主，绝不能被他们牵着鼻子走。"赵嫣只思索片刻便抬起眼来，"北乌人尚武，宴上难免会提些舞刀弄棒的要求，毕竟这是他们唯一能拿得出手的东西。不急，我们先来一场文斗，杀一杀他们的威风。"

听赵嫣这么一说，鸿胪寺卿霎时间底气充盈，思绪明朗，连忙道了一声"臣遵命"。

鸿胪寺卿躬身退出，却见斜后方有一个人迈进了屋，一袭殷红色的蟒袍凌寒刺目。他将腰杆低了三分，紧着嗓子拱手道："肃王殿下。"

赵嫣回首，果然看到闻人蔺负手而来。

不知是因为今日天气太冷还是他身上这身王袍太过夺目，赵嫣总觉得他深沉的面容较寻常还要冷，让人想起了冰川。

赵嫣扣好革带，示意流萤退下，望向闻人蔺的眼神里不自觉地多了一丝轻快的笑意。

“你的事情处理完了吗？我还以为你没时间过来呢。”

闻人蔺含着笑道：“蜀川有兽名貊，似熊，脸是白的，偏偏眼圈是黑的。”

赵嫣面露疑惑之色，不明白他为何突然说这个。

闻人蔺抬手点了点她的眼睛下方，意味深长地道：“殿下再熬夜，眼圈就要黑了。”

赵嫣闻言立即扭过头，对着铜镜左右照了照，说：“我也就这两夜没怎么睡，这么明显吗？”

“为何不睡？”闻人蔺顺手拿起一旁托盘里的一双莲花玉佩，坠在她腰间的革带上，用手指一点点地捋顺流苏。

“还能为何？无非是为北乌人进京、宴饮往来之事，而且夜间我想等……”

“等谁？”闻人蔺抬眸，拖长了语调问。

赵嫣移开视线，拍了拍衣摆，道：“你身体如何了？你不住在鹤归阁中，我都无处寻你。”

闻人蔺直起身，替她抚平翻折的衣襟，一本正经地道：“眼下无人，殿下若担心，大可上下检查一番。”

赵嫣看着他衣冠齐整的样子，难免想起某些时候……她不由得后退一步，敬谢不敏。

闻人蔺笑出声来，说：“殿下又想哪儿去了？”

赵嫣干咳一声，将飘飞的思绪收拢，提及正事：“前些日子，母后问我是否要抽身回华阳行宫。”

闻人蔺闻言，神色未变——他知道小殿下的选择是什么。

“我很庆幸自己留了下来，因为有些事只有东宫太子能办到。”赵嫣迎上闻人蔺的目光，下意识地牵住了他的袖袍，“北乌人崇尚武力，而大玄文治已久。北乌使臣若打擂台求亲，大玄并无胜算。我不希望二姐受辱而死的悲剧重演。”

闻人蔺的态度很关键，只要他点头，她的胜算就可以翻倍。

但闻人蔺只是轻声道：“即便和亲，去的人也不会是殿下。”

“可大玄一共就剩下两位待嫁的公主了，物伤其类，秋鸣也悲。”赵嫣说着，还真有几分伤感之意，声音也低了下去，“太傅，你会站在我这边吗？”

“若是平常，本王自然会。”闻人蔺低声唤她，“小殿下。”

“嗯？”赵嫣回应。

“本王说过，不牵连他人已是本王最大的善意了，本王不会再护大玄分毫。”闻人蔺的声音很轻，显出一种不合时宜的温柔来，“近十万人的性命，分量够重了。”

赵嫣的心间一阵刺痛，而后她垂下眼眸，颔首道：“我知道了。”很快，她又抬起眼睛，目光澄澈且坚定，“有你在身边，我会安心许多，不是勉强你做什么。当年那近十万将士的确是朝廷……”

赵嫣想到了什么，脑中灵光一现。

近十万将士守城战死，公主和亲受辱而死，未尝不是大玄子民心中的伤。魏琰一案让赵嫣看到了民意的力量，她只要聚集民意，此事未尝不会有转机。

闻人蔺见她抵着下颌沉思，便知她想要做什么了。

“本王先送殿下入席。”

话音刚落，闻人蔺就见赵嫣倏地抬眼，神清气爽地道：“你先去吧！我还有事，得吩咐柳白微和裴飒一声。”

说罢，她就走出了大殿。

闻人蔺手中的衣料滑走了，他望着自己空空如也的掌心，半晌，漆色的眸光渐渐沉了下来。

“柳白微、裴飒……”他微蜷手指，轻笑了一声，“小殿下的选择还挺多。”

天子万寿与除夕同日，到了那天才会大摆宴席庆贺。今日主要是为北乌使臣接风洗尘，只有宗室和股肱重臣参与，互相探一番底细。

宴上，鸿胪寺卿果然按照赵嫣的吩咐，提议当筵作诗以助兴。柳白微举荐了吏部沈侍郎的次子沈惊秋，二人于宴上佳句连连，喷珠噀玉，引得满堂喝彩，连皇帝也拊掌赞叹，当场就赐了他们二人各一套上品古砚。

大玄朝臣容光焕发，扬眉吐气；北乌使臣却如听琴的牛一般，云里雾里的，一句也对不上来。

几名北乌使臣面子上挂不住了，坐姿越发僵硬，低语起来。乌阙却看得饶有兴致，盘腿坐着，一只手灌酒，另一只手按着膝头，时不时地跟着拍手叫好。

赵嫣怀疑他压根就没听懂。

宴饮过后，众人驾车前往北苑的射殿，行燕射之礼。

这处校场可比文华殿后那一片空地大多了，廊桥楼阁林立，皇旗猎猎，颇有沙场点兵的豪气。

赵嫣转过拐角，正好撞见了在廊桥上交谈远眺的乌阙一行人。

见到赵嫣，乌阙抬手打了个招呼，以流利的大玄语说道："你好啊，太子。"

廊桥上风大，乌阙齐肩的白发飞舞，金瞳犀利，透着不加收敛的野性。

"你的头发很特别。"赵嫣礼貌地回了一句。

"这个吗？"乌阙用麦色的手指扯了扯自己的白发，背靠着雕栏道，"我的阿父褐皮黑发，阿母是金发金瞳的西域美人，我也搞不懂为何自己是这样的发色。他们都说我是邪神附体的妖孽，生而不祥。我小时候差点儿因为这个被阿父烧死。"说着，他打量起赵嫣，问道，"宴会上我怎么没看见太子的妹妹？"

赵嫣皱起了眉，捕捉到他话里的深意，问道："你为何在意孤的妹妹？"

"太子别这么紧张，当年她揍我堂兄的那一棒槌甚是解气，我想忘记都难。何况，我听说太子的双生妹妹出生时也被视作不祥之兆。"乌阙指着自己的鼻尖继续说，"我觉得我们是一路人。"

赵嫣的心中甚是不舒服，她还未反驳，就听到身后传来了一个低沉的嗓音。

"奴岂敢与大玄的嫡公主同路？阁下要点儿脸吧。"

整个皇城之中，敢这样和使臣说话的人只有一个。赵嫣猛然回首，只见闻人蔺走来，身后冷风拂过，自带威严之气。

方才还散漫地倚靠在雕栏上的乌阙不自觉地站直了身子。但凡上过战场的人都能嗅到这股无形的杀伐之气，他被刺激得连喉咙也微微发热了。

他知道，这个俊美得过分的男人十分危险。

“你就是那个八年前连斩堂兄麾下七员大将的闻人蔺吗？”乌阙顶住了这股压力，非但不害怕，眼中反而迸发出兴奋的光，“果然好生厉害！”

闻人蔺看了乌阙一眼，只一眼，乌阙浑身的肌肉就不受控制地紧绷了起来。他不得不举起双手，勉强笑着说：“别误会，我没有敌意。和堂兄不一样，我可是个坚定的反战派。”

“十三王子，你挡了孤的路。”赵嫣温和地笑着说。

乌阙一愣，顶着闻人蔺深沉的目光，侧身往旁边挪了挪。

闻人蔺轻笑了一声，朝赵嫣略一欠身，垂首道：“殿下，请。”

闻人蔺的寒意在那一瞬间收敛了，整个人温柔下来。赵嫣微扬嘴角，与闻人蔺并肩而行。

乌阙站在原地，捂着刺痛的嗓子若有所思：这个弱不禁风的小太子到底有什么本事，能让这样的男人俯首称臣？

天边的垂云如晕染的水墨，廊下垂帘微动。

“是谁说不会出手相护来着？”赵嫣脚步轻快，悄悄地往闻人蔺身边挪了一步。

二人的衣服相蹭，闻人蔺面不改色地道：“本王动动嘴而已，不算出手。”

赵嫣“哦”了一声，扭过头，却忍不住嘴角上扬。

大玄宴射重在“礼”，而非“斗”，故而校场中摆了一横排靶子，由裴飒等年轻的武将组成的红队和以乌阙为首的蓝队轮番进行射箭比拼。

然而一轮平局后，北乌使臣就提出了异议：“陛下，这样射箭有什么意思？草靶是死物，难道战场上敌我双方都是站着不动，任人来射吗？”

皇帝于看台上按膝倾身，问：“使臣意欲何为？”

“陛下要大寿了，我知道你们忌讳生辰杀生，那就不放禽鸟猛兽。”

其中一个使臣上前，单手按胸道，“第二场不如加点儿难度，我们双方走马射钱，于马背上决胜负！箭矢光钉在靶子上还不够，还得射中抛到空中的铜钱，一炷香的时间内，哪边的靶上射中的铜钱多就算获胜，敢不敢？”

北乌人从六七岁起就精通马术和射艺，北乌使臣此番提出这样的要求，无非是要扳回宴上胸无点墨的败局。大玄若推诿，反会落人笑柄。

赵嫣微微捏紧手指，听到校场中传出了一个正气凛然的声音：“有何不敢？”

裴飒挽弓，朝天子和太子抱拳一礼：“陛下、太子殿下，臣请一战。”

这种时候，大玄绝不能丢士气。

皇帝颔首准允，道：“赐良驹，点到即止。”

红蓝双方的骏马交错奔腾，校场上一时尘土飞扬。禁卫站于瞭望台上，将一把把铜钱撒向校场中央，无数箭矢飞过，空中满是箭镞撞击铜钱的“叮当”声。

北乌人骑射一绝，很快就占了上风，草靶上钉满了穿着铜币的箭矢。一时间，呐喊声响彻校场，大玄观战的朝臣和宗室皆面色凝重起来。

裴飒得到过闻人蔺的亲自指点，是年轻人中的翘楚，可一个人再厉害也对抗不了对方十几个一流的骑射手。他一边挽弓驭马，一边朝己方比了个手势，调整战略。

这招极为有效，大玄这边的箭矢又射中了几枚铜钱。

双方胶着之际，北乌一名侍卫的箭矢忽然射歪，朝裴飒座下的马匹飞来！

骏马受惊，登时人立而起。裴飒正全神贯注地弯弓搭箭，双手离缰，猝不及防地从马背上滚落下来。

马蹄倏地踏下，电光石火间，裴飒打了几个滚，避开了马蹄，可起身时明显受了伤，捂着手臂蹙眉喘息。

赵嫣握紧了双拳，起身道：“暂停！叫太医来！”

一声尖锐的竹哨声响起，在校场上奔腾的骏马归队，红方小将们立即下马搀扶裴飒，面露焦灼之色。乌阙领着己方的侍卫上前赔罪，一副歉疚的姿态，但裴飒捂着手臂没理他。

不消片刻，李浮悄声向赵嫣回禀：“太医说，晋平侯世子的右臂也许是骨裂，世子不能再上场了。”

赵嫣一时面色凝重，心中盘算起来：裴飒能力出众，能顶替他上场的人没有几个。闻人蔺身边倒是有个张沧能用，可是……

她正凝神思索着，校场中的乌阙驭马小跑了一圈，于马背上朝皇帝行礼道：“陛下，这局若北乌赢了，可否准我一睹大玄公主们的芳容，当作彩头？”

赵嫣暗自捏紧了袖袍，指节泛白。

柳白微率先站起来，道：“公主金枝玉叶，岂能任人围观？北乌的使臣就这般礼数？”

“非也。在北乌，当面赞美是男子对女子表达最高的敬重的行为。”使臣中有人高声回道，“可你们将公主们藏得太严实了。在我们北乌，只有容貌丑陋的女子才不愿意见人！”

另一侧，闻人蔺将目光扫过赵嫣绞紧的袖口，指尖一下一下地轻叩着扶手，若有所思。

“他们竟还妄想将咱们的公主当作彩头！”张沧鼓了鼓手臂上肌肉，义愤填膺地道，“王爷，下一场让卑职替大玄出战吧！卑职虽擅刀法，射艺亦在普通水准之上，打败他们不在话下！”

北乌人还在起哄，闻人蔺的漆眸如墨，眼神如寒云一般深沉。轻叩扶手的指尖一顿，他起身朝皇帝抱拳一礼，说：“臣下去活动活动筋骨。”

赵嫣闻言，紧攥的手一松，难以置信地扭头望向了闻人蔺。

他刚才说了什么？莫不是自己幻听了？

皇帝略一沉思，只说了一句：“收着点儿，别伤及对方的命。”

闻人蔺直起身笑了一下，视线扫过一旁愣神的赵嫣，抬手接过张沧递来的缚绳，挽了挽蟒袍袖口，缓步朝校场走去。

五

闻人蔺进入校场，一时间起哄的北乌人都勒马停了下来。

隆冬的太阳渐渐隐入云层之后，一片灰影侵袭大地，越发显得闻人蔺眉目深沉，身上的袍服暗红若血。

看台上，大玄的众臣既意外又解气。

距离天佑十年秋的那场反击御敌之战已过去整整八年了。八年间，朝臣人人自危，怕极了肃王处置朝廷犯官时穿的这身殷红色的袍服，如今却都伸长了脖颈，往校场内看去。

负责弓弩的禁卫校尉上前毕恭毕敬地询问：“王爷，可否命人取来您惯用的凌云弓？”

闻人蔺只是下来随便玩玩，就随意挑了一把六钧弓。他从执驭们的手中随手挑了一匹黑马，用霜白的手掌拍了拍马背，而后撑着马鞍翻身上马，一夹马腹，手握缰绳信步上前。

他不需要绑红色抹额，身上这袭猎猎的红袍便是最醒目的标识。大玄的几名红方小将皆重整士气，肃然驭马列队于其后。

两军对峙，乌阙率先拍马上前，笑着对闻人蔺说道：“能和大玄的第一权臣交手是我的荣幸。”

他的马不停地踱着碎步，似有些不安，他不得不握紧缰绳驭马。

闻人蔺却在马背上四平八稳，淡淡地道：“射铜钱是稚童的游戏，过于简单，我们不如换一种新鲜的玩法。”

听到这话，不少人暗中震惊：在奔驰的马背上弯弓搭箭，射中抛掷到空中的铜钱微小的方孔，且箭矢还得钉在己方的草靶之上，这叫简单？

乌阙眯起眼睛，来了兴致，问道：“什么新鲜的玩法？”

几名禁军撤下铜钱，换上几个篮子，揭开盖着篮子的红布，露出了里面蓬松轻盈的鹅毛。

闻人蔺缓缓地道：“将铜钱换成鹅毛，同样是一炷香的时间，按靶上的箭矢钉中的鹅毛数量算输赢。”

“射鹅毛？这局肃王是不是狂妄了些？”殿外，看台上的几名大臣忍不住窃窃私语。

“天阴有风，而鹅毛轻盈，飘忽不定，稍有气流就会被卷走。更遑论他们策马奔腾间气流杂乱，只怕鹅毛还没被射中就被箭矢的风吹开了。这难度太大了。”

“旁人或许难以做到，但场上那个人是谁？咱们看看再说。”

周围议论声不绝，赵嫣目不转睛地望向马背上的闻人蔺，嘴角扬起了一抹极浅的笑。

她见过闻人蔺的射术，故而一点儿也不担心。她好奇的是，闻人蔺到底想做什么？

“这种玩法新鲜，我还真没试过。”校场中，乌阙挺身道，“北乌没有懦夫，来！”

临时搭建的望台上，禁军挥旗示意。随着一声雄浑的号角声响起，蓬松的鹅毛纷纷扬扬地随风飘下，两队人马应声而动。

骏马飞踏，校场上的黄沙随之震动。双方的箭穿梭在飘飞如雪的鹅毛间，满场都是“嗖嗖”的破空之声。

然而，视力和臂力不精者即便看准了目标，鹅毛也会被箭矢或马匹带起的气流卷走。满场万里挑一的骑射手，得中率竟只有十之一二。

很快，不少人的箭囊空了，他们只得悻悻地退场，场上还在较量的人只有乌阙和闻人蔺。

“眼下战况如何？”

“看不清啊！鹅毛和尘土挡住了视线。”

“这个北乌王子得中率极高，几乎箭箭都能射中鹅毛。战况不太妙啊！”

众人伸长了脖子观战，就连赵嫣也不自觉地微微前倾身子。

乌阙自认为发挥得不错，负弓望向太子的方向，似乎对他的姊妹志在必得。

风吹落最后一抹香灰，马背上的闻人蔺摸出最后一支羽箭，引弓搭箭，回身松指。笑着的乌阙只觉得颈侧一寒，箭矢无声地掠过，一连射中了在他身后飘飞的两片羽毛，最后稳稳地钉在了大玄的红靶上。

几乎同时，鸣金收兵，时辰到。

乌阙的笑仍僵在脸上，他下意识地摸了摸颈侧，仿佛那里还残留着箭矢擦过的冰凉之感。银貂皮毛被划开了一道口子，箭矢若是再偏一分……

乌阙龇了龇牙，浑身的热汗瞬间变得冰冷起来。

黄沙漫天，满场寂然。

“礼尚往来，失手了。”闻人蔺收起了弓，谦和有礼地道。

乌阙无端地觉得，自己只是一只被他睥睨的痴心妄想、无处藏身的蝼蚁。这一箭既是他的警告，亦是回敬。

北乌人从震慑中回过神来，顿时脸红脖子粗，咕哝着想要上前理论，却被乌阙抬手拦下了。

滚滚尘灰落定，草靶显露在众人的眼前。

看台上的人纷纷倾身探首去看双方的草靶，瞧清后顿时一片吸气声，只见闻人蔺的靶子上钉满了箭矢，每一支都穿着成片的鹅毛，密密麻麻的一片白。

报箭数的禁军扬起手中的红色旗帜，高呼道：“大玄共七人，二百一十支箭，一号靶射中五片羽毛，二号靶射中七片羽毛，三号靶射中……”报箭人顿了许久，数了又数，方用激动到颤抖的声音高声道，“三号靶，肃王射中了八十三片羽毛！”

八十三片羽毛！

每个人的箭囊中只有三十支箭，这意味着闻人蔺射出的每一支箭都至少射中了两片羽毛！

而北乌人那边，除了乌阙射中的二十六片羽毛，其他的靶上都只有零星的几片羽毛，根本无须再数！胜负一目了然！

在北乌人擅长的骑射方面，闻人蔺完胜。北乌人顿时脸色一僵，连乌阙也望向那钉着八十三片羽毛的草靶，陷入了良久的沉默中。

“好！”赵嫣起身带头鼓掌庆贺，眼中满是骄傲的光。

众臣如梦初醒，皆跟着用力地鼓掌、高呼起来。皇帝亦拍腿颔首，当场赏了肃王一张北乌进贡的强弓。

见大玄的皇帝以战败之方进献的强弓赏战胜之人，北乌人霎时间变了脸色，偃旗息鼓地下了场。

闻人蔺没有看草靶上的战绩，似乎这对他来说不值一提，满场的欢呼声和躁动亦与他无关。他解开袖子上的缚绳交到张沧的手中，披着大氅坐回位子上，皱着眉掸去下裳上的一点儿尘灰。

以他的座椅为中心，周遭鼓掌的群臣随之一顿，讪讪地安静下来，没人敢上前祝贺。

闻人蔺没有表情地转动手腕，捻了捻指腹，感觉到有轻微的滞涩感。校场的尘灰太大，身上的脏污令他十分不适，他现在只想扒下这层衣服，浸入水中好生清洗一番。

闻人蔺正准备离席，却见一只纤白的手悄悄地从座椅下伸过来，递给他一方干净的湿绸帕。他顺着那只手看去，发现赵嫣坐得端正，目视前方，嘴角却毫不克制地朝上翘着。

赵嫣见身侧之人没反应，轻轻地扯了扯闻人蔺的衣袖，又戳了戳他的腿，无声地催促着。

闻人蔺的眼中顿时泛起涟漪，他不动声色地接过那方湿绸帕，指腹在她湿凉的掌心上若有若无地蹭了一下。赵嫣纤白的手指一颤，顿时如羞花般蜷起来，缩了回去。

闻人蔺随意地坐着，用湿绸帕一根根地擦净手指，唇角的笑意一闪而过。

张沧站在二人身后，将这画面看得一清二楚，不由得在暗中搓了搓手臂上的鸡皮疙瘩，随即煞有介事地上前一步，怒目巡视，避免旁人窥探。

酉时，暮色初临，燕射在闻人蔺石破天惊地射中八十三片羽毛的战绩中落下了帷幕。

赵嫣没有用东宫的车驾，而是顺着宫道追上闻人蔺，准备抄近道回东宫。

“太傅！”赵嫣今天心情好，见眼下没有外人，便挨着闻人蔺比肩而行。

谁知闻人蔺皱了皱眉，躲开了一步。

赵嫣愣了愣，不死心地又靠了过去。闻人蔺乜了她一眼，直接伸手将她的脑袋转了过去，始终跟她保持一步的距离。

“怎么了？”赵嫣脸上的笑意淡了，她有些不解。

闻人蔺笑了一声，声音低沉地道：“本王在校场上沾了一身的尘灰，脏得很，殿下离本王远些。”

赵嫣舒了一口气，看向闻人蔺鲜艳依旧的殷红色的王袍和冷玉般的面容，拢着袖笑道：“哪里脏了？”

说着，她调整角度，让灯下自己的影子和闻人蔺的影子挨在一起。

闻人蔺看着她的小动作，没有拆穿。

“东宫的净室很大，你若不介意……”赵嫣垂下眼眸，轻声道，“你若不介意，就去那儿沐浴一番，会舒服很多，反正你上次换下的衣裳我命人浆洗干净了。”

闻人蔺轻勾嘴角，说：“好。”

东宫的净室中，落地灯盏中烛火明亮。赵嫣坐在屏风外的小榻上，听着里面“哗啦”的水声，思绪逐渐飘飞起来。

校场上那惊天的射术他可不能再拿“动动嘴皮，不算出手”来搪塞了。

“太傅。”她唤了一声。

闻人蔺仿佛看穿了她的心思，靠着浴池的边沿道：“本王出手，不是为了大玄。”

他不是为了大玄，那是为了谁呢？答案显而易见，呼之欲出。

赵嫣没有继续追问，亦没有得寸进尺地要求闻人蔺为她再退一步。

她微微蜷起撑在榻上的手，轻柔一笑：“不管你是为了谁，我都挺开心的！那可是三十箭射中八十三片羽毛的战绩啊！我生平第一次这般扬眉吐气。”说着，她将声音放低了一些，托着腮，看着自己翘起的脚尖说，“我也想成为太傅的骄傲。”

屏风后的水声停了，他半晌没有回应。

赵嫣反应过来，觉得自己这话有些像画大饼，很是肉麻，瞬时懊恼得恨不得咬掉自己的舌头。

“本王今日破例，实在是瞧北乌人不爽，并非想让殿下许诺我什么。”闻人蔺似乎含着笑，“当然，殿下如要报答，本王也照单全收。”

肃王府什么也不缺，她还能如何报答呢？净室中的空气一下子燥热起来，她不太自在地清了清嗓子。

在这片令人神思遐想的静谧氛围中，闻人蔺再次开了口：“可惜，殿下要报答本王也得过一段时日了。明天本王启程，赶赴洛州。”

赵嫣愣了愣，心仿若往下一跌。她抬眸看去，只见屏风后映出了一道高大矫健的影子，未着寸缕，肌肉线条一览无余。

“这么快？”她尚未回过神。

然而她仔细地想了想，洛州之事悬而未决，百姓甚至打起了前朝旧太子复辟的旗号，父皇的确不会再这么拖下去了。

闻人蔺走出浴池，将搭在屏风上的宽大的浴巾取下，往身上随意一围，就这样湿淋淋地走了出来。

赵嫣下意识地攥住了叠放在身侧的衣服，却见闻人蔺俯身靠近她，喉结上的水珠滑过锁骨，又沿着他硬实的胸腹淌下，没入了浴巾中。

闻人蔺保持着俯身的姿势，下颌的水便滴到了赵嫣的手背上。他垂下湿润的睫毛，气定神闲地提醒道：“殿下压着本王的亵服了。”

赵嫣忽然回过神，缩回手，柔软的亵服就从她的手下抽离了。

闻人蔺并未及时穿上亵服，而是略微侧首，吻了吻赵嫣的耳尖。

“今夜还有时间。”他道。

闻人蔺的漆眸中笑意深沉，蛊惑至极，潮湿的眉毛和睫毛根根分明，显得整个人落拓不羁。

赵嫣的心仿若被羽毛挠了一下，她仰着脑袋问：“有时间干什么？”

闻人蔺退后两寸，额前的两缕碎发垂了下来。他抬手按住了她被水珠打湿的手背，小臂上的青筋随之略微鼓起。

他说：“干什么都可以。”

那双眼睛深得能将人溺毙，他如敲骨吸髓的男妖，和平日里那副高不可攀的冷峻模样大不相同。

赵嫣仰首上前，主动碰了碰他的嘴角。

闻人蔺垂眸靠近，鼻息与她的相缠。她却倏地退开了一些，抬手抵着他又湿又凉的胸膛道：“我要沐浴。”

她眼中的狡黠之色一闪而过——诱惑人，谁不会？

闻人蔺微挑眉毛，单手握住了她的手腕，将她未说完的话语堵在了唇齿间。

过了许久，闻人蔺才松开她，朝外面唤了一声：“换水。”

赵嫣拥着斗篷瘫在榻上，胸口起伏，懒洋洋地瞪着闻人蔺，不想说话。

净室里的池子不大，不多时水便被换好了。

流萤放好干净的衣物，领着李浮等人又退了出去，掩上了房门。赵嫣起身解开斗篷，这才发现里面的绛色罗袍、中衣皆已被挑开了，亵服松散，挂在臂弯上——她甚至没察觉到闻人蔺何时“服侍”她宽了衣。

池水上白气氤氲，温热的水流减少了她身上的寒意，令她无比惬意。只是她束胸的绸带浸透了水，令她呼吸不畅，紧得难受。

赵嫣不自觉地往下滑，正犹豫是否要解开束胸，就见闻人蔺坐在汤池边，掬水淋着她的颈项。

他望着那片莹白的软玉，悠然地道：“我可以进来吗？”

赵嫣抬眸看了一眼并不算大的汤池，问道：“你不是已经洗过了吗？”

闻人蔺半垂的眸中映着波光的碎影，他将手浸入波光粼粼的池水中，俯身在她的耳畔又问了一遍：“我可以进来吗？”

这回赵嫣听懂了，经热水一泡，她的脸颊血气充盈。

她咽了咽口水，可又有点儿顾忌：“我不太想吃药，你马上就要去洛州了，都没人给我揉肚子……”

服侍她的宫人很多，但她只想窝在闻人蔺的怀里。

“不想吃药就不吃，殿下即便不说，本王也舍不得。”伴随着低沉的笑声，闻人蔺再次下了水，声音从她的正面贴着她的耳朵传过来，“本王以其他的方式，亦可。”

赵嫣蓦地感到胸口一阵轻松，杏白色的束胸绸带如月华般随波流去。闻人蔺轻松地将她抱起，埋头吻去她颈窝里的水珠。

一来一回，净室里水汽如雾，温暖似春。这热水泡得人晕头转向，赵嫣很快就坚持不住了，气短手酸，莹白光滑的皮肤泛起了淡淡的桃粉色。

她只好躺在池边防滑的干净的绒毯上透气。闻人蔺倒是神色如常，像泡不暖的寒玉，唯有唇上多了几分颜色，泛着些许水光。

他以双臂撑着池边，面无表情地将唇上的水珠舔舐干净。赵嫣移开了视线，脸颊燥得像要开裂似的，抬臂遮住了眼前刺目的烛光。

闻人蔺笑了一声，用湿淋淋的手指捻了捻赵嫣发烫的耳尖。

一片“哗啦”的水声响起，闻人蔺披衣缓步走出池子，以宽大的浴巾拥住赵嫣，及时为她擦净满身的水。他将她抱至榻上，让她倚坐在自己的怀中，再拿起一旁备在托盘上的干爽的衣物。

他用手指挑起叠放齐整的束胸绸带，握了握，道：“束胸勒久了会伤身。”

“等会儿我还要走回寝殿，还是束上吧，”赵嫣颇为苦恼地叹了一口气，“否则就算裹着斗篷也有些显形。”

闻人蔺松手看了一眼，颔首赞同道：“而今殿下长大了，不缚不行。”

赵嫣沉默了。

这个人为何总是一本正经地说这些？！

“这次要去多久？”赵嫣面对着闻人蔺盘腿坐在榻上，一只手按着绸带的一端，另一只手抬起，配合闻人蔺将绸带层层缠绕起来。

闻人蔺半垂着眼眸，原来来去自由、无牵无挂的世间孤魂此刻竟认真地计算起日子来。

“多则半载，少则两个月。”

“这么久……”赵嫣有些落寞，用抬起的手攥住了闻人蔺的袖摆，凑近后认真地说，“你这一去，别忘了你答应过我什么。还有，你要照顾好自己，按时吃药，不要生病、受伤！”

闻人蔺缠绕绸带的动作慢了下来，他一点点地将绸带的末尾塞入那片被勒平的细腻的软玉中，道：“本王不在身边时，殿下要先顾好自己。”好像突然想起了什么，他将手指从绸带中抽出，抬起深沉的笑眼道，“哦，本王忘了，殿下身边还有什么小王孙、小世子，殿下没有本王也能过得挺好。若本王一去不回，殿下说不定还乐得自在……”

“呸呸呸！你不要说不吉利的话！”赵嫣抬手捂住了闻人蔺的唇，拧起眉头道，“你不累啊？这嘴还有力气胡言乱语，他们哪一个有你放肆，敢在东宫……”

她将后面的话咽入腹中，不知为何，竟有些难过起来。

闻人蔺安静地垂眸凝视她，过了许久才吻了吻她的掌心。他既希望小殿下离他这样的人远些、清醒些，又不自觉地想要与之沉沦，表里不一，令人生厌。

闻人蔺自嘲一番，拉下她的手，将她拥入怀中。然后他为她披上衣裳，裹好斗篷，下颌抵着她的头顶轻轻地摩挲。

“本王会将张沧留下，殿下可差使他做任何事。”闻人蔺低沉的声音自头顶传来，慢悠悠的，轻且温柔。

赵嫣没有拒绝，舒展眉头，点了点头，倦怠地道：“好。”

一夜灯火尽，窗纸渐白。

第六章

身份大白

一

赵嫣翻了个身，而后倏地睁开了眼，摸到外边冰冷的褥子才算彻底清醒过来。闻人蔺天未亮就走了，没有吵醒她。

这是赵嫣回宫以来，第一次与闻人蔺长时间离别。

去年此时，她怕极了闻人蔺，还嫌他从蜀川叛党的营帐中归来得太早。现在同样是震慑乱党，赵嫣却希望他能早些回来。

日子仍旧是要过下去的。

天子万寿需要宴饮三日，所以十二月二十七，宫里就已空前热闹了。

皇帝于靖室内闭关参道，并未赴宴，由东宫和中宫代为主持宴饮。

与北乌洽谈期间，大玄自然要注重两国交流，待展示了有千年积淀的大雅之音后，便轮到了北乌人翘首以待的擂台比武。

这次四公主赵媗也在。她虽坐在女宾席中，被垂纱和隔帘挡着，然而风一吹，垂纱若隐若现，根本遮挡不严实。

北乌人的目光毫不避讳地随着飘舞的垂纱挪动，他们像赏玩一件什么即将入手的货物一般，时不时地与他们的十三王子嘀咕几句。赵媗则垂首静坐，光彩烨然，却十分沉默。

今日四姐姐一出现在宴席上，赵嫣便觉得不妙，再看看微微凝神摇着头的母后，便知这多半是父皇的意思。

或许对于天子和朝臣来说，下嫁一个卑微娴静的女儿、牺牲一个被退亲后声名有损的公主换来两国暂时和平的可能，是一桩极其划得来的交易。

流萤与坤宁宫里的何女史碰了面，交叠着双手不动声色地回到了赵嫣身边，低声耳语道："殿下，听闻永乐郡主也应赴宴，但寿康长公主以女儿年幼体弱为由驳斥了传旨的太监，一点儿情面也没给陛下留。恐怕和亲之事在今日之宴上就会被敲定。"

赵嫣心一沉，望向了北乌使臣的席位。

乌阙对纱帘后的女子没有感觉，起身行礼，问道："皇后娘娘，怎么只有一个公主在？我记得大玄还有三位貌美如花的适龄公主待嫁。"

魏皇后端庄地道："三公主于观中修行，为君父祈福，其身侍奉神灵，终身不嫁。"

"那小公主呢？"乌阙的声音明显高了些。

魏皇后道："此人品行有失，难堪重任，已被放逐离京。今日大玄宴请贵客，以盼两国修好，不必提扫兴之事。"

按理说，公主即便犯了大错，皇后也不该在宴会上当着众人的面提及。不知是不是天气寒冷的原因，赵嫣从母后冰冷庄严的声音中听出了一丝细微的颤抖。

"即便两国真要和亲，大玄送出去的公主也是大玄对北乌的恩典，而非在集市上被买卖的物品一般，任由贵方的使臣挑选。"席间，御史台的陈伦起身发话，北乌人的交谈评论声这才收敛了些。

"席上的公主贤淑端庄，听闻还精通文墨，想必能为北乌带来智慧和手艺。我等心向往之，这才多看了两眼，实在失礼。"乌阙说着，朝座上的魏皇后再行一礼，耳朵上的银环"叮当"作响，"鄙人有一提议，若此番比武北乌获胜，大玄可否准允两国联姻之事？北乌王族的勇士任这位公主殿下挑选。"

赵媗搁在腿上的双手瞬间握紧了，她适时地开口道："此等大事须从长计议，怎可如儿戏以切磋输赢定论？”

乌阙将目光投向了赵嫣，眼睛微眯，问道：“少了肃王这位大玄第一战神，诸位莫非怕了？”

这虽是拙劣的激将法，却偏偏有效。涉及国之脸面，大玄不可能退缩。

赵嫣悄声吩咐流萤：“告诉孤星他们，今日的切磋一定要赢。”

宴饮过后，比武切磋正式开始。

大玄侍卫多以招式灵巧取胜，而北乌人一个个膘肥体壮，耐力极强。几轮下来，大玄派出的侍卫败了大半。

孤星一个人过了五关，最后因体力不支败下阵来。

撑到最后一局的人是张沧。

此人五大三粗，身手极为彪悍。几十招之后，他一脚将那名最厉害的北乌大力士踹下擂台，转了转胳膊道：“还有没有人？赶紧上！”

北乌人立即将那名怒目圆睁、按着胸口的大力士搀扶下去。

在席上看得饶有兴致的乌阙此时起身了，朝擂台上走去：“别急，勇士，北乌还有我没上场呢！”

乌阙十指对握，活动了一番筋骨，而后如豹子般俯身起势，露出了唇边的尖牙：“小心点儿，我要攻你的下盘了。”

说着，他沉下目光，瞬时换了一个人似的，出招如闪电。

张沧一开始尚能应付，可这小子出招就出招，偏偏嘴上说个不停，说着攻下盘，手却劈向了张沧的面门。

张沧是个一根筋的武痴，被乌阙扰得十分烦闷，招式渐渐乱了，露出了破绽。

张沧跌出擂台时，赵嫣站起身，脊背一阵发凉。

“对不住啊，太子，是卑职大意了。”张沧忍着疼痛站回赵嫣身边，八尺多高的大高个低着头，像个做错事的孩子。

“不怪你，你算计不过他。”赵嫣低声安慰，于心间飞速地盘算是否还有可用之人。

台上之人恐怕只有闻人蔺和仇醉能压制住，可是仇醉行踪不定，来不及了。

她实在想不到还有何人能补上这个空缺。

“大玄还有谁应战？”迎着北乌人刺耳的掌声，乌阙高声道，“若无人应战，就当我……”

“我应战！”

平地里传来一声清朗的声音，赵嫣顺着众人的视线望去，只见裴飒身着藏青色的武袍大步而来，目光扫过被轻纱遮挡的女宾席位，而后定格在乌阙身上，利落地翻上了擂台。

赵嫣注意到裴飒以手撑地时，他的断眉微不可察地蹙了一下，俨然是上次的骨裂未愈。她顿时一颗心悬在嗓子眼，难以置信地念叨着：“他有伤，这只手是不打算要了吗？”

台上的乌阙似乎看穿了裴飒的情况，目光落在他的右臂上，说：“我不欺负伤员。”

裴飒“扑哧”一笑，道：“输给伤员才叫丢脸。”

说罢，裴飒将双腿一前一后地叉开，右手握拳负在身后，左手化拳为掌，做了个“请”的手势。

乌阙燃起了兴趣，单手按胸行了个礼，而后目如疾电，一拳带着“呼呼”的风声砸向了裴飒的面门。

裴飒侧身轻巧地躲开，可乌阙的第二招、第三招已接二连三地到了眼前，根本未给他喘息之机。

裴飒抬臂格挡，连连后退数步，靴底在擂台上擦出一道醒目的痕迹，而后才停在擂台的边沿。

再退一步，只一步，他就要摔出擂台了。

赵嫣不由得捏紧了双拳，仿佛在台上较量的人是她自己。她阻止不及，只能坐回位子上，思索下一步对策。

台上，裴飒动用了受伤的右臂，撑着乌阙的肩翻身一跃，绕至乌阙的身后。乌阙失去了目标，反被自己的力量带得朝前一扑，险些扑出擂台。裴飒的腿自背后袭来，乌阙不得不用手攀住木桩围栏，掉转身子，翻身躲开，一掌回击在裴飒的右肩上。

钻心的剧痛袭来，裴飒稳若磐石的下盘露出了破绽。他被乌阙趁机横扫在地，一拳击在胸口，身子朝上一仰，霎时间咳出血来。

帷幔后，女宾席位上传来了茶盏坠地的碎裂声，然而这道声音被众人的议论声掩盖，无人在乎。

赵嫣攥紧了手指，道："太医呢？叫太医来！"

"太子，再等等。"张沧出声，示意赵嫣朝台上看去。

在乌阙以为胜券在握之际，裴飒捂着胸口艰难地站起来了，一把拭去了嘴角上的鲜血，说："再来。"

乌阙惊讶地睁大了眼睛。他很清楚自己方才用了多大的力，此时这个年轻人恐怕已经断了胸骨，每一口呼吸都该带着尖锐的疼痛才对。

"你……"

"再来！"

裴飒挥拳上前，乌阙避之不及，连忙交叠双臂格挡，被击得连连后退，后腰硌在木桩上，把木桩砸出了一道裂缝。疼痛没有让乌阙退缩，反倒激起了他骨子里好斗的天性。

然而裴飒无论被打倒多少次，总能摇摇晃晃地站起来，睁着充满血丝的眼，以嘶哑的声音道："再来！"

他口鼻溢血，大口喘息着，明明忍着那样的剧痛，却仍能第一时间调整呼吸，宁可舍弃受伤的右手，也要狠厉地挥出拳去。

乌阙觉得看到对面站着的人仿佛不是少年，而是一只被逼入绝境的困兽，正拼命地守护身后如视至宝的东西。

"不是……你至于吗？"在裴飒不知疲惫的攻击下，乌阙的呼吸乱了，格挡得越发频繁，"喂，你身上至少有四根骨头断了！你都这样了，还坚持什么啊？"

然而回应他的只有一声声和着瘀血的"再来"。

"砰！"乌阙的下颌被击中了，上下牙齿骤然相撞。他后退两步，捂着鼻子，吐出了一口带血的唾沫，鲜血从指缝中溢出。

地上的血分不清是谁的。

"住手！"赵嫣起身低喝。

按照眼下的情况，胜负已经不重要了。

她稳住声音，命令道："都停下，父皇万寿在即，不可见血，伤了和气！禁军何在？"

"卑职在！"

"去将他们俩拉开！今日的切磋到此为止。"

大概从未听过太子这般严肃地发号施令，禁军不敢怠慢，连忙将台上的二人搀扶下去，切磋以平局告终。

赵嫣挺直了脊背，回过神来才发现掌心已被自己掐得生疼。她快步离席，于无人的角落里扶住漆柱，将憋在肺中已久的那口浊气徐徐地吐了出来。

这已是最好的结果了。

身后传来凌乱而轻微的脚步声，赵嫣整理好神色，回首看到了双目湿红的赵媗。

她哭过了，脸上的脂粉有些斑驳，仿佛被剥离了漂亮的装饰，露出了被规训得伤痕累累的内里。

"谢太子救裴世子一命。"说着，赵媗朝着赵嫣屈膝，欲行大礼。

"四姐姐，不可！"赵嫣扶住了她，温声道，"你是姐姐，怎可对弟弟行大礼？"

赵媗坚持行了礼，细声细语地道："除此以外，我无以为报。我这样的人怎值得太子与他如此相待？"

"四姐姐，你是很好的女子，腹有诗书，才华横溢。"赵嫣道。

"若和亲真能换来两国百年安宁，我会顺从，只是……"赵媗顿了顿，眼睛渐渐红了，"只是我不明白，为何换取两国百年安宁的人一定是女子？为何偏偏是我？"

这句话甚至算不上质问，却在赵嫣的心里激起了共鸣。

她若没有被逐去华阳行宫，若不曾顶替赵衍的身份坐于高位之上，今天被当作交易的筹码推出去的人未必不会是她。

天边的寒鸟掠过，留下了一行灰影。

赵嫣拿定了主意，慢慢地抬眸，沉静地道："四姐姐，我有办法。"

二

临近除夕，东宫上下已换上了簇新的嫣红的灯笼。

窗纸上泛着一层柔暖的光，赵嫣披衣顿笔，看向立于门外抱拳的孤星，问道：“北乌使臣那边有何动静？”

孤星道：“朝廷派鸿胪寺二卿亲自陪同使臣游逛京城胜景，博览物宝天华。但自昨日起，十三王子一行人便只对勾栏瓦肆、秦楼楚馆感兴趣，四方馆中歌姬舞女往来不绝，夜夜笙歌。”

赵嫣凝思了一会儿，微微一笑，说：“你们这些时日辛苦些，务必盯紧他们。凡是与北乌人接触过的人，无论歌姬、乐伶还是商贩、禁卫，都要严加盘查。”

孤星肃然称“是”，领命退下了。

赵嫣接过流萤递来的手炉焐了焐手，半晌，捏着手中浸满了墨汁的笔在宣纸上画了一条浓重的墨线。

“我原先只是反感二姐姐的悲剧重演，而今看来，和亲之事绝不能成。”

流萤不解，忍不住问：“殿下为何如此抵触四公主与北乌和亲？”

“我并非为四姐姐，换成别的宗室女子和亲，我亦不赞同。”赵嫣搁下笔，剖析起来，“北乌若真看重和亲，希望两国重修旧好，就该注重自身名节，将精力放在学习大玄领先的耕种和手艺上来，而非如眼下这般到处找美人享乐。他们沉迷于声色犬马，要么是为了让我们放松警惕，以为他们是鲁莽轻浮之人，不足为惧；要么就是还有别的目的，暗度陈仓。由此可见，他们和亲的心多半不诚。”

流萤恍然大悟，很快又皱起眉头，说：“圣心难测，殿下要化解此局实非易事。”

其实化解之法很简单，这世上唯一能压得过皇权的东西便是天授。

太常寺下辖的太卜署司卜筮之法，按照旧制，要于和亲之前在群臣面前合八字、测吉凶。赵嫣只需要令占卜为大凶之卦，父皇必会重新考虑两国和亲之事。

巧的是，太常寺卿容仕青正是容扶月的亲兄长。

这招看着简单，实际十分凶险，稍有不慎，便落得个篡改国运之罪，赵嫣也是再三思索才敢做此决定的。有今日裴飒死守擂台的佳话，大玄的士气正盛，她趁热打铁，事情就成了大半。

想起了什么，赵嫣问：“母后那边可派过女史前来询问？”

流萤道："不曾。殿下有何顾虑？"

"我总觉得母后好像知道了些什么……"赵嫣止住了话头，想起自己在坤宁宫里请安时母后欲言又止的神情，摇着头轻叹，"没什么，我有些乏了。"

流萤放下挑灯芯的铜针，福礼道："奴婢去命人伺候殿下更衣就寝。"

赵嫣看着面前学完的《贞观政要》，合拢书卷，抵着下颌自言自语："你圈画的几篇文章我都看完了，遇到不懂之处，连个询问的人都没有……"

她正自言自语着，李浮迈着碎步来了，一进门就笑道："殿下，有信儿了。"

赵嫣抬眼问道："什么信儿？"

李浮道："洛州的来信。方才肃王府的张副将亲自送来的。"

赵嫣手中的书卷险些坠地，她连忙直身道："给孤拿过来。"

李浮将装在小竹筒中的密信呈上，随即躬身退至一旁，目不斜视。

信约莫是飞鸽传书送来的，字条只有二指宽，上面用熟悉而遒劲有力的字体写着八个字：

欲揽长风，留之于怀。

"长风"一词颇有深意，既是檐下的长风，亦指她这个长风公主。

闻人蔺总喜欢说这些似是而非的言辞，话中有话，勾得人心痒痒的。赵嫣一扫倦怠之色，眼睛顿时亮了。

她撑着下颌思索片刻，有了主意，然后吩咐了李浮一声。李浮手脚麻利，很快就去库房里将东西寻了过来。

赵嫣要的东西是一只全新的玉片占风铎，巴掌大小，稍稍见风便会"叮当"作响，悦耳至极。

赵嫣提笔润墨，裁了信笺，仔细地回信：

长风无形，呢喃有声。风吹玉振，请君聆听。

她对自己这番答复满意极了，撑着下颔笑了许久，方将占风铎小心地装入垫了绒布的木匣中，交给张沧，送去洛州。

流萤备好香汤和棉巾，再次回到寝殿时便见方才还困倦的小殿下眼神明亮，神清气爽地翻阅着肃王勾画的书卷。

赵嫣道："再等等，我现在精神好极了，温会儿书再睡。"

流萤莫名其妙地看向李浮，李浮笑而不语。

次日，太卜署占卜过后，和亲之事果然暂被搁置了，相关的奏折也被皇帝退了回去。

赵嫣松了一口气，知晓自己的计划多半成了。

接下来两天，前朝和后宫一片风平浪静，人人沉浸在天子万寿和新年将近的喜庆氛围里。

除夕夤夜，寅时哈气成冰，赵嫣被流萤从睡梦中唤醒了。

赵嫣睁开眼睛，只见烛火昏昏，素来一丝不苟的流萤披着衣服跪在榻边，连发髻都未来得及梳齐整。

她被吓了一跳，睡意全无，连忙抬手撩开纱帐问："发生何事了？"

流萤张了张嘴，声音干涩地道："许婉仪生了，是个小皇子。"

什么？

赵嫣愕然地道："许婉仪的产期不是在年后吗？她怎么会提前分娩？"

想明白了什么，赵嫣骤然心间一冷。

今日是父皇的万寿之日，这个孩子有"祥云入怀"之吉兆，生辰又与天子同日，可谓占尽了祥瑞之兆。

世上哪有这般巧合之事？许婉仪为了恩宠和权势，还真是无所不用其极。

不，许婉仪没有这般计谋和胆量……其背后之人到底是谁？

"现在并非忧虑的时候，你先起来。"赵嫣掀开被子，扶起流萤，"更衣，我要入宫见母后。"

坤宁宫内灯火通明，却无半点儿说话的声音。

也对，许婉仪诞下皇子，内宫之人自然都捧她去了。

魏皇后显然一夜未睡，晨妆虽精致，却难掩她眼中的疲惫之色。她命女史赏了许婉仪体面的贺礼，方转身望向入殿的赵嫣——这个顶替她死去的儿子稳住局势近一年的女儿。

“你知晓许婉仪诞下皇子意味着什么吗？”魏皇后的声音嘶哑，藏着太多情绪。

“知道。”赵嫣平静地回答，“意味着‘赵衍’不再是大玄唯一的皇子，不再是父皇唯一的选择了。”

“本宫这半生，入宫为妃，又继任为皇后，兢兢业业地扶植东宫，从未有半点儿遗憾。而如今，本宫……”魏皇后深深地呼出一口气，方扶着凭几缓缓地闭目，“你现在抽身还来得及。”

“我一走，东宫没了太子，刀刃就会悬在母后的头上。”赵嫣冷静地说，“何况我心中已有猜测，需要进一步证实，赵衍之事背后……”

“朝中算计，唯利益二字尔！你以为出了什么事，闻人蔺真的会护着你吗？”魏皇后打断了她，声音低沉沙哑，急促地道，“他蓄谋已久，亦是在你身侧虎视眈眈的人！”

赵嫣微微睁大了眼睛。

熏香袅袅飘散，殿中静得只有两个人的呼吸声。一阵沉默过后，赵嫣垂眸，无奈地低声叹道：“您果然都知道了。”

魏皇后不语，千言万语无从诉说。做母亲的哪能全然不知东宫里的动静，不知女儿的想法？她铁血半生，从未有过半点儿遗憾，唯一后悔的事就是去年不该为了什么大义和格局将最后一个孩子拉入洪流之中……

但她能怎么办呢？除了遮掩，她连厉声苛责赵嫣的资格都没有。

“我确实想过借助他的博学与力量……但他若真的背信弃义，我亦不会手软。”许久，赵嫣开口，低声温柔地说，“此生愿效拂灯夜蛾，虽死而向光明。母后，我想再借兄长的一份力量。”

魏皇后愣住了。

一样的模样、一样的话语、一样的温柔且坚定的神情……这是她的女儿最像她儿子的一瞬间。

可她此刻只剩下满心疮痍。

“本宫已经失去一个孩子了，不能连你也失去。”

身后，魏皇后的声音穿过大殿而来，带着一丝颤抖。

赵嫣停下脚步，仿佛得到了一个跨越多年的答复，没来由地喉间哽咽，鼻子发酸。

黎明挣脱了黑暗，破晓的冷光斜刺出来，照亮了万间宫阙。

永麟殿前的空地上，内廷正在筹建鳌山灯，预备在半个月后的元宵灯会上用。鳌山灯如今已有雏形，鲜艳精湛，巧夺天工。

赵嫣换了一件绯红色的罗袍，束着紫金冠，刚入永麟门便见柳白微穿着金玉二色的华服走来了。

“怎么来得这般晚？”柳白微颇有少年气地挑着眉，张口便是质问，一如既往地跋扈。

“哎，让开些，你挡住本郡主的路了！”霍蓁蓁从柳白微身后探出头来，拉着赵嫣的手悄悄地耳语道：“我知道许婉仪生小孩了，但是太子哥哥不要担心，有我护着，谁也抢不走你的东西！”

赵嫣听后觉得既暖心又好笑，重新审视这个儿时的冤家，发自内心地笑了一下，说：“多谢郡主厚爱。孤努力。”

寿宴的排场空前大，宾客熙来攘往。

北乌使臣带来的舞姬献了一曲极具异域风情的手铃舞，引得满堂喝彩。

舞乐结束便是贺寿的环节。

一位宫中的道士进献了一块山峦形状的翠玉摆件，名为“山河永寿”。如此成色的翠玉已是罕见，更遑论如此庞大、完整的一块了。

一时间，众臣“啧啧”称奇。也有人不服，疑惑地问道：“它既然名为‘山河永寿’，为何只见山而不见河？”

进献之人更是得意，执着拂尘跪拜道：“陛下，此玉乃从摘星观的地基下挖出的神石，最为奇特之处便是一经火烤就会变色，可见是天降吉兆。”

这一番话吊足了众人的胃口，皇帝道了一声“好”，示意道士向众人展示。

内侍挪来了火盆，围着翠玉烘烤。众人伸长了脖颈，果然看到随着温度升高，那翠玉渐渐颜色变淡，变成青白色，宛若名川大河，湍流毕现。

这下，先前质疑之人也无话可言了。

但随着翠玉的颜色继续变化，围观之人皆变了脸色。

“快看，玉石上有字！”不知是谁惊呼了一声。

赵嫣闻声望去，果然看见青白色的玉上渐渐地显出一行鲜红色的字：

七月之中，女祸窃政。以假乱真，神民共愤。

顿时，殿内仿佛沸水入油锅，满堂哗然。

洛州，州府堂内。

檐下悬挂的玉片占风铎“叮当”作响，铃铛下方用极细的棉绳挂着一张飘飞的字笺，上面写着两行端正的字：

长风无形，呢喃有声。风吹玉振，请君聆听。

闻人蔺负手而立，听着清脆的铃声，仿佛真有所思之人在耳畔呢喃。

鹞鹰掠过屋脊，带来了京中的情报。蔡田取下鹞鹰足上的信筒，展开情报一瞧，顿时变了脸色。

闻人蔺接过字条扫视一遍，目光渐渐冷了下去。

冷风吹来，檐下的占风铎乱了节奏，玉片拼命地撞击、交缠在一起，发出了急促的声响。

“那些事都是仙师指使我们做的！是他让我们打着废太子的旗号起义的，当年和监军太监勾结的人也是他……”阶前传来一个男人惨烈的求饶声，断断续续的，“求王爷……”

这粗哑难听的声音盖住了风中清脆的铃声。

闻人蔺合拢五指，攥紧了那张字条，直至它化作碎屑飘落下去。他微微垂眸，朝着不断哀求的男人比了个噤声的手势。

“本王家中出了点儿事，现在心情差极了。”他望着战栗不止的男人，语气平静无波，“安静些，速战速决。”

三

永麟殿内，进献“神石”的道士面如死灰。

满殿的臣子惶惶不安。北乌使臣大多看不懂大玄的文字，不知其意。乌阙虽认识一些，但此时有些拿不准，只扫视面色各异的文武大臣，饶有兴致地看好戏。

还是礼部尚书首先察觉出不对劲，及时起身，寻了个理由，将北乌使臣领了下去。

外人一走，朝臣便纷纷议论起玉石上的这行字暗指何人。

然而，皇室中于七月中出生、且有过“以假乱真”的流言的人只有一个……

赵嫣将双手搭在膝上，坐得笔直端正，垂眸盖住了眼中掠过的讥诮之色。

这块“神石”并不在礼部呈上的礼单之内，自方才道士出场，她心中便有了不祥之感。

果然，这一局是冲着她来的。许婉仪提前二十多日分娩，将她以上元节为节点的所有计划尽数打乱，令她措手不及。

越到此时，她越需要镇定。

座上的皇帝面色微沉，看向一旁的魏皇后，问道：“皇后，你怎么了？”

魏皇后尚端着杯盏，骨节苍白，酒水已洒出了小半，弄湿了她华美沉重的凤袍。

她起身跪拜，几乎用尽了全身的力气，道：“此人包藏祸心，无视君威。臣妾实不忍心在万寿时使陛下扫兴，坏两国之约。臣妾失仪，请陛下降罪！”

“拿块绸布，将神石盖起来。”皇帝在袖中摩挲着五指，对在殿中跪着的道士说，“你解一解此言。”

道士的目光在太子身上一扫而过，他伏地跪拜道：“此乃天机神谕，贫道不敢解。”

“哼，不敢解……太子，你认为如何？”

被点到的赵嫣出列，风姿昳丽纯净，清朗地道：“小皇子才诞生，这‘神石’就被送到父皇的眼前。如此巧合，是人言还是神谕，儿臣不敢断言。”

她一语切中要害，殿中的嘈杂声更甚。

皇帝从鼻腔中发出了无声的叹息，拍了拍腿，起身道：“将此物送去太极殿。朕乏了，诸卿都退了吧。”

赵嫣和众臣行礼，跪送皇帝离席。

满桌珍馐成了摆设，无人品尝。

永麟殿阶前，李恪行仰首看着皇城上空的灰影，呼出一口白气，说：“要变天了啊。”

周及回望殿中，眉头紧锁。

阴云下，鳌山灯耸立，赴宴之臣三五成群，窃窃私语。

“太子殿下和长风公主是七月十八出生的，难道神谕在暗示太子是假的？”

“若真为牝鸡司晨、鱼目混珠，这天下就没王法了啊！”

“诬蔑东宫太子是抄家灭族之罪！”朔风几乎将柳白微金玉二色的袍服撕裂，他大步迈下石阶，握拳冷哼道，“小皇子才诞生不到半日，就有贼人构陷太子，这是什么心思，明眼人都瞧得清楚！你们沆瀣一气，简直其心可诛！”

人群顿时噤若寒蝉。

许久，有人徐声道：“可是总得证明一下吧？”

“证明什么？本郡主就是最好的证明！”霍蓁蓁不知从哪儿冒了出来，气呼呼地道，腰间的金铃清脆地响着，“太子哥哥就是太子哥哥，不是其他人！我与他亲近，不是夫妻胜似夫妻，我难道还分不清真假虚实吗？”

“蓁蓁！”寿康长公主拥着雪貂皮走来，华丽的紫袍宫裳沿着石阶层层滑下，像一朵怒放的盛世牡丹。

众臣连忙拱手让路，恭敬地道：“长公主。”

被打断的霍蓁蓁不服：“本来就是啊！他们为什么总逮着太子哥哥欺负？看他不是皇上唯一的儿子了，他们就这般……”

“霍蓁蓁！”寿康长公主沉声喝道。

霍蓁蓁素来受尽娇惯，还是第一次听母亲用这般严厉的语气直呼她的名字，不由得张着嘴，满眼难以置信的神色。

无忧无虑的女儿并不知深浅，亦不知三番五次的流言背后必有玄机。此番寿宴是东宫太子尽心操办的，那孩子并非无能之人，能越过东宫将“神石”搬上大殿，在众臣的心中埋下怀疑的种子的人还能是谁？

一旁的柳白微似乎也想通了，面色微变。他顾不得礼数，转身朝永麟殿走去。

永麟殿中空无一人。

没有殿下的准允，宫婢、内侍不敢上前撤酒食。烛台摇曳，佳肴和美酒如同灵台上的供品，死气沉沉地摆在食案之上。

“出了长庆门，有人会驭车接你。车中有早就备好的宫牌和内侍的衣帽，你换好后直接出宫，去华阳行宫寻求太后娘娘的庇护。”偏殿内，魏皇后凤袍拖地，面容在烛影中呈现出苍白之色，压低声音道，“无论发生什么事，你都不许回来。”

赵嫣抿了抿唇，然后轻声问道：“那母后呢？”

魏皇后的目光顿了一瞬，而后重新变得坚毅起来，她说：“本宫自有本宫的办法。”

“朝局如网，进来容易出去难。我一退，必定得有人出来顶罪。口诛笔伐之下，父皇不会对母后容情。”

“你就当这是本宫欠你的。”魏皇后道。

“可东宫数百口人，张煦、柳白微，以及与东宫有过交集的人并不欠我什么，不必受我牵连而死。”

“若要拖延时间，只有一个办法……”魏皇后眸色深沉，铿锵地低语道，“太子娶一个信得过的女子，堵住悠悠众口，然而……”

“然而此举亦是危险的，且非长久之计。”赵嫣自嘲地一笑，抬眸道，“母后，你我都清楚如今要动东宫的人是谁，这时候就别牵连别人家无辜的女孩了吧？”

魏皇后顿时语塞，半晌后扶桌而立，声音颤抖地问道：“那你要如何？让本宫眼睁睁地看你被查清底细然后受死吗？”

殿外传来一阵急促的脚步声，柳白微喘着气快步走进来了。

“皇上身边的冯公公来了——他一来铁定没好事！你先同我走，称病避一避再说。”柳白微一把抓住赵嫣的手腕，朝魏皇后道：“娘娘，臣冒昧将殿下带走了。”

他拉了拉赵嫣，没拉动，不由得愕然回首，说：“殿下，你……”

“我不能退。”

“你疯了？！”

“你就当我疯了，我要迎难而上，赌一把。”赵嫣将自己的手腕从柳白微的掌心一寸寸地抽离出来，望着面前最关心她的至亲和挚友，冷静地说，“我如果赌对了，就有法子让所有人活命，非如此不可。”

柳白微徒劳地朝前攥了攥手指，像要挽留向下漏的流沙，却抓了个空。他将手指渐渐捏成拳，嗓音哑得不成样子：“你若赌输了呢？”

赵嫣沉默片刻，而后抬起明媚的笑眼，微微歪着头道：“不会的。阿兄的赌运那么好，我想借一份他的气运。”

她的笑容如此洒脱，如同阳光下撞上礁石的水花，澄澈却易碎，刺得人眼圈通红。

大殿外传来了冯公公问询的声音，赵嫣望着柳白微和魏皇后，道：“没时间了。白微，不管发生什么，你们万不可面圣陈情，听明白了吗？”

“我们能做什么？”

“什么也不必做，你们是我的后手，只有把自己摘出去才是对我的帮助！只有你们没被牵扯进来，我才有反击的可能！”

话音刚落，冯公公已至偏殿外，躬身请示道：“太子殿下，圣上有召。”

垂帘微动，赵嫣缓步从内间走出，露出一贯温和淡雅的笑，问道：“孤不胜酒力，于此小憩了片刻，怠慢了圣谕。公公可知父皇召孤何事？”

“陛下哪，自宴上归去就不太爽快，犯了头疾，召二位皇子伴驾侍疾。”冯公公见太子素来仁善，对他们这些奴婢颇有礼数，便悄声多说了两句，“如今乳母已将刚出生的小皇子抱去了，就等着您呢！您是最知礼的，可别让圣上久等。”

赵嫣笑着道：“好，有劳公公带路。”

见赵嫣的身影远去，内间里的柳白微攥着拳头，指骨泛白，咬牙切齿地问：“娘娘，我们难道就这么眼睁睁地看着小殿下卷入危险之中，受万人指责？”

魏皇后双眼微红，看向面前神清骨秀的少年，说了个不相干的话题：“你做柳姬时，本宫就不喜欢你。”

柳白微愣了愣，低头一笑：“原来娘娘都知道了……我也不喜欢娘娘，但现在不是翻旧账的时候。”

“可本宫的两个孩子都希望你活。”魏皇后话锋一转，转身闭目道，“你们读书人，笔墨就是武器。听她的话，你要保全实力，现在还未到冲锋陷阵的时候。”

“那娘娘呢？”柳白微忍不住问。

魏皇后没说话，睁开双眼，抬手摘下头上的凤冠，任由三千青丝倾泻，迎着光朝外间走去。风撩起了她的长发，她提着凤冠，像横刀而立的女武神。

太极殿，暖阁中。

这是赵嫣第二次踏入父皇参道的休憩之所。这里降真香浓重，夹杂着一丝若有若无的清淡的异香，这香味不同于闻人蔺的解药的那种冷香，而是清淡的她略微熟悉的味道。

紫檀嵌玉的地屏外，赫然摆放着那尊“山河永寿”翠玉。

屏风内，皇帝身着直领大襟道袍坐在龙榻之上，怀中抱着刚出生的小皇子，时不时地用手指逗弄他一番。

赵嫣立侍在外，直至皇帝将小皇子交给乳母，方上前一步，撩袍跪拜道：“儿臣给父皇请安。闻父皇龙体微恙，儿臣惶然，愿为父皇侍疾。”

皇帝按了按太阳穴，抬眼望向屏风后那道模糊的纤细的身影，说：

“你有这份心是极好的。”

一旁侍奉的冯公公闻言，捧着一只玉碗上前道：“陛下的头疾许久未愈，如今金丹缺一味药引，二位殿下忠孝无双，想必会为君父分忧。”

赵嫣平静地问道：“不知父皇缺什么药引？”

冯公公不露声色，恭敬地道：“至亲的纯阳之血最有效。”

闻言，赵嫣望向外间正在乳母怀中熟睡的新生婴儿，心中蓦地生出了一股心寒之感。

什么药引？那不过是逼她自行认罪的幌子罢了。

赵嫣不知这只玉碗里的水被动了什么手脚，只知道若她的血无用，而小皇子的血有用，那么只有两种可能：一是她非纯阳的男子之身，而是至阴的女子之身；二是她非至亲血脉，皇后要被扣上玷污皇家血脉的污名，定下死罪。

赵嫣只能选择前者。

正因如此，她才能确定今日的危局到底是谁在背后推动的。

赵嫣反而镇定了下来，感觉头脑前所未有的清明。她半垂着眼眸，盖住了眼尾的小痣，极轻地笑了一声。

皇帝一直在观察她的动作，闻声问道：“你因何在御前哂笑？”

“儿臣只是想起了一个死囚的话。”赵嫣的语气轻松了起来，她淡淡地说，“我现在终于知道，为何魏琰说我再走下去只会得到一场必败的局。”

帝王的权术之下，人人皆为蝼蚁。帝王翻掌生，覆掌死，普通人如何翻得了天？

皇帝神色微动。

魏琰……他有一段时间没有听到这个罪臣的名字了。

他起身从屏风后走出来，居高临下地审视面前这张既熟悉又陌生的少年的脸庞。

一名内侍打破了室内死寂的氛围，请示道：“陛下，皇后娘娘正于阶前脱簪长跪，请求与太子殿下一同伴驾侍疾。”

“别让她进来！”赵嫣沉声道。

内侍从未听太子用这般严肃强硬的语气说话，一时愣住了，进也不是，退也不是。

赵嫣眸中映着两簇灯火，不卑不亢地说：“儿臣不想用这张脸面对母后。接下来的话是儿臣与父皇之间的体己话。”

皇帝的眸中闪过一丝疑色，他抬手屏退了所有宫人、内侍。

赵嫣徐徐地吐了一口气，道：“这些年，父皇是怎么看待东宫太子的？他是贤良仁善的少年楷模，还是一枚病弱体衰、被养废的棋子？”

皇帝沉声道：“是谁教你说这样大逆不道的话的？”

“没有谁，是儿臣想问父皇，赵衍为人臣、为人子，可有半点儿辜负圣恩之处？”赵嫣轻声说道，“我还想问父皇，您同情过这个少年，或者说，您拿他当儿子看待过吗？”

皇帝不语，目光中多了几分复杂的探究之色。

赵嫣微不可察地晃了晃，然后稳住身子，坦然又倔强地回望过去。

“您对您的子女，可有过生父的怜悯与容情？”

皇帝垂在身侧的手微微一蜷，他笑了一声。

“朕不对你们容情？”他来回踱步，指着赵嫣问，“朕若不对你容情，不念及骨肉情分，你此刻就该被司仪女官剥去衣冠，验明正身！你敢吗？！”

赵嫣捏着袖边的手一紧，随即又松开了。血液上涌，充盈着她苍白的指尖。

皇帝语气沉重地说：“衍儿之死，朕亦痛心！朕忍至今日是无奈之举，然而你实在狷狂，不知乖顺。”

“您果然都知道了，”她轻轻一笑，像知道尘埃落定一般，“或者说，一开始就知道了。而今雍王父子已死，您后继有人，这个傀儡便再无用处了。您可以把他一脚蹬开，当着群臣的面斩断他所有的退路，是这样吗，父皇？”

皇帝先在大殿上威压，后在暖阁里怀柔，如此攻破人的心理防线，这就是帝王之术啊！

可惜她素来不是个安分的傀儡。她会寻真相、杀仇敌，会舞动爪牙撕开束缚她的丝线，抗争到底。

见皇帝再次沉默，赵嫣便知自己赌对了。她现在可以顺着这条裂缝，为其他人撕开一条生路。

“现在那个在外间脱簪长跪的妇人是父皇的发妻。近二十年来，她行事果决，从不争风吃醋；深明大义，从不徇私。即便亲弟弟犯了王法，她亦大义凛然地跪请父皇严惩。”赵嫣抿了抿唇，“父皇看着她赌上一双儿女的性命以稳定朝局的时候，看着她如履薄冰、夜不能寐的时候，可曾对这个妇人有过一丝愧疚之心？”

往事历历在目，皇帝收敛了神情，缓缓地叹了一口气，问道：“你想要什么？”

赵嫣将双手交叠置于额前，行大礼道：“众人皆为大义，罪者在我一人。母后已经什么都没有了，请父皇怜悯。”

四

皇帝的反应已然证实他早已看穿了皇后偷梁换柱的计划，他虽一心修道，却并非真的耳聋目昏。只是雍王父子尚在一旁觊觎，局势不稳，皇帝不可能让自己从兄弟手中夺来的皇位又传至兄弟的手中，故而选择顺水推舟，利用赵嫣遮掩。

赵嫣在赌，赌父皇在乎皇家颜面，赌他对发妻和早逝的儿子还有一丝愧疚之心。

皇帝缓缓地踱步，面色紧绷。

“以女子之身图谋僭越，天理难容。那些人都是看在东宫的分上才与你结交，褪去太子这层假面，世间无人会帮你。不过你既然已将责任揽于己身，还算有几分孝心。”皇帝看着在面前跪拜的赵嫣，沉声道，“朕可以应允，但你最好就此收心。”

赵嫣赢了。

她勾了勾唇，以额触掌道：“儿臣谢过父皇。”

赵嫣从暖阁里出来时暮色已然降临了。苦寒的风如利刃，吹得她的衣袍猎猎作响。

带刀校尉带领四个人候在阶前。冯公公显然得了指示，端着拂尘赔笑道：“风寒天黑，皇上恩准殿下留在朝露殿里歇着，不必回东宫了。”

赵嫣看了一眼跪在阶前的魏皇后，对冯公公道："容我与母后说两句话。"

冯公公心有不忍，悄悄地给校尉使了个眼色，校尉便让开了。

赵嫣迎风过去，和流萤一同搀扶起脱簪披发的魏皇后。

魏皇后浑身冰冷，不知是不是被风吹得久了，她的眼睛红得厉害，带着隐忍的悔和恨。

"母后是最冷静、刚毅的女子，莫做无用的傻事，也莫与父皇对峙。父皇说我有孝心，其实不全对，因为我只有保住了您，才能保住与东宫牵连的上百条性命。"赵嫣呼出一口白气，坦然一笑，"这已是最好的结果了。就当儿臣最后一次以太子的身份恳求您，您务必要珍重自己。"

魏皇后挺直的身躯忽然一颤，仿佛骤然被钉在原地。冷风如刃，吹在脸上，让她疼痛无比，但这疼痛的感觉比不过这番话带给她的绵密的痛意。

赵嫣仍然以为，只有看在赵衍的分上，母后才会听她的话。

赵嫣朝母后行了太子之礼，这才转身迎向校尉道："走吧。"

"殿下！"流萤松开魏皇后追了上来，提裙跪拜，狠狠地朝着暖阁的方向磕了个头："求陛下恩准奴婢一同去朝露殿，服侍殿下！"

赵嫣皱着眉轻叹，当真一个人也不想牵连进来，连忙催促押送的校尉："走吧，走吧，别磨蹭了。"

校尉半晌无言。他还是头一次见急着去幽禁的人——这份坦率和从容最是难得。校尉不由得神情肃然起来，对赵嫣更添几分恭敬之意。

流萤还欲追上来，却被内侍拦下了，声音渐渐远去，消失在了呜咽的风声中。

朝露殿，听名字就不太吉祥，据闻还关押过前朝的罪妃。

好在天家到底留了几分体面，赵嫣眼下只是被幽禁，尚未定罪论处，除了没有自由，倒还算清静。

然而太子许久未回东宫，朝中终于掀起了轩然大波。

明面上虽说是"太子留于太极殿内伴君侍疾"，但有了宴会上"神石"的谶言，人人心照不宣：长风公主假扮东宫太子、为祸朝纲已是不争的事实。

满朝文武一片哗然，这种事可是百年来头一遭！朝中众臣除了要求昭告太子薨逝的真相外，亦对如何处置长风公主争论不休。

大年初四，赵嫣被幽禁在朝露殿的第五日。

她一觉醒来，看见隔扇外一片清白。大殿冷如冰窖，赵嫣拥着被子盘腿坐在几案后，正欲扼袖提笔润墨，就听殿外传来了守卫和谁的争执声。

隔得有些远，她只依稀听出那是个女孩子的声音。

月台前，霍蓁蓁着一袭兔绒斗篷，叉腰而立。

“于公，我是大玄的永乐郡主，皇伯父允许我在宫中通行无阻；于私，被关在这殿中的人是我名义上的竹马，你们为什么不许我进去？！”霍蓁蓁来势汹汹，“我就质问他几句话，耽误不了多长时间。你们若是不许，我就去告诉母亲，让母亲去找皇伯父理论！”

守卫们你看看我，我看看你，不敢用蛮力阻拦，亦不敢轻易回话。

校尉闻讯赶来，惹不起这个小祖宗，便想了个主意，说：“属下可以给郡主一刻钟的时间，但郡主须经女官搜查方能进去，若出了什么事，当由郡主担责。属下也是奉命行事，还望郡主理解。”

外面许久没再有动静。赵嫣于殿中竖着耳朵听，正犹豫是否起身瞧瞧，就听到殿门的锁“窸窸窣窣”地响了起来。

霍蓁蓁愤然推门进来了，身后还跟着一个低眉垂首的高挑的宫婢。

赵嫣愣了愣：这宫婢的身形和气质怎么这般眼熟？

大门被关上了，清冷的光自来人身上消失了，只余屋内两盏昏暗的落地灯亮着。

赵嫣看着神色复杂、远远地站着打量自己的霍蓁蓁，又看了看她身后那名高挑的宫婢，讶异过后，忽然“扑哧”一笑。

“郡主、白微，你们怎么来了？”她坐在落地灯下，纤细的身子上笼罩着一层光晕，“外面下雪了吗？早晨起来，我看见窗户白了，呼出的气也是白的。”

“是，下了一夜的大雪。这什么鬼地方？连个取暖的炭盆都没有？！”“宫婢”自霍蓁蓁身后走出来，露出柳白微那张张扬的脸来，“殿下还笑得出来？”

“抱歉，我忽然想起了父皇那天对我说的话。他说你们都是看在东宫的分上才与我结交的，没了太子的身份，没有人会帮我……”赵嫣放下笔，拢袖一笑，“我又赢了一局，所以忍不住想笑。”

她虽刻意压平了袖袍，但柳白微还是一眼就看到了她手腕上的镣铐，冰冷的黑铁环着她莹白纤细的手腕，没来由地让人觉得刺目。

“殿下怎么还戴这个？”柳白微满眼心疼之色，蹲下身想要触碰她，却又不敢，“殿下与我互换衣物，让郡主带你出去。”

“柳白微，你素来聪慧，怎么现在反而变笨了？”赵嫣笑着晃了晃手腕，拇指粗细的铁链“哗啦”作响，“我这样怎么换衣物出去？”

柳白微哑然，咬牙切齿地握紧了拳头。

“母后所做之事，父皇其实早就知道了，故而我才利用他心中的那丝愧疚换母后和其他人的平安。父皇想要的不过是局势稳定后，不再被女子染指的皇权而已，所以他只会处置我一个人。”赵嫣平静地分析着，因没有服药，声音显露出女子的低柔来，“你们和母后千万不可感情用事，表现得越无情越好，可别浪费了我的一片苦心。”

“那你呢？”柳白微的双目微红，喉结滚动，“你可知现在朝中之人都在争着议论如何处置你？”

赵嫣垂下眼眸，看着自己手腕上的镣铐：“昨日他们奉命给我戴上这个，我便猜想到朝中定是吵翻天了。”

“那你还这般……？”

“说实话，我现在一点儿也不在乎他们骂我什么。我在乎的是天下女子会因我而受到更严重的束缚，好不容易办起的女学会因此夭折。我担心女子困厄于后宅，寒门断送学路，规训的鞭影笼罩在大玄的上空。”

角落里传来细细的吸气声，赵嫣闻之一顿，看向了不停用手揉着眼睛的霍蓁蓁。

赵嫣沉默了一会儿，然后竭力让自己的声音轻快些，打趣道：“郡主站得这么远干什么？要看，大可凑近些看。”

霍蓁蓁猝然被点名，身子一僵。她小步地挪近，走至光下，神情复杂地盯着赵嫣问道：“他们说的是真的吗？你真的是赵嫣？”

赵嫣点头承认：“是。”

霍蓁蓁上前一步，急切地问道：“太子哥哥呢？你把他藏到哪儿去了？”

“郡主……”

“你把他藏到哪儿去了？”霍蓁蓁又大声地问了一遍。

赵嫣掐了掐虎口，只能说实话：“赵衍已经不在人世了。”

一句话令在场的三个人的心都为之刺痛。

“怎么可能……？”

听到传言被证实，霍蓁蓁身体晃了晃，跌坐在了地上。她如同手足无措的孩童般死也不认真相，喃喃道：“你骗我……你们都骗我，是不是？”

“郡主觉得我会拿赵衍的生死开玩笑吗？”赵嫣哑声反问，“郡主可知，我为何如此恨雍王父子和魏琰？”

霍蓁蓁一愣。

赵嫣道：“因为他们身上‘谋害皇储’一罪并非虚言。”

霍蓁蓁倏地咬住了嘴唇，手指紧紧地绞着袖边，泫然欲泣：“这次回宫，我知道太子哥哥对我不一样了……我以为他只是长大了，只是不喜欢我……”

“对不起，骗了你这么久。”赵嫣低垂眼眸，“抱歉。”

见霍蓁蓁绷紧的下颌微微颤抖着，柳白微心生不忍，刚想劝解两句就被她一把挥开了。

“赵嫣，我站在此处不是因为喜欢你！你抢走了太子哥哥的关爱，还要抢他的身份，实在是可恶至极！但你为太子哥哥报了仇……”霍蓁蓁狠狠地抹了一把眼泪，站起身哽咽道，“你想要我怎么做？我去求皇伯父开恩，可不可以？”

赵嫣诧异起来。

她儿时没少与霍蓁蓁拌嘴，原以为霍蓁蓁知道真相后会越发痛恨她，甚至做好了骂不还口的准备，却不料等来了这么一句话。

“你为什么……？”

“你别想多了，我再任性也懂得唇亡齿寒的道理。同为女子，今天我若不站出来说话，说不定下一个刀子就会落在我的头上。”霍蓁蓁打断了赵嫣的话，捏紧了拳头，气急败坏地说，“你快说，不然我要后悔了！”

赵嫣估摸一刻钟的时辰将至，只得收敛心神，将注意力放在正事上。

“容我想想……”她问柳白微，“众位朝臣现在是什么态度？”

“不太妙。”柳白微双臂环胸，皱着眉道，“沈惊鸣他爹和受过殿下的恩惠的几名官员倒是出面奏请陛下从轻处理，但大部分朝臣仍觉得这事须得体面些了结。”

“他们口中的‘体面’多半是让我自尽吧。”

赵嫣笑了一声，想起了前不久听闻的一个故事：大户人家的娘子路遇山匪劫掠，虽被人拼死救出，其父却嫌弃她和山匪共处一地，有辱门楣，硬是逼死里逃生的娘子自尽，以全名节。

这位娘子就是少女时期的容扶月。

若非闻人苍横枪登上容府，震慑容父，只怕容扶月如今只是一座冰冷的牌坊罢了。

礼教杀人，不见刀刃，却字字带血。

“你还笑得出来？现在朝中的局势都快演变成礼教之争了。”柳白微咬着牙骂了一声，“他们真是顽固不化！”

“礼教之争未必不是好事，有争论就有生机。”赵嫣反而放下心来，习惯性地撑着下颌，“最怕的就是一锤定音，我连个反击的机会都没有。”

“如何反击？”

“其实那也算不上反击，不过是争一线生机罢了。”想了想，赵嫣拈着手镣，将几案上的一叠宣纸交给柳白微，“这是我这几日在殿中所写的陈情赋论，我为何顶替赵衍以及所做之事都在里面写清楚了。你想法子带出去，看看那些儒生有何反应。”

柳白微瞬间明白过来，问道：“你想借文脉之力？”

“是。我说过，你们是我的后手。”赵嫣浅浅一笑，“朝臣既要辩礼，咱们就辩个够。明德馆广纳儒生，今非昔比，父皇不会轻易动它。我原打算上元节再用这招的，现在只能提前用到自己身上了。时机还不太成熟，所以我只能靠你们了。”

此时，殿外的校尉叩门提醒道：“郡主，一刻钟时辰已到。”

柳白微匆匆地将宣纸折卷好，塞入丰隆的抹胸之中，又从中掏出一个药瓶、一包蟹黄饽饽、一包果脯肉干。赵嫣惊愕地眨了眨眼，不知他是如何做到的。

“我走了，殿下务必保重。”柳白微抬手托了托胸，不舍地看了赵嫣一眼，低声道，“我会再来看殿下的。”

赵嫣诧异地拆开尚且温热的包饽饽的油纸，嗅了嗅，摇头道：“你不必来了，替我做好外边的事便可。你即便自己不怕，也要为郡主考虑考虑。”她笑着，又看向了一旁倾听的霍蓁蓁：“郡主……”

“若是道歉的话，你就不必说了，我不稀罕。”霍蓁蓁扭头哼了一声。

赵嫣无奈，轻而认真地说：“谢谢你。”

霍蓁蓁一顿，在校尉的再次催促下领着柳白微大步走出去了。

满地皆白，清冷的雪光扑面而来，又随着关拢的门扇再次消失了。

暖光下，赵嫣屈肘托腮，咬了一口蟹黄饽饽，满足地眯了眯眼，说：“香。”

碎雪飘零，出了三重宫门，柳白微看着前方埋头快走的霍蓁蓁，终于忍不住唤道：“霍蓁蓁。”

霍蓁蓁停住了脚步，紧握着双拳，没有回头。

柳白微缓步上前，低声说了一句：“别憋着了，好难看。”

这句话好像打开了什么机关，让霍蓁蓁强撑的心弦骤然断裂了。她的泪水如断线之珠般争相涌出，从哽咽到呜咽，她最终如孩童般不顾一切地仰头号啕大哭起来。

“太子哥哥！呜呜……太子哥哥！”她像在寻求依靠，一头扎进身穿宫女服的柳白微的怀中，断断续续地抽泣着，“怎么办？我好难受！我真的好喜欢他啊！”

柳白微被她撞得后退了半步，手臂僵在半空中，推开她也不是，不推也不是。最终，他只能长叹一声，任由霍蓁蓁哭得上气不接下气。

正月初八，朝中“请求长风公主自裁，以正礼教”的声音愈加响亮，连京城的儒生也加入了这场史无前例的争辩中。

明德馆中，残雪斑驳，儒生们聚集在空地上议论纷纷。

“公主假扮太子，闻所未闻。”

“公主殿下也是为了大局。就前年那局势，没有太子稳定人心，大玄早散了。公主固然僭越，可罪不至死吧？”

“虽说是为了稳定朝局而临危受命，但公主到底欺瞒了天下，有悖礼法和人伦。依我看，公主自我了断才是明智之举，反能落个忠义两全的美誉。”

“你简直不可理喻！”柳白微从人群中挤出来，指着方才让公主自裁的那名中年儒生，痛斥道，“没有她，雍王、魏琰之流此刻还会盘踞于朝中，明德馆不会焕发生机，多少寒门子弟连此地的门槛都进不了，遑论佼佼者还有津贴奖赏！没有她，你们这些恩将仇报的人都没机会站在这学馆中大放厥词！”

很快，明德馆中有人认出了他，一时静默。

不多时，有人高声说了一句：“可她毕竟是个女子。”

“她除了是个女子，还有别的错处吗？她利用太子之便做过坏事、谋过私利吗？”柳白微红着脸道，“她身为女子就是罪吗？”

他看向方才发声的那个人，逼问：“是吗？！”

那人环顾一番，见无人附和自己，便悄悄地缩回了人群中。

柳白微拿出他抄录好的那些陈情赋文，喘息道：“若真是牝鸡司晨的罪人，她会承太子之志保护明德馆吗？会对你们说这些肺腑之言吗？”

儒生们陆续围过来，接过柳白微手中的那叠宣纸，争相传阅。

渐渐地，大家的面容变得严肃起来，庭中除了传阅纸张的“窸窸窣窣”的声音，再无半点儿杂音。

终于，有人打破了沉寂。

“惊鸣、寄行还有临江先生枉死之事，真的是长风公主查明真相，缉拿了真凶吗？”

“明德馆扩建和我们读书的钱都是公主资助的？”

“是。”柳白微掷地有声地说，“现在你们还认为她该死吗？”

回答他的只有长久的沉默。

摆在这群儒生面前的是礼法与人情的拉扯。

“柳兄，这些真相得让更多人知晓。”一个少年从人群中站了出来，拢袖一揖道，“沈惊秋愿助一臂之力。”

“公主不以贫富看人，我等也不该以男女定罪。我也来！”

“算我一个！”

第二个人、第三个人……接着，陆陆续续有人站了出来，围在柳白微身边。

柳白微松开双拳，回礼，一揖到底，说：“明德馆柳白微谢过诸位。”

对面的茶肆中，周及静静地注视着这群冒着严寒研墨抄录、奔走传呼的儒生，喉结滚动了几番。那张明丽灵动的脸渐渐清晰地浮现在他的脑中。

寒鸟振翅，掠过长空。洛州城外，数名骑兵飞奔而出，踏碎了结成冰碴的暗红色的鲜血。

闻人蔺眉目深沉，望向寒雾缭绕的远山，那是京城的方向。

第七章

朝堂问审

一

大玄太子受奸人所害，大业未成便英年早逝，此事竟被瞒了一年多之久。其丧仪追谥还未被议定，长风公主假扮太子的内情便一夜之间不胫而走，再次于京城中掀起轩然大波。

起初只有明德馆内的少数儒生抄录、传阅此事，后来一传十，十传百，越来越多的寒门士子加入其中。

他们第一次尝试剥开礼教的外衣，去触及真相的温度。他们奔走呼号，与礼教派唇枪舌剑，既为了受人恩惠的情义，亦因为看到了寒门学子反抗士族压制的契机，力求以此案为跳板，让寒门学子的呼声上达天听。

“礼教纲常、王法铁律，焉能因一个女子而变更？你们这是数典忘祖！”

“她害人了吗？她不得已假扮成太子时可为自己谋过一点儿私利？她亲手揭露的罪人，哪一个不是恶贯满盈？”

“知其不可为而为之未尝不是大义之举。长风公主其行有罪，然而其情可悯，罪不至死！”

“她在位所做之事，我辈儒生有目共睹。既然她所行之事是大义为国，那我等逼她自裁，岂不是寒了天下忠良之心？”

一时间，学馆内、道旁、宫门外皆能看到两派人辩得面红耳赤、声嘶力竭。短短数日，辩论已呈燎原之势。

朝中的争辩更甚——如何安置故太子的皇陵和丧仪、是否要立小皇子为东宫太子以及是否处死长风公主都成了积压的难题。

这几日，皇帝临朝的次数比以往一年还多。他频频听朝臣争执，十分烦闷，故而头痛之疾越发严重，只能靠道士们进贡的丹药才能获取片刻的安宁。

在寒门儒生奔走呼号之时，朝露殿外的守卫奉命撤走了赵嫣的所有笔墨纸张，并严禁任何人探视。

赵嫣好脾气地端坐着，直到守卫都走了，才伴随着“哗啦啦”的铁链声伸了伸腰，抽出了事先藏好的两本书。她小心翼翼地爬到床上，拥着被子，就着一点儿灯火，饶有兴致地翻看起来。

但很快，她连这点儿清净也没了。

从正月十二开始，赵嫣得一日两次跪着受讯。

问讯的话题无非围绕她假扮太子的目的，以及她与何人私交、命令他们做过什么而展开，问讯之人再说些诸如“公主殉国”“女子窃权以致天下大乱”的典故含沙射影。翻来覆去，每日如此。

赵嫣除了最开始陈情了一次，之后再未发一言。

朝中之人如此急切地想要从她的嘴中撬出牝鸡司晨的罪证，反而证明儒生间的礼辩已然发挥了作用，礼教派已受到了莫大的压力。

赵嫣这样一想，心态从容了许多。她该吃吃，该睡睡，绝不苦着自己。

这夜雪化风寒，月光拍打在隔扇上，留下满地清霜。赵嫣跪伤的膝盖隐隐作痛，她又被手腕上的铁链冰得睡不着，索性拥着被子，趴在床上看偷藏的书。才翻了几页，她就听到窗扇处传来了细微的被撬动的声响。

赵嫣心中警觉，连忙吹灭了床头的灯。

继而“咔嚓”一声，窗扇被人从外面撬开了，有人探头钻了进来。

赵嫣将铜质烛台握在手中防身，轻手轻脚地坐直身子，正思索是不是刺客来袭，就听见探头进来的那人“嗞”了一声，低声道：“卡住了！”

这声音颇为耳熟，赵嫣一愣，握着铜灯下榻一瞧，就见张沧穿着禁军的甲胄，一脸尴尬的表情，卡在支摘窗中。

四目相对，张沧不自在地咳了一声。

赵嫣连忙拿着铁链小跑过去，替他举起沉重的窗扇，使得他强壮的身躯能顺利地通过。

张沧落了地，将窗扇的木条小心地复原，按着肩膀抬臂活动了一番。

赵嫣哭笑不得地说：“我在这儿被幽禁呢！你们一个个的，多多少少尊重一下外面的守卫。”

“子时禁卫交接，有一盏茶的空闲。王爷不在京城，卑职入宫不如往常方便，怠慢殿下了。”张沧靠在门边，听了听外边的动静，确定交接之人还未过来，才问道，“殿下这几日吃睡可好？”

赵嫣将铜灯点燃，重新放回到几案上：“挺好的。每日给我送吃食、茶水的那名内侍——就是手上有一道烧疤的那个——是你的人？”

张沧道：“那是王爷的暗桩，他送的饭菜都是验过毒的，殿下大可放心。”

“难怪，我说他为何这般照顾一个阶下囚。他态度和善不说，偶尔还会带我喜欢的点心过来。”赵嫣微微一笑，“多谢你。”

她正准备睡觉，故而此刻头发披散着，声音亦恢复了轻柔的女子音，惹得张沧没来由地耳根一热。

“殿下……真是女子啊？”他憨憨地问。

赵嫣诧异地问道：“你不知道吗？”

张沧尴尬地咳了一声。

“我与你们家王爷……你就没怀疑过？”

“怀疑过。”张沧挠了挠耳后，诚实地说，“卑职以为王爷有何特殊的癖好，还疑惑为何要用女子的药，也不敢问别人……现在卑职知道蔡田那厮为何总翻我白眼了。”

赵嫣听了张沧这番神奇的心路历程，既想笑，又怕惊动外边的守卫，只得捂着肚子坐回榻上，含着憋出的眼泪问：“你冒险来此，就为了确认我是男是女？”

张沧想起正事，连忙站直道：“自然不是！朝中的风向不太好，卑职怕等不及王爷归京，所幸先救殿下出去避一避。”

赵嫣抓起斗篷披上，问道：“朝中的风向如何不好？”

“肃王府的情报一向握在蔡田的手中，卑职知道的不多，只听说朝中众臣辩论好几轮了，主张处死殿下的声音仍占上风。那些儒生倒是都在为殿下奔走请愿，掣肘朝廷，可左丞相李恪行还未表态。他是当世大儒、两朝元老，多半会站在‘主张处死’这边。这老头子若一拍板，殿下危矣。”说着，张沧上前一步，“王爷还在赶回来的路上，容卑职先扯断这链子，带殿下避难。”

赵嫣摇着头拒绝：“多谢。但我不能走，否则功亏一篑。”

“可是……”

“我若走了，才是输了，明白吗？”赵嫣说得太急，以至于寒气入肺，她掩唇低咳了一声，“别把你们王爷牵扯进来，让他信我。”

她一抬手，张沧便看见了她手腕上被黑铁磨红的伤口，伤口被细嫩白皙的皮肤衬得触目惊心。

“这伤也太严重了些！”张沧咋舌，无措地道，“王爷要是知道殿下如此，还不得心疼死啊？！”

赵嫣闻言，心一软，吸了吸鼻子。

这些天，她刻意压抑情绪，不让自己去想闻人蔺。她也不敢去想闻人蔺，怕自己会情不自禁地表现出软弱的样子，可她强撑的镇定还是在听到他的名字时险些分崩离析。

殿门外，火把渐近，传来了换班守卫的声音。赵嫣收敛心神，抹了一下眼尾，笑着道：“你快走吧，张副将。”

见她铁了心留在这里，张沧只得作罢，说了一句“明日我让那内侍送几块绸帕来，给殿下垫一垫手腕”，然后就利落地翻窗出去，重新合拢了窗扇。

没过多久，守卫打开门锁进来了，提着灯远远地看了一眼在床榻上躺着的赵嫣，然后退了出去，再次落锁。

“咦？这窗扇的木槛怎么松了？”

“赶紧重新封上，别出什么意外。这天真是冷得让人骨头疼！”

月寒如霜，赵嫣拥着被子侧躺于床上，听着外边重新钉窗扇的声音，慢慢地蜷起身体。

她好想闻人蔺，第一次这么想他。

他还在洛州吧？不知乱党之事他处理得如何了？洛州的夜是否也这般冷？

“今年湿冷，这雪多得反常。”李恪行穿着裘服拄杖立于廊下，仰首看着碎雪，“挽澜啊，老夫当初就不该举荐你为东宫侍讲，如今出了这事，连累你也要停职受审。”

“老师说这话，学生无地自容。”

周及穿着一袭玉色的襕衫，外罩一件月灰色加棉大氅，头发整齐地用同色发带束成髻，整个人的气质就如同这廊下的飞雪，清冷自持，不染污垢。

李恪行徐徐地道：“听闻你这几日常去听明德馆的儒生争辩礼教。长风公主之事，你认为如何？”

周及回道：“寒门学子要借这次机会开辟新路，士族要维护自己的权威，这场礼教之争涉及的已不只是公主的生死，更是寒门学子与士族的拉锯。”

“不错，你看得很透。”李恪行赞许地道，“前前后后，你教过这女娃两次。你也觉得她有错吗？”

周及微垂眼眸，低声道：“有错。”

“错在何处？”

“无视礼法，欺瞒天下；以女子之身，图僭越之事。”

李恪行满意地颔首——他这个学生最是磊落，也最是公正。

“那些儒生为了自己被看重，而选择抛却十年寒窗苦读坚守的东西，去附和一个离经叛道的女子，文人风骨何在？”李恪行叹道，“说到底，可惜她是一个女子，站错了位置。”

一声复杂的长叹已然表明了这位大儒的态度。

李恪行转身，抬起手臂如往常那般去搭周及递来的手掌，却抓了个空。李恪行一顿，转身看去，只见周及缓步走至阶下，于纷纷扬扬的大雪中撩袍一跪，清秀的眉目几乎同霜雪融为一体。

李恪行看着这位自己最引以为傲的学生，似乎明白了什么。

“挽澜，起来。”

周及却拱手一揖到底，长躬不起。

“长风公主的行径的确为礼法不容，”他顿了顿，道，“然而学生有幸教过她两次，深知其品性。公主聪敏仗义，除了站错位置，她的才学、大义并不输男子。”

“你要保她。”

“是。”

“明知她的行径违背了你十余年寒窗苦读所坚信的道理，你也要保她？”

“是。”

“挽澜，你心性坚定，是非分明，从不做有违理智的决定。从什么时候开始，你也以感情论事了？”李恪行握紧了手杖，许久，声音干涩地道，“你要和我在朝堂上辩一辩吗？”

周及的喉结微动，他闭目道：“学生有负恩师的教导，罪无可恕。”

“罪？你认什么罪？你以前只专注于文墨书海，游离于尘世之外，不识人间冷暖。如今你能以情度人，老夫反倒觉得你像个有血有肉的人了。”李恪行拄着手杖，低沉的声音自廊下传来，“你虽师从老夫，却不必事事遵从于我。老夫担心的是，你心中的情已大过伦常的尺度，使你行一时冲动之举。在和老夫辩礼之前，你先和自己的心辩一辩，保她到底是为了大义还是私情？”

李恪行转身，周及仍长跪于地上，薄雪落满了他的肩。

“学生生来识人困难，不问世事，对亲友亦是淡薄，不知情为何物。”周及说，“学生只知道，两次为殿下讲学，她提出的问题虽然刁钻，学生却并不觉得冒犯，回去后反而越发有动力博览群书，想出一条能用以反驳的典故便无比满足。老师，若殿下利用太子的身份作奸犯科、谋取私利，学生今日定然不会跪在此处，为她鸣半句不平。”

回答他的是李恪行的一声叹息。

庭中，管家执伞而来，请示道：“主子，有宫中的贵客求见。”

朝中争论不休，这几日陆续有人递帖，请左相出面主持大局。

李恪行想也不想便吩咐道：“老夫风湿骨寒，不便见客。”

“左相大人连本宫也不见吗？”

听到一个女声传来，李恪行拄着手杖眯了眯眼，看见穿过风雪而来的尊贵女子，不由得敛容行礼。

“皇后娘娘，”他道，“您不安于后宫，难道也要来逼老臣吗？”

“本宫今日登门并非相逼，而是来求左相。”

说着，这个母仪天下、高高在上的尊贵女子低下了她高傲的头颅，屈膝躬身，于风雪中朝着廊下须发皆白的李恪行行了个礼。

“娘娘向臣行礼，这是做什么？！”

“赵嫣千错万错，错在不该重情，一心替兄长洗冤昭雪；错在不该重义，将挽救大玄视作己任……”她的语气恳切得近乎决然，“本宫的儿子已为大义而死，连女儿也成了阶下之囚。求左相大人怜悯本宫这个失败的母亲，在朝堂的口舌之中放赵嫣一条生路。”

城门下，数名骑兵飞奔而入。

闻人蔺没有更衣，而是直接入了宫。

十余名朝臣刚从太极殿里出来，正三五成群地聚在一起，议论太子的殡礼和对长风公主的处置。他们刚行至太极门下，就看到一柄寒亮如雪的刀刃“嗖”的一声飞来，擦着他们的脑袋刺进了太极门上的门钉里。众人仔细一瞧，那刀刃上还挂着一颗血淋淋的首级。

众人皆面如死灰，噤声看着墨袍浸血的男人，不知他意欲何为。

“洛州借废太子名义起事的匪首在此，诸位认一认。”闻人蔺将空着的刀鞘抛还给一旁噤若寒蝉的禁卫，语气平平，却令人脊骨生寒，“还有，圣上龙体有恙，诸位就别拿此等小事惊扰圣安了。从即刻起，长风公主由本王来审。”

风雪中，无人出一声。

直到那抹暗色的身影远去，才有人小声问："不是说他至少要两个月才回来吗？他怎么回来得如此快速？"

"瞧他满身杀伐之气的样子，哪里还像个人？情况不太妙啊！"

"太子由女子假扮，小皇子年幼，如此大好时机，他若想推翻圣上取而代之，天下何人敢拦？要我说，圣上这是养虎为患。"

"我看得联名奏上一本……"

众人不经意地看向那颗以头发为绳、仍在门上摇晃的首级，皆不寒而栗。

朝露殿内，赵嫣偏偏在这个时候来癸水了。

守卫皆是男子，赵嫣自然无法开口向他们索要贴身之物。好在发现及时，她抱着肚子想了想，打算裁两件贴身衣物应急。

然而屋内没有剪子之类的利器，她用手撕了半天，也没能撕下一片布。最终她还是将张沧让内侍给她送来的几条包手腕的绸帕拆下来，才暂时垫上了。

没了帕子的包裹，她的手腕被冰冷的黑铁硌得生疼，跪了两天的膝盖亦瘀青得不成样子。直到此时，她才体会到阶下囚尊严全无的辛酸。

赵嫣，你要坚强一点儿。

她抿了抿唇，仰首缓和鼻根的那股酸热，压抑着咳嗽了几声。她几度深呼吸，方整理好衣裳艰难地起身，扶着座屏和几案缓步回到殿中，继续跪着受讯。

见她不开口，问讯之人走了个流程便离开了。

不多时，门扇再次被打开了，一个陌生的宫婢端着热乎的饭菜和茶水进门，服侍赵嫣用膳。

赵嫣跪在几案后，看了那宫婢一眼："今日怎么是你送膳？"

宫婢为她摆好碗筷，打开一旁的瑞兽香炉道："回殿下，原先送膳的公公病了，就换成了奴婢。"

赵嫣略一挑眉，伸手按住了试图燃香的宫婢。冰冷的铁链落在宫婢的手背上，令她猛地一颤。

"我很好奇，"赵嫣淡然一笑，凑近宫婢道，"我这等阶下之囚连取暖的炭盆都没有，你却给我送来了上等的熏香，这不是很奇怪吗？”

宫婢脸色一变，执着火引就要燃香，却被赵嫣及时挥落了。

那宫婢见事情败露，索性一不做二不休，从发间拔下一根尖利的簪子，朝赵嫣刺去。

赵嫣一把攥住宫婢的手，反手一扭，宫婢吃痛，簪子“叮当”一声坠落在地上了。

赵嫣无比庆幸自己跟着闻人蔺学过一招半式，不至于迟钝到坐以待毙。

“你不是父皇的人！父皇要杀我只是一句话的事，不至于用这种手段。”在惊动守卫前，赵嫣拾起簪子抵着宫婢的颈项，逼问道，“你的主子擅用毒香，是不是仙师？说！”

宫婢咬牙不语，似乎想到了什么，索性扭头朝赵嫣的簪子撞来，瞬时鲜血狂涌。

赵嫣未料到宫婢会自寻死路，呼吸一窒，顿时松了手。

那宫婢趁机挣脱，露出了惊慌的神色，捂着鲜血淋漓的颈项跌跌撞撞地奔跑，大喊道：“来人哪！小殿下疯了！小殿下要杀奴婢！”

“浑蛋……”

赵嫣欲追，可膝盖钻心地疼。她刚直起身便一下子腿软，跌倒在地上，根本无法迈动脚步。

她若被扣上“疯子”的称号，明德馆那边的努力就全完了。

“小殿下疯了！她……呃！”宫婢的声音戛然而止，仿佛被什么可怕的东西扼住了喉咙。

赵嫣抬眼望去，只见那名宫婢僵着身子直直地倒下了，一道高大的身影披着满身寒雪大步迈了进来。

“清理干净。”闻人蔺脚步不停，吩咐手下。

赵嫣愣了愣，而后眼眶慢慢地湿润了。

她是在做梦吧？这一定是梦，对吧？

她扶着几案起身，像要确认什么，却腿一软，再次朝前扑倒了。

这一次她没有摔倒在地上，腰肢被紧紧地揽住了。她扑入了一个宽厚的怀抱里，手腕上的镣铐随之“哗啦”作响。

“殿下坐着，别动。”闻人蔺的声音低沉沙哑，他扶着赵嫣慢慢地坐在垫子上，抬手解下了自己的大氅，护住了她冰冷的身体。

大氅上带着风尘仆仆的味道，还有霜雪的清冷的气息，但很温暖，是这十几日以来她觉得最温暖的时候。

赵嫣将鼻尖埋在他的衣领中，抿了抿嘴唇，然后唤道：“闻人少渊……”

“嗯，我在。”他回答。

话音刚落，赵嫣忽然直起身子抱住了闻人蔺的脖颈，用尽了全身力气，仿若要将整个人的重量都压在他的身上。

手腕上的铁链随着她的呼吸轻颤，少女的鼻息急促地扑在闻人蔺的耳旁，隐忍又无助。

殿外雪霁风停，无人来打扰。

闻人蔺维持着半跪的姿势，慢慢地抚着她的脊背，等她尽情地发泄情绪。

他轻轻地拉下赵嫣的手，视线落在她手腕上泛红、破皮的伤口上，眼神深沉得霎时间如万丈深渊。

二

赵嫣松开闻人蔺的时候，眼眶有点儿红。平复下来后，她不动声色地将手往袖中缩了缩，试图盖住那副沉重又丑陋的镣铐。素来擅长装乖卖惨的一个人，此时却怕人瞧见她腕上的伤痕。

“取钥匙来，备热水和伤药。”闻人蔺沉声吩咐外面的内侍。

“我……”赵嫣拉住了闻人蔺的袖边，难以启齿般，凑到他的耳畔小声说了几句话。

闻人蔺目光微黯，沉默着将她抱至里间的小榻上，仔细地替她拢好披风，起身掀帘出去了。

外边内侍往来的脚步声匆忙而不杂乱，他们放置了炭盆后，寒冷的大殿立即暖和了。若非手腕上的束缚仍在，赵嫣险些以为自己又回到了东宫，一切都井然有序。

闻人蔺真的回来了……洛州的事他解决了吗？他这样来看自己，是否会对他不利？

赵嫣正想着，就听见脚步声靠近了——闻人蔺亲自端着热水和棉巾进来了。

水还有些烫，他先将水置于一旁凉着，然后单手托起内侍递来的托盘，行至榻边坐下了。他握住赵嫣的手，将其置于自己的腿上，用钥匙打开了镣铐，再以棉巾蘸水，慢慢地替她清理手腕上那一圈红肿的伤口。

被蹭破皮的地方骤然被触碰，赵嫣下意识地一颤，蜷起了手指。

闻人蔺微微一顿，又放轻了擦拭的动作，如鹅毛拂过般，细致而耐心。但他始终沉默着，那双总含着戏谑的浅笑的眸子此时如深渊般深沉。

赵嫣从未见过这样的闻人蔺，总觉得在他的从容下，压抑的是翻涌的寒云。

她清了清嗓子，寻了个话题开口："你回来多久了？还要去洛州吗？"

"不走了。"闻人蔺道。

按照原计划，洛州之事并不会了结得如此快。但有人趁他离京动了小殿下，那他只能用更直接粗暴的方式杀进叛军的窝点里，日夜兼程地将匪首的首级带回来，钉在宫门之上。

赵嫣听闻人蔺的声音平缓，悄悄松了一口气。

赵嫣感到手腕上一阵刺痛，闻人蔺按住了她的手，用拇指安抚地蹭着她的手背，轻轻地说："忍一忍。"

赵嫣果真忍着没动。

闻人蔺仔细地上了药，用绷带将她的手腕一圈圈地包扎好，把多出来的部分打了个结。

他抬手自然地抚了抚赵嫣的脑袋，似乎在嘉奖，然后从一旁的几案上拿起什么，将里面略硬的绢麻掏出来，换上了轻软干净的羽绒和棉花。

"这是……？"看到那熟悉的贴身物件，赵嫣不太自在地咳了一声。

"听闻此物都是各宫的女子自己动手做的，本王一时寻不到更好的。

但这些都是干净的新绸缎，本王略做改动，殿下先将就着用。”闻人蔺神情如常地说，仔细地调整好月事布的厚薄，又皱了皱眉，用手托着月事布问赵嫣，“殿下瞧瞧，可适用？”

“够了，够了。”赵嫣道。

闻人蔺将改好的月事布置于榻边干爽的衣物上，试了试铜盆中的水温，说：“水温差不多了，殿下将绸裤脱下来吧。”

赵嫣愣了愣，突然反应过来，撑着榻沿小声说：“我自己来吧。”

闻人蔺凝望着她窘迫的样子，没有强求，起身去了座屏外。

屏纱薄可透光，上面映着闻人蔺高大的身影。他仔细地濯手，水声不紧不慢地响着，令人心中安定。

手腕上没了束缚，赵嫣觉得十分轻松。她就着水声慢慢地褪下了绸裤，呼了一口气，然后扶着榻沿起身了。

仔细地擦洗完毕，她换上新的衣物，正欲起身，忽然膝盖发软跪倒在地上，“扑通”一声，只觉得钻心的疼。

几乎就在同时，闻人蔺行至她的面前，将正撑在地砖上吸气的她打横抱起，放回了榻上。

他慢慢地卷起赵嫣的绸裤，看了那青紫色的瘀伤许久，问了一句：“这几日审问殿下的人是谁？”

“外臣轻易入不了内宫，大多是由殿前禁卫和女官代父皇问讯的。”赵嫣才说了两句，喉间就抑制不住地发酸、发热，压抑的情绪又有决堤之势。

满身狼狈时，她才发现自己并没有想象中那样坚强。她蜷起撑在榻上的手，用鼻腔吸了一口气，道：“闻人少渊，不要可怜我。”

她的声音是颤抖的，落在闻人蔺的耳边，勾出了绵密的痛意。

“你莫要插手此事。给他们罗织、连坐的机会，我要亲自和他们对峙。”赵嫣深深地吐了一口气，露出一个真诚的浅笑，“不过有你在，我就安心多了。”

闻人蔺这才收回了近乎失控的视线，冷白的手指在一旁的药匣中拂过，挑了一瓶活血化瘀的药。

“离京前夜，殿下说想成为本王的骄傲。”闻人蔺半跪着，小心地托起赵嫣的腿，睫毛投下了长影，“殿下早就是了。”

说罢，他吻了吻她瘀青的膝盖，怜爱又虔诚。

闻人蔺的嘴唇一向温凉，此番亲吻伤口，她却察觉到了滚烫的热意。她蓦然想起自己之前忍着哭的时候，嘴唇亦会抑制不住地发热。

她忽然很想和他靠在这方小榻上，汲取他身上的安稳与暖意。

她也确实这般做了。

她用了这半个月以来最满足的一顿晚膳，吃饱喝足后便蜷缩在榻上，以闻人蔺的胸膛为枕，沉沉地坠入了梦乡。

夜深人静，雪月穿户，阑影西斜。

闻人蔺睁开深沉的眼，眼中平静无波。他看见怀中之人睡得又香又沉，手中还握着他的一片衣料，仿若害怕一松手他就会消失不见。

闻人蔺侧首，用淡色的薄唇轻轻地吻赵嫣的头顶，再小心翼翼地抬起她搭在他腹上的手，放回了被中。

他起身下榻，抓起了一旁的大氅。墨色的大氅如黑云般落下，暗影一寸寸地从他身上退去，寒月的光像蒙在他脸上的一层清润的假面。

外面的守卫被换了一批——他们奉肃王之命护卫长风公主的安全，而非监管。

先前问讯赵嫣的殿前禁卫和女官皆已被裁撤，理由是“疑其纵容宫婢行凶，试图谋害未定罪的长风公主”。现在的朝露殿内外比庭中的新雪还要干净。

蔡田听见了轻轻的推门声，将手中最新的名单奉上，低声禀告：“王爷，朝中主张赐死长风公主的几名牵头人的名字都在此。卑职深挖之后，发现他们多少都犯过一两条王法朝例，纵有一两个官风清廉的，其门生、子侄亦多有不干净。”

闻人蔺接过名单扫视了一眼，用革靴踢碎阶前的积雪，说了一句：“备马。”

蔡田大步跟在闻人蔺身后，犹豫片刻后还是提了一句：“皇上听闻王爷归京，还在等您面圣述职。”

“那便让他等着。”闻人蔺淡淡地笑着，笑容中透着寒凉之意。

蔡田从未见王爷这么大气性。以往王爷纵使再生气，亦从容不迫，喜怒不形于色。蔡田心知肚明，这回主子连装都懒得装了，怕是真的要同猜忌多疑的皇帝撕破脸皮了。

子夜之时最适合缉拿刑讯。

陈府中，御史中丞陈伦半夜被人从美妾的被窝中拽出来，连衣衫都没穿齐整，就被按到了闻人蔺面前。

“肃……肃王。”陈伦被火把发出的光刺得睁不开眼，侧首看着坐在圈椅上的男人，强忍着怒意问，“肃王平乱归京，不先去拜见圣上，来寒舍这般行事，意欲何为？”

一旁的蔡田按着刀道：“去年三月十七，陈大人以生辰为由，私藏了一幅下面的人孝敬您的《洛神临水图》真迹；八月十五中秋，陈大人醉后借诗会之由公然卖字画，揽银千两；十月初九，陈大人又收了同乡富商所贿上品玉蟾蜍一尊……剩下的几件事，还要卑职继续念吗？”

听着蔡田一条条地数，陈伦的面色由红转白，最终他跌坐在了地上。

御史台行纠察百官之职，以维护朝纲正统为己任，可坐到他这个位置上的人，哪有一点儿家产都不置的？他私收的东西不多，自以为神不知鬼不觉，今天才知晓，在肃王面前，连穿着什么颜色的底裤他都瞒不住。

闻人蔺没时间欣赏陈伦的惨样，将手中把玩的玉蟾蜍置于几案上，道了一声“这玉果真不错”，然后就起身去了下一家。

犬吠声惊起了几家的灯火，翰林学士林颂披衣立于阶前，指着着一袭玄色袍服的年轻人痛斥道：“老臣犯了什么罪，值得肃王如此兴师动众？”

“先生一生清正，本王佩服已久，不敢不敬。”闻人蔺缓缓地说，目光扫向一旁跪在地上、两股战战的林家独子，“然而先生家门不幸，纵容独子虐待妾室，以致闹出人命官司。本王素来疾恶如仇，见不得这等有负圣恩之事。既然京师衙门管不了，那此事就由本王管。”

听到一声“带走”后，林颂眼睁睁地看着自己唯一的儿子被押上了囚车，硬了几十年的脊骨瞬间塌了下去，叹息不已。

这一夜，京中听闻风声的重臣皆熬灯枯坐，人人自危。被翻旧账的人大多是支持处死公主的礼教派顽固，有人猜到了肃王的意图，一时脊背发凉。然而这也只是他们的猜测罢了，毕竟他们的确犯了错事，且证据确凿。

鸡鸣三遍时，天际出现了一线微明，檐上的积雪发出了蓝白色的弧光。

这名罪臣骂长风公主骂得最狠，甚至不止一次上书要求将公主当众赐死，以正礼法。而现在，他被吓得一句话也说不出来了。

闻人蔺将没墨的朱笔在试图逃跑的罪臣嘴角的鲜血上蘸了蘸，待吸足了“墨”，便于册子上一画，用一条湿漉漉的暗红色的线画去了最后一个名字。

这些人都是罪有应得，不能算被牵连的无辜之人。他为朝廷除害，亦不算插手礼教之争……

答应小殿下的事，他桩桩件件都记着，唯一违背的恐怕只有他自己那“坐看世道昏昏，宫阙化为尘土”的初衷。

晨曦挣脱了黑暗的桎梏后，天光大亮。

闻人蔺知道该回去给小殿下上药了，于是合拢册子，翻身驭马回宫。

朝露殿。

赵嫣醒了，顶着一头睡乱了的头发坐在榻上发愣。榻旁的位置空荡冰冷，若非自己双腕轻松、伤口被包扎得齐整，她险些以为昨日见到闻人蔺的事只是一场梦。

赵嫣刚伸了伸腰，就见门从外面被打开了。晨光耀雪，闻人蔺披着满身寒气走了进来。

“醒了？”他欠身凑近，手指顺着赵嫣的鬓角插入，慢慢地滑过发丝，将她睡乱的头发捋直。

赵嫣嗅到了他身上潮湿的水汽，知道他沐浴更衣过了，打了个颤，问道：“我醒来不见你，你去哪儿了？”

“出去散了散心。”闻人蔺声音平和，看得出心情较昨日好了许多，眼中蕴含着极浅的笑意。

赵嫣“哦”了一声，虽觉得奇怪，却没多问。

闻人蔺极富耐心地为赵嫣换了手腕上和膝盖上的药，用早膳时又亲自端了一碗粥，一勺一勺地吹凉后喂给她吃。

看见守卫远远地站在庭中，赵嫣抿了几口，实在坐不住了，低声商量道：“我自己来吧。去掉铁链后我的手腕轻松多了，还不至于连碗和勺都拿不起来。”

闻人蔺坐在榻边，舀了舀粥，目光扫了过来。赵嫣想要自己取碗和勺的手顿在了半空中，而后蜷了起来，识时务地缩了回去。

“再这样下去，我迟早有一天会被你养废。”赵嫣只得继续当个仿佛断手断脚的废物，闷闷地说了一声，“真是头痛。”

她说这句话时扬着下巴，不像在抱怨，倒更像在炫耀。

闻人蔺笑了一声，抬手蹭去她嘴角上的一点儿粥，半真半假地道：“本王时常感到遗憾，没能早两年养着殿下。”

赵嫣狐疑地看着他。

“你就是这般囚审我的啊？”她怕有人拿这件事弹劾闻人蔺，笑吟吟地抬起手腕晃了晃，“要不你还是给我戴上镣铐吧，换个轻便些的，至少装装样子。”

“殿下先用膳，”闻人蔺似乎看穿了她在笑颜下暗藏的忧心，神情淡然地将一块咸口的糕点喂给她，“吃完再装。”

用过膳，赵嫣在殿中看书消遣，就看见底下人果然奉命送了一副新的镣铐过来。

这副镣铐的铁链只有小指粗细，中空轻便，且被打磨得很光滑，并不会硌伤皮肤。最主要的是，手铐比上一副大了一圈，赵嫣用手掌比了比，发现自己的双手竟能从中穿梭自如。

“这是否太大了些？”赵嫣问道。

“有人来了，殿下就将手伸进去做做样子。”

闻人蔺见她将细白的手掌伸进伸出，不由得微微动了动唇，抬手盖住了她不听话的手指，冷硬的手指插入了她的指缝中，与她在案上十指相扣。

他从她身侧靠近，眉目深沉，大义凛然地道：“免得殿下总抱怨自己没有阶下囚的待遇。”

赵嫣没忍住，笑出声来，笑着笑着，心中又生出一股暖意。她知道，这是闻人蔺在照顾她的情绪。

许是压抑得太久，赵嫣神情微动，鬼使神差地歪头在闻人蔺的唇角上亲了一下，然后问道：“有阶下囚胆敢对太傅如此吗？”

闻人蔺顿了顿，抬起深沉的笑眼看她。赵嫣下意识地要后退，闻人蔺却撑着几案靠近，与她相扣的手指稍稍用力，慢慢地收紧了。

“得寸进尺是要受刑的，殿下。”

他笑着，心里却十分清楚，分明他才是她的囚徒。

这日，朝中僵持了半个月的争论在此时达到了顶峰。之前牵头之人大半因为犯事被问审，朝中主张让长风公主自尽的礼教派元气大伤，遂将希望寄托在当世大儒李恪行身上，几次三番地请他老人家上朝。那群寒门学子力求争得一席之地，引经据典，文墨漫天飞舞。

这种时候，他们要杀公主，就需要一个足够服众的理由。朝廷慎之又慎，最终提出朝堂问审，当场论其罪罚与否。

“朝堂问审，这真是千古以来头一遭。”赵嫣听到这个消息后只是轻轻一笑，对闻人蔺道，“你说，我是不是要名留史册了？”

都这个时候了，她还能笑得没心没肺。

闻人蔺微皱长眉，屈指抵着额头问：“明日朝堂问审，殿下会受千夫所指，若一言不当落了劣势，可知会如何？”

赵嫣点了点头，轻声喟叹：“知道，会死。”她顿了顿，声音坚定了一些，“我虽被千夫所指，可只有如此，他们才会看见我，才会听我说话。纵然只有一线生机，我也要试试能不能赢。”

见闻人蔺不语，赵嫣有些忐忑，担心他不开心。但他凝望着她漂亮又璀璨的双眼，忽然笑了一下。

闻人蔺抬手按住赵嫣的后脑勺，倾身贴着她的脸颊，于她的耳畔轻语：“那便去试。”

他应允过的，小殿下想做什么大可去做，万事有他兜着。只要他还有一口气，此话永远算数。

小殿下若赢不了，也简单——那他就让满朝文武都噤声。

三

上元节，燃灯三日。宫中鳌山灯拔地而起，彩光流转，彻夜不息，让人有置身琉璃仙境之感。

灯火如此热闹，宫门下却静得没有半点儿声音。成群结队的文武大臣都像戴着一层沉重的假面，在摇晃的灯影下表情模糊难辨。

两个扫雪的小太监退避至一旁，待大人们都走远了，其中一个用手肘捅了捅另一个，小声问道："今天有什么大朝会吗？为何诸位大人放着上元节不休息，都穿着官袍入宫来了？"

"你还不知道？母鸡打鸣报晓，诸位大人要整肃礼法了。"

"原来是为这事。要我说，一个女子如何能和上天抗衡？他们吵了这么久，多半还是会杀鸡儆猴，可惜了……"

"嘘！你不要命了？！这也是咱们能定论的？"另一个小太监连忙低声喝道。

两个人打了个寒战，低头走远了。

黎明将至，寒气透骨。朝露殿中烛火摇曳，一簇簇地倒映在光可鉴人的地砖上。

赵嫣散发披衣坐在榻上，下垂的眼睑带着些许将醒未醒的困倦之意。她扬着脑袋，任由闻人蔺将温热的帕子敷在她的脸上，从脸颊到眉眼一点点地擦拭。

"殿下今日想穿什么样的衣裳？"闻人蔺的语气如此平常，仿佛她不是去赶赴朝堂受审定罪，而是出门游玩赏灯。

赵嫣思忖片刻，很快拿定了主意，说："穿裙子，要鲜丽些。"

闻人蔺抬眸，有些意外。

赵嫣迎着他的目光，笑着道："那群礼教派将我描述得像嗜血的妖魔，我偏要用自己本来的样子面对他们，以女子的身份。"

闻人蔺想起前不久赵嫣说过，她想做回真正的自己，穿想穿的衣裙，做想做之事。虽然他并不太愿意让小殿下明丽精致的女子模样被众人看到，但想想老顽固们震惊的嘴脸，心中倒生出了几分痛快之意。

闻人蔺起身，吩咐候在殿外的蔡田：“去鹤归阁，将里间矮柜中那个箱子取来。”

赵嫣梳洗完毕，就见蔡田按照吩咐将箱子送来了。她打开一瞧，里面是一套整齐的织霞红罗裙，配雪色貂裘，珠玉钗饰一应俱全，映得满室增色不少。

赵嫣抬指抚过那如婴儿的肌肤般细滑的面料，弯着眼睛看向闻人蔺，问：“你怎么还在鹤归阁中藏女子的衣裙啊？”

蔡田听了，在心中暗答：这还只是其中一套呢。王爷不知从何时开始，就爱搜罗这些女孩子家的物件，见到合适、漂亮的，抬手一指就买了回来，置于府中、阁中。偶尔他会坐在椅子上看上两眼，也不知在想些什么。

闻人蔺抬手放下了纱帘，慢悠悠地走过去，道：“殿下试试是否合身。”

蔡田很识趣地退了出去，掩上了门扇。

被幽禁的这半个多月里，赵嫣一直以男装示人，今日彻底松下束胸的绸带，换上女子的衣裙，怅惘之余又觉得一身轻松。

镜中的少女不施粉黛，着一袭鲜艳的织霞红罗裙，拥着无瑕的雪色貂裘，望之如月中聚雪，高贵无比。

闻人蔺俯下身，隔着裙裾将手覆在她瘀青未散的膝盖上，轻轻地问：“能走吗？”

赵嫣点了点头，说：“能。你每天盯着上药，膝盖早就不太疼了。”

为了印证自己的话，她特地起身在镜子前来回走了几步，鲜艳的裙摆随之摆动。

庭中残雪脆硬，两队齐整的禁卫已等候在阶前了。赵嫣朝殿门走了几步，又顿住了。

闻人蔺一直陪伴在她身侧，也停下了，低声问道：“还有什么没安排妥当吗？”

赵嫣吸了吸鼻子，忽然转身扑入了闻人蔺的怀中，将脸颊贴上他的胸膛，双臂紧紧地拥住他的腰，说了一个字：“你。”

我还放心不下你。

闻人蔺垂眸，嘴角有了些许弧度。他伸手扶正赵嫣髻上的一支珍珠步摇，声音平和而有力：“殿下曾许诺本王一场花灯，可还记得？”

赵嫣愣了愣，轻轻地点了点头。

“辩完了，殿下记得践诺。”闻人蔺说得轻松，似乎她只是出门谈心散步，不久就能归来。

赵嫣安下心来，抬首明媚地笑着道：“好。”

天边一线微白，仿佛蒙着一层寒纱。

禁卫在前方开道，闻人蔺负手“押送”赵嫣。行至宫门下，他望着仍悬在门边示众的那颗首级，眸色沉了沉。

“殿下低一低头。”他忽然说。

赵嫣疑惑，却依言照做了。她虽低头看着地面，但余光还是瞥见门上似乎钉了一把刀，刀上挂着个什么东西。

过了宫门，闻人蔺才让她抬起头来。

看到在宫道旁站着的许多人，赵嫣愣了愣。

流萤扶着魏皇后伫立在前，其后是柳白微、霍蓁蓁和赵媗，甚至还有手臂打着绷带、拄拐而立的裴飒。黎明晦暗，他们手中的提灯却无比明亮。

“殿下的手腕受伤了吗？他们没对你施酷刑吧？”柳白微没忍住，上前咬牙切齿地剜了闻人蔺一眼。

“我没事，多亏了肃王暗中照料。”赵嫣扫视或担忧或凛然的亲友们，鼻子一阵酸热，“你们怎么来了？”

柳白微道：“殿下忘了？我与裴世子都是能上殿之人，自然要陪殿下一起。”

魏皇后看着明显清瘦了不少的女儿，眼中血丝密布，但声音依旧镇定：“不管情形如何，你要想法子拖一拖时间。”

“我知道。”赵嫣颔首，嫣然笑道，“没有大家，我走不到今日。多谢。”

问审之处在集英殿内，此处宽阔威严，可容纳数百名臣子。赵嫣踏着晨曦上了丹墀，面对前方的殿门深吸了一口气，过肺后呼了出来。

这种时候，她说完全不紧张、不害怕，那肯定是在撒谎。

赵嫣于心中低语：赵衍，此事我非做不可，你再借一点儿光给我。

做好准备，赵嫣悄悄地对闻人蔺伸出手腕，低声道：“要进殿了，你把镣铐给我戴上吧。”

闻人蔺看着她自觉伸出的还缠着绷带的手腕，并未取来镣铐。

赵嫣疑惑，只见着玄色大氅的肃王当着文武百官的面俯身垂首，伸臂搭住了她纤细微凉的手指。他淡淡地道：“殿下别怕，朝前走。人若妄议，臣便杀了那人；天若阻拦，臣便反了这天。”

他甘愿放下身段，自称为臣。

暖意顺着指尖攀爬，赵嫣蓦然心间一震，难以置信地看向了他。

闻人蔺始终目光平静，甚至称得上缱绻深情。

殿中不少大臣回头张望，见此情形，皆戟指嚼舌，议论纷纷。

赵嫣知晓，闻人蔺不会留她一个人背负骂名。对比这句话的分量，她无论说什么都显得苍白无力，对闻人蔺最好的回应便是她昂首挺胸地斗下去、赢下去，让所有不满之人都闭嘴。

赵嫣无声地颔首，坚定心神，在闻人蔺的陪伴下，踏着熹微的晨光迈入了大殿。

礼教派的几名牵头主力皆犯事待审，但剩下的乌合之众依旧很多。殿中皆是“窸窸窣窣”的声音，百官自动分列在两旁，朝她投来或复杂或愤怒的目光。

他们或许没想到，站在他们面前的不是什么穷凶极恶的窃国妖魔，而是一个眸色澄澈、纤柔漂亮的少女。

周及站在少数支持从轻处理的官员前列，目光落在逆光而来的赵嫣身上，仿若过尽千帆，忽然有一种久别重逢之感——这是为数不多的他能清晰地认出来的脸庞，仍和记忆中的一样，灵动明媚。

赵嫣停住了脚步，朝周及等人颔首行了一礼，诚恳地道：“蒙诸位于朝中斡旋，赵嫣感念于怀。”

周及回礼，道：“殿下临危受命，心境清明，臣等所求不过无愧于心。”

对面之臣一时纷纷侧目，有人小声道：“瞧瞧这像什么样子？文臣没有文臣的风骨，囚徒没有囚徒的谦卑。朝堂问审，罪臣为何不行跪礼？”

这声音刺耳无比，激起了嘈杂的附和之声。

“长风公主并未定罪，按例，无须跪审。”柳白微一行人立即反驳道。

眼看双方就要吵起来，闻人蔺将内侍抬上来的太师椅转了个方向，椅子腿摩擦地面，发出了“刺啦”的声响。闻人蔺在柳白微和周及身侧坐了下来，振袖靠着椅背，眸若黑冰。

椅子的朝向足以证明肃王的态度。礼教派想起了前夜被抓走的那些罪臣，证实了心中的猜想，顿时敢怒不敢言。

殿中旁听的冯公公迟疑地看了一眼垂帘后的声影，那道身影微抬手臂，示意他不必出面制止。

冯公公心领神会，退回至一旁。

一名老臣上前，指着赵嫣痛心疾首地道：“国之将亡，必有妖孽！”

这一声痛斥拉开了朝堂问审的帷幕。

赵嫣坦然地站着，不紧不慢地回击：“在朝堂之上唱衰国运乃杀头之罪，明尚书与我到底谁才更像祸乱朝纲的妖孽？”

“你！”那位老臣无从反驳，被气得目眦尽裂。

另一名较为年轻的文官站了出来，质问道：“长风公主殿下，你自天佑十七年十月起假扮太子，可有其事？”

“不错。”

“何人指使？”

“无人指使。”赵嫣开了这个口，心境反而平静了下来，“魏琰以我之名，写信毒害与我血脉相连的兄长。内外飘摇，于公于私，我都要回来查明真相。难道我要置兄长的死因于不顾，让大玄毁于小人的阴谋诡计之中吗？”

“就算如此，你渡过难关后为何不退隐交权？”

“你所说的渡过难关是指什么？”赵嫣轻笑了一声，反问道，“是平定乱党，还是沉冤昭雪？是朝堂清明，还是天下太平？或者说仅仅有了一个可以替代的小皇子，你就觉得万事无忧了？若如此，我倒想反问一句，你们效忠的人到底是谁？”

她言辞清晰，逼得殿中一片哗然。

“人有寿数，国有国运，命数如此，不是你一介女子能插手的！”对面的问审者总算想出了突破困境之辞，“公主殿下握权不放，我看你是僭越过瘾，忘了自己是谁！坐东宫，亲政事，入经筵……以女子之身享受储君才有的殊荣，你实乃大不敬，有违纲常！”

“诸位都是苦读圣贤书出身，当知‘物遇不平则鸣’‘保天下者，匹夫有责’。既然人人有责，那么我是男是女、是老是少有何干系？”赵嫣道，“自古以来便有女将、女相，她们文韬武略，青史留名。我虽不如她们，却懂手足亲情，知是非大局。”

“那殿下可知，那些女将都是替父、替夫出征，女相更要冠以后妃的称号？她们皆顺从父夫、臣服君王，心中的忠孝大于天！可殿下染指君权、玩弄权术，如何能与那些女贤媲美？我看殿下还是回去多读几页《女诫》，学学妾妇的顺从之道吧！”

此言一出，方才被噎得哑口无言之人皆慷慨激昂，连连颔首附和。

赵嫣作势沉思，然后道：“我很好奇，为何没有《男诫》？如果有，诸位都应该学学。”

“你……你说什么？！”众人皆目瞪口呆。

世上哪有规训男人的《男诫》？这真是荒唐至极！

赵嫣继续道：“你看，问题就出在这儿。女子被三从四德堵住了喉咙，缚住了手脚，灌输了愚昧和顺从的观念。但她们若和男子一样读书明理，知晓经世治国之道，未必不会有一番事业。至于《女诫》，这不是写给女子的书，而是班昭在替男子发声。只有符合男人意愿的声音才会被众人听见，而那些不符合的声音会被冠以‘妖言’之称扼杀干净，正如此刻诸位对我所做的行径。”

“殿下此言大逆不道，有辱圣贤！”

“我等今日问审，在于定罪，而非逞口舌之快。大家冷静些，莫要被她带偏了。”之前的那位年轻人清了清嗓子，上前道，“殿下假扮太子，难道就不会利用身份之便笼络家臣、门客，结党营私，秽乱宫闱吗？”

最后几个字，宛若重锤般落在了大殿上。

赵嫣一时沉默，而方才质问之人以为自己抓住了要害，越发得意扬扬。

赵嫣的沉默并非因为心虚，她行事坦荡，从未让私情凌驾于大局之上。她只是惊讶要毁掉一个人竟如此简单，这些人随意扣她一顶帽子，就能压得她抬不起头来。

“殿下，自证清白是要剖腹验心的。”

赵嫣的耳畔又响起了去年在玉泉宫的汤池中，闻人蔺那句意味深长的话。

人在遭遇诬蔑和非议时要反击，可一旦顺着对方咄咄逼人的言语掉进自证清白的陷阱里，必将万劫不复。

“诸位大人莫不是搞错了，”赵嫣勾起嘴角，朗声道，“要定一个人的罪，你们应当呈人证、物证，而非要求犯人自证清白。你们有罪证吗？”

对面一瞬间没声了。

赵嫣的这句话真解气，柳白微不禁拊掌称好。

闻人蔺微勾嘴角，搭在椅子扶手上的手指松开，惬意地轻叩起来。

晨曦慷慨地涌入殿门，他心爱之人站在光芒万丈之中，真耀眼啊！

对面的群臣见赵嫣油盐不进，便将话题转向周及和柳白微，力求从这两名“裙下之臣”身上撬出些许长风公主的罪证。他们哪里晓得，真正的“裙下之臣”正气定神闲地坐在椅子上，睥睨朝堂。

柳白微在口才上不输赵嫣，没说两句就要跟对方呛起来了。周及脾气倒挺好，但因其过于清正，无法让对方撬出什么不利之词来。

先前那名痛心疾首的老臣以为周及存心遮掩，一时恨铁不成钢，口不择言：“你身为左相的门生，少年得志，却为一个女子罔顾礼法，上对不起皇恩浩荡，下对不起你十多年寒窗苦读！可惜啊，‘李门双璧’之一竟自甘沉沦至此！”

周及拱手行晚辈礼，淡然回道：“晚辈拜恩师、读圣贤书，正是为了明是非、知黑白。我耳聪目明，问心无愧。”

“说不定就是早知东宫里的人是个女子，你才百般拥护，沆瀣一气。”一名年轻文官重重地拂袖，仿佛要画出一条无形的界线，唾骂道，

“我看你们简直龌龊之极！”

赵嫣轻皱眉头。她不怕受众人唾骂，可真是厌恶极了他们这种辩不过就往她的亲友身上泼脏水，还自诩正义的行径。

此时，殿门外传来了一个沙哑却稳重的声音：“周挽澜是老夫最得意的门生，他虽与我观念不合，却从不徇私包庇，乃至纯至洁之人。诸位不该质疑老夫的学生的品性。”

“左相。”众臣肃然，朝腰佩金鱼袋、着深紫色官袍的李恪行躬身行礼。

那位年轻人没想到李恪行会维护周及，亦拱了拱手，面红耳赤地道：“晚生口不择言，实乃惭愧。”

“我算是彻底明白了，你们说出这等偏见之言，针对的就不是我这个人、我的行径，而是我女子的身份。”赵嫣于袖中捏紧了拳头，呼吸急促了些，索性一吐为快。

“你们以男女定高低、以士庶论贵贱，是因为害怕女子抢走你们的位置，就像害怕寒门的学子分走你们手中的权势与地位一样。”她一步步上前，声音仿佛一把轻柔的刀，剖开了对面虚伪的假面，“你们根本就不是要治我的罪，而是鞭笞我女子的身份，让我学会顺从。你们维护的不是正义，而是你们的利益！”

声如落玉，掷地有声。

面对对面众人恼羞成怒的样子，赵嫣放缓呼吸，哂笑一声：“这样的人站在朝堂之上，才是我大玄之不幸。”

对面哑口无言，连柳白微都被赵嫣那轻柔而深刻的言辞惊到了，半晌没有反应。

日上中天，暖光驱散了寒雾，将残雪照得晶莹剔透。在这极度的寂静中，忽然传来了一声极轻的笑。

众人抬眼望去，只见坐在椅上的男人眉目深沉，望着长风公主的寒眸仿佛春风化冰，其中满是毫不掩饰的赞许的笑意。

午时鼓声起，赵嫣知晓，这第一场她撑过去了。

礼教派的众臣结伴散去，似乎要商讨下一轮问审如何反攻。

赵嫣强撑的力气被抽干了，她眼前一晃，僵疼的膝盖如被冰凌穿骨，霎时间踉跄了一步。

在柳白微行动前，闻人蔺已用一只手臂稳稳地扶住了她，神色如常地递来一盏温度恰好的茶水。柳白微皱了皱眉，只得抱臂退回远处，和周及站在一起。

冯公公从里间走了出来，脸上堆着笑，道："殿下，请随老奴移步，稍事歇息。"

赵嫣松了一口气，看了一眼黄纱垂帘后模糊的身影，趁着放茶盏的契机给了闻人蔺一个安抚的眼神。

二人视线交会，赵嫣这才回首，朝冯公公笑着点了点头："好。"

不同于寒凉的大殿，里间暖香充盈，温暖如春。皇帝披着道袍，正坐于上位翻看内侍呈上来的朝堂问审的笔录，谁有何言行皆被记录得一清二楚。

"以前朕和皇后对你疏于管教，总觉得幺女自由些也无伤大雅。"皇帝按了按太阳穴，精神不似年前矍铄了，却不怒自威，"朕原本以为，你独自反省几日，会懂得乖顺收敛，没想到你连朕身边最锋利的一把刀都收为己用了。朕叫你来私谈，是想最后问问你，你的眼中可还有朕这个君父？"

最锋利的一把刀？赵嫣恍然大悟，父皇原来是这样形容闻人蔺的吗？那当年父皇默许这把危险且锋利的刀在她身边、做她的太傅时是想做什么呢？他要将她变作磨刀石还是以刀时刻提醒她不要贪图不属于她的东西？

她与闻人蔺这样的结果，父皇定是没想到的。

"肃王对父皇而言还有用，所以父皇一定会先舍弃儿臣。"赵嫣的声音很平静，细品之下，还有几分嘲讽之意，"儿臣被推上风口浪尖，受口舌凌迟，所求只为自己辩解，从未想过忤逆父皇。而今想想，父皇才是手段高超之人，竟配合我搭台演戏一年之久。"

"长风，朕一直在给你机会。你是朕的女儿，不到万不得已何至于此？"皇帝将写着笔录的册子合上，握在手中，道，"可女儿也要有所惧怕。你和你兄长都一样，自恃聪明，眼里哪还有君父天威？"

兄长……

父皇提到赵衍，却无端地令赵嫣心间一惊，瞬间寒意布满全身。

“儿臣想到了一个困惑已久的问题。”赵嫣抬头看向皇帝，声音紧绷，“父皇耳目清明，既然已早早知晓赵衍遭遇不测，应该不难查出是谁动了手脚。可是父皇从未有什么动作，放任魏琰逍遥一年之久，是父皇遗漏了，还是有什么缘由让您觉得魏琰这个人不能动？”

皇帝握着册子的手微微一紧，视线沉沉地压了过来。

赵嫣忽然一僵，久站的膝盖再也支撑不住，几欲跪倒。她攥紧了身上的貂裘，抿着唇回视，倔强一如儿时。

殿中，闻人蔺仍负手站着，推开了窗扇，让大片大片的阳光涌入殿中。

他站在阳光中，指腹漫不经心地摩挲着食指上的玄铁指环。他许久没戴这玩意儿了，玄铁不如暖玉温润，令他有些不适。

他素来没什么耐心，最多再等半刻钟，若小殿下的计划还未生效，他非得大步进去，将她从里边拎出来。

闻人蔺眯了眯眼，直至殿外传来了沉重的手杖叩地的声音，缓慢而沉稳，由远及近。

他缓缓地转过脸，看向殿外被搀扶而至的身影，忽然一笑。

那个人来了，还不算太晚。

四

里间中，皇帝平淡的声音传来：“你提及魏琰，想说什么？”

赵嫣很清楚，自己此时装傻充愣才是上策，因为帝心如渊，她揣摩帝王的意图实在太过危险。然而疑窦丛生，事关赵衍，她不得不问出口。

“儿臣只是疑惑，父皇到底在忌惮什么？”

“放肆！”皇帝将手中的册子扔在几案上，“朕若想杀你，下一道旨便可，如今给你自辩的机会，是想听你认错自省。你若知错就改，朕自会开恩保你性命，但你太让朕失望了！”

赵嫣以前很害怕“失望”二字，旁人一个冰冷的眼神都能让她难受许久，躲起来一个人反思是不是自己哪里做得不好。她长大后才想明白，凭什么要为别人的看法而活？她再也不会陷入自怨的境地了。

“儿臣要的是公平，不是开恩。儿臣若此时贪生退避，那些为我奔走发声的寒门儒生就会死……”赵嫣想起赵衍生前所做之事，忽觉父皇这招真是高明，心中顿时寒意倒流，“我有些明白赵衍为何而死了。”

“你怀疑朕？”皇帝笑了一声，“虎毒不食子，朕怎么会杀自己唯一的儿子？”

“可儿臣听到父皇方才之言，知道您确实对他失望了。朝中不乏魏琰这般擅度君心之人，一个被父皇厌弃的太子无异于被扔进狼群中的羔羊。”赵嫣喉间干涩，忍着寒意一鼓作气地说，“为什么？赵衍不是您最疼爱的儿子吗？”

皇帝沉默了。

的确，赵衍是他最疼爱的独子，哪怕体弱多病，非长寿之相，他亦小心翼翼地爱护着、栽培着。衍儿的确争气，聪敏好学、仁善贤明，在病榻之上亦不辍耕读，虽缺少帝王杀伐果决的气质，但作为东宫太子，无一丝懈怠，甚至有过之而无不及。在结交明德馆的那群儒生之前，衍儿一直是他最器重的孩子。

但渐渐地，这个儿子变了。

衍儿几次三番地进谏自己的决策，拉帮结派，妄想推翻他一手创立起来的秩序。有时候，他看着衍儿那张温和且略带稚气的脸庞，竟觉得有几分可憎。

捧杀打压、平衡朝堂秩序是历代帝王的责任。他唯一后悔的是，敲打的棍棒太硬，而他的儿子又太过羸弱。

皇帝右手握拳，声音沉了下来：“衍儿年纪轻轻就总想着打破旧制，擢寒门、压士族，哪里晓得大玄的根基就是这些士族？没有他们，朕想做点儿什么还要被那些田舍村夫掣肘。太子不敬法度、不惧君父，不该被敲打敲打吗？可他出了这样的意外，命数就是如此，你以为朕就不觉得痛心遗憾吗？”

敲打？

赵嫣被这两个冰冷的字刺痛了，瞳孔震动。

意识到自己失言，皇帝及时止住了话题，面色越发难以让人揣测。

室内一时静若坟墓。

赵嫣呼吸微颤，轻声说："您想让兄长敬畏君父，于是放纵这一切发生……"

皇帝不得不打起精神，认真地正视面前的小女儿。

受审的人明明是她，自己却反被她揪住了破绽。

赵嫣从只言片语中反推出了真相——这一年多赶鸭子上架的假太子生活倒磨炼出了她敏锐的头脑。

"顽劣不堪！朕看今日也不必审了。"皇帝拂袖起身，指着几案上的东西，对在一旁侍奉的冯公公道："你将这份联名的折子给她看看。"

冯公公连忙道了一声"喏"。

在天子的眼皮子底下，冯公公不敢流露出分毫的怜悯之情，连忙将奏折双手递给赵嫣，连多余的眼神也不敢给她，便躬身退回了原位。

赵嫣打开折子，目光一凝。

这是十余名大臣的联名折子，请求皇帝准允长风公主下嫁北乌王子和亲，将功折罪。

礼教派斗不过她与民意，就送上一顶"长风公主大义为国"的高帽，将她送得远远的。她若拒绝和亲，反倒证实她并非真的为了大局，而是另有所图。

这看似是父皇的恩典，是那群礼教派无可奈何的退步，可赵嫣心知肚明，这是他们的后手。

将功折罪……

赵嫣动了动嘴角，无声地讥笑：她有什么罪？

"你又笑什么？"

"儿臣笑雁落关拼死抵御北夷的近十万将士，替他们不值。"

"这已是对你的恩典！"

话说重了，皇帝忽然握拳咳嗽起来。一旁的冯公公连忙上前，沏茶侍奉道："陛下保重龙体。"

皇帝推开了他，徐徐地放缓喘息，望向赵嫣："你不必鸣不平，这是你欠了八年的债。是认罪伏法还是戴罪和亲，你想清楚了再回话。"

这番话没有半点儿回旋的余地。赵嫣抿起唇，将指尖攥得生疼。

她沉默着，望着几案上袅袅飘散的熏香的白烟，不知自己还能拖多久。

皇帝不再多言，按了按眉心，仙风道骨的和善脸庞上浮现出几分凌厉之色："来人……"

"让长风回京暂代太子是哀家的主意，皇帝要连哀家一起审吗？"

手杖叩击地面的闷响靠近，一道声音骤然打破了僵局。

垂帘被卷起，魏皇后与妙龄宫婢扶着一名手持紫檀佛珠的富态老妇缓缓地走了进来。

赵嫣看着白发苍苍、年过古稀的老太太，眼眶蓦地一热，刺痛的双膝再也支撑不住，跪在地上如释重负地道："皇祖母！"

"您老怎么回来了？"皇帝将视线从赵嫣身上掠过，放缓声音躬身道，"儿子有失远迎，万望母后恕罪。"

太后越过行礼的皇帝，只看向赵嫣，道："你且起来。"

一旁的宫婢时兰立即上前，半跪着搀扶起赵嫣，声音微微哽咽："殿下……"

自华阳行宫一别，主仆二人一年多未见，千言万语都在这一声呼唤中了。

"长风自幼伴随哀家身侧，没有哀家的准许，你以为谁能放她回京？你要用她正礼法、固皇权，可没有国，哪儿来的礼法和皇权？"太后用龙头手杖敲了敲地面，缓慢而清晰地道，"她是大玄的公主，是你的女儿，皇帝不怜悯、体恤她，反而于朝堂之上公审她……你既然要审，好，不如连同哀家一起，将元康十一年的那桩旧案一同审了！"

元康十一年，前朝太子被弹劾僭越谋反，废为庶人，死于流放房陵的途中。

皇帝不敢反驳，躬着的身子一低再低："儿子不敢，母后息怒。"

"皇帝这句话，哀家听不明白。"

"母后舟车劳顿，还请在慈懿宫内稍事歇息，有什么事可以明日再商量。"

"哀家素来喜欢清净，还是住北宫蓬莱殿吧。这里降真香太浓，熏得哀家头晕。当年你们既然将长风这丫头给了哀家，哀家就要对她负责到底。”说罢，太后看向赵嫣，目露温情：“长风，跟哀家走。”

皇帝绷紧了脸色，没有阻拦。

赵嫣道了一声“是”，上前同魏皇后一左一右地托着太后的手肘，朝外间走去。

朝臣陆续重回大殿，见到太后娘娘归来，无不震惊。

这名铁血一生的老妇虽与帝王生了嫌隙，避京数年，然而余威犹在。

“前年大玄内外动乱，危在旦夕，你们逼问长风公主假扮太子受何人指使，现在这人就在你们的眼前。”太后环视群臣，中气十足地道，“是功是过，任诸卿评论。”

人声俱静，朝臣、宫侍无不撩袍跪拜，让出道来。

几个时辰前，赵嫣与闻人蔺受千夫所指，迎着众臣或鄙夷或愤怒的目光入朝受审；而现在，她与太后娘娘受众臣跪拜，昂首挺胸地走过折腰敛目的人群。

殿外，阳光铺洒在雪上，反射出一片耀眼的金白色的光。

父皇对赵衍的态度已到了赵嫣的嘴边，但她在见到母后苍白又疲倦的面容后，又生生地止住了说出来的想法。

赵嫣咽了咽口水，心道：过了上元节，自己再将一切告知她。

她们过了集英门，道路旁的霍蓁蓁和赵媗立即迎了上来。

两个人先朝太后和皇后行了礼，然后霍蓁蓁率先开口了：“赵嫣，结果如何？你若是输了，我可看不起你！”

赵嫣浅浅一笑，眨着眼道：“皇祖母来了，我哪有输的道理？”

霍蓁蓁松了一口气，却不愿显得自己多担心似的，索性一头扑进太后的怀中，说：“皇外祖母，我都多少年没见着您了！”

“是啊，蓁蓁都长成大姑娘了。”太后用持着佛珠的手轻轻地抚了抚霍蓁蓁的脸，又转头看向赵嫣，故作严肃的表情，道：“你也过来。”

赵嫣心间一软，暖意横流，亦上前抱住了这位阔别一年多的老妇人。

眼前祖孙和乐，柳白微搀扶着吊着手臂的裴飒，不禁微微一笑。魏皇后立于一旁，端庄冷静，只在众人不注意的时候悄悄抬手，按了按微红的眼尾。

“你这孩子，胆子未免太大了些！若哀家没有及时赶回来，你还要如何和朝臣斗？”

“孙女不孝，惊扰了皇祖母清修。”

“就是，就是，皇外祖母可要好好教训她！”霍蓁蓁在一旁煽风点火。

赵嫣看了一眼霍蓁蓁发红的鼻尖，毫不留情地戳穿了她：“郡主和我抬杠前还是先把眼泪擦擦吧，鼻子都哭红了。”

“啊？有眼泪吗？”霍蓁蓁使劲揉了揉眼睛，而后反应过来，跺了跺脚道，“谁哭了？我才不会为你掉眼泪呢！”

看着霍蓁蓁恼羞成怒的样子，赵嫣觉得自己仿佛又回到了当年和她拌嘴的时候。

“你在朝中的英姿，颍川郡王孙和裴世子都复述给我听了。那些话我一辈子也说不出来……”霍蓁蓁背对着赵嫣，别扭地道，“讨厌鬼，我们要不要握手言和？”

赵嫣弯着眸反问：“我们不和过吗，撒娇精？”

“你……”霍蓁蓁叉腰瞪眼，半晌，没忍住，“扑哧”一声笑了出来。

这是难得的安宁时刻，一行人沿着不见尽头的宫道朝北宫走去了。

等霍蓁蓁拉着赵媗嘀嘀咕咕地走远了，太后才看着赵嫣的眼睛，问道：“你在华阳行宫里待了七年，可哀家从未尽过监管之责，还默许皇后带你回宫，将你推上风口浪尖，你怨不怨哀家？”

此言仿佛打开了一道闸门，让赵嫣的回忆流泻，往事历历在目。

赵嫣向来不安分，听经听不了两刻钟就会走神、打瞌睡；吃不惯素斋，时常去膳房里打牙祭，甚至还爬墙偷溜出去玩。故而每次太后只是闭目诵经，对她不闻不问。

赵嫣摇着头道：“儿时我曾觉得皇祖母也许不喜欢我，现在方知，您不问俗事，反而是在给我最大的自由。”

“你果真长大了。”太后绷着的脸柔缓下来，苍老的眼眸中流露出了欣慰之色，“假扮太子之事的确委屈了你，但和亲之事涉及国运，哀家不会过问，你明白哀家的意思吗？”

“明白。”赵嫣点了点头，洒脱地笑了一下。

太后一向公私分明，不会委屈她，也不会过分偏袒她，只能帮她走到这一步了。剩下的路，她得自己走。

想了想，赵嫣还是问出了口：“皇祖母，父皇说让我和亲是为了偿还八年前的债，此话何意？”

“黄昏风寒，妾命人传凤辇送母后回宫。”魏皇后打断了赵嫣的话。

“你紧张什么？这事难道还能瞒她一辈子？”太后正色道。

赵嫣见状，连忙看向魏皇后：“母后，当年到底有何隐情？”

“她呀，就是放不下这个架子，刀子嘴豆腐心。”太后接过话茬，问赵嫣，“你还记得当年你父皇质问你为何要打北燕王子时，你如何回答的吗？”

“我说北燕王子非要与我比赛捶丸，我失手伤了他。”赵嫣回想了一番，不解地道，“可是我的回答有何不妥？”

太后缓缓地摇着头，银丝雪髻上的素钗摇晃起来：“就是因为你回答得太好了，孩子。你打小够机灵，有胆量，是和亲的极佳人选——要送去敌国的公主当然不能太愚笨。”

赵嫣愣了愣，说：“可那时我才九岁。”

“北乌人成婚较早，女子通常十二三岁就嫁人了，更何况当时只是议亲。那个北乌王子品性恶劣，尤爱豢养未长成的少女。你若与他定了姻亲，被教养三四年再嫁去北乌，岂有活路？”

赵嫣想起了当年北乌王子上下打量她时那奇怪的眼神，没来由地感到一阵恶寒。

太后长叹一声，将手杖叩在宫道的青砖上，接着说：“四丫头耳有残疾，性格绵软，不适合出入虎狼之地。老三早早地就出了家，一开始就不在你父皇的选择之内。只剩下老二，被人一撺掇，还以为和亲是什么至高无上的荣耀，一门心思要名垂青史，劝都劝不住。她那时才十七岁，花一般娇嫩的年纪，却被北乌王子嫌弃年纪太大，不情不愿地带去北乌，不到半年就含辱而死了……”

赵嫣站在原地，任由寒风裹挟着回忆扑面而来。

“跪下！”记忆中的母后很年轻，冷艳且严厉。

“我没有错。”

“你还不知悔改？！”魏皇后看着小女儿稚嫩却倔强的目光，唇瓣抖了抖，终是狠心地道，“你兄长为你求情，旧疾复发，几欲丧命！你胆大妄为，命带不祥，没有半点儿公主的温婉气度！本宫若不将你逐出宫，你迟早给大玄惹出祸端！”

九岁的小姑娘跪在结冰的石阶上，任寒气侵骨、泪眼婆娑，也不肯低头认错。她那时太委屈、太气愤，全然没有留意到母后厉声斥责时微颤的呼吸。

“这些事，母后从未与我说过。”赵嫣思绪复杂地道。

魏皇后避开了视线，轻声说：“陈年旧事，何须再提？”

她一生要强，不是个爱吐露心声的人，若不是太后坚持要挑破，这些话她一辈子也不会说。她没有那么坏，却的确不是个公平、称职的好母亲。后宫之事纷杂，儿子又体弱多病，分走了她太多的精力，以至于她面对女儿时总是精疲力竭、疾言厉色。

赵嫣明白过来，站在她面前的尊贵女子虽是母仪天下的皇后，却也只是一个有着些许毛病、愿在危急关头舍命护住儿女的普通的母亲。

赵嫣理解母后的矛盾与艰辛，觉得自己或许应该亲昵地上前抱住母后，一笑泯恩仇。但她动了动手指，还是没有做到。或许母后对她亦有同样的心态，她们都错过了舐犊情深、母慈子孝的最好时机，纵使两颗心相互体谅、靠近，却始终保持着敬重的距离。

带着风中冰雪的气息，赵嫣忍着膝盖的痛后退一步，缓缓地跪在了地上：“儿臣无以为报，今当叩首，拜谢母后、皇祖母之恩。”

说罢，她将双掌交叠置于额前，朝魏皇后和太后娘娘各叩一首。

大玄朝最尊贵的两个女人竟在这个纤柔的少女身上看到了类似“风骨”的东西。

北宫蓬莱殿临水，距离鹤归阁只有不到两刻钟的路程。不知不觉中日头西斜，寒木林立，掩映着鹤归阁翼然的檐角。

所有人都在身边，赵嫣唯独不见闻人蔺。

她突然很想见他，这种悸动已然超越了死里逃生的喜悦。她的脚步不自觉地慢了下来，她回首看了一眼。

太后看她心不在焉，忽然喟叹道："当年哀家也曾伴先帝登含光门赏灯，与民同乐。这一晃都几十年过去了，许久没看京城的灯会，哀家还真有点儿想念。"

赵嫣回过神，问道："皇祖母想去看灯会吗？"

太后的手松弛而温暖，她轻轻地拍了拍赵嫣的手背，意味深长地道："哀家老了，走不动了。你替哀家出宫看看，买一盏先帝最爱的琉璃灯回来。"

赵嫣讶然，下意识地看了魏皇后一眼。

魏皇后红唇微动，最终只是神色复杂地叮嘱道："找几个靠得住的人陪你去，别太声张，早些归来。"

"行了，她这般大了，心中有数。"太后闭目，一副平和的神情，"难得佳节，她又受这么久的苦，就不必陪着我这老婆子吃斋念佛了。"

赵嫣太久没有呼吸过自由的空气了，此番有短暂喘息的机会，便如鱼入水，瞬间活络起来。

"那儿臣去了。"她含着笑朝太后和魏皇后行了个礼，便迫不及待地转身朝鹤归阁的方向走去了。

不多时，赵嫣看到了等候在廊下的蔡田，连忙问道："蔡副将，你家王爷呢？"

蔡田躬身行礼，朝北门一指。斜阳万丈，残雪如琼花点缀在枝头上。门洞下，一个人逆光站着，长影如戟。

赵嫣提着裙裾越走越快，最后不顾膝盖的伤痛小跑起来，任风吹乱鬓发。

三丈、两丈、一尺……她踉跄一步，在倒地前，一只手臂稳稳地扶住了她。

赵嫣撑着膝头喘气，谨慎地环顾四周。一缕散乱的碎发随着她的呼吸粘在了饱满嫣红的唇瓣上，于夕阳中勾出一缕金色的柔光。

"殿下放心，四周没有闲杂人等。"闻人蔺伸手轻轻地将她那缕碎发别至耳后，顺手揉了揉她那冻得微红的耳尖。

赵嫣听他这么一说，放下心来，大大方方地扑进他的怀里。她用了那么大的劲，仿佛要将这一日来积攒的紧张和害怕宣泄干净。

“你去哪儿了？我出来都未曾瞧见你，”她深深地吸了一口气，带着一点儿鼻音，但语调依旧明快，“吓死我了。”

在朝堂上舌战群儒不曾落败的少女现在才知道后怕。

闻人蔺抱住她纤细的腰肢，缓缓地道：“去见了皇帝。”

赵嫣立刻紧张起来，抬眼问：“你们说了什么？”

闻人蔺没有回话，只温柔地注视着她，抬手按着她的后脑勺，将下颌搁在她的头顶轻轻地蹭。

他抱着赵嫣，像抱住了温暖的火焰、明亮的光。

“殿下可知，殿下在朝中力驳群臣时，本王在想什么？”他说了个不相干的话题。

“想什么？”赵嫣问。

“殿下那样耀眼，本王在想，便是殿下要我的心脏，我也会毫不迟疑地挖出来，擦干净送给殿下。”闻人蔺垂首敛目，声音很轻，像耳畔的一声叹息，“殿下看，本王是不是没救了？”

他说得这样认真，如情话般缱绻。

赵嫣听着他胸腔里沉稳有力的心跳声，知道他并未撒谎。她的心也跟着跳起来，像要回应他的痴狂。但她不能跟着一起疯，他们两个人之间总要有人保持清醒，在另一个人坠入深渊前，将对方拉回到阳光下。

所以赵嫣抬眸，大胆地捧着闻人蔺俊美冷白的脸，一字一顿地道：“闻人少渊，我不要你为我死。我要你为我而活。”

掷地有声的话语在闻人蔺的心间荡出清越的回音。

“殿下这么霸道，连太傅也不叫了？”他微挑长眉，眼中含着纵容的笑意，揉了揉她的后颈。

赵嫣忽然笑了，眸中碎光无限，轻声道：“太傅，赵衍一定是将所有的赌运都给我了，才让我遇见了你。”

风无声而过，闻人蔺感到胸腔中有一种炙热的胀痛感。这感觉是甜蜜的，他甘之如饴。

第八章

我心悦你

一

颠沛流离的柔风终于停留在了深渊的裂口处，将那里当作栖息之所，也的确温暖了深渊下暗无天日的孤寒。

他们相遇，将对方视若珍宝。闻人蔺说不清谁比谁幸运。

他浓长的眉在夕阳和灯影交织的橙光下显出几分温柔之意，声音像闷着笑，他道：“太子若知晓殿下借他的运气遇见这么个黑心黑肺的浑蛋，只怕要从九泉之下跳上来大骂三百声。”

赵嫣被他自嘲的话语逗笑了。

“我刚遇见你那会儿，你的确是个浑蛋。”她板着脸，一本正经地道，“不过你放心，赵衍脾气很好，从不骂人。”

她不知想到了什么，声音轻了些许：“他真的是个没脾气的好人。”

闻人蔺没说话，弯下腰将她打横抱起来。

身体突然腾空，赵嫣下意识地揪住闻人蔺的衣襟，问：“你干什么？”

“殿下站着与群臣斗了一日，这膝盖还要不要了？”

“是有些疼，不过我还能受得住，没那么脆弱。”赵嫣朝四周看了一眼，提醒道，“我如今还是待赦之人，这样不太好吧？”

“殿下脆不脆弱是一回事，臣就是手痒了，想抱着殿下走。”行至马车旁，闻人蔺停下脚步，收拢手臂，“别动，这里没有旁人。”

他这般强悍、狂妄，却又这般虔诚、深情。

这一刻是他们在暗流涌动的间隙偷来的安宁。

马车的垂帷将他们遮挡得严严实实，不漏一丝寒风。赵嫣身子后仰，手撑着坐凳，看着闻人蔺将她的里裤卷起，露出瘀伤未消的膝盖。

他将赵嫣的一条腿轻轻地搁在自己的膝上，用掌心焐化了药油，再揉开覆在她的膝盖上。刚开始有些针扎般的痛意，赵嫣“嘶”了一声，咬着唇瑟缩的样子颇为可怜。

闻人蔺看了她一眼，没说话，却俯下身，低头吹了吹她膝头的伤处。

不知是不是药油的味道太过熏人，赵嫣忽然鼻子酸热起来——她早已不是小孩子了，可依然贪恋被人珍视的滋味。

在闻人蔺抬首继续上药前，她连忙移开视线，轻轻地吸气平复情绪，用微哑但轻快的语气道：“我想回一趟东宫。”

闻人蔺没问为什么，只掀帘吩咐了外边一声，随即将手擦干净，取出早已备好的绵绸护膝，护在赵嫣刚上完药的膝盖上。

东宫的小门外，孤星和李浮迎了上来，见到恢复少女装扮的赵嫣，皆欲语还休。

“卑职孤星，拜见殿下。”喉结几番滚动，孤星终是半跪着抱拳行礼。

赵嫣伸手欲扶，但膝盖疼，只得抓着闻人蔺的臂膀道：“我如今是戴罪之身，你不必多礼。”

孤星的双手托着赵嫣在玉泉宫赠给他的花柄皮鞘横刀，他低下头郑重地道：“知遇之恩，当结草衔环以报。卑职愿追随殿下为奴、为侍，誓死守护殿下。”

“你是东宫卫统领，跟着我实在大材小用，倒显得埋没人才了。待我挣脱囹圄，若还有机会，必亲自来请你统领。”赵嫣抬手压在他的刀身上，示意他起身，而后看向一旁低头跪迎的李浮：“你也起来吧。我今夜来是想取两样旧物，我如今的身份不便再入东宫，你去替我取来。”

李浮很快便将东西拿来了——一箱书，还有一个不大的绸布包裹。

马车摇晃，朝京城最大的灯市行去。

赵嫣打开了搁在膝头的绸布包裹，里面是赵衍留下的那柄短刀和一本半旧的《古今注》，扉页上的“拂灯”二字依旧遒劲。书本下，还有一只嵌螺钿的绿檀木长形首饰盒。

赵嫣用手轻抚过绿檀盒子上细微的裂痕，而后轻轻地打开，将里面那支光彩烨然的金笄取了出来，捧在掌心里。

闻人蔺靠在车壁上，抬手撑着额角，见她的眼中似乎有了光华。

“这是赵衍送我的生辰贺礼。一转眼，一年半就过去了，想一想，当年恍如昨日。”赵嫣没有沉浸在情绪中太久，很快便抬起头来，提了一个令闻人蔺诧异的要求，“替我戴上吧。”

她将那支弥足珍贵的金笄递到闻人蔺面前，眸若秋水月影，于纱灯下泛着澄澈通透的光泽。

她终于能光明正大地戴上它了。

闻人蔺坐直了身子，接过那支明显是生手打造的金笄，斜簪在少女的髻间，仔细地调整好角度。

他垂着眸慢条斯理地道：“不错，小殿下真好看。”

“彼此彼此，太傅也不遑多让。”赵嫣扬了扬眉，眼尾那颗泪痣与金笄交相辉映，娇艳无双。

马车停在了灯市的街口，赵嫣脱下雪色貂裘，罩上更为宽松保暖的杏色兔绒斗篷，以帷帽遮面。

起身时，她按住了帷帽边沿，皱了皱眉。

赵嫣微不可察的小表情并未逃过闻人蔺的眼睛，他问：“戴着不舒服？”

赵嫣点了点头，不得不将头压得更低些，说：“夜间风大，人也多，戴着这个东西不太方便。”

闻人蔺毫不迟疑地取走了她的帷帽，只留下一条素色面纱，牵着她的手道：“走吧。”

只要她说不方便，那些多余的物件就不该出现在她的身上。

赵嫣轻轻地眨了眨眼睛，迟疑地道：“你可否也遮一遮脸？”

无他，他的容貌和气度太打眼了，身形又挺拔颀长，他走在街上宛若鹤立鸡群。他们若遇见个熟人，还真有些麻烦。

闻人蔺原本不在意这些，但见赵嫣好像挺介意的，便命人取了个银质半截面具戴上，道了一声“臣领命”。

他说得散漫，微凉的银质面具完美地贴合他眉骨和鼻梁起伏的曲线，露出来的下颌干净俊朗，竟将凌寒和温润这两种矛盾的气质杂糅得无比和谐。

灯市上光河流转，张灯结彩，仿若仙境。火树银花映着夜宵摊位上蒸腾的热气，红男绿女，往来不绝，皆是橙光中逆流而上的鱼，游走于光怪陆离的绚烂中。

鳌山灯球之下，彩纸谜面如垂绦随风微荡，霍蓁蓁却不太开心。

“这么简单的谜面都猜不出来，我养你们何用？”霍蓁蓁裹得像个雪球似的，噘着嘴闹脾气，“太子哥哥要是在，无论多少灯谜都能猜出来，我想要哪盏就能得到哪盏。”

“郡主莫恼，您喜欢哪个？奴婢替您买来。”一旁伶俐的侍婢安抚道。

“买来的还有什么意思？阿爹和阿娘卿卿我我，又丢下我一个人，连点儿乐子都没有……”霍蓁蓁说着，眼圈开始泛红，“我们明明说好了……”

街边，柳白微和明德馆的几名故交游灯会，明明已经路过鳌山灯球了，想了想，还是辞别友人倒退了回来。

他站在灯球下，选了一盏最漂亮的奔月灯，抬手捋下上方的谜面，扫了一眼便报出答案。

周围一片喝彩声，柳白微没有接那盏赢来的花灯，只给了灯铺伙计一把铜板，朝着霍蓁蓁的方向指了一下。

伙计会意，连忙提着灯过去，朝锦衣玉食的少女行礼道：“上元安康，这是那位小郎君赠予贵人的。”

霍蓁蓁讶然回首，刚好看到柳白微转身。

“哎！”她喊了一声，提着灯穿过人群，小跑过去。

柳白微停住了脚步，举起双手道：“小祖宗，我可没有别的意思，就是看你一个人在街边哭得可怜，随手摘来送你的。”

“我知道！即便你有意思，我还看不上你呢！”霍蓁蓁哼了一声，用手指拈着灯柄飞快地小声说了一句“谢谢”。

“郡主说什么？真是稀奇。”柳白微夸张地瞪大了眼睛。

霍蓁蓁扭过头，问道：“我今日看见你在宫门口游荡了许久，你是想见赵嫣吧？”

柳白微顿了顿，沉默了片刻。

“你想见的人好歹还能见到，我要见的人却再也见不着了。”霍蓁蓁说着，渐渐流露出几分惺惺相惜的意味，越发气愤，“我替你骂她！我们明明两个月前约好了要一起赏灯的，结果她将自己陷入这般境地，把我们都撇下了！”

柳白微反倒笑了起来。神清骨秀的少年洒脱地道：“她虽然暂时脱险，然而隐患犹在。她不见我们，是不想给我们惹麻烦。”

谁叫他们的本领不如那个人呢？他若像那个人一样只手遮天，活成人人都忌惮的样子，就不会让她顾忌许多了。

柳白微知道，他现在唯一能做的就是替赵嫣守好那群儒生，不要辜负了她的信任。

廊桥上，赵嫣忽然打了一个喷嚏，往前趔趄了一下。

“怎么了？”闻人蔺伸手扶了她一把。

“鼻子痒，大概有谁骂我。”

赵嫣的手中提着一盏琉璃灯，还有些用油纸包裹的零碎玩意儿，她一边吃一边眺望满城灯海。闻人蔺没有看灯，而是负手而立，凝望她被灯火照得明亮的脸庞。

“殿下可要放一盏祈愿灯？”他问。

赵嫣侧首，只见楼阁桥上到处有人在放祈愿灯，一盏又一盏。祈愿灯宛若萤火虫，飘荡在墨色的夜空中，渐渐汇聚成明灭的星河。

赵嫣想了想，对着面前的男人展颜道：“我希望盛世太平，世间再无战乱、饿殍；希望太傅健康无忧，长命百岁。”

闻人蔺微微失神，笑着道："殿下未免太过敷衍，不放祈愿灯，就这么直接地说出来？"

"我知你不信神明，祈祷上苍，不如求你。"赵嫣在他的掌心里塞了一颗微酸的山楂粒，郑重得像在交换什么信物，"我说真的，方才我对你许的祈愿你听见了吗？你一定要长命百岁。"

闻人蔺望着掌心里的山楂粒，问道："殿下这是怎么了？"

"我就是觉得有些对不起你。"赵嫣一只手搭着栏杆，弯腰将下颌搁在手背上，俯瞰灯海如昼之景，"我不知你与父皇说了些什么，可今日我从父皇的只言片语中得知了些许真相。魏琰当初能从中作梗，害你父兄的性命，其中未必没有父皇的推动，就像他暗许朝臣敲打自己的儿子一样……可惜他太自负，沉湎于年轻时的功绩中不可自拔，以至于让许多事情都脱离了掌控，酿成祸端。"

闻人蔺安静地听她说完，轻声说："殿下又犯老毛病了。"

"我有什么毛病？"

"替别人揽罪的毛病。"

赵嫣愣了愣，瞠目结舌。

"恩债各有主，本王分得清。非要说父债子偿，殿下也偿得差不多了。"闻人蔺意有所指，语气低沉从容，"殿下惹上了本王这样的人。"

赵嫣又分了一颗山楂粒给他，继续道："我才说遇见你是赵衍借我的赌运呢，你何必急着拆台？"

他拈起山楂粒放入口中，感受着漫开的酸楚，皱了皱眉。

太酸了，不知赵嫣是怎么吃下去的。

赵嫣见他皱眉，瞥了一眼廊桥上间或路过的行人，对闻人蔺说："太傅，你过来。"

闻人蔺闻言垂首，赵嫣却不满地道："再近些。"

闻人蔺看了她一眼，还是依言俯身，凑得更近些，让自己的身影落在她明亮的眼眸中。

赵嫣垂下了眼睫，隔着面纱在他的唇角飞快地印下了一个吻。

她亲完就后悔了，因为并不擅长在众目睽睽之下做亲昵之举。方才她就像鬼迷心窍一般，见他眉头轻皱，就下意识地想要做点儿什么……

她退开些，清了清嗓子，移开了视线。

山楂粒他还含在嘴中，却品出了丝丝甜意。明明他们连更亲密的事也做过了，他却还是被这羽毛般调皮的一吻扰乱了心绪。

“这也是殿下偿的债？”闻人蔺垂眸敛目，抬起手碰了碰自己的唇角，“本王都没尝到味，小气。”

赵嫣也不知闻人蔺是在说山楂，还是在说她主动的吻。

“不然还能怎样？”赵嫣闷声反驳道，“说好陪你看灯会，结果我因膝盖瘀伤，不能让你尽兴，这样就算聊表安慰了。”

闻人蔺低笑出声，连眉眼也舒展开了。

遇见她之前，他所求不过一死；遇见她之后，山河明亮，连风都是甜的。

他说：“灯会本王年年都能看，没什么稀奇的，重要的在于谁陪本王看。殿下聪慧，实在不该本末倒置。”

这话赵嫣听明白了，暖意自耳畔传来，熏热了她的面颊。

这人说话能不能不要凑她这么近？真是要命！

此时，廊桥下忽然传来了女子的嬉笑声：“快看，他们的肤色和头发好奇怪呀！”

赵嫣望向声音传来的方向，只见乌阙顶着那一头耀眼的白发，领着侍从从一家秦楼楚馆里出来，与那些莺莺燕燕的女子依依惜别。他那副玩世不恭的模样，实在不像来求亲和谈的。

赵嫣蹙了蹙眉，想起了正事。

二

街上行人众多，赵嫣又戴着面纱，所以乌阙一行人并未发现她。

待乌阙等人从廊桥下走过，站在摊边观灯的两个男子才对视一眼，继续远远地跟上去了。

闻人蔺认出了那两张面孔，表现出了些许兴趣：“殿下的人？”

“是孤星的下属。去年在锦云山庄的暗道里，他们陪我一同追击赵元煜，是忠诚可靠之人。”赵嫣合拢手中装着山楂粒的袋子，顿了顿，道，“北乌的这群家伙每日神出鬼没的，不太对劲。我如今不能再光明正大地吩咐孤星做事了，只能今日以取东西的名义交换情报。”

日暮时，在东宫门外，她伸手去按孤星的刀身，便将在路上事先准备好的字条压在上面了。孤星心领神会，也将这些日子调查来的线索混入了那一箱书中。

这些小动作自然没瞒过闻人蔺的眼睛，他慢悠悠地夸了一声：“殿下的小心思还挺多。”

其他女子若经历这般大的波折，恐怕早就被吓得心神不宁，或者放松警惕、沉湎于满城灯火的热闹氛围中了。偏偏她能冷静地抓住每个契机，继续谋划。

“近墨者黑，是太傅教得好。”赵嫣笑吟吟地应了一声。

闻人蔺乜了她一眼，问道：“近什么？”

“近朱者赤！朱！”赵嫣带着狡黠的笑，刻意将这个字说得极为清晰，然后抬手抵着闻人蔺逼近的身子道，“明德馆近日连番施压，已让父皇心生戒备，若再闹腾下去，恐怕会适得其反。和亲之事还得从北乌人这边入手。”

“和亲”二字令闻人蔺的眸色沉了沉。

赵嫣看着他，默默地止住了话题。

好在闻人蔺面色依旧平和，貌似随意地道：“殿下不愿与北乌人打交道，直言拒绝便是。本王尚在，殿下只管朝前走，不必有顾虑。”

这是他今日第二次对她说“朝前走”。赵嫣抬眼看着他，一时没明白他这句话的意思。

“可若太直接，恐生战乱。”赵嫣道。

“彼要战，那便战。”

闻人蔺轻松恣肆的话语令赵嫣心头一颤。她侧首看向闻人蔺的双眸，银质面具下，他的眼睛深沉无底，让人看不清情绪。

若时光倒退九年，闻人蔺定然也是鲜衣怒马、拓落不羁的天之骄子。可他不是说过再也不会为大玄而战了吗？况且战争从不是史书上轻描淡写的两个字那般简单。

廊桥下，满城的灯影繁华，炊烟四起，人们谈笑往来，丝毫不受国事动乱所扰。

“我应允过，明年上元节前会让你看到大玄的变化。如今在朝堂上携手一战，我做得虽不够完美，但希冀犹存。”赵嫣挣扎了片刻，随即沉静一笑，“我不会退缩的。在那之前，我得弄清楚北乌国到底想要什么。”

她坚定的眸子是闻人蔺最熟悉也最让他着迷的。他抬手，隔着面纱轻轻地抚摩她的脸颊。

廊桥的尽头传来了拉长的吆喝声，是一名卖浮元子的货郎挑着担子路过。

赵嫣心中有了主意，可尚是戴罪之身，囊中羞涩，便小声凑过去问：“你还有银钱吗？”

这句话实在多余——堂堂肃王殿下，岂短缺过银两？

闻人蔺扫了一眼随行的侍从，那侍从立刻解下沉甸甸的钱袋，恭敬地将钱袋双手递给赵嫣。

赵嫣打开，从里面挑了一块最碎的银子，径直朝货郎走去。闻人蔺便负着手不紧不慢地跟着她。

闻人蔺即便戴了面具，也藏不住满身雍容华贵的气度。他才跟了两丈远，就被三名青衣少女拦住了路。她们互相笑着、闹着、推搡着，面红耳赤地向他行了个礼，约莫是哪家官宦小姐身边的侍婢。

闻人蔺淡淡地抬眼一看，果然看见廊桥尽头的栏杆后有个穿着藕荷色华裳的女子在张望。那女子见他抬目，便羞得躲在了红漆柱子后。他不由得微微皱眉，显出几分不耐烦之色。

赵嫣买了两碗热腾腾的酒酿浮元子。她和闻人蔺都不太喜欢吃甜腻之物，所以这两碗都是无馅的。

谁料赵嫣刚端着搪瓷碗转过身，就看见肩阔腿长的肃王殿下被三名青衣少女拦住了去路，少女们正“叽叽喳喳”地问着什么。

“郎君是谁家的公子？瞧这气度，便是在京城中也少见。”其中一个年纪稍大的侍女笑着行礼道，“楼上有观灯的绝佳去处，郎君若不嫌弃，可随奴上去小坐片刻，用些茶点。”

赵嫣站在原地，挑了挑眉梢。她看够了，将手中的两碗浮元子暂时交给侍从，拍了拍手向前走，忍着笑唤了一声："夫君。"

这两个字她说得清亮无比。

一时间，那几个侍婢愣住了，闻人蔺也怔了怔，抬起了戴着银质面具的脸。

他的嘴角若有若无地扬着，方才那一声称呼明显取悦了他。

赵嫣越过她们，挽住了闻人蔺的手，道："抱歉，我家夫君有哑疾，又呆头呆脑的，若是不察冲撞了几位娘子，我替他道歉。"

那几名派来探路的侍婢听到这样挺拔华贵的男子竟然成亲了，且是个徒有其表的哑巴，夫人还这般年少明丽、通情达理，一时脸色变了几下，皆有些羞愧。

"是奴等冒犯了。"她们匆匆地行了礼，便快步离去了。

"真是罪过，"赵嫣摇着头轻叹，"廊桥之上只怕要多一个情窦初开却芳心碎裂的可怜娘子了。"

话还未说完，赵嫣便觉得腿上一轻，整个人被打横抱了起来。

"你又干什么？"赵嫣睁大眼睛问道。

闻人蔺稳稳地抱着她朝廊桥的楼梯走去，小臂抄着她的腘窝，修长的手指轻轻地碰了碰她的膝盖，似乎在问：膝盖疼成这样，你怎么下楼？

赵嫣站了一日，上楼还好，只是有些疼痛，下楼只怕会滚下去。于是她只得将这"一日夫妻"扮演下去，不再言语了。

听着周围一片善意的艳羡声，赵嫣脸颊发烫，掩耳盗铃般将脸埋在闻人蔺的胸膛上，而后如愿以偿地听到了他闷在胸腔里的一声轻笑。

夜已深了，观灯之人也陆续散去了。

马车内，侍从将那两碗还热着的浮元子置于几案上，又飞速地退下了，将这方狭小的空间彻底留给两位主子。

赵嫣取下面纱透气，分了闻人蔺一碗，扬着眉道："尝尝吧，吃了浮元子才算过节。"

闻人蔺鲜少吃这些黏腻的零嘴，但没有拒绝，将银质面具随手搁置在一旁，伸手接过了碗。

赵嫣发现闻人蔺有个武将特有的小习惯：饮汤时不似旁人那样小心

翼翼地端着碗，而是五指展开，扣住碗沿——他的手掌宽大，手指修长，可以轻而易举地罩住搪瓷碗——而后提至唇边浅饮，透出掌控一切的凌人气势。

马车走得很慢、很稳，车内充盈着淡淡的甜酒香味。

赵嫣小口地品着浮元子，吃到一半发觉身侧没了动静，便下意识地抬眼望去。闻人蔺不知何时将那碗浮元子吃完了，空碗连同瓷勺被搁在了几案上。

他吃东西时安静、从容，但速度一向很快。

见他屈指叩着膝头，静静地凝望自己，赵嫣眨了眨眼，将自己的那半碗浮元子推了出去，问："你还要吃吗？"

闻人蔺没有接，而是拉过赵嫣的手，伸出食指，在她的掌心里一笔一画地写起来。

有点儿麻，还有点儿痒，赵嫣忍不住蜷起了手指。她试图缩回手，却丝毫动不了。

闻人蔺抓住她的手腕，将她蜷起的纤细的手指一根根地打开，继续耐着性子在她的掌心里写字。

赵嫣实在受不了了，笑得险些打翻手中的碗，连忙说："你想说什么直接说吧，别折磨我了。"

"哑郎"这才解了禁锢，放过了她。

他作势思索了片刻，起身道："想吃点儿别的。"

赵嫣搓了搓酥麻的掌心，一时没反应过来，问："什么？"

闻人蔺凑得更近了，半垂着眼眸，抬起在她的掌心里写字的食指，点了点她的唇瓣："想尝这个。"

赵嫣沉默了。

他侧首凑了过来，赵嫣没有拒绝。

灯影重重，掠过车帷。天时地利，她的心"怦怦"地跳着，如奔涌不息的潮水。她屏息敛目，分不清心中的思绪是期许还是什么。

"嗯……"她手脚发软，颤巍巍的，都要端不住手中的碗了。

闻人蔺倾身吻了过来，顺势拿走了她手中碍事的搪瓷碗，搁在了几案上。

他看似慢条斯理，实则吻得又深又久。赵嫣的眼角不可抑制地泛起了水光，她感觉车顶摇晃且模糊。

一吻毕，她的呼吸乱得不成样子。

闻人蔺气定神闲地抚了抚她绯红的脸颊，于她的耳畔得寸进尺："想揉抚一下殿下。"

赵嫣又沉默了。

她让他说话，可没让他说这等浪荡之言！

她色厉内荏地瞪着闻人蔺，闻人蔺却勾着她的一缕散发笑起来，褪去了平日的神祇之貌，像个敲骨吸髓的妖孽。

抗议的话她还未说出口就被尽数堵住了。她浑身都热了起来，试图反击，却被压住了手腕，乘虚而入。

前年初见之时，她错将闻人蔺认成温文尔雅的正人君子；簪花宴后，她觉得闻人蔺是个外表是正人君子的浑蛋；而现在，他连正人君子也不装了……

"闻……"

"再亲一下。"

车轮"辘辘"，将细碎的声响遮掩得干干净净。

经过绵长的一吻，赵嫣的眼睛湿润了，她将断断续续的意识拼凑成一个念头：原来肃王的定力也没有那么强。

三

道路旁人声渐稀，马车内衣料的摩挲声格外清晰。火光透过车帘洒入，窄窄的一条，落在了闻人蔺的眼中。

"殿下牙尖嘴利，就这般着急？"他扣着赵嫣的五指，嗓音有些沉。

他就这样与赵嫣鼻尖相触，清寒的呼吸若即若离，露出了深沉的笑意。

到底是谁着急？赵嫣气喘吁吁地想：他真是典型的恶人先告状。

"起来，你……你抵着我了。"赵嫣的脑袋还有些发晕，她歪身仰躺在铺了裘皮的长凳上，半睁的眼眸中荡漾着细碎的水光。

闻人蔺把手撑在她的身侧，单膝屈起，肆无忌惮地抵在她的腿间。见赵嫣的眼尾泛起了绯红的霞色，他了然地低笑一声，然后握着她的手腕拉起她，将她拥入怀中坐下了。

赵嫣被揉散的长发垂落，丝丝缕缕地盖住了她白中透红的脸颊，挡在眼前，十分碍事。

她索性反手将松散的发髻拆开，试图用簪子重新绾上。可她手脚发软，又太久没有绾过少女髻，举得手都僵了也不得要领，便皱着眉吸了一口气。

“我来。”闻人蔺接过她手中的簪子，慢悠悠地比画了一下，勉强绾了个简单端正的发髻。

赵嫣抬手摸了摸，别过头问：“这是男髻还是道姑头啊？”

她的嘴唇还红肿着，鲜艳欲滴，闻人蔺的视线不自觉地落在那片深吻过的芳泽上。

他替她将珍珠步摇和金笄也一并插上，然后为其调整角度，让它们错落有致一些：“本王没有给女子绾发的经验，殿下将就一下，本王回去就学。”

他素来说一不二，说会学，就一定会学。

赵嫣不自觉地扬了扬嘴角，抚了抚被揉皱的斗篷抱怨道：“你肯定把我掐红了。”

“我看看。”闻人蔺将她的身子扳过来一些，上下检查了一番，而后抬手为她重新系好斗篷上的衣结。

他的手指有点儿凉，珍珠色的绸缎带子在他霜雪般修长的手指间穿梭、翻飞。他垂着浓密的睫毛笑道：“本王未曾用力，是殿下太过娇嫩了。”

他照例是衣冠楚楚的模样，没有一丝失仪之处。赵嫣回想起方才二人唇舌打架的画面，有点儿不服气，便伸手在他质感颇佳的衣襟上攥了几把，为他平添了几分凌乱而颓靡的俊美感。

闻人蔺专注地为赵嫣披衣打结，任由她将自己的衣襟揉乱，只淡然地说了一句：“这衣裳脱下可就穿不上去了，殿下小心些。本王倒不介意，只是顾及马车狭小，殿下的小日子又还未过去，害怕委屈了殿下。”

赵嫣迟疑了一下，果然悻悻地收回手，撑在长凳上说：“你就知道吓唬我。”

这虽是埋怨之言，她却是笑着说出的，弯着的眼眸里像藏着一把柔软的钩子。

闻人蔺也笑了，轻声说：“我说的是实话还是吓唬殿下，殿下心里清楚。”

回想起方才险些失控的索取般的吻，赵嫣不太自在地将身子挪开了一些，换了个姿势安分地坐好。

闻人蔺仰首靠在车壁上，手臂轻轻地环在赵嫣的腰间，眸色如潭，然而平静之下有炽热的暗流涌动。

赵嫣很喜欢这种相互依偎的宁静感，像洪流中漂荡的一叶舟，不问出处，不问归程，天地浩大，只余彼此。

赵嫣靠着闻人蔺的肩，不知不觉就睡着了。马车走得很慢，车轮声虽有些嘈杂，但令她很安心。迷迷糊糊之间，她似乎听见闻人蔺又轻又稳的声音自远处飘来：“若迟早要毁，殿下尽管将本王视作手中刃、脚下阶，登万丈高台。”

什么要毁？

赵嫣睫毛轻颤，慢慢地睁开眼，看见晦暗的灯影中，闻人蔺闭目而坐，悠闲又从容，仿佛方才的那声轻语只是赵嫣的梦。

灯火像一场繁华的余烬，肆无忌惮地洒落满城。

马车绕了远路，没有从蓬莱门入，而是从鹤归阁旁的小门直入甬道——这是肃王进出太极宫的捷径，禁卫都是自己人，他们可以省去被盘问、查验的麻烦。

赵嫣被闻人蔺抱下马车时就已经醒了，感觉到闻人蔺停住了脚步，朝着远处打了一声招呼：“太后娘娘。”

垂花门后，时兰和流萤搀扶着太后，不知是闲庭信步至此还是等候多时。

赵嫣没想到太后这个时辰还未就寝，不由得陡然清醒，从闻人蔺的怀中跳了下来，膝盖一软，险些跪倒在地上。

闻人蔺伸手扶住了她，略皱了皱眉。

赵嫣暗中捏了一下他的手指，示意他不要在太后面前行逾矩之事，而后正色道："我腿伤行走不便，多谢肃王屈尊照料。"

闻人蔺挑了挑眉，看着她欲盖弥彰，不紧不慢地回了一句："臣之本分，应该的。"

太后面上无波无澜，目光从赵嫣明显重绾过的发髻上掠过，最后停在闻人蔺的身上，打量了一番。

"哀家上次见你，你还是个少年。"太后的声音沙哑却清晰。

闻人蔺难得躬身，认真地行了个臣礼："当年承蒙太后让道迎棺，臣感怀于心。"

太后受了他这个礼，颔首道："这些年，关于你的传闻很多。"

赵嫣想起了这些年朝臣对闻人蔺的惧与恨，心中警铃大作，连忙接过侍从手中的琉璃灯，上前将话题岔开了："我将琉璃灯带回来了，皇祖母瞧瞧是不是这种样式的？"

太后用挂着佛珠的手接过灯盏，仔细地看了看，暖光将老人家的脸映得温暖而模糊。

"这样式可比几十年前的新颖多了。"太后没有戳破赵嫣的那点儿小心思，只淡淡地道，"你既然回来了，便早些歇息。"

"我送皇祖母就寝。"赵嫣笑着应了一声。

示意流萤退下后，赵嫣一只手搀扶着太后的手臂，另一只手放在身侧，悄悄地朝闻人蔺摆了摆，示意他赶紧回去休息。

太后转了转手中的佛珠，忽然轻叹道："你这丫头看上去什么也不在乎，实则心最细，撒起娇来还真让人招架不住。"

闻人蔺看着赵嫣摆手的小动作，微眯眼眸，接过话茬："是啊，臣领教过了。"

太后看了他一眼，说："哦？"

"撒娇的方式有很多种，哭也可以，笑也可以。"闻人蔺谦和知礼，目光移到赵嫣的脸上，"臣倒希望小殿下永远能笑着撒娇。"

赵嫣心中悸动，心弦仿佛被撩动，发出了温柔的颤音。她知道，闻人蔺此言虽是向太后表态，却更像说给她听——这是他上元节迟来的灯下祝愿。

太后到底是经历过大风大浪的人，闻言，脸上没有多少讶异之色，依旧是沉声静气的模样。

“哀家乏了，不如你们年轻人能折腾。”太后一只手拄着手杖，另一只手搭着赵嫣的手，缓慢地朝寝殿走去。

太后并未看那盏琉璃灯，赵嫣这才想起流萤说过，二十年前宣王、瑞王联名检举前朝太子私藏大量盔甲兵刃，有谋逆之嫌，遂被先帝废为庶人，流放于房陵……

按理说，儿子因此而殁，皇祖母不应该如此缅怀才对。今夜她提及琉璃灯，或许只是为了放自己出宫而编造了一个借口。

赵嫣迟疑了片刻，开口道：“孙女冒昧，想请教皇祖母一个问题。”

“你是想问，哀家为何能用元康十一年废太子的旧案将你从皇帝的手中保出来吧？”

“皇祖母都知道了。”赵嫣讶异，随即又释然了，“当年的旧案可有隐情？”

“哀家生的孩子是什么品性，哀家心中最清楚。”太后苍老的面容蒙上了一层哀伤之色，目光却刚强，“他最是仁孝，流放途中仍时刻挂念哀家，断不会做出饮鸩自裁之事。”

赵嫣听闻废太子曾颇有贤名，拥趸无数。他被废为庶人，紧接着宣、瑞二王两败俱伤，父皇继任东宫，之后废太子便自裁于流放途中。细细一想，其中的巧合令人毛骨悚然。

她不敢根据皇祖母的一面之词断言什么，但当年皇祖母离京前往华阳行宫，绝非朝中传言的“太后礼佛，与崇道的天子背道而驰”那般简单……

廊下，赵嫣不经意地回头看了一眼，下意识地寻找那道令她心安的身影。

闻人蔺还站在原处，身影颀长，暗色的大氅上落着一层毛茸茸的暖光。

太后收敛了悲意，意味深长地道：“那个年轻人或许能为你所用，助你从僵局中脱身。只是他背负了太多东西，锋利却危险。你若执此利刃自护，也要谨防被其所伤。”

赵嫣想了想，收敛了神情，认真地回应道：“孙女明白皇祖母的意思。诚然，我可以利用他的偏爱为我铺路，但不想那么做。不管恶人还是善人，世上的每一份真心都值得被认真地对待，而不应被利用和糟践。”

“真心……”太后叹息着重复这两个字，抬起头来，因年迈而混浊的双目中有一种洞悉一切的端庄与慈祥，“你既然不想收他为裙下之臣，那如此亲近、信赖他又是因为什么？”

刺骨的夜风拂过，头顶的花灯摇曳，往昔的点点滴滴历历在目，赵嫣睁大了双眸，显然被这个突如其来的问题问住了。

“本王并非良人，殿下如往常那般对本王撒撒娇甚至是利用即可，但莫对本王存有过多的期待。”

不，不是这样的。

“殿下守好这颗清明心，别让它失望、受伤。”

不是的，他从未让她失望。

赵嫣听到了自己的心跳，由慢到快，撞击着胸腔。

一瞬间，答案呼之欲出。

四

一夜北风紧，满城的灯灭了大半。

通天台上，两名蒙着布巾的道士正奉命将囤积的药材倾倒在丹炉中。

“仙师为何突然要销毁所有的药引？”一个人问道。

另一个人捂着口鼻回答：“谁知道呢？南疆烛蛇本就濒危，这是最后的存货了。可惜，真是可惜。”

“哗啦”一声，异香扑鼻，值一两百金的珍贵的药引瞬间化作了炉中的灰烬。

长生殿中，明黄色的垂纱上，灯影张牙舞爪地跳跃着。皇帝从噩梦中惊醒，掀开被子坐在龙床上揉捏刺痛的太阳穴，绸缎的亵服被冷汗浸湿了一片。

“陛下。”

一道温柔的女声传来，甄妃身着紫纱青华裙，头戴金莲冠，执拂尘端坐在床沿上。长明灯的火光落在她的身上，让她看起来宛若神妃临世。

“朕又梦见他们了。”皇帝握着甄妃的手饮了一盏茶，长舒了一口浊气，“近来朕频频梦见那些亡魂，精神越发不济。”

“陛下只是近来多思多虑，累着了。您是道君临凡，仙人之体，千魔万鬼近不了身的。”甄妃用柔若无骨的素手轻轻地替皇帝推拿穴位，温声道，“妾去给您燃些香，宁宁神。”

皇帝捏了捏鼻梁，抬手示意她去。

甄妃莲步轻移，跪坐于几案后净手，而后接过宫婢递来的香羽、香匙等烦琐精巧之物，将香屑置于香篆中，以香铲清扫，压成花纹。灯下的甄妃螓首蛾眉，举手投足典雅无比。片刻间，一线乳白色的香烟袅袅飘散，沁人心脾，还真让人有几分云游仙境的缥缈之感。

皇帝感觉好受多了，深深地吐息后睁开了眼睛，烦躁的心绪逐渐安定了下来。

死者纠缠，活着的人也不省心。能在短短一个月内将叛党的匪首枭首示众，整个大玄也只有闻人蔺能做到了。可叛军真的被平定了吗？闻人蔺这把锋利的刀刃还属于他这个皇帝吗？

当闻人蔺回京后做的第一件事不是面圣述职，而是接管幽禁在朝露殿内的长风公主时，皇帝竟有一种被手中的刀刃割伤的危机感。

“这些年，朕待你不薄，能给你的东西都给了你。哪怕朝臣弹劾你、在背地里骂朕昏聩，朕还是竭尽所能地护着你。”

昨日在集英殿内，皇帝忍着喉咙深处的痒意，抬头久久地审视面前这个和闻人晋平年轻时一样挺拔强悍的年轻人。

噩梦如潮水般涌来，皇帝的脑袋像被刀割般一阵锐痛。

皇帝深吸了一口气，看了一眼红漆药盒中刚炼成的解药，沉声道：“朕费尽心思为你求药、炼药，不是让你自寻死路！你想清楚，你到底想要什么？！”

这句话几乎挑明了一切。

那闻人蔺是如何说的呢？

“臣要真相和长风公主。”他似乎在笑，又似乎没有，没有折腰认错，亦没有半点儿遮掩和避讳。

经年的愧疚感在此刻烟消云散，掌控的锁链化作指间的流沙，皇帝发觉他再也攥不住了。

皇帝收拢思绪，撑在腿上的手微微蜷起，自言自语般斥道：“一个个的，都要反了。”

甄妃调香的手微微一顿。

在一旁伺候的冯公公更是被吓得伏地跪拜，颤声道：“老奴惶恐，陛下保重龙体。”

皇帝这才发觉自己失态了——近来疲惫，他越发不能控制脾气了。

他端正上身，声音平平地道：“行了，朕不是说你。去，命兵部司的人来见朕。”

养不熟的狼崽子果真还是负了皇恩。可惜天子能赐予闻人家至高无上的权势，亦能收回。闻人蔺再狂妄，也不过是个将死之人，他何足为惧？

与此同时，鹤归阁中，窗下的玉片占风铎随风轻响。

闻人蔺眺望着远处蓬莱殿内阑珊的灯火，慢慢地将蔡田递来的密报扫视一遍，随即置于炭盆中点燃了。他和小殿下观了灯会，心情尚好，就连焚烧时也带着淡淡的笑意。

“将死之人，何足为惧？”闻人蔺淡然地重复着，眸色也染上了夜的寒意，“不知说这句话时，皇帝可曾睡得安稳？”

世上之人渡己都难，又如何渡得了天下？可惜小殿下努力了这么久，恐怕又要失望了。

闻人蔺连日奔波，胸骨骤然寒痛。他握住拳抵着唇轻咳了一声，将手拿开时，肺里已有了一丝淡淡的血腥气。

蔡田看出他的脸色不对，连忙取了帕子上前问道：“王爷可是身子不适？这才半个月……”

闻人蔺倒并不在意，思索了片刻，不紧不慢地净了手，道：“看来还需要劳烦孙医仙再改改药方。”

上元节后连着几日都是晴天，雪化后，冬末新春的褐色枝杈支棱在墙头。

赵嫣以戴罪之身受太后娘娘教养，不能随意地离开蓬莱殿，索性将从东宫带来的那箱书籍拿了出来，果真从她经常翻阅的那本《帝策》中找到了孤星夹在其中的情报和线索。

密笺上记载，她被囚的那半个月里，北乌使臣除了入宫拜谒、商讨和亲之事，便是流连于秦楼楚馆。这种地方鱼龙混杂，人流量极大，颇难被排查。但孤星忠诚可靠，赵嫣让他留意每个和北乌使臣打过照面的人，他还真事无巨细地记录了下来。

赵嫣发现，北乌使臣接触了舞姬、乐伎，还有女冠、暗娼，看似荤素不忌，实则有迹可循。譬如他们去得最多的地方是万寿观旁的那家乐坊。这家乐坊有些特别，收留了许多沦落贱籍的罪臣女眷，这些妙龄女子都是因家中犯事不得不为奴的。

一行异国人去此处消遣，与乐伶们载歌载舞，实在诡异。

赵嫣心中疑窦丛生，捧了一本书坐在垂花门的石阶上，就着和煦的冬日阳光，思索下一步的计划。

时兰将箱箧中的书搬出来晾晒，见赵嫣捧卷静坐，不由得笑道："一年多没见，殿下变了好多呀！以前小周先生让您读书，您都是避之不及的，现在倒是能安静地坐下来捧卷了。"

时兰自小跟着赵嫣长大，主仆俩身段相似，性格亦如出一辙地跳脱。在华阳行宫里时，赵嫣认为周及识人不清，时常让时兰扮成自己的模样坐在学堂中，自己溜出去玩耍。如今听时兰提及旧事，赵嫣一时有一种恍若隔世的感觉。

她执卷抵着下颌，笑吟吟地回道："你不懂，本宫遇到了事必躬亲的好先生，自然就能领悟到读书的妙趣了。"

时兰用布绳缚住袖子，凑上来问："殿下所说的好先生，可是上元节那晚抱殿下归来的肃王殿下？"

赵嫣乜了一眼时兰，时兰也不惧，继续说："奴婢都听说了，肃王殿下是太子太傅，您虽是假扮的，但好歹行过拜师礼，他可不得算您的半个先生吗？您瞧，您笑了，奴婢从未见您笑成这样。”

她们是主仆，更似姐妹，无拘无束地谈天说地，亲密无间。

赵嫣下意识地摸了摸嘴角，问道：“我笑成什么样？我不还是和在华阳时一样吗？”

时兰跟着坐在石阶上，捧着下颌摇了摇头，由衷地开怀道：“不一样的，殿下笑得很甜，就是那种让人看了就心里冒泡的甜。”

“是吗？胡说八道。”赵嫣故意板起脸，试图将自己不经意间翘起的嘴角压下去，心中想的却是上元节那夜祖母的问话。

“那如此亲近、信赖他又是因为什么？”

赵嫣心中有答案，可没法说出来。那个人不讲理得很，只许他的底线往后退，不许她放弃原则。

话说她都好些时日没见到闻人蔺了，忙的时候不觉得，一旦闲下来，还真有点儿想他……

赵嫣正思绪飘飞，就见时兰一边翻着下层的书一边嘀咕：“这些书怎么都用绸布包裹着，藏得这般严实？”

赵嫣回过神，顿时如临大敌，连忙叫停：“等等！那些书不用晒！”

“为何？”时兰不解地捧着绸布包，放也不是，不放也不是，“这些书被压在箱底，很容易发霉、被虫蛀呀。”

赵嫣怎么好意思跟时兰解释，她已经不再是一年多以前的样子了？这些不正经的书籍都是深夜时分闻人蔺对她的“额外教导”，见不得光的！

赵嫣不忍直视，只得以书抵额，胡乱编了个理由：“那是太子才能碰的书，你快放下。”

时兰以为是什么经世治国的机密文书，果真不敢造次了，连忙毕恭毕敬地将书“请”回了箱箧的底层。

赵嫣舒了一口气，正欲起身将这几包书藏得更严实些，就听到远处传来了一行人的声音。她抬眼望去，发现礼部尚书正领着乌阙等人逛北宫的蓬莱池，领略大玄五步一阁十步一景的殿宇园林构造。

赵嫣着一袭红罗裙坐在垂花门下看书，蜡梅寻香，枯枝无挡，所以乌阙很快就瞧见了她。

乌阙对礼部尚书说了几句话，然后不顾那几位臣子的劝止，大步朝赵嫣走来。

近来天气稍稍回暖，乌阙脱了御寒的貂皮，只穿着束袖翻领的夹绒胡服，衣襟开得很大，露出了锁骨和深麦色的胸膛。他浅色的胡裤宽大，灯笼状的裤管收束在革靴中，耳饰“叮当”作响，醒目的白发迎风而舞。他就这样摸着下巴，好奇地打量着赵嫣。

赵嫣正要查乌阙的葫芦里卖的什么药，他就自己送上门来了。于是她合拢了手中的书卷，起身迎上了他的目光。

“我们又见面了，大玄的小公主！啧，你还是如今的模样顺眼一些。”

金瞳璀璨，他对眼前的赵嫣表露出了莫大的兴趣：她穿男装时是匣中美玉，穿女装时是盛世明珠。

“可惜，我看你不顺眼。”赵嫣站在门内，牵着嘴角淡然地还击，“十三王子难道不知不能涉足蓬莱殿吗？”

“为什么？因为你假扮男子犯了大玄的律法，被禁足于此吗？”乌阙很开心自己找到了儿时那个令自己印象深刻的姑娘，懒懒地一笑，“你留下来也是死，不如答应皇帝跟我走吧，我护着你。”

乌阙虽说得一口流利的大玄语，却并不精通，不知道只言片语就能泄露出细微的线索。

“父皇尚在犹豫如何处置我，你凭什么笃定我留下一定会死？”赵嫣敏锐地抓住了关键，握着书卷上前一步，“你到大玄不过一个月，却好像比我还了解大玄的朝局。”

乌阙一怔，很快调整好神情，咕哝了一句。

赵嫣皱着眉道：“说人话。”

“你们这儿的男子太过倨傲，不会给女子留活路。但我们北乌国不一样，每个北乌男子只会娶一个妻子，且女子也可做官、领兵，可以像鹰隼一样翱翔在绿洲之上，不受到任何限制。”乌阙眯了眯眼，上前俯视赵嫣，“你这样聪慧胆大的女子，真的甘心被埋没在这种地方吗？”

他欠身伸手，发出了诱人的邀约，眼神却像在看一件可以炫耀的战利品，侵略性极强。

赵嫣并不喜欢乌阙这样不知分寸的眼神，视线落在了他递来的手掌上，然后蹙了蹙眉。

寒风乍起，一只冷白的手攥住了乌阙的手腕。那手修长好看，手背上的筋络微微凸起，看似轻松的一握却令乌阙眸色骤变，连忙转身甩开了这只手。

闻人蔺护在赵嫣身前，殷红色的王袍衣袂扬起，背影高大，沉稳可靠。他似乎路过，又似乎刚巧来此，不疾不徐地道："哪儿来的脏东西？污了殿下的眼。"

赵嫣闭了闭眼，再睁眼时，闻人蔺冷淡的俊颜依旧在眼前，眸色深沉旖旎。

她的眼睛弯了起来，方才因时兰的打趣而压下的嘴角此时又不受控制地朝上扬起来了。

"脏东西"乌阙就没那么高兴了，捂着手腕，眉头皱成了"八"字。

北乌使臣见王子受辱，一窝蜂地拥了上来，却被乌阙抬手止住了。乌阙打量着闻人蔺，一个疯狂大胆的想法浮现在脑中——他忽然想验证情报的真伪。

乌阙眸色一沉，毫无征兆地抬掌击去，闻人蔺一只手还握着帕子要给赵嫣擦手，另一只手直接迎了上去。

两掌对击，疾风震荡，乌阙毫无防备地听到了自己的腕骨错位的清脆声响。继而左胸剧痛，他被击得连连倒退数步，喉咙中涌上了一股淡淡的血腥气。

二人点到为止。

乌阙看着自己软绵绵的脱臼的手腕，一时神情复杂。

他是北乌排得上名号的勇士，方才那一招用了他八九成的力气，却连对方的一片衣袖也没摸着。两掌对击时，他方得知自己与大玄战神的实力差距……

这还只是拼蛮力，若论用兵布阵，他还不知结果如何。

莫非那人给的情报有误？这个男人怎么也不像身中奇毒的样子啊……

看着乌阙的眼神几番变化，赵嫣心中解气，便取过闻人蔺手中的绸帕替他擦了擦手，学着他的语气皱着眉道："哪儿来的脏东西？脏了肃王的手。”

乌阙反而笑了起来，一点儿也不介意赵嫣的揶揄。他将手腕拧回原位，单手按胸行礼，兴奋地道：“上次射殿一战，小王没过够瘾，故而冒犯了，下次若有机会，希望能在战场上以兵法再战一场。”

闻言，礼部几名大员虽有不满，但为了两国和谈，只能强忍下来。

赵嫣捏紧了帕子，心中暗道：这个茹毛饮血的北夷蛮夫，到底把战争和人命当作什么了？

乌阙意味深长地看了赵嫣一眼才倒退数步，领着面露凶色的下属们走了，继续闲逛游玩。

赵嫣低头为闻人蔺擦了擦手掌，又拉起他那温凉且修长的手指左右翻看，问道：“我好些时日没瞧见你了，你怎么突然过来了？手疼不疼？”

闻人蔺任由她牵着手，慢条斯理地道：“本王想见殿下，自然就来了。”

闻人蔺低沉沙哑的声音带着几分慵懒之意，令赵嫣的心蓦地一紧。

闻人蔺平时的嗓音很好听，他优雅自持，极少用这样的语调说话。她记得只有在月初的那几日，他才会外露情绪，透出几分缱绻的异样。

赵嫣握紧了闻人蔺的手，抬头看着他被红衣衬得苍白的面容，眼中的笑意渐渐消散了。好像从上元节开始，他的手指就有些凉，只是那时他们在马车中耳鬓厮磨，赵嫣根本无暇顾及这点儿异样。

闻人蔺咳了一声，神色如常，唇瓣却沾上了不正常的殷红色。这是时隔半年，赵嫣再次见他毒发，猝不及防。

时兰去沏茶了，内侍在远处洒扫，太后娘娘还在后殿里诵经念佛，无人顾及这边的动静。

天空中仿佛笼罩了一层厚厚的云翳，赵嫣抿了抿唇，牵着闻人蔺的手一声不吭地朝配殿走去。

配殿被布置成了清净的小书房。赵嫣关上门窗，随即踮着脚将闻人蔺按在了椅子上。男人的眸色在昏暗的室内显得格外亮，整个人从容不迫，任由她安排。

赵嫣凑近闻人蔺，嗅了嗅他身上的气息，有些无措地道：“现在才月底，怎么就这样……？”

“从这个月开始，王爷停了宫中的药，在玉泉宫里疗养了数日。”随行的张沧叩门进来，从瓶中取出一颗褐色的药丸奉上，解释道，“公主不必担忧，现在还不算彻底毒发，王爷忍一忍就过去了。本来孙医仙今日是不放王爷回来的，但王爷耐不住想见您。”

赵嫣呼吸一窒。

这番话张沧说了还不如不说。如果这都不算毒发，那闻人蔺真正毒发的时候得是什么样？

这颗褐色的药丸并非先前服用的那种暗红色的，也没有那股奇怪的香气。

“怎么回事？”赵嫣听到自己的嗓音有些干涩，艰难地道，“是父皇他……”

“是本王不愿放任自流。”闻人蔺接过药丸服下，药丸却没有之前那般立竿见影的效果，他不得不感受着在五脏六腑中蔓延的疼痛，“殿下不是嘱咐本王要长命百岁吗？所以本王尝试着换换别的药方，只是这毒太过复杂，孙医仙也有些棘手。”

赵嫣静静地站着，眼圈酸热。

“殿下怎么愣住了？”见她隐忍着不说话，闻人蔺抬手将她揽到跟前，用指腹轻轻地按了按她咬得发白的下唇，眸中翻涌的暗色稍稍平息了，“松开，别咬。”

“闻人少渊，你能不能对自己好一点儿？你不要总这样……这样……”赵嫣哽咽着，说不下去了。

半个月幽禁时的思念、在灯下亲密无间时的感情，都随着这几日她反复琢磨的答案在此刻爆发了。

闻人蔺静静地凝望她难受的样子，有些后悔以这副模样来见她，不由得放低声音，说：“放心，本王死不了。本王许诺过，殿下若朝前走，我为殿下撑腰；若往后退，我让殿下撒娇……”

话音未落，暖香入怀。

赵嫣抱住了他，紧紧地贴着他，试图用自己的体温驱散从他的骨缝里渗出的寒意。

“你说过，让我对你保持理智和清醒。我试过了，但是好像做不到。凭什么你可以肆无忌惮，我却要克己复礼？真是不公平。”赵嫣深吸了一口气，掩饰着颤抖的呼吸，有些咬牙切齿的意味，然而更多的是坚韧之意。

她弯腰逼近闻人蔺，看着微怔的他，一字一顿地宣告：“反正我总是不听你的话，这次也一样。我违约了，但并未违心。”她提高了声音，“闻人少渊，我想我是心悦你的。”

五

张沧不知何时退出去了，横刀坐在石阶前，活像一位横眉怒目的门神，警惕旁人靠近。

蓬莱殿内幽静，枯枝的树影投在窗扇上，好似横淌的墨印。

赵嫣的声音无比清晰。她因为太过决然而呼吸轻颤，热血随着心跳上涌，以至于说不清身上是冷还是热。

闻人蔺仍坐在椅子上，搭在她腰上的手似乎微微蜷了一下。

赵嫣收紧了拥抱着闻人蔺的手臂，将有些燥热的脸颊贴在他微凉的衣襟上，不知他会有什么反应。他若又拿出以前那套“本王并非良人”的说辞，她定要揪着他的衣襟好好地骂上两句。

在这片静谧中，忽然传来了一声极轻的笑。赵嫣耳朵一麻，呼吸平息下来，难以置信地松开手望了过去。

闻人蔺胸膛起伏，笑得太放肆，以至于低咳起来，不得不握拳抵在唇边。他别过头时肩膀还一耸一耸的，眉梢、眼角尽是笑意。

赵嫣万万没想到他是这种反应！她眨了眨眼睛，随即慢慢地拧起了眉头。

这事有这么好笑吗？她甚至开始怀疑是不是自己表明心迹的时辰不对，抑或是场景不够美好，以至于她的心声听起来像孩童的戏言。

赵嫣无措地站着，有些羞恼，背过身去眼不见为净，却忽觉手上一紧。她被拉得朝后倒退了一步，然后跌坐在了闻人蔺的怀中。下一刻，他的手臂自身后而来，将她紧紧地拥入了怀中。

“太紧了。”赵嫣难以呼吸，拍了拍闻人蔺的手臂。

闻人蔺将脸埋在她的肩上，用鼻尖亲昵地蹭了蹭她的颈项，落下了一个轻而珍重的吻。赵嫣这回懂了，他不是在嘲笑她，而是发自内心感到愉悦。

赵嫣从未见他笑得这般开怀，一颗心轻飘飘地飞了起来，便放松身子依靠在他的怀中。

“这有什么好笑的？闻人少渊，我除了让你怜我、敬我，还想让你爱我，是不是太贪心了？”她用手肘朝后顶了顶闻人蔺硬实的腰腹，问道，“我方才的话你听见了没？”

“没太听清。”见赵嫣狐疑地回过头，闻人蔺啄了啄她薄红色的耳尖，声音有些缱绻的哑意，“本王眼下是病人，殿下不妨再大声说一遍方才的话。”

赵嫣要是信他的这番话，那就是傻子。

闻人蔺放低了声音，说：“再说一遍。”

赵嫣的耳朵都麻了，她不得不硬气地道：“我心悦你……这个浑蛋。”

闻人蔺又笑了起来，俨然自行忽略了最后四个字。

他深知自己卑劣，明知最应该克己复礼的人是自己，却一次又一次地拉她沉沦。他并非迟钝之人，与小殿下朝夕相处久了，自然能察觉到她不经意间流露出来的感情。而今他猝不及防地亲耳听到这番表白，仍然不可抑制地感到愉悦，如获至宝。

闻人蔺道：“殿下不贪心。本王唯恐殿下对我贪得不够。”

赵嫣愣了愣，才反应过来这句话是他对自己方才的回答。她动了动嘴角，感受到身后冷而硬实的怀抱后，忍不住问道：“你冷不冷？”

“尚可。”

“疼不疼？”

“不疼了。”

闻人蔺慢悠悠地唤她：“殿下。”

赵嫣扭头回应：“嗯？”

“小公主。”

“怎么？”

“嫣嫣。”

赵嫣总算察觉出来了，闻人蔺不太对劲。

他身体里的毒不知是什么成分，能让他的脏腑、骨髓疼痛难忍，亦会让他兴奋失控。平日里的他沉稳从容、温雅强悍，极少这般黏糊地唤她。

赵嫣心中酸甜交织，一时不知此事是好还是坏。她艰难地转过身子，想回头看看闻人蔺的脸色，却被他箍住了，无法动弹。

“别动，本王再抱会儿。”闻人蔺的一只手沿着赵嫣玲珑的腰线往上，抚了抚她的脸颊。

赵嫣觉得若自己再不做点儿什么，闻人蔺能将她锁在怀里抱上一整天。于是她拉住闻人蔺的手指，想了想，还是扭转身子面向了闻人蔺。

她坐在他的腿上，捧着他苍白的脸颊，将温热的唇徐徐地印在他的唇上，试图温暖他尽是寒意的呼吸。她先用轻轻的吻试探，直至闻人蔺眼中的兴奋之意渐浓，便由浅入深，辗转厮磨。而后，她给了他一个慰藉而缠绵的吻。

在失控前，赵嫣气喘吁吁地叫住了他：“你要养伤，不能继续了。”

闻人蔺半眯着眼看她，深沉的眼眸摄魂夺魄。他的薄唇越发绯红，透出几分诡谲的妖冶之色，他轻轻地道：“本王要养伤，殿下又不需要。”

赵嫣愣了愣，明白了他的意思，顿时气恼又无奈。

“不行。”她将一缕碎发别至耳后，气息不稳地道，“你……你自己平复一下。”

说罢，她行至一旁坐下了，尽量离他远一些。

闻人蔺起身，跟了过来，殷红色的王袍在昏暗的室内显得格外耀眼。他站在椅子后，微凉的指腹触碰到赵嫣的后颈，她立刻缩了一下，回头警告般看着他。只是她方才被吻得唇红脸热，这一眼并无多少威慑力。

闻人蔺垂眸看着她，笑着道：“头发散了，臣替殿下重新绾一下。”

他一称臣，赵嫣就拿他没办法了，反手摸了摸鬟发，发现头上的确被他的手揉得钗松簪斜的。

她以前假扮太子时，绾的是男髻，男髻紧实简单，就没有这些小麻烦。

赵嫣没有拒绝，任凭闻人蔺将松散的钗饰取下，用修长的手指慢慢地梳理她的头发。

闻人蔺看着从指间流泻的丝缎般的长发，凝视着极致的黑与白交织成的靡丽之景，不由得俯身在她的头顶落下一吻，继而是她的额间、眉心，再往下，碰了碰她的鼻尖。

赵嫣被迫仰着头，险些失去意识。七荤八素之际，她仍没想明白，他们怎么又亲到一起去了？

头发断断续续地被绾了两刻钟，最后出来的成品还不错。

这次闻人蔺为她绾了个不错的双螺回心髻，赵嫣接过书案上的菱花小铜镜前后照了照，发现头上的发髻和时兰为她的梳一般无二，不仔细地看根本看不出区别。她不由得感叹道："你还真去学了绾发！"

"本王只学会了几种常见的绾发手法，很简单的。"闻人蔺将珠钗斜插入髻，冷玉般的脸上有了几分血气，俯身问，"殿下对臣的侍候可还满意？"

绾发就绾发，他怎么说得这般含混、亲密？

"怎么？太傅需要我打赏吗？"赵嫣从镜中看着他，挑着眉回了一句。

"本王不缺银钱，打赏点儿别的倒可以。"闻人蔺慢条斯理地道，"先记在账上，本王下回来讨。"

赵嫣的指尖一抖，她后知后觉好像把自己坑进去了。

闻人蔺见她不甘却无法反驳的模样，眼中笑意顿起。

他今日发笑的次数格外多，连带着满身的寒意都消散了不少。

赵嫣不知他此刻有没有好受一点儿，心中百感交集，就不计较那一点儿得失了。想了想，她说："皇祖母用当年废太子一案施压，父皇已应允不会杀我，但乌阙笃定我留在京城会生变故——他好像知道些什么。"

闻人蔺的手指微顿。

赵嫣放下镜子，转过身看他，认真地说："我已找到了北乌使团的破绽。你不用担心，别与父皇交锋，好好吃饭、睡觉，莫在疗养期间到处乱跑。"

闻人蔺看着她明快的笑颜，心口生出一阵暖意，那点儿阴寒躁郁的感觉也随之消失了。

他身居高位，毁誉参半，还没有人敢这般管束他。但这种感觉并不坏，甚至让他觉得温暖。

"殿下留在太后身边会很安全。"闻人蔺道，"照顾好自己。"

"好。"赵嫣点头，猝不及防地将话题绕了回来，"那你喜欢我吗？"

她用灵动的眼眸看着他，抱着审问的态度。

他对她何止是喜欢？

闻人蔺凝视她，半晌，轻声回答道："殿下是我的生念。"

赵嫣微弯眼眸，知道对于一个想毁了这世道也毁了他自己的人来说，这当真是最好的回答了。

外面，时兰备好了茶点，沿着蓬莱殿前后找了一圈都没找到赵嫣。

"咦？殿下去哪儿了？"

她沿着长廊朝配殿走去，转弯时险些撞上一堵厚墙。她低呼一声，抬眼一看，这哪里是堵墙，分明是个满身肌肉的粗糙的武将。

张沧按着刀抬手，示意她止步。时兰认出这是肃王身边的人，连忙后退一步，行礼道："大人可曾见到长风殿下？"

话音刚落，配殿的门就被打开了，赵嫣和肃王一前一后地走了出来。两个人不知说了些什么，脸上都带着淡淡的笑意。

"殿下！"时兰想要上前，但看到前方的路被张沧堵得死死的，只好不停地从他的肩后努力地踮脚，挥手道，"您的茶沏好了。"

赵嫣笑了笑，和闻人蔺说了一句话，然后才跟着时兰去给太后请安。

廊下，时兰跟在步伐轻快的赵嫣身后，不停地用目光窥视她。

"殿下，好甜呀。"时兰望着赵嫣嘴角的弧度，忍着笑道。

赵嫣弯了弯眼眸，慢慢地道："甜吗？本宫赏时兰姊姊一斤黄连，压压甜味可好？”

“不要，不要。”时兰捂着嘴连连摇头。

只安静了片刻，时兰就又忍不住凑过来说：“殿下回京这一年多，许多事都不与奴婢说。但奴婢是和殿下同吃同住长大的，殿下即便不说，奴婢也能看得出来。肃王没有传闻中那般可怕，人生得俊美，气度也极佳，今日还给殿下解围，狠狠地挫了那群北乌人的锐气。”

说着，她拧了拧眉，似乎不知该如何说才能表明自己的心意。

“之前奴婢还想过，小周先生那样的世族公子虽不错，可古板了些，您这样自由自在的性子，未必受得了那些条条框框的束缚……奴婢不是教唆您什么，只是心疼殿下这些年受了委屈，有个能放纵地宠着您的人也不错。不管您做什么选择，奴婢都支持，真的！”

“我知道，这天底下，你是最在乎我是否快乐的人。”赵嫣莞尔，如芙蕖初绽，“放心，我没有为难。”

闻人少渊是她的第一选择，现在也是她唯一的选择。

后殿中，魏皇后和流萤正在服侍太后娘娘用斋菜。

赵嫣请了安，听到太后温声道：“哀家习惯了清净，不需要这么多礼数，你们都退下吧。”

“是。”

魏皇后起身，经过赵嫣身边时微微一顿。赵嫣心领神会，跟在魏皇后身后走了出去。

“本宫不能常来见你，你在这边可缺什么？”魏皇后望着衣裙明丽的女儿，难得放缓了语气。

赵嫣沉思片刻，然后轻声道：“母后放心，儿臣在这里一切都好。唯有北乌使臣常去消遣的那家乐坊需要多加查探，我怀疑那里面有问题。”

魏皇后颔了颔首。

阳光落在庭前，微微发白，受天子之命前来保护太后凤驾的禁卫就站在不远处。

两个人半晌无话，赵嫣几番启唇，终于开口道：“父皇当年并不赞同兄长的劝谏和革新之论。”

赵嫣说得委婉，但对魏皇后来说已然足够了。

赵嫣一直以为，皇帝是因为顾及中宫的情面才会对魏琰多加放纵，原来并非如此。皇帝遮掩魏琰，又有几分是在遮掩他的心虚呢?

魏皇后闭目，将涂有丹蔻的指甲深深地刺入了掌心里。她红唇颤抖，哑声道：“本宫明白了。”

“母后……”

“你放心，本宫并非冲动之人，不会以卵击石。”再睁眼时，魏皇后已恢复了平静的神色，说，“他宠信甄妃，轻易不会见本宫。要想近身打探，本宫还有一个办法……”

“天子不豫，皇后有侍疾之权。”

“不错。本宫要先弄清楚他到底做了什么。”

肃王府内，孙医仙端坐在堂中，须眉垂肩，等了一个时辰，才见到原本应该泡在药浴里的人信步归来。

“看来王爷对自己的身子并无认知，这毒老夫是解不了了，”孙医仙作势要起身，“王爷还是另请高明吧。”

天底下能对肃王摆脸色的人可不多，但闻人蔺似乎心情极佳，竟然还能含着笑慢悠悠地回上一句：“您老别生气，因本王气坏身子着实不值。”

俗话说：“伸手不打笑脸人。”孙医仙的面色缓和了不少，他说道：“你中毒已久，老夫没有配出解药，便只能先行压制这毒。如今药效不稳定，王爷日后生死未知，容不得再出差错了。大夫的医术再好，也要病人配合才行。”

“您老教训得是，本王如今很惜命。”

孙医仙本就没生气，只是出于医者的严谨态度做做样子罢了，见闻人蔺破天荒的好脾气，便不再啰唆，吩咐药童取来银针，将配好的药浴抬去里间的净室中。

闻人蔺好像想起了什么，将解下的红袍搭在屏风上，说：“听闻《尚方》古籍中记载了一副药方，此药男子服之，即便正常同房，也不会使女子受孕。可否劳烦医仙为本王炼制一些？”

“的确有这么一味男子的避子丸，不过因其工序烦琐、用药珍奇，如今已经失传了，不如女子服用的药来得方便。”孙医仙忽然起疑，放下手中的银针问，“王爷要这个干什么？”

寻常男子多少有些自大傲气，皆恨不能御女无数、儿孙满堂，谁会放低姿态服用这种东西?

但闻人蔺显然不是寻常男子。

屏风后，他的声音散漫而温和：“心上之人偶有宫寒，最是怕疼，本王舍不得让她受苦。”

拂灯

完结篇

布丁琉璃 著

下册

青岛出版集团 | 青岛出版社

第九章
折桃一吻

一

元月底，寒潮席卷而来。皇城阴云密布，枝头的绿意才探出头就被冻结在连日的朔风中。

天子突然下令召回了镇守洛州的兵马，有人猜测是因为肃王功高震主，令天子起了疑心。洛州的兵马一撤，不少流民失去管控，四散涌向京师畿县。

与此同时，伴随着一场凄美的雪，朝廷终于议定了故太子赵衍的谥号，并于皇陵旁动工修建新的陵墓。

蓬莱殿中，赵嫣一边临窗铺纸研墨，一边说：“那都是做给活人看的，赵衍可不稀罕搬进那种劳民伤财建成的地方。”

赵嫣半垂着眼睫，哂笑一声，就见时兰抱着一篮子炭进来了。时兰把绣鞋上的碎雪跺下去，低声抱怨道：“那群捧高踩低的东西！我们等了好几天，他们才送了这么点儿碎炭过来。虽然您被禁足在蓬莱殿，但到底是受太后庇佑的嫡亲公主，难道他们对太后也这般敷衍？”

赵嫣一只手撑着下颌，专注地誊写经文，闻言，看了一眼篮子中的炭，发现炭的确少得可怜，便道："这场倒春寒的大雪来得突然，再加上道路不通，流民遍野，能被运进宫的炭并不多。"

何况赵嫣自幼受冷落，又被驱逐，离宫多年，对这些事都习以为常了，左右不过是回到以前的日子罢了。

赵嫣当了一年多的假太子，手里倒是有些银钱，不过大多交给柳白微代为资助学馆和布施灾民了，已经所剩无几，身上御寒的雪色貂裘还是朝堂问审那日闻人蔺赠予的。

时兰从篮子中挑选出还算完整的新炭，置于炭盆中，望着燃起的火光，叹道："奴婢就是心疼您。您以前在华阳行宫里无人问津也就罢了，好歹还落个自由自在，如今为天下做了那么多事，陛下怎么就不能心疼心疼您呢？"

"好啦，如今我们不比在华阳行宫时的身份，别给皇祖母惹麻烦。"赵嫣笑着搁下笔，朝指尖哈了一口热气，道，"我记得昨日还有几个橘子和柿子，咱们悄悄地把它们置于炭盆上烤了吃吧，也不算辜负这场春雪。"

时兰一听烤橘子和柿子，仿佛回到了在华阳行宫时无忧的时光，顿时眉开眼笑，拍了拍衣裙，起身道："奴婢这就去准备。"

趁着时兰去准备的工夫，赵嫣伸了伸懒腰，打算出门透透气。

春雪蓬松柔软，落地无声。宫墙外有一株丈许高的百年桃树，枝干粗壮遒劲，一片桃红覆着新雪探进墙头来。

赵嫣想去摘两枝桃花，去一去书房里的墨气。她环顾一番，找到先前扫檐雪的内侍留在角落里的一把竹梯，费力地把它挪到墙边，放稳后踩着梯子一步一步小心地爬了上去。

墙头粉雪如云，视野极好，她可以看见寒雾缭绕的蓬莱池，还有不远处掩映在苍林中的鹤归阁的一隅。

赵嫣有些怀念之前往返于东宫与崇文殿的日子，燃香通读经史，落笔生辉。殿中藏书浩如烟海，她可以畅游书海，而不是像现在这样被困于后宫中。

她深吸了一口寒气，伸手折了一枝带雪的桃花，见下方有两名尚仪局的女史走了过来。

“圣上口谕，请长风公主接旨。”片刻后，门口传来了严肃的女声。

赵嫣连忙顺着梯子下来，刚落地，两名女史就已经进了门。她还来不及藏匿手中的桃花，只好将手背在身后，转过身道：“两位女史冒寒而来，所为何事？”

女史拾级而上，将手中的托盘置于屋中方退后行礼，公事公办地道：“圣上口谕，不忍太后娘娘操劳，特命奴婢二人教导殿下礼仪之事，为太后娘娘分忧。”

赵嫣看了一眼托盘中的东西，那是一套公主规制的大袖礼衣，还有一套同规格的首饰。

父皇这个时候给她送礼衣和首饰可不是什么好兆头。他这道口谕名为为太后分忧，实则是来教养、约束她的，来者不善。

一时间，时兰也神色紧张起来，连炭盆上烘烤的东西都忘了照看。一股焦味传来，领头的女史皱紧了细细的眉，问道：“屋中是何味道？”

那是橘子和柿子被烧焦的味道。

赵嫣用藏在身后的手偷偷地朝时兰比了个手势，见时兰悄悄地退回屋中，方笑着道：“是雪打湿了木炭，木炭烧出来的烟味。”

女史将信将疑，正欲上前查看，一名内侍躬身而来，请示道：“殿下，到了陪太后娘娘诵经祈福的时辰了。”

陪皇祖母诵经祈福？赵嫣被“关”在蓬莱殿里的这些时日，皇祖母可从未要求她陪同打坐、念佛。

赵嫣心思一动，很快就明白过来了，然后做出为难的样子，道：“本宫也不想怠慢皇祖母，可尚仪局的女史们说要替皇祖母教本宫礼仪。本宫分身乏术，这可如何是好？”

“奴婢不敢耽搁太后娘娘清修，殿下还是先去陪伴太后娘娘，礼仪之事奴婢可明日再讲。”

女史们身为传话、做事的奴婢，自然不敢得罪太后，叮嘱了一声“殿下切记宫中除供暖的炭盆外，不许额外烧火”便福礼退下，回去交差了。

待女史们走远了，赵嫣才打量起面前这个眼熟的小太监，笑着问道：“肃王把你派到这个清幽之地来了？他在哪儿？”

“回殿下，今日春雪苦寒，王爷特命奴送了一筐银骨炭来，奴已经交给您身边的大宫女了。”内侍躬身，不卑不亢地道，“王爷现在正在偏殿中坐着呢。”

赵嫣穿过回廊，推开偏殿的门，果然瞧见闻人蔺着一袭暗色的常服倚坐在窗边清冷的雪光中，正审视着面前的一口箱箧。

箱箧中是一套全新的镶银洒金的红色罗裙，里外三层都配齐了，上头叠放着一件珍珠色斗篷一双柔软的夹绒绣履。赵嫣走过去一瞧，发现他连那双又柔又薄的珍珠色手衣也带过来了。

“世间最可贵的事莫过于雪中送炭、天寒赠衣。”赵嫣抚了抚那不输于进贡到宫中的华美面料，没忍住，扬起了嘴角，“你的府中到底还有多少女孩的衣裙？”

闻人蔺的嘴角也噙着浅笑，面色依旧有些苍白，但眸色已经恢复了正常。他倾身拉住她的手腕，道：“过来。”随后，他用另一只手轻轻地握住她纤细的腰肢，敛目“啧”了一声：“瘦了点儿。”

“这你也能估量出来？”

赵嫣抬手叉了叉腰，察觉不出自己的腰身和之前有什么区别。

“对了，我无甚回礼的东西，这个送给你。”她将那枝刚折的桃花递了过去，金色的花蕊上还堆着晶莹剔透的碎雪，看起来娇艳又纯洁。

闻人蔺伸手接过，以指腹轻转枝丫，清寒的美人眸中映着一抹春色，似笑非笑地道：“今年不送石榴花了？”

这一句话将赵嫣的记忆拉回到一年前：簪花宴上，一群贵女围着尚是“太子”的赵嫣讨要花枝，这场面被闻人蔺撞见了，于是她顺手将剩下的一枝石榴花赠予了他……

后来她中毒了，与他厮混，她那条沾了血的束胸绸带就与那枝石榴花纠缠在一起，让人分不清哪个更艳丽。

“现在还未到石榴花盛开的季节。”赵嫣的声音不太自然，她也不知那条脏污的绸带和石榴花最后被如何处置了。

闻人蔺摘下一朵桃花，让赵嫣衔在唇间，而后抬手扣住她的后颈，仰首吻了上去。

他吻得慢而深，像在品鉴什么。赵嫣一开始还能与他有来有往，渐渐地便乱了呼吸，只能无力地跌坐在他的怀中，与他呼吸交缠，直至花蕊中的沁凉碎雪融化在两个人的唇齿间，弥漫出一股清淡却勾魂的花香。

赵嫣仿若身处云端，以至于呼吸都有些抖。紧要关头，倒是闻人蔺先放开了她，声音喑哑地说道："现在不行，药还未炼好。"

赵嫣正亲得兴起，茫然又委屈地睁眼喘息，以为他说的药是解毒之药，神志也清醒了几分。

毒发之人是要禁欲的。

待这个吻消停下来，赵嫣的衣裙已经乱得差不多了。她索性去屏风的后面，换上闻人蔺送来的新衣。

不得不说，他的眼光一向毒辣。她身上的衣裙不松不紧，颜色娇艳而不浮夸，将精致漂亮的少女衬得十分明丽。

"好看吗？"赵嫣问道，随后张开手臂在他面前转了一圈，裙摆如芙蕖一般层层绽放。

闻人蔺静静地凝视着她，眼神随着她的转动染上了笑意，慢悠悠地道："殿下怎样都好看。"

这话乍一听有些敷衍，可他用这样的神情说出来，莫名其妙地让人觉得可信。

赵嫣自信地扬了扬眉毛，眼角那颗嫣红的小痣也随之鲜活起来。

她似乎想起了什么，坐在闻人蔺身侧，习惯性地用手撑着下颌道："今天尚仪局的人来了，也送了新的公主礼衣，说奉命教我礼仪。无事献殷勤……我猜父皇还是动了将我送去北乌的念头，毕竟除了你，就没有可以与北乌抗衡的猛将了。大玄要培养出一个能代替你的战神需要极长的时间和绝佳的运气，所以牺牲一个女儿换取一丁点儿可能得到的安宁，对他来说不算亏。"

闻人蔺不置可否，抬手将她鬓角的一缕碎发别至耳后，问道："殿下害怕？"

赵嫣笑了笑，眼波一动，道："你都不怕，我怕什么？"

她不知道闻人蔺的计划是什么，但不想问，只能等。

她要等孤星和柳白微的回信。

这场倒春寒冻伤了不少流民和牲畜，也使得天子的头疼之疾愈加严重，到了让他难以入眠的地步。

宫中炭火紧缺，于养病不利，是以皇帝临时决定摆驾玉泉宫，辅以温泉疗养半个月。

皇帝出宫养病并非小事，诸多事情要安排、交接，宫中上下一时忙翻了天，可惜这热闹并不属于赵嫣。

“这次去玉泉宫，除了甄妃外，按照礼制，皇后娘娘也要随行侍疾。殿下留守在宫中，皇后娘娘放心不下，特命奴婢前来侍奉。”流萤朝惊讶的赵嫣行了一礼，不苟言笑的脸上有了柔和的神态，“望殿下成全。”

几经生死，赵嫣早就将流萤当作自己人看待了，不由得笑道：“你比时兰稳重，有你做伴，我高兴还来不及。只是母后将你留下，她身边可还有人能用？”

流萤挽起袖子，一边整理书案，一边道：“娘娘有女史们跟着，应该没有什么问题。”

“他们已经离宫了吗？”

“回殿下，陛下和娘娘辰时动身的，此刻应该已经行到大宁街了。”

赵嫣点了点头，脑中灵光一现，忽然有了一个大胆的念头：父皇迁去玉泉宫里疗养，带走了一大半禁军，宫中的防备不如以前严密，此时倒是个极佳的机会。

她沉思片刻，还是决定冒险，便对流萤道：“我要换上宫婢的衣裙，偷偷地溜去太极殿里查一样东西。我知道这很危险，但是只有做过太子的我知晓太极殿的布局。就一刻钟，请流萤姊姊帮忙掩护。”

流萤正色道：“殿下行事定有殿下的道理，奴婢明白。”

肃王府内，屏风后，闻人蔺正在进行药浴。药味清苦，飘散的白雾在房梁上凝结成了水珠。

“畿县的流民多达上千人，各县衙无力管控，已放任自流。”蔡田站在屏风外，一条条地念着情报，“午正，长风公主换上了宫女的衣裳，从蓬莱殿潜出，去了太极殿的方向。”

氤氲的水汽中，闻人蔺睁开了双眸，忽而一笑。

小殿下为了他这副身子，还真是煞费苦心。

“哗啦”一声，闻人蔺起身，震落了穴位上的银针，长腿迈出了浴桶，抓起一旁干爽的衣袍披上了。

太极殿。

赵嫣常与时兰互换衣裳，对装扮成彼此的模样得心应手，加上有皇后身边的流萤为她掩饰，蒙混过关并不算太难。难的是时间颇紧，她得赶在尚仪局的女史来教导前回到蓬莱殿。

此时她一身大宫女的打扮，手中端着托盘，趁着禁卫交接的间隙低头快速走上了石阶，朝后殿的暖阁靖室行去。

那里是父皇休息、闭关之所，父皇常与道人在此打坐、论道，研制长生金丹。

赵嫣用手指轻轻地戳开一条门缝，确定暖阁内并无内侍等宫人，便推开门飞快地闪身进去了。

她来过几次，知晓父皇将丹药放在什么地方，是以一进门便放下了手中的托盘，直奔目的地。

赵嫣知道，若父皇的手中有解药的方子，以闻人蔺的人脉和手段，他不可能查不到一点儿蛛丝马迹。可她仍然抱有一丝希冀：万一呢？万一闻人蔺的解药就在父皇的手中呢？

赵嫣的手心出汗，她一边竖起耳朵听外边的动静，一边飞速地翻找那一堆瓶瓶罐罐，企图从中辨出有用的药丸。

她并不担心这其中有何毒物，毕竟父皇不会冒险在常服的丹药中藏毒，可她翻遍了那堆瓶瓶罐罐，也没有闻到熟悉的清冷的淡香。

短时间内闻了太多丹药的刺鼻之味，她有些头晕，于是深深地吐息了几下。她缓了须臾，然后飞速将那堆瓶瓶罐罐复原，起身环顾一周，将视线定格在墙边的书柜上。

她踮着脚翻开堆叠的书卷，一层层地找下去。拉开最下方的抽屉时，她很快就发现了不对劲的地方——抽屉从外侧看有七寸高，可被拉开后，其深度只有五寸。她轻轻地敲了敲木板，发现有空腔之声。

赵嫣闲来无事时曾研究过华阳行宫的密室图纸，所以此刻立即反应过来抽屉下层有一个两寸深的暗格。

她将抽屉里的书卷取出，以指按压木板的松动处，只闻“咔嗒”一声机括的细响，木板如门扇一般翻转、打开，露出了里头一个巴掌大小的檀木小盒。

赵嫣眼睛一亮，谨慎地取出小盒，摇了摇，又轻轻一嗅，确定它并无异常，这才按捺住心中的狂喜，小心翼翼地打开了木盒。她随即一愣：木盒里头放着几枚黑红色的丹药，丹药散发出些许陌生而熟悉的气息。

这几枚丹药和闻人蔺曾服用的那种有些相似，然而并不是同一种。但赵嫣可以笃定，自己绝对在什么地方闻过这种丹药的味道。

她突然想起了什么，脑中“嗡”的一声，随后瞳仁骤缩，思绪如漩涡中的暗流，将记忆骤然拉回了去年的初夏。

锦云山庄的那场大火中，她在密道中追击赵元煜，曾在对方的丹房的密室中缴获了不少丹药。她记得很清楚，那时她找到的丹药就是这种色泽与气味，绝对不会有错。

赵元煜坠马伤到子孙根，以至于不能人道，便听从神光教的仙师的怂恿，抓童男和少女炼制无上秘药，以求能复阳生子。可赵元煜的药为何会出现在天子的暖阁中？

赵嫣正想着，忽然听见一阵凌乱仓促的脚步声靠近。她脊背一寒，连忙复原暗格，倏地起身藏到了帷帐后。

二

那阵凌乱的脚步声越来越近，赵嫣藏匿于帷帐后，屏住呼吸，退无可退。

来人在离门扉只有一丈远时，被禁卫唤住了。

“天子靖室，淑妃娘娘不得擅入！”

“本宫要见圣上。”许婉仪的声音略显虚弱。

她自从生下与天子的寿诞同日的小皇子，母凭子贵，已经被晋升为一等淑妃了，位分仅在皇后与甄妃之下。

“陛下已启程前往玉泉宫疗养，并不在太极殿中，还请淑妃娘娘莫要让属下为难。”

“圣上已经离宫了？这么快……”许淑妃喃喃道，随即提高了音量，“杨嬷嬷是本宫在宫中多年来唯一的亲人，此番殁得突然，本宫连她最后一面都没见着。你传信于圣上，本宫请求内廷查个结果出来。”

见她仗着生育皇子有功就颐指气使，禁卫心里多少有些不痛快，抱拳道：“属下会转告娘娘的请求。”

“娘娘，您怎么到这儿来了？”许淑妃身边的宫婢快步跑来，焦急地道，“您才出月子，可受不得寒！乳娘说小皇子殿下又吐奶了，您快去瞧瞧吧！”

“小皇子吐奶了，你们不知道安抚吗？这可是圣上现今唯一的儿子，若他有个三长两短，你们也别想好过！”

许淑妃气急败坏地离开了，不消片刻，禁卫也去远处巡视了。

赵嫣松了一口气，刚欲从帷帐后出来，便听见另一阵脚步声靠近了。那人并非路过，而是径直朝门扇走来。

赵嫣险些一口气没提上来，心道：今天到底是什么日子，怎么还有人来？

眼见着模糊的人影已映上隔扇，赵嫣四下环顾一番，视线落在了一旁休憩用的罗汉床上。她没有迟疑，利落地掀开明黄色的绸缎褥单，仰身蜷在了床榻下。

几乎同时，门被人推开了。那人走了进来，脚步沉稳、悠闲，不像太监等宫人。

赵嫣小心翼翼地转过头，把脸朝向外边。褥单从榻沿垂下，离地仅有一寸，她只能从这狭小的缝隙中窥探来者的身份。

玄色的靴面极其干净，地砖上倒映出一片暗色的衣摆，赵嫣觉得有些眼熟。然而那条缝隙实在窄小，她看不太真切。

她正努力地想要看清，那人突然撩开帷帐，从容地走进里间，停在了罗汉床前，似乎在找什么，靴尖距离她的脸颊不到一尺。

赵嫣握紧了拳头，连呼吸也停滞了，脊背紧贴着冰冷的地砖，渗出薄薄的冷汗来。

下一刻，来人的靴尖不急不缓地掉转了方向。罗汉床一沉，赵嫣陡然睁大了双目：他竟然在榻上坐下来了？！

父皇不在宫中，全天下敢这样做的人她数不出两个。

赵嫣隐约猜到了什么，可不敢冒险，只能竖起耳朵辨别。

良久，没有声音。

就在赵嫣干瞪眼之际，床沿传来了两声轻叩声，熟悉的含着笑意的声音慢悠悠地传来："殿下还要躲到何时？"

果然是这满腹黑水的浑蛋！

赵嫣浑身卸力，试探着伸出纤细的手指，扣住床尾的镂花木板往外挪身子，从褥单下探出一张憋得白里透红的精致的脸庞来。她"呼"地吹开眼前的碎发，瞪着闻人蔺那张俊美无俦的脸。

见她的半截身子还在床下，闻人蔺忍着笑起身，握住赵嫣的手，将她轻轻地拽了出来。

赵嫣仍心有余悸，茫然地坐在地上，抬手撩了一把散落在额边的发丝："你怎么知道我偷溜到这儿来了？"

话一说出口，赵嫣便知自己问得多余。她身边有闻人蔺派来暗中照料的人，只怕她的一举一动都在他的掌控之中。

她抿了抿唇，然后改口道："不对，你既然已经知道我在房中，为何不早说？"

他害得她虚惊一场！

"先起来，地上冷。"闻人蔺拉她起身，俯身替她掸了掸沾到青裙上的灰尘，"殿下躲得太快，本王还未来得及出声。"

"骗人，你故意的。"赵嫣压低声音说道。

闻人蔺声音低沉地笑了一声，不置可否，抬手按住赵嫣单薄的肩头，小声说道："别出声。再过半盏茶的工夫，禁卫会巡逻，殿下此时出去，会与他们在太极殿门前遇上。"

赵嫣反手拍了拍臀上的灰，正巧与闻人蔺的手指撞上，两个人皆一顿。

闻人蔺顺其自然地握住了她的手，以指腹轻抚，似安抚，又似撩拨，在静谧又昏暗的房间内颇有禁忌之感。

不多时，果然有一队禁卫整齐地从殿前经过，巡视后远去了。

赵嫣被闻人蔺紧紧地护在怀中，耳畔尽是他沉稳的心跳声。

太极殿门前，赵嫣将托盘抱于胸前，低眉敛目地跟在闻人蔺身后，竭力将自己伪装成一个无甚存在感的小宫婢。

从近道进入蓬莱门后，闻人蔺停下了脚步，伸手取走了赵嫣手中的托盘。

“你做甚？哪有主子帮奴婢拿东西的？”赵嫣眨了眨眼，警惕地环顾四周。

“殿下的手臂不酸吗？”

闻人蔺淡淡地瞥了她一眼，将手中的托盘以巧劲抛起，托盘在空中转了几圈，又稳稳地落在了他的掌心上。一个随意把玩的动作，他却做得十分优雅、洒脱。

“是有点儿酸。”春雪已化，但风仍有些寒冷，赵嫣想了想，小声开口道，“我没有找到解药。”

她的声音很低，语气难掩失落之意，或许还夹杂了其他的情绪。

闻人蔺长身而立，将执着托盘的手负在身后，另一只手轻轻地托起赵嫣的下颌，让她抬起头来。

宫道狭长，深红色的墙头覆着青瓦。闻人蔺没有笑她的失败，而是静静地凝视着她，平和地道：“本王数年也未解决这个难题，还得劳累殿下替我出头，岂非无能？”

“不是这样的。”

赵嫣心知肚明，闻人蔺这些年没有找到解药，很大一部分原因是他压根就没想过要好好地活着。

她没有点破闻人蔺的过往，正如闻人蔺照顾着她的心情。她抬头笑着道：“我想帮你，但还是差了一点儿。不过，我不会放弃的，你也要努力。”

她的笑颜总是有一种灵动的生命力，让人见之心暖。

闻人蔺笑了一声，说：“好。”

他们回到蓬莱殿时，刚好见到尚仪局的女史从小门前行过。赵嫣立刻将闻人蔺推到转角处藏起来，在嫣红的唇前竖起一根手指，“嘘”了一声，道：“她们已经来了，我们从门口进去，定然会跟她们撞上。”

墙头被冻伤的桃花间或飘落下来，闻人蔺垂眸看着将他强硬地抵在墙上的那只手，似笑非笑地道：“是殿下怕撞见她们，为何本王也要回避？”

赵嫣方才的举动全是下意识的反应，这会儿她回过神来，小声道：“我怕她们把你认成我的姘夫。”

“本王不是吗？”闻人蔺微微挑眉。

赵嫣一噎，心道：怎么还有人上赶着自降身价呢？

“我们现在没时间了，那两个女史可不是识人不清的周挽澜，时兰应付不了多久。”赵嫣说着，后退一步，绕着墙边那株百年桃树走了一圈，“你能举我上去……”

话音未落，她便觉得腰上一紧，继而身子腾空而起。闻人蔺轻而易举地单手抱起赵嫣，让她坐在自己的小臂上，以抱孩童的姿势带着她踩上桃树，自己则借力跃上了墙头。一声惊呼被她抑制在了唇间，而后，两个人稳稳地落地了。

赵嫣惊魂未定，坐在闻人蔺结实的小臂上，紧紧地抱着他的脖子。

桃花纷纷飘落，下了一阵花雨，落了二人满身。

芳菲沁人，可惜赵嫣并无太多心情回味——女史已经走过了前庭，往这边来了。她连忙摇了摇闻人蔺的肩膀，催促道：“快回屋，我要更衣。”

闻人蔺岿然不动，在她的臀上不轻不重地拍了一下：“低头，别乱动。”

说话间，他迈开长腿，稳稳地走上了月台，抬手护着赵嫣的额头进了偏殿。

赵嫣一落地便脱了棉袄和长裙，顿了顿，将藏在怀中的那枚无上秘药取出，装入了一旁的香囊中——这是她潜入父皇的暖阁时，复原抽屉前偷拿的。然后，她只穿着里衣和里裤，一头钻入了衣柜中，翻出那身镶银洒金的红色罗裙穿上，鲜艳又柔软的布料恰到好处地衬托出了她的玉骨冰肌。

闻人蔺看着她在薄纱后忙碌的身影，仿佛在欣赏一幅会动的画卷，忽然感受到了类似于“闺房之内”的温情。

“这个裙带我系不好，帮帮忙吧，太傅。”

赵嫣无奈地捏着罗裙的裙摆挪了过来，稍稍踮起脚，将那条打结的裙带展示给他看。淡淡的光线下，她的耳边散落了几缕长发，脖子又细又白，仿若能发光。

“殿下穿惯了男装，一时改不过来了。”闻人蔺嘴上说着，还是伸手替她解开了裙带，长指翻飞，仔细地系了一个优雅的结，又替她将香囊挂上了，“好啦。”

赵嫣取下头上的宫婢的淡青色发带，簪上妆奁台上的步摇与珠花，朝门口走了两步，又飞快地走了回来。她环臂压低闻人蔺的脑袋，踮脚在他的唇边轻轻一啄，笑着道：“你若无事，就在这歇会儿，等我应付完她们就回来。”

说罢，她松开手，提起裙摆转身走了。

阳光自窗外斜斜地铺洒进来，闻人蔺抬起手，触了触她刚刚亲过的地方，不由得嘴角含笑，心想：是不是反过来了？他怎么感觉自己才是独守空闺之人？

廊下，赵嫣一边快步疾走，一边将手炉从额头上拿下来，问时兰：“怎么样？”

时兰抬手探了探她焐得微红的额头，蹙着眉道：“有些太烫了。”

“无碍，等我走到堂中，温度就差不多了。流萤呢？”

“已经去请太医啦。”

赵嫣深吸一口气，放缓脚步，搭着时兰的手虚弱地进了门。

“殿下迟了半盏茶的时间。”堂中，女史严肃地说道。

“本宫昨日偶感风寒，实在头晕得厉害，让女史久等了。”赵嫣说罢，拿出炉火纯青的装病本事，哑声咳嗽道，“不过是高热，本宫能忍……”

女史见她面色发红，一时有些迟疑。

领头的女史道了一声“奴婢失礼”，上前探了探赵嫣的额头，发现她果然烫得厉害。但这位小公主有过前嫌，能将“太子”扮演得分毫不差，女史焉知此时她不是在做戏？

“奴婢去请太医问诊。”女史道。

不多时，年轻的太医来了，隔着帘子行礼道：“臣张煦，拜见长风公主殿下。”

赵嫣曾怕极了每天服药改嗓音的日子，连带着一见张煦就叹气，眼下见到他，倒是涌上一种从未有过的亲切感。

“有劳张太医。”赵嫣掩唇轻咳，仿佛又回到了在东宫装病卖乖的日子。

张煦将绸帕搭在那只从帘中探出的细白的手腕上，切脉片刻，面不改色地道：“殿下风邪入体，引发急热，服药调养几日即可。”

听太医这般说，女史才暂时放下疑虑，福了一礼，道：“两国联姻在即，万望殿下以大玄国运为重，保重玉体。奴婢先行告退。”

赵嫣皱起眉，直到女史走远方掀开被子起身。流萤掩上了房门，将面前碍事的纱帘卷起来，而后退至一旁。

张煦即便一开始就知道赵嫣是女儿身，此刻仍被眼前明珠般耀眼的少女惊艳到了。明明有着相同的脸，面前的人却与她男装时的样子截然不同，明快而娇艳。

“许久不见，张太医。”赵嫣坐在榻上笑了笑，道，“没想到你还愿意来见我。”

张煦垂下目光：“微臣只是一个医者，并不在乎身份之别。殿下此言，令微臣惭愧。”

“我其实是有些事要问你。”

后宫的女眷传召太医请脉皆有严格的时辰规定，赵嫣并没有太多空闲时间同张煦寒暄，遂直入主题，问道：“许淑妃的乳母嬷嬷急病而亡，你们太医院有病案记录吗？”

赵嫣觉得，许淑妃如此在意此事，说不定其中有什么蹊跷。

张煦回道：“除非中宫娘娘和陛下开恩，否则内廷的宫侍不受太医院所管。不过宫人死后大多被葬在西山坟场中，殿下若在意，微臣可开棺验尸。”

“让我再想想。”赵嫣颔首斟酌起来。

片刻后，她解下腰间的香囊，倒出那枚丹药，道：“还有一事，你替我看看，这个是否就是赵元煜所炼的回阳秘药？”

流萤伸手接过药丸，转呈给张煦。

张煦仔细地观察手中的丹药，又凑近嗅了嗅，闭目期间几乎将上百味药材及药引的名称在脑中过了一遍，笃定地道：“殿下所言不错，这的确是以烛蛇的香腺和童男的纯阳心头血为引炼的回阳丹药。”

张煦是剑走偏锋的医门怪才，他点头确认的事不可能有错。

赵嫣心一沉，忽然有些呼吸不畅。

“殿下？”张煦见她红润的脸色变为苍白，便知她犯了七情之病，怒极伤阴。

“我没事，就是随口问问。”赵嫣扯了扯嘴角，却笑不出来。

一瞬间，艳丽的骄阳仿佛蒙上了厚重的阴影。

张煦想了想，说：“微臣最近在研制一种龟息药，人服之可令呼吸凝滞，状若假死。待微臣试验成功，再来告知殿下。”

赵嫣听出了他话中的好意，不由得心头一暖，轻声但坚定地说道：“多谢张太医。不过，本宫不会逃避，也绝不逃避。”

张煦不再多说什么，将那枚丹药置于一旁的圆桌上，躬身行了一礼，便背着药箱告退了。

赵嫣于榻上倾身，缓缓地握住了自己微凉的指尖。

父皇常居之所固若金汤，即便曾经作为“太子”的她非诏也不得入内，所以不太可能是旁人将丹药置于暗格中的。何况，谁会栽赃天子？

即便有人想陷害天子，也该用毒，而非回阳生子的秘药。

那么父皇这药是从何而来的？这是从赵元煜的手中得来的赃物吗？

不，不可能。

赵元煜伏法时，许婉仪已有身孕，父皇没必要再服用此药。除非在赵元煜炼丹伊始，就已经有了无上秘药的存在。

“去年春蒐围猎，我儿坠马伤及命根，以致不能人道、生育！本王一直以为是天灾，近来方知是人祸！

“是你指使禁军惊马，害了我儿，逼他不得不为炼丹回阳而走上歧路！”

雍王伏法前的痛骂声仍如梦魇般回响在赵嫣的耳边。

她铲除觊觎皇位的赵元煜父子后，最安心的人是谁？

“金丹已成，玉燕投怀，此乃天赐之喜。”甄妃所说的“金丹”和“许婉仪有喜”究竟有何关联？父皇到底是否知晓这金丹的来历？抑或是他被蒙在鼓里？他十多年未有子嗣，偏偏这个时候有了儿子……

赵嫣看着自己的手——她方才用这只手摸了无上秘药——如果这枚丹药里真有无数童男的心头血……如果父皇杀死别人家的孩子，只为让自己生个儿子……

一股寒意从五脏流向赵嫣的全身，她喉中一哽，几欲干呕。

“殿下！”站在一旁的流萤和时兰立即上前，抚背的抚背，倒茶的倒茶。

“去打盆水来，快去！”赵嫣咬了咬唇，然后急促地吩咐道。

时兰立即起身，很快便端了一盆温热的清水过来。

赵嫣迫不及待地将双手浸入铜盆中，用力地揉搓，仿佛要将沾染上的罪孽与悲戚洗干净，直至指尖和手背都泛红了。

“殿下，您这样手会受伤的……”

“你们先出去。”

“殿下……”

“出去，让我静一会儿。”

时兰和流萤知道殿下难过时总喜欢一个人躲起来，消化情绪。她们对视一眼，只好福礼退了出去。

门并未被关上，久等人不至的闻人蔺就在此时缓步迈了进来。

高大的阴影笼罩下来，赵嫣茫然地抬眼，就这样静静地看着他，嘴唇抿成了一条线，被搓得通红的手指微微颤抖。

闻人蔺扫了一眼圆桌上的丹药，目光深沉，什么都明白了。

三

闻人蔺走过去，坐在榻边，将赵嫣的手从微凉的清水中捞了出来。

宫婢们忘了准备拭手的绸帕，他就神色淡淡地以自己的袖袍包裹住赵嫣的手，将她泛红的手指一根根地擦拭干净，任凭质感极佳的暗色衣料被水沾湿。赵嫣的心仿佛也被一寸寸地擦净、抚平了。

"为什么惩戒自己？"闻人蔺捏了捏她手指的指节，目光深沉，声音却很轻。

赵嫣张了张嘴，小声说："我不是在惩戒自己，我只是……没办法面对这些罪孽，一切都荒诞透顶。"

若说杀赵元煜时，她还能把自己当成一个求真遏恶的旁观者，那面对自己的父亲时，已成了被洪流裹挟着前行的局中人。她甚至有点儿恶心自己身上流淌的那一半天家的血脉。

"其实在暖阁中，我偷拿了父皇的一枚丹药，就是桌上的那颗……"

"嗯，我看见了。"

"很眼熟对吧？那是神光教助赵元煜炼制的回阳秘药。"赵嫣闭了闭眼睛，手指无意识地握紧了闻人蔺的袖口，"当初被救出来的那些女孩子曾提到过，赵元煜抓了那么多男童，可还是抱怨炼出的药太少。我现在有些害怕深思，赵元煜不能人道的背后到底藏着谁？那些多余的回阳丹药都被送去了何处？"

闻人蔺抬手覆住了她的手，沉稳平静地问道："殿下还要走下去吗？"

赵嫣的眼睫颤了颤，半晌，她抬起眼眸，坚定地回答："要。我有点儿明白你的选择了，想和你站在一起。"

寒风连同光一起进入了她的眸中，驱散了迷雾。

闻人蔺早就说过，锋利的真相会割伤她。但当时的他未曾想到，眼前的小公主即便被割得遍体鳞伤，也会踏着满地的冷刃勇敢地走下去。

"殿下也想和本王一起毁灭天下？"闻人蔺望向她恢复清明的双眸，眼神深沉，若有所思地道。

"不是。破而后立，重在'立'字；而毁灭则是将天下变为炼狱，并无希望可言，两者不尽相同。太傅，我其实并不坚强，可每次要放弃的时候都会想起赵衍，想起自己回宫的初衷。这世道魍魉横行，可也有拂灯之蛾。枯木之下，仍是新春，这是赵衍的选择，也……会是我的选择。”赵嫣抿了抿唇，深吸一口气，倦怠地道，“我现在思绪有些乱，说的好像都是些没有条理的大话……太傅，你的肩膀能让我靠一会儿吗？”

她已不是太子，可还是会下意识地唤他“太傅”，仿佛这个称号能带给她无限的力量。

闻人蔺解下大氅一抛，盖住圆桌上那枚碍眼的黑红色丹药，随即抬手将赵嫣揽入了怀中。

赵嫣顺从地屈腿抱膝，将脑袋搁在他的肩上，汲取他身上沉稳、安然的气息。两个人腰间的玉佩紧紧地贴着，一枚是略显粗糙的猫纹暖玉的玉佩，另一枚是新琢的莲花纹玉佩，不时地发出清脆、细碎的碰撞声。

闻人蔺用下颌轻轻地摩挲着少女蓬松的发顶，在她的额上落下一吻。他半合的眼帘落下淡淡的阴影，盖住了眸中翻涌的暗流，整个人看上去依旧优雅强悍，从容平和。

他没有告诉小殿下，那群少年的力量太散、太微弱，现在她做什么都已经晚了。

不过无碍，他只要护住她就行。

若天地为熔炉，他便扬死灰为她铺路，送她登上万丈高台。

初春的斜阳透过屏风，将一大一小两道依偎的身影映在薄纱上。他们彼此支撑着，什么也无须做，便已诉尽衷情。

翌日，阳光正好，太阳将冰封许久的大地晒得暖融融的。但赵嫣并无多少心情欣赏，那枚偶然间发现的无上秘药仍如阴云一般笼罩着她的内心，更遑论又到了月初。

今日闻人蔺没有现身，赵嫣不知道他如今服用孙医仙的药之后能抵抗几分毒性。

她翻了两页书，又在庭中温习了两遍闻人蔺教授的剑法，仍然无法静心，索性偷偷地搬来竹梯架在墙头，爬上去眺望苍林后鹤归阁的檐角。

距离有些远，但赵嫣总觉得自己能听到檐下占风铎的“丁零”声。

她赠春雪桃花的那日，闻人蔺无意间提过，当初她送去洛州的占风铎被他带回来了，就挂在平座窗框上。

“长风无形，呢喃有声。风吹玉振，请君聆听。”那天两个人深吻过后，闻人蔺用慵懒低沉的声音于她的耳畔撩拨，“本王还是比较想听殿下的声音，特别好听。”

赵嫣被气得一把推开了他，他却笑了起来。

赵嫣眯了眯眼睛，不自觉地翘了翘嘴角。她正欲下竹梯，就见墙下的甬道上有一道熟悉的身影。周及穿着从六品松绿色的文官服饰，手里捧着一份典礼文书，踏着满地桃粉色的落英徐徐而过，眉目清朗，清隽如竹。

自从朝堂问审后，他便降了一级官职，回翰林院做著书立言、起草典礼文书的工作。皇帝和皇后去了玉泉宫，大玄与北乌的洽谈也到了尾声，他需要将礼宴的文书交给太后过目。

赵嫣拨开浓密的花枝，朝下方唤了一声：“周大人。”

周及驻足抬首，只见云霞般娇艳的桃花后，赵嫣正托着腮，趴在墙头上看他。

他的记忆忽然回到数年前，华阳行宫中，亦是这样一个春日融融的天气，尚是少年的他执卷从墙边行过，从头顶上被掷下的一朵山茶花正好落在了他摊开的书页上。

“小周先生，”刚逃课归来的少女趴在墙头，指了指身上宫婢的青衣，朝他得意扬扬地笑了起来，“认得出我是谁吗？”

时隔多年，他已经能一眼辨出这张明丽的脸庞了，不禁莞尔，道：“认得。”

“什么？”赵嫣对他莫名其妙的回答感到疑惑。

周及微微一怔，回过神来，退至一旁，朝她拢袖行了个规矩的臣礼。

“赵嫣，你趴在墙头干什么呢？”赵嫣身后蓦地传来一道清甜干脆的嗓音。

赵嫣回头，见霍蓁蓁穿着一身鹅黄色的春衫，领着一名高挑又眼熟的宫婢穿过回廊过来了。她朝周及道了一声“我先下去了，你忙吧”，然后就扶着梯子从墙头消失了。

周及站了一会儿，直至风停，直至墙头的花瓣不再飘落，才继续踏着满地的落英朝正殿行去。

赵嫣推开偏殿的门，看了一眼霍蓁蓁身后的“宫婢”，还是没忍住笑弯了眼睛，道：“你每次来见我，都得打扮成这样吗？”

柳白微一进门就懒得扭捏作态了，大大咧咧地往椅子上一坐，揉着脖子道：“没法子，外头盯得紧，多亏长乐郡主帮忙捎我进来。”

“你答应带我去祭奠太子哥哥，我才帮你的！你别忘了啊！”霍蓁蓁在赵嫣的居所里转了一圈，大概是嫌寒酸，摆了摆手，道，“我去探望皇外祖母啦，你们先聊。”

说罢，她负着手蹦蹦跳跳地走了，腰间的金铃一晃一晃的，清脆悦耳。

流萤侍奉茶水之后便退下了，房中很快就安静了下来。

“我见着仇醉了。”柳白微开门见山地道，“他在明德馆的后门外蹲守了好几天，见到我，让我给殿下带一句话。他说什么‘神光教在老巢中囤有大量铜丸火药，恐有图谋’，没说清楚就走了。”

赵嫣讶然：“他回京城了？”

“应该是回了有一阵子，他神出鬼没的。我听闻这几个月来神光教损失惨重，好几座道观都被一个脸上有疤的高手屠了……我一猜就知道这个人是仇醉。得知太子殿下真正的死因后，他就一直在寻神光教的仙师的仇。”柳白微皱着眉道，“他还是那么一根筋。上次我将自己在京城的别院的地址写给了他，他不识字，也不知道问别人，就在明德馆下守着那盏孤灯死等。”

这虽是抱怨的话语，赵嫣却听出了几分心酸之意。

赵衍死了，仇醉又成了没有归宿的孤魂野鬼，没有了想要守护的人，便只能回归杀戮的生活。

“下次见面，你留下他吧，我想用他。”赵嫣拿定了主意，“从前赵衍如何待他，我就如何待他。”

柳白微张了张嘴，叹道：“行，我试试。不过他的性格古怪得很，他视赵衍为唯一的主公，不一定会听你的。”

“他会听的。”

只要是和赵衍有关的事，仇醉就不会拒绝。

“对了，殿下让孤星跟进之事已经有了结果。”柳白微从袖中摸出一封密笺，递给了赵嫣。

赵嫣接过密笺，打开一瞧，神色微变。

“怎么了？”柳白微察觉出了不对劲。

“北乌使臣流连于花街柳巷，夜夜笙歌，出入他们身边的舞姬、乐伶多如过江之鲫，其中夹杂着几名前朝废太子一案牵连的罪臣的女眷。”

“什么？”柳白微心中一紧，连忙接过赵嫣手中的密笺，“我看看。”

孤星花了半个月的时间，将那些女子的家底查得极其翔实。她们的父辈的确都是前朝废太子的拥趸，当年皆被抄家下狱，家中的男丁杀的杀、流放的流放，少数被牵连的女眷则被卖为奴，终身为贱籍。

赵嫣一算，发现这些舞姬和乐伶的年纪都对得上。

“这么说，北乌人入京只是借和亲的幌子麻痹大玄？”

“不错，那些打着废太子旗号的叛党才是他们暗通款曲的目标。毕竟大玄一乱，于北乌而言百利而无一害。”

赵嫣总算明白为何先前乌阙那般笃定和亲才是她唯一的生路，因为乱党一旦夺位成功，不会留她的性命。斩草除根是每个胜利者坐稳皇位的第一步。

她设想过无数种让父皇撤回和亲圣意的可能，却唯独没有想过是这一种。

赵嫣沉思片刻，起身道：“大玄与北乌人的和谈接近尾声，说明他们与叛党的计划亦已商讨完善。我得想办法将消息呈给父皇，否则就来不及了。”

她并不赞同父皇做的那些事，甚至觉得恶心，可不能坐视登上皇位的是异族人的傀儡，不能让天下毁于通敌叛国的阴谋中。

柳白微紧跟其后，二人朝着太后诵经的正殿快步走去。

“殿下是想借太后之口传信？我觉得不太合适。”柳白微有些担忧。

闻言，赵嫣停了脚步。吹面不寒的春风穿廊而过，唤回了她的冷静。

“你说得对，这话不能让皇祖母传递。她老人家年事已高，父皇又与她生了嫌隙，北乌勾结叛党事关重大，我不能再将她推向风口浪尖。”

可父皇远在玉泉宫，宫中守卫森严，除了太后娘娘，还有谁有分量在父皇面前进言呢？

“我试试吧。”柳白微道，“我好歹是个郡王孙，禁卫应该会放我进去面圣。”

“不行。”赵嫣毫不迟疑地回绝，“你与我私交过甚，父皇只会怀疑你。等他反应过来，恐怕就来不及了。”

“那还有谁？”

“若殿下信得过，臣与老师愿请一试。”月门后蓦地传来一道清泉漱玉般清朗的声音。

赵嫣和柳白微对视一眼，快步上前，便见周及捧着文书，独立于庭中。

见二人诧异，他拱手行了一礼，道：“太后娘娘尚在小憩，臣游逛至此，并非有意帘窥壁听。”

“你听见我们说什么了？”赵嫣神情复杂地问道。

周及以一身磊落之姿回道：“内贼与外敌勾结，我身为大玄臣子，万死不辞，老师亦如此。”

赵嫣有些迟疑。左相李恪行是两朝元老，深得父皇信赖，由他出面的确最为合适，可是……

“请殿下相信臣与恩师。”周及再次请求，手拱得更低了些。

左右周及已经知道了此事，以他清正无垢的性子，赵嫣即便想拦也拦不住。

疑人不用，用人不疑。赵嫣沉思片刻，终于将袖中那份与北乌使臣接洽过的乐伎名册奉出，轻声道：“事关国运，本宫拜谢周大人和左相。”

说罢，赵嫣和柳白微皆后退一步，郑重地回以一礼。

入夜，玉泉宫。

皇帝散发披衣，亲自接见跋涉而来的李恪行与周及二人，见到密信上的消息，不由得咬紧了后槽牙。

他起身吩咐殿外的禁卫："去，即刻传朕旨意，鸿胪寺和礼部等各部终止和谈。加派禁军监管北乌使臣，在事情未水落石出之前，北乌使臣不得踏出四方驿馆半步。"

他陡然吸了一口寒气，以至于发出了混浊的咳嗽声，连带着太阳穴"突突"地阵痛。

一旁的甄妃见状，熟稔地点燃了无上香，不一会儿，白雾便袅袅地散开来。

李恪行奔波了大半日，亦骨痛神疲，扶着周及的手起身行礼道："请陛下保重龙体。"

皇帝深吸了一口气，坐在椅子上缓了半晌，挥了挥手，道："左相和周卿为国操劳，奔波辛苦，今夜就在玉泉宫里歇一晚吧，赐宿听雨楼。"

李恪行谢了恩，扶着周及的手走出了殿门，跟着提灯的内侍朝听雨楼行去了。

"挽澜。"

"学生在。"

"你说实话，北乌人勾结乱党的消息究竟是谁给你的？"李恪行走得很慢，压低声音问道，"你今日去过蓬莱殿，给你消息的人只可能是她，对否？"

周及沉默了。

李恪行倒也不逼他承认，只道："她身在囹圄之中，却能知晓朝臣都看不透的机密，叫圣上如何不忌惮呢？"

"殿下聪慧不输男子。"

"可她毕竟不是男子，朝堂问审已是她的大运。"李恪行轻叹，"挽澜，听老夫一句劝，你与她并非同道中人，当止步于此。"

山风拂过，硕大的云翳遮挡了月光，夜稠如墨。

畿县外，渡口边停着几艘运送木料的船只，宛若耸立的亡魂，死气沉沉。一行流民打扮的汉子趁着夜色从四方汇聚于此，越来越多。仔细看去，褴褛的破布衣裳下，这些汉子个个精壮无比，步履沉稳，显然都是行伍出身的练家子。

“计划有变，今夜行动。吾等大业将成，在此一举！”

领头的汉子发话，随即几个人跃上甲板，一把掀开盖着木料的油布，抽出隐藏在空心木料中的刀刃。

另一队识水性者则潜入水中，拖出藏匿在船底的一个个硕大的油布包，层层拆开，里头是成捆的良弓和箭矢。

暗夜中，没有人出声，唯有兵器折射出来的森森寒光。

与此同时，鹞鹰掠过了天际。鹤归阁内，蔡田取下情报，一刻也不敢耽搁，快步送去了净室。

正值月初，屏风后，水汽混合着药香弥漫开来。蔡田刚道了一声“王爷”，就见浴桶中伸出了一只苍白修长的手，水珠顺着冷玉般的手掌滴落，“滴滴答答”，一缕不正常的血色在起伏的水波中散开了。

蔡田一惊，心道：王爷毒发一次比一次严重了，连孙医仙的药也难以完全压制。

他不敢直视，将写有情报的纸笺交到那只潮湿的手中便退到了一旁。

他们等这一日，等了八年。不知皇帝亲眼见到自己所惧之人毁了他、所信之人背叛他，品尝到雁落关近十万将士孤立无援的悲痛时，会露出何等令人快意的神情。

蔡田正想着，就看见闻人蔺将纸笺浸入浴桶中凉透的药里，起身抓起屏风上的衣物穿上了。而后，闻人蔺行至矮柜前，拉开抽屉，慢悠悠地取出了里面那瓶孙医仙刚配好的药丸。

星月无光，墙外桃花的幽香浮沉。

赵嫣沐浴过后睡不着，在书房里待到子夜，果然听到流萤快步回来禀告：“殿下，李浮传了信，有一队禁军自玉泉宫归来，直往四方驿馆去了。”

猜想李恪行应该将消息送去了玉泉宫，赵嫣这才松了一口气。

“夜深了，殿下快去歇息吧。”流萤掌灯劝道。

赵嫣点了点头，合拢书卷起身，揉了揉僵痛的脖子，朝寝房行去。

她浅浅地打着哈欠，进门时没发现窗扇是半开的，就径直朝里间行去。掀开厚重的帷幔，她忽然一顿，睁大眼睛“啊”了一声。

流萤被她的惊呼声吓到，连忙放下手中的灯，问道：“殿下，怎么了？”

赵嫣看着穿着一袭墨袍、半披着长发倚坐在她榻上的男人，连忙合拢帷幔，遮掩道：“没什么，我就是想起来今天的经文还未抄完。你也累了，快和时兰去睡吧，今晚无须值夜侍奉。”

流萤备好夜间的茶水，关拢窗户，这才福礼告退。

待人走了，赵嫣才重新拉开帷幔。困意一扫而光，她抱臂上前，弯着腰审视闻人蔺：“你怎么这个时候来了，身子好了？”

闻人蔺大概刚沐浴过，眉目俊秀，墨色的长发只用油亮的木簪束了一半，另一半垂落在肩上，发尾还带着些许沁凉的潮湿之意。他握住赵嫣的手腕，伸手一拉便将她拽入了怀中。

“本王的药，炼好了。”含着笑的嗓音格外蛊惑，他却说了个完全不相干的话题。

四

“什么药？是解药吗？”赵嫣扭过身，面对着闻人蔺坐下，双手捧着闻人蔺的脸左右看了看，又问了一遍，“你的身子没事了？”

男人的脸颊并不似女子那般细腻、柔软，相反，皮肉紧实无瑕。赵嫣的指腹可以触及轮廓，感受到他优越的骨相。

烛火被挡在帷幔之外，帐中朦胧昏暗，她看不太清他此刻的脸色。

闻人蔺伸手拉下她的手腕，一只手扣住她的腰肢，埋首以鼻尖蹭了蹭她的颈窝，慢悠悠地吻了起来。

一阵酥麻的热意自颈窝蔓延，赵嫣不由得颤抖着手，攥紧了他的衣料，很清楚他的意图。

“等等，你身上的毒解了吗？”赵嫣睁大眼睛，找回些许神志，呼吸有些狼狈，勉强问道，“我感觉不太对，正值月初，你是否要克制些？”

闻人蔺吻了吻她柔软的耳垂，声音低沉：“殿下不想？”

赵嫣不自觉地打了个颤，只觉得三魂七魄被勾去了一半，的确心旌摇曳了。

她下意识地咽了咽唾沫，尚有些迟疑：“你……你带药了吗？”

“本王已经吃过了。”

伴随着闻人蔺的声音落下的还有赵嫣的外衫。

赵嫣觉得有些奇怪，哼了一声，道：“我不是说给你解毒的药丸，而是我……我吃的那种。”

“这次换了一种药，本王吃，殿下不用。”闻人蔺笑了一声，眸子在黑暗中显得格外绮丽，“本王来前已为殿下服用过，今夜正好一试。”

赵嫣好半天才回过神来，难以置信地道：“你方才说药炼好了，是指这种药？”

“不错。”

“那你的毒……？”话还未说完，她身子一仰，被闻人蔺翻身压在了榻上。

赵嫣漏了一口呼吸，被乘虚而入，以唇封缄。迷迷糊糊间，赵嫣察觉到闻人蔺的呼吸和体温较平日略高，温暖炙热，想必是药的缘故。

吻由浅入深，赵嫣仰首，感觉难以呼吸，好不容易抬手抵住他的胸膛缓一口气，就听见男人缱绻带笑的气音自耳畔传来：“殿下很香、很软。”

赵嫣的面颊发热，热血几乎要烫破薄薄的脸皮。她索性张嘴咬了回去：“就这一次。”

她撑着最后的理智跟他商讨，回答她的只有一声意义不明的轻笑。

黑暗里传来“窸窸窣窣”的声响，继而“吧嗒”一声，冰凉的革带落地，更为滚烫的吻压了上来，没给她讨价还价的机会。

夜凉如水，月华透过云翳，映出了浮冰般碎裂的光纹。寅时，残月西坠，花瓣拂过宫墙，落地无声，唯恐惊扰了梦中之人。

赵嫣好像睡过去了，又好像没有，被擦洗、沐浴的微凉触感唤回了她的些许意识，然而她连抬起眼皮的力气也没有。

三……不，应该是四回，这是赵嫣从未有过的感觉。她要收回先前说闻人蔺的定力没有想象中那般强的感慨，原来先前两个人偶尔一次同榻，对他来说不过是浅尝辄止的哄小孩的手段罢了。她今夜方知他不加克制是什么模样。

赵嫣眼睫湿润，泛红的唇瓣翕动，有气无力地骂道："浑蛋，骗子……"

她的声音细若蚊蚋，但闻人蔺听见了。

"这才几回，殿下就翻脸不认人了？"他随手将湿帕子抛入铜盆中，以指腹拨开赵嫣黏在唇上的碎发，"反正吃了药，别浪费了。"

闻人蔺的神色有一种餍足的缱绻之意。除去衣物之后，他就如同除去了温文尔雅的假面，极具侵略性的高大身躯完全俯下来时，甚至可以称得上压迫。

"肚子还有些胀……"赵嫣趴在被子中困得不行，话里带着气音，可怜兮兮地命令男人，"过来，抱着我。"

闻人蔺低笑一声，侧身躺下，拉起柔软的春被，盖住了她白皙带粉的肩头，俯身将睡前的吻落在她下唇的牙印上。

她先前一直咬着唇，不肯漏出过多的声音，唯恐惊动配室和耳房里的婢子。

"再叫一声我的名字。"闻人蔺半合着眼帘，捏了捏她的耳垂，说道。

赵嫣有些混乱，方才那半宿又是喊"闻人蔺"，又是喊"太傅"，几乎将他的姓名、字、王爵和封号叫了个遍，其中还夹杂着几声类似于"浑蛋"的昵称……这会儿他提要求，她一时竟不知叫哪个名字比较好。

"少渊。"她选了个喜欢的，拖着倦怠又柔软的尾音喊道。

"行。"闻人蔺勉为其难地应了，用低沉的声音缓缓地回道，"少渊也心悦你，小殿下。"

赵嫣的眼睫颤了颤。

铜壶漏断，窗外浓墨般的夜色已渐渐淡去，浮现出明暗交际的浅蓝色。几案上的香雾袅袅地散开，伴随着沁人的幽香，赵嫣在闻人蔺的怀中寻了个舒适的位置，枕着他的手臂，坠入了甜甜的梦乡。

闻人蔺于黑暗中凝望着她的眉眼，压下药效过后在五脏六腑中翻涌的血气，将她轻轻地揽入了怀中。

满城灯火阑珊，群山的剪影沉默地俯瞰着皇城。

玉泉宫。

魏皇后尚在清查从宫中带来的辎重，还未来得及从皇帝的嘴中套出什么消息，便猝然从内侍那里得知北乌人和叛党勾结之事。

她半宿未眠，连晚妆也来不及卸，着一袭真红色大袖常服，步履匆忙地朝天子所居的观云殿行去。刚上月台，她就被禁卫执戟拦下了。

魏皇后看着交叉在面前的明晃晃的长戟，神色不改，斥道：“放肆！本宫为中宫皇后，有侍疾伴驾之权，尔等安敢阻拦？！”

禁卫垂首不语，观云殿的隔扇却“吱呀”一声从里面被打开了。头戴金莲冠的道家美妃缓步走出来，身着一袭纤尘不染的紫纱青华裙，如神女临凡。

“皇后娘娘，”甄妃手持拂尘，颔首行礼，淡淡地笑着道，“圣上已经服药就寝，下令除机要政务外不许任何人打扰。禁军也是奉圣命行事，请皇后娘娘体谅。”

甄妃这番话说得滴水不漏，闻之可亲，那些被魏皇后训斥的禁卫一时舒坦了不少。

魏皇后微蹙长眉，越过甄妃朝殿中大声喊道：“北乌人勾结乱党，畿县流民激增，此乃硕大的隐患！玉泉宫与各畿县唇齿相依，一旦各畿县发生暴乱，则此地危矣！眼下非安寝之时，臣妾请求皇上加派禁卫，拔营回宫。”

殿中烛火明亮，兽炉焚香，皇帝并未回应。

就在此时，天边几点陨星的微光若隐若现，吸引了禁卫的注意。魏皇后也随之仰首望去，只见那微光越来越密，越来越亮——那根本不是陨星，而是密密麻麻的硝油火箭！

火光映亮了众人惊惶的脸，从山脚下的哨岗隐隐地传来了惨叫声。禁军校尉猛然扬臂，凄厉的高呼声刺破了黎明前的寂静：“有刺客！护驾！护驾！”

赵嫣一觉醒来，看着隐隐透光的厚重的垂帷，一时不知今夕是何夕。身侧的位置早已经空了，她眨了眨眼睛，慢慢地撑着床榻起身，捂着腰直吸气。

不知是不是太累，她许久没有睡得这般沉了，连闻人蔺是何时走的都全然不察。

她的里衣已经穿戴齐整，浑身干爽无比，唯有酸痛绵软的四肢和腰侧淡淡的痕迹提醒她昨夜发生的一切。

不用吃那些会导致肚子疼的避子丸，她倒是舒坦了许多。不过，他吃的那药没问题吧？

赵嫣抱着被子发了一会儿呆，回想起昨夜的点点滴滴，顿时面红耳赤。她将上扬的嘴角埋入松软的被子中，又低声骂了一声“浑蛋”。

时兰撩开帷幔进来，见赵嫣抱着被角坐在床上出神，肤色白里透红，血气充盈，眼尾还带着笑意，不由得惊道：“殿下，您终于醒了！”

“什么时辰了？”一开口，赵嫣才发现自己的声音有些哑。

时兰用金钩将帷幔挂起，回道：“午正了。您着凉了吗？声音听起来哑哑的。”

明亮的光洒入，赵嫣不适地眯了眯眼，含混不清地回道：“也许是我踢了被子，喝几口水就好了。”

时兰递来了一盏热茶，贴心地问道：“殿下饿不饿？奴婢命小厨房传膳。”

“我不想动身，把午膳送来寝房吧。”赵嫣接过茶盏，小口地饮尽后，余光瞥见了高脚小圆桌上插着的一瓶带露的桃枝，问道，“这花是你插的吗？挺好看的。”

时兰回头看了一眼，“扑哧”笑了一声，道：“不是我。我晨起给殿下掖被角的时候，就见到这瓶花在这儿了。也许是流萤姊姊弄的吧？”

流萤受赵衍的影响，也喜欢绿萼白梅、梨雪这等清淡典雅的花，从未插过桃花。赵嫣心思一动，便猜出这枝桃花是谁留下的了。

桃花被修剪得简单好看，枝条在瓶口处骤然拐了个弯，旁逸斜出，娇艳中颇有几分挺拔之态。

“将那瓶桃花挪过来，让我仔细地瞧瞧。”赵嫣吩咐道。

她几乎能想象到清晨天色晦暗之际，闻人蔺披着一身露水归来，坐在椅子上慢条斯理地折桃枝的模样。

笑意从嘴角爬上了眉梢，在时兰察觉到异常前，赵嫣仰倒在枕上，将脸藏入被子中，仿佛还能嗅到一点儿淡淡的熟悉气息。

太阳逐渐西斜，黄昏时风起，落下了大片的阴影。一个浑身浴血的禁卫直入宫门，还未勒停马匹，便翻身跌了下来，用最后的力气喊道："叛党围困玉泉宫，随行禁军死伤大半！快……快去救驾！"

赵嫣断断续续地睡了一个下午，被风吹动窗扇的"咔嗒"声惊醒了，不知为何，心中隐隐不安。她披衣下榻，迎着风上前，正欲将那扇碍事的窗扇关拢，就听身后传来了急促的脚步声。

"殿下，玉泉宫出事了！"从太后那里得到消息的流萤疾步赶来，扶着门框喘着气道。

殿中静谧，流萤竭力保持冷静，三言两语便将前因后果道明了。

赵嫣心中一沉，思索起来：父皇得知北乌和叛党暗通款曲的消息，刚要有所行动，潜藏在各处的叛党就在寅时发动了袭击。消息走漏得如此之快，只有一种可能——父皇身边有敌方的细作！

内外勾结，玉泉宫在劫难逃。

赵嫣如今被困在蓬莱殿内，如何能解百里之外的燃眉之急？除非……

"流萤，你去一趟鹤归阁，请肃王来见。"

此时此刻，她第一个想到的人仍是闻人蔺。

流萤应声出去，可不消片刻又折了回来，眉间的神色更凝重了几分："殿下，蓬莱殿的各门都加派了禁卫，禁卫不许奴婢出去。"

赵嫣愕然。

那群禁卫只负责保护太后和看管她，从不禁止她身边的宫婢出入。

随即，她想到了什么，问道："守卫领头之人是谁，你瞧见了吗？"

流萤回道："是肃王身边的张副将。"

张沧啊……

赵嫣抓住脑中一闪而过的思绪，怔怔地坐回了椅子上。

这是闻人蔺的意思？

当年近十万将士战殁于沙场，闻人蔺绝不可能和与北乌勾结的乱党同流合污，这一点赵嫣十分笃定。那便只可能是他想坐看鹬蚌相争，让父皇陷入无人驰援的绝境，就像当年那近十万惨死的将士一样。

他要以彼之道还施彼身，一步步地收网，将天子所做的那些昏聩之事公之于众，使其陷入万劫不复之地，将其挫骨扬灰……

赵嫣不太确定闻人蔺是否真的是这样打算的，唯一确定的是，他派张沧过来不是为了囚禁她，而是为了不让她卷入这场收网的纷争中。

这或许就是他昨夜献祭自己的理由。

赵嫣深知她听闻人蔺的安排，陪在太后身边是最安全的，可母后还在玉泉宫中，周及和李左相也深陷险境——他们是为了给她传信才误入这乱局之中的。

她的良知不允许她袖手旁观。

灰云沉沉，赵嫣逼自己冷静下来，抬手撑着额头，整理思绪。

城门如命门，宿卫兵不能动。这么算下来，如今皇城能被调用的禁军不足五千人。但这群人不能全部被调走，须有一半驻守皇城，否则皇帝遇险的消息一旦传入城中，皇城空荡，必有大乱。京畿一乱，民心必乱。

如此一来，能被调动的人马所剩无几。即便皇祖母下懿旨请求调兵勤王，召集离南郊屯守最近的数万名将士，将士也至少要三日才能到。在此之前，赵嫣得另派人马拖住叛党，争取三日的时间。

可她现在已经不是太子了，去哪里找这么一队精兵？

“不对……还有两千人马独立于天子的禁军之外。”赵嫣找到了突破口，眸色一亮，当即起身吩咐道，“时兰，你穿上我的衣裳，替我坐守于殿中，稳住张沧。流萤，你留下照顾好皇祖母。”

流萤似乎想到了什么，上前道：“殿下，您说的两千人马是指……”

“不错，我要借赵衍的东宫卫一用。”

赵嫣起身行至里间，打开那口沉重的箱子，从最上头的布包中翻出从东宫带出来的那把短刀——赵衍的遗物。

她在刘氏义庄面对赵元煜时，曾用这把短刀保护了自己；现在，她想用它保护好京师。

赵嫣换上宫女的裙裾，将出宫的令牌挂在腰间，而后抬手按了按眼尾的那颗小痣，转身走出了殿门。

廊下，满头银丝的老太太手拄拐杖，正静静地看着她。

“皇祖母……”赵嫣骤然停下，下意识地将短刀藏入了袖中。

祖孙俩隔着两丈远，凉风穿廊，竹帘晃动。

太后握着佛珠，平静地道：“看样子，你有办法破局？”

“是。”赵嫣咽了咽唾沫，轻声道，“敌军围困玉泉宫，我们现在能用的人太少，强行突破敌军的防线只会两败俱伤。”

“那你为何还去？”

“我知道一条密道，可从后山绕过敌军的主力，直通玉泉宫的内部驰援母后。”赵嫣坚定地道，“这条路只有我知道。皇祖母，我必须去。”

良久，太后叹了一声：“过来。”

赵嫣顿了顿，低头走了过去。

她以为太后会训斥她以卵击石，然而，老太太只是取下了手中温暖的佛珠，慢慢地缠在了她纤细的手腕上。

“那你便去，皇城交给哀家来守。”太后的声音沧桑但有力，“记住，万事以保全自身为先。”

入夜，张沧听了下属的禀告，眉头一皱，叩响了长风公主的寝房的门。

“殿下，怎么不吃东西啊？”他将耳朵贴上门扉，仔细地听里头的动静，半晌，又敲了两下，“殿下？”

“我……我不饿。”里头传来一道含混不清的声音，“我有些累，要就寝了。”

张沧“哦”了一声，挠了挠头，转身欲走。走了几步，张沧隐隐觉得不太对劲，虎目如炬，大步往回走，一把推开了寝房的门。

时兰穿着赵嫣的衣裙，正偷溜下榻喝水充饥，猛然看见一个五大三粗的武将推门进来，顿时被吓得“啊”了一声，将杯盏摔落在地。张沧也被吓得“啊”地吼叫起来，虎躯一震。

两个人面面相觑。

时兰反应过来，下意识地想要遮住脸，却已经来不及了。

张沧大步走过来，用熊掌一般的双手抓住了时兰的肩，对着灯火左右看了一眼。

“痛……你松手！”时兰被眼前这张粗犷的糙脸吓得不轻，不住地挣扎。

张沧松了手，扭头看向架在院中墙边的竹梯，又看了看眼前这张明显不太对的脸，连连倒退，面如死灰。

“完了……完了……完了！”他拔腿就往外走，仰头悲呼，“王爷非得卸了我！我老张今天得交待在这儿了！”

五

赵嫣知晓肃王府的情报网有多厉害，故而这次并未借用时兰的身份。

太后给了她新的宫牌，她离开蓬莱殿后，便直接去了坤宁宫。

刚过酉末，灯火如橙黄色的光雾，笼罩着宫城。马车自长庆门驶出，缓缓地停在了东宫的嘉福门下。

赵媗撩开车帷的一角，有些紧张地朝外看了一眼，对身侧宫婢打扮的少女道：“我只能送你到这儿了。”

赵嫣拢了拢衣袖，起身在并不宽敞的马车内行了个拘束而认真的礼：“四姐姐能冒险替我遮掩，送我这一程，我已感激不尽。”

少女的声音轻柔而坚定，与做太子时雌雄莫辨的低沉嗓音颇为不同。

赵媗侧耳听着，起身回了个女子的揖礼，细声道：“妹妹与皇后娘娘帮我良多，助我脱离苦海，今日之事，我只求回报深恩之万一。”

“这都是手足情分，你我谈什么恩不恩的？四姐姐可先去姑母家小坐片刻，晚些回宫，我怕张副将性子太直，情急之下冲撞了你。”

说罢，赵嫣将斗篷的风帽往头上一罩，掀开车帘跳下了马车。赵媗连忙掀开车帘，目送她踏着一地夜色前行，走入嘉福楼的火光中。

柳白微事先和孤星交换了情报。他是个聪明人，料想赵嫣若出手，勉强能调用的只有这两千东宫卫。他做好了以身犯险的准备，正和孤星候在嘉福楼下，见有个青衣小宫婢低着头走过来，便提灯照了照。

确认来人是赵嫣，柳白微又惊又喜，大步上前却将声音压得很低：“你怎么自己来了？太后准许你出宫？”

“皇祖母深明大义，绝不允许乱党利用自己死去的儿子行悖逆之举，以至于遗臭万年。于公于私，她都不会拦我。”赵嫣抬头，将风帽往上拉了拉，露出一双澄澈通透的眼睛来。“我不来，你们怎么出兵？宗室‘勾结’东宫卫，无诏出城，是大罪。何况，你们知道走哪条路驰援吗？”

柳白微哑口无言。

赵嫣笑了笑，回归正题：“现在外边是什么情况？”

“敌军以洛水漕运偷渡兵器，伪装成流民突然发难，接连攻破了畿县关隘，放入数万同党余孽，呈合围之势包围了玉泉宫。”柳白微道。

孤星上前禀告：“左将军领骁骑出城救驾，可敌军占据优势之地，骁骑迟迟突破不了防线。再这样下去，玉泉宫危矣。”

“我去过玉泉宫，知道一条密道。我们只要拖延至后日勤王之兵到来，便可化解危机，但我需要人手，”赵嫣正色道，看向孤星和他身后的两个副统领，“你们可愿随我一战？”

这句话并未有什么波澜壮阔的激愤感情，而是轻缓、沉静的，像她与他们站在平等位置上的一句请求。

这三个人曾在去年陪赵嫣追击过赵元煜，闻言，没有半刻迟疑，皆抱拳而跪，齐声道：“愿为殿下赴汤蹈火！”

“愿为殿下赴汤蹈火！”——去年在刘氏义庄，面对赵元煜的围堵，他们亦是如此回答的，只不过去年面对的是“太子赵衍”，而此刻是追随赵嫣。

赵嫣伸手虚扶起他们：“不是为我，是为你们赤诚的大义。待危机结束，我会向朝廷禀明尔等的忠心，请求封赏。”

“那你呢？”柳白微嗓音干涩，神色复杂地道，“你本就举步维艰，还将责任揽于己身，被救之人说不定不会谢你，只会怕你。”

“我也不是为了他，有些事只有我能做，便去做了。我做事向来只顾自己的意愿。你也不希望看到玉泉宫内尸横遍野，不想让大玄成为被北乌操纵的傀儡，对吧？”

柳白微张了张嘴，什么话也说不出来。

“我陪殿下一起。”他握了握拳。

“你这样聪明的人，当然要站在更重要的位置。”

“你的身边就是最重要的位置！”柳白微急促地说完，颓然地靠着宫墙，将头扭向一侧，懊恼地道，“为什么非得逼我说出口？”

赵嫣愣怔了一下，没有戳穿少年人此刻的难堪。

“你听我说，乱党逼京，攻心为上。或许再过两日就会传来‘天子已死，新君当立’的谣言，皇城中若无主心骨，百姓会陷入怎样的恐慌？民心一乱，后方失火，我就算有十万雄狮也救不回来。这正是乱党想要的结果。”微凉的夜风荡起赵嫣的裙边，她上前一步，继续说道，“京畿不乱，我才没有后顾之忧。你若留在这儿，笔下的文墨可破谣言、平恐慌，唤起百姓抗争。我说过，你是我的后手。”

她思路清晰，眼中尽是对柳白微的信任，相比之下，柳白微只觉得自己那点儿个人的心思过于幼稚、冲动。他垂下头，脑后的发带随风飘舞。半晌，他重新抬首，道了一声“好”。

赵嫣报之一笑，不再迟疑，吩咐孤星道：“即刻集结人马，从北城门出去。对了，太子的那些衣裳还在吗？我需要一身方便骑射的胡服。”

再次踏入东宫，赵嫣对这里的一草一木皆熟悉无比，可并无心怀念，而是径直走入了曾经的寝殿。

寝殿已经被收拾、整理过了，比以前空荡了许多，但她曾经留下的衣物大多仍在。她挑了一身耐磨的杏色束袖戎服，穿上革靴，扎紧护腕，用革带勒住她纤细的腰，挂上了赵衍的短刀。她取下一旁的同色发带，咬在齿间，随即反手将丝缎般倾泻的长发拢于头顶，扎了个干脆利落的男髻，簪上定发的木簪，绑紧发带，转身出门而去。

宫门外，火把通明，孤星领着两千东宫卫列队在前。人影跳跃，除了火把燃烧的声响，肃然无声。

“吾乃长风公主赵嫣，今以戴罪之身请求诸位救玉泉宫于危难之中。”说着，赵嫣抱拳行了个礼，恳切地道，“吾替天下先行谢过诸位。”

恐惊动旁人，东宫卫不敢大声回应，一阵“窸窸窣窣”的甲胄的摩擦声后，两千人陆续按着刀单膝下跪，抱拳回以臣礼。

“还有我们。”

一道清脆的声音叫停了马车，霍蓁蓁撩开车帘跳了下来，身后跟着穿了一身银铠戎服的裴飒，还有驾着马车的张煦。

“霍蓁蓁、裴世子。”赵嫣惊讶地看着二人身后整齐的近千名侍卫，又看向张煦，“张太医怎么也来了？”

年轻却疏离的太医耷拉着眼皮道：“玉泉宫伤亡惨重，最缺医者。微臣带了些伤药，想必能派上用场。”

“带上他吧，能救一个人是一个人。”霍蓁蓁难得板起小脸，严肃地道，“阿娘接到了太后的懿旨，也很担心玉泉宫那边的情况。长公主府中虽然只有五百名护卫，但他们都是英雄豪杰，只求能助你一臂之力——霜见！”

名唤霜见的领头人应声而出，抱拳行礼。

灯火下，赵嫣看见霜见柳眉，丹凤眼，英姿飒爽，竟是个二十来岁的女子。她再仔细一瞧，长公主府的侍卫中近一半是年轻的女兵。她早就听说姑母寿康长公主喜好骑射，连身边随行的侍婢也会武，今日一见，果然名不虚传。

“我将霜见他们交给你了。”霍蓁蓁道，还想再说点儿什么，却只凶巴巴地憋出一句声音发抖的话，“都给我平安回来，听见不曾？！”

裴飒重伤初愈，脸上仍血气不足，但声音凛冽，不见一丝虚弱之意：“晋平侯府三百名护卫，皆听候殿下调遣。”

“好。”赵嫣心中一暖，压下喉间的酸热感，对晋平侯府与长公主府的护卫道：“诸位在臂上扎粗布一条，每五十个人为一列队，推选卫长一名。卫长负责清点自己队中的人员，谨防混乱。”

这支援军是临时组建的，大家互不认识，为了避免敌军混入或误伤自己人，赵嫣不得不谨慎些。

队伍很快重新整顿好，比之前更为规整有素了。

赵嫣翻身跃上马背，一只手攥紧缰绳，另一只手握拳举臂：“出发！”

孤星驭马跟上，却见霜见拍马越过他，抢先占道，睨着他的样子颇有巾帼不让须眉的傲气。

裴飒领兵紧跟其后，又于马背上回首，看向了停在道旁的马车。

赵婠着一袭素裙，有些拘谨地站在马车边，目光越过队列望向了裴飒，谨小慎微，欲言又止。

裴飒似乎明白了什么，单手拽下腰间的玉佩，于唇间轻轻一吻，而后扬手朝车旁之人精准地抛去。赵婠连刻在骨子里的礼仪也忘了，手忙脚乱地接过那枚飞来的玉佩，紧紧地攥着，按在了怀中。

温润的玉佩仿佛还残留着少年武将唇间的温度，那是他无声的承诺。

她不自觉地朝前走了两步，直至马蹄声远去，长长的队伍消失在道路的尽头。

城门巍然耸立，坊间门户紧闭，唯有更夫哆嗦地前行，梆子声也比往日急促、尖利。

“来者何人？速速止步！”城门校尉拔刀立于路障后，警惕地看着这支披甲执锐的队伍。

孤星和裴飒上前，执令牌道：“东宫卫与晋平侯府奉太后懿旨，出城驰援，请即刻放行。”

城门校尉迟疑地道：“乱党盘踞门外，虎视眈眈，此时放行无异于引狼入室。还请速速归去！”

“放他们走！”两骑飞奔而来，来人是兵部侍郎岑孟和一名身量纤细的着武袍的少年。

“这……”

“天子尚在浴血苦撑，兹事体大，耽搁不得。以后若要问责，由我兵部担着！”岑孟勒马沉声道，“撤路障！”

城门校尉这才小跑上前，将那些如尖刃突刺的沉重路障挪开。

“岑侍郎。”赵嫣驭马上前，看向这个一直用生命来报恩的男人。

岑孟于马背上行礼，压着声音唤了一声：“殿下……”

“殿下！”另一道清冷的女声传来。

赵嫣扭头看向岑孟身边，这才辨认出他带来的根本不是什么少年侍卫，而是他的妹妹岑毓。

近一年未见，少女已经出落得亭亭玉立，马尾高束，腰挎箭囊，背负长弓，侠气比男子更甚。

“我差点儿没认出你来，你这样子真精神。”赵嫣赞道。

“若非殿下点化，我也不会踏上向往已久的道路。我得知殿下为女子后，心中的敬意更甚，也想像殿下一样，为天下百姓做些力所能及之事。”说话间，岑毓取下了自己的爱弓和箭囊，用双手郑重地递给赵嫣，“我会留下来和哥哥一同守城，这套箭矢赠予殿下，愿它护佑殿下平安凯旋！”

赵嫣接过这份沉甸甸的礼物，将轻弓于手中转了一圈，挽于臂上，道：“多谢。”

“殿下尽管向前，臣等为殿下掩护。”岑孟说着，随即勒马回身高呼：“开城门，掩护援军出城！”

厚重的城门“吱呀”一声被打开了，初春沁凉的夜风猛然灌了进来，撕扯着众人的衣袍。赵嫣定了定神，一扬马鞭，近三千人马如长龙出渊，直入夜色深处。

乱党为阻止赵嫣的援军坏事，已扼住了通往玉泉宫各处的路口。岑孟和城门校尉领二百人一路护送，一时箭矢乱飞，刀剑碰撞，冷刃的光芒划破了清寒的夜。

霜见拔刀斩下拦路的乱党，身后却有冷箭袭来。孤星上前，一刀斩落箭矢，霜见也很默契地回身刺穿了一名冲上前的匪徒。她抹了一把飞溅到下颌上的鲜血，道：“多谢。”

孤星不语，与她并驾突破了重围。

裴飒自发护在手无寸铁的张煦身边，赵嫣则驭马领军通过路口，耳畔只听得见“呼呼”的风响和箭矢划破夜空的声音。

每当有敌军追上，负责掩护的岑孟等人就会将其斩落马下，保证其他人畅通无阻。可乱党占据优势之地，紧咬他们不放。双方胶着之时，藏匿于林中的乱党忽然发出一阵惨烈的哀号，好像被什么可怕的东西袭击了。

赵嫣开弓射中了一个敌人后，握紧手上的弓矢，于马背上扭头望去，只见一个高大的身影从林中杀了出来，满身的血腥味飘散在空气中，浓重得刺鼻。

赵嫣认出了这双鹰隼般淡漠的眼睛——来人是仇醉。

他照旧穿着那身破损得看不出原本颜色的武袍，箬笠压得很低，火把将他新伤叠加旧伤的脸颊映得如鬼魅般可怖。可他的身手又是那般狠绝，手中的弯刀所到之处，敌军无不人仰马翻。

仇醉抢了一匹马翻身而上，解决掉剩下的几名乱党，追上了赵嫣。

赵嫣并未问他为何会出现在此处，只于颠簸的马背上对他说道："我无须你护佑，你留下断后。"

话说得太急，她吸入了一口带着腥味的寒风，五脏六腑一阵翻涌。

仇醉会意，随即掉转马头逆行至队伍的末尾，手握弯刀，立于道路中间。

惨白的月光下，"恶鬼"镇道，漠然地盯着那些被伏击的乱党，如看蝼蚁和死肉。哀号声响彻山林，暗色的水洼将倒映的月影染成了刺目的红色。

岑孟见援军顺利地摆脱了敌军，前往玉泉宫，不由得长舒了一口气，领着城门校尉等人原路回城。

城门再次被关上，月光自云层间洒落，照亮了一路的箭矢和残刃。

肃王府内，张沧跪在外间，低着头将长风公主出逃的始末原原本本地道了出来，屏风后的人影发出了两声极低的笑。

这……王爷咋还笑呢？他莫不是被气糊涂了？张沧心中一阵惊悚，抬眼偷偷地觑向蔡田。

蔡田摇了摇头，让张沧别多嘴多事。可张沧误以为蔡田说他没救了，不由得叹了一口气，拔出佩刀，道："卑职辜负了王爷的重托，已无颜面留在此处。今卑职自划一刀，请王爷暂且留我一命，容卑职将功折罪！"

说罢，他一咬牙，抬刀就要往臂上划去。

"你……"蔡田惊异于同僚这颗简单又奇异的驴脑，想要阻止，却见一只修长有力的手先一步攥住了张沧的手腕。

张沧身材魁梧，力能扛鼎，此时却被这看似随意的一只手攥得使不上力气。他的手腕一麻，佩刀脱手，落于一只冷白的掌心中。

面前是雪色的袍角，湿淋淋的，带着药浴的苦香。张沧见状，大为感动，双目含泪："王爷……"

他就知道，王爷器重他，舍不得他！

"行了，她是本王一手教出来的，宫墙尚且困不住她，遑论是你？只是本王着实没想到她会这么快……"

闻人蔺将手中的佩刀挽了个花，随手一推，"铮"的一声，将佩刀插回了张沧的刀鞘中。

张沧看着回归原位的佩刀，琢磨了一番：听王爷这语气，他怎么好像还挺骄傲的呢？

张沧忐忑间，闻人蔺已经穿好了外袍。他束好革带，摩挲着食指上的玄铁指环，吩咐道："集合鹰骑，听候调令。"

庭中传来了两声突兀的咳嗽声，孙医仙站在灯下，板着脸问道："你的身子还养不养了？"

"养，本王出去散个心就回来。心爱之人冲锋在前，本王岂可安居于后？"

玉泉宫这个局他定是要插手的——不亲眼见证仇人的痛苦，未免太过遗憾。他命人看着赵嫣，是不想她瞧见他肮脏的一面，不想让她夹在其中左右为难。事到如今，他恐怕要让小公主失望了，这天下依旧脏乱不堪，他依旧做不来忠臣良将。

闻人蔺笑了起来，温声补上一句："险些忘了，您老终身未娶，没有心爱之人，想必不懂本王心中酸甜交织的愉悦。"

孙医仙被他气得不轻，心道：哼，竖子！老夫若没有心爱之人，怎甘心守着故人之子白费力气？！

第十章

力挽狂澜

一

玉泉宫中，半山腰的哨岗已经被攻破，乱党蜂拥而上，所过之处尸横遍野。华丽而威严的大门被烧塌了一半，颓圮的宫墙立于黎明前的晦暗中，浓烟滚滚，哀鸿遍野。

灯笼被摔在地上，远处有火光逼近。禁军统领和冯公公率领仅剩的几十名亲卫护着皇帝弃殿而逃，连车辇、辎重和女眷都抛弃不管了，直朝后门奔去。

脚步声靠近，众人惊惶地抬头，只见一队禁军打扮的人马自门外拥入，约莫有百人。

皇帝没想到禁军中还留存了一队人马，不由得大喜。可还未等他开口说话，数支羽箭便飞了过来，贯穿了他身侧亲卫的胸膛。

“无道昏君，速来受死！”

听到这声高呼，皇帝这才如梦初醒：禁军中出了叛徒，这群人是来取他的首级的！

登基十九载，前八年他兢兢业业、为国为民，也曾开创过河清海晏的中兴盛世，到头来却被逆贼逼迫至此，扣上“昏君”的帽子。

皇帝怒火焚心，一把夺过亲卫手里的弓矢，拉弦放箭，方才高呼的禁军叛将应声倒地。

“逆贼！”皇帝束冠歪斜，道袍散乱，如同对着一个看不见的亡魂怒斥，“赵程，是你吗？手下败将，出来和朕一战！”

他说话间，又接连射出两箭，射向了那群叛党的脚下。

“赵程”是前朝废太子之名，这个名字一出，众人的心中皆涌上了一股无名的寒意。

皇帝在潜邸时也曾手握重兵、驰骋沙场。此时他的余威犹在，怒斥之下，叛军心有忌惮地止住了脚步。

禁军统帅高见满头大汗，拥着皇帝后退：“陛下，不得耽搁！”

黑暗中，皇帝脚下一绊，弓矢脱手坠地。他低头一看，绊住他的是几具被流箭射杀的侍从的尸首。

叛军见失了武器的皇帝如被拔去爪牙的老狼，霎时间如梦初醒，放出如雨般的箭矢，又追了上来。

皇帝气喘如牛，方才射出的那几箭已经耗尽了他力气。他眼瞅着身边的亲卫一个接着一个地倒下，深知自己大势将去，纵使铁血半生也难掩此刻惊骇的表情。

此时，一柄长戟破空而来，将提刀砍向皇帝的那名叛将的身体扎穿了。

皇帝六神无主，被高见拼命地扶着才勉强站立。他抬头望去，只见魏皇后浑身浴血，披散着长发，领着两百名残兵和宫人冲入叛军之中，以木棍、残刀甚至拳脚相抗。她大步走来，被鲜血浸透的正红色大袖以襻绳缚住，利落地拔出尸首上的长戟，于手中虎虎生威地转动一圈，再“铛”的一声顿于地上，震得尘埃飞扬。

“退守明光殿！后门的山路已经被匪军占领，现在出去就是送死！”魏皇后喊道。

滔天的火光中，这个妇人的发丝凌乱地飞舞着，整个人竟生出了一夫当关的气势。

是了，皇帝恍然间想起，很多很多年前，自己也曾惋惜过：皇后魏冷果决刚烈，比其弟魏琰更像魏家人。她若非是个女子，若非选择入宫为妃，必能承祖上的基业，做镇守一方的良将啊！

“挽澜，不要管我！”弥漫的焦烟中，李恪行扶着沾血的廊柱勉强站立，襕衫上沾满了尘土，痛心疾首地道，“你连老师的话也不听了吗？”

刀刃拼杀的声音越来越近，周及却仿若未闻：“身为学生，怎可弃老师于险境而不顾？”

齐整的束发掉下来两缕，他解下外袍裹在风烛残年的李恪行身上，随即背对着恩师蹲下身半跪，将自己清瘦但挺拔的后背展露出来：“学生背老师前行。”

“挽澜，放我下来！”李恪行蓦地被年轻人背起，混浊的眼睛瞬间湿润了，“突发此难，兵连祸接，老夫走不动了，衰朽之年，死不足惜。但……咯咯，但你还年轻，还有很长的路可走……”

周及腰背一沉，反手将老人瘦弱的身躯往上托了托，语气艰难但平稳：“老师曾教导学生明德守善，若我为自己苟活而背弃良心，我这辈子的路就止步于此了。”

“快看，狗皇帝的扈从！”

“看样子应该是大官，抓住他们！”

一阵凌乱的脚步声逼近，火把照亮了周围，周及看到了满地刀刃折射出的寒光。他咬牙背着自己的老师蹒跚前行，试图在这迷宫般陌生的殿宇中找到一条出路，可到底是个只会握笔写文章的风雅文人，此刻脚下一崴，突然向前跪倒了。

他担心背上的恩师被摔着，竭力稳住身形，以右手撑住地面，腕骨处当即传来一阵钻心的剧痛。

李恪行见状，感受到了剜心之痛，悲呼：“挽澜，松手！你我是儒士，不可如败犬般偷生，如蝼蚁般无骨！”

周及没说话，额间青筋突起，试图再次站起来，然而未果。他不再挣扎，沉默地将李恪行护在身后，挺直的脊背斗霜傲雪，依旧保持着文人的风骨与气节。

叛军的刀劈下时，他看到额前有碎发飞舞，于是闭上了双目。然而想象中的剧痛并未到来，一支箭从那名执刀的乱党的胸膛射出，乱党倒下前仍看着从胸口突出的箭矢，满脸难以置信的神色。

周及睁眼，只见黎明的晨曦中，一道熟悉而纤细的身影手挽长弓，领着无数甲胄卫士冲出，将那百十名乱党斩于马下。

那是长风公主赵嫣！

她做男子打扮，没有穿鲜亮的嫣红色的罗裙，但周及还是从众多模糊的面孔中一眼认出了她。

没人知道她的队伍是从何处冒出来的，此刻宛如神兵般降临在眼前。

黎明刺破了天际，局势陡然逆转。

赵嫣一夜未眠，脸色看上去有些疲倦，但眼睛依旧明亮。她踏着第一缕微光大步走来，一把拉起了周及，问道："你和左相没事吧？"

周及动了动嘴唇，还未来得及回答，赵嫣便瞧见了他袖袍下青肿的手腕。

周及见状，不动声色地将手藏在了袖中。

赵嫣知道他不想让李恪行自责、担心，于是扭头吩咐身边的侍卫："去将我的马牵来，送他们去龙池，请张太医为他们检查伤势。"

"是！"

马匹很快就被牵来了，那是一匹毛色油亮的胭脂马。

周及搀扶着李恪行上马，马镫有些高，赵嫣就顺手托了一把。李恪行和周及皆一颤，不过没有说什么。

李恪行于马背上回望，颤抖着拱手，道："殿下今日之恩，老臣铭感不忘。陛下尚不知去处，还请殿下前去驰援！"

"我知道。"赵嫣抹了一把飞溅到脸上的血珠，朝周及挑眉，"周大人，你也上去，护送你老师。"

周及知道自己留下来也只会拖后腿，便不再推辞，朝赵嫣拢袖一揖，这才皱着眉艰难地翻身上马，护着李恪行朝龙池行去了。周及不知赵嫣为何让他退守此处，但听她的话总没有错。

龙池中灯影稀疏，一片凋敝，淡淡的水汽混着远处的烟味飘了过来。周及先行下马，和另外两名赵嫣派来的女护卫一同将李恪行搀扶下马。

一天两夜的动乱已然榨干了这位两朝元老的精神，迎风而动的衣袍现出了李恪行伛偻苍老的身形。

李恪行艰难地迈上石阶，紧紧地扶着周及满是擦伤的手，颤巍巍地回头看了一眼。

这一眼颇为苍凉。晨曦照亮了满目萧条之景，滚滚的浓烟下，一只燕子在被硝油火箭烧塌的楼阁前盘旋一圈，找不到落脚的巢穴，哀鸣一声，飞去了苍林深处。

“春燕归，巢于林木。”李恪行重重地叹了一声，唤道，“挽澜啊。”

“学生在。”周及托住李恪行的手臂，谦逊地聆听着。

弃他者，是他一生辅佐的天子；救他者，却是他不屑与之为伍的女子。李恪行的眼中隐隐地有了湿意，半晌，他踉跄着摇首，道：“老夫以后该如何面对那些坚信了一辈子的圣人道理啊……”

明光殿建于行宫的城楼之上，原是方便御临此处的天子登高望远，观万里山河。此处易守难攻，久攻不下的乱党耗尽了耐心，搬来重木，开始砸门。

“咚，咚”，沉重的声响宛若一道道催命符，震得拼死堵门的亲卫的心也随之一颤一颤的，厚重的门闩发出了不堪重负的断裂声。

魏皇后受伤了，扶戟的臂上鲜血直流，已然撑到了极限。

殿中，皇帝满身狼狈，双目通红地听着一声重过一声的撞击声。

这群贼人伪装成流民，再突然发难，夺去畿县的关隘，使得同党余孽畅行无阻，仅半日就围困了玉泉宫。

皇帝情不自禁地想：自己若是不曾撤回镇守在洛州的兵马，贼人便不会流窜至此，更不会威胁京畿……不，闻人蔺已经不受掌控了，带回来的真的是乱党头目的首级吗？还是说，他随便斩了一个无名小卒来充数？

皇帝抑制不住地用怀疑来压下心中的悔意，呼吸艰难，拍着胸口不住地咳喘起来。冯公公一瘸一拐地奉了一杯凉茶上来，却被皇帝失手打翻了。

他老了，所有人都恨不得从他身上撕下来一块肉。

见外门摇摇欲坠，皇帝握紧了拳头，起身沉声道："今日若门破，男子死战，女子殉国。朕身边没有懦夫，绝不可受乱贼之辱！"

此言一出，退守于殿中的两百多个宫人、亲卫皆沉寂下来，或决意凛然赴死，或无声地恐惧着。

"为何要死？"魏皇后面色苍白，冷声喝道，"所有人都拿起武器，提刀来战，谁也不许自裁！坐以待毙才是懦夫，哪怕与叛军同归于尽，也好过引颈受戮！"

有魏皇后这番话，方才凄惶绝望的宫人和侍卫们又觉得有了一点儿生机，皆握紧了手中卷了刃的刀、木棍和桌椅，自发地聚集在殿前，准备最后的死战。

皇帝目光复杂地看了一眼自己的妻子，眼神中有赞赏之意，却不禁沉思起来。

转机就发生在此时，外门的撞击声忽然停了，取而代之的是敌军的骚乱与哀号。

不多时，堵门的禁军统领高见大步来报，面露喜色道："陛下，援军来了！"

皇帝立即道了一声"好"，急促地上前问道："救驾之人是哪位卿家？待朕回宫，必重赏之！"

"好像是晋平侯世子和寿康长公主府的护卫，还有东宫卫和……"高见低下了头，飞快地道，"和长风公主殿下。"

裴飒、孤星及霜见入殿时皆战袍染血，抱拳行礼道："卑职救驾来迟，请陛下恕罪。"

"诸卿有功，何罪之有？"皇帝亲自扶起他们，朝他们身后看了一眼，"你们的主子呢？"

裴飒知道皇帝问的人是谁，谨慎地答道："驰援计划是长风公主亲自制订的，若无她带领，臣等根本无法突破敌军的防线。但殿下说她是戴罪之人，不敢面圣。"

这不过是一番谦辞罢了，皇帝心知肚明，半晌才道："带朕去见她。”

龙池中，汤池的水已被几具尸首染成了淡红色。更衣内室里的衣橱分列两旁，通往密道的门洞显露在眼前，赵嫣让周及扶着李恪行先行进去了。

不多时，东宫卫来报：“殿下，有几名乱党逃走了。”

赵嫣捡了几支带血的箭填充箭囊，吩咐道：“去追，一路上谨慎些。还有，若有逃跑的宫人和侍从，一并捉回，不可伤其性命。”

她必须确认父皇身边的那个细作是谁。

她刚把这边安排妥当，便见裴飒等人领着皇帝、皇后和残存的宫侍蹒跚而来。

“母后，”赵嫣见魏皇后的一只袖管已被鲜血浸透，不由得皱着眉上前问道，“伤势如何？”

“本宫没事。”魏皇后看着风尘仆仆的女儿，喉间几番吞咽，撑到极限的身子一软，险些扑倒。

赵嫣连忙接住了她，低声道：“张煦带了伤药，正在密道中救治伤员，让他给您瞧瞧。”

皇帝穿着散乱的道袍，搭着冯公公的手，仔细地打量着面前密道的洞口。

“玉泉宫有暗道，朕为何不知？”他沉声道，似乎只是在自言自语。

赵嫣将魏皇后交予宫人，让宫人护送其进密道，这才朝皇帝行了个礼，声音明显凝重了两分：“父皇，这是儿臣上次来此处养病时无意间发现的，乃工匠来不及封死的应急之道。”

她胡乱编了一个理由，皇帝心照不宣，放缓声音问道：“你带了多少人马？”

“他们是担心父皇的安危而自行组建的驰援之军，不到三千人。”

“不到三千人……”皇帝颔首，上前道，“是从这里进来的吧？”

见赵嫣不语，裴飒适时地道：“此处不安全，还请陛下先入密道暂避。”

于是一行人排成长队，有序地朝密道深处行去。

视线里一片昏暗，一时间众人相互搀扶，摸索着前行，耳边除了深浅不一的脚步声，不闻半点儿人语。

众人行至中间开阔处，前去探路的孤星回禀道：“陛下，出口外的路被围堵了。”

“怎么回事？”皇帝问。

“这么多人突然驰援，又无故地消失在玉泉宫中，乱党肯定会起疑，所以封住了周边的路。”赵嫣早就料到会如此，靠着墙平静地问：“对方有多少人马，能估算出来吗？”

“卑职不敢打草惊蛇，粗略估计，少说有万余。”孤星请示道，“卑职可领一小队人马杀出重围，引开敌军的主力。”

裴飒否决了：“对方的兵力是我们的数倍，别说你领一小队人出去，就算我等倾巢而出，亦是送死。”

“不错。”赵嫣扫视火把的微光下伤痕累累、疲惫不堪的众人，“大家都疲乏了，当以保存实力为先。待恢复力气，我们未必不能一搏。”

“殿下的意思是？”

“等。”

这一个字，掷地有声。

山中不知日月，众人于湿寒的密道中相枕而眠，短暂地恢复精力。

皇帝失去了强撑的力气，盘腿在唯一一块平整的石台上打坐，脸色因受惊而变得青白，闭目时没了曾经的仙风道骨的样子，反倒透露出一股鬼气。

不知过了多久，探路的侍卫再次带来了消息：气急败坏的乱党已向京城中散播“皇帝遇刺驾崩，迎前朝太子复位”的谣言，试图扰乱民心，使皇城不攻自破。

皇帝的眼皮重重地跳了跳，他哑声道：“他们以为找个赝品就可夺朕之位？！这群逆贼，万诛难治其罪！”

说罢，他又发出一阵撕心裂肺的咳嗽声。

赵嫣倒是平静得很，独自坐在石阶下的石室中——这里原是关押赵元煜和仇醉的地方，眼下已经被收拾得很干净，连一根枯草、一滴血迹都未残留。

她很累，但无比庆幸自己跟着闻人蔺学了一年骑射，有能力在此战中保下重要之人的性命。

身后传来衣物“窸窸窣窣”的声音，赵嫣回首，只见包扎好伤口的魏皇后抱着一件起皱的披风走了过来，捋裙坐在了她的身侧。

“为何要来驰援？”魏皇后开口问道。

赵嫣不答反问：“母后为何要拼死护着父皇？”

魏皇后沉默了。

她们的理由都一样：不是为了愚忠而保护龙椅上的那个男人，而是不想让天下毁于乱党和异族人的阴谋，亦是为了那个还未完全探明的真相。

“我比母后多一个理由。”赵嫣轻声道，“我的好友，还有我的……至亲，都困在此处，我不想让你们死。”

魏皇后心中一暖，用手中的披风裹住了赵嫣单薄的肩。

赵衍体弱畏寒，需要时刻防风添衣，赵嫣见得最多的便是母后为他披衣拥裹的画面。现在这件衣裳落在了她的肩上，和她想象中的一样轻柔。

魏皇后很快收回了手，良久，再次开口：“乱党以谣言攻心，你不怕京畿不战而降？”

赵嫣拢了拢披风，看着手背上那滴干涸的鲜血，道：“不怕，因为柳白微在，明德馆的那群儒生也在。”

她相信他们。

魏皇后不再言语了，母女俩保持着亲近又谨慎的距离端坐着，彼此陪伴，谁也没有依靠谁。

“外面有动静。”

赵嫣被惊醒时，正枕在魏皇后的膝上，身上还盖着那件薄薄的披风。她慌忙起身，循着声音走上了石阶，只见裴飒和孤星正贴在不远处的石门上，仔细地听辨。

其余人拥着皇帝退至四丈开外，警惕地盯着那扇石门，仿佛下一刻鬼魅就会破门而入，吞食众人。

“咔嗒”一声，赵嫣听到了熟悉的按动机括的声响。她握紧了腰间的短刀，低声喝道："退后！"

裴飒和孤星拔剑后退，护在了赵嫣身前。

"轰隆"一声，从缝隙中掉落了些许尘灰，继而石门缓缓地朝一旁打开了。刺眼的光线一寸寸地挤入黑暗中，照得赵嫣几乎睁不开眼。

那道光中，有人着一袭青墨色的暗袍长身而立，如仙人临世。

待眼睛适应强光，视野中的事物渐渐清晰，赵嫣才看清那张溅着血珠的俊颜以及从他的刀刃上滚落的殷红的鲜血。

"是肃王……"有人喃喃道。

众人明明该兴奋，却没有一个人敢上前。

闻人蔺的目光越过裴飒和孤星，径直落在了赵嫣身上。而后，他上前一步，身后的鹰骑皆浑身染血，整齐地列队。

赵嫣反应过来，先一步开口："肃王的勤王之师来得颇为及时，竟比皇祖母的计划中来得还要早半日。"

她如释重负地笑了，上前直视闻人蔺的眼睛。闻人蔺没有回话，抬腿迈下了石阶，朝她缓步而来。

二

赵嫣骗了父皇。

她知晓，若按照闻人蔺先前的计划，他定不会领兵勤王——他说过不会再护大玄分毫。所以当他越过她走向皇帝时，赵嫣的心微微一跳。

她唯恐闻人蔺否决她的话，当众做出什么无法挽回之事。此刻外敌尚在，并非内乱之时，若他在这里解决父皇，除非杀掉在场的所有人再嫁祸给乱党，否则必定声名狼藉。这样自毁式的复仇并无太大的意义。

她借着昏暗的密道，不动声色地攥住了闻人蔺的袖子，摸到了黏腻的血。

闻人蔺的脚步顿了顿。

密道内的时间好像流淌得格外慢，片刻后，赵嫣听到了挽剑入鞘的铮鸣声，清亮的剑光射进了皇帝混浊而疲劳的眼中。

"送皇上回宫。"

听到闻人蔺淡淡的声音传来，赵嫣如释重负，松开了紧攥着闻人蔺的衣袖的手。

侍卫护着皇帝和皇后等人有序地撤离，一个接着一个地从她的身边离开了。不知过了多久，脚步声远去，密道内重新安静了下来，沁凉的气息将背对着站立的两个人温柔地包裹起来。

赵嫣低声咳了一声，看了闻人蔺一眼，转身朝密道的入口行去。她刻意放缓脚步，走下石阶，听到身后响起了不紧不慢的脚步声，提起的心脏这才安稳地落了回去。

赵嫣疲惫不堪，又在猜想闻人蔺是否生气，晃神间一脚踩空，扑倒前被身后之人拦腰揽住了。

她顿了一下，再难压抑满腔的情绪，转身埋入闻人蔺的怀中，将手臂紧紧地挂在了他的颈上。密道的入口处，他们相拥的影子投射在石阶上，在火把的光中轻轻地跳跃着。闻人蔺任由她抱着，半晌，睨向石阶的方向，似乎有所察觉。

周及搀扶着李恪行的胳膊艰难地走了出来，望向了石阶。

李恪行腿脚不便，落在队伍的后头，无意间撞见这一幕，顿时百感交集，心生不忍。他胡须微动，刚想说什么，却见自己的得意门生抬起头来，轻轻地唤了一声“老师”，朝他缓缓地摇了摇头。

密道内光线昏暗，他却看懂了周及眼中的恳求之意，只得咽下喉中的叹息，放轻了脚步。

直到碍事的人都走了，闻人蔺才抬手按住赵嫣的肩，将她轻轻地推开了一些。

这个拒绝的动作使赵嫣一怔，她还欲上前，却被闻人蔺单手抵住额头制止了。

他身高手长，这么伸手一抵，赵嫣就抱不着他了，顿时有些怅然若失。

“我这一身血，脏不脏？”闻人蔺的声音很轻，带着些许气定神闲的意味，“殿下将本王引来此处，是想质问什么？”

“我哪里敢质问你？”赵嫣低头站着，眼睫不安分地抖动着，“我是怕你动气，当着外人的面责备我，那我这个长风公主岂不是很没面子？”

自知之明这种东西，小殿下有，但是不多。

闻人蔺被她生生地逗笑了：“知道本王不愿让殿下涉险，殿下还非要过来，知道错但是不改，对否？”

“那我问你，若我不来，你会救他们吗？”

闻人蔺沉默不语，抬起干净的手指，轻柔地拭去了沾在赵嫣脸上的黑灰和血渍，细腻白皙的皮肤露了出来。

“殿下顾及了所有人的周全，可曾想过自己？”

“因为我知道，有个人即便不顾所有人，也不会不顾我。”赵嫣仰首一笑，疲惫的眼眸里闪着光，“他对我说过，无论我做什么事，都有他兜着。他给了我让我肆无忌惮的勇气。”

闻人蔺轻轻地捏了捏她柔软的腮肉，笑着道：“殿下还真是……得寸进尺。”

没办法，他教出来的人，自然要由他捧着。

“这一天一夜里，我想了很多。玉泉宫只坚守了三日便已满目疮痍，当初闻人家却率领近十万将士于绝境中守城整整三个月。”

那时的惨烈境况只会比如今的“玉泉宫之乱”更甚百倍、千倍。

在密道中等候援军的这一天，赵嫣度日如年。她不敢深思，八年前的闻人蔺看着父兄和将士一个个地惨死在眼前，兵尽粮绝、饮血食腐却迟迟等不来援军，有多么愤恨和绝望。

闻人蔺垂眸凝望赵嫣，知道自己困不住万里长风，本就不曾生她的气，只是见她小心翼翼地撒娇哄人的样子，觉得温暖有趣，便不自觉地多放任她一会儿。

“殿下曾许诺，让本王在上元节前看到大玄的变化，看到天下有救的希望。”闻人蔺声音很轻，这句话更像一声自问，“希望呢？”

“上元节朝堂问审，我于礼教的枷锁中死里逃生，此乃第一个希望。第二个希望嘛……”赵嫣垂眸一笑，拉住闻人蔺的手，将被弓弦勒伤的手指挤入他的指缝中，轻轻地与他的手相扣，“第二个希望，我带你去看。”

鹰骑护送从玉泉宫撤退的众人归京，一路走走停停。直至天黑后平安地入了城门，闻人蔺才明白赵嫣笑吟吟地说的那句“我带你去看”是什么意思。

乱党逼京，不停地以皇帝已死的谣言施压，但城内的百姓并没有想象中的那般仓皇、慌乱，反而井然有序。

城墙上，明灯高悬，百姓自发地执起锄头和镰刀，与所剩无几的城门卫一同站于高墙之上，巡视敌情；城下搭起了粗陋的油布棚子，用以安顿受伤的城门卫。

容扶月穿着便于劳作的布裙，挽起袖口，正领着女学馆的学生们帮忙煎药、熬汤，穿梭在棚子间照顾伤员。一侧的道旁，数名明德馆的儒生正以手指天，慷慨激昂地说着什么，围观之人皆握紧了手中的武器，视死如归。

风扬起儒生所写的檄文，上面一句“丈夫立世何辞死，一去黄泉破奈何”的绝命之言遒劲有力。

八年前，有人以血肉筑墙，换身后数十万百姓的性命；而今，百姓亦以血肉筑墙，护大玄脊骨不倒。

轮回往复，生生不息，这是赵嫣交予他的第二份答卷。

“他们平安回来了！”

“他们真的做到了！天佑大玄！”

众人夹道相迎，对驰援归来的侍卫、鹰骑致以最热烈的欢呼，一时人声鼎沸，以至于车马不能通行。

柳白微听闻了消息，索性弃了马，从拥挤的人潮中挤出，大声问前方驭马的孤星：“殿下呢？”

百姓的欢呼声太大，孤星倾身听了好几遍才明白，朝后方看了一眼。

柳白微顺着他的视线看了过去，只见马车徐徐而行，晃动的车帘被一节指节撩起一角，露出了闻人蔺俊美的容颜。赵嫣靠在他的肩膀上，睡得正沉。

她因衣裳染了血，看上去有些狼狈，但气色还算好。柳白微稍微松了一口气，正欲上前，就见车帷被人放下了，马车头也不回地从他身边驶过。

“小气！”柳白微被人群撞得一个趔趄，暗骂了一声。

众人回到宫中后，立刻清点人数、述职汇报、安抚嘉赏，一切乱而忙碌。

蓬莱殿中，寝房的纱灯散发着温暖的光亮。

赵嫣沐浴更衣出来，见时兰的眼睛还红着，不由得软声道：“我这不是好好的嘛，只是受了一点儿擦伤而已，你哭什么？还是说张沧发现我逃了之后，吓唬你了？”

时兰摇头，断断续续地哽咽道：“殿下在华阳行宫……虽然过得清贫些，可从未受过……这样的苦。”

“好啦，你在我面前说这种话，让流萤怎么想？”

赵嫣拍了拍时兰的肩，见她止住了哭声，便转头看向流萤，问道：“母后那边如何？”

流萤回道：“女史来了口信，娘娘已经按照殿下的计划准备妥当了。”

赵嫣颔首：“这两日你也辛苦了，转告姑母和柳白微，待此事毕，我必将亲自登门致谢，将一切原原本本地交代清楚。”

流萤领命出去了。

时兰吸了吸鼻子，为赵嫣绾了一个简单的发髻。她正要从妆奁中挑选珠钗，就见赵嫣率先取出了那支精美的金笄，握在掌心，道：“今夜簪这个足矣。”

她说这话时，眼眸里似乎流淌着许多情绪，但很坚定。

赵嫣以公主的规格穿戴齐整，推门一看，闻人蔺正坐在庭中的石桌旁品鉴盏中的茶水，干净的殷红色下裳兜了一层薄薄的桃花瓣，也不知在月色中坐了多久。

他应该是从鹤归阁过来的，身上的衣袍已经换过了，散发出淡淡的清寒的药香。

赵嫣忽然觉得，没有什么比劫后余生、小别重逢更令人心安之事了。她眼中含笑，轻手轻脚地靠近，坐在闻人蔺对面，托腮对着他笑。

清苦的药味更浓了，赵嫣好奇地垂下了眼，这才发现闻人蔺的盏中所盛之物根本不是茶水，而是浓褐色的药汁。

“这是什么药？”她问。

闻人蔺端起杯盏一饮而尽，不答反问：“还不睡？”

赵嫣想起正事，摇了摇头：“你不来找我，我也要去找你的。”

闻人蔺有些意外，“哦”了一声，心里盘算着上次让孙医仙炼的药还够吃几次。

“昨日驰援之事，我知道我有些恬不知耻，但是我想好如何向你赔罪了。”

夜风摇落花如雨，赵嫣微微侧首，髻上的金笄熠熠生辉：“我想用我的方式替你、近十万将士还有赵衍讨个公道。你想要做的事，我替你做；你想要问的话，我替你问。”

就像这一年来闻人蔺为她做的那些事一样，她也想护闻人蔺一次，为他拂一拂满身尘霜和恶名。

赵嫣估摸着时辰差不多了，起身牵住闻人蔺的手，将他拉起来，出门朝东六宫而去。

有闻人蔺在身后，一路上无人阻拦，赵嫣忽然想起了“狐假虎威”这个词，觉得特别贴切。

“殿下这是要与本王秉烛夜游？”

“跟着我，别说话。”

跟着我……

闻人蔺居然挺喜欢这有些蛮横霸道的三个字，仿若孤魂有了归宿般沉静下来，将他从仇恨的深渊拉至明亮的光下。

他捏了捏赵嫣的尾指，不再询问了。他恍然觉得，无论眼前这个少女将他带去哪儿，那里都会是他的归处。

太极殿，暖阁靖室中。

皇帝刚打发走哭啼不止的许淑妃，此时正披衣散发地坐着，疲惫地口述安抚臣民的诏书，由翰林官执牙笔代写。

四周静得出奇，唯有笔尖摩擦纸页的轻微声响以及皇帝时而哑声咳喘的气音。

魏皇后就在此时端着一碗汤药进门了，没带宫婢，似乎打算亲自奉药侍疾。

皇帝挥了挥手，命翰林官和冯公公先行退下，而后靠在榻上，将胸腔中压抑的那股气咳了出来。他哑着嗓子说道：“你护驾有功，身上还带着伤，无须伺候朕，回去早些歇息吧。”

这个女子身上有一种难言的冷艳气质，做皇后无可挑剔，做妻子却少了几分顺从。皇帝对她的态度很复杂，他曾欣赏、喜爱过她，也曾厌过、忌惮过她。而今死里逃生，他对她只有温情。

魏皇后只是专注地搅动着碗中黏稠的汤药，并未应话，暖阁内间或响起玉勺划在瓷碗上的声音。

这声音沙哑又刺耳，皇帝的太阳穴随之被牵痛了，他不由得屈指揉捏，从鼻腔中呼出了一口浊气。

罢了，她的性子一向如此，她学不会曲意逢迎那套。

“本宫舍命相救，不是为了皇上。”过了很久，直至碗中的汤药没了热气，魏皇后才平静地开口。

皇帝惊异于她冷淡的态度，睁开眼迟疑地打量着她：“皇后说什么？”

然而回答他的只有玉勺一圈圈地划动瓷碗的声音。

“够了。”皇帝摁了摁太阳穴，起身握住妻子的手腕，“那皇后是为了什么？”

“为了人心不乱，为了江山不毁于北乌人之手，还有……”魏皇后将视线投向门扇处，望着打在隔扇上的重重灯影，平静地道，“为了一个真相。”

皇帝狐疑：“真相？什么真相？”

魏皇后转过头看他，凤眸中透出的寒意令他生出了一股不祥的预感。

“你为何要杀吾儿赵衍？”

仿若被针扎一般，皇帝骤然松手，惊疑不定地打量起魏皇后来。

“阿衍是你兄弟魏琰杀的，皇后莫不是忘了？”皇帝皱起眉，沉声辩驳道，“衍儿也是朕的儿子，朕怎会杀他？”

“本宫比皇上了解魏琰，他虽擅长揣度人心、外亲内疏，但不会做没有利益的事。他如何确定杀了吾儿就可高枕无忧，躲避皇上的问责？是谁给了他对东宫下手的勇气？他到底做了谁手中的刀？”魏皇后起身俯瞰着皇帝，冷声道，“如今关起门来，只有你我夫妻二人，本宫想听圣上的一句实话。”

“朕方才说的就是实话。”

“请皇上解释，为何暗许魏琰杀吾儿？”

“皇后，你……你疯了。”

“因为吾儿的贤名盖过了他的父亲，他酝酿的政论将亲手推翻君父的统治，所以皇上开始害怕，就像当初害怕自己的太子兄长一样，怕到不惜假借他人之手除之而后快，甚至派太监追去房陵，毒杀废太子！”

“无稽之谈！”

“巧的是，那名鸩杀废太子的太监在十年后还以监军之职去过雁落关，之后不久，闻人将军就与近十万将士殉国，这名太监也在归途中暴毙，死无全尸。因为吾儿无意间发现这名天子的亲信太监死得蹊跷，背后另有推手，所以皇上越发恐慌旧事暴露……”

“你住口！”皇帝猛然低喝，牵起一阵撕心裂肺的咳嗽。

魏皇后看着他不住地起伏的胸膛，施以最后的重压：“魏琰是害了闻人苍，可剩下的近十万将士又是谁害死的呢？”

“朕给过他们生路！”皇帝捂着胸口，赤足下榻，“成大事者怎能有妇人之仁？！朕是忌惮废太子卷土重来，可你看看古往今来的夺权上位者，哪一个不会对手下败将斩草除根？朕不过是做了一件所有帝王都会做的事，可闻人晋平仗着与朕在潜邸时的兄弟情义，三番五次地将此事翻出来，动辄痛斥朕残害手足，说什么失势的废太子已无威胁，追杀乃暴君之举，就差指着朕的鼻子痛骂，连一分情面也不给朕留！

“他是臣，朕是天子！他拿朕当天子看待过吗？啊？他领兵北上，一去一年，半点儿音信也没有。军中只识他闻人晋平，不知有天子！朕也是以武上位的，如何不忌惮？七道圣旨召他回京，他置之不理，朕岂能姑息？！”

魏皇后道：“当年北乌逼得正紧，战事胶着，若闻人将军撤军，北乌突破雁落关长驱直入，身后几十万百姓皆会被屠杀。他们怎能退军？”

面对皇后的质问，皇帝双目赤红起来。

“朕日夜难安，恰逢魏琰和神光真人献药，说可以用此药试其忠心。”皇帝脑仁抽痛，情急之下口不择言，“朕只是想让他撤兵回京，但他们父子宁可服下丹药也要死守孤城！衍儿也是如此。朕敲打他们，只是想让他们铭记为人臣、为人子的底线！朕给过他们机会……”

“从那时开始，皇上就打算舍弃衍儿了，是吗？皇上没有别的选择，只能想方设法地开枝散叶，所以让神光教炼制生子的秘药，设计使赵元煜坠马，成为你的试药人。”

“够了！那是神光教进献的无上秘药，朕不可能追根溯源。”皇帝道，“但朕必须有一个儿子！”

说罢，皇帝支撑不住似的坐回了榻上，抬手撑住了额头，起伏的胸腔“嗬嗬”作响。

“皇上终于承认，那近十万将士和衍儿的死还有赵元煜一案都是你一手促成的了。”魏皇后缓缓地闭目，一滴悲愤的清泪滑下，随即被她平静地抹去了，一字一顿地朝门外喊道，“殿外的诸位可都听明白了？”

仿若被五雷轰顶，皇帝身体一顿，难以置信地抬头朝门口看去。隔扇缓缓地朝两旁打开，张牙舞爪的灯影下，以李恪行为首的文武重臣皆沉默地伫立在殿外。

天子遇袭归京，他们身为臣子理应入宫问安，请奏安抚嘉赏之事。太后和皇后下了懿旨，命他们肃静以待，不许出声惊扰陛下，他们这才安静地候在阶前，却不料听到了这么一桩骇人听闻的秘闻——夤夜静悄悄的，皇帝声音激昂，他们想不听见都难。

皇帝没想到臣子们会在此时进宫，不……或许他原本应该想到的，可长途跋涉的疲劳和受惊后的惶然麻痹了他的警惕心。

他霎时间脸色骤变，心中生疑：这么多人入宫，可没有一个人通传！从什么时候开始，他连这点儿耳目也没有了？

皇帝摇晃着身体向前走去，于门槛后巡视群臣。少数不想惹事的臣子低下头去，但大多数臣子握拳扼腕，看向他的眼神充斥着失望和悲痛的神色。

皇帝后退一步，脊背塌下，嘴唇翕动，仿若瞬间苍老了十岁。

赵嫣领着闻人蔺站在队伍的前列，站在皇帝的对面，见证他民心尽失、众叛亲离。

“这就是殿下的公道？”闻人蔺仔细地看着、欣赏着，声音低沉地问道。

“是。”

她知道，父皇这个人多疑谨慎，只有此时才是他的防备最松懈的时候。虽然现在的场面没有闻人蔺想象中那般翻天覆地一样惨烈，但最后的结果是一样的。

老皇帝狼狈如斯，君威尽失，一旁的史官奋笔疾书，将其累累罪行记录在册……

不知为何，闻人蔺心中快意十足，极其想笑。他也确实笑出声来了——寂静中突兀的一声，却因迟到八年而倍显讥讽和苍凉。

皇帝看见了他们，又慢慢地回头看了一眼皇后，气息混浊，道：“你们联合起来忤逆朕？”

“君行有失，纵是我的生父，亦当直谏。”赵嫣上前一步，交握双手行礼，“请父皇昭告天下，使近十万将士和皇兄沉冤得雪！”

继而李恪行艰难地下跪，以手掌撑地，声音喑哑悲愤：“老臣以死相谏，请皇上使近十万将士和故太子沉冤得雪，还天下清明！”

“请皇上还天下清明！”众臣纷纷下跪，齐声喊道。

“你们……你们反了！”皇帝以手指着群臣，道袍从肩头滑落，滑稽地挂在手臂上，“你们如此，是要逼朕与桀、纣同流，向天下罪己吗？！”

然而回答他的只有一声高过一声的“请皇上还天下清明”。

大势已去，皇帝剧烈地咳喘起来，头疼欲裂，亡魂的声讨充斥着大脑，他倏地扫落了几案上的文书和灯盏。

冯公公跌跌撞撞地上前扶住他，哽咽道：“陛下保重龙体！”

皇帝头疼难耐，颈上青筋突起，不住地喊道：“甄妃……甄妃呢？！还没找到她吗？让她过来！”

魏皇后冷眼看着他，凛然道：“甄妃与乱党勾结，已经趁乱逃离。”

皇帝呼吸一滞，握着拳，声音嘶哑地道：“她一个深宫妇人，如何与乱党勾结？”

“她的身份恐怕没有你想的那般简单。”皇后与赵嫣对视一眼，而后吩咐道：“将人证带上来。”

禁卫架着一个披头散发的宫婢上来了，皇帝认出了这张脸，她正是甄妃身边的大宫女青月。

正是此人暗通乱党，引乱党堵住了前后门，这才使得皇帝和皇后险些命丧敌手。赵嫣领兵从密道中出来时，刚巧碰见这个婢子奉甄妃之命前来给乱党的余孽传话，便顺势将其拿下了。

“说！甄妃为何要里通外敌，置大玄于险境？”魏皇后低喝一声。

青月扑倒在地，披散的乱发后露出了一双充满愤恨之意的眼睛：“杀兄夺位的昏君！神光降世，吾主大仇将报！”

说罢，她厉声大笑，欲往廊柱上撞，却被禁卫及时按住了。

皇帝形容枯槁，连骂数声“贱婢”。

在玉泉宫中搜不到甄妃的身影时，皇帝就已经对甄妃生疑了。但他不愿意承认，也不敢承认，只寄希望于甄妃已死，或趁乱逃往了别处。直到亲耳听见这个贱婢之言，他才不得不相信，那个温柔如神女的道家仙妃竟是个不折不扣的蛇蝎恶鬼。

那个女人精通道术，生性淡泊，这么多年，他竟然一点儿都没有察觉！常年受丹药浸淫，他耳目闭塞，竟被蒙骗至此，竟昏聩至此！

急火攻心，皇帝再难压抑心中的盛怒，仰天喷出一口鲜血，栽倒在地。

赵嫣攥紧了手指。

闻人蔺嘴角的笑意冷淡，他冷眼看着那肮脏的血雾在空中散开，绽放出枯败的花来。

畿县外，一艘船如鬼魅般停靠在渡口。油灯摇晃，损失惨重的乱党余孽围拢上来，翘首望向船的入口处。

一个身披黑色斗篷、包裹严实的神秘人沿着“吱呀”作响的陈旧木楼梯缓步走下，微微晃动的斗篷衣摆下，一双精美的紫菱圆履若隐若现。

阴影一寸寸地自来者身上退去，众人纷纷屈起食指行礼，齐声唤道："神光降世，无量仙师！"

甄妃抬手摘下风帽，露出一张如神妃般柔美圣洁的脸来。

三

"卧薪尝胆二十年，还是失败了，我就说肃王和那个小公主不简单，你们难有胜算。"从船舱的角落里蓦地传来了一道玩世不恭的声音。

乱党面露愤色，只见白发金瞳的异族人靠着木柱而立，摆了摆手，道："我出来一趟不容易，不陪你们玩了。"

残余的乱党面色有些难看，甄妃倒是浑然不觉，依旧笑着道："未到最后一刻，焉敢轻言胜负？"

"我们借和谈的名义，费尽千辛万苦来到大玄，资助你们银钱和战马。可如今你们的人马损失了大半，银钱打了水漂，许诺我国的通、幽二州也成了泡影。生意不是这么谈的，仙师大人。"乌阙哂笑一声，"我还不知道该如何回去交差呢，实在不成，只能抓了你这个乱党的匪首，或许还能将功抵过。"

话音刚落，乱党余孽皆如临大敌。北乌的力士见状，亦拔刀一寸，双方剑拔弩张。

"退下。"甄妃抬起素手，轻轻的一句话便制止了手下。然后她对乌阙道："闻人蔺很强，然刚者易折，他撑不到下个月；长风公主虽聪慧，但也只是局限于朝堂京畿之地，她的手还伸不到战场上。"

"仙师还有何妙计，不如直说。"

"我已千里传书给梁州牧赵承德，言天子遇难，大玄无主。他信以为真，必定领兵来京，趁乱分羹。"

"可是我听说前年赵承德领兵逼京，后被招安封为蜀王，是一个贪图恩惠的小人，怕是不足以为盟吧？"

"无须结盟，我们只需要借他的手除掉霍锋和闻人蔺，大玄的疆域便是你我的囊中之物。眼下梁州牧的二十万蜀川兵恐怕在勤王逼京的路上了，一切以他开始，仍以他结束。”说罢，甄妃抬起秋水美目，神妃仙子般的人物说出的话却令人不寒而栗，“在此之前，我需要十三王子助我炸毁一样东西，扼其命脉，你我大业可成。”

皇帝呕血昏厥，太医进进出出地诊治。李恪行等人暂且退避，自发去了政事堂，商议今夜事宜。

众人心知肚明，皇帝多疑昏聩，难以长久在位，安抚嘉赏的旨意再叠上旧案昭雪，现在只怕还要再添上一条储君议定。

长夜将尽，众人注定无眠。

赵嫣从暖阁里出来时，发现闻人蔺仍站在阶前，垂目欣赏那一片暗红色的血渍。内侍战战兢兢地跪伏在地，将湿棉帕覆在鲜血上，来回一抹，只余一片湿痕。

闻人蔺有些失望地皱了皱眉，抬眼看向在灯下站着的少女，眉目在夜色中看起来分外专情。随后，他缓缓地露出一个笑脸，转身离去了。

闻人蔺身边只有大气不敢出的张沧跟着。他身高腿长，看似走得悠闲缓慢，赵嫣却快到太极门才追上他。

“如今真相大白，这份‘罪己诏’父皇不写也得写，没有后路了。”赵嫣说着，拉住了闻人蔺被风拂起的衣袖，“太傅！”

闻人蔺停住了脚步，视线顺着她不安地攥着自己衣袖的手往上，落在她明光闪烁的眼眸处，看到那颗泪痣在眼睫的阴影下若隐若现。

闻人蔺的眼神很平静，藏着些许愉悦之意，然而其中有暗流涌动。

“殿下可知道，神光教的那些据点被何人所屠？”他问了个不相干的问题。

赵嫣怔了怔：“不是仇醉吗？”

闻人蔺笑了一声：“他只是个听人命令的杀手，无人在暗中指使他，事情怎会如此顺利？”

赵嫣立马就明白过来了：“所以我领东宫卫出城驰援时，仇醉突然出现为我断后，也是你授意的？”

“不错。”闻人蔺道，“本王筹划八年，设想的结局应当比今日惨烈得多。乱党会攻破玉泉宫，皇帝在尝尽孤立无援的苦痛后，受辱于乱党之手。但本王不会这么快杀他，他会亲眼看见他信任的人背叛他，亲近的人舍弃他，天下百姓厌弃他；会见到通天台付之一炬，裂土分疆，天下大乱，本王要他神魂撕裂，求死不能。然后，本王再按着他的头给近十万的亡魂谢罪，听他忏悔、哀号，再一刀……”

闻人蔺的语气轻缓而平静，赵嫣却仿若吞冰一般，感到喉间有一片锋利的寒意。

若他没有遇见她，若她不曾插手，这个谪仙般雍容优雅的男子终会成为弑君灭世的恶神，用毁灭的方式终结八年的苟且偷生。

闻人蔺仔细地观察着赵嫣的神色，忽然有些不忍心：“他是殿下的生父，所以本王愿意顺水推舟，将他交予殿下处置。”闻人蔺抬手抚了抚赵嫣的眼角，“只此一次。”

“然后呢？”赵嫣反握住他的手，忽然问道。

闻人蔺微怔：“什么然后？”

赵嫣直视着他，带着一丝执拗之意：“遇见我之前，在你原来的计划中，在毁灭所有之后，你该如何？”

闻人蔺被她问住了。

很久以前，他并未设想过“之后”，因为他的身躯和灵魂会随着仇恨而消散。可他现在细想起来，竟觉得如此不甘心。自己从什么时候开始变了呢？

“闻人少渊，父皇已经认罪了，众叛亲离、遗臭万年，一样都不会少。你无须毁了世人，也毁了你。我不准你自毁，你听到没有？”赵嫣有些哽咽，但很快就调整过来了，“我只是想告诉你，我也可以成为你的依靠，用我的方式为你讨回公道。我并不觉得自己做错了，如果有，那一定是我的能力不够……闻人少渊，我不知道到底要如何做才会让你轻松一点儿。”

夤夜的灯影安静地蛰伏在两个人的脚下，闻人蔺眸色微动，声音低得近乎在叹息：“殿下，不要哭啊。”

小公主很少落泪，惹她哭，他万死也难赎其罪。

“我才不会哭。你已经这么难受了，我得替你多笑一笑。”说罢，赵嫣果真扬了扬嘴角，轻声道，“你曾说我是你的生念，那你往后就为我而活吧。”

深渊是一道巨大的伤口，她既然无法抚平，那就用明暖的风填满他、拥抱他。

“我想抱你。”赵嫣忽然说，然后伸出了手，“快点儿。”

“殿下真是越来越霸道了。”

有那么一瞬间，闻人蔺觉得自己被人从很深的地方拽出来了，浮出水面后，柔和的空气争相涌进他的胸腔，填补了空缺。

在与她额头相触前，他冷冷地瞥向了在一旁候着的张沧。张沧立即颔首：“我懂，我懂。”

言毕，张沧梗着脖子大步走远了，背对着二人佯装看月亮。然而云层飘过，半轮明月随之躲藏起来，苍穹一片漆黑。

万籁俱寂，空气中浮动着淡淡的花香。赵嫣被闻人蔺揽着抵在宫墙上，沁凉的气息透入衣料，还未侵袭肌肤就被身体散发的热度逼退了。渐渐地，闻人蔺的长腿强势地挤入赵嫣的膝间，大手扣着她的五指压在墙上，他俯身一吻，温柔绵长。

这是他无声的回答。

翌日，云开雾散，天光大好。

“皇帝还未醒吗？”蓬莱殿的小佛堂中，太后闭目滚动手中的白玉念珠，问道。

“午时清醒了一刻钟，‘罪己诏’只写了一行，手抖得厉害，又昏厥过去了。”魏皇后换上了玄金二色的凤袍，较往日更加端庄严肃，漠然地回道，“听太医说，似有中风之兆。”

“他还是不甘心认错啊。”

“他不甘心也无用，如今这般情形，非罪己不能平臣愤。”魏皇后点燃了佛香，看着袅袅散去的烟，“对了，朝中已经将前朝太子的追谥议定了，暂定为‘怀德’。是否要迁葬回京，还得您点头后再议。”

“好，好。”太后连着说了两个“好”字，睁开眼看着神色悲悯的佛像，长叹一声，“吾儿泉下有知，也能瞑目了。迁葬暂且不必了，那群乱党还打着吾儿的名号为非作歹，玷污他的身后名，此时我们昭雪迁葬，定会助长他们的气焰。二十年哀家都等了，再等两个月也无妨。”

太后知晓大义，魏皇后心生敬意，颔首应道：“是。”

鹤归阁。

书阁中传来两声轻咳，闻人蔺披着大氅坐于灯下，将手中那份被鲜血画尽的名册丢入了炭盆中。火光窜起，他漫不经心地将骨相优美的手伸过去，转动着烘烤起来。

神光教的几大护法和使君被他除得差不多了，即便改容易姓，亦被揪出来枭首示众了。唯有那条漏网之鱼仍逃匿在外，不知又攀上了哪方关系。

火舌转瞬即逝，又安静地蛰伏下来，闻人蔺眸中的光也随之消失了。

就在此时，蔡田大步走了进来，严肃地禀告：“王爷，蜀王赵承德率军二十万，已经过了西京防线，直逼京师。”

闻人蔺屈了屈隐隐刺痛的指节，轻轻地嗤笑了一声。

果然，人心不足，便会得寸进尺。

“殿下呢？”闻人蔺问。

蔡田愣了愣，回道：“六部之人已经赶去蓬莱殿，请太后定夺应对之策，长风公主殿下也在。”

闻人蔺没说话，起身走了出去。

蓬莱殿外，群臣激昂，这里俨然成了一个小朝堂。

“当初是你们户部投鼠忌器，不肯出兵平乱，非要招什么安，焉知赵承德欲壑难填，必有后患？！”

“岑侍郎，我们倒是想打，可拿得出银钱来吗？国库这几年的光景你我心知肚明，军饷和军粮怎么解决？将士们都饿着肚子上阵吗？”

“都冷静一些。”太后沉声开口，拄着手杖坐于主位，道，“今天请诸卿过来是商议对策的，不是来吵架的。”

“臣看，还是得和谈。”有人保守地道。

“和谈？前年招安，大玄送出去大批金银珠宝，换来的也不过是一年安宁。现在京城稍有飘摇，他们便虎视眈眈。”兵部侍郎岑孟出列，请求道，“臣以为，大玄当痛定思痛，彻底剜除腐肉，以绝其犯上之心！”

“如今皇上这样……将摘星观的营造工期停了，挤一挤，筹一筹，或许还能挤出一些银两来。”户部尚书道，“只是这领兵之人……”

“臣举荐寿康长公主的驸马——霍锋霍大将军。”

“太后娘娘、长风公主殿下，臣以为，霍锋万万不能被调动。”另一个人道，“蜀川军来势汹汹，过于巧合，恐与北乌及洛州的余孽勾结。若将霍锋将军调离北境，北乌一旦乘虚而入，则如入无人之境，获渔翁之利啊！”

“晋平侯世子呢？此次他随长风殿下驰援玉泉宫，表现尤佳，乃少年将才。”

“他太年少，对上蜀王这样的枭雄，恐有不妥。”

“今上崇文抑武，朝中一共就这么几位武将。那诸位觉得，还有谁能领兵出战？”

众人突然沉默了。

其实大家心知肚明，有一个人是绝佳的人选。前年他代替天子下达招安的圣意，仅率几十个轻骑便直入西京营帐，并于匪窝中全身而退。

大玄建朝以来，仅此一人能做到。

“肃王殿下或许……”有人弱弱地开了口，打破了沉寂。

可话还未说完，众人就听到身后传来了一声极低的轻笑，纷纷愕然回首，只见肃王负手站在阶前，眼中的笑意在花影下反而显出一股凌寒的讥诮之意来。

“本王或许如何？继续。”

众人一时哑然。

知道当年近十万人身死的惨烈真相后，他们这些安然食禄者还有何颜面去戳肃王的痛处，请他领兵出征呢？

赵嫣的视线落在了闻人蔺的身上，她缓缓地起身，越过自动分列两旁的群臣，朝他走去。

四

没有皇帝的压制，赵嫣如今能自由地出入北宫。

墙外，那株百年老桃树依旧繁盛。赵嫣坐在石桌旁，撑着下颌望着默默地坐在对面的闻人蔺，笑容里有些好奇之意：“你怎么不说话？”

风很轻柔，她的披帛随之微微飘动，她依旧是无忧无虑的明媚样子，将眼中淡淡的疲倦之色藏得极好。

闻人蔺思索着：鹤归阁里他收藏了几件春衣，也该拿过来给小殿下试试了。

“本王在等……”他伸手拈下赵嫣鬓边的一片落红，眼中噙着浅笑，“在等殿下何时命我出征。”

“你都听到了？”赵嫣笑了一声，“你别管他们说什么，你不愿做的事，谁也不能逼你。”

闻人蔺挑了挑眉。他素来优雅稳重，做这样少年气的动作，倒有几分落拓不羁的味道。

“本王还以为，殿下是来为他们做说客的。”

“这一阵子我做的事已经够多了。他们想请你出征，就该低声下气地来求你。让他们着急去吧，我才不做这个出头鸟。”

听她说实话，闻人蔺低低地笑出了声。也不知想到了什么，他越笑越恣意，最后连双肩都在微微发颤。

赵嫣佯装不高兴的样子：“我说的是实话，你笑什么？”

“那……殿下有别的法子对付赵承德吗？”

“我还在想。神光教的人极擅长蛊惑人心，赵承德好大喜功，极易被利用。我们若能离间他们，或许能拖延时间。”

“还有个更简单的法子——斩杀赵承德，永绝后患。”闻人蔺凝视着赵嫣讶然的眸，唇边的笑意不减，“下令吧，殿下。”

这天下唯有她一人能给他套上温柔的枷锁。

赵嫣唇瓣翕动，难以开口。她站起身，撑着石桌看向闻人蔺，试图从他充满笑意的眼中揪出几分戏谑之意，可他的眼中只映着她小小的身影。

“你说过，你不会再护大玄分毫。”

“臣并非为大玄，只为殿下而战。”

爱可让他为一人覆天下，亦可为一人佑苍生。

天还未亮，灵云寺中山雀啁啾，清晨的寒雾笼罩着那株遮天蔽日的菩提树，成千上万条红绸飘带在风中轻柔地婆娑着。

英灵宝殿内，长明灯亮如星河，闻人蔺着一身红袍黑甲，安静地望着木架上的一排排灵位，如同巡视整装列队的将士。

他接过老僧于随递来的线香，双手置于额前一顿。烟雾袅袅散去，掉落了一点儿香灰。

“老爷子，我又披上战甲了，过来给你们看看。”

一旁跛脚的于随止不住地抹泪，闻人蔺倒是神色平静。

“我最负恩记仇，不将天下人的死活放在眼里，这些年手上沾了不少血。我本想不久后便下来给您老请罪，现在看来，您老得再等一等了。我喜欢上了一个女子，她是世间最坚韧、明亮的姑娘，我想变得干净些，站在她的身边。”

他神色淡淡地说完，顺手将线香插进铜铸的香炉中，转身走出了宝殿。

环廊阶前，一道熟悉的纤细身影坐在灯影下，仰首望着院中那株红绸飘动的菩提树。听到脚步声，她转过头来，与闻人蔺目光相接。

“殿下怎么来了？”闻人蔺放缓脚步上前，弯腰审视她还带着薄汗的鼻尖。

“我在鹤归阁和肃王府里都没见着你，便猜想你来了此处。”面前身披玄甲的闻人蔺是她从未见过的强悍模样，赵嫣拍了拍裙裾，起身以手触摸他冰冷的胸甲，“你决定好了？”

“从前本王离京，也没见殿下这般黏人。”

“这回不一样。以前你出使蜀川匪窝也好，去洛州平叛也罢，都是为了你的复仇大计，但这一次……”

这一次没有阴谋算计，没有搅弄风云，他只为了她一个人。

赵嫣问道："你这次去多久？"

"月余足矣。"闻人蔺捋了捋她被风吹乱的鬓发。

"那你带上那个孙医仙，就是……就是会让他老人家辛苦些。"赵嫣说到这里，突然想到了什么，轻声唤道，"闻人少渊。"

"嗯。"

"我都到这里了，你是不是该带我……去见一见你的家人？"

"殿下说什么？"闻人蔺有些意外。

"我说，带我去见一见你的家人。"赵嫣重复了一遍，握住了他玄铁护腕下好看的指节。

闻人蔺垂下眼看她，扬了扬嘴角。

这是赵嫣第一次踏进这座宝殿，这里和她猜想的一样，存放着闻人家战殁的亲友的灵位。上次中元节，闻人蔺从这里出来之后，赵嫣就嗅到了他身上淡淡的香灰气息，再联想到菩提树上悬挂的一个个名字，稍加推测便能明白，这座灵云寺是闻人蔺的祭奠之所。

亲眼见到无数林立的牌位，赵嫣这才发现自己的心情并没有想象中的那般轻松。

"闻人大将军、将军夫人，还有诸位大玄英灵，我是赵嫣。我来替我父……给诸位赔罪。"说罢，她接过于随递来的线香，屈膝一跪，恭敬地拜了三拜。

她有些紧张，说完这句话便不知该如何开口了。

"你……你来说。"她求救似的，屈肘顶了顶闻人蔺笔直的腿。

闻人蔺单手抄住她的臂弯，将她从蒲团上拉了起来："是，这位就是赵嫣，我方才对你们说过的我很喜欢的那个姑娘。"闻人蔺无视赵嫣诧异的眼神，眼中浮现出一抹笑意，不疾不徐地道，"她和赵稷不一样，她是一个正直又勇敢的姑娘。是我心悦于她，对她死缠烂打、欲擒故纵，得不到她的青睐就会发疯。现在我带她来给你们看看，你们可还满意？你们不满意也无妨，本王喜欢。"

他说得一本正经，言辞狂妄却专注又温柔。

赵嫣震惊地看着他，热意后知后觉地涌上了脸颊："闻人少渊，你都在说些什么？"

"怎么，寻常男子向双亲介绍心爱之人不是这样的吗？"闻人蔺作势沉思起来，付之一笑，"此事本王也无经验，殿下担待一些。"

"嗯……我家太傅说的话虽然不太恭敬，但应该都是实话。"赵嫣将线香插进香炉中，郑重其事地道，"请大将军和诸位一定要保佑他平安归来。"

淡淡的晨光照亮了山门上幽绿的苔藓，蔡田和张沧等鹰骑、亲卫皆已静候于此。

"闻人少渊！"赵嫣开口唤道。

在闻人蔺准备转身时，她提裙飞奔上前，扑进了闻人蔺的怀中。男人冰冷坚硬的铠甲硌在身上，赵嫣有些难受，但拥得更紧了。她踮起脚尖，拉下他的脑袋，主动在他的唇上印了一个柔软的吻。

晨风拂过，男人沉重的战甲纹丝不动，而她身上的绫罗翩然若飞。

张沧和蔡田轻咳一声，转头望天，鹰骑亦齐刷刷地掉转马头，目不斜视。

二人吻毕，日出东山，天下大白。

"这次换我对你说这句话：你只管向前，有我在，绝不会让你有后顾之忧。"她顿了顿，更为坚定地道，"太傅，我等你回家。"

"家"之一字，平淡而温暖。

闻人蔺眼神宠溺，沉声说："好。"

赵嫣放心了，他答应的事，他从不食言。

二月底，陌上杨柳如烟，花团锦簇。

皇帝称病，然而朝中已臣怨沸腾，六部和御史台日日于太极殿外跪请，于是皇帝不得不提笔铺纸，在众臣面前罪己。

"罪己诏"短短百余字，皇帝落下最后一笔，再次呕血昏厥，因浸淫丹药多年，那血竟是触目惊心的黑红色。曾经高高在上的人如今形容枯槁，若风中残烛，一推就倒。

天道昏暗已久，终于迎来了曙光。

自玉泉宫驰援一事之后，朝中大臣对赵嫣多了几分敬重之意，甚至默许她出门的仪仗借用东宫卫的旧人。赵嫣如今行动自由，见春日又至，便让流萤给柳白微送了帖子，想替赵衍去明德馆看看。

“云层这样厚，下午恐怕会变天呢。”时兰一边替赵嫣整理革带，一边抬头看了一眼外头的天色。

赵嫣将短刀装饰在腰间，前后照了照铜镜，轻快地道：“无妨，我午后就归来。”

她今日穿了一件杏白色的大袖衣，革带束出纤腰，倒有几分女先生的书卷气。

赵嫣在孤星的护送下前往明德馆，下车便见柳白微穿着一身浅蓝色的儒士襕衫，正和几名儒生争执着什么，挑着眉的模样还是一如既往的张扬跋扈。

令她意外的是，仇醉居然也在，将自己隐藏在歪脖子枣树的花影里，箬笠压得很低。

赵嫣走近了，才听见那几名儒生正针对皇帝那份史无前例的“罪己诏”争论不休，作文以暗讽朝廷，其用词辛辣、鞭挞之深，令人汗颜。

孤星听不下去了，略显尴尬地道：“殿下，可要卑职上前制止？”

“不必。”赵嫣倒是听得饶有兴致，觉得他们比朝中那些圆滑的老臣说的废话有意思多了，“堵不如疏，朝廷不能一味地捂读书人的嘴。何况他们骂的是昏君，又不是我。”

柳白微注意到她这边的动静，脸上跋扈的神色瞬间消散，朝她招手：“殿下！”

方才争执的那些儒生如被雷劈，纷纷难以置信地望了过来。

“殿下？这是哪位殿下？”

“这年纪、气度，还有眼角那颗泪痣……还能是哪位？”

“故太子的双生胞妹——长风公主殿下？！”

“真是长风公主！她怎么来了？”

众人议论纷纷，儒生自发地让开道来，陆陆续续地躬身行礼。

当初辩礼之时，他们中有不少受资助的寒门为长风公主发过声。可隔空呐喊是一回事，当面见着真人又是一回事，他们都没想过长风公主长着这样一张明丽精致的脸庞。

一时好奇者有之，碍于礼节垂首避目者亦有之。

“你们继续。”赵嫣拢着袖，踏着一地竹叶上前。

没人敢吭声。

他们方才激动之下口不择言，用柳白微的话说，是要被下狱夺去功名的。

“我等方才的那些话，殿下听见了吗？”

“听见了。”

又一阵沉默后，有人小声问道：“殿下不责罚我们？”

赵嫣道：“你们说得有些道理，我为何要责罚你们？不过你们靠笔墨讨伐是不行的，还得拿出解决问题的实策来。”

众人闻言，皆松了一口气，面对女子时的那种拘束感也没有了，气氛重新活络起来。

赵嫣抬头，不经意间瞧见了二楼栏杆后的一抹身影，微微一愣。她悄悄地转过头，问身侧的柳白微：“周及怎么也在这里？”

柳白微把手搭在眉上，抬头看了一眼，“哦”了一声，道：“他在家养伤，便时常来此处坐坐。据说他要公听并观，兼收博采，学些新的东西。”

这个小古板也有今日，难得。

赵嫣眯起眼睛，心中忽然有了主意，朝儒生们说道：“朝廷翰林官就在楼上，你们何不去找他，好生和三元及第的周大人辩上一辩？”

猝然被点名的周及有些愕怔，刚起身回了个礼，就见那群热血澎湃的少年儒生们扬臂一挥，朝他拥来。

柳白微“哈哈”大笑，唯恐天下不乱：“舌战群儒啊，这下有好戏看了！殿下，走，我们也去！”

赵嫣看向蹲在树下用树枝画花的仇醉，花影笼罩着这个满身煞气的古怪男人，像在他身上布下了一层无形的屏障。

她提高了音量，喊道：“仇醉，你也来！”

熟悉的话语令仇醉的手顿了顿，他似乎艰难地思索了片刻，随后丢下树枝起身，浑然不觉身上落满了枣花，跟在赵嫣的身后。

一切仿佛回到了两年前，也是这么一个春日，太子殿下和儒生们在镜鉴楼中听学、舌辩，仇醉和影子卫抱臂站在门外，看月落星沉，朝阳升起。

正午时起风了，空气中带着淡淡的雨前泥土的腥味。

赵嫣看够了周及舌战群儒的好戏，起身出来透气。柳白微见状，也悄悄地离席跟了上来。

“我今日才见识到周及的实力。他以一敌众，还能维持儒士的礼节，不急不躁，一针见血，真乃名士风范。”赵嫣叹了一声。

他本是帝师之才，却做了一年她的侍讲，真是屈才了。

柳白微顺势接过话茬：“殿下是没见着他在朝堂上辩礼的风采，可与殿下朝堂问审之犀利比肩。听说为了这事，他还在雪中向李左相下跪请罪……”

赵嫣讶然：“还有这事？”

柳白微亦很惊讶：“他没与殿下说过吗？”

“他向来多做少言，从不与人说这些。”

赵嫣说完，两个人一时都沉默了。

周及此人如庭中之竹，挺拔正直，有自己的原则和风骨。

“殿下有心事？”柳白微见她望着庭中出神，下意识地问道。

赵嫣回神，实话实说：“我突然有些不安。”

柳白微蹙了蹙眉：“是担心出征的那个人？”

赵嫣摇了摇头，笑着道：“不是，我总觉得有什么事情被我们忽略了。”

说罢，她望向靠着柱子抱臂而立的仇醉，心中灵光一闪，荡起微澜。

“那些铜丸。”她喃喃自语道。

玉泉宫出事之前，柳白微曾扮成侍女来见她，告知她仇醉曾在神光教的老巢中见到他们囤了大量铜丸火药。

赵嫣在赵元煜的丹房中亲眼见过那种铜丸火药炸开的威力，仅一两颗铜丸就能让坚若磐石的密室瞬间坍塌，堪称神器。神光教即便私藏几颗，也足以造成莫大的恐慌，可至今为止，那批莫名其妙地消失的大量火药并无动静。以甄妃和神光教的狡诈布局来看，这着实反常。

柳白微也反应过来，一拍脑门，道：“嗞，我竟将此事忘了！”

赵嫣很清楚，讨伐父皇一事分散了他们的注意力。人一旦沉浸在胜利的喜悦中，就容易放松警惕。

她起身朝仇醉走去，问道："仇醉，将你发现铜丸火药的道观的名字告诉我。"

大概是她此刻的面色太过严肃，仇醉艰难地回忆了片刻，以沙哑难听的嗓音咕哝道："西市往南，过四条街，有骆驼。此处往北十里地，半山腰……这两处。"

仇醉不识字，对杀人和赵衍以外的一切事情都迟钝、淡漠，这已经是他能描述出来的极限了。

赵嫣回头看向柳白微："凭这点儿线索，能找到那两处道观吗？"

柳白微已经挽起了袖子，嘴中叼着一支润了墨的笔，飞速于一旁的茶室中铺纸研墨。

"西市往南过两条街是长寿，过四条街便是永平，有商队的骆驼出现的道观就只能是这处——凌虚观。"

柳白微闭目在脑海中回忆片刻，便动手画下了一幅简易的京师舆图。笔锋摩擦着纸页，"唰"的一声，他在某处画了一个圈，写下"凌虚观"三个字。而后他又继续往北，寥寥数笔画出交错的主街。

"往北十里地，又是在半山腰，应该是青霞观。"说罢，他将写有两座道观名字的纸张递给仇醉辨认，"你看看，道观牌匾上的字是不是长这个模样？"

仇醉看了许久，点了点头。

赵嫣早就知道柳白微擅长书画，且去过一个地方便能铭记于心，绘制京师的舆图对他来说更是信手拈来。但她亲眼见到他在半盏茶的时间里就找出了两处藏匿火药的道观，仍瞠目结舌。

"奇才啊。"赵嫣拿着那份墨迹未干的舆图，叹为观止。

难怪赵衍这般器重他，整个京城恐怕就没有他找不出、到不了的地方！

"儿时穷，这是吃饭的本事罢了。"柳白微挑着眉收笔，大有游侠收剑入鞘的洒脱气质，深藏功与名。

"那个人……缴走了火药。"仇醉似乎想起了什么，声音嘶哑地开口。

“那个人？”赵嫣想了想，又问，“是肃王的人吗？”

仇醉点了点头：“没留活口。”

“不是留没留活口的问题，问题是神光教的徒子徒孙众多，光京城内外就有近三十座道观，他们为何偏偏选取这两处藏匿火药呢？何况这些铜丸小巧易藏，以甄妃的本事，不会那么容易地就被肃王府清缴干净。”赵嫣将舆图迎着光照了照，蹙着眉沉思了一会儿，道，“柳白微，你能找出这两处附近有哪些容易引起恐慌的重要场所吗？譬如上巳节庆祝的街道、人潮拥挤之处。”

“凌虚观附近也就西市人多一些，还有一座有六百年历史的古刹……可即便那些火药被投放在这两处，也造成不了太大的伤亡，无法威胁国之根本。”柳白微想了想，俯身指向北方的青霞观，“此处更是人烟稀少，都已经在城门外了，能造成什么威胁？”

“或许他们是想对付闻人少渊？”

赵嫣说完，柳白微半天没有回话。见他不语，她将视线移了过来，问道：“怎么了？”

“他允许你……叫他的字？”

“咳……说正事。”

“你们……罢了。”柳白微抱臂转移视线，“神光教如今损失惨重，如丧家之犬，根本无力与闻人蔺在战场上抗衡。他们选在这两处藏匿铜丸，必定另有所图。”

思路被堵死，二人皆眉头一皱。

这时，他们身后传来一个古井无波的声音：“永平街往南五里地是盛平仓，城北一里地则是嘉平仓。”

赵嫣与柳白微想得入神，被这猝然发出的声音吓了一跳。两个人回头一看，只见周及不知何时从学馆中出来了，站在二人身后端详着舆图。

“此乃大玄的粮库，举国征缴的米粮皆囤放于此，以应对灾荒和战乱。”周及抬起缠着绷带的手行了个揖礼，平淡地说道，“户部侍郎乃臣的同门，臣曾听他提起过这两座粮仓，无意冒犯殿下。”

赵嫣现在根本顾不上冒不冒犯，脑中好像有什么东西正穿针引线，真相即将水落石出。她抬手按住额角，顺着周及提供的思路深思："若逢战乱，军粮是否也是这两座粮仓提供？"

"是。"周及回答，"兵马未动，粮草先行。西京的粮仓被蜀军抢占，各畿县的粮仓亦支撑不了几日，军粮只能从这两个粮仓里调。"

"第二批粮草何时运出？"

"臣并非户部吏员，不敢笃定。不过，应该就在这两日。"

赵嫣心中一紧，握着舆图快步下楼，问等候在廊下的孤星："京师的城门何时开放的？"

"这半个月，城中一直在清理、善后，以防遗漏贼人，今晨卯时才开放。"孤星见赵嫣面色一沉，连忙问道，"殿下，可是有何不妥？"

"我明白了……"

"殿下？"

"粮窖深埋于地底，以黄泥封之，防火防潮，以铜丸炸毁是最简单有效的方式。"赵嫣骤然心寒，"所以，神光教那批火药的目标并非城中的百姓或皇族，而是大玄的粮库。"

闻言，柳白微和孤星皆神色一变。

神光教或许料到会事败，所以早早地就将算盘打到了大玄的粮库上，以此当作反杀的筹码。大玄近几年本就连年亏损，又值青黄不接的季节。军无粮则败，民无粮则反，神光教的这招可谓阴损至极！

困兽犹斗，临死前的扑咬最为凶狠。难道八年前兵尽粮绝的惨烈场面要重演吗？

赵嫣握紧拳头，竭力让自己冷静下来。

今夜有大雨，不便于使用火药，待雨过天晴，粮草就要被运往前线……所以，神光教的漏网之鱼如果趁今日城门开放时潜回城中，必定在今日白天行动！

已至午时，留给他们的时间不多了。

"我早该想到的……闭城半个月清查、善后，直至今日城门开放、京师太平，我才能出宫来此。"思及此，赵嫣深吸了一口气，"柳白微以颍川郡王孙的身份上报兵马司，立即调兵前往两处粮仓驰援。其余人兵分两路，孤星带上长弓和兵刃去城西盛平仓，务必快马加鞭。不到迫不得已，你们遇敌不可逞强，以拖延时间为主。”

“那殿下呢？”柳白微和孤星异口同声地问道。

“兵马司的人出动最少要大半个时辰，来不及了。”赵嫣弃车上马，淡色的裙裾于马背上荡开极美的弧度，“仇醉跟着我，再拨几个副手与我去城北嘉平仓。事出紧急，可赦城中纵马之罪！”

五

嘉平仓在北城门外，不似城中各坊市间巡查严密。神光教若是动手，此处首当其冲。

浓云密布，随行的两名东宫卫策马在前方高呼开道，微潮的风扑面而来，自他们的耳畔“呼呼”地掠去。

城门下，城门侯认出了赵嫣等人。他问清缘由后，听闻嘉平仓恐有贼人作乱，立刻拨了八名城门卫兵随赵嫣前往，其余人则紧闭城门，以防贼人趁乱潜入。

一到仓城门外，赵嫣便觉察出了不对劲的地方——没有巡视的守卫迎上来，雨前沉闷的微风中还夹杂着一丝淡淡的血腥味。

他们来晚了半步！

意识到这个问题，赵嫣抬手制止了贸然吆喝的城门卫，急促地小声说道：“不要出声！退后！”

随着她的声音落下，仓城的哨楼里传来了一阵惊弦破空之声。箭矢不多，但都又狠又准，那些没上过战场的城门卫反应不及，顿时哀号不止，转瞬便倒了大半。

赵嫣伏身避开擦背而过的箭矢，身下的马匹却受惊立了起来。就这么一瞬间，她望见了站在哨楼上的熟悉的女人——黑色斗篷下，一袭紫纱青华道裙随风飘扬。

来不及细思，赵嫣滚落下马，连连翻身躲过高高尥起的马蹄，箭矢已至面前。

千钧一发之际，一柄弯刀将箭矢砍断，仇醉野兽般的身躯横在赵嫣面前，破烂的武袍在风中发出了猎猎的声音。赵嫣立即起身，与仅剩的四名侍卫隐藏至石墙的拐角处。

箭矢停了，不知对方是在短暂地补给、休憩，还是在迟疑、忌惮。

仇醉执刀站在一片被砍断的箭矢中，对面不知何时围拢了十来名虎背熊腰的蒙面人。这些人皆生得壮实，目露凶光，走路时双腿略微外扩——那是只有长期生活在马背上的人才会有的走路姿势。即使他们用三角巾遮面，以幞头束发，赵嫣也一眼辨出他们不是中原人。

但她必须压下心中的战栗和愤怒，想办法保住嘉平仓的粮窖，为兵马司的人争取时间。

她闭了闭眼睛，深吸一口气，对侍卫说了一句“别乱动”，便缓步自石墙后走出，目光直直地望向最前方那道高挑的身影。

“堂堂北乌的十三王子却甘心做大玄乱党的走狗。乌阙，是我看错你了。”

闻言，最前方那人明显趔趄了一下。半晌，他拉下蒙面的三角巾，露出一张粗犷的深麦色异域脸庞来，摊手耸了耸肩：“我就知道瞒不过你。”

他愿意搭话，这是好事。

赵嫣定了定神，又往前走两步，站在了仇醉身边：“你是个聪明人，何必舍近求远，放着大玄这桩生意不做，去和气数已尽的乱党余孽搅浑水？”

“我们北乌人没有那么多弯弯绕绕。谁给的利益最多，谁就是我们的朋友。”

“你不怕大玄与北乌再起战事吗？”

“那也得你们有钱和粮来战。来大玄这两个月，我可是将你们的底细都摸清楚了。”乌阙一只手环胸，另一只手抵着下颌，眯着眼睛，笑得露出了一颗尖尖的虎牙，“小公主，若你能开放关隘，允许两国贸易往来，再将边境七城当作嫁妆，连同你自己一并送过来，我现在立刻就倒戈帮你，如何？”

赵嫣咬了咬牙，片刻，竭力平静地说道：“我们可以谈。”

“谈？”乌阙仰首“哈哈”大笑起来。

潮热的风撩动从他的幞头中露出的一缕白发，空中回荡着他极富野性的笑声。好半晌他才道：“你太狡猾，死路也能走出活路，我不入套。我将你当作我的战利品抢回去，也是一样的！”

说话间，他已经拔出腰间的胡刀，迎面而来。

“铛”的一声，火花迸射。乌阙后退一步，饶有兴致地看着仇醉手中的两把弯刀，笑着道：“大个子，你也用弯刀啊？”

乌阙在身手上虽不及闻人蔺，脸上总是挂着童叟无欺的笑意，但只要一出手，招招精准、狠辣。擂台上，若非他刻意收敛了两分，少年翘楚的裴飒恐怕也得交待在他的手中。

此时他与仇醉对上，散发出来的杀气激得空气都在战栗。

“往前，走。”仇醉漠然地咕哝道。

赵嫣会意，眼下强敌诡诈，拖延时间的方法看来是行不通了。她在侍卫的掩护下朝仓城门而去，北乌人欲追，却被仇醉一刀了结了。

乌阙眸色一沉，不得不将注意力放在仇醉身上。

身后一片刀刃碰撞的铮鸣声，赵嫣等人推开仓城门，顿时被浓重的血腥气熏得一阵眩晕。阶前、道旁横七竖八地躺了几十名粮仓守卫的尸首，大多数人是在卸甲吃饭时被突然袭击的，连反应的机会都没有就成了箭下的亡魂。

听见前方传来了脚步声，赵嫣顺手拾起地上的一柄长剑，拼尽全力抵挡来人砍过来的刀刃。蒙面的北乌人的刀刃偏离，卡在砖墙中无法被拔出来，赵嫣身后的侍卫及时回援，一剑就将北乌人的胸膛刺穿了。

“殿下快走，这里交给属下！”侍卫奋力御敌。

赵嫣知道甄妃在哪儿，于是踏着一路鲜血朝哨楼行去了。

才上楼，她就见到几支带着火星的硝油重箭划破了天空，朝远处铺着稻草的粮窖飞去了。继而震天的巨响接连传来，整片地面都被掀开了。

赵嫣朝后跌坐，尘灰和碎木自楼梯上落下，“噼里啪啦”一阵响。

脑中忽然响起一阵尖锐的长啸，赵嫣捂住耳朵，半晌才找回自己的听觉。她忍着天旋地转的眩晕感，问身旁的侍卫：“没事吧？”

护在她身旁的那名侍卫抖了抖满身的灰尘和谷壳，答道：“卑职没事，殿下如何？”

“我也没事……扶我起来。”

赵嫣咬牙站起身来，发现粮窖中被炸毁的稻米甚至飞溅到了百丈外，楼梯上尽是燃烧着的谷物。

远处浓烟滚滚，七八座粮窖毁于一旦。去年各地洪灾严重，如今整个嘉平仓内只有不到半数的粮窖存有粮食，不能再被毁下去了！

赵嫣继续往上走，在即将登上哨楼顶层的平座时，与身披墨色斗篷的甄妃迎面碰上了。

甄妃似乎已经安排妥当，正准备撤离。

“殿下小心。”侍卫挺身而出，剑指甄妃。

甄妃步步后退，半垂着眉眼，毫无波澜地望着几乎抵上她的鼻尖的剑尖。她退回到平座上，微微一抬手指，两名手挽重弓的北乌弓弩手就从她身后出现了。

赵嫣心知肚明，只有解决这两名弓弩手才能保住剩下的粮窖。

弓弩手率先发难，朝她射来一箭，但被东宫侍卫横刀拦住，击偏了。重箭的威力非同小可，侍卫整条臂膀发麻，身体不可抑制地朝后仰倒。紧接着，第二名弓弩手的箭矢到了眼前，侍卫被射中，闷声滚下了楼梯。

赵嫣趁着他们反手取箭的空当，用尽全身力气提剑向他们刺去。

左边那名弓弩手猝不及防地被刺中胸口，哀号一声，磕在了平座的栏杆上，手中的弓矢被磕落了。

听到身后拉弦的声音，赵嫣陡然一寒，松手弃剑，旋身躲避。几乎同时，一支羽箭擦过她的鼻尖，钉入了靠在栏杆上的那名弓弩手的身体中。他肥厚的身躯朝后一仰，坠下了哨楼。

见误伤同党，剩下的那位弓弩手用胡语咒骂了一声，大步上前踢走了赵嫣手上的剑，将她摁在了平座的栏杆之上。

赵嫣的脑袋和肩背悬在栏杆外，沾血的袖袍在空中飞舞。下方与仇醉缠斗的乌阙见状，金瞳微沉，大声说了一句胡语。弓弩手闻言一顿，不敢下死手，但掌下的力度一点儿也没松懈，几乎要将赵嫣的胸骨压碎。

赵嫣呼吸一滞，艰难地望向甄妃，问道："你就是……仙师吧？"

甄妃静静地看着她，神情悲悯而平静。

"我一直不……不明白，你为何要做这些？"赵嫣拼命地仰头、张嘴，吸了一口潮湿的空气，"你的真名……叫什么？"

"殿下不必白费力气。"

"你煽动洛州的叛党，借用的是……前朝废太子的名号。你这样做，要么恨他，要么崇敬他……可神光教大势已去，穷途末路，你做这些……还有何意义？"

"只要能让皇帝付出代价，就有意义。"甄妃下意识地回道。

此言一出，赵嫣和甄妃皆微微一怔。

"你恨父皇……你是废太子党的人？"赵嫣抓住了关键。

甄妃莞尔，轻柔地说道："殿下想叙旧拖延时间，可惜于本座来说无用。"

计划被看穿，赵嫣心中"咯噔"一声，寒意涌遍四肢百骸。

甄妃不再耽搁，望向北乌弓弩手，声音又轻又狠："绞杀她。"

北乌弓弩手顾及乌阙方才的命令，还在迟疑是否要杀掉赵嫣。甄妃见状，平静地说道："杀了她，你们的王子想要多少女人都可以。"

北乌弓弩手闻言，眼中的杀意立刻迸射出来了。下一刻，赵嫣的颈上便传来一阵尖锐的痛。

颈上的弓弦收紧，赵嫣骤然眼前一黑，仰首跪倒在了地上。这种直面死亡的恐惧比以往任何一次她面临危机时都要重，以至于连她的灵魂都在颤抖。

意识飘离，她本能地想挣扎，可一旦乱动，弓弦只会越绞越紧。

不要放弃……不能放弃……

闻人蔺在武课上教过的，自己若被人从后面用绳子绞颈项挟持，要如何脱身来着？

想起来，快想起来！

仅一瞬，赵嫣睁开了赤红的双眼，一只手挤入脖颈与弓弦之间，忍着痛拼命地将头往一侧扭去，下颌钻入绷紧的弓弦的弧形空隙中，努力争取呼吸畅通，另一只手抽出腰间的短刀，抬手一割！

断裂的弓弦如银蛇般扭动，在赵嫣细嫩的脸颊上划出了一道细若发丝的红痕。

见那名弓弩手因惯性而朝后跌去，赵嫣没有丝毫迟疑，用手中的短刀精准地划过弓弩手的颈项。最后一刻，这人难以置信地瞪大了眼睛。

准备下楼的甄妃察觉到不对劲，刚转过身，就见锋利的箭镞横至眼前。

面前的少女发丝散乱，头上的钗饰全无，浴血的袖袍在高楼的疾风中猎猎地翻飞。她拉弓搭箭，细白的颈项上有一圈红痕，宛若神女的桎梏，细嫩的手指被弓弦勒得血珠直冒也浑然不觉。

她大口地喘息着，泛红的眼睛紧紧地盯着甄妃，毫不迟疑地松手，将一箭射出。

她虽力道不稳，但那毕竟是杀伤力极大的玄铁重箭，甄妃踉跄一步，整条手臂都失去了知觉。

“我知你……擅长用毒，先废你一条手臂。”赵嫣忍着喉间的血腥味，哑声说道，“现在，我们可以谈谈了。”

攻守之势瞬间转换了。

六

“长风公主想谈什么？”甄妃的脸色很快因失血而变得惨白，鸿衣羽裳反倒为她添了几分柔弱的美感，“本座的来历还是本座为何要费尽心思计划这些？”

“甄”当然不是她的本姓。

一朝天子一朝臣，史册抖一抖灰，那灰落在普通人身上便是灭顶之灾。

二十年前，她的祖父站错了队，为废太子谋事，招来了抄家夷族之祸。南市口血流成河的场面她还历历在目，不堪受辱的姊妹的哭喊声犹在她的耳侧，若非乳母用自己的女儿换她一条生路，她亦是惨死的人之一。

逃出来后，她改名易姓，寄居于道观之中。万幸的是，她在调香、炼丹上甚有天赋，数年交游谋划，信徒渐多。

她恨吗？她自然恨，可她所图之物并非眼前的蝇头小利。

身为女子，她不方便招摇过市，便选择师叔作为传道的替身，为他调香、炼丹，借他献丹的契机接近天子，以获取天子的信任。

天子纵为万岁之尊，也是贪生怕死之辈。人怕死，就有弱点。

大将军闻人晋平拥赵稷上位，党同伐异，亦是锁她祖父下狱之人。她知晓闻人晋平耿直刚正，眼中不容沙粒，于是暗中透露废太子服毒的疑点，引其查明真相，从而使君臣对峙，逼皇帝自断臂膀。接着，她如法炮制，将太后视作一颗棋子……可惜太后并非好操控之人，败而避居华阳行宫，她只能亲自出面了。

当年天子登山论道，众人皆知是神光真人向皇帝举荐了甄妃，但皇帝不知道，神光真人不过是她一手操控的傀儡。

有了皇帝的青睐，她与神光真人在台前幕后互相配合，神光教日渐壮大，受万人膜拜，徒子徒孙不计其数，朝中半数的官员与神光教有暗中的牵扯。

皇帝昏聩，杀臣杀子；朝局动乱，君臣离心。而她依旧是高高在上的神女，悲悯地俯瞰着一切。

她自恃能以解药掣肘闻人蔺，可他根本就是个连自己都毁的疯子。她不将羽翼尽折、“死而复生”的太子放在眼里，可现在拿刀指着她的咽喉的人正是这个看似柔弱的假太子。

“长风公主讨伐本座，不过是因为本座并非与你是同道之人。可你有没有想过，凭什么不与你们站在一道的人都是恶人？”甄妃的鬓角渗出了冷汗，脸上却露出了苍白的浅笑，“和闻人蔺相比，本座至少赐予众生信仰，使众生心有所寄、灵有所托。长风公主不该与我为敌。”

甄妃仔细地观察着赵嫣的神色，试图从她的眼中找出一丝动摇的眼神。

传道之人摇唇鼓舌，擅惑人心，可以从细枝末节之处攻破对方的心防。甄妃相信，只要给她一点儿时间，她必能攻破赵嫣的心防。

但想象中的交锋并未到来，赵嫣毫不迟疑地将短刀往前抵了抵，直至甄妃的后腰撞上栏杆，退无可退。

黑云低垂，身后浓烟滚滚，炸开的火星点燃了周遭十余座粮窖上覆盖的苇席和稻草，火光的热浪将视野都变得扭曲起来。

“我对你的过往并无兴趣，拖延时间这一招同样对我无用。”赵嫣指节泛白，血珠顺着指缝滴落，“把解药拿来。”

甄妃露出恍然大悟的神情，笑意中多了几分悲悯：“你为一个将死之人而来？他越发难以控制了，皇帝早就命本座将解毒的药方和药引尽数销毁，世上再无解药……”

“你恨父皇，心思缜密且奸诈，不会不给自己留后路。”赵嫣反驳道，哑声低喝，“拿来！”

刀刃划破了甄妃的颈侧，殷红的血流了出来，甄妃不受控制地咽了咽唾沫。她毕竟不是得道飞升的仙师，只凭肉体凡胎，焉能做到全然不惧死亡？

甄妃将未受伤的手缓缓地探入斗篷下的袍服中，赵嫣目光一凛，握着短刃的手更紧了几分。

“你若有半分多余的动作，我即刻杀了你。”

“你为刀俎，我怎么敢？”

甄妃凄婉一笑，从怀中摸出了一个黑瓷瓶。

赵嫣紧盯着她的动作：“你吃给我看，我要确定此药并非毒物。”

甄妃拔开塞子，倒出一颗暗红色的药丸，仰首抿入唇中，咽了下去。

赵嫣闻到了熟悉的霜雪的冷香，看样子药没有错。

见甄妃并无异常之色，赵嫣一只手执刀，紧紧地抵着甄妃的脖颈，另一只手去取药瓶。

然而就在她的手离解药仅一线之隔的时候，甄妃毫无征兆地松手一抛，药瓶瞬间脱手，朝下坠去！

赵嫣睁大了眼睛，下意识地扑在栏杆上伸手去抓，勉强将药瓶攥在了手中。

她抓到了！

她还未来得及松一口气，就见身侧寒光一闪，趁机脱身的甄妃拔下自己手臂上带血的重箭，朝她狠狠地刺了过来！

赵嫣下意识地抬起短刀格挡，锋利的玄铁箭镞撞上了薄薄的短刀，一阵清脆的裂响后，赵衍的短刀在赵嫣骤缩的瞳仁中断成了两截。

与此同时，两声震天的巨响自楼下传来，碎屑乱飞，哨楼陈旧的支柱骤然断裂，托着她摇摇晃晃地朝一旁倒了下去。

半盏茶的工夫前，凉风乍起，空气中血腥味浓重，散开几缕潮湿的雨气。

这个面上有疮疤的男人的刀刃还在滴血，血浸入了脚下的黄土中。他漠然地看了一眼没入肩头的胡刀，不退反进，抬手攥住乌阙的手臂，使乌阙无法抽身。

乌阙被顶得连连后退，鞋底摩擦着地面，扬起了一路的灰尘。刀刃贯穿仇醉的肩膀的那一瞬间，乌阙也被这股蛮力按入了泥墙。

墙面碎裂，幞头崩开，乌阙凌乱的白发瞬间散落至肩头，他从胸腔中挤出了一口带血的浊气。

“真是……一头野兽啊，你都不知道……疼吗？”乌阙气极反笑，看了一眼满地的尸首，一双金瞳布满了血丝。

这些都是他从北乌带出来的精锐勇士啊，竟折在此处了！他真是后悔！

他大叫了一声胡语，藏在暗处的弓弩手连发三箭，逼退了仇醉。

乌阙趁机逃脱，可才跑了几丈远，那阵可怖的脚步声就已经追至他的身后了！

乌阙的心脏都快停了！这是他来大玄后，第二次感受到死亡的压迫。

他用胡语咒骂了几声，抬手示意弓弩手：“用火药！给我拦住他！”

第一支硝油火箭在仇醉身旁炸裂，巨大的冲击力掀翻了旁边的土墙，也让仇醉沉重的身躯如沙袋般在地上滚了几圈。弯刀脱手，他身下很快就出现一摊暗红色的血泊。但他只是顿了顿就摇晃着身体站了起来，滚滚黄尘中只有他破烂可怖的身影。

仇醉将手中的弯刀甩出，深深地划过了乌阙的手臂。鲜血迸射间，第二支绑有铜丸的重箭射来，弓弩手却因尘灰迷眼而失去了准头，重箭径直越过坍塌的土墙，钉入了哨楼的基座。

哨楼发出“吱呀”一声，坚持了片刻，而后朝一旁倒去。

乌阙完全没料到会殃及哨楼，愕然睁大了双眼，下意识地往前一步，却被下属及时拉住了，下属催促着他离开现场。

仇醉死死地盯着那座歪斜的哨楼，带着执念艰难地朝前走了两步。而后他越走越快，越走越快，用尽全力朝那抹飘然欲坠的身影奔去。

“嫣儿，嫣儿？”一个温和、轻柔的嗓音仿佛从天际传来。

赵嫣慢慢地睁开了眼睛。明亮的光漏了进来，她不得不抬起手掌挡了挡。指缝外的视野渐渐清晰，她看到了一张与她极为相似的熟悉脸庞。

十五岁的少年正披着宽松的浅色外袍，像是松了一口气的样子，含着笑说道：“你总算醒了。”

“赵……衍？”

“怎么，连哥哥也不认识了？”

“我怎么会在这里？”

“你还说呢，这么多年了也不回来看看我。嫣儿还在生哥哥的气？”

赵嫣眼睛一眨不眨地看着他，茫然地摇头。

一切仿若梦境一般模糊，她不知自己为何会到此处，只是慢慢地红了眼圈。

“赵衍，”她哽咽着，心中有千言万语，最后却只挤出来一句话，“我刚才……把你留下的短刀……弄断了。”

赵衍一愣，随即握拳抵着唇，低声笑了起来，眼下的泪痣跃动着。他温和地道：“傻嫣儿，一把刀和亲妹妹相比，哪个重要呀？哥哥应该庆幸它保护了你。”

听到远处传来谈话声，赵嫣倏地坐起身来。

她环顾四周，只见自己正坐在一片嫩绿色的柔软草地上，周围野菊绽放，仿若点点星辰。风一吹，草浪低伏，她如沐暖流，惬意无比。

这里碧空如洗，万里无云，不远处的枫树下置有几案和席位，两名儒生打扮的少年正在执子对弈，而另一位与赵衍打扮类似的少年则抱剑站于一旁，看着草地上飞舞的粉蝶。

赵嫣从未见过他们，但不知为何，竟下意识地喊出了他们的名字：“沈惊鸣、程寄行，还有……影子卫。”

“你竟然知道他们？”赵衍惊讶，随即释然了，“倒是省得我介绍了。嫣儿不如陪哥哥走走吧。”

赵嫣点了点头，与他沿着曲折的羊肠小道缓步往下走。一路上春光明媚，她觉得自己飘然若飞。

“柳白微还好吗？”赵衍开口问道。

赵嫣颔首：“他如今已是颍川郡王孙，除了和世子妃争夺郡王府的权势有些艰难，其他一切安好。”

“那就好。母后呢？”

“她如今陪着皇祖母，也挺好的，就是偶尔很想你……”

赵衍静静地听她说着，直至她停下，才微笑着问道：“那……嫣儿过得可好？”

赵嫣一愣，转过头将鬓边的碎发别至耳后：“我也挺好的，有亲友支持，有人教习相护，虽有困难，也能很快地解决。”

赵衍甚是满意，又问：“那支金笄嫣儿喜欢吗？”

赵嫣回想起自己在华阳行宫时摔裂盒子的一幕，鼻根一酸，极轻地“嗯”了一声。

赵衍放心了，笑着叹道：“真想看看你戴上它的样子，那一定很美。”

闻言，赵嫣立刻在身上搜寻一圈，而后顿住了，懊恼地道：“我……我忘记带了。”

赵衍瞧着她低落的神情，忽然轻笑出声：“嫣儿，你已经长大了。”

“是啊，我都与你一样高了。”

“真好。我记得我们小时候也是这样，你总是跟在我身边，拽着纸鸢跑来跑去。”

“可我射覆总是赢不了你。”

“哈哈哈。”赵衍笑了起来，随即目光柔和地说道，“但这一次，是嫣儿赢了，嫣儿做到了哥哥没有做成的事。”

赵嫣别过头，眼眶湿润了。她默不作声地走着，眼看就要到山脚了，身后的脚步声却停住了。

赵嫣回首，只见赵衍衣袂翻飞，仍站在原处温柔地注视着她。

“赵衍，”赵嫣唤了一声，疑惑地道，“你怎么不走了？”

“哥哥只能陪你走到这儿了，嫣儿自己回去吧。”

赵嫣心中一阵绞痛，仿佛明白了什么。她大步上前，抿了抿唇，然后道：“我也留下来。”

赵衍不动，只是摇了摇头，道：“哥哥一个人留下来就可以了，嫣儿要回去。”

“你跟我一起走！”赵嫣咬着牙，眼圈瞬间又红了。

赵衍又轻轻地叹了一声，抬手揉了揉赵嫣的脑袋。两个人像儿时那般亲密无间，只是那只白皙温润的手落在头顶，轻得宛若一阵风，赵嫣觉察不出丝毫的力度。

“孤此生最对不起的人就是你。他们都说，是你夺走了孤的健康，但其实，是孤夺走了你应有的快乐。抱歉，嫣儿。”

“赵衍！赵衍！”

一阵风吹来，眼前的一切宛若彩烟一样开始消散，越发朦胧。赵嫣想抓住赵衍的衣袖，手却如穿过云雾，抓了个空。

无助的恐慌感席卷而来，她拼命地大喊：“赵衍，不要这样！我好不容易才见到你！

“该说‘对不起’的人是我，我不该和你吵架，不该说想和你调换身份！我其实……我其实一点儿也不讨厌你，是我的自尊心作祟，将你的关爱当作怜悯，对不起……

“对不起！哥哥！”

自她记事以来，这是她第一次叫赵衍“哥哥”，却是以这样撕心裂肺的狼狈方式。

赵衍听到这一声“哥哥”，怔了怔，在消散前侧首一笑，伸手轻轻地推了赵嫣一下：“回家去，嫣儿。记住，你永远是哥哥的骄傲。”

梦境消散，赵嫣陡然坠入了一片黑暗。

冰凉的雨滴打在赵嫣的脸上，她咳了一声，缓缓地睁开了湿黏的眼睫。

天空如墨，雨珠像断了线的珠子般无声地砸下来。赵嫣喘息许久，脑中尖锐的杂音才稍稍平息，取而代之的是嘈杂的雨声和不远处坍塌的哨楼燃烧的声音。

身下是厚实粗糙的稻草，赵嫣花了片刻才回想起一切。

哨楼被炸毁，甄妃被掩埋于瓦砾和梁木之间。电光石火间，赵嫣依稀记得楼下场院中堆放了许多用以覆盖粮窖的稻草堆，便瞧准方向和时机，跳下了五丈多高的哨楼……

她的手中紧紧攥着两样东西——一瓶药丸，还有一把折断的短刀。

许是冥冥之中有赵衍护佑，她竟挡下了甄妃的致命一击，精准地落在了蓬松厚实的稻草堆上，躲过一劫。

赵嫣将断刀按在胸口上，缓缓地吐息，待恢复力气，便撑着身子坐了起来。感受到指下一片黏腻的触感，赵嫣怔怔地抬手，看到了沾到掌上的鲜血。

她的身体并无剧痛，这血不是她的……

赵嫣倏地回身，只见一个高大的身影倚靠在固定稻草的木桩上。

仇醉的箬笠不见了，乱糟糟的头发被吹到瘦削的两颊旁，他的一只手还维持着保护的姿势，揽着赵嫣的腰——他用自己的身躯接住了她。

昏暗的光线下，赵嫣看到他的右半边脸被烧毁了，火燎出的水泡破皮了，更显得他面容可怖。

赵嫣张了张嘴，被弓弦勒伤的喉咙生疼，一时竟未发出声音。

“仇醉……”她哑着嗓子轻唤。

她将解药揣入怀中，下意识地去拽仇醉的另一只手，却冷不防地摸了个空。他的右臂齐肘断了，只余下被烧焦的破烂衣袖，那是方才与乌阙缠斗时被炸的。

赵嫣忙以断裂的残刀去割自己的衣袖，却因手抖得厉害而无法成功。

仇醉咳出了一口瘀血，眼神依旧淡漠空洞，唇却微微翕动着。赵嫣凑近去听，听到他反复地说着一句话：“接住你了，主公……”

前年夏末，主公于东宫中遭毒香暗算，倒在他的眼前。他总是想，若自己当时再警觉一些，动作再快一些，主公就不会死。

他没有念过书，不知道士为知己者死的道理。他只知道，若是重来一次，他一定要快一些，更快一些，用那双曾经沾满了罪恶和鲜血的手护住他的主公。

赵嫣咬着牙使劲一扯，总算撕下一片衣袖，紧紧地扎在仇醉的右臂的伤口处止血。

“仇醉，不要睡！睁开眼睛！”

她胡乱地说着，然而仇醉只是空洞地看着前方，没有半点儿反应。

雨好像停了，一切都明亮了起来。他好像又回到了三年前的那个冬日，看到那个身体孱弱、脸色苍白的小少年将一枝白梅递到他面前，笑着对他说：“仇醉，你可愿跟孤走？”

仇醉动了动手指，点头说：“好。”

大雨铺天盖地地落下，洗濯空中的烟尘。

赵嫣一动不动地跪坐在稻草堆上，任由雨水顺着她的下颌和指尖淌下，浇湿全身。地上由鲜血画就的小花被雨水一冲，转眼没了踪迹。

凌乱急促的脚步声靠近了，兵马司的人终于赶到，扑灭了炸毁粮窖的大火。有人围着她，披衣的披衣，执伞的执伞，焦急地呼唤着什么。

“粮仓……保住了吗？”赵嫣喃喃地问道。

“盛平仓距离较远，乱党还未来得及动手，孤星正好将他们瓮中捉鳖，一粒米粮也未损失。仙师的主力都被派来了嘉平仓，但殿下处置得及时，保下了七成粮窖。”

柳白微用斗篷裹住赵嫣，想查看她颈上的伤痕，却又不知从何下手：“殿下的伤势如何？殿下别怕，我已经叫人去请太医了，一切都结束了……我这个蠢货，怎么能让你去和敌人正面交锋？！”

“我……没事，先救受伤的侍卫。厚礼安葬捐躯者，告知其家人，偿以十倍抚恤。”她最后看了仇醉一眼，撑着膝盖缓缓地站起身，“将他送去西山的枫树下，与兄长做伴。”

“殿下……”

“调动军粮补给，我随押运官一起……亲自送往西京前线。”

“你身上还有伤！”

“去。”赵嫣抬手覆住革带，轻而坚定地说道，握紧了藏在衣服里的药瓶。

夜幕沉沉，残月如钩。

探查归来的蔡田听闻王爷突然率一队轻骑奇袭敌营，怔了一瞬。

“怎么回事？”他质问一旁追出来的张沧。

“方才王爷的脸色不太对劲，整个人阴恻恻的，我瞧着可怕得很，他有点儿像……”一根筋的张沧这次也被吓得不轻，一边吩咐校尉调兵接应，一边压低声音说，“有点儿像发作的症状。”

蔡田脸色微变，沉声道：“别胡说！王爷这些日子调理得很好，孙医仙不是说压制住了吗？到底发生了什么事？”

张沧道：“方才我收到京城来的飞书，见是急报，就直接呈了进去。我还没出门呢，王爷就……”

蔡田下马，疾步跑入营帐，拿起那份还未来得及销毁的密信。

纸条很短，上书寥寥数语：

余孽勾结北乌，欲毁粮窖，长风公主阻之，坠于哨楼，颈、手有弦伤，性命无虞；仇醉战亡。

公主殿下坠楼、被绞伤，还是伤在脖子这种地方……军粮快要被耗尽了，以王爷那个性子，他哪儿还能慢慢地耗下去？

蔡田吸了一口气，狠狠地瞪了一眼没有眼力见的张沧，转身掀开帐帘，翻身上马。

蔡田和张沧领兵接应，刚过了长坡，便见西京城外一片烈焰滔天，火烧连营。混乱中，黑压压的敌军像被撕破了一道口子。战马长嘶，着一身玄甲的男人割麦一般冲出，所至之处人仰马翻，杀出的血路久久无人敢填补。

蔡田心一沉：即便王爷身手不凡，这样的厮杀也超出了他身体能承受的极限，强到近乎反常。

“接应王爷！”

他一声令下，率鹰骑冲下长坡，呐喊声震天。

敌军的关隘前，刀残剑折，浑身是血的战马轰然倒地。着玄甲红袍的男人的墨发披散，随风飞扬，一只手握着豁口的长剑，另一只手提着一个物件，沉默着站在尸山之上，光是一个背影就让人胆战心惊。

听到有脚步声，他缓缓地转过头。

残月从云层中显现，留下满地青霜。借着这点儿月光，蔡田等人终于看清了闻人蔺的手中提着的东西是什么——蜀王赵承德的首级。

大玄鹰骑大受鼓舞，欢呼起来，可蔡田笑不出来。他看见王爷飞舞的墨发下，眼神深沉，肤色苍白若霜，双眸透出诡异又熟悉的血色，已经没了半分人的温度。

这是毒入脏腑导致渗血造成的妖冶异象，且比之前任何一次都要严重。

“不好，王爷毒发了！”

这毒完全爆发时，人会剧痛难忍，七窍流血，沦为丧失理智的怪物，癫狂而亡啊！

第十一章
公主摄政

一

马车颠簸，潮湿的雨气自车帷外渗了进来。流萤也做男子打扮，将温好的吃食打开，望向正捉袖提笔的赵嫣，道："距离西京前线还有几天的路程，殿下歇会儿吧。"

赵嫣闻言，轻咳一声，嗓音略哑，道："我写完回信就睡。"

她被弓弦勒伤的手指缠了纱布，握笔有些不稳，颈上亦缠了一圈绷带，整个人平添了几分病弱之态，但眼神依旧清亮。

柳白微有颍川郡王孙的身份，兼之老郡王卧榻处于弥留之际，所以他不能轻易离京。柳白微这个人看上去没心没肺，实则最重情义，即便只有一年的祖孙情分，还是选择留下来送老爷子一程。

今晨赵嫣随着押运官启程，柳白微亲自提了一笼用油布罩着的、驯好的鸽子过来，一本正经地交给赵嫣，让她每日写信报个平安。万一她在路上出了点儿急事，他也能及时驰援。

粮窖这一战真是将他吓得不轻。

赵嫣就在马车后"咕咕"地叫个不停的鸽子声中落笔写下"一切平

安”四个字，将信交给在车外随行护送的孤星，让他去抓鸽子传信。

连日春雨阴湿，押运粮草的队伍深一脚浅一脚的，走得极其艰难。紧赶慢赶，队伍终于在第七日抵达了西京防线。

城门打开，车马畅行。长途跋涉的滋味并不好受，但想着即将见到闻人蔺，赵嫣觉得浑身的酸痛与疲乏顿时消散了大半。

到了治所，她扶着流萤的手下车，就见蔡田匆忙地出门赶来迎接了。

“王爷领轻骑夜袭敌营，斩杀了蜀王赵承德。蜀王的家将何虎弃城退往华阴，仍领残党负隅顽抗，但都是无头的苍蝇，难成气候。有殿下亲自押送来的大批粮草，相信将士们必能一鼓作气，彻底荡平贼寇，不日凯旋。”蔡田引赵嫣和孤星等人前往主厅，三言两语便将这些天的战况复述给赵嫣听。

明明是以少胜多、大快人心的战局，赵嫣却敏锐地察觉到蔡田和一众亲卫的表情甚是严肃，不见半分喜悦，纵是再“胜不骄”，也太反常了。

“你们王爷呢？”赵嫣四下环顾一番，问道。

蔡田面露迟疑之色，似在犹豫该不该将事实告诉她。

赵嫣心一沉，忙问：“他受伤了？”

仿佛印证她不祥的预感，后院忽然传来了“砰砰”两声响。

赵嫣顾不上蔡田，大步穿过中庭和月门，看见张沧魁梧的身躯连同几名亲卫从房中飞了出来，落在地上滚了两圈。

张沧疼得龇牙咧嘴，吐出一口带血的沫子，暗骂道：“完全失去神志了！孙医仙，您老倒是快想想办法！”

“你们得先摁住他，老夫才能给他施针、用药！”孙医仙面色凝重，用力地拄了拄拐杖。

一阵前所未有的不安感涌上心头，赵嫣上前问道：“出什么事了？”

听见这道声音，张沧一愣，猛然挥手喝道：“公主勿要过来，危险！”

赵嫣闻言顿足，心道：闻人蔺暂居的治所里能有什么危险？

她正疑惑着，后院的房中突然传来一阵“窸窸窣窣”的拖曳声，像冰冷的铁索在地上拖动的声音。

大开的门洞内渐渐浮现出一个高大的身形，所有人的心都仿佛被一股可怖的力量揪住了，心跳如鼓。

随着那道身影逼近，赵嫣总算看清楚了面前的景象，瞬间感觉血液倒流。

闻人蔺那玄色的战甲上满是鲜血和刀剑的斫痕，有些口子已经穿透了铠甲，伤及躯体。他的手臂和腰间还缠着铁索，然而铁索已经崩断了，被拖在地上。他披散的墨发无风自动，面色是从未有过的苍白，唯一的颜色便是他沾染着鲜血的唇瓣和暗红的双目……

他每走一步，都有鲜血溢出。鲜血顺着铁索滴下，但他没有任何痛觉……不，他是没有任何正常人应有的知觉，眼神空洞又残忍。

直至此刻，赵嫣才见到闻人蔺真正毒发的模样，说他是修罗降世也不为过。

“闻人……蔺。”赵嫣好半晌才发出声音，“我有药，我……”

话还未说完，一阵寒冷的疾风迎面扑来。赵嫣抬眼，那抹带着浓重煞气的身影已经掠至她的面前！

断裂的铁索被高高地甩起，张沧和蔡田及时一左一右地抓住铁索，拼命向两旁拉去。闻人蔺的手臂瞬间被拉直，他只顿了一瞬，便用双手绕缠住铁索，猛然往回拽！张沧和蔡田皆面红耳赤，青筋暴起，靴子不住地摩擦着地面，但仍抗衡不了闻人蔺的力量。

看到闻人蔺好像忍受着极大的痛苦，赵嫣瞳仁震颤，又不得不逼自己冷静，声音干涩地吩咐道：“去帮忙，快去……”

孤星和肃王府的亲卫一拥而上，十来个人帮着蔡田与张沧一同拽住铁索，才勉强与闻人蔺暴起的力度抗衡。

闻人蔺的双臂被缚住，青紫色的筋脉自苍白的皮肤下暴起，那个总是优雅、稳重的男人此刻彻底沦为了失去理智的怪物。

赵嫣忍着鼻间的酸涩感，握紧药瓶，迈开脚步，缓慢而小心地接近了他。

“公主别靠近！王爷失去了理智，已经不受控制了！”张沧咬紧牙关，嘶吼一声，“他此刻认不出任何人，会误伤到你！”

离闻人蔺还有不到一丈的距离，赵嫣停住了脚步。

“闻人少渊！”她红着眼睛，用尽全力喊道，“太傅，你给我醒过来！”

伴随这声带着哽咽的喊声，长风穿檐而过，窗下的占风铎发出了清脆的撞击声。闻人蔺身体一僵，双臂骤然卸力，混沌的暗色瞳仁下意识地寻找声音的方向。赵嫣连忙上前，揽住他下坠的身体。

张沧和蔡田等人虽然觉得神奇，却不敢卸力，仍严阵以待地拽着铁索，以防万一。

赵嫣听到了铁索“哗啦啦”的抖动声，那是闻人蔺痛到极致的战栗。他一旦找回理智，常人难以忍受的痛觉就会如潮水般加倍地反馈到他的身上。

他的双目依旧没有焦点，口鼻溢血，他却准确地叫出了所爱之人的名字，从喉咙深处发出了破碎喑哑的声音：“嫣……嫣……”他的呼吸微颤，连眼中也渗出鲜红的血色，“回家……”

闻人蔺说完这句话，头沉沉地垂在了赵嫣的肩头上，双目轻合，满身的煞气随之消散，整个人温和地倒在了她的身上。

“太傅，我等你回家。”

灵云寺外，她这样许诺过他。

原来，他从未忘记。

赵嫣小心地托住了陷入昏迷的闻人蔺，倏地吐出了憋着的气，眼泪落了下来。

“没事了，我们马上就能回家了。”

闻人蔺的伤口和血衣已经被清理干净了，他睡颜安详，可牙关紧闭，最后还是赵嫣将药丸碾碎了泡水，一点儿一点儿地亲自哺进他的嘴里的。

闻人蔺似乎只有听到她的声音，强到令人发指的防备心才会有些许松懈。

“他都服药几个时辰了，为何身子还是这般冷？”赵嫣握着闻人蔺被清理干净血渍的指节，双掌拢着他的手焐了焐。

孙医仙取下银针，捋着胡须闭目搭脉，半晌，终于说了实话：“这药并不能完全解除王爷身上之毒。”

“什么意思？”赵嫣霎时如坠冰窟，“可他以前每月服的就是这种解药。”

孙医仙收回手，叹道：“此药老夫先前研究过，应该是缺了几味关键的药引，只能暂时压制毒性，缓燃眉之急。”

竟然是这样……

赵嫣抿了抿唇，然后道：“他从不与我说这些。”

她以为这就是解毒之药，只是药效慢一些，所以闻人蔺才需要每个月服用。

他展露在她面前的永远都是无所不能的一面。

孙医仙语气凝重地说：“近来烛蛇药引尽毁，老夫尝试过几种不同的药方作为替代，但难就难在这小子中毒八年，被毒侵入太深，又于万人之中斩杀蜀王，力竭之后损及元气，已经压不住毒性了。不知给殿下此药之人是否还在，若在，或许能问出真正的解毒药方。”

赵嫣声音干涩地道：“她……死了。”

见她面色苍白，孙医仙心生不忍，安慰道：“殿下勿忧，这几丸药还能拖延一些时日，容老夫再斟酌斟酌新方子。”

赵嫣起身，朝孙医仙郑重地行了一礼：“我将他托付给您了。”

“殿下千金之躯，万不可对草民行此大礼。”孙医仙颤巍巍地起身，回以更大的揖礼，“悬壶济世乃医者之天职。殿下放心，于公于私，老夫必定用尽此生所学保他性命。老夫观殿下有伤，请殿下容老夫为您配药诊治，好得快些，也不易留下疤痕。”

换过药后，孙医仙和蔡田等人都退下了。流萤端着清水和棉巾进来，服侍赵嫣洗濯。

“殿下去睡吧，奴婢替您守一会儿。”

赵嫣摇首，将手浸在铜盆中，俯身往脸上泼了几把水，水自卷翘的眼睫上滴了下来。

“我睡不着，让我一个人静会儿。”

西京的月很亮，窗外的芭蕉树仿佛被上了一层寒蜡，于月下泛出幽绿色的光泽。

“闻人蔺，从哨楼跃下的那日，我梦见赵衍了。”

赵嫣盘腿坐在脚榻上，手搭在床沿上，脸半埋在臂弯里，借着昏黄又温暖的烛火打量着闻人蔺的侧颜。

他应该很痛，搁在身侧的指骨泛白，青筋突起。

“我梦见我们走在一条曲折又望不见尽头的山道上，快下山时，他忽然停住了，就那样笑着远远地望着我。他说，他不能陪我走下去了……”赵嫣吸了吸鼻子，将额头贴在闻人蔺冰冷的脸颊上，“我费尽千辛万苦走到这一步，不能连你也丢下我吧？你最守诺了，当初我想向你讨一个承诺，你都要告诫我‘诺不轻信，则人不负我’，现在没理由食言……闻人少渊，你再坚持坚持。”

月影西斜，掌下的被子一动，赵嫣便惊醒了。她睁开眼，只见闻人蔺正睁着暗色的眸，苍白的手指停在半空中，似乎想触碰她颈上的弦伤。

“嫣嫣，”他轻声呼唤她，眼神深沉，“脖子疼不疼？”

赵嫣迟钝地摇了摇头，怕自己一开口，梦就醒了。

她缓缓地伸出手指，碰了碰他惨白的脸颊，确定这不是梦之后，一股酸热感直冲鼻腔。

“你怎么样，有哪里不舒服吗？”

她猛然直起身子，却因起得太急，牵动了睡得僵痛的脖颈，不由得皱着眉“嗞”了一声。

闻人蔺小心地触碰她颈上的绷带，声音低沉暗哑：“有点儿冷。”

“我命人给你加床棉被。”

赵嫣起身欲走，手却被闻人蔺按住了，被他轻轻地包在微凉的掌心中。

“被褥无温度，薄衾似铁，如何暖身？”闻人蔺以指腹慢慢地摩挲赵嫣缠了绷带的纤细的指尖，病态的面色更显得他眉目深情。

“那我给你挪个炭盆过来？”

“劣炭有烟，闻着会难受。”

赵嫣看着清醒过来的闻人蔺，心潮涌动，红着眼圈笑了起来，问道：“闻人少渊，你想如何取暖？”

“能暖我心者，莫过于殿下的温香软玉。”闻人蔺微合着眼睫，慢悠悠地抬手，拍了拍自己让出的那一半床铺。

二

相比于闻人蔺白日里那副理智全无的混沌模样，赵嫣更喜欢他满腹黑水地诱人上钩的清醒样子。她再也压抑不住内心的喜悦，跪伏在榻上，伸手环住了闻人蔺的脖颈。

闻人蔺稳稳地接住了她，亦合拢双臂，将鼻尖埋在她的肩窝中，紧紧地回拥，直至二人严丝合缝地贴在一起，汲取彼此身上的气息。

赵嫣嗅到了清苦的药味，听到了闻人蔺小心地喷洒在她耳畔的、似痛楚又似愉悦的呼吸声。所有的情绪都在这一个拥抱中释放了，她的眼泪随之淌下，一滴接着一滴，砸在了闻人蔺的肩头。

闻人蔺以手揉了揉她的后脑勺，似在轻叹：“殿下哭这一场，不知本王该用几辈子来偿还。”

赵嫣抹了一把眼角的泪，捧住闻人蔺的脸颊。眼睫上还带着湿意，她神情认真地说：“我很少哭的，记事以来也就为赵衍哭过两次。可见你与他一样，都是我心中的重要之人。你要快点儿好起来，知道吗？”

“一样……重要吗？”闻人蔺笑了一声，忍下那股彻骨的痛，“哪儿够啊……”

“很痛吗？”赵嫣察觉到他的呼吸停滞了一瞬，连忙问道。

“殿下抱紧些，就不算太疼。”闻人蔺抬手看了看腰腹和臂上被包扎得严严实实的伤口，自嘲般轻声嗤笑道，“弄成这样，真是难看。”

“你身上有许多刀箭伤，别乱动。”赵嫣按住了他的手。

孙医仙说过，他一旦意识清醒，痛觉就会跟着回归，特别难受。

“殿下不害怕？”闻人蔺凝望着她，“我许久未曾这般狼狈了。”

他控制不住地发狂的那段时间，意识如深陷沼泽之中，只听见小殿下的声音穿越黑色的虚空而来。

他很清楚，这次毒发与以往不一样，不知下次自己会不会五感尽失，再也听不见她的指引，在混沌中毁灭一切。

可赵嫣只是摇了摇头，坚定地道："你只是病了，偶尔脆弱一次并不丢人。闻人少渊，不管你陷入混沌多少次，我都会唤醒你，就像当初你无数次救我于危难一样，这次换我照顾你。"

两个人额头相抵，闻人蔺慢慢地笑了一声，半垂着眼帘，道："好。"

张沧听见屋内有了动静，便叩了叩门，命人将温好的吃食送了进来。

"膳房炖了一只老母鸡，还有清汤血豆腐，王爷你要多吃些，好得快！"张沧三两下摆好碗碟，将勺子亲自递到闻人蔺面前。

闻人蔺淡淡地看了他一眼，意有所指地道："本王没力气。"

"啥？也对，王爷从敌营冲出来时浑身是伤，又毒发了几日，是有些精神不足。"张沧亲自盛了一碗粥，体贴地道，"卑职伺候王爷。"

"咯咯！"蔡田在一旁拼命地咳嗽。

闻人蔺抬眼看向张沧，那幽幽的笑意让人心底发怵。

张沧扫了一眼拥着被盘腿坐在榻上、撑着下颌笑的赵嫣，脑袋终于转过弯来，讪讪地放下粥碗，道："卑职尿急，去解个手。"

说罢，张沧僵着脖子，大步走了出去。

蔡田亦有眼力见地抱拳道："卑职也去。"

闲杂人等都走了，赵嫣扬着眉问闻人蔺："你真的没力气啊？"

"看着他那张脸，本王着实吃不下，"闻人蔺咳了一声，眉目妖冶惑人，"看着殿下，才叫秀色可餐。"

赵嫣没忍住翘起嘴角，起身越过闻人蔺的身子，取来床头的矮柜上的粥碗，以瓷勺搅了搅，将粥送至闻人蔺的嘴唇边。

闻人蔺以唇碰了一下热粥，微微皱了皱眉。

"怎么了？"

"有些淡。"

"是吗？"赵嫣狐疑地舀了一勺粥送入嘴中，品味一番，咽了下去，说，"不淡啊。"

她刚想问闻人蔺是不是因毒发损伤了味觉，就见他笑吟吟地倚靠在床头，以冰冷的手指轻轻地拭去了她沾在嘴角上的粥水：“多吃点儿。”

她长途跋涉而来，定然没有好好地吃东西，熬得下颌都尖了。

明白了闻人蔺的意思，赵嫣鼻根一酸，掩饰一般重新盛了一碗。

她深深地吐息着，转头的瞬间脸上绽开了笑，轻快地说道：“一起吃。”

院中，残月西坠，阶前一缸睡莲荡碎了清影。

“我刚调至王爷身边那年第一次撞见他毒发，那力气都能将我的腕骨捏碎。这会儿他在长风殿下面前倒说自己没有力气了，这不是显摆他有人心疼吗？”张沧坐在阶前，手按住了腰间的刀，回头看了一眼灯火明亮的窗扇，“啧”了一声，“咱们王爷还真是脸盆盛饭——能装啊！”

蔡田无语了。

天刚蒙蒙亮，赵嫣就被一阵战鼓声惊醒了。她匆忙地坐起身，只见榻边的位置已经空了。

闻人蔺正站在檀木架前，以棉布擦拭战甲上干涸的血迹。见赵嫣赤足下榻，他放缓声音道：“天色还早，再睡会儿。”

赵嫣怎么可能还睡得着？

“怎么回事？”她问。

“何虎领八万蜀兵在城门外叫阵，扬言要为蜀王报仇。”闻人蔺随手将被血染透的棉布丢入盆中，看着清水逐渐变成刺目的红色，哂笑道，“他还扬言本王已经疯了，朝廷的守军中必无人敢迎战。”

何虎？

赵嫣记得这个名字，前年冬节朝廷招安时，就是此人代表尚是梁州牧的赵承德来与朝廷谈判，气势凶得很。

他现在突然杀个回马枪，恐怕是得了谁的消息，以此来动摇大玄的军心。

对付他的方法很简单，只要闻人蔺亲自露面，便可震慑之。

“我陪你迎战。”赵嫣起身披衣，道，“你放心，我不会让自己置身于险境，但我得远远地看着你。”

闻人蔺登上箭楼，果然见到西京城外的兵马如黑云一般逼近，为首的叫阵之人正是何虎。

守城的士兵见闻人蔺着一身玄甲登上了城楼，瞬间定心，士气大增。

“你们这些挟天子以令诸侯的腌臜货，杀我主公，阻我勤王，简直恬不知耻！”何虎在阵前驭马，吼声如雷，“闻人蔺，你疯癫将死，出来让爷爷送你一程！”

面对何虎的挑衅，闻人蔺没有一句多余的废话，眸中的暗色渐浓，抬手示意张沧：“取我的长弓来。”

七石力的大弓，弓臂漆黑如墨，弦若金丝。

城墙上旌旗猎猎，闻人蔺毫无征兆地弯弓搭箭，拉弦如满月，伸臂，绷直，然后松开了手指。箭如疾电一般破空而去，正中前方马背上的何虎。

何虎应声落马，敌军的方阵瞬间乱了，几名亲卫慌忙将生死未卜的何虎拖入了营中。

这个力道和准头，哪里是将死之人能达到的？！

敌军骚乱了片刻，纷纷掉头撤退。

闻人蔺不讲那些“大战三百回合”的破规矩，连一刻钟也懒得拖延，抬手冷声道：“追。擒拿蜀川叛将，不论其死活，皆有重赏。”

此言一出，大玄的将士士气大涨，高呼着追击叛军。

闻人蔺自箭楼上下来，脚步微不可察地一顿。赵嫣不动声色地上前，佯做让他平身的样子，扶了一把他的手臂。

直到日暮，城门才再次被打开。此战大玄降叛军三万，生擒贼将二人，大获全胜。

赵嫣接过张沧递来的汤药，整理好心情才推门进去，笑着问坐在灯下濯手的闻人蔺：“这次是不是真的可以回家了？”

回应她的是几声被压下的低咳声。

赵嫣的心一颤，她倏地抬首，只见闻人蔺松开掩唇的手，漠然地望着指缝间流淌的暗红色的血，皱了皱眉。

“闻人少渊……”

“殿下先出去。”

说话间，闻人蔺又吐出一口血，自始至终，他的脸上都平静无波。

赵嫣没想到他的毒已经严重到这般地步，丹药才压了不到两日，他又毒发了。

“别过来，乖。”闻人蔺熟稔地将铁镣扣在自己的手腕上，声音沙哑但温和。

“好，我不过去，你不要伤着自己。”

赵嫣知道他不能再激动，便缓步退出了房门。

“拿药！速请孙医师！”蔡田和张沧闻讯而来，厉声呼喝。

房门在眼前被关紧了，铁索的颤动声中，赵嫣听到了东西被打碎的声音。

箭楼之下篝火通明，将士们皆在饮酒庆贺，城中的百姓亦捧着瓜果米肉等物犒劳大玄的将士。听着远处的热闹声音，赵嫣坐在阶前，缓缓地抱住了自己的双膝。

世上怎会有如此阴狠的毒？难道真的没有解药了吗？

赵嫣闭目，不住地深呼吸，试图如往常那般从绝境中找出一线生机，然而想破了脑袋也没有办法。

神光真人死了，甄妃死了，药引和药方皆被销毁。孙医仙擅医不擅毒，拼尽全力也只能将闻人蔺体内的毒压制片刻，赵嫣不知道闻人蔺的身子还能撑住几次毒发……

她若是心思再缜密一些，身手再强一些，捉住甄妃慢慢地审问，或许就不会走到这般绝境。

等等，甄妃……

赵嫣想到了什么，眼睫陡然一颤。

“皇帝早就命本座将解毒的药方和药引尽数销毁，世上再无解药……”

不错，在嘉平仓的哨楼上，甄妃的确无意间提到了解毒的药方。所以，除了这些丹药之外，应该还有一张可以彻底解毒的药方！

抓住了那抹稍纵即逝的灵光，赵嫣倏地起身，心脏仿佛活过来一般“怦怦”地急促跳动起来。

父皇既忌惮闻人蔺，又倚重他，不可能不留后手。

赵嫣抬手按住了太阳穴，逼自己站在多疑、谨慎的父皇的立场上，去揣测他一切可能出现的心理：仙师有解毒药方，但是以父皇的性子，定然要牢牢地手握一份解毒的药方，他才会觉得安稳。

他是深谙排兵布阵之术的帝王，这份药方是他最后的筹码，他断然不会傻到一气之下将自己所有的棋子毁掉。

哪怕只有一丝可能，赵嫣都觉得自己窥见了天光。

她想起了柳白微的那些日行千里的信鸽，头也不回地去了议事厅，命流萤研墨。

她笔走龙蛇，飞快地写下加急密笺，将其逐一塞入鸽腿上的小竹筒中，然后将信鸽放飞了。为了保证消息被及时送达，她一共放了三只信鸽。

子夜，房中那令人胆寒的动静总算消停了。

赵嫣推开门，发现屋内一片狼藉，所有的东西都不在该在的位置，地上找不出一件完好的物品。

张沧擦干手上的血迹，抹了一把脸，道："长风殿下，要不您去歇会儿吧。王爷刚昏睡过去，这屋……这屋实在太乱了，卑职得命人收拾收拾。"

"无碍，我同他说一句话。"

赵嫣沉静地跨过满地的碎片，如同跨越荆棘而来。她拿起搁在床榻边的湿绸帕，轻轻地擦净沾在闻人蔺的眼睫上的血，于他的耳畔低语："太傅，我想再赌一把。你一定要等我。"

说罢，她垂眸，将吻印在了他微凉的薄唇上。

闻人蔺泛白的指节动了动，似是回应。

皇城，长生宫。

皇帝自写下"罪己诏"昭告天下后，便从太极殿迁居于长生宫，不再过问朝中之事。

魏皇后拖着厚重的凤袍，示意身后传信的柳白微与霍蓁蓁："大致事宜本宫已知晓，威逼天子并非好名声，你们尚且年轻，就不必进去了。"

柳白微并不在意名声，但心里清楚自己只是一介王孙，还远远不够分量去质问皇帝。

“哎，你说皇后娘娘能拿到想要的东西吗？”宫门下，霍蓁蓁踢着裙边问，“那东西一定对赵嫣很重要。”

“是啊，很重要。”

柳白微将视线投向云层后的光影，望向很远很远的地方，随即笑了起来，说不出是释然还是自嘲。

“放心，只要东西还在，皇后娘娘必能问到手。”柳白微说。

毕竟这位娘娘已经不再是当初那个忍辱负重、连自己的孩子也保护不了的妇人了。

长生宫的寝殿内，皇帝鬓角花白，披头散发地倚在龙榻上，歪着头去啜冯公公奉上的药汤。他的手抖得厉害，半边脸都不听使唤，大部分药汤洒了出来，顺着嘴角沿下颌淌入了衣领中。

冯公公连忙抬袖去擦，含泪唤了一声：“陛下，主子哎！”

皇帝瞧见拖着凤袍进殿的皇后，眼中闪过一丝怨毒之色，挥手打落了药碗。

冯公公连忙跪在地上收拾，皇帝视而不见，颤巍巍地指向皇后：“毒妇，你还敢来此？！朕如今的模样都是拜你们母子所赐！”

魏皇后漠然地看着他：“皇上错了。皇上沦落到这番狼狈的模样，是拜你多疑和刚愎自用的性格所赐，受金丹之毒反噬，自作自受。”

皇帝嗤笑一声：“你们逼朕向天下罪己，眼里无君无父，还想干什么？看朕的笑话吗？”

“本宫来要一样东西，”魏皇后逼近皇帝，“寒骨毒的解药。”

皇帝眸子微动，仰首慢慢地靠在了床头上，嘴角扯出一个僵硬又古怪的弧度：“哪有这种东西？”

他明显放松了身子，像是忽然咬住了一块肉的伤残的老狼，眼中尽是轻蔑之色。

见他这副模样，魏皇后便知女儿的猜想是对的——这老东西的手里果然还握有筹码！

“皇上好歹积点儿阴德，如此行径，就不怕不久后入了黄泉炼狱，被十万阴魂撕咬殆尽吗？”

“住口！”皇帝果然被戳到了痛处，道，“事到如今，你以为还有什么能威胁到朕吗？”

“自然有，”魏皇后拍了拍手，一位抱着一个啼哭不止的婴儿的乳母立即上前，“皇上的命根子。”

皇帝瞬间肝胆欲裂，若非中风在榻，简直想冲过去掐住这毒妇的脖子！

“你想做什么？！”皇帝发出破碎的沙哑声音，咬着后槽牙问，“你还想谋害朕的儿子吗？！”

魏皇后冷笑着道：“杀你儿子的人本宫又不是头一个。衍儿是怎么死的，皇上忘了吗？”

“你……你简直丧心病狂！”皇帝伸长了手，指着魏皇后，模样狼狈又癫狂，“来人，拿下她！你们都反了吗？！”

大殿内外一片静谧，没有一个人听他的指令。现在的他甚至不如一条败犬。

皇帝气喘如牛，眼球充血，手指几乎快将褥子抠烂了。

不错，他习惯于将所有的筹码都握于手中，的确留了一份解毒的药方。若闻人蔺忠心耿耿地归顺于他，他自然愿意放闻人蔺一条生路。可是现在……现在他如何甘心？他宁可让那药方永不见天日，也不会把它交给一个暗中反咬自己的乱臣贼子！

小儿子的啼哭声尖锐刺耳，皇帝狠狠地瞪着双目，像在同看不见的敌人抗争。

僵持的死寂中，忽然有一个鬓钗松散、衣衫凌乱的女子闯入。护子心切的许淑妃跪在魏皇后身边，膝行上前，拉着凤袍的下摆乞求道：“摘星观的道君神像下面有一条暗道，我曾远远地见皇上与甄妃开启过！我虽然不知道皇后娘娘要找什么东西，但是陛下要镇压、藏匿之物应该都在那里，求娘娘放过小皇子！”

皇帝听完，勃然大怒，撕心裂肺地咳喘起来，连骂数声“愚妇”后便昏倒在地了。

魏皇后没有迟疑，立刻吩咐禁卫：“去摘星观。”

坍塌的摘星观依旧只剩一堆废木，但那座仿着皇帝的样貌雕琢而成的道君神像被打扫得极为干净，彰显着一场皇帝不愿醒来的千秋长生之梦。

魏皇后依许淑妃所言找到一个凸起的机关石块，用力一按，神像便旋转而开，露出了一条不深的暗道。

暗道下方铁索交错，贴着明黄色的符箓，俨然是一个镇压阴魂的阵法。阵法的中心赫然是闻人晋平当初与年轻的皇帝歃血为盟时用的匕首、一盒解药和一纸泛黄的药方……

闻人蔺昏迷了三天，也坚持了三天。

他求生的意志连见惯了生离死别的孙医仙都钦佩不已。要知道，在两年以前，这小子还背负着阴暗的仇恨愚弄众生，毫无生念。

拔营归京那日，八百里加急的密信送至了西京治所。赵嫣颤抖着双手拆开了密信，见到那张泛黄的药方和真正的解毒丸时，不可抑制地红了眼圈。

赵嫣将药方和解药一并交给孙医仙，待孙医仙确认无误后，紧绷的心弦方彻底放松，强压下去的疲倦感瞬间弥漫四肢百骸。她再也撑不住，身子一软，意识坠入了黑暗。

赵嫣睡得很香、很沉，仿佛要将这几日缺的觉都补回来。再次醒来时，她已身处宽敞的马车之中，头枕在温热紧实的大腿上，身上盖着一件宽大的玄色披风。

“醒了？”

熟悉的沉稳声音自头顶传来，赵嫣缓缓地侧首，看见了男人带着笑意的深沉眼眸，怔住了。

“闻人……少渊？”她伸手碰了碰闻人蔺的脸颊，那张脸如此紧实、温热，不再是刺骨的寒冷了。

“臣在。”闻人蔺低沉地应了一声，捉住赵嫣的手置于唇边吻了一下，“回家了，殿下。”

三

闻人蔺的唇是暖的，肤色也不似往日那般苍白了，仿若开始消融的冰雪，虽然脆弱，却显出了有血有肉的生气。

群山于眼前分开，又于身后合拢。晨曦透过车帷落在他的侧脸上，让他看起来极为俊美。

赵嫣好像做了一场大梦，醒来时不再是孤灯对雨、寒月映窗，而是天光大亮。

她倏地起身，发髻散乱也顾不得理，跪坐着搂住了闻人蔺的脖子，以脸颊贴了贴他的脸颊，哽咽着笑了起来："是暖的。"

闻人蔺顺势以鼻尖蹭了蹭她的耳朵，伴随着沉闷的低笑声落下的还有一个炙热的吻。

闻人蔺的鼻息拂过耳畔，赵嫣半边身子都麻了，不自觉地握紧了闻人蔺的衣襟，轻咳一声，问："我们到哪儿了？"

闻人蔺倾身给她倒了一盏茶，看了一眼马车外的景色，回道："还有二十里至长平驿站，五日后便可抵达京城。"

他一倾身，高大的身躯压下，赵嫣不得不更用力地抱紧他，以维持身子平衡。

"路还很远呢。"赵嫣端着茶盏，小口小口地饮尽茶水，感慨一声。

闻人蔺却莫名其妙地扬起了嘴角："是啊，路还远着呢。"闻人蔺抬手蹭去她沾在唇上的茶水，另一只手熟稔地托住了她的后颈，"所以殿下还有许多时间与本王消磨。"

他以唇碰了碰她的唇，低声道："我在昏迷的那几日里听到殿下的声音了。"

赵嫣被他若即若离的触碰勾得心痒痒，气息也含混起来："真的？"

"嗯。殿下哭着求本王不要走，偷偷地亲吻本王，还唤本王'夫君'，在本王的身上摸来摸去。"闻人蔺慢悠悠地说着，端的是一副大义凛然的样子，"殿下乘人之危。"

"我哪有？"

除了前两句话勉强算得上是真的，后面根本就是他胡诌的！

"我看你是糊涂了，把不可告人的绮梦当作了现实。"

闻人蔺笑了一声，不置可否，将赵嫣剩下的控诉尽数堵在了唇齿间。

两个人已有些时日未曾亲近，又几经生死，唇舌一碰便如胶似漆，难以分开。

赵嫣不知何时已经面对面地坐在了闻人蔺的腿上，腰腹与他的身体紧贴，整个人几乎快被他摁进骨血中了。她的上身因承受不住他由浅入深的吻而往后仰，扣在她后脑上的修长的大手却没有给她撤退的机会，她那因吃力而深陷的锁骨凹出漂亮的弧度，随着呼吸而急促地起伏起来。

若非闻人蔺一只手托着她的后脑勺，她几乎要仰倒。她不得不紧紧地揪住那片质感厚重的暗色文武袖袍服的衣襟，热意从脸颊蔓上耳朵和脖颈。

“不行，你身子还未好全，何况在马车中，就……别乱动了。”借着呼吸的间隙，赵嫣推了推闻人蔺。

闻人蔺慢慢地亲吻着她，视线下移：“天地良心，到底是谁在止不住地乱抓乱动？”

赵嫣被他的话噎住了，松开了手，刚欲反驳，就被他单手抓住双手反扭在身后了。马车本就摇晃，这下她连抓他的衣襟和肩膀的机会也没有了。

赵嫣眨了眨眼睛，索性抬腿勾住他革带工整的腰，借以稳住身形。只是如此一来，两个人便贴得严丝合缝了。

闻人蔺眼皮一跳，眼神黯了下来。

“你干什么？我说了，别乱动……嗯！”

气息被堵住了，他又接下了一个绵长的吻。

午时，队伍抵达了长平驿站，稍做休整。

赵嫣下车后，刚走进驿馆，就听前方拄杖的孙医仙轻咳了一声。他的目光在赵嫣过于娇艳的唇上掠过，然后他望向了闻人蔺：“你寒侵筋骨太久，须长期将养方不会落下病根。如今正是散毒的关键时刻，应当戒躁戒欲，切不可仗着年轻便任意妄为。”

这话虽是孙医仙对着闻人蔺说的，可赵嫣像做了坏事的稚童一般，躲在闻人蔺的身后，烧红了耳尖。

启程时，赵嫣特意和流萤去了后一辆马车，以免妨碍某人散毒。于是，蔡田很快发现王爷脸上温和的笑意明显少了许多，他大部分时间都屈指抵着额角闭目，只有听见后面马车中传来长风公主的说笑声时，才会微微翘起嘴角。

“王爷，潜逃的北乌人已有下落。”蔡田奉上了新得的情报。

闻人蔺接过密函扫了一眼，眸若寒星。

入夜，圆月高悬，苍山如黛。

北二百里地外，林木森森，乌阙选了个背风处，与仅剩不多的亲卫围着篝火席地而坐，等候使团的其他人前来接应。

他屈臂枕着脑袋，仰望昏黄的泛着毛边的圆月，慢悠悠地哼起一曲悠长哀婉的北乌民谣。

他是女俘的儿子，奴隶出身，靠着助父汗夺位的功劳才有了现在的地位。如今与大玄明面上的和谈失败了，襄助逆党，推动大玄内乱的计划也泡了汤，还折损了不少北乌的精锐，他回到北乌还不知该如何面对父汗。

一名蓄着络腮胡的亲卫似乎看穿了乌阙的忧虑，执着冒油的烤肉，用北乌语安慰他：“王子不要忧伤，那些追随您战死在异国的勇士都会受到翰达天神的庇佑。何况我们此行也不是全无所获，那个女人卖给您的铜丸火药配方一定能让汗王心满意足。”

“火药……”

是了，他还有这玩意儿！

乌阙挺身而起，从怀中摸出一份羊皮卷，上面用中原文字详细地记载了铜丸火药的配方。有了这个神器，北乌必将势如破竹、荡平列国，还怕攻不破玄朝的城墙吗？只是这方子上有些生僻字和不常见的材料，他需要回去慢慢地研究。

他正想着，云层突然遮蔽了月光，阴影一寸寸地侵袭林木。

风声掠过树梢，乌阙耳尖一动，随即猛然站起，下意识地将羊皮卷塞入怀中，以沙土扑灭了篝火。亲卫如狼一般聚集在一起，虎视眈眈地盯着雾气缭绕的密林深处。

“谁？！”一名亲卫喝道。

一声沉闷的倒地声后，一双笔挺的革靴跨过北乌哨兵的尸首，朝背靠着背执刃防备的北乌人走来，墨色的下裳随风微动，拨开了薄雾。

一群寒鸟扑棱着翅膀，怪叫着飞向了天际。粗糙的树皮瞬间开裂四溅，乌阙的后背重重地撞在了树干上，他单膝跪下，以刀撑地，嘴角缓缓地溢出了一抹殷红色的血。

他见自己握着刀的手止不住地颤抖，不得不将另一手也按上来，勉强摇晃着身体站了起来。

他环顾被张沧等人拿刀架在脖子上的亲卫，金色的瞳仁中没了往日嬉笑的眼神，胸口起伏，道："你们中原人常说，两国交战，不斩来使。肃王这是什么意思？"

闻人蔺轻松地拾起地上的一张北乌重弓，不急不缓地道："本王来此，并非为国事，而是为了一点儿私怨。"

"什么私怨？"

"你们就是用这张弓，勒伤了大玄的长风公主，是吗？"

闻人蔺以指拨了拨弓弦，弓弦发出喑哑的颤鸣，在夜色中让人格外惊心。

乌阙面色微变，已经猜到闻人蔺是为谁而来了。

比招惹疯子更可怕的事就是招惹了疯子的女人。

"看样子是的。"闻人蔺自顾自地颔首，"以十三王子的智力，你应该不会做出伤害长风公主来挑衅大玄的蠢事，所以此事应该是下边的人不听话，伤了两方的和气。本王今日就替你肃清。"

他说话的姿态优雅，声音低沉，手中的弓弦却精准地套在了那名试图负隅顽抗的北乌力士的颈上，轻轻一绞，一股黏稠的暗色的血便喷到了周遭的叶子上，又沿着叶脉"滴滴答答"地落了下去。

"你……"

乌阙咬牙挥刀，闻人蔺便侧身松开重弓，拔剑出鞘。寒光一闪，乌阙手中的胡刀便被斩断了，他踉跄着后退两步，怀中的羊皮卷"啪嚓"一声掉在了地上。

他慌忙去捡，却被一只革靴拦住了。

"去告诉你们的汗王，以后若想和亲，就送你们的王子入赘大玄，为仆为奴。”

男人的目光清寒，昭示着他是绝对碾压的存在。

乌阙自知不敌，只得咬牙放弃了羊皮卷，几个起落后便消失在了密林深处。

闻人蔺拾起地上的羊皮卷，借着月光扫视上面的文字与图解，嘴角的笑意森然。他以这份价值连城的羊皮卷为抹布，慢悠悠地擦拭干净手上的血迹，然后随手一抛，沾血的羊皮卷落在了篝火的余烬上。火苗蹿起，转瞬便将其吞噬干净，只剩下蜷缩的黑色残渣。

“清理干净。”闻人蔺下了命令。

小殿下所求的是盛世太平、自由喜乐，这种恶贯满盈的害人的东西就不必存在了。

闻人蔺快马加鞭地赶回驿馆时，已天光大亮。

赵嫣伸着手臂在床上扭转了一圈，亵服下露出了一截纤细雪白的腰肢。她刚睡眼惺忪地坐起身来，就见男人带着一身沐浴后的水汽，坐在榻边看着她。

“早啊，小殿下。”他说。

他们回到京城时正是三月中，清风送暖，春山如笑。

赵嫣尚未置办公主府，思虑再三，还是决定陪太后住在蓬莱殿里，一则清净，二则春日蓬莱苑繁花如云，最适合休养，且离闻人蔺的鹤归阁也近。

不过在此之前，她先去了一趟坤宁宫，给魏皇后请安。

“回来就好。”魏皇后望向了女儿，整个人依旧端庄大气，清冷的目光微微闪动。

母女间的话依旧不多，却不像曾经那样剑拔弩张了。二人纵有千言万语不能宣之于口，亦心照不宣。

“此番多亏了母后襄助，儿臣替西京将士和肃王谢过母后。”

说罢，赵嫣行了一礼。

魏皇后起身，声音稍缓：“你若真想谢本宫，就答应本宫一件事。”

赵嫣正色问道：“何事？”

“以后你我之间，不必言谢。”

赵嫣一怔，随即弯唇一笑：“那母后也答应我一件事。”

“你说。”

“莫要试图补偿我。儿时丢失的糖果，十年后我再尝，终究不是原来的味道，但您对我关于未来的指引，远比沉溺过去要有用得多。”

魏皇后没料到她会说出这番心思通透之言，愣怔之后便释然了。

“他呢？”魏皇后问。

赵嫣知道母后问的人是谁，翘了翘嘴角，道：“他刚回京，有许多要事要处理。等他得了空闲，我再摁着他来给母后问安。”

长生宫。

“咚咚，咚咚”，清脆缓慢的鼓点回荡在天子寝殿中。

皇帝从昏睡中睁开了眼睛，颤抖着扭过头去，只见袅袅四散的熏香笼罩着一抹高大的暗影。

皇帝眨了眨干枯的眼皮，努力辨认这道身影是谁。模糊的视线渐渐清晰，他这才看清坐在摇篮边悠闲地摇动拨浪鼓的人是谁。

闻人蔺一只手握着拨浪鼓，有一搭没一搭地晃着，另一只手搁在熟睡的婴儿的胸口上，轻轻地拍了拍。

那只宽厚有力的手离小婴儿的脖子如此之近，仿佛他只要轻轻一用力，就能捏碎那稚嫩脆弱的脖颈。

皇帝混浊的双目微微睁大，喉咙里发出了破碎的“嗬嗬”声。

这个儿子是他最后的希望，将来长大登基，自然会为他平反，还他一个干净的身后名。届时，他仍是英明神武的中兴之主。

皇帝目眦欲裂，似要斥责，然而金丹之毒的侵蚀和中风之症使得他卧病在榻，不能言语。

“陛下见本王安然活着，很不甘心吧？”闻人蔺对他的愤怒视而不见，搭着椅子扶手笑道，“放心，本王与嫣嫣有诺在先，不伤无辜，今日前来，是想好心地告诉皇上一桩秘辛。”

闻人蔺转动拨浪鼓，又发出了“咚咚”的声音。皇帝瞪着眼睛看他，五指揪着褥子。

他继续说道："陛下子嗣单薄，受丹药侵蚀，就没有想过这个占尽祥瑞的儿子是否来得太巧？"

闻人蔺看着身子忽然僵住的皇帝，心中泛起愉悦，站起身道："许淑妃的确有孕，怀的也确实是龙嗣。只可惜陛下浸淫丹药太久，毒入精血，许淑妃生下来的婴儿是个畸形的死胎。"

皇帝瞬间睁大了双目。

"本王没耐心造假，信与不信，随你的便。"

闻人蔺将一份太医院隐藏的证词展开，松手，纸就轻飘飘地落在了皇帝的枕边。

皇帝颤巍巍地拿起纸，贴到眼前看了起来，恨不得将上头的字一个一个地抠下来。

"冬大雪，婉仪娘娘不慎跌倒，胎动遂止。翌日诊之，不见胎脉。

"岁末除夕，婉仪娘娘子时早产，寅时胎出，房中一声惊呼。吾等太医立侍于外，探首相望，久不闻婴啼，产房中人影攒动。一刻钟后，天子至，方闻婴啼。

"初一，服侍淑妃娘娘生产的乳母杨氏暴毙。二月初开棺验尸，系毒杀而亡。"

许淑妃于冬日就停了胎，却一直隐瞒此事，又于皇帝生辰当日早产，孩子出生足足一刻钟后才听到房中传来婴儿的啼哭声；小皇子出生第二天，见证过许淑妃生产的乳母就暴毙了……种种迹象表明，这个孩子来历古怪。

以神光教的能力，他们弄来一个方便操控的假婴儿并非难事。

皇帝仰直了脖子，手指将那张证词攥得起了皱，口中涎水流淌，发出了"嗬嗬"的声音："冯……冯友德！"

在外头提心吊胆的冯公公听到动静，战战兢兢地小跑进来，跪于榻边，道："陛下，您有什么事与老奴说？"

闻人蔺轻笑一声，将拨浪鼓置于熟睡的婴儿旁，屈指点了点，起身离去了。

身后，皇帝费力地撑起身体，伸手指向摇篮："验……验血！"

他费力地说完，便无力地仰倒在床上了。

闻人蔺站在阶前，不消片刻，果然听到殿内传来了一阵撕心裂肺的婴儿啼哭声，继而是瓷碗打碎在地的声音，还有皇帝发出的一声绝望的嘶吼。

嘶吼声戛然而止，冯公公仓皇地尖叫起来：“陛下！陛下！快来人啊——”

衣袍翩翩，闻人蔺伸手置于眼前，五指微微合拢，像要留住檐下穿过的一缕长风。

他忽然想去蓬莱殿，去见见太后娘娘和皇后，去向二位娘娘讨一样心爱之物。

春日融融，和风阵阵，日光明亮得恰到好处。闻人蔺刚行至蓬莱门下，就见赵嫣倚靠着宫墙，站在一片飘然若雪的梨花中，笑吟吟地看着他。

“你去哪儿了，这般久？”

她鬓边的碎发飞舞着，眼神清澈，笑容暖得不像话，也甜得不像话。

闻人蔺的目光不自觉地变得柔和起来，垂下的眼睫落下了长影，他上前握住赵嫣的手，就这样站在花香飘浮的春风中，凑到她的耳边声音低沉地喊她：“嫣嫣。”

“嗯？”

“我们定亲吧。”

“啊？”

赵嫣惊讶于他的话，抬首望去，只见男人眉目缱绻，眼波如潭，勾魂摄魄。

她的心脏不自觉地狂跳起来。她低下头捋了捋鬓发，又飞快地抬起头来，挑起了秀气的眉，问：“那你的聘礼可准备好了？”

“嫣嫣想要什么聘礼？”闻人蔺深深地注视着她。

赵嫣觉得自己迟早有一日会溺毙在他的眼波中。

她抬手抵着下颌，佯装思忖，学着《女诫》等书中之言，举一反三地道：“夫容你有，夫功你也有，夫德嘛……贞洁就是男子最好的聘礼。”

闻人蔺长眉一挑，不可抑制地笑出了声。

“那正好，看来殿下非嫁不可了，毕竟本王的这份‘聘礼’殿下早已收下，而且……用后不退。”闻人蔺别有深意地道，“所以，殿下何时……迎本王过门？”

四

蓬莱殿内，太后娘娘看着规规矩矩地朝她抱拳行礼的年轻人，颔首一笑。

当年城外让道一事，她没有看错人，这后生虽入迷途，却幸得知返。

太后一只手拄着龙头拐杖，另一只手握着菩提佛珠，问道：“你如今是大玄的功臣，位极人臣，来我这个老婆子的住处做甚？”

闻人蔺起身，神情颇为认真地道：“臣愿以毕生功绩，向太后娘娘求一物。”

“哦？何物？”

“保媒懿旨。”

太后微抬眼皮，揣着明白装糊涂：“你要哀家将谁家的贵女当作嘉奖赐你为妻？”

“太后错了，并非当作嘉奖，而是臣要求娶。”闻人蔺进退有度，声音低沉且清晰，“臣心悦长风公主赵嫣，今以身为聘，诚心求娶。从今往后，她退，臣做她的身后盾；她进，臣为她的手中刀。愿指矢天日，至死不渝。”

赵嫣站在殿门外，听到这句话，不由得嘴角上扬。

闻人蔺极少许诺，正因如此，这番话才显得弥足珍贵。

皇帝失了民心，退居于长生宫，如今前朝和后宫中唯太后娘娘最大。赵嫣何尝不知，以闻人蔺的权势和手段，他要娶她就是一句话的事。今日他特意谒见太后娘娘，不过是想礼数周全，得到亲朋的祝福，舍不得她受委屈。

太后不置可否，望向扒着殿门窥探的少女：“长风，你的意思呢？

这男人啊，光话说得好听还不行，你素来是个有主意的，不妨自己仔细地分辨分辨。”

赵嫣听了这话，大大方方地走了进来，站在闻人蔺身侧，朝将银鬓梳得油亮齐整的太后娘娘叉手行了一个万福礼。

“皇祖母，闻人少渊一向重诺，说一分会做十分，非巧言令色之辈。”她瞥了一眼嘴角噙笑的闻人蔺，眸光灵动，话锋一转便绽出了笑容，“当然，皇祖母于我有抚育之恩，是我最敬重的长辈。孙女这看人的眼光如何……还须您把关首肯。”

太后被她这番话逗笑了。

“你这番话说得巧妙，一言他品性可靠，二言他是你挑中的意中人，三又将我这个老婆子架上高处，一语三关，颇为精妙。”太后摇了摇头，慈眉善目地道，“只是公主出降乃国之大事，草率不得，哀家得先看看皇后和朝廷的意思。此事若是能成，当交予礼部、太常寺商议，走完三书六礼，再定聘期。”

闻人蔺并未满足地告退，反倒说道：“臣与长风公主……日久生情，纳采、问名皆可简略，婚期可暂缓，不若先行定亲？”

太后娘娘佯装严肃的样子：“怎么，嫌时日长了？年纪轻轻的，这点儿时日你也等不得？”

闻人蔺释然一笑，望向身侧的赵嫣：“是，臣爱之入骨，等不及了。”

太后打量着面前这对才貌皆佳的璧人，越看越觉得满意，想要刁难刁难闻人蔺都找不到理由。她轻轻地叹了一口气，顿了顿手中的拐杖，道：“你且过来。”

赵嫣以肘悄悄地碰了碰闻人蔺的手臂：“半年就半年，你好生和皇祖母说话。”

闻人蔺不动声色地捏了捏赵嫣的尾指，缓步上前，站在了太后的面前。

太后已经七十岁高龄，仰首看他颇为费劲，他身高腿长，便自行欠了欠身。

见太后打量他许久，赵嫣不自觉地捏着袖边，担心皇祖母出言训斥他。但太后只是缓缓地摘下自己手中的那串菩提佛珠，当着孙女的面把它交至闻人蔺的掌心里。

“这串菩提佛珠与先前的白玉佛珠是一对，跟了哀家大半辈子。玉泉宫出事时，哀家将那串白玉佛珠交给了长风丫头，这一串，就给你了。”太后道，“你是个聪明人，旁的不用哀家多说，你知道该怎么对她吧？”

太后将自己积攒了大半辈子香火和善念的佛珠交给他们小年轻二人，自然是希望他们平安康健，白首到老。

闻人蔺半垂眼帘，温和地回道：“臣知道。”

“那就好。”

太后心满意足，挥了挥手，示意他们都退下。赵嫣与闻人蔺敬重地向她行了一礼，便先行告退了。

赵嫣一出殿门，步伐便轻快起来，负手倒退着问闻人蔺：“怎么半年的定亲之期你还嫌久啊？我都怕皇祖母斥责你无礼。”

浓重的花荫自她的身上掠去，她的笑眼随之忽明忽暗，闪着光。

闻人蔺抬手拂去头顶横生出来的枝节，从容自若地道：“一个月足矣。”

“一个月够你备齐聘礼？”

“殿下若需要，本王今夜便可将聘礼送到殿下的寝阁去，只是不知殿下那里塞不塞得下。”

听他刻意放缓了语速，赵嫣蓦地想起方才自己说的那句“贞洁就是男子最好的聘礼”，不由得脸颊一热。

她瞪向闻人蔺：“你想什么呢？！”

“自知倾心于殿下，本王便开始物色一应聘礼，陆陆续续地准备了半年，已基本准备妥当，绝不让殿下掉面子。”闻人蔺似乎明白了什么，眸中的笑意更深了，“殿下以为，本王说的聘礼是什么？”

赵嫣不言语了。

偏偏闻人蔺还要火上浇油地说一句：“嫣嫣如今真是长大了，想得也深了一些。若嫣嫣有需要，本王也可尽心使一使别的‘聘礼’。”

“你真是够了！”赵嫣捂着耳朵转身，裙裾如涟漪般荡开，不想理这个满腹黑水的狗男人了。

闻人蔺在她的身后低声笑了起来，十分愉悦。

他伸手拉下赵嫣捂着耳朵的手，轻轻地与她十指相扣，与她比肩信步，道："是本王的错，一见心悦之人便忍不住想逗弄。"

赵嫣冷冷地嗤笑一声，揉了揉发烫的耳朵。

阳光透过花中的间隙，洒落一地光斑，一切都如同梦一样。赵嫣忍不住伸出手，接住那漏下的碎光，任凭明亮的暖色于指尖上跳跃。

"闻人少渊，你为何这般急着定亲？"

"你说呢？"

"你就是怕我反悔。"赵嫣故意道，"我尚且年少，而你已至成家、立业的年纪，你怕有朝一日我不要你了。"

闻人蔺微眯眼眸，侧首看她："殿下聪慧。"

原本这只是打趣之言，她没想到他竟然应了。

赵嫣眨了眨眼，问："真是如此啊？"

闻人蔺又露出那副看似毫无波澜、实则深不可测的神情来，伸手罩着赵嫣歪过来的脑袋，轻轻一转，使她目视前方。

"殿下总要给本王一个名分。"他轻声说道，"下个月我们先定亲，省得那些阿猫阿狗毫无边界感，直往殿下的身边凑。婚期嘛，倒是不急，殿下想玩两年，本王便等殿下两年。"

赵嫣笑了起来。

直至第二日，赵嫣才明白闻人蔺为何选在下个月定亲。

入夜，宫中丧钟急鸣，皇帝宾天。

灵柩停在太极殿内，外头的群臣和宗室子皆默然长跪，除了间或卷来的春风和超度的经文声外，并无半点儿杂音。

平静之下，暗流涌动。

大行皇帝年轻时励精图治，也曾开创过短暂的盛世，可谁知没几年便沉迷于仙道之术，偏信神光教，任凭丹药损伤其神志，将好不容易积攒的基业挥霍一空，还犯下枉死近十万将士的业障，最终死于金丹之毒，连一份遗诏也不曾留下。

许淑妃与唯一的小皇子并未来哭灵视殓，可天下没有不透风的墙，极少数耳目灵通的大臣皆已猜到，大行皇帝驾崩前曾滴血验亲，恐怕小皇子的来历有些问题……

人活一世，到头来不过是一块石刻的碑、一抔土盖的坟。然而天下最可笑之事莫过于费尽心思想要儿子的人，儿子不是他的；痴迷于求仙问道的人，最终死于金丹之毒。

于是，到底由谁来继任大统便成了朝中争论的焦点。

朝中皆主张从宗室中择取贤良，共有两派。

那些支持革新的朝臣主张扶持刚袭祖父之爵位的颍川小郡王赵白微，理由是其年轻博才，能给疲敝的朝堂注入生机；以左相李恪行为首的温和派则主张拥年过花甲的南川郡王登基，理由是其德高望重、阅历充足；还有少数四夷首领、沙门佛寺主张长风公主赵嫣上位。一时间朝中争得不可开交。

三月底，颍川小郡王的马车突然失控冲入莲花池中，小郡王会凫水，这才幸免于难。于是，又有人深挖剖析，猜测小郡王落水是被人暗中加害。可南川郡王无权无势，是富贵闲人一个，不屑于对一个晚辈下手，那还能是谁？

众人猜来猜去，便把矛头悄悄地指向了能力出众的长风公主赵嫣。毕竟在她的石榴裙下站着的是万人之上的肃王闻人蔺。

众人脑补了一场腥风血雨的夺权之争，但事实上，在他们的想象中斗得你死我活的两个人此时正躲在水榭中沏茶闲谈，一派岁月静好的景象。

赵嫣着一身素麻孝服，皓腕如雪，面容素净，流露出一股不加雕饰的昳丽和灵动来。

“殿下眼下的泪痣打算留到几时？”柳白微国孝家孝在身，掀了一把腰间的白绦，坐在圆桌旁，打量着赵嫣眼尾的那颗不属于她的泪痣。

“嗯……这颗小痣我不打算洗去了，就当作替赵衍看看尘世吧。”赵嫣下意识地抚了抚眼尾，又问，“对了，你的身子如何？呛水非小事，你可别落下病根。”

“没什么，那疯女人见不得我得势，想拉我给她陪葬。”

柳白微嘴里的疯女人就是逼死他母亲的那个他名义上的嫡母——颍

川世子妃陈氏。

“要不……我当廷解释清楚，我落水之事与殿下无关？”

“解释什么？你越在意这等风言风语，他们揪住话柄就跳得越高。”

“这明明是郡王府内的私斗，他们凭什么将脏水泼到你的身上？”柳白微蹙起了眉，“要我说，当初在玉泉宫里，殿下就不该救李恪行。李党揪着我落水之事大做文章，一石二鸟，不过是为了给南川郡王铺路。”

赵嫣想起方才在太极门下，李恪行当着众人的面郑重地朝她拢袖致歉的模样，笑着道：“他当初为了大玄才深陷陷阱，我救他是全了我自己的情义。何况李左相公私分明，于国事上极有原则，若因为一点儿恩情就偏向于我，我反倒会不放心他站在文臣之首的位置上。”

“南川郡王虽是宗室旁支中洁身自好的一派，但架不住底下的儿子混不吝，他又是半截黄土埋了脖子的年纪，能不能把控住朝堂是个问题。殿下当真放心让他上位？”

闻言，赵嫣看着背上映着粼粼水光的少年，撑着下颌反问道：“你不想做皇帝？”

柳白微微瞪凤目，挑着眉气恼地道：“殿下出生入死，我捡便宜上位，那我柳白微成什么人了？那不是浑蛋吗？！何况我虽有抱负，但无弄权之心，别说皇帝，九霄天帝我也不做！”

他还是那般直性情，一句话说不对头就会扬眉斗嘴。

赵嫣笑得东倒西歪：“我就是随口一问。毕竟你与我一路，与其选择旁人，我更愿意信你。”

“殿下这是近墨者黑，也学着坑害人了。”柳白微冷哼一声，气冲冲地坐下饮了一口茶。平复了一下心情，他低头握紧杯盏，道：“殿下就没想过自己坐上那个位子？那些沙门佛寺都说……”

“你难道不知道他们为何支持我？”赵嫣浅浅一笑，通透地道，“他们想做第二个神光教，我若借了他们的势，妖道之后再来妖僧，大玄还有救吗？”

柳白微哑口无言。

春日并未因国丧而消颓，反而愈加欣欣向荣。

柳白微刚走，赵嫣便听到身后的栈桥上传来了熟悉的脚步声。

“殿下不想上位掌权？”闻人蔺平和的声音传来了，他撩袍坐下，道，“只要殿下想，本王就可以让你上位。”

赵嫣点了点头，而后又轻轻地摇头：“我曾是一个很怕麻烦的人，只想自己活得自在。后来，我想有话语权，想提一盏风灯照亮三尺黑暗，鸣不平之声，可是从未想过自己坐上那个位子，因为知晓做皇帝与做太子完全不同，肩上担负的不再是一己之乐，而是天下苍生。如今的天下对女子尚不宽容，我若将步伐迈得太快，恐怕会适得其反。再者，我没有亲政的经验，不知如何用人、擢人、平衡朝堂各派，在东宫读的那些经史子集不过是纸上谈兵，根本不足以抵御朝堂的旋涡。我甚至……”她顿了顿，轻声道，“我甚至有点儿恐惧金銮殿上的位子，似乎无论谁坐上去，经年累月后都会变得面目全非。”

闻人蔺能感受到她说这话时来自内心深处最真实的矛盾和茫然的想法。

有人只看到了翻手为云覆手为雨的皇权诱惑，有人却看到了内里的满目疮痍。

“做个昏君是一件放纵的快事，但若想做个明君，确实很难。”闻人蔺抬手碰了碰她不住抖动的眼睫，慢条斯理地道，“不如本王命人将姓柳的绑来，将他按在龙椅上，逼他行登基大礼？”

听他用一本正经的语气说大逆不道的话，赵嫣没忍住，笑出了声。她笑着笑着，眸光越发坚定了：“当初朝堂问审时，我说过，不愿让天下女子受更重的枷锁束缚，所以自己必须站出来。你瞧，人果然不能随便说大话，指不定何时就应验了。”

若礼教不容女子，便由她开始，但必须是以另一种方式——既不借助神鬼佛道的力量，以免大玄再出第二个神光教，又得让天下人心悦诚服，不起战乱、纷争。

闻人蔺看着她骄傲又清醒的眼神，心中泛起久违的热潮，滚烫而酸胀。

当了一年多的太子太傅，他不愿用“青出于蓝”这个词来形容赵嫣，而是觉得自己幸运地拾到了一颗稀世明珠，稍加拂拭，它便绽放出耀眼的光华来。

闻人蔺的眸中浮现出深沉的笑意，而后，他屈指抵着额角，道："殿下若想权势在手，又让他们无可指摘，其实还有第三个选择。"

"第三个选择？"赵嫣只愣了一瞬，就反应过来了，"你是说……那个小皇子？"

可那个孩子并非天子的血脉……

赵嫣微顿，他不是皇室的血脉才更为讽刺。

如今朝中知道小皇子的真实身份的人极少，即便听到了什么风声，也并无实证。且这婴儿才百日大，离启蒙成人尚早，赵嫣有足够多的时间重新筛选、培养一个贤德磊落的储君或开创女子上位的局面……

只是，将一个无辜的婴儿当作跳板，赵嫣于心不忍。

"皇帝……"闻人蔺皱着眉，漠然改口，"先帝死前验血，这婴儿受惊，高烧了数日，原本要按照宫规同许淑妃一起被秘密地处置。殿下若是想用他，可救他一命，待他开智的数年时间，足够殿下想清楚下一步如何走。无论殿下最终如何选择，臣皆全力支持。"

赵嫣知道他在开解自己，不由得"扑哧"一笑，问道："无论我做什么你都支持？"

"殿下口渴我递水，殿下安寝我荐枕。"

"我要杀人，你也递刀？"赵嫣顺着他的话问。

闻人蔺微抬眼皮，眼波深沉："不必。"

赵嫣觉得他终于有几分贤臣良将的气度了，正欣慰着，便听他声音低沉地道："本王亲自为殿下杀。"

赵嫣愕然抬头，瞧见他眼中半真半假的戏谑之意，便知自己又被他耍了。

"闻人少渊，你真是越来越像祸国的妖妃了。"

清风徐来，水波荡漾，送来了一丝潮湿的凉气。赵嫣如释重负，手撑着圆桌起身，望着闻人蔺的眼睛："我不仅要你的纵容，还要你的指引。我还有很多东西不曾学透，今后也请太傅多多教导。"

回应她的是男人带着笑的熟悉话语："太傅领旨了。"

四月十八，先帝的灵柩出殡。太后与皇后拟定懿旨，结束了大半个月的正统之争。

因小皇子才三个月，年纪太小，又在病中，暂不行登基大典，由长公主赵嫣代为理政。

可是一个没有登基的小婴儿算什么皇帝？

少数朝臣虽质疑小皇子来历不明，但苦于毫无证据，皆被压下去了。最后连李恪行也默认长风长公主摄政了，毕竟南川郡王实在年迈体衰，皇位上有个空幌子也好过帝位空悬、四方骚乱。长风公主的能力众人有目共睹，她摄政不算僭越。未来如何，未来再说。

众臣见李左相带头认可，便不再多言了。

翌日，紫宸殿内明光通亮，等来了大玄朝建朝以来的第一位摄政长公主。

赵嫣着一袭绯紫色的大袖礼衣站在月台前，身后宫侍如云。她望着殿中攒动的人影，深吸了一口气。

着一身玄袍的闻人蔺伸出手臂，自然地托住少女瓷器般白皙的手指，温声道："别怕，朝前走。"

熟悉且沉稳的话语无端地令她心神安定了下来。

赵嫣报以一笑，凝神后挺直脊背，踏着万丈晨曦迈入了大殿。

文武百官自动分列两旁，只是这次等待她的不是千夫所指，而是齐刷刷的跪拜："臣等参见摄政长公主九千岁！"

四月底，守丧礼一过，摄政长公主和肃王定亲的消息就不胫而走了。

摄政长公主仁孝，主动提出守孝三年，三年后再行大婚之礼。

肃王只说了一句："都听嫣嫣的。"

几场春雨过后，春红渐退，绿意正浓。春考刚毕，明德馆又迎来了一大批才学兼备的寒门儒生，众人呼朋引伴，摩拳擦掌备战来年的殿试，好不热闹。

他们好奇地打量着这座京师最大的学馆，从大门走进去，便见前方的照壁上刻着一行醒目的大字。

所有人进入此地，做的第一件事并非拜孔圣人像，而是诵读这行字——“此生愿效拂灯夜蛾，虽死而向光明。”

新进学馆的儒生们大声诵毕，余音不绝。

其中一名背着半旧的书箱的少年难掩感动之色，举手问道：“请问师兄，进门处刻的这行字是哪位圣人大儒的箴言？”

“不是圣人，也并非大儒，而是故太子殿下。”

众人沉默，看着照壁上的字不自觉地肃然起敬，拢袖一躬到底。

他们转过照壁，发现其背面密密麻麻地镌刻着上千字的铭文，凑近一瞧，那是一份革新草案。那些在草案后署名的人已有许多不在人世，唯有这气势磅礴的文字安静地注视着一批又一批来往的学子，勉励他们不失本心，为生民立命。

学馆内鸦雀无声，年轻的儒生们久久地伫立着，又自发郑重地行了一礼。

棋楼之上，香雾袅袅，竹帘半卷。柳白微支起一条腿坐在窗边，与周及执子对弈。

“你这两日好像不太开心，”柳白微没精打采，“吧嗒”一声落下一子，“不妨说出来，给我添点儿乐子。”

周及轻轻地皱起了眉：“并无不悦。”

“你还说没有？你的眉头一直皱着，跟你说话，你也一副神游天外的样子。”

“应该是这两日未曾歇好，略有疲倦。”

“不可能啊，殿下被押上朝堂受审前，你熬了两宿，也不见像现在这般沉默寡言。”柳白微明显不信，敲了敲棋盘，问，“这两日真没发生让你介意的事？”

周及闻言，按棋盘的手微顿，想了很久才道：“长风殿下定亲之事。”

“啊？”柳白微险些一个趔趄，愕然道，“你介意此事？”

周及又沉默了许久，然后道：“我只是有些不明白……”

“不明白什么？”

周及的眉头拧得更紧了一些，他不得不以指按眉心，似乎很费解。

“你在乎她。”柳白微冷冷地睨着他，一语道破，“你眼神不好也就罢了，怎么还这般迟钝？你的心意自己不知道吗？”

周及抬眼，先是茫然，半晌，露出了释然的神情。

在人群中一眼认出的少女脸庞，与她交谈时的舒服、安宁的感觉，一切都有迹可循。现在他似乎有了答案。

“我想，我确实在乎她。”周及点了点头。

“就这样？”柳白微被他的反应弄得自我怀疑起来，起身一拍，震得黑白棋子“哗啦”一抖，“你不想做点儿什么吗？”

“做点儿什么？”

“比如……比如你不想让她知晓你的心意吗？你就甘心将她拱手让给别的男子？”

周及平静地望着他，冷静地道：“我不会为难她，更不会羞辱自己。”

柳白微双肩一颤，脑中如有清脆的叮鸣。许久，他颓然地坐回原位，自嘲地一笑：“我何尝不知？是我自己心有不甘，活得还不如你通透。罢了，继续手谈……啧，棋都乱了，重新下。”

“你输了。”周及道。

“我没有。”柳白微不服。

“方才你若非刻意打乱棋子，下一手便输了。”周及坚持道。

柳白微恼羞成怒，磨着后槽牙道：“周挽澜，你可真讨厌，我收回方才的话，活该赵嫣不喜欢你！”

周及淡然不语，将视线投向了窗外。

镜鉴楼换了牌匾，改名拂灯楼，檐下灯火长明不熄，一片敞亮。

西山，归鸟投林，风卷落了两片枫叶，孤坟上青草萋萋。赵嫣身着当年最爱的石榴罗裙，执香一拜，发间的金笄熠熠生辉。

“赵衍，我成了摄政长公主，仍旧在空闲的东宫中居住。

“我擢用了明德馆的两名进士，补翰林院庶吉士。王裕也回来了，待明年开春，便会着手清田改税。

“还有，我与闻人蔺定亲了。可惜我见不到你定亲的样子。

“你见着仇醉了吗？我拼尽全力也只缝好了他的断臂，他的右脸已经无法复原，不知他见到你，样子有无好看些？

“你可以安心睡了，哥哥。”

风吹草伏，似是谁在温柔地低语。无名的墓碑前放着一把被折断的匕首，还有一块一角有裂纹的莲花纹玉佩。

赵嫣又站了一会儿，直至斜阳将没，方转身沿着小道走下去。

青山如黛，皇城巍峨，前方的草坡上有一人一马伫立着，等候她归来。

“好了？”闻人蔺伸出手，握住了她递来的指尖。

“嗯，走吧。”赵嫣笑着道。

她翻身上马，握着缰绳时身子微微一顿。风拂过枫树的枝头，她回首望去，恍惚间看见了一个着杏白色衣裳的少年朝她微笑着挥手，他身后的儒生拢袖而立，影子卫不语，戴着破旧斗笠的高大的杀手沉默着，还有近十万英灵脚踏万丈斜阳……

赵嫣扬起菱唇，转过脑袋，闻人蔺宽厚的胸膛就从后方贴了上来。他的双手越过她的纤腰，捏住缰绳，一扬马鞭，骏马载着二人撒蹄狂奔起来。

夕阳下，二人的影子合二为一，踏上了归途。

生者为过客，死者为归人。天地一逆旅，同悲万古尘。

所有逝去的灵魂都会在下一个世界灿烂地盛开。

尾　声

尘埃落定

一

先帝驾崩，留下了一堆烂摊子。

出任梁州刺史的人选迟迟未定，关于北乌亦有诸多事情亟待善后，百废待兴，赵嫣不得不将旧例的“七日一朝”改为“三日一朝”。饶是如此，议不完的大小事宜仍化作奏状堆满了几案。

正值初夏，阳光热烈却不灼人，含明殿中窗扇半开，清风拂动纸页，“哗哗”作响，颇有徜徉于墨海中的惬意之感。

霍蓁蓁与柳白微一前一后地进殿了。想起赵嫣如今已经是摄政长公主，霍蓁蓁略微收敛了蹦跶的步伐，撇了撇嘴，飞快地向赵嫣行了一个礼，轻灵的嗓音伴随着腰间金铃的“丁零”声传来：“大热天的，你唤我来做什么？我还要去蓬莱宫陪皇外祖母和太后娘娘纳凉呢。”

柳白微行了个臣礼，了然地道：“殿下同时召见我与长乐郡主，是为了故太子之事吧？”

赵嫣一向喜欢柳白微的聪明，搁下朱笔，笑着道：“不错。”

“为什么？”一旁的霍蓁蓁却睁大了双目，似乎觉得很不可思议。

柳白微的眉宇间带着少年人的神气，他向她解释："同时和你我有过交集，且让殿下如此重视的事便只可能是赵衍的事。这又不难猜。"

霍蓁蓁狐疑地望向柳白微："我的意思是，本郡主与太子哥哥青梅竹马，是他最亲近的人之一，赵嫣找我来商议与太子哥哥有关的事是天经地义。你又不曾与太子哥哥结交，为何也来凑热闹？"

柳白微顿时说不出话来了。

赵嫣眼角微抽，这才反应过来，霍蓁蓁还不知道柳白微就是柳姬。

"我知道了！"霍蓁蓁似乎想起了什么，忽然道，"听说你的母家姓柳，你又与柳姬生得极为相似，所以……"

霍蓁蓁叉腰盯着柳白微的脸，眼神将柳白微逼得后退一步，心虚得喉结不自觉地滚了一下。

"我的确就是柳姬。"

"你是柳姬的表哥！"

两个人同时说道。

一阵诡异的沉默中，两个人大眼瞪小眼。

"啊？"

"什么？！"

两个人再次同时出声，这下柳白微彻底无言了。

霍蓁蓁"噔噔"地倒退两步，魂飞胆落，一脸难以置信的模样："你……你竟然是柳姬？！太子哥哥的宠姬怎么会……会是男子？！我不能接受！"

"我迫不得已才扮成女子，不是你想的那般……"见霍蓁蓁急得快跳脚，柳白微难得词穷，抬手捂额，道，"算了，殿下你来解释。"

赵嫣抱着肚子，早就笑得伏在了几案上。

"殿下！"柳白微催了一声。

"他的确……的确是迫不得已。"

赵嫣撑着下颌，一边抹了一把笑出的眼泪，一边三言两语地将柳白微如何藏身于明德馆，如何结识赵衍，以及如何为了大业而假扮女子瞒过众人，暗中为太子接洽、谋划之事一一道明。

霍蓁蓁这才将信将疑地道："好你个'柳狐狸'，当初打扮得妖里妖气的，与我争风吃醋，原来是存心看我的笑话！”回想起当初自己还为此哭闹、赌气的场景，霍蓁蓁越说越气，叉着小腰重重地哼了一声，“可见你们都不是好人！”

“对对对，我不是好人。我们还是说正事吧。”柳白微清了清嗓子，极力想揭过这段尴尬的往事，“殿下想问什么？”

事关赵衍，赵嫣收敛了开玩笑的神情，垂眸望向了在几案上摊开的奏折。

“工部按礼制在皇陵以北选址修建了赵衍的陵墓，一切从简，再过数月便能完工。礼部的人昨日奏请移棺迁葬之事，我暂未答复。”赵嫣皱了皱眉，“我觉得赵衍并不愿意回到那座冰冷的皇家陵墓中，与坑害、放弃过他的人为伴。除母后之外，就数你们最了解、在乎赵衍，我想问问你们的意见。”

她这么一说，柳白微便懂了，问道：“太后娘娘如何说？”

“母后唯愿在慈和宫供奉赵衍的灵位，使其受香火祭奠，并未提其他要求。”

“我与殿下的想法一致。”柳白微道，“故太子曾言自己身困于东宫之中，灵魂被病体束缚，不得自由。他在西山上，虽青碑无名，但有山水相伴、同道在旁，坐可观浮云碧空，俯可瞰京畿万里，那里应该是他喜欢的地方。”

霍蓁蓁也道：“太子哥哥喜静，不爱来回折腾。”

见三个人想到一块儿去了，赵嫣颔首：“我想着，在皇家陵墓旁边做个衣冠冢便罢，不必打扰兄长清净，也省得劳民伤财。”

柳白微极有默契地回道：“后日早朝，我上书牵个头。”

此事议定，赵嫣轻松了不少，提笔批了奏折，又问：“兄长的事定了，你们的事呢？”

“我们何事？”两个人又同时开口，这会儿他们自己都觉得好笑，嘴角抽了抽。

“自然是你们的终身大事。”赵嫣也弯眸笑了，以笔杆抵着下颌，“兄长若是还在，定然也希望他最好的友人与表妹都能有自己的幸福。”

“我尚在丧中，此事不急。”柳白微别过头，语气有些许生硬。

“我也不急。我才十六岁，爹和娘说，这两年我可以慢慢地挑选。”霍蓁蓁自顾自地坐下，从果盘中挑了一块刚切好的桃肉，“又不是人人都像你，挑男人的眼光不怎么样。”

柳白微翘起嘴角，附和道：“就是。”

这两个人平日里拌嘴不休，在对待闻人蔺的事上倒是同仇敌忾。

赵嫣挑了挑长眉，故意问：“我的男人怎么了？”

“男子呢，就是要容貌俊秀、温柔体贴才好。母亲说，这样的男人才博学知礼，懂得疼人。”

“姑母这样说，霍将军知道吗？”赵嫣哑然失笑。

“我爹虽人粗了些，但对母亲言听计从，是武将中极疼妻女的。”霍蓁蓁哼了一声，“那个肃王虽然俊美，可看人的眼神冷得很，像不解风情的煞神一样，我一见他就……”

“就如何？”低沉的嗓音适时地自殿门处传来了。

霍蓁蓁手中的桃肉坠地，她被惊得立即站起身来：“我……我还要去给皇外祖母请安，先走了。”

她僵着脖子，像一只挂着金铃璎珞的黄莺，一溜烟儿就跑了。

柳白微看了信步走来的闻人蔺一眼，也未多留。

闻人蔺俯身拿了一本奏状翻看起来，阳光的热意透过薄薄的衣料传来，赵嫣不自觉地端正了身子，颇有在东宫夜读时的紧张之感。

“我去营中这半日，殿下就一直坐在此处批阅奏状？”他问。

赵嫣不置可否，重新拿了一本奏折摊开，勾画了一个圈，道：“最近事情较多，我又刚刚接触政务，故而慢了一些。你坐会儿吧，再有一摞我就批完了。”

闻人蔺没有说话，擦干净手，端了一碟带着晶莹水珠的新鲜枇杷，坐在一旁的圈椅中慢条斯理地剥了起来。

他的手极好看，手指匀称修长，金黄色的枇杷肉在他指间转动，让他看起来颇为优雅。

“张嘴。”他将沁凉的果肉递到赵嫣的唇边。

赵嫣就着他的手将果肉抿入嘴中，瞬间惬意地眯起了双眸，连连点头，道：“好吃！”

闻人蔺笑了一声，又拈起一颗枇杷慢慢地剥起来，间或投喂她。

喂完半碟枇杷，他洗干净手，重新坐回椅中，拿起昨日没看完的一卷书，继续翻看。

他翻页的声音很轻，指腹摩挲着纸页，翻开，然后将其压在指下。他静静地陪伴着赵嫣，有问必答，却不过分干涉，如当初在东宫中教学那般，给足心上人思辨、成长的时间。

赵嫣特别喜欢这种有分寸感的相互依赖，让她感到安心又温暖。

窗外夕阳倾斜，李浮领着小太监进殿点燃了灯盏，又悄悄地退下了。

待窗外的余晖完全消失，灯火便成了殿中唯一的亮色。闻人蔺搁下看完的书卷，起身走到窗前，将窗扇和门扉关拢了。

赵嫣发现规律了：每当闻人蔺开始合窗关门，在殿中信步走动以吸引自己的注意力，就是在提醒自己休息的时辰到了。这仿佛是闻人蔺特有的暗示方式。

她摊开最后一本奏折，故意装作没有注意到发生了什么，实则竖起了耳朵，听闻人蔺的动静。

果然，没到半盏茶的时间，重新濯净手的闻人蔺走了过来，俯身取走了赵嫣指间的朱笔，低声道："就这一本废话奏折，殿下要看到几时？"

"给我，这是最后一份了。"

赵嫣伸手去夺笔，却反被闻人蔺压在了几案上。朱红的笔尖在她的指尖上划过，留下一道红痕，闻人蔺自身后将她拥住，将下颌搁在她的肩头上，慢慢地道："该陪本王了，嫣嫣。"

闻人蔺的腿生得长也是有好处的，譬如每次接吻时都能让赵嫣稳稳地坐在他的大腿上，以最合适的角度唇舌相抵。

"能不能……别捏我？"赵嫣浑身无力，有些气恼地瞪着他。

闻人蔺衣衫齐整，闻言，半垂着眼睫，极具掌控之意的手掌一握一揉，正色道："殿下束胸太久，血液不通，应该多按摩放松。"

这倒是个极好的借口。

赵嫣以额头抵着他的肩，什么反驳的话都说不出来。朱笔滚落在地，在地上画出了一道鲜丽的水痕，却无人去拾。

闻人蔺解毒期间需要戒躁戒欲，至今已有数月。此刻，闻人蔺端的是泰然自若，唯有眸色深了几分。他寻到赵嫣的唇，含住轻啄，朝几案上倾身压去。

听到赵嫣忽然闷哼一声，闻人蔺停住了，睁开眼睛，问："怎么了？"

"腰……痛！"

赵嫣捂着腰，面色有些发白，只能从齿缝中艰难地挤出这两个字。

闻人蔺顿了顿，手指挑开了她腰间的白绦。

"你想干什么？"赵嫣止不住地皱着眉吸气，有些可怜，"我都这样了……"

"别动，我看看。"闻人蔺虽然声音暗哑，但似乎并没有什么别的企图。

里间有一张供人休息的床榻，赵嫣有些难堪地趴在床榻的褥子上，露出了纤白若玉的腰肢，听闻人蔺道："脊骨尚好，没有瘀伤，应该是久坐造成了劳损。"

他起身出去，命人取了舒筋活络的药膏，将药膏在掌心暖化，亲自为赵嫣推拿按摩。

第一下，赵嫣差点儿没弹起来。

"忍忍。"闻人蔺按住她的肩，一只手沿着她曼妙的腰线往下，再次推揉起来，"将痉挛瘀塞处揉开便好。"

赵嫣只得含着泪点头，用手死命地揪着褥子。

闻人蔺并未问她是否后悔摄政，只是专注又平静地对付那片温软的肌肤下的隐痛。他知晓她对如今的日子很满意，有足够的话语权，又不必忍受皇权的诸多束缚。

偶尔赵嫣会觉得自己再也找不到比闻人蔺更懂她的人了，甚至连她自己也望尘莫及。

她忍过最初的那股痛意，便觉得后腰在闻人蔺精准的推揉下开始发热，舒服得让她神魂飘荡，眼皮直坠。

迷糊间，她忽然想起霍蓁蓁下午说的那番话，不由得侧头枕着手臂，看着面前衣冠齐整的男人，缓慢地眨了一下眼睛：“哎，闻人少渊，霍蓁蓁说，你这样心冷的人根本不会疼人呢。”

闻人蔺只是抬了抬眼皮，手撑在榻上，俯身在她光滑雪白的脊背上落下了又轻又惑人的一串吻。

之后，赵嫣握着闻人蔺的手匆匆地吃了两口晚膳，便侧身蜷缩在榻上睡了过去。半梦半醒间，她似乎听到了外间开门、关门的声响。

奏事官取走了她批阅好的奏折，又送来了两尺高的两摞新的奏折。外间隐约亮着一盏孤灯，好像有谁屈肘搭着椅子的扶手，一本一本地开始勾画、批注。

翌日，赵嫣醒来，发现闻人蔺已经去了郊外的军营，几案上的奏折被分门别类地码好了。

赵嫣捂着还有些酸痛的腰披衣下榻，赤足撩开帷幔，走到几案旁一瞧，只见右边那一摞是被淘汰的废话折子，被筛了近一半出来——三司六部的官员冗杂，有时同一件事会经由四五个官员分别奏呈，有时他们奏呈的又是诸如“某官与某官公然诟谇对方”“请殿下安”这样毫无意义的话——另一半奏折则按照轻重缓急的顺序从上至下地排列整齐了，一目了然，只待她批阅。

赵嫣披着头发托着腮，坐在几案后，眼中慢慢地盛满了笑意。

谁说闻人少渊不会疼人来着？

二

赵嫣摄政期间最艰难的时日过去了，朝廷上下秩序井然。

赵嫣扭伤腰的这几日，闻人蔺陪在她身边的时辰明显增多了。他给她垫了护腰的鹅绒软垫，偶尔扫一眼她批阅过的奏折，再低声提点两句。

赵嫣顺着他的思路理下去，除了批阅呈上来的奏状外，还一并安排了裴飒和四姐赵媗的定亲礼，解决了入夏后旱蝗之灾的防范与应对以及苦于天灾人祸的洛州诸县重建及赋税减免等问题。

如此一来，只剩出任梁州刺史的人选迟迟未定。

蜀王赵承德盘踞于梁州多年，其势力之复杂，牵扯之深，一般的文臣还真难胜任梁州刺史一职。

见赵嫣垂着头斟酌，闻人蔺漫不经心地道："梁州刺史可荐刑部司郎中袁之孝。"

"袁之孝？"赵嫣撑着下颌想了想，"这名字有些耳熟。"

闻人蔺闻言，哂笑起来，语气也随之凉了几分："就是朝堂问审时，痛骂殿下'结党营私，秽乱宫闱'的那位。"

经他这么一提醒，赵嫣想起来了，脑中立即浮现出一张浓眉大眼、义愤填膺的年轻的面容。

不得不说，闻人蔺看人的眼光很毒。这种横冲直撞的人虽固执、酸腐，却有几分不畏权贵的骨气，又熟读大玄的律法与兵书，对付梁州的各方魑魅魍魉正合适。

"行，就用他三年试试。"赵嫣提笔一挥，勾出了名字。

闻人蔺屈指敲着扶手，问："殿下就不怕此人恩将仇报，说你是记恨当初之事才将他调去梁州的？"

赵嫣毫不在意地笑了一声，道："那我就说的确如此，他若搞不定梁州之事，就不必回京了。他目光短浅，我就破罐子破摔，激他一下。"

闻人蔺微勾嘴角，俯身按住了剩下的几本奏状："这几桩事不急于处理，殿下六月后再议也不迟。"

赵嫣头一遭这般早就处理完奏折，望着齐整干净的几案，难以置信地道："这么说，接下来我可以清净一个月了？"

闻人蔺取走了她手中的朱笔，低沉的嗓音带着笑意："殿下想去哪儿玩？"

赵嫣一怔，这才明白过来闻人蔺的意思。

"我说你这几日怎么尽心尽力地辅佐我批阅奏折呢！原来你提前安排好大小事务，就是为了计划这个？"

自去年从玉泉宫归来，赵嫣已有一年处在与各方周旋的旋涡中，不曾好好地出去游玩过，此时一听这话，顿时眼睛都亮了起来。

"我想想……华阳行宫里多的是山林、清溪，夏季躺在小轩中最为沁凉、惬意。"赵嫣眯着眼眸回味起来，"我许久没回去了，还挺想念的，顺便还能暗中观察蜀川的动静，就是路途远了些。”

闻人蔺握住了她的手，起身，道：“那就去，时间够。”

于是，两个人就这般敲定了为期四十日的华阳之行，宫中的事务交给魏太后代为监管。

太皇太后年事已高，不宜再长途跋涉，所以此番并未随行回华阳行宫，而是安心地在北宫蓬莱殿内颐养天年，以待落叶归根。

朝中的大臣只知摄政长公主要离京休养腰伤，并不知其具体去向，但因有肃王随行，倒也没有过分地担心她的安危，有条不紊地按照摄政长公主提前部署好的计划运转三司六部。

而此时，赵嫣正领着亲侍和闻人蔺乘快船西行。

夏季水涨风足，一行人三日后便抵达了秦州渡口，再转乘马车南下。他们辗转数日，抵达成都府时天已经黑了。此处距离华阳行宫还有一天的车程，他们便先行在城中寻了一家大客栈歇脚。

远处崇山峻岭，巍峨如剑，夜间雾气袅袅，空气中浮动着花椒粉的辛辣味。

做生意的客栈掌柜是个人精，见赵嫣和闻人蔺的衣着、气质皆不凡，便知这两位是罕见的贵客，连忙搁下算盘亲自出来迎接。

“瞧这天黑风大，恐怕有骤雨。贵客远道而来，不如在敝店用杯浊酒粗茶，暖暖身子？”

“店家，有干净、宽敞些的客房吗？”

赵嫣戴着帷帽，开口便是流利的巴蜀话。

“有，有！”掌柜连连点头，目光不经意间在赵嫣和闻人蔺的身上扫过，然后拢着袖子试探着问，“不知这位郎君是娘子的何人？”

“他？”赵嫣“扑哧”一笑，“他是我的侍卫。”

闻人蔺微微一挑长眉，道：“不错，日夜守护的那种侍卫。”

他们说话的样子亲昵、自然，掌柜哪儿能看不出？他当即明白过来，失笑道：“二位可真会开玩笑！小人一看二位就是新婚宴尔、出来游玩的小夫妻。小人这儿有一套天井小院，正厢房床软屋大，清静雅致，最适合二位这样郎才女貌的贵客小住。两侧还有七八间客房，物美价廉，可供随从休憩，您二位请！”

这掌柜还真没说谎，天井中绿意盎然，十分阴凉，阶前养着两缸睡莲，缸内倒映着天上的皎皎明月。

赵嫣推开厢房的门，便见纱灯明亮，屏风、垂幔、书画、棋盘一应俱全。窗边的几案上还有一瓶新折的莲蓬和荷花，极致的绿色与粉白色交映，的确雅致。

客栈的伙计麻利地倒好了洗澡水，奉上具有巴蜀特色的茶水、点心，便将布巾往肩上一搭，提着桶行礼退下了。

见赵嫣打着哈欠进入里间宽衣解带，闻人蔺脱下了外袍，搭在屏风上，跟进来问："自己能行吗？"

赵嫣哭笑不得："我又不曾缺手断腿，洗个澡有何不能的？何况有流萤和时兰在呢，你不必管我，快去收拾自己吧。"

浴桶中倒映着烛火，而她的眼中映着粼粼的水光。她笑起来，宛若万千星子汇聚其中。

闻人蔺没忍住，抬手扣住她的后颈，垂首浅尝了一番芳泽才将气喘吁吁的她放开。

他饶有兴致地揉了揉她散乱的发髻，又捏了捏她的耳垂，这才负手出门去冲凉——寒骨毒即将驱尽，他不再厌寒，夏日里更爱以凉水沐浴，然后再带着丝丝凉气拥住她，轻轻地摩挲。

房门被掩上，赵嫣解了衣裙迈入浴桶中，将身体没在热水里，舒服得长长地喟叹了一声。

待她沐浴、更衣出来，流萤已经取了干爽的布巾上前，开始为她擦拭湿发。

赵嫣坐在软榻上，抬手掩唇浅浅地打着哈欠，手放下去时触到了枕下的一个硬物。她将硬物取出来侧首一看，发现那是一本书——《阴阳大和录》。

赵嫣上次听到这个名字还是在玉泉宫中追查赵元煜时，尚是"柳姬"的柳白微以此来佐证那些失踪的童男、少女和采阴补阳之间的关联。

她迅速将书塞回了枕下，回想起方才掌柜提到这间小院时露出的那种别有深意的笑，瞬间明白了——他真把自己和闻人蔺当成如胶似漆的新婚夫妻了，故而准备了这间别有一番情趣的雅房，供两个人增进感情。

赵嫣僵坐了半晌，吩咐流萤和传膳、布菜的时兰：“你们先出去歇着吧，我自己躺会儿。”

流萤与时兰不疑有他，放下手中的活计，福礼后掩门退下了。

赵嫣顺手拿了一只簪子，将半干的长发随意地绾在头顶，随即拽来一个绣枕垫在腹下，趴在床榻上，借着床头的灯盏翻开那本线装绘图的《阴阳大和录》。

她一边看，一边在心中感慨：原来还能这样？这书所涉猎的方面竟比那些启蒙的《素女经》《洞玄子》广百倍。

她看得太过入神，连身后何时站了个人也未曾察觉。

闻人蔺沐浴完，一进门就见到赵嫣趴在床上认真地翻阅一本纸页略微泛黄的图册，绸质的裙摆滑落到膝弯处，露出了一截骨肉匀称的莹白的小腿，小腿的皮肤在灯火下宛若暖玉般细腻。

“在看什么？”他负着手俯下身，轻声问道。

赵嫣肩膀一颤，欲盖弥彰地抬手去捂书页，然而那些不正经的图画与文字还是从她的指缝中漏了出来。

闻人蔺将书从她的掌下抽出，垂眸扫了一眼，了然地轻笑：“《阴阳大和录》，殿下何时精进到要参悟这等玄妙的‘高级功法’了？”

赵嫣没什么都被他说得有什么了，抱着绣枕气恼地道：“我见枕头下藏着一本，又听说此书于阴阳调和大有裨益，所以才翻看了两页。”

“本王可不记得向殿下提过这本书，殿下听谁说的？”

“柳白……”才刚说了两字，赵嫣便敏锐地察觉到气氛不太对劲。

闻人蔺的眼眸眯了眯。

“那时姓柳的借着假扮女子的便利和殿下朝夕相处，就是在与殿下……探讨这些？”

闻人蔺撩起带着潮气的雪白色衣袍坐在床头，将手中的书册握成卷，有一搭没一搭地敲击着掌心，拿出了一副审问的架势。

“当然不是！”赵嫣飚声解释，“那时候我为了查赵元煜采阴补阳的案子，不得已查了一些典籍而已。”

“而已？”闻人蔺慢悠悠地复述，让赵嫣有一种他近乎温柔的错觉。

这下赵嫣真的是跳进黄河也洗不清了。她轻咳一声，取走那本书，随意地翻开一页，试图岔开话题。

“这上边有许多有意思的结论，譬如这篇……”赵嫣主动凑近闻人蔺，依偎在他的肩头，与他共看一卷，“这篇就提到，可从面相观察男子的能力。能力强者，首先得头发浓黑。”

说到此，赵嫣抬头看了一眼闻人蔺半束半披的长发，只见其浓黑若墨，连发根都是黑的，不由得眨了眨眼睛，道：“嗯，这点太傅倒是上佳。”

闻人蔺微挑眉梢，问：“还有呢？”

“还有，明眸皓齿，则肝血充盈；眉睫浓密，鼻若悬胆……”

赵嫣一边对着书册，一边好奇地端详闻人蔺的样貌，指腹从他根根分明的浓黑的长眉处抚过，滑过眉骨，最终停在了高挺的鼻梁上。

闻人蔺配合地半合眼睫，颇有任人摆布之意。

赵嫣以指腹抚摩感受，方知这具俊美的皮囊有多完美，满意地道：“这点，太傅亦是上佳。”

闻人蔺回以一笑，气定神闲地屈起一条腿，任由她研究自己。

“再有，腰为肾之府，还需腰紧臀翘。”

赵嫣隔着衣料抚摩闻人蔺的蜂腰，矫健紧实的腹部线条随着他的呼吸微微起伏。赵嫣思绪一乱，没来由地咽了咽口水，意识到后面的话的深意，脸颊忽然一热，“啪”地合上了书。

脑中无数混乱的记忆闪过，赵嫣总算知晓为何自己和闻人蔺在一起时会如此尽兴，仅数次交锋就沉沦、上瘾了。

闻人蔺并不打算放过她，捉住她的手压了下去。男人的墨发丝丝缕缕地自她的肩头滑落，他含笑的声音慢悠悠的，带着蛊惑之意：“殿下觉得，本王的此处堪称……”

最后两个字落在赵嫣的耳畔，“噼里啪啦”地在她的脑中炸开了一片撩人的火星。

三

乌云蔽月，戌时，一场骤雨不期而至。

阶前的水缸中涟漪乍起，睡莲于狂风中摇曳生姿，粉白色的花瓣滴着晶莹的雨水，别添几分楚楚可怜的娇色。

闻人蔺嚼碎药丸服下，握着赵嫣那不盈一握的腰肢，不许她逃离。那张侵略性极强的俊美的面容上，此刻满是戏谑的温情。他俯身对照着《阴阳大和录》上的结论，一条一条地耐心地念给她听，每念完一段文字，都要在耳畔问她一声："是这样吗，小殿下？"

男人的声音低沉，勾魂一般蛊惑、温柔，可其修长好看的手背上却筋脉分明，拇指几乎摁进了赵嫣柔软的腰肉里。

赵嫣一开始还能应上两句，后来已神游天外，咬唇哼着"不想学了"，可堂堂肃王岂有半途而废的道理？

"闻人少渊，我……没力气了！"

"反正本王服了药，殿下再学两篇。"

夜已深，闻人蔺并未抽身离开，而是将她推搡自己的手压在未读完的书上，低声轻唤："嫣嫣？"

赵嫣许久不曾通宵夜读，不多时便累得不省人事，连自己何时重新沐浴、更衣、上榻都毫无印象。醒来时，她看着身侧精神奕奕地倚坐在榻上的男人，只得咬着唇在心中吐槽。

托这场急雨的福，他们动身去华阳行宫的日子推迟了一天。

蜀地多云雾，下过雨后，青山上仙气缭绕，好似腰缠白练，宛若一幅湿淋淋的水墨画卷。

马车声"辘辘"，赵嫣的腰后垫着柔软的绣枕，她歪身一靠，道："肃王居然如此折腾伤员，简直非人！"

闻人蔺低声一笑："殿下还真是翻脸不认人，前夜到底是谁主动学的《阴阳大和录》？本王不过是尽心尽力地为殿下答疑解惑罢了，没有功劳亦有苦劳。"

他长臂一揽，将赵嫣抱在怀中，温热的大手覆在她的纤腰上，不轻不重地按揉起来。他吻了吻她微凉的耳垂，又道："何况，殿下多躺一躺对腰伤大有裨益，否则怎会摆得那般好看？"

赵嫣简直想堵住他这张可恶的嘴！

他们很快便进入了华阳的地界，赵嫣看着熟悉的古朴的街道，闻着空气中花椒粉的辛香，又瞬间来了精神。

因国丧刚过，流萤还在和侍从纠结午膳的规制。

“此处又无人认识我们，我们何必在乎这些繁文缛节？人一年不食荤腥，除了自虐之外毫无意义。可若像尚食局那群人一样，想方设法地将鱼肉做成豆腐、白粥这样的‘伪素斋’，亦是自欺欺人，我们倒不如坦诚一些。”说罢，赵嫣挽着不住地发笑的闻人蔺，撩开车帘，道：“流萤姊姊不必忙了，我知晓东街上有一家黄鱼面堪称一绝，我带你们去尝一尝。”

面馆不大，厅中还摆了七八张桌子，门前支着一个油布棚，供过路的行脚客吃坐。此时已近正午，厅中的食客往来不绝。

侍从们皆留在外边的油布棚下饮汤吃面，赵嫣则牵着闻人蔺寻了一张窗边的空桌，坐下后熟稔地点了松蕈鸡、黄鱼面等招牌菜肴。她摘下帷帽，又道：“外边那几桌再加一盘酱牛肉和一壶沁雪茶。”

黄鱼面是隐藏菜品，因食材贵且考验手艺，店家一向只卖给熟客。掌柜认出了赵嫣，毕竟这种漂亮得跟仙女似的贵气小娘子可不多见，连忙道：“您可有一两年没有光顾小店了，前些日子鄙人还琢磨呢，只怕您高迁，搬去大城中了。”

“是，我去成了一趟亲，拐了一个外地赘婿回来。”赵嫣笑着应了，指了指对面撩袍而坐的闻人蔺。

掌柜一看这年轻的男子身量高大健壮，容貌更是一等一的俊美，举手投足间优雅自在，带着一股说不出的浑然天成的贵气，便知此人绝非池中之物。

他机敏地向闻人蔺行了个礼，连连赞道：“真是神仙般的人物！鄙人在这儿给娘子、郎君贺喜了！不如这样，这几壶清茶小人赠送，权当是恭贺二位喜结连理！”

这掌柜倒是会做人，说完就笑吟吟地走了。

“赘婿？”待人走后，闻人蔺屈指敲了敲桌沿，慢悠悠地重复一遍。

赵嫣挑着眉托腮：“如何，你有意见？”

闻人蔺知晓她是在报去年此时去玉泉宫时，自己让她做贴身女婢的“仇”，遂颔首做沉思状：“前夜我尚是侍卫，与嫣嫣春风一度便升为赘婿。看来今夜我还需要再接再厉，与嫣嫣再深入地教学、探讨一番，再升一级指日可待……”

“吃你的面吧！”赵嫣气恼地将筷子塞入了闻人蔺的手中。

听到这话，闻人蔺恣意地低笑起来。

黄鱼面热气腾腾，恰到好处地遮挡了赵嫣面露霞粉的窘迫样子。黄鱼肉蓉制成的面条根根分明，经二人执箸翻拌，飘出的鲜味能叫人连舌头都吞下。

闻人蔺握着并不精细的竹箸，慢慢地挑了一口面，咽下后随即蹙了蹙眉，握拳抵住鼻尖，侧首低低地咳了一声。

赵嫣一愣，问道：“难吃？”

不能呀，就是宫中的御厨也难以做出这般地道的味道。

“没有。”闻人蔺斟茶，抿了一口。

赵嫣这才反应过来——蜀川特色，黄鱼面中放了些许花椒。

曾权倾朝野、对于万千朝臣如噩梦一般的肃王殿下竟然受不了花椒的辛和麻，这真是一件稀奇事。

赵嫣好像发现了什么有趣的秘密，眸中满是扳回一局的狡黠之色。可笑着笑着，她又有些不忍，毕竟闻人蔺一向饮食清淡，不吃任何带腥膻味的东西。他虽从未说明缘由，但她能猜到，应该和当年雁落关尸横遍野的守城战有关。

这家的黄鱼面只有鲜香，无半点儿鱼腥味，赵嫣原以为会对闻人蔺的口味，却忘了还有花椒这回事。

“别吃了，我让店家给你换一碗。”赵嫣搁下筷子，放轻声音道。

“不必。”

闻人蔺面色如常，又挑起一筷子面送入嘴中，慢条斯理地吃起来。

他想尝尝小殿下少时喜欢的味道，微微的辛和麻也化作了愉悦之感。

“那你喝两口松蕈汤压一压，还能养胃。”赵嫣道。

闻人蔺取了干净的碗，先给赵嫣盛了一碗汤，然后才端起自己的那碗汤尝了一口，品味道：“不错，甚为鲜甜。”

赵嫣这才满意地笑了起来。

吃饱后，赵嫣拉着闻人蔺沿街散步消食。

“殿下对这里的店铺如数家珍，看来当初没少溜出来玩。”闻人蔺笑着说道，薄唇因刚刚吃了带有花椒的面条而微微泛红，更添几分俊俏之意。

“也就……偶尔吧。”赵嫣对儿时的散漫行为避而不谈，朝前一指，道，“有樱桃！华阳的樱桃极有名，可惜皮薄肉软，一磕就坏，不便运送，在别处可吃不到。”

卖樱桃的人是一对年纪不大的姐妹，樱桃用柳条编织的小篮装着，小篮中还贴心地垫了绿油油的樱桃叶，更衬得拇指大的樱桃颗颗绯红剔透，圆润饱满。

赵嫣让时兰将樱桃都买了下来，分给随行的宫婢侍从们，剩下一篮则自己提上了马车。她笑吟吟地道：“恩桃儿。”

闻人蔺学着她的腔调：“恩桃儿？”

赵嫣一愣，霎时间笑得不行，上气不接下气地道：“巴蜀话的樱桃……就叫恩桃儿。吃点儿？”

马车启程，闻人蔺抬指在赵嫣的唇上一按，俯首道：“好。”

樱桃甜不甜，赵嫣不知道。她能确定的是，此刻自己的唇瓣定比樱桃还要红润。

一行人在日暮前赶到了华阳行宫，宫内的砖瓦草木与两年前的无甚区别。留守在宫中洒扫的太监与宫婢们看到赵嫣，被惊得丢了手中的扫帚，一个个欣喜万分地上前跪拜、行礼。

赵嫣命流萤给他们赏了礼，让熟悉华阳行宫的时兰去安排辎重和住处，自己则沿着照壁往里走去，过了一道门，停在了隔扇半开的侧殿的院前。

她仿佛又回到了那个阴雨连绵的初夏，有个衣衫单薄的病弱少年站在廊下，面色苍白但温柔地对她说：“嫣嫣，及笄快乐。”

清风穿过空庭，物是人非。

闻人蔺似乎察觉到了她那一瞬间的怅惘心绪，握住她的手指，道：“殿下的闺房在何处？可许未来的夫婿……参观一二？”

赵嫣从记忆中抽神，绽开笑颜，道：“在后殿，我带你去。”

二人比肩绕过曲廊，又走过假山、池沼，便见一座掩映在竹径中的小轩。小轩三面开窗，竹帘半卷，颇为通透、雅致。

赵嫣停下脚步，介绍道：“这是敬文轩，是夫子教授功课的地方。此处虽然枯燥，不过听风吹竹林的‘沙沙’声倒是颇为惬意。你可要去坐一坐？”

闻人蔺不置可否，负手信步上前：“周及教授殿下的地方？”

赵嫣推开门，在熟悉的位子上坐下，道：“当初周及还未通过殿试，曾在此处替他叔父教了我两个月。”

闻人蔺眸色幽幽，没有应声。

“怎么了？”赵嫣问。

“也没什么。”闻人蔺站在窗前，抬手挥落了竹帘，在一片晃动的光影中转身俯首看着她，“本王到底是晚了几年，不曾见到那些狂蜂浪蝶是如何参与殿下的过往的。”

赵嫣仰首眨了眨眼睛，顿时失笑：“什么‘狂蜂浪蝶’？周挽澜那个小古板就是一根木头。”

“殿下很了解他？”闻人蔺刻意拉长了语调，问道。

他每次露出这样拉长语调，必定在打什么坏主意。

“啧，怎么这么酸呀？”赵嫣眉眼弯弯，将篮中的樱桃往他的面前推了推，“来来来，太傅吃点儿恩桃儿，压一压酸味。”

闻人蔺没有看那一篮子瑰丽如红玉的水嫩樱桃，深沉的眸中只囚着赵嫣小小的身影。

“这样吃无甚意思，不如换一种吃法。”

闻人蔺抬手扣住了赵嫣的后脑勺，夕阳透过竹帘的缝隙，为他的侧颜镀上了一层浓重的金边。赵嫣只听见他声音格外缱绻、温柔地道：“入夏了，嫣嫣，应当捧着两盏樱桃酥山慢慢地咬着品尝。”

自己既然无法参与她的过往，那就让她今后每一次刻骨铭心的时光烙上他的印记。

四

骏马一前一后地飞奔过山路，溅起了泥屑、落叶无数。赵嫣着一袭绯红色的骑射戎服，于山道尽头的大榕树下勒马回身，气喘吁吁地道：“说好的赛马，你为何总是让着我？”

闻人蔺连大气也未喘一声，握着缰绳驭马而来，气定神闲地揶揄道：“我跟在后头放心一些，万一殿下半道掉了，本王还能及时捡起来。”

赵嫣用握着马鞭的手叉腰，微抬下颌：“这是本宫的地盘，我捡你还差不多。”

闻人蔺长腿一夹马腹，笑着向前去了。

山风凉爽，苍穹万里。两匹马儿亲昵地靠在一起吃草，马背上挂着两只新猎的雉鸡。赵嫣和闻人蔺站在林道尽头的石崖上，迎风俯瞰陡峭的群山、奔腾的云雾。

赵嫣靠着闻人蔺的肩，短暂地休憩过后，又有了新的主意。

“快到吃午膳的时辰了，我带你去找个东西。”说着，赵嫣翻身上马，扬起马鞭，道，“快来！”

她在华阳行宫中还真是如鱼得水，一刻也闲不住，好像要将这两年来的空缺一并玩够似的。闻人蔺驭马跟上，心也跟着自在、充实起来。

行宫后是一片茂密的山林，二人下马一进入密林中，便感觉丝丝凉气从地底冒出，只闻空山鸟语。

闻人蔺抬手示意张沧等人远远地跟着，万一小殿下迷失方向，也好有个接应，自己则负手跟在她的身后，不时地伸手扶她一把。

“殿下在找什么？”

“鸡枞蕈。”赵嫣四下观察，时不时地拍一拍身侧高壮的树木，道，“这可是太祖太爷爷最爱的东西，可惜此物罕见，一日味变，两日色变，也就是在这依山傍水的地方能吃上几日新鲜的。我记得在这附近就有一窝，不知有没有被时月、时竹她们撬走。”

说着，她瞧见了远处从落叶中拱出的一片灰白色的小伞，登时眼睛一亮：“找到了！”

赵嫣小跑着过去，捡起一根树枝就开始刨起来。闻人蔺要帮忙，她还不许。

“时月说此物不能用手拔，须从根上慢慢地撬。”

赵嫣“吭哧吭哧”地刨着，松散的鬓发垂落下来，遮住了视线。她想伸手去捋，又顾及手上的泥土，只得歪头在肩膀上蹭了蹭。

闻人蔺抬手替她将散落的鬓发撩至耳后别住，觉得她用小树枝刨蕈子的模样像极了打洞的兔子，不由得短促地笑了一声。

“你笑什么？”赵嫣呼出一口气，脸颊微红地瞪着闻人蔺。

“好看。”闻人蔺半垂着眸子，慢慢地揉了揉她的脑袋。

赵嫣挑着眉道：“把下裳拿过来，装着。”

“脏。”闻人蔺有些嫌弃地说道。

“这是给你炖鸡汤用的。”赵嫣一把扯过他质感极佳的玄色下裳，将那些挖出来的新鲜的鸡枞蕈装入其中，笑着道，“你前两个月都在服药清毒，孙医仙说过，你要多吃些暖身固元的东西。”

闻言，闻人蔺长眉舒展，伸手接过了那一衣兜的蕈子。

“我对你好吧？”赵嫣扬着手中沾着泥的小树枝，笑得灵动。

闻人蔺“嗯”了一声，俊美的眉眼上落着斑驳的树影，俯首轻语：“若殿下今日也让本王吃樱桃酥山，会更好。”

赵嫣觉得无语，丢了树枝就走。听闻人蔺在身后发笑，她又不甘心被他戏弄、撩拨，遂折返回去，揪着闻人蔺的衣领，踮脚在他的唇上飞速地落下了一个吻。

啁啾的鸟鸣一瞬间安静了下来。趁着闻人蔺还未回过神来，赵嫣得意地一笑，转身轻快地跑开了。

张沧等人在林子外围等了片刻，就见殿下与自家主子一前一后地走了出来。王爷以手拢着下裳，似乎兜了一兜什么宝贝东西，连上等的衣料沾了泥尘也毫不在意，笑意都快从眼中溢了出来。

张沧目不斜视，在心中酸溜溜地长叹一声：我也好想有个婆娘啊！

今日的野蕈炖鸡汤，香！

入夜，月明星亮，万里无云，迢迢银汉璀璨。

赵嫣今日又是策马，又是采野蕈，忙活了一天，决心去后山的别院中泡会儿温泉。

她穿过前厅和回廊，沿着青石铺就的石路往前走，便见到了一处以高墙围拢的天然温泉。这里无论冬夏，皆热水充盈，清澈见底。

黄木雕屏后，水波荡碎了一池月影。那粼粼波光的中心，一抹高大的身影正背对着屏风赤膊而立，透过半束半披的墨发，赵嫣隐约可见其肩背上结实而又线条流畅的肌肉收束于窄翘的腰臀间，最后没入了看不见的水中。

赵嫣连忙停住脚步，抬手示意时兰将衣裳和吃食搁在一旁的石桌上，屏退了左右侍从。

待人都出去了，她才解下外衣，穿着单薄的亵衣亵裤坐在青石平滑的岸边，一条腿盘坐，另一条腿随意地垂入水波中，托着下颌欣赏那具绝佳的健壮躯体。

“殿下不妨下来凑近瞧，看得更仔细一些。”闻人蔺转过身看向她，眸若幽潭，说话的语气带着气定神闲的戏谑之意，“本王并非小气之人。”

他转过身来，正面胸腹的线条更是清晰。

赵嫣的脸颊莫名其妙地有些发热，眼下的泪痣被水汽蒸得娇艳欲滴。她问道：“你这是在守株待兔？”

闻人蔺不置可否，涉水而来，荡漾的水波在腰下起起伏伏，暗影若隐若现。他将湿淋淋的滴着水的手臂撑在岸边，垂眸看着她，而后微微一笑。

赵嫣还未反应过来，腰肢就被男人结实修长的手臂圈住了，“扑通”一声，被他拉入了水中与他共浴。

温热的水从四面八方涌来，包裹住两个人。赵嫣的一声惊呼被闷在喉中，她抹了一把飞溅到脸上的水珠，气恼地道：“闻人蔺！”

闻人蔺低声闷笑，眉间凝着水珠，极具侵略性的面容俊美疏朗、落拓不羁。

赵嫣将脸颊贴在他的胸口上，心有余悸地道：“你好歹也是做过太傅的人，怎么就知道欺负我？”

闻人蔺抚了抚她的后脑勺，声音低沉地道：“看来我教得不够好，殿下尚不知疼爱和欺负的区别。”

赵嫣哭笑不得，推开他，跌跌撞撞地摸索到池中的玉石阶，坐在没过胸口的浅水处，仰望夜空。

对赵嫣来说没过腰的水却只堪堪没过闻人蔺的下腹，她暗中感慨了一番他身高腿长，然后抱着双膝，将下颌抵在膝上，道：“比起玉泉宫，我倒是更喜欢此处的露天温泉。在这里，夏日可观明月星海，冬日又能看冰雪雾凇，自由自在。”

闻人蔺与赵嫣一同坐在水中供人休息的石阶上，却没有看星星。他屈起一条腿，手臂随意地搭在池沿，将身材纤细曼妙的少女圈在了怀中。

“嫣嫣。”他声音低沉地唤了一声，手指有一搭没一搭地绕着她湿淋淋的秀发。

“嗯？”

赵嫣扭过头，看到他的手臂，忽然来了兴致。她侧过身，双手艰难地合拢，圈着量闻人蔺胳膊上的肌肉的大小，又将自己莹白透红的脸颊贴上去比了比。

“做什么？”闻人蔺微挑长眉，看向了她。

“你穿衣时我真看不出来，你的上臂好结实，都和我的脸一样大了。”赵嫣真诚地感慨道。

闻人蔺见她一本正经地研究他的肌肉，怔了片刻，然后扭头笑出声来。

“是殿下的骨量秀气。不过，本王就将这当作……殿下的夸赞了。”闻人蔺圈住了赵嫣的手腕，似乎想到了什么，缓缓地道，“这腕子的粗细……”

赵嫣本来没察觉到不对劲，但见他以拇指和食指圈着自己的手腕，莫名其妙地血液上涌。她慌忙抽出手，问道：“你在比量什么呢？”

闻人蔺抬眼，眼中浮现出一抹浅笑：“殿下的手腕纤细，本王用两根手指就能轻松地握住。”

“呵，只是如此？”赵嫣背过身去，不敢再往下看了。

闻人蔺主动拥了过来，以挺翘的鼻尖蹭了蹭她的肩窝。

赵嫣太明白他这个动作意味着什么了，回首道：“你……”

话还未说完，她的呼吸便被堵住了。在她抑制不住地迎上来时，闻人蔺稍稍后退，半垂着湿漉漉的眼睫，落下了低语：“本王吃过药了。”

别院的门外，张沧与时兰分列两旁，泾渭分明地站着。

张沧抬手拍去颈上的蚊子，发出“啪”的一声拍打皮肉的清脆声响，而后屈指将那只被拍扁的蚊子弹飞了。

时兰眼睁睁地看着那只被拍扁的蚊子划出一道优美的弧线，从自己的眼前飞过，呼吸一滞，觉得自己的脖子也痒了起来。

张沧朝前指了指，出声示意时兰：“时兰姑娘，咱们去廊下等吧。”

时兰朝前倾了倾身子，又顿住了，低声道：“我要在此伺候殿下。”

“有咱们王爷在，保准将殿下照顾得妥妥的，咱们站在这儿太多余了。”张沧道，“我是没什么啊，可你还是一个黄花大姑娘呢，不合适。”

时兰的脸瞬间燥热起来。她突然想起来殿下和肃王定亲了，又同行同住，此刻必定如胶似漆，自己在这儿的确挺败兴的。

她迟疑了片刻，指着一处黑漆漆的地方，低着头，不太自然地说道：“那我去那边等。”

“那边没灯，黑灯瞎火的，你摔着怎么办？”张沧笑得露出一口白牙，粗声安慰道，“放心吧，我绝不会冒犯你。”

“你！”时兰霎时间面红耳赤。

不好意思，她现在就觉得被冒犯到了！

约莫因为断断续续地泡了半宿的温泉，赵嫣觉得自己浑身经络通畅，第二日便来了癸水。

正巧这几日落雨，她便索性和闻人蔺窝在房中，伴随檐下空灵的滴雨声看书、对弈，闲谈、共眠。

赵嫣懒得绾发捯饬，随手罩了一件闻人蔺的宽大的袍子，如同偷穿大人衣物的稚童。她盘腿坐在罗汉床上，翻看张沧递来的情报纸笺。

“有点儿意思。”赵嫣笑着道，“袁之孝已经赶赴兴元府担任梁州刺史了，上任的第一件事便是诈出内奸，重新启用蜀川一带的数十个驿站。”

闻人蔺倚坐在罗汉床的另一边，借着窗外的光翻看一本残缺的破旧古籍，应道：“沿路驿站是大玄朝廷把控梁州的瞭望烽火之处，赵承德废了这几十处驿站，就等于切断了朝廷的耳目，所以才能两次领蜀兵逼京，沿途畅通无阻。”

“袁之孝做得不错，直臣也有直臣的好处。将梁州交到他的手中，我能放心了。”赵嫣伸了伸腰，见闻人蔺手不释卷，便好奇地撑着身子挪过去，趴在床上问，“你看什么呢？”

闻人蔺将扉页给她看，那上面是她看不懂的文字。

“医书？不太像。”

“差不多。”闻人蔺头也不抬地道，“这是蜀地蛮族留下的巫药之术，里头有一个男人用的方子，配成特制的精油给男子涂抹，待其发热，便可辟子。”

赵嫣愣住了，问道：“你……你不是有药吗？”

“内服的药药效太慢，殿下的力气又单薄，常常撑不过那两刻钟的前……”

最后一个字他还未说出口，赵嫣便一把捂住了他的嘴。

闻人蔺眼中恶劣的笑意顿现，他拉下她的手，继而低声道：“外用药只需要一盏茶的工夫……”

“够了够了。”赵嫣管不了他的嘴，索性捂住自己的耳朵，“你堂堂肃王殿下就不能研究一些正经的东西吗？”

闻人蔺握住她未着袜履的双足，捂在掌心，低笑不语。

岁月悠长，这世上没有什么比让她开心更正经的事了。

五

赵嫣在华阳行宫里过了半个月的清净日子。

盛夏又至，他们归京时正值七月初，赵嫣顺便与闻人蔺去了一趟西山，将坟冢上的杂草一一清理干净，然后焚香祭奠。

“赵衍，两岁生辰吉乐。”赵嫣轻轻地拂去青碑上的枫叶，换上了一小束新摘的野花。

赵嫣回宫的第一件事便是召集吏、礼二部完善秋闱乡试的审查及擢选制度，由表及里，为来年在春闱和殿试中擢选寒门、平衡朝堂做准备。

秋闱后，王裕等革新派在赵嫣的授意下，开始着手推行女子学堂。

女学自去年开始便有了，只不过那时收留的皆是战殁将士的孤女或幼妹，朝臣士子并无意见，但若要在京畿乃至整个大玄推广女子读书之策，使男女平等、尊卑无界，那些自恃清高的保守派自然就坐不住了。

含明殿内，朝中的两派又开始了长达月余的舌辩。

“若女子都抛头露面、读书游玩去了，何人执掌中馈？何人相夫教子？若人人都不想安居后宅、生儿育女，人丁单薄，长此以往，我大玄恐将陷入无兵可用的窘境哪！”六十岁的国子监祭酒江卿甫以额顿地，痛心疾首地劝谏，“请长公主殿下三思！”

“这不是请您老来商议嘛，江祭酒起来说话。”赵嫣不动声色地笑了笑，示意李浮上前搀扶江卿甫起身。

江祭酒作势抹了抹脸上的浊泪，颤巍巍地站了起来。

一旁的柳白微适时地开口道：“教养孩子的人不一定非得是女子，上阵杀敌的人亦不一定非得是男丁，祭酒大人的格局还是小了一些。”

“颖川郡王未有实权，站在朝廷议事之处未免太过僭越。”

“国之大事，人皆有责，我食君之禄，更当为君分忧，如何说不得？”柳白微呛声。

与江祭酒站在一列的年轻男子甩了甩袖子，哼道：“我看你是颠倒黑白。阴阳混乱，国将不国！”

柳白微揪住其破绽，挑起眉道：“罗侍郎，你这话骂天骂地，实属大不敬，御史台赶紧记下来，参他一参！”

姓罗的年轻男子自知情绪激动，失了言，面色霎时间变成酱紫色，连忙跪拜以表忠心：“臣只是就事论事，绝无半点儿对长公主不敬之意，还请长公主明鉴！”

“罗侍郎发表此言，按例要褫衣杖责二十，以正朝纲。”赵嫣虚合双目，见罗侍郎的额角渗出了冷汗，这才慢悠悠地笑着道，“念在罗侍郎也是忠心为国的分上，杖责便免了，罚俸一个月，回家面壁自省吧。”

罗侍郎松了一口气，只得俯首称“是”。

众人出了含明殿，胶着的气氛瞬间消失了。

柳白微与王裕上前，笑嘻嘻地道：“罗侍郎，永兴街开了一家回纥羊肉店，一起去吃点儿？”

罗侍郎回了一礼，笑着叹道：“郡王乃醉翁之意不在酒，想着如何套下官的话吧？下次，下次，今日容下官回去想一想明日如何驳你。”

柳白微笑得张扬，上前道：“别这么记仇嘛，咱们都是为了大玄！下了朝，咱们该吃吃，该喝喝，走走走！今日我请客！”

说罢，他一把勾住罗侍郎的肩膀，回首朝有些内敛的青年道：“王裕，一起来！”

赵嫣站在含明殿前，看着在朝堂上针锋相对的这两拨人你一言我一语地走远了。闻人蔺负手而来，顺着她的视线望去，沉声笑道：“殿下驭臣越来越得心应手了。”

“这也有太傅的功劳。”赵嫣私底下仍会戏谑地唤他为太傅，悄悄地靠近他，以肩碰了碰他的手臂，“你不觉得如今的朝局很有意思吗？朝堂上，两拨人吵归吵，但一下了朝，仍是往来谈笑、相知相敬的同僚，不会像先帝、魏琰之流那般，因利益不同而大肆排斥异己。”

所谓君子和而不同，大抵如此。

有少年死于浊世，她才致力于拂开一片清明。

闻人蔺望着她明亮的双眸，颔首赞道：“嫣嫣真厉害。”

“敷衍。”赵嫣瞥了一眼四周垂首而立的宫侍，嘴上嫌弃，可眼中的笑意怎么也掩盖不住，悄声道，“不过江祭酒倒是提醒我了，本朝一向是女子十五岁及笄后便谈婚论嫁，若女子也能寒窗苦读十年、知书明理，那么婚育之事必定会推迟。我希望无论男女都有选择主内、主外的自由，但大玄的兵力不能疲，所以我想，能不能适当地增加女兵，让有能力的女子也能上战场。此事你在行，还得请肃王殿下帮衬些。”

闻人蔺拉长声音“哦”了一声，笑着转身进了殿，慢条斯理地拉了一把椅子坐下：“那要看殿下如何求本王了。”

赵嫣一噎，跟着走进去，双手撑在书案上看着他：“闻人妖妃，你别太得寸进尺了！”

“不可以吗？”闻人蔺屈指抵着额角，眼中含笑，毫无自省之意，“殿下一回来就忙于政务，都多久没有陪陪未婚夫婿了？本王夜间多留一刻，还要被司寝的女官赶走。”

赵嫣忽然有些理解史书中那些专宠一个人的昏君行径了。

但她是个有定力的摄政长公主，绝不能被小小的男色诱惑。

“过几日吧，”她扬着长眉倾身，“过几日我回东宫住。”

“过几日？”闻人蔺的眸色渐深。

“那明日，今天真不行。”赵嫣不自觉地咽了咽口水，直起身子，坚定地道，“我要去阅奏折了，勿扰。”

“好啊，”闻人蔺倾身靠近她，低声道，“殿下阅奏折，臣阅殿下。”

这话……

想起那段荒唐的回忆，赵嫣窘迫得抓起几案上的朱笔朝闻人蔺掷去。闻人蔺轻飘飘地接过朱笔，在指间利落地转了个花，得逞般肆意地低笑了起来。

翌日，闻人蔺腾出了一整天的时间，陪赵嫣处理完奏折，就带她乘马车出了宫。

九月桂子飘香，街上行人来来往往，各色应季瓜果载道，货郎的吆喝声不绝于耳。

“怎么突然想带我出宫玩？”赵嫣戴着帷帽，撩开了轻纱的一角，“我还以为……”

闻人蔺似乎看穿了她的想法，扬起嘴角反问：“以为什么？”

赵嫣轻咳了一声。

她还以为闻人蔺要拉着她试一试新炼成的药油……

“虽然让殿下失望了，但本王的脑子里并非全是那档子事。”闻人蔺面色平静，一身正气的样子，“本王怕殿下久居宫中不出，被憋蔫了，这才想着带殿下出来散散心。”

听见赵嫣嘤咛一声，闻人蔺眼皮一跳，睨向她，问道：“又做甚？”

“本宫好感动！有夫如此，妻复何求？”赵嫣单手撩着帷帽的垂纱，笑吟吟地说道。

闻人蔺的嘴角明显上扬了，他抬手捏了捏她的后颈，道：“去看看有没有喜欢的地段或宅邸。”

赵嫣有些意外：“宅邸？是要选新的女学馆址吗？”

闻人蔺微微一怔，见她满眼放光，倒也没有否认。

赵嫣想到了什么，又小声道："这钱没法从国库中出，年初多地的赋税减免，内帑中的银钱尚未攒够。我原想……推到明年春天再做决定的。"

闻人蔺笑了一声，缓缓地道："殿下只管看，钱从殿下的聘礼中扣。"

"真的啊？"赵嫣追了上去，眉眼如月，"学馆我想购置在大宁坊，那里地段便宜，也清净。"

"还有呢？"

"还有？"

"若让殿下选私宅，殿下喜欢何处？"

"那必定是永昌坊，离东宫和太极宫都很近。"赵嫣负着双手兴冲冲地计划起来，末了才反应过来，"你问这个做什么？"

"没什么。"闻人蔺淡然回道，眸中却有未尽之意。

"骗人，肯定有什么！"赵嫣狐疑地道。

然而不管她如何追问，闻人蔺都只是悠然信步的样子，不愿开口透露。

赵嫣最终还是将女学馆的地址选在了明德馆的隔壁，一则此处正巧有几座荒废已久的宅院，价钱不算贵；二则明德馆这个地方对赵嫣和所有求学不易的人来说皆有重要的意义。

修缮宅院、改造学馆、聘请女学夫子、擢选适龄有才的少女……赵嫣前前后后筹备了大半年，京中第一座正式的女学馆终于开馆了。

第一批被擢选出来的女学生不多，满打满算不到六十个人。其中一部分学生为朝中革新派官吏家中未出阁的女眷，代表家族的政治立场而来，以身作则；一部分学生是凭真才实学被录用的小才女；还有少数学生为慕名而来的京畿外小门小户的女子，想借女学馆这个跳板寻个乘龙快婿……入学初试刷掉了一半浑水摸鱼的学生，最终留下来的不过三十二个人。

不过，赵嫣对这个结果已经很满意了。

永平二年，八月，宫中一年一度的经筵日讲开设，由新擢的户部尚书周及主持。与此同时，女学馆正式启学。

女学生们的儒服是赵嫣亲手改良的，淡蓝白底的大袖儒服，搭配飘带、玉饰和香囊，穿在身上行动翩翩，颇有雅风。

女学生们或含蓄，或开朗，但拜孔圣人像时皆一样知礼、认真。

一墙之隔的明德馆内，几个年轻气盛的儒生听着隔壁清脆的女声，既觉得新奇，又不敢苟同。

其中一个儒生哂笑道："女子能学出个什么名堂来？只怕她们是来此攀龙附凤、寻觅佳婿的。"

另一个儒生附和："就是就是！张兄，我看你还是离远些，免得被哪个小娘子看中，平白玷污了这身功名。"

隔壁的诵书声停滞了一瞬，继而轻快的脚步声靠近了。

墙下，有个脆生生的嗓音应道："隔壁的人也太不要脸了些，说得好像我们看得上尔等似的。"

"就是呀！"另一个女声道，"来这里的女子都不容易，自当勤苦勉励，即便与你们同处一馆，也只会想着如何在读书、治世上将你们打败。书文瀚海，古今圣贤，当穷一生求之，女子哪一样不比你们强？"

"可不是吗？男子见着女子就以为是奔着他而来，未免太自以为是了。"

"某些男子啊，就知道靠束缚女子来获取自信，真是可怜。诸位同侪别和这种人浪费口舌，咱们继续温书。"

方才嚼舌头的那几个年轻人顿时羞得面红耳赤，不敢反驳，道了一声"好男不跟女斗"便三三两两地回书舍苦读去了，劲头比平日更足，像要找回面子似的。

琴楼之上，赵嫣坐在高处，将一切都收归眼底。

"闻人少渊，我忽然有个主意。"她一眯眼眸，扯了扯身旁闻人蔺玄色的衣袖，道，"你说若是定期让明德馆和女学馆联合考校诗文经论，比评出一二三甲，然后张榜表彰，会如何？"

那只怕双方都会铆足了劲地比拼，大家有好戏看了。

闻人蔺以手搭着雕栏，颔首点评："并驾齐驱，必能日行千里。殿下这招角逐之计用得不错。"

"我觉得可行。"赵嫣的眼眸越发清亮，她笑着道，"说不定，在不久的将来，这里真的能走出不少女夫子、女宰相呢？到那时，必是八方来贺、万象包容之景。”

闻人蔺想了想那个画面，觉得倒也不错。

“殿下又有的忙了。”闻人蔺顺着她牵着自己衣袖的手往下摸，与她十指相扣。

“这不是有太傅在吗？”赵嫣毫无后顾之忧，笑吟吟地跟着闻人蔺下了楼。

闻人蔺看了她一眼，轻轻地勾了勾赵嫣的掌心。赵嫣五指一蜷，不甘心地勾了回去。两个人竟像孩童一样，借着袖袍的遮掩悄悄地用手指打架。

吉日吉时，街上有送亲的队伍经过。漂亮的嫣红花轿中，垂幔轻飘，手持却扇的妙龄新妇朦胧可见，围观的群众笑着拊掌相迎。

几个散课出来透气的女学生手拉着手，踮着脚尖在人群中观看，赞叹道：“快看！好漂亮！”

轿中的新妇亦从却扇后悄悄地往外看，向那群自由自在的儒服少女投去了艳羡的目光。

在这个人潮汹涌的岔道口，她们皆选择了各自的道路，一往无前。

“嫣嫣。”上车前，闻人蔺唤道。

“嗯？”赵嫣提着衣裙踏在脚凳上，回首看向了他。

今日阳光正好，气氛也正好，闻人蔺勾住她的手指，浓密的眼睫半垂，语气缱绻得好像他深思熟虑过千万次。

“我们成亲吧，”他说，“组建一个我们自己的家。”

秋风卷过，送嫁的队伍洒下的彩纸翩然飞舞。

赵嫣忽然明白，去年闻人蔺问她有无心仪的私宅地段时，那藏匿于眸中的未尽之意是什么了。

行于深渊的人终于窥见天光，说他想有个自己的家。

六

永平二年绝对是大玄史书上可堪详写的一年，诸多新策逐一颁布了。

譬如开春的“清田改税，还田于民”之策；譬如春闱科举之革新，使大批寒门进士受到朝廷的重用；又譬如八月京师第一座女学馆正式启学……而最令人津津乐道的莫过于摄政长公主与肃王殿下大婚的消息。

旗鼓相当的两个人珠联璧合，乃大玄第一喜事，朝臣自然顺水推舟，集体请奏早日定下大婚的日期。

如此几番流程下来，婚期定在了来年暮春四月，留出了半年的时间筹备。

之前赵嫣图方便，亦是为了开源节流，大多时候住在东宫或含明殿中，并未筹建摄政长公主府。如今她要成婚，这府邸便不能不建了。

好在闻人蔺可靠得很，早已在永昌坊选定了一处宅邸，又买下了隔壁的两处院落，将其打通，花了数月的时间，按照赵嫣的心意修缮完成了。

“摄政长公主和肃王殿下势均力敌，各有基业。你们说，这两个人完婚后，到底是长公主入住肃王府，还是肃王入赘长公主府呢？”

几个行人远远地望着长公主府邸恢宏的正门，驻足交谈着。

“嗐，如今朝堂提倡众生平等、男女皆同，哪里还有下嫁、入赘的说法？夫妻一体，哪里方便就住哪里啰！”

“正所谓英雄难过美人关，想当年，肃王是何等可怖的存在？他跺一跺脚，京师都要抖上三抖，如今竟甘心折服于摄政长公主的裙下。啧，你们是没有看到，肃王殿下隔三岔五就要来摄政长公主的府邸监工，每一处细节都要亲自过问、调整。那个细致认真劲，哪个男子见了不汗颜？”

“兄台此言差矣！摄政长公主可不是用肤浅的‘美人’二字就能概括的。在她摄政的两年里，大玄上下日新月异，肃王这等毁誉参半的人有她管束着，必保兵权无忧，这是天下的福祉啊！”

“这叫什么？这就叫珠璧联辉，皆大欢喜！”

众人笑语了一番，四下散去了。

永平三年春，四月十八，大吉。

天还未亮，赵嫣便在流萤、时兰及梳妆宫女的帮助下沐浴更衣、装点打扮了。

宫中张灯结彩，热闹非凡，捧着各色头面和酒食的宫娥、内侍往来不绝，喜气洋洋。

寝殿中烛火通明，照亮了挂在紫檀木衣架上的嫣红色的嫁衣，以及几案上一排排璀璨的首饰。

赵嫣抬手抚摩刺在眼尾下的泪痣，又望向了铜镜中的自己。回宫的四年时间里，她褪去了青涩稚嫩的样子，精致漂亮的眉目彻底长开了，多了几分上位者的坚定和温柔，整个人如明珠般流光溢彩。

脱离了少女的稚气，她好像不那么像赵衍了。

铜镜中熟悉的脸渐渐模糊，好似有个少年披衣而坐，朝她微微一笑。

赵嫣正想着，时兰的声音打断了她的思绪："殿下，您用点儿粥食吧！离肃王殿下来接亲还有四个时辰，殿下可不能饿坏了身子。"

赵嫣回过神，接过以碧瓷碗盛着的粳米粥，眨了眨眼睛，问："有肉吗？"

按理说，新妇出嫁前只能用些粥水，不能吃荤腥油腻。

时兰对自家主子的习惯了如指掌，抿唇一笑，道："知道您不爱吃这些清汤寡水的吃食，瞧，奴婢偷偷地带了什么来？"

她打开食盒最下层，里面是一碗皮薄馅大还冒着热气的虾汤抄手。

赵嫣深深地嗅了一口香气，登时连粥碗也顾不上了，端起抄手就小口地吃了起来。抄手鲜香，还夹杂着肉香，她吃得别提多过瘾了！

她吃到一半，殿外忽然传来了宫婢们的请安声："太后娘娘千岁！"

"母后？"赵嫣连忙将未吃完的抄手藏回食盒中，匆匆地盖上盖子，站起身来。

可她那两片娇嫩饱满的菱唇上分明还沾着些许油光，她心虚地将其抿去了。

"都快要出嫁的人了，还这般贪嘴。"魏太后依旧是几年前的模样，冷艳端庄，只是清冷的凤眸中多了几分柔和之意，"你想吃就吃吧，这里没有外人。"

“儿臣吃饱了。”赵嫣有些不好意思，抿了抿唇，然后道，“母后怎么在这个时候来了？”

魏太后取出袖中的绸帕，上前轻轻地拭去女儿的嘴角上的一点儿油光。赵嫣讶然，眼睫颤了颤，站着没动。

“坐下。”魏皇后示意，随即从流萤的手中接过玉梳，从赵嫣的背后托起了她乌黑秀丽的长发，“你自幼好强，如今的一切都是你自己挣来的，哀家身为你的母亲，却未曾真正为你做过什么。听闻民间嫁娶，母亲会亲自为出嫁的女儿梳头祈福，以求她一生顺遂、婚姻圆满。今日，哀家就为你梳一梳头吧。”

玉梳顺着缎子般的黑发一梳到底，赵嫣感受着轻轻地抚在她头顶上的那只手，忽然笑了。

这么多年了，她才发现母后的手这般柔软，这般温暖。

梳发绾髻，戴上光彩烨然的流苏凤冠，赵嫣穿着拖地的嫁衣，额点珍珠，仿若将万千星光和曦华披于一身，矜贵美丽得让人觉得陌生。

魏太后看着红装初成的女儿，竟渐渐地湿了眼眶。她赶紧侧首，不着痕迹地抹了一把眼角。

赵嫣从镜中看到魏太后的反应，亦被触动了。珍珠步摇轻轻地晃动着，她起身唤道：“母后。”

魏太后转过脸，恢复了往日镇定的表情，应道：“还有什么需要哀家做的？”

赵嫣笑着摇了摇头：“儿臣这些年未曾真正为母后做过什么。虽然母后说过，一家人不必谢来谢去的，但我还是想说……”赵嫣在魏太后微微诧异的目光中上前一步，如寻常人家的女儿那般，抬手轻轻地拥住了这个嘴硬心软、并不完美的母亲，“多谢母后给了我六年自在的华阳生活，今后我也会好好的，每日依旧会进宫来，您不必挂怀。”

魏太后喉间一阵酸热，在哽咽之前匆忙地闭了闭眼，深深地呼吸了一下。然后，她徐徐地绽开笑颜，回拥住女儿，抚了抚女儿的肩背，道：“好。”

赵嫣没想到自己真的跨出了这一步，母女俩六年多的隔阂仿佛骤然被这个拥抱填平了。

大概是觉得不太习惯，赵嫣很快便松开了手，款款地后退一步，再次行了出阁大礼。

赵嫣戴上太皇太后送给她的那串白玉佛珠，先去了北宫蓬莱殿，拜别太皇太后。

太皇太后已经年至古稀，两鬓雪白，精神时好时坏，不太能下榻走动了，便拄着手杖坐在榻上受了赵嫣的大礼。

她颤巍巍地抬起布满皱纹和老年斑的手，向赵嫣招了招手，道："长风丫头，过来。"

赵嫣小心地提着嫣红洒金的裙裾，上前再拜，握住了太皇太后伸出来的干枯而温暖的手，含着笑应道："孙女在。"

"当年你虽为大局回来，但老身不希望你再为大局而委屈自己。"老人家紧紧地回握她的手，又轻轻地拍了拍，以缓慢而沙哑的声音嘱咐她，"夫妻俩好好地过日子，你别累坏了身子。闻人蔺若胆敢负你，你只管休了他。"

赵嫣听到最后一句，不由得笑了起来，应道："好，孙女绝不委屈自己。但是皇祖母，闻人蔺是您亲自认可的人，孙女信您的眼光，也信自己的眼光，他不会负我的。"

太皇太后"呵呵"一笑，连连颔首道："好，好。"

赵嫣辞别了太皇太后，永麟殿内已备好了午宴，百官皆着官袍静候，只待摄政长公主露面。文武众臣见到赵嫣便齐齐撩袍跪拜，山呼道："恭贺摄政长公主九千岁，新婚吉乐，百年好合！"

赵嫣含着笑抬手，郑重地道："受礼，众卿平身。"

午膳时，赵嫣只陪着百官饮了一轮酒，便重新回含明殿中补妆了。

"吉时至——"

随着礼赞官的高声通传，鼓乐声起，闻人蔺领人于东门外接亲来了。

赵嫣没有执却扇遮面，只抬手抚过凤冠两侧的珍珠流苏，在赵媗和霍蓁蓁两位女傧相和数十名宫娥的引导下，大大方方地踏着红毯和一地花瓣朝东门外那道颀长矫健的身影走去。

袖袍翻飞，她看起来自信又轻盈。

闻人蔺着一身殷红色的袍服，佩玉带，踏革靴，从暮春纷纷扬扬的芳菲中抬眸，面容俊美得宛若神祇，一如当年二人在暖阁的池边初见时的样子。

两个人目光相触，俱在对方的眼中看到了明显的惊艳之色。

肃王府的傧相递来了红绸花，但闻人蔺没有接，而是笑着伸出一只修长的大手，当着众人的面牵住了赵嫣的手。

男人的腕上戴着一串檀木佛珠，与她的白玉佛珠是一对。他的手指顺着赵嫣的指缝间滑入，随即扣紧，与她比肩踏过红毯，朝宫门外精美的金铜肩舆而去。

闻人蔺的手很暖，握得很紧，赵嫣不由得悄悄地看他，与他垂眸时专注的视线对上了。

霎时间仿佛鼓乐声远去，人群模糊，梨花纷纷扬扬地落下，宛若白首之约，天地间只余下他们夫妻二人。

闻人蔺送赵嫣上了红漆雕金的宽敞的肩舆，俯首在她的指尖上轻轻一吻，笑着低声道："稍后见，殿下。"

赵嫣的指尖自他修长的手指上划过，雪腮上飞着浅浅的桃红色，她眨着明眸，含笑道："稍后见，闻人少渊。"

摄政长公主大婚，声势浩大，盛况空前。

宫娥着锦袍霞帔，掌扇簇拥着肩舆。迎亲、送亲的队伍从宫门出发，蜿蜒数里，禁卫不得不派出大批人马提前开道，以便肩舆和聘嫁之礼顺利地通过。

街道两旁的酒楼茶肆的临窗雅间在数月前便已尽数被订满，此时成千上万的大玄子民正挤在道路两旁的高楼上，只为一睹这场百年难遇的盛大婚礼。京师几乎万人空巷。

"前方骑马的人是肃王吗？老天爷！也只有这般仙人之姿的男子才能配得上摄政长公主吧？！"

"肃王光容貌出色也就罢了，这上百担的聘礼亦是真材实料！肃王对长公主殿下还真是一往情深，宠妻宠到骨子里了，几乎将全部身家都捧了出来，就是当年先帝迎亲也不见这般厚礼啊！"

"看看后边，摄政长公主的陪嫁虽然也丰厚，但她毕竟是至高无上的女皇家子，陪嫁和聘礼这么一对比就稍显寒酸了。”

“你知道什么？那是因为摄政长公主将食邑钱财都拿去鼓励农耕、资助儒生了！她是真正的有大德之人。”

然而当载着长公主的肩舆行至众人的眼前时，方才争执的那些人都不约而同地看直了眼睛，忘了出声。

肩舆上，轻纱飘动，长公主着凤冠红裙端坐其中，眉目精致若画，时不时地朝周遭围观山呼的百姓颔首致意。

她惊鸿一瞥，簪星曳月，光一个侧颜便足以让满城的春色如泥塑般黯然失色。

长公主不愧是大玄的盛世明珠啊！

“这两个人合该在一起，”肩舆远去，有人低声喃喃道，“天底下恐怕再也找不出能与他们相配的人了。”

婚宴最后的大礼安排在了摄政长公主府中。

所有人都知道这意味着什么——肃王甘愿自降身份，臣服于他挚爱的妻子。

夕阳收拢了余晖，然而摄政长公主府邸内依旧灯火通明，亮如白昼。

洞房内，喜烛高照，映亮了满堂的红绸。闻人蔺在门口仔细地濯净了手，以绸帕擦干，这才撩袍坐在赵嫣身侧的床沿上，接过掌事者递来的合卺酒。

赵嫣接过另一杯合卺酒，与闻人蔺交杯而饮，行同牢之礼。

两杯酒被饮尽，便到了洞房花烛之时。

流萤和时兰分别替赵嫣卸下妆容、摘下凤冠，又备好了两盆清水和两条棉巾，双双福礼道贺，然后才心照不宣地领着侍从们退下，掩上了房门。

占风铎于檐下清脆地呢喃，远处喜乐仍在继续，烟火的彩光映在窗纸上，忽明忽暗。

闻人蔺的眉宇间落着红烛的暖光，挺拔的鼻梁下，薄唇因沾染了酒光而显得格外润泽。他抬手抚上赵嫣软玉般莹白的脸颊，像在确认幻梦一样美丽又脆弱的珍宝一般，认真地端详她。

“殿下甚美。”他忽然落拓不羁地笑了一下，凑过去重复道，“本王的嫣嫣甚美。”

他倾身时，腰间的暖玉随之滑落，碰到了赵嫣的指尖。

赵嫣没来由地脸颊发烫起来，灿若星辰的眸子含着笑意，轻声道：“这玉佩好丑。”

她指了指闻人蔺挂在腰间招摇过市了一整日的那枚她当年赠送的猫纹玉佩，赧然道：“今日大喜，你怎么不换一块上档次的玉啊？它太丑了……当初我不觉得，现在仔细一看，它真的太丑了。”

“不丑，挺别致的，世间绝无仅有。”闻人蔺低沉的嗓音中带着笑，他托起赵嫣的一条腿置于自己的膝上，为她褪去鞋袜，道，“只要是嫣嫣的东西，都是好看的。”

赵嫣仰身撑在撒了桂圆和红枣的柔软的喜被上，用脚尖轻轻地踢了踢他的腿，挑着眉道：“闻人少渊，你也开始睁着眼睛说瞎话了。”

闻人蔺握住她乱动的脚踝，感受掌中之物的温软细腻，简直纤细得不盈一握。他的眼眸黯了黯，指腹顺着她匀称的小腿往上移去。

嫁裙随之缓缓地滑下，堆叠在了赵嫣的腰下。她倏地攥紧了五指，哑着嗓子唤了一声：“闻人少渊……”

话还未说完，她的唇瓣就被他强势而温柔地堵上了。

“都成亲了，还不改口，嗯？”闻人蔺撑着身子跪在她的膝间，凝视着她泛起水雾的眼眸，蛊惑她，“嫣嫣？夫人？”

“闻……嗯！”赵嫣的唇再次被堵上了。

这次的吻要绵长得多，她几乎喘不过气来，只得一边不老实地蹬他，一边含混地道：“夫……夫君。”

闻人蔺托着她骨肉匀称的腿，心满意足地笑了，笑得眉目含春，双肩都在轻轻地抖动。

赵嫣也不知道这么一个称呼怎么能让他笑成这样，莫非自己方才的语气太狼狈了？

她正想着，闻人蔺就将她揽入了怀中，凝视着她水润的眸子，轻声说道：“我以前从未想过自己成亲的样子，想象不出来……但现在，我知道了。”

两个人贴得这样近，赵嫣终于能感受到他一向平稳的心跳起了波澜，他的心脏急促有力地撞击着胸腔，连带着她的胸腔也发出酥麻的共鸣。

赵嫣看到了闻人蔺眼中缱绻的深情，那不是戏谑的逗弄之意，而是真正开怀的神色。

闻人蔺是真的很开心。

赵嫣心一软，双手捧住了闻人蔺俊美的脸颊，凑上前去，认真地碰了碰那两片温热的薄唇。

闻人蔺顺从地垂下了眼睫，回吻着她，很快便反客为主。

压箱底的春图此刻被搁在了枕下，然而他们谁也用不上。

喜烛摇曳，一室暖光，浓夜且长。

赵嫣一觉睡到了日上三竿，窗外喜鹊鸣叫，岁月静好。

她醒来第一眼看到的画面便是男人侧倚着床头看着她，修长的手指慢慢地捋着她睡翘的一缕发丝，眼中含着笑。

闻人蔺声音低沉沙哑地道："早，夫人。"

她第二眼看到的则是满地的衣物。

"早啊，闻人妖妃。"

赵嫣这话说得咬牙切齿，却因带着鼻音，反倒透出几分撒娇的意味来。

闻人蔺果真笑了起来——他最近特别爱笑——然后俯下身，吻了吻妻子的眼睫。

于是，新婚第二日，赵嫣起床的时间从日上三竿拖到了正午，"闻人妖妃"的称号再次被坐实了。

闻人蔺带着赵嫣去了一趟灵云寺，将喜讯告知了英灵殿中那些沉默的灵魂。

参天的菩提树郁郁葱葱，树下一对新人的长影交叠。

闻人蔺抱住赵嫣的纤腰，轻而易举地将她举过头顶，送到树梢旁。

赵嫣将两个人刚写好的祈愿红绸绑在新发的枝丫上，把鬓发别至耳后，道："好了！"

闻人蔺抱着她转了一圈，然后才将她放在地上，捏了捏她小巧白皙的耳垂："时辰尚早，殿下想去哪儿？"

赵嫣顺势分开他的五指，扣住，摇首一笑："回家，陪我的妖妃。"

闻人蔺微扬嘴角，反握住她的手，踏着一地夕阳归去了。

清风掠过，树影婆娑，祈愿红绸如倒垂的红霞般翻涌着，其中两条墨迹未干，隐约可见。

"愿盛世清明，与君白首。"

"愿吾所爱，长安常安。"

七

永平四年秋，十月初九卯时，摄政长公主赵嫣诞下一女，举国同庆，大赦天下。

这孩子的父母是大玄最尊贵的两个人，故而她一出生就如众星捧月般备受瞩目。礼部为其拟定了十几个郡主的封号，然而挑来挑去，竟然没有一个封号配得上这小婴儿无上的身份。

最后礼部尚书想了个折中的法子：摄政长公主总理朝政多年，功绩斐然，虽不是皇帝，然而地位与皇帝无异，其女当以皇女的身份教养。

永平五年秋，小皇女即将迎来周岁生日。

一个阳光晴好的下午，乳娘喂了奶，哄了小皇女片刻，就见肃王殿下从外间归来了。他解下外袍挂在木架上，道："把人给我。"

乳娘连忙屈膝道"是"，然后小心翼翼地将小皇女放到了肃王的怀中。

历经了快一年，肃王对于抱娃已经得心应手，臂弯刚好可以将孩子揽入其中。他一只手托着孩子，另一只手拉开窗边书案旁的椅子，一边翻阅军中呈上的公文，一边抱着孩子晒太阳。

午后的秋阳并不烈，洒下一层浅浅的金光，晒得人很舒服。方才还"嘤嘤"地闹腾的小皇女到了阿爹的怀中，立刻睁着眼睛安静下来了。

闻人蔺提笔润了墨，刚欲落笔批复，就见一只胖乎乎的脚丫高高地翘起，踢在了他的下颌处。他垂眸，看到女儿过分纤长的眼睫上染着金光，黑曜石般的大眼睛一眨不眨地望着他。

小婴儿见父亲没有出声，绫袜中莲子般白嫩的大脚趾翘了翘，两只肉乎乎的小手不住地朝空中抓着，嘴里发出了含混的“咿咿呀呀”的声音。

她和她阿娘一样，爱抓人、踢人。

一旁的嬷嬷唯恐打扰肃王办公，轻声道：“王爷，还是将小皇女交给奴婢吧。”

“不必。”

闻人蔺搁下笔，双手将女儿举至半空，而后如同逗猫一般与她碰了碰鼻尖，小婴儿立刻被逗得“咯咯”笑了起来。

处理完公务，闻人蔺抓起木架上的外袍裹住女儿，为她挡风，又以单臂托着她，慢悠悠地去含明殿接妻子回家。

夕阳流泻，像要在入夜前将金红色燃烧殆尽。宫道上秋意浓浓，一切喧嚣都安静地收敛了起来。

赵嫣伸了个懒腰，曼妙饱满的曲线随之突出，更为她添了几分慵懒的玲珑之态。

见闻人蔺抱着女儿进来，她弯着眼睛一笑，起身以指逗了逗他怀中的小婴儿，道：“乐宁，跟着阿爹晒太阳去了吗？”

小婴儿“咿呀”一声，竟然含混地叫出了“阿娘”二字，惹得赵嫣眉开眼笑，心都快化了。

闻人蔺沉声嗤笑：“本王日日抱她，倒没见她叫两声爹。”

赵嫣扬着眉，得意地道：“谁叫这孩子跟我姓呢？”

关于孩子的姓名，这也是一桩误打误撞的趣事。

赵嫣怀胎时有些辛苦，加上要处理国事，偶尔疲惫时就会躺在闻人蔺的怀中抱怨两句，冒出一些稀奇古怪的想法来。譬如第一个孩子诞下后一定要随她的姓，以后她若有缘再生，就随闻人家的姓。

这本是她随口说出的一句玩笑话，谁料闻人蔺只思索了片刻，便颔首同意了。

赵嫣大惊，追问他为何同意。闻人蔺淡然回答：“生个小赵嫣，本王可以看着她长大。”

赵嫣愣了会儿神，反应过来闻人蔺应该一直有些遗憾。当年尚是少年的他曾与她在宫门外擦肩而过，明明能作为青梅竹马一起长大，却平白无故地错过了六年。

赵嫣“扑哧”一笑：“你就不怕我生的是个儿子？”

闻人蔺揽着即将临盆的妻子，闻言皱起了眉，轻轻地“啧”了一声，似乎很嫌弃。

好在上天苦了闻人蔺这么多年，唯独在这件事上遂了他的意。赵嫣生下了一个健康的姑娘，闻人蔺亲自给她取名为“赵乐宁”，寓意其一生康乐安宁。

含明殿内，赵嫣接过女儿抱着，对闻人蔺道：“你来得正好，再过几日就是乐宁的抓周礼了，礼部呈了单子上来，你看一眼。”

闻人蔺取过那份红底洒金的单子，坐在椅中仔细地审阅，大到宫宴的流程，小到抓周礼上盛放的物件，皆一条一条仔细地过目、修改。

最后的流程被敲定之后，很快就到了赵乐宁的抓周礼。

赵媗和裴飒也带着三岁的长子和一岁的次女前来赴宴了，赵媗温声道：“启元大概是像我，性子安静，在抓周礼上握住书卷不肯放。璎儿反倒随了她爹，那么多胭脂水粉、书画字帖不要，偏生一把抓住了木刀、木剑。”

赵媗与裴飒鹣鲽情深，三年抱俩。赵媗提及丈夫和儿女，脸上尽是柔情蜜意。

“我家乐宁早慧，性子像她爹倒还好，若是像我，指不定抓什么乱七八糟的东西。”赵嫣有些紧张，又按捺不住期待，问宫人：“都安排妥当了？”

流萤再次清点了在宽大的绒毯上摆放的几十样物件，福礼道：“回长公主殿下，都安排好了。”

“放上去，小心些。”赵嫣示意闻人蔺。

闻人蔺抱着女儿上前，将她轻放在靠门口的绒毯的末尾处，围观的赵媗、霍蓁蓁以及时兰等人皆拿着各色纸笔、胭脂逗小皇女前行，而另一边，裴飒与柳白微则拿着镶嵌宝石的匕首、拨浪鼓等物摇晃着。

赵乐宁戴着虎头帽子，大眼睛滴溜溜地转了一圈，似乎被前方一个温润流光的东西吸引了注意力，撅着屁股在绒毯上爬起来。

她没有理会胭脂水粉，也没有去看那些精致的匕首和玉笔，而是径直爬到了绒毯的尽头，好似累了一般，“嘿咻”一声坐下，握起小肉拳，煞有介事地捶了捶小腿。

众人皆屏息以待，赵嫣也不自觉地攥紧了一旁闻人蔺的袖子。

闻人蔺的内心无波无澜，手指就着袖袍的遮掩回握住赵嫣的手，安抚般捏了捏。

赵乐宁休息够了，又有了动作。她撑着地毯晃晃悠悠地站了起来，费力地攀着几案的边缘，踮着脚，仰起脑袋，伸手去够几案上摆放的玉玺——那原本是赵嫣批阅完奏折后，随手搁在一旁的，此时却被自己的女儿抱在了怀中。

玉玺很沉，赵乐宁使劲地“嘿咻”一声，小小的身子被带得朝后仰去。

众人齐齐地抽了一口气，刚要上前，只见闻人蔺及时伸手托住了女儿的后背，让她稳稳地坐回了绒毯上。

赵乐宁如愿以偿地抱着玉玺，笑着露出了两颗白白的乳牙。

满殿的人十分震惊：不得了了，大玄已经有了一位史无前例的摄政长公主，以后只怕还要再出一个女君呢！

连赵嫣也吃了一惊，问女儿：“乐宁，你当真要这玩意儿？”

“要！”赵乐宁抱着玉玺便不再撒手了，笑着吐出了一个晶莹的口水泡泡。

闻人蔺却低声笑了出来，抬眸对赵嫣道：“不愧是我们的女儿。”

赵乐宁三岁时，已经能坐在脚不着地的椅子里跟着闻人蔺认字和对弈了。

她皮肤雪白，五官漂亮精致，偏生眉眼与她父亲的一样浓重，眸若点墨，眼睫极为浓密纤长，那双小肉手执笔或执子时像模像样的。

赵嫣偶尔会去偏殿瞧瞧这对父女，而后飞快地在闻人蔺的脸颊上亲上一口：“夫君辛苦啦。”

赵乐宁对自家爹娘的举动见怪不怪了，连眼皮也懒得抬一下，专心致志地思索落子之处。

闻人蔺放下手中的书卷，一只手张开手臂将赵嫣揽入怀中，另一只手屈指抵着额角，散漫地道："教完殿下这个大的，本王现在又要来教这个小的。"

赵嫣靠在他的怀里，反驳他的话："反正你乐意。当初是谁说要生个小赵嫣，看着她长大来着？"

闻人蔺发出愉悦的浅笑声："是，本王乐意。"

"哎，乐宁，你下这儿就输了！"赵嫣提醒女儿，"下这儿，这里，绞他黑龙！"

赵乐宁执着白子，一板一眼地道："阿娘，观棋不语真君子。"

说罢，她还是按照自己的思路，将白子落在了事先想好的地方。

没走几步，赵乐宁果真输了。

"看吧，不听阿娘言，吃亏在眼前。"赵嫣托着腮打趣女儿。

赵乐宁的脸上没有半点儿颓靡之色，她眨巴着眼睛收子复盘，而后从椅子上跳下来，用小手拍了拍衣裳，道："输了就输了，下次乐宁再赢回来。"

赵嫣愣了愣，戳着闻人蔺的肩膀，道："你听到没有？咱们的女儿必成大器。"

闻人蔺慢悠悠地道："她毕竟是咱们的女儿。"

"阿娘、阿爹，抱抱！"

赵乐宁张开小短手，这才显露出几分稚童的天真来。

赵嫣起身欲抱她，却被闻人蔺按住了。

"你昨夜说腰不舒服，别受力了。"

说罢，他蹲下身子，将自己一边宽阔的肩置于赵嫣的臀下，另一只手臂揽住了女儿，站起了身。

赵嫣被他以肩载着，足尖悬空，不由得惊呼一声："好高！闻人少渊，你这样行不行啊？"

听到"行不行"这几个字，闻人蔺轻轻地挑了一下长眉："别动，掉下来的话，本王不负责捡。"

说罢，他右肩载着妻子，左臂搂着女儿，在忍着笑的宫人艳羡的目光中，踏着夕阳稳稳地朝宫门信步走去了。

赵乐宁倒是很开心，不住地在她爹的臂弯中动弹，道："骑马马！骑马马！"

闻人蔺的身子稳若泰山，连一丝摇晃都不曾有。

赵嫣简直不敢直视道旁宫人的视线，只得扶额在内心长叹：她险些忘了闻人蔺的腰臂力量有多强。

赵乐宁八岁时，到了该正式出阁念书的年纪。

她有自己的想法，想和颍川郡王府的两个儿子以及姨母赵媗家的长子在崇文殿里就学，然而这个想法遭到了翰林院中两个文臣的反对。

颍川郡王自己没有争夺皇位的打算，但他的两个儿子有继承权，摄政长公主特允其二子入崇文殿内读书，就是将他们当作皇储培养。裴驸马府上的长子作为伴读，入崇文殿就学亦无可厚非。可皇女殿下身为女子，想读书，同京中的女学生一样，在单开的学馆学习便可，若众臣允许她入主崇文殿，不就承认她也有储君的资格了吗？

兹事体大，翰林院的大学士不敢轻易地点头。

赵嫣以为为了这件事，至少得打半个月嘴仗，谁知没过两天，带头反对的翰林学士许焕就亲自站出来，极力夸赞皇女赵乐宁温恭贤良，可堪大任，朝中的风向陡然逆转了。

于是，皇女赵乐宁顺利地进入崇文殿内听学，成了"储君培养所"的一员，并选定赵媗的次女裴璎为皇女伴读，一同入学。

过几日就是除夕了，崇文殿例行休学过节，散课的时间比平时早些。

太阳还未下山，颍川郡王世子赵子珩第一个黏了上来，他的脸秀气得像女孩子，透着几分狐狸般的聪慧。

"乐宁，跟我去郡王府里玩吗？我刚得了一本古棋谱，要不要一起研究？"说罢，他看向一旁的裴府长子："裴启元，你也去。"

"我回府过节，不去了。"裴启元比他们大两岁，温和地笑了笑。

"我也不去了。"

赵乐宁微笑着收拾了笔墨，心道：赵子珩虽然聪明，但棋风还是老旧了一些。她五岁就不这么玩了，总是赢他也没什么意思。

“下棋有什么好玩的？不如我们去校场骑马。”裴府的次女裴璎的脸上还带着伏案打瞌睡后的压痕，一散课，她整个人就好像活了过来，盛情邀请道，“乐宁，我家新买了两匹小马驹，还有启蒙的小弓，让我爹教你骑射可好？”

“不必了，阿爹教过我。”赵乐宁礼貌地笑了笑，朝伙伴们挥了挥小手，“新年吉乐，明年见！”

说罢，赵乐宁在宫侍的陪同下，小鹿一般一蹦一跳地走了。

出了崇文殿，路过太极殿，赵乐宁远远地见到廊下坐着一个半大的文弱少年。她停住脚步，凝神一瞧，唤道：“皇帝舅舅！”

少年停下手中的活计，有些迟钝地抬起了头。

赵乐宁走到他的面前，俯身看着他满手、满兜的木屑，问道：“舅舅又在造小房子？”

少年的身边，一座榫卯契合的殿宇模型已基本成型，赵乐宁可以看出这个小房子是仿造太极殿组装的，屋脊和主梁精细无比，有几处结构甚至远超太极殿的建筑水准。

赵平未满周岁时受了惊，发了几夜高烧，心智受损，比同龄的孩子迟钝了一些，手指上还有一道浅白色的旧伤，好像被什么锋利的刀刃划破过。

他怔怔地拍落衣裳上的木屑，慢慢地点头，腼腆地“嗯”了一声：“做得不好，主梁有些问题。”

“这已经很不错了！”赵乐宁挥手示意宫人将小房子挪远一些，抚了抚裙裾，在赵平身边坐下了，“过两日就是舅舅的生辰了，舅舅可有什么愿望呀？”

赵平很认真地想了想，道：“希望明年能将皇位禅让出去。”

赵乐宁露出“果然如此”的神情，托着腮问道：“舅舅不喜欢做皇帝吗？为什么每年都许这个愿望呢？”

赵平花了很长的时间组织语言，手指不安地捻着刻刀：“我知道……我不是先帝的孩子，宫人们说的话，我听见了。而且，我太笨了。”他有些失落地说，“乐宁三岁就学会的东西，我到现在也记不住。阿姊待我很好，但我只想造房子。”

“谁说你笨？阿娘说过，每个人擅长的东西都不一样，不能因为自己擅长的事情别人不擅长，就骄傲自大、取笑旁人。”赵乐宁指着那堆木料，有板有眼地道，“你看你做的这些木工，我们练习十年也赶不上呢！阿娘还说过，于营造之法来看，你是个难得的天才！”

“真的？”赵平的眼睛亮了起来。

“真的！不骗你！”赵乐宁又问，“那你不当皇帝，要去做工匠吗？”

“我……想去工部。”

“那你想让谁来当皇帝呢？”

“不知道。”

“不知道？”

“嗯，不知道……”

赵乐宁好像遇到了一个难题，托着腮冥思苦想了很久，说：“要不，我替你做皇帝吧？”

赵平扭过头看她，立即点头如啄米：“好！好！我现在就去和阿姊说！”

“等等，别急呀！”赵乐宁拉住他，“阿娘说过，做皇帝是很难很难的，连她也不敢轻易担起这个担子。我觉得，我还需要很多年去准备。”

见赵平的目光又黯淡下来，赵乐宁很快地补充道：“不过我会努力的，争取早点儿学成长大！”

“好。”赵平受到鼓舞，觉得日子仿佛也没有那么难挨了，立即许诺，“那我以后要给登基的乐宁造世上最大、最美的宫殿。”

“一言为定哟！”赵乐宁与他拉钩，又翘了翘脚尖，道，“不过阿娘说啦，皇帝要将天下百姓的福祉放在首位。你知道什么是福祉吗？”

赵平茫然地摇了摇头。

赵乐宁端起他身侧的殿宇框架，笑吟吟地道：“就是以后再有水患或是风灾，我就让舅舅用营造的技法为他们加固河堤、改善房屋的结构，使百姓有田耕、有房住，不再受颠沛冻馁之苦……我们可以一起为百姓谋福祉。”

“我……我可以吗？”赵平小声问。

“当然可以呀！”赵乐宁露出了一脸真诚笃定的表情，“你若站对了地方，你这门手艺不知道有多珍贵呢！”

远处，散步过来的赵嫣停下了脚步，悄悄地以肩碰了碰闻人蔺的臂膀，示意他往太极殿的方向看。

“散学后不见踪影，原来她是来了这儿。他们在说什么呢？”想起一事，赵嫣又道，“你知道吗？我听闻，前日含明殿前的玉阶上凝水成冰，翰林院的许焕进谏后一时不察，跌了一跤。幸得乐宁路过，不顾皇女之尊，亲自蹲下身给许焕包扎脚踝，嘘寒问暖，又请了张煦前来诊治，给许焕赐了药后还恭恭敬敬地送他出宫归府……许焕被感动得涕泪纵横，再上朝时就当众改口，不再阻拦乐宁入崇文殿听学了。”

闻人蔺微眯双眸，淡然道：“这不是挺好的？”

赵嫣幽幽地看了他一眼，语气复杂：“我方才得知，玉阶上结冰的那瓢水就是乐宁自己悄悄地泼的。”

闻人蔺虽然早已看破内情，但听妻子绘声绘色地这么一说，仍是止不住笑出了声，双肩都颤动起来。

“你还笑？！”赵嫣伸出手指戳着他结实的臂膀，“我看这丫头就是随了你的性子，外表看起来温和无害，肚子里不知装着多少坏水。”

闻人蔺抬手包住她的手指，凑近道：“殿下莫不是忘了，当初为了瞒住假太子的身份，对本王使了多少花招？”

赵嫣顿时说不出话来了。

好吧，这件事爹娘都有责任。

“阿娘！阿爹！”赵乐宁走了过来，好奇地问道，“你们在说什么悄悄话？”

“没什么。”赵嫣蹲下身子看着面前这个性格酷似自己，可眉眼像极了她爹的女娃娃，笑着问道，“你呢？和你小舅舅说了什么悄悄话？”

“也没什么。”赵乐宁学着赵嫣的语气，眼珠子一转，“现在不能说。”

“小丫头，你还有秘密了。”赵嫣揉了揉女儿的头，牵着她起身道，“走吧，回家。”

闻人蔺望了女儿一眼，好似看穿了一切，扬起嘴角，牵住了妻子的手。

一家三口走过漫长的宫道，夕阳下长影并排，宁静美好。

番外一

月落天明

天佑十五年春，流萤奉皇后娘娘之命调去东宫，照顾太子殿下的起居。

东宫的寝殿内萦绕着经久不散的药香，但这个味道并不苦涩，和几案后披衣读书的少年一样轻淡、柔和。

流萤跪在门槛外行礼，听见少年尚在变声期的沙哑嗓音传来，温柔得如同四月的风。

“起来吧，孤这里没有那么多规矩。”小少年轻咳了一声，放下手中的书卷，抬起了头，露出一张超越了性别的漂亮脸庞，微笑着问，“孤记得，你叫流萤是吗？”

看到漂亮羸弱的少年身上极致的破碎感，流萤微微晃了晃神。

回过神来后，她因那一瞬的失仪感到羞耻万分，连忙将头垂得更低，一板一眼地回道：“是。奴婢贱名，不敢污太子殿下的圣耳。”

赵衍握拳抵着唇，轻轻一笑：“你看起来也没比孤大几岁，怎么说话老气横秋的呢？”

流萤连耳根都红了，贴在地砖上的十指无措地蜷缩起来，不知自己是否说错什么话，让主子介怀了。

“你的名字很好。”赵衍继续道。

那时的流萤并不明白，这名字有什么好的呢？

流月、流云……与她一同服侍皇后娘娘的大宫女都有着飘逸灿烂的名字，唯有她人如其名，和萤火虫一样卑微、渺小，毫不起眼。

就这样，流萤成了太子的贴身宫女。

这个少年有从胎中带来的弱症，不能吹风，不能受寒。春日的花那般漂亮，流萤只是放纵太子在廊下多看了几眼，谁知夜里他便发了高烧，咳得脸颊通红。

太医院的人进进出出，看着皇后娘娘焦急的面色，流萤内疚得恨不能以死谢罪，于阶前长跪不起。

自那以后，她加倍小心地服侍殿下，不敢再有半点儿松懈。

服侍太子殿下更衣时不小心碰到了他的手腕，侍墨时无意间拂落了几案上的玉笔，她总是习惯性地伏地请罪：“奴婢知错，请太子殿下责罚。”

对此，太子殿下似乎很无奈。

殿下说过许多次，让她不必这般紧张，可她就是改不了。渐渐地，太子殿下也不再强求了。

入夏的某日，细雨绵绵。流萤端着刚煎好的药汤，一进殿就见太子殿下一动不动地趴在几案上，宣纸凌乱地散落了一地。

她险些被吓得魂飞魄散，将汤药往几案上一搁，匆忙跪着扶起太子，着急地唤道：“殿下！殿下您怎么了？”

她颤巍巍地伸出手指欲探其鼻息，却看到少年忽然睁开了墨色的眼，笑吟吟地看着她。

流萤呆住了，脸上焦急、担忧的神色就这样凝固在了脸上。

“抱歉，孤吓到你了。”太子殿下笑得咳嗽起来，却并无恶意，温和的眼神中夹杂着类似于稚童的眼中才有的狡黠之色。

“殿下没事就好。”流萤默默地捡起散落在地上的宣纸，长舒了一口气。

自那以后，太子殿下似乎找到了新的乐趣。

偶尔流萤端着汤药进门，会猝不及防地看到少年双目紧闭地趴在地毯上、床榻旁或几案上。见她手足无措，少年便会笑着睁开眼，道："抱歉，又吓着你了。"

如此几次过后，流萤已经能淡然地放下药碗，端正地跪坐下来，对着面前一动不动的少年恭敬地道："殿下，该喝药了。"

每每此时，太子殿下便会睁开眼，失望地叹一声："看来，孤这招不管用了。"

听到这话，流萤不由得翘了翘嘴角。事不过三，她哪儿能回回被吓到呢？

"殿下为何总是捉弄奴婢？"

"若非如此，孤怎么能叫你放下紧绷的心弦呢？"太子殿下显然瞧见了她嘴角的弧度，眉目变得温和起来，好像卸下了一个重担，"多笑笑，流萤姊姊。"

流萤一怔，忽然回过神来：自己的心境的确淡然了许多，她不再像最开始那般犹如惊弓之鸟一样紧绷着心弦生活了。

原来太子殿下是用这种幼稚的方法将她拉出自责的泥潭，使她学会平静地面对一切。

"流萤姊姊，若有一天孤真的醒不过来了，希望你能像现在这样平静地送孤离开。"太子殿下饮着苦涩的汤药，忽然温声道。

流萤心脏一痛，连忙倾身着急地道："殿下请不要说这样的话！殿下尚且年少，定能百岁、千岁，活得长长久久！"

太子殿下只是望着碗底的药渣，笑而不语。

这年除夕，发生了一件足以改变东宫处境的大事。

近年来，皇上越发宠信神光教，倚重肃王闻人蔺，几乎将年轻时的那些雄心壮志背弃了个干净。除夕又逢皇上大寿，太子殿下入宫赴宴时，不知说了什么话，引得龙颜不悦，被罚禁足于东宫面壁思过一个月。

那晚，太子殿下面色苍白地被禁军"送"回东宫，关在了殿中。

窗扇上映着一个披衣而坐的瘦弱身影，少年弓着腰，握拳抵唇，咳得昏天黑地。

流萤端着药汤进去看他，见少年握着拳伏在几案上，单薄的脊背随着呼吸急促地起伏，让人凭空生出一种错觉，仿佛下一刻他就会化出双翼，乘风消散。

“流萤，孤好像……被困在了自己的身体里。”

太子殿下叹息时虽是带着笑的，但流萤感受到了一种如被雾霭萦绕般的无力感。

这具病弱破碎的身躯承受不住少年深厚又澎湃的灵魂。

自那以后，太子殿下好像变了。

他依旧温和谦逊，只是越发勤奋刻苦，哪怕病得下不来榻，也依旧手不释卷、秉灯夜读，如同急于成长的树苗一般，拼命地汲取圣贤经论中的甘霖。

天佑十六年冬，太子殿下从死牢中救回来一个人。

那是一个如豺狼般长相凶悍的男人，一道可怖的伤疤从左眉划过鼻梁，额角和颈后皆烙有象征极恶之徒的刺配痕迹。他站在庭中，手里抓着一枝白梅，破旧的斗篷下，囚服明显不合身，露出了一截遍布伤口的脏兮兮的脚踝和两只穿着肮脏的草鞋的宽大的脚。

流萤第一次和这个死囚对上视线，险些被他满身的煞气冲得腿软跌倒。

唯一不怕他的人恐怕就只有太子殿下了。

殿下命人给男人拿了干净的靛蓝色武袍和布靴换上，又命宫人为他量体裁剪换洗的冬衣，将他收拾得干干净净，让他这头肮脏、凶狠的野兽变得人模人样，然后笑着告诉他：“从今往后，这里便是你的家了，仇醉。”

“你让我杀谁？”男人显然误会了太子的一片好意，声音沙哑地说着，摊开手掌向太子索要东西，“画像、名字。”

太子怔了怔，无奈地仰首看他：“孤不需要你杀人。从今日起，你要学着保护人。”

穷凶极恶的杀手显然不知“保护”的含义，站在那里，像一尊漠然的石像。

太子好脾气地笑了笑：“没关系，孤慢慢地教你。”

流萤从影子卫的嘴里得知，这个男人是个只会听命于雇主的顶尖杀手，不知为何弑主潜逃，这才被官府花了巨大的人力、物力抓捕归案。他原本是要被处以极刑的，但被太子殿下悄悄地保了下来，收为贴身侍卫……

流萤听得心惊胆战。她不知道太子殿下为何会做这样的决定，只知道殿下将一个危险之人收在身边，意味着他也在筹划一件危险的事。

她有些不安。

仇醉这个人实在太奇怪了，不识字，也不会与人沟通，大多时候像个碍事的木桩子一样站着，得到一个指令才做一个动作，仿佛除了杀人什么也不会。

让他吃饭，他便端着碗蹲在外边的石阶上，如野狗般狼吞虎咽；让他睡觉，他便翻身攀上房梁，在看不见的地方蜷缩着身子侧躺下去；看见碍事之人，他总习惯于拔刀解决……他的身上全是从杀手组织中带出来的臭毛病。

太子殿下教他握筷子，使他能像人一样入席用膳，还耐着性子站在房梁下，一遍又一遍地唤仇醉上榻休息。

仇醉一开始改不过来，但有个优点——只要太子殿下命令他，他必定会照做。

两个月后，仇醉第一次躺在铺着被褥的干净床铺上。据说那天晚上他一宿没睡着。

“不习惯吧？”影子卫阿行翻了个身，露出和太子殿下有几分相似的清秀的脸庞，脑袋枕着双臂，道，“我刚来时也不习惯，慢慢地就习惯了。我们这等见不得光的蝼蚁，也只有太子殿下会拿我们当个人看……仇醉，你知道什么是‘士为知己者死’吗？”

仇醉没念过书，听不懂。他只知道，野狗有了归宿，从今往后，太子殿下便是他唯一的主公——这是一个杀手能给出的最大的忠诚。

士族与寒门的矛盾一直是令大玄的几代帝王头疼的问题。

士族需要拉拢，寒门也需要安抚。为此，天佑十七年初春，大病初愈的太子殿下主动请缨，代天子驾幸明德馆，抚慰儒生。

读书人的地方，女子不能随意出入，故而太子殿下只带了内侍与亲卫随行。加上那会儿皇后娘娘凤体有恙，流萤便留在宫中侍疾了。

她没想到，就在这短短半个月的时间里，发生了一件足以改变殿下命运的大事。

太子自明德馆回宫，带回来一个张扬、艳丽的高挑女子，为她取名“柳姬”。

一向谦和守礼的太子殿下执意要将这名女子收为东宫的妾婢，对她极尽纵容、信任，甚至不惜为此违背皇后娘娘的命令。

流萤望着承恩殿内夜夜长明的灯火，望着殿下与柳姬出入成双的亲近身影，望着他们屏退左右、彻夜秉烛长谈的画面，心中竟有一丝难以按捺的难受之感，仿佛心口堵着一团棉花，不疼，却泛着沉闷的酸楚之意。

相比于流萤自卑的沉默样子，永乐郡主霍蓁蓁就咋呼得多了。

小郡主对柳姬的出现表现出了莫大的敌意，信誓旦旦地要将太子哥哥从“柳狐狸”的手中抢回来。可每每争风吃醋、拈酸斗嘴，她却反被柳姬气得跺脚。

太子殿下只是望着她们无奈地笑，也不出言干预。

永乐郡主何曾受过这种委屈？没几天，她就抽噎着被柳姬气走了。

流萤奉茶时，听见殿中传来柳姬大大咧咧的声音：“殿下不去解释两句？”

“不了，长痛不如短痛。”“吧嗒”一声落子的轻响后，太子轻声说道，“你我之事前途未卜，孤已经牵连嫣儿受苦了，不能再害了另一个妹妹。”

流萤未曾进门打扰，悄悄地离开了。

那日她多饮了两杯酒，有些醉了，思绪完全不受控制。

听闻她脸色酡红，跑去对太子说：“殿下是世间最好的殿下！”然后小孩似的瞪着柳姬，气呼呼地说：“我讨厌你。”

弄得伶牙俐齿的柳姬一时瞠目结舌，指着流萤问：“这……这还是那个不苟言笑的流萤吗？她莫不是被霍蓁蓁上身了？”

流萤醒酒后倒是把这件事忘得一干二净，听阿行提及，恨不得钻进地缝里去。

太子殿下宽厚地道："孤倒是觉得，醉酒的流萤姊姊挺可爱的。"

然而流萤依旧羞耻得无以复加。她请了罪，并且戒了酒。

庭前的花开了又谢，太子殿下与柳姬奋笔疾书、彻夜长谈的日子越来越多。有好几次，流萤听到承恩殿中传来太子不可抑制的咳喘声，不得不前去叩门提醒，请求殿下早些就寝歇息，可每每都会被殿下轻言轻语地斥退。

有时候，流萤会生出一种错觉，仿佛他们在承恩殿中日夜以笔为刃，是在同一个看不见的敌人斗争，像逐日的夸父、填海的精卫，像即便没了头颅仍以乳为目、操干戈而舞的刑天。

然而这一切似乎都与她无关。

她羡慕柳姬，甚至羡慕阿行和仇醉，因为他们可以站在殿下的身边，而自己只能在原地眼睁睁地看着他们渐行渐远，直至无法触及他们。

天佑十七年，六月。

听闻明德馆的两位讲学夫子先后驾鹤仙逝，临江先生突然辞行归乡，太子殿下似乎预料到了什么，面色开始变得凝重起来，同样面色凝重的还有一向天不怕地不怕的柳姬。

流萤记得，那天他们俩比肩站在承恩殿的廊下，沉默了很久。

风雨将至，滚滚乌云如洪流般压顶而来，似乎要将少年单薄的身影吞噬掉。

那天太子殿下究竟与柳姬说了什么，流萤不得而知。她只知道，那日柳姬被悄无声息地送出了宫，再未回来。

之后没两日，太子殿下突然决定离京避暑养病。

盛夏时节的避暑山庄中，满天繁星泼洒，银河璀璨。

太子殿下在廊下数着在庭中飞舞的萤火虫，笑着侧首对流萤说："不要艳羡柳姬，也不要因为不能与孤并肩作战而感到自卑。你看，流萤不与星辰明月争辉，渺小如它，也能照亮一寸夜空。"

流萤蓦地一颤，心脏仿佛被泡在了陈年烈酒中，又热又胀。

殿下从未遗忘过她，从未瞧不起她。一直以来，作茧自缚的人只有她自己。

殿下说："如果每一根木料都怕燃烧自己，则世间再无火种。"他还说："孤知自己非长寿之人，所以想趁活着的时候做一些有意义的事。"

太子殿下身上仿佛有一种神奇的感染力，只要有他在身边，所有人都会感觉无比的温暖、自在。

流萤以为，日子或许能一直这样平和地过下去。直到七月初七，"李门双璧"之一的天之骄子沈惊鸣无端地落水而亡，紧接着，一个叫程寄行的寒门儒生猝于明德馆的寝舍内……

两个月内，太子殿下接连失去恩师和好友，急火攻心，弯腰咳得昏天黑地，唇缝间竟隐隐有了触目惊心的血丝。

他不许流萤声张，在榻上躺了两日，忽然问道："离七月十八还有几日？"

七月十八是太子殿下的生辰。

流萤看着少年惨白的面色，忍痛回道："五日。"

"五日……足够了。"

太子殿下艰难地撑起身子下了榻，单薄的衣衫下，少年的骨形清晰可见。

"去华阳行宫。"他道。

华阳行宫？

流萤倏地跪在了地上，请求道："太子殿下旧疾复发，应回宫请太医会诊，实在不能再行颠簸。"

少年轻轻地摇了摇头，摸出了花费一个月的精力打磨的绿檀首饰盒，敛目温柔地道："孤怕错过这次机会就来不及了。"

去华阳行宫的路上，太子殿下一直在咳嗽，但即将下车见到妹妹时，仍露出了最温柔的笑意。

那日飘着细雨，流萤撑着伞候在中门外，忽闻侧殿传来一声物件坠地的脆响，继而是少女带着委屈和怒意的声音："谁稀罕你的礼物？！赵衍，我不需要你可怜我！"

过了许久，太子殿下重新走出来时，神情难掩落寞，肩头的衣服都被细雨浸透了。流萤连忙撑伞上前，将挡雨的斗篷披在他的肩上，难受地道："殿下怎可站在雨中受寒？"

太子摆了摆手，甫一上马车，便压着胸口撕心裂肺地咳了起来。

好半晌他才喘过气，似乎十分自责，解释道："是孤太自以为是了，没有顾及嫣儿的感受……嫣儿的性子那般要强，孤应该……语气再谨慎些的。"

流萤瞥见他腰间的莲花纹玉佩裂了一角，难掩惋惜之色，连忙替他摘下来，放置在一旁，低声道："殿下勿要多思，回京后有的是时间与长风殿下通信往来，她迟早会明白您的苦心。"

流萤未曾想到，已经没有时间了。

归京途中，突然有刺客袭击太子殿下，他们措手不及。京郊的山道上箭矢如雨，周围响起一片混乱的哀号。

"敌在暗，我在明，这样下去太被动了。"说话的人是影子卫阿行，他飞快地换上了太子的常服襕衫，将那块裂了一角的莲花纹玉佩往自己的腰间一挂，沉着地道，"我去引开他们。"

"阿行！"温柔的少年第一次斥责他，严肃地道，"孤不允许你这样做！"

"殿下，影子卫存在的意义不就是为了这一刻吗？"与太子身形相似的少年粲然一笑，抬手道，"您安心睡一觉，冒犯了。"

不待赵衍反驳，阿行抬手精准地按住了他耳后的穴位，继而稳稳地接住了太子昏厥的身体。

"殿下就交给你们了，一定要平安地护送他回京……拜托了！"

影子卫冲了出去，抢了一匹马，冲出重围。

"保护太子殿下！"

"那是太子！别让他逃了！"

刺客的主力成功地被引走，而影子卫阿行再也没能回来。

东宫内，死里逃生的太子殿下面色煞白，面上是从未有过的严肃表情。

"你们不该让影子卫替孤去死。"他剧烈地咳喘，带着少年人的悲愤与无力之意，"以别人的鲜血换自己苟活，踏着尸骨前行，孤算什么光明磊落的明主？"

流萤与仇醉跪地不起。

她不辩驳，只要能保殿下平安无事，受多少责罚都认。

流萤以为这场劫难到此就结束了，于是放下心来，拖着疲惫的身躯下去安排太医问诊、煎药熬汤。可当她再回到寝殿时，看到的是太子殿下口鼻溢血地躺在地上，手掌朝一旁摊开，几点纸张被焚尽后的黑灰飘落下来。而仇醉的眸中杀意翻涌，像淬着毒的利刃，他手中的刀从一名太监的身体中抽了出来，发出了“扑哧”一声。

东宫卫被惊动了，仇醉“落荒而逃”。

太子殿下惨白的脸色、从口鼻中“汩汩”地淌出的鲜血，无一不在刺痛流萤的眼睛。

太像了……殿下这次演得太像了……

手中的药碗坠地，流萤有些迟疑地上前一步，慌乱地扑了过去，小心翼翼地托起太子殿下的身躯，试图用怀抱留住那流逝的体温。

可是她留不住，他在变冷！

太子殿下……

殿下！殿下！！

这是假的吧？这是骗人的吧？

老天，求求你，不要开这种玩笑！

太医！快叫太医！！

流萤听到了自己无声的嘶吼，多么希望下一刻殿下就会睁开眼睛，打破这场闹剧。

可他安静地睡着了，再也没有醒来。

东宫寝殿的大门紧闭，皇后看着儿子躺在榻上的尸首，猛地踉跄了一下，眼睛通红，蓄满了水光，却睁着不让眼泪掉下去。她难以置信一般跌跌撞撞地向前走去，直至染了丹蔻的鲜红的指尖触到儿子僵冷的面颊，她的眼泪才大颗大颗地砸下去，落在了少年苍白的额上。

皇后娘娘颤抖着抚去儿子额上的泪水，然而怎么也抹不干净。

皇后揪着心口，张开了唇，无声地嘶吼起来。那是一个母亲肝胆俱裂的悲痛。

“今日东宫内并无下毒的刺客，太子殿下只是受惊，导致旧疾复发，需要闭门休养。”皇后娘娘的鼻尖悬着凄艳的泪珠，绷紧的下颌微微抖动，她将嘶哑的话语一个字一个字地磨碎了，从齿缝中挤出，“你们知道该如何做。”

在殿中跪着的几名贴身的宫人和内侍是撞见“太子遇害”的证人。如今大玄内忧外患，风雨飘摇，皇后娘娘要瞒住太子之死，他们便只能……

太监朝着太子磕了一个头，然后毫不迟疑地咬舌自尽了。

两名宫女亦提裙起身，触墙而亡。

太子殿下对她们有再造之恩，与其让自己沦为真凶的把柄，她们宁可追随主子而去，将这个秘密带到地底。

流萤本来也该触柱而亡，可是在关键时刻被魏皇后一把拉了回来。

“求娘娘赐死奴婢！”泪水浸透了流萤的面颊，她毫无生念地说，“奴婢无颜苟活于世，但求一死！”

“你是太子的贴身宫婢，若你也死了，反倒会令人起疑。”魏皇后闭了闭眼睛，竭力遏制发颤的呼吸，“你留下来吧，替本宫稳住这半个月。”

半个月后如何，皇后娘娘没有说。她转身看着榻上永久沉睡的儿子，用手指一寸一寸地抚摩着他，好像要将他的样子永远地印在脑海中。而后她声音干涩地道：“东宫突发恶疾，病亡两名宫婢、两名太监……”

殿中只躺了一名太监，皇后娘娘却说是两名太监，难道要将太子殿下的尸首打扮成太监的模样运出宫下葬？

流萤心若刀绞。太子殿下是多么光风霁月的一个人，怎么能……怎么能和太监一起草草地埋于乱葬岗？！

可是，她们没有别的选择。

东宫卫的户籍、身份皆被记录在册，他们即便意外身故也有家属前来认领，禁军一查便能查出端倪。唯有太监身份卑微，偶尔病死几个也如草芥一般无人在意。

夏末炎热，殿下的身体保存不了多久，这是唯一的办法了，悲凉又残忍。

流萤对着太子殿下重重地磕了三个响头，以额触地，长久不起，钝痛漫过了心头。

那个干干净净的爱笑的温和少年就这样被换上内侍的靛蓝布袍，面上被抹上黑灰，混在那群“病死”的宫人和内侍的尸首中被运出宫门了，草草地埋于西山之上。

无名无姓之坟，无棺椁，无供奉。

一夜之间，皇后娘娘原本乌黑的鬓角生出了银丝，身形清减了不少，眼睛也熬出了血丝。她忍着裂心之痛，以“仇醉叛变，东宫卫失察”之由撤换了东宫上下所有的宫侍，换上了另一批毫不知情的新人，只有流萤是例外。

可对于她来说，活下来未必不是一种残忍的结果。

流萤时常想，是不是因为太子殿下太好了，好到上苍不忍见他在人间历劫、受苦，所以才早早地将他召回了天上？

她沉默着整理太子殿下遗留下来的写有诗文的纸张，看到了那句“吾不识青天高，黄地厚。唯见月寒日暖，来煎人寿”。

唯见月寒日暖，来煎人寿……多么应景的一句诗。

流萤的心脏蓦地绞痛起来，她跌坐在地上，将这张墨香未散的纸张按在心口上，咬着唇失声痛哭起来。

她的月亮陨落了。

从此再也没有一抹温柔的月光照亮黑暗中卑微的流萤了。

寝殿紧闭了半个月的门就在此刻被人打开了，一道纤细的身影踏着月光走了进来。阴影从她的脸上退去，流萤看到这张熟悉的脸，神色怔怔，泪水滚落下来，颤抖的唇几度翕合。流萤小心翼翼地喊道：“殿下……”

她伸出手，好像要触摸这缕幻境，却触到了一片真实的衣料。

“将我扮成赵衍。”少女平静地道，声音低沉沙哑。

她的眼角没有泪痣，也没有久病的苍白气色。流萤总算能确认，眼前这个人不是太子殿下，而是他的双生同胞妹妹——长风公主赵嫣。

相处久了，流萤能清楚地分辨出长风公主与太子殿下在气质上的不同之处：太子的目光温柔似水，公主的眼睛里却仿佛藏着不屈的烈焰。

但他们兄妹俩都一样，外柔内刚，永不屈服于被黑暗吞噬，总是不遗余力地提灯照亮周遭踽踽独行之人脚下的路，使他们自发地拧成一股绳。

皎月陨落，朝阳东升，终将天光大亮。

流萤仍会时常想起太子殿下，想起那个愿效拂灯夜蛾却倒在黎明之前的少年，心中弥漫出淡淡的哀伤与怅惘。

如若可以，她愿用自己的来世换太子殿下此生。

九天神佛保佑，愿太子殿下平平安安地重活一世，亲友俱全，无病无灾。

番外二

平行世界

一

天佑十三年秋，太极殿。

皇帝按着膝端坐，被修剪得齐整的短髭随着绷紧的下颌线微微地抖动，尚未被丹毒浸淫的皇帝目光清明如电，打量着冯公公呈上来的那颗红褐色的丹药。

“此物从何而来？”他问站在殿中的纤瘦的小少年。

赵衍此时还未完全长开，端的是男生女相，眉如翠羽。他闻言，谦和地行了一礼，道：“这是在儿臣生辰之日，雍王府的方士呈上来的贺礼。儿臣听闻这是神光教的道士进贡的无上秘药，在房陵一带蔚然成风，上至士族官僚，下至平民百姓，皆以服此药为荣。儿臣不敢私藏此物，特请父皇定夺。”

房陵……那是前废太子流放、病亡之地。

皇帝早在天佑十年便听过神光教的名号。传闻神光真人擅炼仙丹，能祛百病、肉白骨，当年若非被太子赵衍的一句无心之言点破，就连皇帝自己也险些扛不住羽化登仙的诱惑，要将神光真人请入宫中论道。

皇帝原以为这等小门小派用不了几年就会灭亡，可没想到，三年过去，神光教的触须竟从房陵伸向了京城，还和雍王府的人扯上了关系……

房陵……偏偏又是房陵。

只怕是神光教的背后，有人想借怪力乱神之事让废太子一党死灰复燃。这等妖言惑众、蛊惑民心的邪教，自己不能再留了。

皇帝心中觉得忌惮，眸光随之变得敏锐起来，只有望向赵衍时才稍微收敛些。他放缓声音，道："知情即报，你做得很好，朕自会处置。如今北疆战事已平，闻人家父子四个人已启程归京，你也到了该接触朝臣的年纪，好生办庆功酒，下去吧。"

赵衍知晓父皇心中有了主意，便不再多言，温和地道了一声"是"，行礼退出了大殿。

秋阳落在身上，仿佛一层薄薄的淡金色的轻纱。赵衍走出了太极门，抬手迎着光，好像要触摸这个世界的温度一般，微微蜷了蜷纤细白皙的手指。

手指屈伸自如，这的确是他自己的身子。

在这个世界醒来三年了，赵衍仍不太敢相信这等怪力乱神的事会发生在自己的身上。

记忆中，他死在了十五岁那年的夏末。一封仿照妹妹的字迹写就的毒信猝不及防地断送了他尚且年少的性命。临死的那一刻，他才想起来，这世上能有这般精湛的仿写手艺且对他与嫣儿的性格了如指掌的人只有一个。

可惜，赵衍醒悟得太晚了。

临死之际，他只来得及将那封冒名顶替的罪证焚毁，不让自己的死牵连到远在华阳行宫的胞妹。

他不知道如今的自己算是时光回溯还是借尸还魂，总之，壮志未酬的灵魂执念不散，在虚空中沉浮了许久方触及一抹白色的光亮。

再次醒来时，他便发现自己回到了天佑九年的初冬。

这个世界的轨迹与前世的大体相同，譬如父皇在闻人大将军和霍锋将军的襄助下才顺利登上皇位，譬如废太子之死是父皇与皇祖母之间无法填平的沟壑……

但这个世界里亦有细微的不同之处，譬如没有舅舅魏琰，也没有贴身宫女流萤。

“本宫是宁阳侯府的孤女，当年太后娘娘怜悯本宫为忠良之后却孤苦无依，这才将本宫指婚给皇上，生下你们兄妹二人后便继立为后。本宫的身边有流云、流月，却唯独没有叫流萤的宫女，亦无兄弟，不知衍儿所说的‘魏琰’是从何处听来的？”皇后听到他的询问，迟疑了许久，抬起了涂着精致丹蔻的手，覆在了小少年的额头上，拧着眉道，“衍儿莫不是前日大病一场，被烧糊涂了？”

赵衍不知该如何解释，亦不知命运在哪一环出现了偏差。

他只花了几天便接受了这个事实。既然上天有好生之德，让他重活一世，他就得弥补前世的缺憾，让这一世活得更有价值。

赵衍隐约能猜到，当年父皇是因为雁落关的决策失误造成近十万将士惨死，杀孽太重而引发梦魇头疾，所以才不遗余力地求仙问道，给神光教以可乘之机。他知晓，只有从根源上杜绝雁落关孤城惨案的发生，保下闻人家与近十万将士，才不至于让前世的悲剧重演。

赵衍深知自己不能再像前世那般不管不顾地进谏，所以只问了父皇一句：“若闻人将军撤兵回京复命，那通州数十万百姓的性命该如何？”

父皇答不上来，陷入了沉默。

另一方面，赵衍借母后召见霍蓁蓁的名义，将雁落关鏖战的紧迫军情告知了寿康长公主，间接调动霍锋尽快驰援。

没有了魏琰的从中挑拨，赵衍的一切计划都进行得顺利了许多。父皇最终放下芥蒂，准允霍锋协助闻人大将军了结北境战况，再回京复命。

得知近十万将士成功脱险、北境大捷的消息，赵衍高兴得一晚上未眠。

他改变了前世的悲剧的起源，一切都还来得及。

赵衍配合太医的嘱咐，在强身健体的同时，用三年的时间想通了神光真人和故太子的关联，着手解决尚不成气候的神光教与雍王世子。

没有金丹之毒的侵袭，这一世的父皇虽有些刚愎自用，却并不似前世那般昏聩。赵衍只要在进言时谨慎、委婉些，引导多疑的父皇自己去看破，就比前世那般直言进谏要有用得多。

一切都朝着最好的方向发展。

马车在东宫门前停下，赵衍收拢了思绪，弯身下车了。

刚过了一道门，他便听到中庭传来了表妹霍蓁蓁清脆如铃的声音："这把珍珠匕首是我爹从北乌人的手中掳来的战利品，天下仅此一把，你有吗？"

庭中安静了一会儿，他才听见另一个小少女倦怠轻柔的声音传来："我没有。"

霍蓁蓁是小孩心性，闻言，立即得意地道："我就知道你没有。赵嫣，看来你这个长风公主当得也不怎么样啊！"

"可是我有疼爱我的兄长，你有吗？"

这话说得一针见血，不愧是嫣儿。

霍蓁蓁果然被戳到了痛处，一张包子脸涨得通红。她看了看手中心爱的珍珠匕首，又看了看赵嫣，终于心一横，道："那我把匕首给你，你把兄长让给我，如何？"

门外的赵衍听到这一句，弯眸笑了笑。

霍蓁蓁果然是小孩子，血脉亲情哪里是说让就能让的东西呢？

"不如何。"赵嫣一口回绝。

赵衍闻言，颇感欣慰。

嫣儿果然还是在乎哥哥的。

他正欲上前插一句话，就听自家妹妹一本正经的声音再次传来："我就这么一个哥哥，怎么着也要十套鲛绡裙、万两黄金才肯与你换。"

"扑哧！"一旁的影子卫阿行拼命地忍笑，见太子殿下投来幽怨的目光，便抱着剑扭头佯装看风景去了，嘴角却还不住地抽动着。

赵衍的笑多了几分无奈之意，他拢着袖慢慢地踱进门，好脾气地道："嫣儿，哥哥就值十套裙子、万两黄金吗？"

赵嫣正躺在廊下的美人靠上，树影投了满身，正用一本书遮着脸颊假寐。她搭在腹上的手嫩若白玉，一只脚的脚尖从嫣红色的石榴裙下探出，悬在美人靠下慢悠悠地晃荡着，自在得很。

闻言，她立刻放下书本，挺起身，眨巴着点墨般清澈的眼睛，心虚地道：“你怎么回来了？”

“太子哥哥！”

霍蓁蓁看见唇红齿白的温和少年，立刻将叉着腰的手放了下来，学着名门淑女的模样行了个礼。

赵衍端端正正地回以一礼，含着笑打招呼：“永乐郡主。”

少年双肩瘦弱，面若好女，但已显露出数年后君子风华绝代的模样。

霍蓁蓁的心尖颤了一下，她哼了一声，说“我这就回去攒万金，赵嫣，你等着”，然后便一步三回头地走了。

赵衍轻咳一声，坐在了赵嫣的身边，笑着道：“唉，哥哥有些伤心。”

赵嫣最怕他用这般笑吟吟的温和语气说伤怀的话了。她以手撑着美人靠，晃了晃自己的脚尖，小声解释道：“我骗霍蓁蓁玩的。鲛绡裙只是个传说，她怎么可能攒得出来？”

赵衍抬手揉了揉妹妹的发顶，叮嘱道：“嫣儿应该回答，‘哥哥只有一个，纵有百万金也不能换’，明白吗？”

“肉麻。”赵嫣蹙了蹙秀气的眉，握着书卷推开了赵衍的手，“赵衍，我已经不是小孩子了！你别老是摸我的头顶。”

赵衍一怔，歪首笑道：“抱歉，嫣儿实在太可爱了，哥哥没忍住。”

“我们的脸一般无二，你到底在夸我还是在夸自己？最近几年你变得好奇怪，每次见面都好像久别重逢一般，净说些莫名其妙的话。”赵嫣将书卷丢到赵衍的怀中，不太自然地起身，道，“不管了，我要回母后那儿了。”

“嫣儿专程跑来探望哥哥，不待一会儿再走？”赵衍将皱巴巴的书卷抚平，温声道，“宫中赐了秋蟹，孤正打算让膳房做你爱吃的蟹黄饆饠，这东西凉了就腥啦。”

闻言，赵嫣没骨气地咽了咽口水，没什么底气地说：“谁专程来看你了？我只是无聊，路过而已。”顿了顿，她又忍不住问，“秋冬之交，你的咳疾……怎么样了？”

“今年尚不曾复发。哥哥好好地保养身子呢，嫣儿别担心。”赵衍一脸看破不说破的表情，起身道，“孤有个至交好友，他嘴硬心软的模样倒是与嫣儿相似。下次若有机会，孤定要引见你们认识。”

赵嫣转过身，漂亮清澈的眼眸中闪过一抹狐疑之色：“你终日在东宫，最多去见一见父皇，或者去崇文殿听学，何时有了至交好友？”

赵衍一时语塞。

嫣儿不愧是与他心有灵犀的双生妹妹，这么点儿小纰漏也瞒不过她。

“他是孤前世交游的友人，嫣儿信吗？”赵衍执卷负手，弯着眸道。

赵嫣不语，像看傻瓜一般看着他。

赵衍自顾自地轻笑一声，不解释了。

天佑十三年，雁落关的惨案并未发生，北乌使臣也并未进京羞辱大玄。他的妹妹并未受到牵连，依旧被好端端地养在宫中，可以恣意地在他的眼前撒娇、玩闹。

真好啊。

十二月底，年关。

戍边四年，战无不胜的闻人将军一家领兵回京，百姓夹道欢呼，抛出的瓜果、绸花等物几乎载满了街道。

待嫁的官宦人家的贵女亦趁此机会在茶楼上远远地眺望，激动得脸颊绯红。

“闻人将军乃虎豹之姿，他的几个儿子也各有千秋、英武不凡啊！”

“可惜，三位郎君中有两个已经定了亲。咱们呀，就只能远远地看上一眼啦！”

“我倒是听说出征前闻人苍与容家的婚事要黄了，说不定我们还有机会呢！”

“咦，骑黑马的那个玄铠小将是谁？龙驹凤雏，好生俊美，他真是神仙般的人物！”

“你不识得？那是闻人将军的第三子，闻人蔺。”

“闻人蔺？我怎么记得他不长这样呀。”

“你记得？”那贵女“咯咯”地笑了几声，“闻人家父子出征北上是四年前的事了。四年前，闻人三郎还是个十五岁的少年呢，夹在他那两个成年的哥哥中间的确不出众。谁知四年过去，他竟变得这般英姿勃发了！瞧那宽肩窄腰……”

“呀！你在看哪儿呢？一点儿闺阁女子的含蓄样子也没有！”

“都别想啦！我爹是朝中大员，早就听闻圣上有意与闻人家结亲。这样的少年英才，只怕要成为哪个公主的驸马了。”

众贵女闻言，皆芳心凋零，一阵扼腕感慨。

午时，皇帝与太子率众臣在西苑内设宴接风洗尘，为将士庆功。

魏皇后也去赴宴了，坤宁宫中就留下赵嫣一个人。

赵嫣仰躺在窗边的罗汉床上，脑袋悬在半空，百无聊赖地看着地上的冬阳，绾着鬟发的红、蓝飘带晃悠悠地垂了下去。

忽然，她有了主意，眼眸一亮，起身唤道：“时兰、时竹，去请四姐姐过来，我们去毬场击捶丸去！”

时兰兴冲冲地应了一声，下去安排了。

时竹年纪稍大，思虑得也多，迟疑地道：“今日西苑内有庆功国宴，殿下去那儿，若是撞见哪个外男……”

“毬场是单独围起来的，与设宴的大殿隔了百来丈，有何干系？”赵嫣不以为意，拍了拍衣裙出门，道，“走啦。”

二

西苑的毬场上，北风拂动，树影婆娑，阳光暖而不燥。

赵嫣换了一身方便骑射的束袖戎服，将头发束成一髻，尚且青涩的身形纤细窈窕，小脸昳丽，难辨雌雄。

她双手握着杓棒，对准地上的木丸用力一挥，木丸便被击出了。她将手搭在眉上，极目望去，只见木丸骨碌碌地滚过起伏的草坪，绕着球洞转了几圈，而后慢慢地停在了洞口的边沿。

就差一点儿。

赵嫣失望地叹了一口气，将杓棒扛在肩头，小跑着上前，守在自己落球的球洞旁，朝远处的赵媗招手，道：“四姐姐，该你了！”

赵媗穿着一袭淡雅如兰的冬裙，见远处的红衣少女不住地招手，方笑着将鬓发别再耳后，谨慎地握住杓棒，盯着面前的木丸。

赵媗自小右耳有疾，故而性子十分文静内敛，甚至有些谨小慎微。她挥出每一棒前都要反复思量许久，唯恐力度不准，闹出笑话。

赵嫣见她迟迟没有落棒，便坐在墙边的石凳上短暂地休憩了。

“就要开宴了，你怎么跑到这儿来了？”

墙外不远处传来了“窸窸窣窣”的脚步声，似乎是几个男子信步而来，人语声断断续续的。

“阿蔺大概是躲清静来了。”一个含着笑的儒雅又清朗的男声道，“方才皇帝问我们兄弟几个人有无婚配，其中有何深意，大哥当真不知？”

先前那个成熟浑厚的男声道：“皇上想指婚，既是恩赐，也是约束。”

“不错。”含着笑的男声继续道，“可惜我与大哥皆是定了亲的人，只剩下阿蔺是绝佳的驸马人选。你说是也不是，阿蔺？”

驸马？

他们是谁？什么东西？！

赵嫣的心中警铃大作，她一边示意一旁的时兰、时竹勿要出声，一边扭过身子将耳朵贴在了冰冷的墙上，试图听得更真切些。

那个叫“阿令”的男子并未答话，倒是声音浑厚的男人开了口：“定的是哪位公主？”

“这既然是恩赐，公主必定是下嫁，其母家的出身不会太低。排除守寡的大公主和宫人所生的三公主、四公主，便只有贤妃所出的二公主和太子的胞妹小公主。这两个公主，一个是喜欢仗势凌人的刁蛮性子，另一个是还未长成的小孩，阿蔺怎么选都吃亏啊。”

谁是小孩？！这事还有我的份？

赵嫣大为震惊，忽然一个好听至极的淳美的嗓音悠悠地传来了。说话的人很年轻，似乎是他们口中的那个“阿令”。

“听闻大哥与容家的婚事告吹，他尚有机会，二哥亦不遑多让。愚弟不才，就不与兄长们争了。”

“我就罢了，若你未来的二嫂知晓此事，非得拧断我的胳膊。大哥确实有机会，就是被容家摇摆不定的态度耗了这么多年，年纪稍大了些，配小公主是断然不能够了。他哪里比得上年少有为、刚立下不世之功的你啊，阿蔺？”

与容家定亲的……

赵嫣一转眼珠，明白了：墙外这三个男子多半就是闻人家的那三个儿子了。

怪不得呢！

赵嫣握紧双拳，心中生出一股无言的憋闷之意：她是公主，是个有想法、知冷暖的人，不是个精美的器物！父皇怎么能把女儿们当作物品，随意地赏赐给那些她们连面都没见过的男人？！

赵嫣正气呼呼地想着，思量了许久的赵媗总算挥出了杓棒。只是她用的力气太大，木丸径直越过围墙，飞了出去。

外头的声音戛然而止。

赵媗“啊”了一声，无措地道：“抱歉，可吓着妹妹了？”

赵嫣摇了摇头，拍了拍衣摆，起身道：“无碍，击捶丸的确容易脱手，并非大事。四姐姐，你别动，我去捡。”

说罢，她唤住想要去捡拾木丸的时兰与时竹，自个儿将杓棒往肩上一扛，抿着唇大步朝门扉处行去。

她倒想看看，父皇看中的这三位闻人郎君是什么模样。

出了垂花门，绕过长墙，她发现拐角处果然立着三位气质全然不同的年轻的武将。站在最前方的那人二十七八岁，身着暗色的劲装，浓眉星目，棱角分明的脸有种刀劈斧凿般的冷峻之意，想必就是闻人家的长子闻人苍了；旁边那位则稍微年轻些，着一身白袍，自带几分书卷气，眉眼弯弯，像个儒将，必是闻人慕；而负手站于他们身后的则是一个身着玄、红两色文武袖常服的少年，看上去还未及冠，鼻挺唇薄，目若寒星，面容俊美得像画中走出来的人，身量比闻人苍还要高，肩阔腿长，革带勒出了劲瘦但结实的腰肢，站在那儿极具压迫感。

赵嫣从未见过这般有容貌与气度的人，很难形容他。

她停下脚步，攒起的怒气已无端地散了一半，只剩下如林间小鹿般惊疑的好奇心。

少年似乎知晓她为何而来，足尖一勾，地上的捶丸便飞了起来，轻飘飘地落在那手指修长的掌心上。

阳光下，他浓密的眼睫半垂着，遮去了些许锋芒，使其看上去有几分温雅的错觉。

闻人苍与闻人慕望着在墙边扛着杓棒的红衣小少年，互相交换了一个眼神。

他们几年前见过太子赵衍，对面前这张女孩子般精致漂亮的脸还有印象，不由得齐齐地抱拳，道："臣闻人苍、闻人慕，见过太子殿下。"

赵嫣一愣，看了一眼自己身上的戎服，就知道他们将她认成哥哥赵衍了。她一转眼珠，计上心来，索性将错就错，装模作样地微抬下颌，挑衅一般看向未动的闻人蔺。

她那双眼睛点墨似的，大而清澈，纤细的身形尚未完全长成，得仰着头才能与高大的闻人蔺相视。

闻人蔺的眼睫微动，半晌，他也跟着欠身行了个礼："臣闻人蔺，见过殿下。"

在礼节上他让人挑不出错处，可总给人一种漫不经心的感觉。

赵嫣清了清嗓子，学着兄长的样子压低声音，慢吞吞地道："孤的胞妹不过金钗之年，尚且年少，未有嫁人之打算。诸卿皆为大玄的栋梁，不可妄议婚事，损吾妹之名声。"

闻人苍与闻人慕皆有些尴尬。闻人蔺倒是处变不惊，抬起的眸子里显露出几分神秘莫测之色，而后绽开笑容，道："殿下所言与臣之心意不谋而合。臣回去定好生教导二位兄长，当摒除杂念、一心为国，绝不攀附姻亲。"

闻人苍与闻人慕闻言，齐齐额角一跳：这小子！既向太子表明自己无意尚公主，又顺带损了两位哥哥，将一番话说得滴水不漏！

"最好是如此。"赵嫣将信将疑，伸出又细又白的手，道，"把木丸还我。"

见闻人蔺走过来，赵嫣忽然感觉那种压迫感又如阴影般笼罩上来了。好在他只是轻轻一笑，将木丸随意地一抛，又稳稳地接住，而后将其搁在了赵嫣的掌心上。

木丸是实心的，赵嫣的掌心一沉，她不得不用双手将其托住了。

她有些诧异，闻人蔺不愧是武将，自己的手掌与他的手掌一对比，显得更为纤细。在他的掌中显得轻飘飘的木丸放在她的掌中好似大了一圈，也沉了几斤。

她不再逗留，领着宫婢逃也似的走回了毬场的大门。

直到那抹嫣红的下摆消失在门后，闻人苍兄弟俩才起身。

“四年不见，太子殿下怎么依旧像个姑娘家似的？”闻人慕小声感慨。

“噤声。方才的教训还不够吗？”闻人苍低声喝止二弟，冷峻地道，“开宴了，勿让父亲久等。”

说罢，他领着两个弟弟朝设宴的大殿行去了。

刚转过廊桥，他们就见一道裹着白狐裘的熟悉身影迎了上来，对方温和地笑着道：“几位卿家征战辛苦，怎么还不入席？”

“太子殿下？”闻人慕与闻人苍齐齐惊愕，看了看面前纤弱谦和的少年，又看了看身后毬场的方向，露出了一副见鬼的神情，“您不是在击捶丸吗？怎么在这里出现了？”

赵衍疑惑起来：“孤何时去……”说到这，他突然想到了什么，声音一顿，微笑着道，“孤的确去击了会儿捶丸，略做放松，还好赶上了诸卿的庆功宴。”

闻人蔺侧首，余光睨向了毬场的方向，意味深长地道：“殿下更衣的速度真是迅速，臣等佩服。”

赵衍不知妹妹方才做了什么，只得岔开话题：“殿中已备薄酒，诸卿请入席，与孤满饮一杯，暖暖身。”

闻人蔺不再多言，回以一礼，入了殿。

赵衍对闻人蔺的印象还停留在前世，他一时心中担忧起来。

庆功宴从午时开到了日暮，众人推杯换盏，宾主尽欢。

闻人大将军封了侯，尚在宫中伴驾，闻人苍便与两位弟弟先行散宴归府了。甫一下马，他便听管事前来禀告：“大公子，府上有贵客造访。”

闻人家立下赫赫战功，父子四人皆升官封爵，这几日递拜帖试图巴结他们的人几乎踏破了闻人家的门槛。

闻人苍以为来者是那些谄媚之徒，想也不想便道："请出去，不见。"

话音刚落，他就瞧见了立在侧门内的女子。

那女子约莫二十岁，不算年少，但生得云鬓花颜、冰肌玉骨，只一眼就让人毕生难忘。

那是容扶月，闻人苍原本的……未婚妻。

容扶月似乎被那句冰冷的"请出去，不见"所伤，眼中含着水光，仓皇地避开了视线，福礼转身出了门。

即便是这种时候，她也依旧保持着名门闺秀的优雅礼节。

闻人苍立刻追了上去。

他加快速度，前方的女子也加快了脚步，任凭他如何低声呼唤也不停下脚步。

可容扶月毕竟是弱质女流，跑步速度如何比得了武将？不消片刻，她就被闻人苍铁钳似的大手攥住了腕子，抵在了青砖墙上。

容府的侍女见自家小姐被闻人苍"抓住"，不由得大惊，正欲上前，却被闻人苍喝住了，登时被吓得双腿都软了。

将军府自带威压，故而巷口往来的行人甚少，颇为清静，静到容扶月可以听到自己凌乱的心跳声。

"你既然来了，为何不与我好生说说话？"闻人苍皱着冷峻的剑眉，望着近在咫尺的自己朝思暮想了四年的女子，喉咙一阵一阵地发紧，"你明明知道我方才那句话不是对你说的。"

"疼……"容扶月温婉的声音颤抖起来，眸中的水光更浓，她楚楚可怜地道，"大公子，你放手。"

闻人苍这才意识到自己失态，面上的神情未变，缓缓地松开了手，却不舍得退后一步，深沉的目光近乎贪婪地锁定了面前的女子。

当年容府的老爷子见闻人晋平与天子生了嫌隙，自认为闻人家不得长久，便生了悔婚之意。闻人家几次提亲，皆被容府以大孝在身推辞掉了。

闻人苍是何等心高气傲的男子，哪能受得了这般冷落？出征前，他与容扶月在梨树下小叙，却不欢而散，说了些违心之言便负气北上了。

一开始，闻人苍想着，只要容扶月唤他一声，他就回头；后来又想，只要容扶月回信，他就回去娶她……可他一等就是四年。

四年间，他不是没心冷过，不是没怨过，可没想到只要她往自己的面前一站，四年来所有心冷和失落的心绪便都可以被抵消掉。

“这么多年，你还未嫁人。”

闻人苍望着容扶月的少女髻，心间滚烫，恰似余烬复燃，转瞬成了燎原之势。

容扶月别过头，轻咬下唇，细声道：“我嫁不嫁人，耽误大公子成为驸马吗？”

闻人苍反问：“你从哪里听来的？”

刚问出口，他就反应过来，她的父亲是前礼部侍郎，兄长是太常寺卿，但凡涉及皇家宗庙礼仪之事，容府当然是第一个知晓的。

容扶月见闻人苍反问，心中一痛：“大公子若要退亲，大可以干脆些，我不会纠缠。”

“你在说什么？”闻人苍的声音冷了下去，“当初不是你们容府要退亲吗？”

“我与你说过，那是父亲一意孤行的决定，我从未有毁约之意。”容扶月靠着冰冷的青砖墙，泫然欲泣，“这些年我送出的信皆如石沉大海，这足以表明大公子的决心，是我不甘心……所以才贸然登门受辱。”

“什么信？你写了信？”闻人苍的心狂跳起来，他急切地道，“不可能，我一封信也未曾收到！”

容扶月亦愕怔了，可看闻人苍的神情，他不像在说谎。

闻人苍想到了什么，又道：“我亦给你写了信，前三年每旬一封，你可收到过？”

容扶月茫然地摇了摇首。

二人都怔住了，只消片刻便明白，这大概是容老爷子揣度圣意，以为闻人家功高震主，不得长远，便私自截下了这些往来的信件，使得该被寄出的信寄不出，该被收到的信收不到。

容扶月的泪终于滚落下来了，整个人如梨花带雨，芙蓉泣露。

他们竟错过了四年之久。

闻人苍的手臂动了动，他终于抬手，以粗粝的带着薄茧的手指轻轻地拭去了容扶月眼角的泪，喉结滚动，道：“当年你有孝在身，耽搁了婚礼，现在我想问问你的意见。”他顿了顿，飞扬的眉目收敛了凶意，俯身平视容扶月，认真地道，“阿月，你可愿嫁与我为妻？只要你点头，哪怕前路有刀山剑树，我都娶你。”

容扶月点了点头，怕他没看见，又更用力地点了点头。

闻人苍再也忍不住，将她柔软的身躯紧紧地拥入怀中，恨不能与其骨血相融。

赵衍回到东宫，果然见到自家妹妹穿着一身明亮的绯红色的戎服，百无聊赖地躺在廊下的美人靠上。

她似乎有点儿小烦恼，假寐着，眼睫颤动，秀眉蹙得很紧。

即便是生闷气，自家妹妹也依旧可爱、灵动得很。

赵衍屏退左右，解下身上罩着的白狐裘，轻轻地披在了妹妹的身上。

见赵嫣倏地睁开了眼，他便笑着道：“太阳下山了，天寒风冷，当心着凉。”

赵嫣心中一暖，坐起身，将那件柔软的狐裘罩回了赵衍的身上，低声回了一句：“我又不是你，身子结实得很。”

“坚强的人不代表不会疼，身子结实的人也并非百毒不侵。”赵衍知道妹妹表面上什么也不在乎，实则最怕孤独。思忖片刻，他温声提议道：“这样，我们一人一半？”

于是，兄妹俩并排坐在美人靠中，身上罩着同一件宽大的狐裘。

这个冬日温暖得很。

“能和哥哥说说为何不开心吗？”赵衍含着笑问道，眉目温柔。

赵嫣张了张嘴，捏着狐裘的系带，齆声道：“你们要将我当作礼物，嘉奖给功臣，就连我这个嫡公主的身份也只是待价而沽的筹码。”

嫣儿果然是为了这件事。

赵衍想起宴会上父皇的暗示，轻叹一声，心中思忖起来：闻人家的长子与次子定了姻亲不说，年纪也比嫣儿大上一轮，三郎闻人蔺倒是俊美无俦、文武双全，可惜城府太深，加之前世“肃王闻人蔺”笼罩在皇城的阴影过重，是一个光听见名号都会让人战栗的人……

赵衍怎么放心将妹妹许配给这样的人？

“不会的。”赵衍的声音温和有力，他望着妹妹，道，“这次不一样了，哥哥只要还活着，就不会让嫣儿受委屈。”

“真的？”赵嫣的眼睛一亮。

“真的。”赵衍点了点头。

“那……别的姐妹也不可以。我不喜欢父皇将我们姊妹当作平衡朝堂势力的器物，随手赠人。”

“好，哥哥记住了。”

“为何我不能像男子一样，走出后院，选择自己想要的生活？真是不公平。”

“是呢，特别不公平。”

“赵衍，你莫不是在哄我吧？”

赵嫣说一句，赵衍便应一句，久而久之，她都怀疑兄长在敷衍她了。

谁知小少年弯眸一笑，用理所当然的语气说道：“嫣儿说什么都是对的。”

前世，他死后还不知嫣儿吃了多少苦，有没有被父皇或闻人蔺刁难、欺负。好在重来一世，他尚有机会弥补，绝不让妹妹卷入虎口。

三

赵衍做了一个梦。

他梦见自己前世死后，妹妹赵嫣女扮男装入主东宫，顶替他稳住了岌岌可危的乱局。

周围群狼环伺，虎视眈眈，假扮太子的嫣儿周旋于其中，却依旧难敌暗算。眼看着嫣儿的女儿身就要暴露于众人的面前，她拼命地逃跑，却误入了另一片危险的领地。

肃王闻人蔺着一袭红袍，站在她的面前，看着嫣儿的眼神危险又充满玩味。他脚下的长影化作暗黑有力的双掌，向上延伸、包裹，直至将嫣儿纤细的身躯掌控在其中，而后猛然将她吞噬掉了。

赵衍骤然醒来，惊出了一层薄薄的冷汗。

视线聚焦，他掀开被子坐起来，又伸出五指试探地蜷了蜷。

还好，这是在东宫，自己仍好端端地活在这个世界里，一切失而复得。

可是，刚刚那个只是梦吗？

自己死后，在东宫的位子上坐的究竟是谁？嫣儿到底有没有被牵扯进这场乱局中，有没有受到伤害？

想得越深，梦中的惊颤感愈重，赵衍轻咳一声，习惯性地唤了一声："流……"

而后他猛然想起，这辈子自己的身边没有流萤。

他轻叹一声，抓起榻旁被叠放整齐的外袍，抖开后披在肩上，听窗外轻柔的落雪声。

这一世，他一定要再理智、强大些，保护好他想保护的人。

热热闹闹的上元节过后，雪化冰消，春意跃上了枝头，满城繁花似锦。

赵嫣向来不喜安分地待在坤宁宫里，听嬷嬷教习那些陈词滥调的《女诫》和女红，于是逮着机会就往东宫跑。那儿有数不尽的藏书，无论关于农桑、营造还是关于兵法、刑罚，应有尽有，浩如烟海。

赵嫣总觉得，比起那些以规训、束缚女子为主的《女诫》与《烈女传》，这些能让思绪开阔的文字才是真正的知识。

赵衍从来不约束她，甚至还会为她讲解其中的疑难之处，和她共同探讨。

赵嫣很喜欢。

这日，她照例偷溜来东宫玩耍，就见同胞哥哥披着衣服坐在窗边，盯着面前的一份殿试名录，秀气的眉轻轻地皱着。

"你在看什么呢？"

一个冬日过去，小少女拔高了不少，身形初见玲珑曼妙之态。她穿着簇新的茜色春衫，歪着脑袋审视赵衍手中的名录。

赵衍将身子让开些，大大方方地让妹妹看，苦笑着道："今年殿试录取的人员和我预料的一般无二。"

"有什么问题吗？"

赵嫣看着那一排排陌生的名字，尚不知他的愁绪从何而来。

赵衍轻轻地摇首："这些进士皆是有关系的官宦子弟。"

"关系户？"赵嫣问。

赵衍点头。这份名单和上辈子的一样，姓名、排名皆一字不差。

他做的似乎还不够多，因为命运的轱辘仍顽固地想要回到它原来的方向上。

春日过后，赵衍又开始忙碌起来。

按照前世的记忆推衍，他遇害之前，梁州牧所领的蜀兵便已蠢蠢欲动，必将危及国之根本。故而他借今年蜀锦进贡晚了月余为由，旁敲侧击，将父皇的注意力转向了蜀地。

这辈子的父皇未被神光教蛊惑心智，顺着赵衍提供的方向一查，才发现梁州所辖的三十余处驿站皆被梁州牧赵承德私自废除了。

驿站一废，京师的耳目便闭塞了，梁州牧仗着天高皇帝远，占山为王。这么大的事，朝廷派去监管的梁州通判竟然只字未提，俨然已被赵承德收买，不臣之心昭然若揭。

皇帝又惊又怒，寻了个理由召梁州牧赵承德入京，算是给这位隶属旁支的堂兄最后一次机会。他若迟迟不敢进京，则必定有鬼，决不能留。

待梁州的危机过去，墙头的浓荫渐渐褪成枯黄色了，凛风一吹，落叶满地飘零。

又是一年岁末，赵衍从死牢中接回了仇醉。

他命人将仇醉梳洗干净，给他置办了靛蓝色的武袍冬衣和遮面的箬笠，和前世一般，不厌其烦地一遍遍地教他正常人的礼节。

眼见仇醉在自己的手下再次有了人样，赵衍便满足地笑了起来。

这日小雪，地上覆了一层薄薄的白雪，如盐似霜。赵嫣披着绯红色的缀着兔绒的斗篷踏入了东宫，就见长手长脚的仇醉坐在门口的石阶上，用手指在雪地上慢慢地画着什么。

赵嫣走近一看，才发现他画得歪歪扭扭的图案是花，一朵梅花。

赵嫣和仇醉搭话，他从来不回应，周遭的杀气就像一道无形的屏障，将他隔绝在自己的世界里。

他只认赵衍一人。

“长风殿下不必在意，除了太子殿下，仇醉谁也不搭理。”

说话的人是阿行，一个和赵衍有几分相像的少年，是太子的影子卫。

“他刚被分来我房中那会儿，夜间与我同睡，险些将我当作敌人杀死。”阿行摇了摇头，似乎心有余悸。

赵嫣在心里嘀咕：他真是个怪人。

赵衍听到动静，放下手中的笔，出门朝坐在仇醉身边团雪球的赵嫣招手，唤道：“屋外冷，嫣儿，到哥哥这儿来。”

赵嫣身体好，其实不太觉得冷，但见赵衍站在门口微笑着朝她招手，还是没忍住，快步奔向了温暖的地方。

有赵衍在，似乎连冬日都是暖的。

“看！它像什么？”

赵嫣拿出了刚团好的雪球，一大一小两个球叠着，两片长长的树叶作耳朵，她还贴心地用小石子点了眼睛与三瓣嘴。

“像兔子。”赵衍忍不住赞道，“雪白晶莹，和嫣儿一样可爱。孤可以摸摸吗？”

“可以，但是你只能摸一会儿。”赵嫣将团好的雪兔子递过去，被冰雪冻得不住地跺脚，“虽然你这两年身体好了很多，但在冬日还是需要注意一些，不能受寒。”

赵衍笑得愈加温柔了：“好。”

他伸出白皙干净的手指，接过雪兔子，左右端详一番，将一高一低的两只石子眼睛调整好，而后笑着道：“孤可以将它摆在窗下吗？这样孤看书时，一抬头就能看见妹妹捏的雪兔子，心情大概也会变好呢。”

赵嫣觉得赵衍是个很神奇的人，哪怕对于这么小的一件事，他也会给出最大限度的回应。

赵嫣莫名其妙地就有了成就感，连带着郁闷的心情也好了不少，挥了挥手，道：“可以啊，这又不是什么值钱的东西。”

于是赵衍兴冲冲地去摆雪兔子了，摆在书案后自己一眼就能看到的位置，细致到连微小的角度也要调整妥当。

赵嫣坐在炭盆前烤火取暖，就见赵衍也跟着坐了过来，问道：“嫣儿遇到什么烦心事了？”

赵嫣微微睁大眼睛，随即泄气地托着腮，面容被火盆烘烤得红扑扑的。

所以说，双生子就是这一点不好，心有灵犀，她一点儿微妙的情绪起伏都瞒不过对方。

赵嫣回想起方才在太极门外撞见“监刑”的一幕，罪臣屁滚尿流的狼狈样子与闻人蔺那双深不见底的美人眸交叠涌现于脑海中，便稍稍皱起秀气的眉，似嗔似怨地说道：“遇到一个阴魂不散的家伙。”

又是一年开春，冥冥之中，他离那个最重要的命运节点愈加接近了。

赵嫣发现，赵衍近来有些忙碌。他时常将自己关在书房中，对着一份被修改过多次的新政草案陷入沉思。

赵嫣是他的双生妹妹，怎么会感受不到兄长此刻的愁绪与挣扎？

赵嫣拿了一本书，默不作声地坐在赵衍的身边，翻了一页，道：“你写的这个东西会得罪许多人。”

赵衍怔了怔。

妹妹这些年跟着自己在东宫里学习，看的书很杂。赵衍知晓她聪慧，却未料她聪慧到能一语道破新政的玄机。

“但是，应该能拯救更多人。”赵嫣撑着下颌，淡淡地补充。

“是。”赵衍索性不再瞒她，道，“做自己能力之外的事，何尝不是引火自焚？孤不怕危险，却担心将身边的人拉入万劫不复的深渊，那种痛楚……孤不敢再尝第二遍。”

虽然魏琰不在了，可按照命运的执拗性子，谁知道会不会有其他变故？

他现在能明白当年沈惊鸣那番话的深意了——处于这样的世道中，人太清醒反而是一种痛苦。

前世的经验让他规避了许多危险，却也让他看到了少年们壮志未酬的惨烈结局。他不怕死，却怕命运的车轮再次无情地碾过，到头来深恩负尽，死生师友。

“我观上古神话，时常觉得莫名其妙。譬如夸父想追太阳以观之，何不请后羿帮忙，一箭射下看个够？又譬如精卫衔微木填海，何不请扶桑金乌煮海为田，以报溺亡之仇？”赵嫣半垂着清澈漂亮的双眸，漫不经心地总结，“可见他们虽有壮志，却过于呆板，不知变通，才会变成令人感慨的悲剧。”

赵衍微微睁大眼睛，随即侧首“扑哧”笑了一声：“嫣儿的想法真是新奇，谁教的？”

“如果这是你想做的事，那你就去做。一个人无法办到，那就多找几个人。”赵嫣顿了顿，眼睫抖了抖，不太自然地叮嘱道，“但你要保护好自己，别对谁都一样不设防。你要是有个三长两短，我……”

我会伤心的。

“我就拎着你的耳朵，骂你一百遍‘赵衍大笨蛋’！”

说罢，赵嫣将没看完的《楚辞》搁下，伸了伸腰。

春风穿过窗棂，吹得书页“哗哗”作响，其上的一行墨色印字清晰可见——“亦余心之所善兮，虽九死其犹未悔。”

赵衍念着这句诗，目光澄澈，豁然开朗。

只要路是对的，自己何惧再走一次？

嫣儿说得对，自己这次不能再靠着热血行事，而要学会蛰伏，学会借势。现在整个朝堂中刚正不阿、能与士族抗衡的恐怕只有闻人家了……不，闻人蔺太过危险，又是父皇心心念念的驸马人选。自己不能殃及嫣儿，还是再观察些时日，先去明德馆里见见当年的旧友再说。

“孤打算出宫一趟。”赵衍道。

赵嫣懒腰也顾不得伸了，双眸锃亮，问道：“能带我一起去吗？”

赵衍想了想，带着歉意温和地道：“恐怕不能。现在时机尚未成熟，哥哥不能再如以前那般弄出大动静，故而需要瞒着众人。”

赵嫣有些诧异："你要偷溜出宫？"

赵衍大概是第一次做这种不顾礼节的事，腼腆地笑了笑："是。孤乃迫不得已而为之，嫣儿是好孩子，不可学哥哥这般无礼。只是崇文殿内日日有讲学，孤只能称病缺席几日……"

赵嫣扬了扬眉，翘起嘴角，道："好啊，赵衍也学会做'坏事'啦，真是稀奇！"

这些不安分的事她可太喜欢了！

"这倒简单。"赵嫣一转眼珠，指了指自己，道，"我扮成你的样子，替你坐在崇文殿里读书便是。"

嫣儿扮成……自己的样子？

赵衍蓦地想起了前年做的那个怪梦——嫣儿在他死后扮成他的样子坐镇东宫，却落入了肃王的掌心……

"你若称病，太医院会诊，定然是瞒不过母后与父皇的。我与你长得相似，时常被大臣错认，顶替你去崇文殿绝不会露出破绽。"赵嫣见赵衍似乎还有些顾忌，眼眸越发明亮了，里面像流转着璀璨的小星河，"何况兄长每日去崇文殿里学习如何经世治国，我却只能待在坤宁宫中看些气得我肝疼的《烈女传》《贤女集》，好生无趣。我也想去崇文殿，听听兄长所读的圣贤书有何不一样。"

赵衍一向宠爱妹妹，见她眼中的渴求之意都快溢出眼眶了，到底拗不过这声脆生生的"兄长"，只得笑着应允了。

好在翌日的文课是文太师负责的，这位太子太师视力不佳，授课时用水晶叆叇贴着书页才能勉强辨清文字，想来不会认出嫣儿的真身。

至于武课，则由好几位老师负责，明日午后应该是轮到闻人大将军传授兵法。大将军授课有个习惯，研究兵书时不太喜欢抬头，嫣儿以其资质蒙混过去并不难……

只是欺瞒两位恩师，赵衍始终心有不安。

赵衍于心中默念一声"得罪"，将明日的功课一一备好，再三叮嘱赵嫣要保护好自己，即便被看出马脚也不要慌乱，等他回来处理，这才放她回坤宁宫去。

定远侯府。

闻人苍从宫中归来，一只手抱着刚满周岁的儿子，另一只手抚了抚妻子容扶月姣好的面容，而后大步朝后院行去了。

着一袭文武袖暗色袍服的俊美青年长身而立，正在擦拭手中那张七石力的乌漆大弓，眼睫半垂，落下了一片清冷的阴影。

闻人苍虽久经沙场，却仍看不透三弟身上不经意间散发出来的慑人气息。这股气息随着三弟年纪的增长显得越发浑厚、深沉，好像温润的外壳下包裹着一个极具破坏欲的灵魂。

闻人苍不自觉地放低了声音，道："阿蔺，我与父亲有急事，要去一趟军营。这几日太子的武课你代一下。"

青年头也未抬，声音低沉地道："我只管射艺一课。"

闻人苍道："我知道，但二弟轻浮，我不放心他代课。"

青年专心致志地擦拭良弓，没再说什么。

闻人苍抬手按了按三弟的肩，说一句"辛苦你了"便转身离去了。

闻人蔺利落地弯弓搭箭，松弦后，箭矢划破了战栗的空气，霎时间草靶破碎、迸飞。箭矢入墙三寸，蛛网般的裂纹顺着石墙迅速蔓延，尾羽犹"嗡嗡"地颤动不止。

他教太子吗？没什么意思。

翌日清晨，东宫。

赵嫣穿上兄长的衣裳，以玉冠束起男髻，与赵衍面对面地站着，抬手摸着点在眼尾上的那颗小小的泪痣，问道："像吗？"

连影子卫阿行都诧异地惊叹："太像了！简直像太子殿下照镜子似的！仇醉，你看看，长风殿下扮起男子来是否与太子殿下一模一样？"

仇醉总是游离于人群之外，一个人蹲在阶前。半晌，他才皱了皱鹰钩鼻，声音沙哑地咕哝道："味道……不一样。"

野兽对于人的气息果然格外敏感，阿行笑着道："让你辨别样貌，谁问你气味了？再说了，我怎么闻不到？"

赵嫣倒是对自己的打扮很满意，很快就进入太子的角色之中，学着赵衍的模样慢吞吞地温声道："孤走了。"

而后，她按捺着飞扬的漂亮眉眼，迈出了大殿。

“保护好嫣儿。”赵衍温声叮嘱阿行，说话间已经换上了一身不起眼的常服，装成出宫采办的内侍，朝仇醉道：“我们也走吧。”

崇文殿。

文太师老眼昏花，果然没有认出赵嫣……

就是他讲的那些东西实在过于枯燥、死板，还不如赵衍平日里讲解的那些经论有趣。赵嫣大失所望。

好不容易挨过文课，赵嫣吃了些御膳房专供的咸口酪浆与点心果腹，问在一旁服侍的阿行：“下堂课上什么来着？”

阿行沏了茶，回道：“回殿下，是定远侯的兵法课。”

定远侯是闻人晋平战胜归来后受封的爵位称号。

闻人晋平啊……应该问题不大。

武将的心没那么细腻，前年她在毬场外撞见的闻人苍和闻人慕等人不就将她错认成太子了吗？

赵嫣正想着，身后突然传来了一阵轻而沉稳的脚步声，一片阴影笼罩了她。

不好的预感涌上心头，赵嫣咬着半块蟹黄酥转头，猝不及防地撞见了闻人蔺那张波澜不惊的俊脸。

倒霉！

倒霉倒霉！

怎么是他？偏偏是他！

想起莫名其妙的驸马人选还有宫门下那场吓破人胆的杖刑……赵嫣险些被一口蟹黄酥噎住，忙不迭地端起一旁的茶水一饮而尽，将堵在胸口的那团气生生地咽下了。

闻人蔺气定神闲，欠身行了个礼：“定远侯军中有急事处理，这两日暂由臣代教兵法。敢问太子，老爷子……”优雅低沉的男声微妙地一顿，他不着痕迹地改口，“父亲昨日教到哪一篇了？”

还好临行前赵衍交代过，赵嫣不敢抬头，压着嗓子回答：“《三略》中的上略。”

闻人蔺不置可否，没去坐中央那把冷硬的太师椅，而是自己拖了一把圈椅过来，按着扶手坐下了。他慢悠悠地开口问道：“太子的功课，可都做了？”

这个闻人蔺不好惹，一双眼睛就像会摄魂夺魄一般，总看得人心里发怵。

赵嫣心虚地点头，从一旁的一摞书中取出赵衍早就写好的兵法策论，递给了在一旁侍墨的内侍。

内侍刚想接过，一只修长的大手就先一步伸了过来，握住了策论的另一端。

赵嫣一怔，立刻松手，双手放回膝上交握，悄悄地捏了捏下裳。

披着人皮的野兽嘛，总是对气味格外敏感些，闻人蔺闻到空气中弥漫着一股极淡的熟悉而陌生的微甜气息。

闻人蔺垂目，看着“小太子”微微抖动的纤长的眼睫，又看了看她沾在嘴角上的一点儿蟹黄酥的粉末。

他将手中的策论置于几案上，不急于看，黑亮的眸中渐渐浮现出些许神秘莫测的笑意，好像发现了一桩极其有趣的事。

“殿下苦学半日，定然腹中饥饿。”他忽然道。

赵嫣抬起头，不知他为何突然说这个，只得扯出一抹温和的假笑：“尚好，孤也不是很……”

话未说完，她就见男人修长如玉的食、中二指将剩下的一碟蜜豆糕慢慢地推至自己的面前。

“饿。”她艰难地将剩下的一个字说完了。

“殿下在臣面前不必客气，吃饱了方有力气切磋兵法奥义。”

见赵嫣不动，闻人蔺屈指抵着额角，轻声问：“殿下为何不吃？”

赵嫣不爱吃甜腻的东西，嗜甜如命的人是太子赵衍。

她咽了咽口水，刚想说“孤不饿”，就见闻人蔺露出了恍然大悟的神情：“臣险些忘了，太子殿下嗜糖，定是觉得点心不够甜，没胃口。”

说话间，他体贴地端起一旁的桂花蜜，在赵嫣愕然的目光中缓缓地倾倒下去，使得琥珀般的金色桂花蜜丝丝缕缕地流到原本就极甜的蜜豆糕上。

这令人牙疼的量……

“请用。”

闻人蔺将那碟被桂花蜜浸泡的蜜豆糕重新推至赵嫣的面前，气定神闲地打量着她，眼中的笑意更浓了。

赵嫣顿时说不出话来了，在心中大喊：赵衍救我！

四

赵衍刚回到东宫，就见到扮成“太子”的妹妹坐在书案后，抱着一小罐腌酸梅，用银签子一颗一颗地挑着吃。

肤色白里透红的赵嫣吃得两腮鼓囊囊的，活像一只嘴里塞满食物的扫尾子。

“吃了这么多梅子，牙酸不酸啊？”赵衍一边褪下身上的内侍衣帽交给侍从，一边接过侍从递来的食盒，“怎么了，谁惹着我们嫣儿了？”

赵嫣听见赵衍的声音，皱起的眉毛瞬间耷拉下来，苦哈哈地道：“你怎么才回来？”

此刻赵嫣委屈颓靡的声音和早晨出门前的兴奋模样形成了鲜明的对比。

赵衍看了阿行一眼，阿行便低着头，三言两语地将闻人蔺临时代为讲学、长风公主硬着头皮吃了半块甜到齁嗓子的蜜豆糕的事禀明了。

赵衍没想到今日的武课临时换了老师，眉心微蹙，露出了几分忧郁之色。

他将街上采买的杨梅渴水置于几案上，温声解释：“抱歉，孤等了几年才见着旧友，相谈甚欢，一时忘了回宫的时辰。嫣儿受委屈了，喝碗杨梅渴水压压惊，可好？”

赵嫣今日出门未看皇历，随口抱怨了一句。

玛瑙般鲜红剔透的汁水被装在白玉碗中，应该是赵衍用冰鉴一路护着拿回宫的，还冒着丝丝凉气，白玉碗沿凝了一圈细密的水珠。

有个同胞兄长就是好，他即便出宫，也会惦记着自己，带一两样好吃、好玩的东西回来。

赵嫣心满意足，端起碗小口饮起来，沁凉微酸的鲜红的果汁一入口便冲淡了唇齿间残存的甜腻感。

赵衍下意识地去拿阿行奉上的甜糕——他自小饮了太多汤药，苦吃多了，就格外贪恋甜——可想起妹妹方才还齁得慌，便又蜷起手指，缩了回来，规规矩矩地将手置于膝上。

“明日可要孤出面，给嫣儿出出气？”赵衍问道。

赵嫣险些被一口杨梅渴水呛住。

赵衍就是个没脾气的滥好人、光风霁月的真君子，对谁都是温声细语的，连呵斥的话都不曾说过，哪里知道如何出气？

赵嫣想象了一番赵衍和风细雨地告诫闻人蔺的画面，只觉得荒诞好笑，摆了摆手，道：“算了算了，这也不是什么大事。对了，明天是谁的课？”

“明日……按理来说是骑射课。”

赵衍仔细地思忖了片刻：自己所筹划之事他一两日安排不完，可若继续让嫣儿代替自己去崇文殿，终归有些不放心。

何况，以往闻人蔺代为授课时从不多言多做，仿佛只是完成任务，授完课就走。今日他对嫣儿所做之事，倒更像是他对她起了疑心。

此人真是个深不可测的家伙。

赵嫣似乎看出赵衍要说什么，先一步开口了：“这几天你忙自己的事，不用管我。”

不待赵衍拒绝，她便冷哼一声起身，将心中的算盘打得“噼啪”作响。

自己吃的瘪，还得自己讨回来！

次日，文课授毕，赵嫣自个儿去偏殿里更衣。

她这两日假扮太子之事须瞒着众人，身边并未带宫婢，而暗中保护她的阿行又是男子，更加不方便，故而更衣之事只得她亲力亲为。

她匆匆地套上赵衍的杏白色常服，又对着镜子确认点在眼尾处的小小的泪痣尚在，试着压低嗓音“啊”了两声，确定无误，这才在内侍的引领下前去学习骑射的小校场。

赵嫣见到穿着一袭暗色武袍挺立的闻人蔺，心中没有半点儿意外。

她定了定神，麻木地走过去，麻木地扯出一个温和的假笑，唤道："少将军。"

"殿下。"

闻人蔺欠身行了礼，不紧不慢的样子看起来优雅至极。

赵嫣也不知道这人是吃什么长大的，个子这么高，肩臂的力量蓄势待发，他即便欠身行礼也压迫感极强，看得人心里直打鼓。

不过她有备而来，早就想好了应对的招数。闻人蔺要是再拿那些甜腻到齁嗓子的东西来吓唬她，她便推说自己饮了汤药，不宜吃甜食；若再如昨日那般坚持看着她用膳，那便有"谋害太子"之嫌了。

赵嫣心中打定了主意，谁知闻人蔺对"甜食"一事只字不提。他用目光轻飘飘地扫过赵嫣的着装，顿住了："殿下就穿成这样练习射艺？"

他拉长了语调，似乎在笑。

赵嫣顺着他的目光看了一眼自己宽大的常服袖袍，一时无言。

穿赵衍的箭衣需要扎护腕，她一个人弄不来，又不能找旁人帮忙，只能挑一身看起来简单的常服穿上……这身衣服可能……的确……不太适合骑射。

"去取银索襻膊来。"闻人蔺吩咐道。

侍从很快就端着托盘上前了，托盘中盛着一根精致的银红臂绳。闻人蔺用修长的手指将其拿起，朝赵嫣行去。

见赵嫣警惕地后退一步，闻人蔺不甚在意地笑了笑："以此物将衣袖缚住，否则殿下不便于开弓射箭。"

赵嫣刚想说"让侍从来即可"，就见闻人蔺仿佛看穿了她的想法似的，缓缓地道："殿下尊贵，自当由臣亲自服侍。"

他嘴上说着"服侍"，可挺直的脊背没有半分谦卑之意。

赵嫣将信将疑间，闻人蔺已经将襻膊带子绕至她的袖下了，低声道："烦请殿下抬一抬胳膊。"

赵嫣依言抬起了胳膊，随即反应过来——自己为何要听他的？

然而此时反悔已经晚了，闻人蔺将银红色的襻膊带子利落地绕过了她的右臂，从后肩斜绕回前胸，穿过另一只袖子，再绕过后颈回到右肩，两只碍事的大袖便被捋起堆叠在腋下，露出了少年人包裹在窄袖的中衣下的细细的双臂。

闻人蔺望着“太子”纤细白净的后颈，眸色一沉，仿佛又嗅到了那股从皮肤深处散发出来的极淡的微甜气息，与往日太子身上的那股药味不同。

见闻人蔺迟迟没有下一步动作，赵嫣觉得自己就像一只被缚住双手的待宰的羔羊，身体也略微僵硬起来。

他该不会是……发现什么了吧？

赵嫣不动声色，咽了咽口水，提醒道：“少将军若忘了如何系襻膊，可唤宫人代劳。”

闻人蔺收回视线，回道：“臣只是好奇殿下这两日熏的是什么香，挺有意思。”

“是吗？”赵嫣心中波澜万丈，面上却沉静如水，慢吞吞地假笑道，“这两天的确换了一拨贴身宫人，回头孤问问他们，用的是什么香。”

闻人蔺不再追问，用修长的手指将臂绳打了个优雅的结，又慢悠悠地调整了一番松紧。望着“小太子”微微抖动的眼睫，闻人蔺垂眸盖住眼中的笑意。

她紧张什么呢？他是不会拆穿殿下的。

战事初平，他满腹的心计无用武之地，精力多得快要溢出身体了。他好不容易有个乐子，把她吓跑了可不划算。

“小太子”挑了一把称手的弓，缚着襻膊的纤细的身体透着一股子韧劲。

皇帝心思深沉，想用一个嫡亲的女儿拉拢、牵制闻人家，算盘倒是打得响亮。这么个不安分的青涩少女，娇滴滴的，一掐即断，能顶什么用？说不定她还未学会开弓，就叫苦不学了。

闻人蔺望着连箭囊也不会系的“太子”，暗自轻轻地嗤笑一声，面上的笑意却越发温和了。

“臣先教殿下开弓的站姿。”

他上前替赵嫣系好箭囊，随后隔着衣料抬手托住了她的小臂，引导她抬臂拉弓。男人的每一个神情、动作仿佛皆精心设计过，完美、知礼。他如同摆弄一件有趣的物件一般，挑衅着赵嫣的警惕心。

可惜，赵嫣不是受人摆弄的性子，还记着昨日的“仇”呢！

赵嫣一转眼珠，露出一个乖巧的笑来：“可否请少将军拉弦开弓，为孤示范一二？”

闻人蔺道：“臣命弓弩手前来，供殿下观看。”

“孤久闻少将军的射艺天下一绝，能百步穿杨，例无虚发。若论学习，没有比少将军更好的范本了。”触及闻人蔺眸中探究的神色，赵嫣作势一顿，声音低落下去，“少将军乃国之股肱，孤这个要求是否太过分了？”

她把话说到这个份上，闻人蔺若再婉拒，就是目中无君了。于是，他随手取来自己的大弓，笔直修长的双腿一前一后地叉开，拉弦开弓，为赵嫣逐步讲解射姿的要义。

“殿下可听懂了？”言毕，闻人蔺睨向她，问道。

赵嫣点了点头，又轻轻地摇头，道：“技巧记住了，但孤还不能结合实际。请少将军勿要卸力，保持这个姿势，孤再仔细地看看。”

闻人蔺一挑长眉，保持着弯弓搭箭的姿势没动，肩阔腰挺，矫健无双。

赵嫣绕着闻人蔺前后左右仔仔细细地观察了一圈，其间不时地摸一摸弓弦，擦一擦箭矢，端的是认真无比，但动作磨磨蹭蹭。

她这一看，便看了半个时辰。

亏得闻人蔺基本功扎实，箭尖自始至终稳如泰山，不见半分偏移。换了寻常人这般保持举弓拉弦的姿势不动，只怕不到两刻钟就要臂颤手抖、筋骨酸痛了。

春日的暖阳自廊下穿过，影子逐渐西斜，满月般的弓弦上跳跃起一缕夺目的橙金色。

赵嫣磨蹭够了，这才压住眸中的那缕狡黠之意，绽出歉疚的笑来：“抱歉，孤不善弓弩，学得有些慢。”

“殿下精益求精，这是哪里的话。”闻人蔺的脸上挂着完美的浅笑，声音温润，让人听不出喜怒。

他倒挺有耐心的，赵嫣暗自咋舌。

报了昨日“齁甜”之仇，她便不过多刁难，转身专心去练臂力了。

闻人蔺松了松发酸的肩臂，适时地收了弓。

满月般的弓弦“嗡”地恢复原样，他眼中无害的笑意也随之收敛了，化作了一片充满兴味的幽幽之色。

五

赵嫣总觉得，闻人蔺自从在骑射课上吃瘪之后，对“太子”便多了几分额外的“关照”。

定远侯闻人晋平去军营忙碌的这些日子里，闻人蔺每天都来授课，格外准时。他面前那张长长的讲案上总是摆着各色新鲜的点心，从蟹黄饽饽到香酥胡麻饼，从杨梅冰饮到水晶山楂，酸咸兼备，每天不带重样的。

这些都合赵嫣的口味。

可她如今是嗜甜如命的“太子”，读了半天的书，看得见却吃不着，心中十分煎熬。偏生闻人蔺那双深不见底的眸子总是盯着她，他还不时地向她抛出几个出其不意的问题刁难她。

好在赵嫣这几年在东宫中看了不少书，赵衍又提前为她做好了周全的准备，故而基本能擦线过关。

闻人蔺也不深究，见好就收，每每看着赵嫣绞尽脑汁地蒙混应付，黑亮的眸便泛出几分愉悦之色。

赵嫣总觉得自己是野兽掌中的猎物，战战兢兢，见招拆招。每当她耐心耗尽，束缚住她的兽爪就会松开；而她放松警惕时，又会猝不及防地落入陷阱……

偏生闻人蔺还一副传道授业、正人君子的模样，让人想发作都寻不到理由。

相处这些天，赵嫣已经练就了一番绝佳的变脸技术：上文课时神采奕奕、口齿伶俐，一到闻人蔺代上的武课时便萎靡不振、假笑连连。

好在赵衍快忙完了，她装过这一日，便与闻人蔺老死不相往来！哼！

见赵嫣“吧嗒”一声按下一枚棋子，闻人蔺摩挲起指尖的墨玉棋子，淡淡地看向了对面那双滴溜溜地转动的漂亮眼睛。他原以为她坚持不了几日就会原形毕露，未料她愈挫愈勇。

这两日她倒是演得不那么上心了，莫非要换回来了？

墨玉棋子在修长的食、中二指间转动，闻人蔺微眯眼眸，心道：殿下想溜啊？哪儿有那么简单？

四月便是一年一度的春蒐围猎，届时不仅魏皇后与寿康长公主会去，待嫁的两名公主与长乐郡主亦会随行。

虽说往年未婚的皇族女眷参与围猎时，一般就挤在女宾帐篷中凑个热闹，顺便挑选夫婿，但若完全不通骑射也说不过去。眼下还有二十来日，皇帝便让定远侯从手下挑选几名得力的副将，教习女眷们一些基础的骑射技巧。皇帝对女儿和外甥女们的要求也不高，她们能上马遛两圈，彰显皇家的气度便可。

公主与郡主乃千金之躯，闻人晋平怎么可能听不出皇帝的言外之意，真的选一个寂寂无闻的副将去当武夫子？

在正厅议事时，长子闻人苍便率先开口："军中操练未完，我脱不开身，武夫子的事就交给二弟、三弟吧。"

"听闻二位公主金枝玉叶、容貌出众，倒是令人心驰神往。可惜我已成家立业，又答应过内子绝不多看其他女子一眼。大丈夫一诺千金，为了家庭和睦，我也不去凑热闹了。"闻人慕接过话茬，笑眯眯地望向了倚在窗边翻阅兵书的俊美青年，"三弟，要不你去？"

调侃归调侃，整个家中闻人慕最不想惹的人就是三弟。这小子看上去一副兄友弟恭的淡然模样，实则心思深沉得很。他每次管不住嘴，惹着三弟了，必定会倒霉三日。

闻人慕在闻人蔺的手里吃了太多暗亏，知道这小子一向抵触指婚之事，眼下逮着这么个看戏的机会，自然要损上两句，好生发泄一下心里积攒的怨念！

听闻人慕如此推波助澜，闻人晋平便将目光投了过去。

皇上眼光老辣，一眼就挑中了他这三个儿子中看似最完美，实则最不省心的一个。虽说百炼钢可化作绕指柔，可……这对阿蔺有用吗？

他正斟酌着，便听到闻人蔺悠闲地说："可。"

闻人晋平低声道："你不愿意去，也是……"顿了顿，大将军反应过来了，“你说什么？”

“教授公主是吗？”闻人蔺头也不抬，用手指压着书页，重复道，“我可以去。”

父子三个人怔住了。

他们没听错吧？

阿蔺难道不知皇帝有意借春蒐围猎一事，促成他与长风公主的婚事吗？

他居然同意了？！莫非他被夺魂了？

闻人慕那双天生的含情笑眼此时也收敛了戏谑之意，他狐疑地打量起自家三弟来。

俊美高大的年轻人端坐于椅中，一副云淡风轻的闲适模样，半垂的眼睫映着帘外的春光，嘴角的弧度若隐若现，温和可亲的神情下是别有所图的危险气息，他似乎对此事颇有兴致……

嘶……事情不对劲啊！

赵衍最近不知在筹划什么，都没时间陪赵嫣看书、谈论了。

好在今年她能随父皇、母后一同出宫围猎，父皇还专门派了武夫子教她骑射，赵嫣的心情又飞扬起来了。她换了一身嫣红色的骑射戎服，便拉着四姐姐赵媗兴冲冲地赶到了校场。

见到校场中那抹熟悉、高大的身影，赵嫣霎时间如被一瓢冷水兜头泼下。

啊啊啊！这人怎么阴魂不散，哪儿都有他？！

“臣闻人蔺见过四公主、长乐郡主。”闻人蔺慢条斯理地行礼，顿了顿，才将意味深长的目光投向赵嫣，“见过长风公主。”

少女将桃花眼睁得圆圆的，似乎想拼命地按捺住什么情绪。

没有了碍事的男装，她整个人显得明艳又灵动，如同当年在毬场外初见的样子一般。

这就对了，她还是眼前的模样较为顺眼。

奇怪，明明此时已是芳菲落尽的暮春，闻人蔺却觉得空气中那股熟悉的微甜气息似乎变得浓烈了起来。

这一堂课，赵嫣老老实实地跟着闻人蔺学开弓。

先前代替赵衍去崇文殿时，她学过开弓射箭，现在却要装作什么都不懂的样子，唯恐闻人蔺看出破绽。

好在赵媗文弱，霍蓁蓁又娇气，几个人练了不到半个时辰，霍蓁蓁就嚷着手臂酸疼，抱着弓瘫坐在椅中不动了。

赵嫣如释重负，趁着休息的间隙独自溜去崇文殿里，想去找赵衍聊一会儿。她实在不想和闻人蔺同处一室，一见他就心虚发怵，心跳也聒噪得很。

见赵衍还在殿中温书，文太师正在一旁滔滔不绝地讲课，赵嫣停下脚步，只得退了出来，坐在月台旁的树影下乘凉，等赵衍散课。

暮春的阳光明亮张扬，将石阶照得发白，那丛芭蕉却越发油亮。赵嫣等了约莫一盏茶的时辰，就听见身后传来了一阵细碎的脚步声。

赵嫣以为兄长出来了，眼睛一亮，立即回首，看到的却是两个侍奉茶水的宫婢。

宫婢们没有瞧见藏在角落里乘凉的赵嫣，将茶水往廊下的美人靠上一放，聊起天来。

“太子殿下还未散课，我们先坐会儿吧。”一个宫婢说道。

另一个宫婢应了一声“好”，朝远处看了一眼，好奇地道：“今日太子没有武课，怎么小校场那儿有动静？”

“是公主和郡主们在练习骑射吧？听说殿下们的武夫子是闻人三郎呢！”

“怎么是他？如此神仙般完美的人物来做公主的武夫子，未免太屈才了吧？”

“你懂什么？听说陛下要招闻人三郎为驸马，有意促成这桩婚事，这才点了定远侯府中的人来授课。”宫婢艳羡地说，“不知是哪位公主这般好命。”

“如今未婚配的公主一共就两位，还能是谁？闻人家功勋卓绝，陛下如此器重他们，定会舍出身卑微的四公主，选嫡亲的长风公主。”

“可是……”另一名宫婢压低声音道，“不是说长风公主命里带煞，不被皇后娘娘所喜吗？赐婚并非儿戏，娘娘能同意？”

"长风公主是太子殿下的胞妹，有了这桩姻亲的加持，手握兵权的闻人家不就会死心塌地地追随太子殿下了吗？"先前那名宫婢哼道，"我都能想明白的事，皇后娘娘能不明白？"

"原来如此！我说怎么偏是长风公主呢……"

"文太师出来了，我们进去吧。"

宫婢们屏声敛气，一前一后地走远了。赵嫣拍了拍衣服，从树影下站起身，气得踢了踢裙边。

从那两名宫婢说四姐姐出身卑微开始，她就已经开始皱眉了，听到后面，越发气恼。

自从九岁那年赵衍从高烧中醒来，对妹妹处处关怀、维护，赵嫣已经很多年不曾听见诸如"长风公主命中带煞""克兄"的谣言了。此番旧事重提，儿时的阴影恰如此时的云翳般遮天蔽日地朝她席卷而来。

她终究是在意此事的。

算了，自己和几个宫婢计较也无甚意思。赵嫣皱着眉折回校场，情绪有些低落。

赵衍一向尊师重道，甫一打开崇文殿的门扉，亲自送文太师出来，就见妹妹的身影消失在廊角，不由得愣怔了一下。

接下来的半堂驭马课，赵嫣上得心不在焉。

好不容易挨过半个时辰，她扶着马鞍准备下马，却被闻人蔺唤住了。

"殿下方才驭马的姿势不对，还请殿下留步，容臣单独为殿下纠正一二。"

霍蓁蓁穿着一袭淡金色的骑射服，踩着马镫和脚踏跳下来，给了赵嫣一个"你自求多福"的眼神，拍了拍手，走了。

赵婠想说什么，张了张嘴，但什么也没说出来，走到一旁安静地等候去了。

"手捏着缰绳，两腿夹紧马腹，身子勿要后仰。"闻人蔺牵着马笼头，不住地纠正赵嫣的动作，"骏马通人性，若殿下在猎场上策马时也这般走神，只怕要伤到自己。"

赵嫣耐着性子一点点地改正，但不知是自个儿今日状态不佳，还是闻人蔺过于严苛，总有些细枝末节的错误被挑出来。

一晃小半个时辰过去了，赵嫣的额上渗出了细密晶莹的汗珠，雪腮微红。

日头逐渐西斜，此情此景似曾相识，只是吃瘪的人换成了赵嫣自己。

她正胡思乱想着，闻人蔺不知何时绕到了马腹旁，以手中的马鞭轻轻地抵了抵赵嫣的下颌，道："腰腿用力，而非颈项。殿下还是先前的老毛病，不论驭马还是开弓，一用力便喜欢前倾脖子。"

他漫不经心的一句话却令赵嫣心头一紧。

什么……先前？

她如今是长风公主，按理说是第一次跟着闻人蔺学习骑射，闻人蔺为何会说"先前"？

他果然从一开始就认出自己了！

赵嫣越想越心惊肉跳，连抵在下颌处的粗粝的马鞭也忘了躲开，咽了咽口水，道："闻人蔺，你该不会是在刻意报复本宫吧？"

"报复？殿下此言何意？"闻人蔺抬起眼皮，黑眸中带着笑意，看起来十分无辜，"莫非……殿下什么时候得罪过臣？"

被反将一军，赵嫣哑然，半晌才想出一个像样的理由："因为父皇想让你做驸马，所以你刁难本宫？否则你为何不留霍蓁蓁和四姐姐的堂，单独留下本宫？"

闻人蔺蓦地笑了一声。

他看起来很闲吗？别人哪里值得他劳心费力地教导？

听他发笑，壮着胆子捅破窗户纸的赵嫣脸颊一热，气恼地推开了抵在下颌处的马鞭，翻身踩着马镫要下马。可汗血马实在太高，她双手攀着马鞍，一只脚踩在马镫上，另一只脚朝下试探了好几次都没能挨着地。

平日里蜂蝶般围着她转的侍从这会儿倒全不见了人影，也不知搬个脚凳过来。

自己偏生在闻人蔺的面前出丑！

正尴尬着，赵嫣忽然觉得腰上一紧，下一刻就被人拦腰解救了。脚落在硬实的地面上时，她还有些不适应，踉跄了一步。

闻人蔺顺势托了她的小臂一把，赵嫣身子一僵，不动声色地收回了手。

闻人蔺也不介意，欣赏着少女的窘迫样子，恍惚间仿佛又回到了两年前的那个冬日——万物萧条，冰云惨淡，着一袭绯红色戎服的小少女束着男髻，肩上扛着半人多高的杓棒，冒充太子殿下趾高气扬地瞪着他……

她有趣得很。

“殿下大可放心，臣虽答应来教殿下骑射，但还未闲到上赶着倒贴。”闻人蔺收回了手，指腹轻轻地摩挲起来，“毕竟，也不是人人都得喜欢殿下。”

起风了，厚重的云翳堆叠在天边，将夕阳完全挡住了。

“不是说长风公主命里带煞，不被皇后娘娘所喜吗？”

“也不是人人都得喜欢殿下。”

如果她不是太子的亲妹妹，如果不是父皇有指婚的意图，闻人蔺大概真的不屑来做这个武夫子吧？

赵嫣知道自己的出生不被人期待，但在一天内接连听到两次这样的话，原本就郁闷的心情竟生出几分委屈来，化作了眼眶的酸热感。

“是，没有人喜欢我，不劳少将军提醒。我活着又不是为了让你们所有人都喜欢的！”

傍晚昏暗的光将赵嫣微红的眼眸中的水光映得格外明亮，闻人蔺没料到她的反应这般大，淡然的面色一僵，似乎怔住了。

他还未开口，赵嫣就已经攥紧了手指，低头从他身边快步走过了，气冲冲的，没有回头。

闻人蔺站在原地，微不可察地皱了皱眉头。

他以为小公主定然会像以往那般张牙舞爪地与他抗衡——她一向小聪明多，不是吗？难道他看走眼了？

廊下，赵嫣也不知在和谁较劲，低着头一个劲地往前走，连身后赵媗担忧的呼喊声也顾不上回应。直至在拐角处撞入一个带着浅淡的药香的怀抱，她才听到熟悉温柔的嗓音：“嫣儿？”

赵嫣上了兄长的马车，往靠枕上一扑，闷声道："我想去你那儿。"

"好，孤命人去回禀母后一声，就说留你在东宫里用晚膳。"赵衍毫不迟疑地点头应允，又歪头看了一眼妹妹蔫蔫的神色，温声问道，"怎么了，嫣儿？别怕，哥哥在呢。"

赵嫣摇了摇头。

她果真很在意别人说的那些谣言。

"哥，你说，"赵嫣起身捋了捋鬓角的碎发，瓮声瓮气地道，"你说母后是不是真的很讨厌我？"

"为何这样问？"赵衍讶然，沉思片刻，认真地道，"以前我体弱多病，母后在我身上花费的精力太多，以至于她时常疏忽你。等到她缓过神来后，你已经长大了，看起来好像不需要她了……嫣儿，母后不善言辞，可能你很难感受到，但血脉亲情永远无法割舍，她是爱你的。"

如果母后不在乎嫣儿的幸福，又怎会顶着父皇的意愿将赐婚之事压下，让嫣儿能自由地玩闹呢？

赵嫣望着自己的脚尖，若有所思地道："可是感受不到的爱真的是爱吗？"

赵衍无言。

他意识到自己这些年的纰漏在何处了——自重生以来，他以为只要自己对妹妹好些，再好些，就可以弥补她前世的空缺，却忘了妹妹需要的不仅是他一个人的关爱。

赵衍忍着心疼，耐心地道："是谁对嫣儿说了不好的话吗？"

"如果父皇和母后爱我，为何没有一个人问问我是否愿意嫁给闻人蔺？"赵嫣皱起眉，又很快舒展开了，"我不想嫁人，不想嫁给一个不喜欢我的人，成为朝局政论的牺牲品。"

赵衍大概能猜到妹妹低落的情绪和谁有关了。

"好，嫣儿不愿意就不嫁。"他极尽兄长的温柔，笑着道，"嫣儿晚上想吃什么？"

"蟹黄饆饠、香酥胡饼、水晶山楂，还想喝杨梅冰饮。"

说着说着，赵嫣还真有些饿了。

赵衍按照她的口味吩咐侍从先行回东宫准备，随即放下车帘，笑着道："再过三个月便是你我的生辰了，嫣儿也要及笄啦！嫣儿想要什么生辰礼物？"

赵嫣愣了愣，没来由地脱口而出："金笄……我想要兄长送的金笄。"

翌日，校场。

闻人蔺来得很早，在校场上等了两刻钟，才见到小公主跟在赵媗和霍蓁蓁身后，低着头磨磨蹭蹭地走过来，磨磨蹭蹭地去挑弓……然后，她又磨磨蹭蹭地站在了离闻人蔺最远的射道上。

闻人蔺示范了两轮射箭的技巧，目光瞥向站在墙角的赵嫣，信步朝她走去。

她站得这么远，他就不信小殿下能听清楚射箭的要领。

谁知他刚走近，赵嫣便扭头走开，朝正在看守弓弩箭囊的副将张沧道："久闻张副将射艺一绝，可否容本宫请教一二？"

"噢……啊？"张沧受宠若惊，粗犷的脸上浮现出两坨红晕。

闻人蔺负手站在不远处，脸隐在阴影中，让人看不清神色。

她之前不是说他的射艺才是天下一绝、无人能及吗？

"少将军，为何我的箭总是射歪，能教一下我吗？"霍蓁蓁上前询问，打断了他的思绪。

闻人蔺仅沉默了一瞬，脸上很快便挂上了得体的笑："抱歉，臣伤了手臂，还请郡主另请高明教授。"

说罢，他看向一旁兴冲冲地拿起弓矢比画的自家副将，笑得越发人畜无害："譬如张副将就很不错。"

"好啊，你们开小灶不带我！"霍蓁蓁果然加入了赵嫣的队伍，叉着腰道，"我也要学！"

赵嫣躲来张沧这儿，本就不是为了学箭。

昨日她心情不好，被闻人蔺一激便红了眼眶。当时她只觉得委屈，后来与赵衍聊了几句，冷静下来，越想越觉得难堪。

自己太丢脸了！

在赵衍面前矫情一下也就罢了，她偏生在闻人蔺的面前红了眼眶！

赵嫣郁闷地射出一箭，心不静，箭尖也歪了，箭擦过草靶，落在了沙地上。

她以余光瞥去，却已不见闻人蔺的身影。

今日太子有武课，他约莫是去崇文殿了吧？

也好。

赵嫣总算松了一口气。

午后，阴云密布，风中带着潮湿的水汽。

一日课毕，闻人蔺从崇文殿中走出来，下意识地往后头的校场行去，而后又停下了脚步，暗自思忖起来：这种天气，小殿下应该早就回去歇息了吧？

自己这是在干什么呢？

闻人蔺敛目，自嘲般笑了一下。

狂风乍起，大雨将至，宫人狼狈地举起袖子躲避。猎猎的风声中，唯有闻人蔺稳稳地走着，所过之处，仿佛连风也蛰伏了。

“少将军，留步。”

宫门下，马车停下，赵衍温和的声音传了出来。

闻人蔺停下脚步，看了一眼在车中端坐的少年，不紧不慢地向太子抱拳行了一个礼：“太子有何吩咐？”

“不是吩咐，孤就是有几句话想与少将军说。”赵衍道，“孤的胞妹坚韧聪敏，看上去张扬自在，什么事都不放在心上，实则最是重情。旁人的一句话，不管是良言还是恶语，都能让她记上许久。”

闻人蔺平静地问道：“太子为何同我说这些？”

“孤出生时体弱多病，只因胞妹身体强健，便有许多闲言碎语生了出来。那都是些没有根据的话，但嫣儿很在意，怕自己真的克兄，怕母后厌弃自己，怕自己被人不喜……”

听闻人蔺到“被人不喜”四个字，毫无波澜的眸子微微一动。

他忽然想起昨日在夕阳下那双猝不及防地变得湿红的眼睛。

原来……症结在这儿。

“孤只是想告诉少将军，再明快的人也有不愿被触及的伤口。少女的自尊心其实很脆弱，因为她在乎，所以才易受伤害。”赵衍的声音很轻，却多了几分从未有过的严肃之意，“嫣儿是孤唯一的胞妹，别人不心疼她，自有孤心疼她。孤的意思，请少将军好生领会。”

车帘被放下，马车走远了，闻人蔺却仍然站在原地。

真稀奇，一向性子软的太子也会态度强硬起来……

他昨日说的那句无心之言就这般可恶？可恶到小殿下一整日都不愿意搭理他，还让她的兄长来为她撑腰？

早知道他就不说了。

潮湿的风裹挟着土腥气迎面扑来，豆大的雨点砸下，越来越密，很快便打湿了他俊美的脸颊，濡湿了墨色的衣料。

赵衍让他好生领会，是带了警告之意。没有太子的赦令，他不能轻易地走动。

虽然按照他的性子，他真要走也无人敢拦。但方才那一瞬间的心悸，他还未想清楚，索性就这么站着了。

雨越下越大，白茫茫的一片，宫门下只剩下闻人蔺一个人了。他面容平静，墨袍不乱，挺拔如一柄未出鞘的剑。

坤宁宫内，魏皇后得知长庆门下的动静，略微惊讶。她望着在座下行礼的儿子，问道：“难得见你动怒，闻人蔺怎么忤逆你了？”

赵衍直起身，答道：“他忤逆的不是儿臣，是他让嫣儿难过了。”

魏皇后沉思片刻，默许了他的行为。

“今年长风及笄，生辰宴须好生操办。礼部呈了几个生辰宴的草案，你有时间便问问长风的意见，看看还有哪里需要修改，照着她的意愿改便是。今年以她为主，你为次。”魏皇后将礼部的呈文给他看，又拿出一份礼单来，蹙眉凝思，“这是本宫准备的贺礼，一共十五套，也不知她喜欢不喜欢。”

嫣儿明明是养在她膝下的女儿，她却还得通过东宫的儿子传话。

赵衍忽然想起妹妹说的那句“感受不到的爱真的是爱吗？”，心中第一次有了“违背”母后的意愿的念头。

他抬起温柔干净的眼，拢袖笑着道：“儿臣以为，这些事母后亲自与嫣儿沟通会更好。比起礼物，她更需要得到母后的认可，看到母后对她的重视。”

魏皇后将礼单搁在膝头上，红唇微启，复又闭上了。最终她叹道：“雨这么大，她怎么还未归来？”

一辆马车缓缓地驶入了长庆门，明明已经路过闻人蔺了，却又停了下来。

车帘的一角被撩开，赵嫣那张诧异的脸露了出来。她刚从东宫回来，看着站立在雨中的闻人蔺，似乎明白了前因后果。

闻人蔺眼睫湿润，雨水顺着下颌淌入衣襟，却依旧负手而立，不见半分狼狈之态。

他不用抬眼也能猜到小殿下此刻必定扬眉吐气，十分解气。

她想看就看吧，他无所谓。

他正想着，车中突然传来了一个低低的声音，裹在嘈杂的雨声中，模糊难辨：“你可以走了。”

她的语气中没有半分幸灾乐祸之意。

闻人蔺意外地抬起了眸，依然没有动。

车帘被放下了，少女自马车上下来，宫婢相拥而上，为她撑伞。

赵嫣没理会被雨水打湿的裙裾，只是皱着眉，将一把撑开的雨伞递了过来。雨水打在伞上，“噼里啪啦”的声音像密集的鼓点。

离得这般近，闻人蔺看清了伞下的少女精致明丽的脸庞，心脏悸动了一下，如投石入水，荡开了浅浅的波纹。

赵嫣抿了抿唇，将伞往他的肩上一搁，走了。

六

骤雨停歇，厚重的云翳散开，天色骤然明亮了。

“为什么罚他啊？”赵嫣问道。

坤宁宫内，赵嫣已经换了一身干爽的衣裙，行至赵衍身边，和他一起看着从屋檐上滴落的晶莹的雨滴。

“我们一起长到这么大，我还是第一次见你罚人。”

赵衍微微侧过头，温和的眉目透着认真的神色：“嫣儿这两日不愿意理他，不是在生他的气？”

赵嫣听了这话，心中流淌着暖意，她声音含混地道：“我就是……有些尴尬，也没想把他怎么样。”

赵衍想起了前世闻人蔺把控朝局的情形，又想起自己近来频繁地做嫣儿女扮男装却落入闻人蔺的手中的怪梦，目光微凝，轻咳了一声。

“多慧近妖，他强悍，却也危险。孤罚他，是要让他知道为人臣当有所为，有所不为，要尊重孤的妹妹。”赵衍平和地笑了笑，“别怕，嫣儿，有孤在呢。”

他这两年总喜欢说“别怕”，明明自己都还是一个稚嫩的少年，却不吝啬于用他瘦弱的双肩担起保护妹妹的责任。

“哥。”

“嗯？”

赵嫣将手撑在美人靠上，吸了一口雨后潮湿的空气，哼道：“你说，要是没有你，我受了委屈该往何处避啊？”

赵衍愣了愣。

是啊，前世他死得太早了，嫣儿若是被人欺负，大概只会一个人躲起来舔舐伤口吧？

上辈子，有没有人像他一样照顾他的妹妹呢？嫣儿受委屈时，可否有人用力地抱一抱她，告诉她“别怕”？

赵衍光是想想都觉得心脏胀痛无比，喟然长叹了一声。

定远侯府。

见到浑身湿漉漉地归来的闻人蔺，闻人慕被惊得险些摔了手中的酒盏。

闻人蔺俊美的容颜被雨水一润，更显出一股如霜似雪的清寒的气质来。他对闻人慕的反应视若无睹，只是收拢了那把石榴花纸伞，将其轻轻地斜放在廊下，进门去了里间。

他换了一身干净的衣裳，一出门，便见到闻人慕正拿着那把纸伞把玩。

见到三弟出来，他笑眼弯弯，以伞为剑，横刺过去，问道：“阿蔺，这伞……是姑娘家的吧？”

闻人蔺抬手轻松地握住伞尖，潮湿的眉目微沉，淡淡地道：“二哥倒是对女子之物颇有研究。当年那几个‘以身相许’的红粉知己，二嫂可知情？”

闻人慕一噎，笑容变得不那么自在了。

“别别别！我不过是协助大哥剿了一帮山匪，是那些女子非要报恩……那都是陈芝麻烂谷子的事，我可没答应啊！阿蔺平时坑坑我可以，别去气你二嫂，行吗？”

闻人蔺回以意味深长的嗤笑，手上微微用力，将纸伞夺了过来，如提剑而行。

这是什么人的东西啊，他护得这般紧？

闻人慕心有余悸地避让至一旁，咂摸出一丝不对劲：这个家里，怎么年龄最小的那个看起来才最像老大呢？

空阶滴雨，着玄红二色常服的青年坐在美人靠中，一只手执着兵书，另一只手随意地搭在扶栏上，自然垂下，手背上筋脉凸显，指骨分明。

闻人蔺将深沉的目光投向阶前那把盛开着石榴花的纸伞，尚未想明白一件事。他自小与常人不同，旁人还在玩泥巴，他就已经对杀伐之术及床弩、重弓产生了莫大的兴趣，温润完美的皮囊下藏着一颗冷漠好斗的灵魂，封存着蠢蠢欲动的破坏欲。

这些年来，他一直将这些隐藏得极好，直到遇见了假扮太子的赵嫣。

第一日，他便察觉出了不对劲之处。

他喜欢挑战难题，所以很快便找到了乐趣。可一旦得到答案，获取胜利，他就会觉得索然无味。

但赵嫣是个例外。

那日他见到小公主湿红的眼眸，非但没有对她失去兴趣，反而感觉心脏一紧，好像有谁不着痕迹地握了一下他的心脏，血液骤然沸腾，久久难平。

檐上的积雨间或滴落在撑开的纸伞上，“滴答，滴答”，伞上绘就的石榴花嫣红灼目，一如少女拂开风雨而来时穿着的红罗裙。

闻人蔺轻垂眼睫，觉得书页上的字仿佛带着一丝雨雾般的朦胧的美感，幻化出伞下那双染着潮湿雨气的漂亮眼眸来。

自从那日在驭马时起了争执，赵嫣就羞于面对闻人蔺。

兄长那般“警告”了他，也不知那个黑心黑肺的家伙有没有怀恨在心。

若是闻人蔺再给她“穿小鞋”，她定要狠狠地“咬”回来。

雨过天晴，又到了练习骑射的好天气，赵嫣只得硬着头皮前往校场。她做了许久的心理建设，见到的人却是姑父霍锋。

“闻人家要领兵出征啦，所以武夫子换成了我爹。”霍蓁蓁摆弄着手中新得来的雕金小弓，“叽叽喳喳”地说道。

四月初七，朝廷派去梁州传旨的太监意外溺毙于归途中，梁州牧赵承德做贼心虚，迟迟不愿来京述职。

天子的权威几乎被甩在了地上，皇帝忍无可忍，终于下定决心出手解决这一祸患。

赵嫣曾私下与兄长分析过梁州的形势，一致认为这场仗是躲不过的，但未曾想过这一日来得如此之快。

霍锋生性粗犷，教得不那么细致，往往是“先这样，再那样”地示范一轮，便放女娃娃们自个儿玩闹去了。

赵嫣听得一知半解，百无聊赖地躲去一旁练习，心里却不由得想起某人一步步地拆解动作的神情来——旁的不说，闻人蔺教授时是极为认真的……

呸呸！自己怎么又想起这个人来了？

赵嫣蹙了蹙眉，松指放弦，箭矢正中草靶。

春蒐围猎后发生了一件大事——太子赵衍选了几名东宫伴读，长风公主亦主动提出想入崇文殿中就读。

公主读书并非什么大事，但若公主入崇文殿中就学，意义就大不相同了。

崇文殿可是培养皇子的神圣之处，公主为女眷，若涉足此处，当真是史无前例。

然而皇帝权衡再三，竟然同意了。

朝中的守旧派摇头叹息，却对此无可奈何。

赵嫣隐约能猜到，父皇同意她进入崇文殿和赵衍一同就学，除赵衍极力劝说之外，更多的是考虑到她将来会嫁给闻人蔺为妻。她若不通权术，如何能拿捏住权势煊赫的闻人家上下？

纵使如此，赵嫣依旧很开心。她终于能以女子的身份堂而皇之地踏足被男人圈占了上千年的领域，一同伴她读书的还有四公主赵媗和郡主霍蓁蓁。

赵衍的三名太子伴读风格迥异，一个为年少成名、文冠天下的“李门双璧”之一——吏部侍郎之子沈惊鸣；一个为颍川郡王早年流亡在外，刚认祖归宗的庶孙赵白微；还有一位则是晋平侯世子裴飒，可谓文武皆全。

说起赵白微，赵嫣倒是想起刚启学时发生的一件趣事。

崇文殿中，男女学生的席位虽以屏风隔绝，却只是一个“男女大防”的形式罢了，并无多少实用性。

启学第一日，霍蓁蓁这个肚里没有三两墨的小纨绔正值新鲜劲，兴冲冲地来到崇文殿内，就见一道穿着水蓝色襕衫的身影临窗而坐。这人看上去极为风流，腰肢纤细，翠眉凤目，乍一看，侧颜有一种难以言喻的艳丽的英气。

“哎，赵嫣，你看。”霍蓁蓁朝窗边之人抬了抬下颌，轻声赞叹，“这是谁家的姐姐？好生漂亮！”

那人闻言，转过头来，开口却发出了明显与女子不同的低沉的声音，扬着眉道：“姑娘该去看看眼睛了，叫谁姐姐呢？”

此人竟然是个少年！

霍蓁蓁没有想到世上还有比太子哥哥更神清骨秀、貌若好女的少年，愣怔过后窘迫不已，脸上晕开了羞恼的红。

两个人一番唇枪舌剑，就此结下了梁子。

赵白微虽然长得精致了一些，身量却半点儿也不女气，性格张扬，舌灿莲花，一手水墨丹青堪称精绝！

赵嫣偶尔与他辩论，发现他们两个人的想法一样稀奇古怪。渐渐地，她便对他生出了惺惺相惜的感觉来。

庄严肃穆的崇文殿好像在这个初夏彻底活了过来。

赵衍说："国之大计，非一朝一夕能成。孤当吸取教训，从细枝末节入手，润物于无声，直至动摇那扎根于大玄的土壤中敲骨吸髓的禄蠹的根基。而让公主开学读书，为天下表率，是攻破守旧派的第一步。"

他还说："此生愿效拂灯夜蛾，虽死而向光明。纵身死百遍，吾心不改。但这一次，孤想保护好所有人。"

此生愿效拂灯夜蛾，虽死而向光明。

纵身死百遍，吾心不改。

赵衍说这话时，那双始终温和含笑的眸子中有璀璨的光芒隐现，好像有什么温暖的东西在炙热地燃烧着，藏着少年最纯粹的宏图伟愿。

赵嫣那颗浮躁的心慢慢地沉静下来，也变得温暖起来。她隐约知晓赵衍在计划一件何等的大事，所以想帮他。

赵嫣喜欢看赵白微挥毫泼墨，写下诸如"天下非一人之天下，乃天下之天下也。同天下之利者，则得天下；擅天下之利者，则失天下"之类的豪言壮语；喜欢看裴飒迎风舞剑；喜欢看沈惊鸣对酒当歌，高吟"逢人不说人间事，便是人间无事人"，举手投足尽显少年名士的狷狂姿态……

这些景象她好似在梦中见过，仿佛在很久很久之前，这群人就曾这般在昏暗的高楼上挑灯奋战，希冀着给混沌的朝堂带来一线清明。

只是这一次，赵嫣不再是局外人。她身处其中，与这群少年一同前行。

七月十八是赵嫣的十五岁生辰，及笄礼上的每一项流程皆是魏皇后在反复地询问女儿的意见后亲手操办的。

赵嫣不太适应母后的关切。最开始见母后用不太自然的轻柔的嗓音跟她说话时，她还以为自己做错了什么，提心吊胆了好一会儿……

事后她反应过来，觉得有些好笑，但也感受到了温暖。

赵衍看着妹妹越发自在的笑颜，眼中也浮现出了浅浅的笑意。

盛夏自冗长的蝉鸣声中悄然溜去，赵衍度过了自己十六岁的生辰。

他用了两辈子的时间，终于从戛然而止的十五岁走向了崭新的十六岁。

天佑十八年秋，梁州牧的叛党势力总算彻底被拔除了，闻人家父子凯旋。

真算起来，叛党在年初便已彻底平定了，只是梁州官匪勾结，闻人家领兵善后又多花了几个月的时间，新的凉州刺史过去便能捡现成的功劳。

此番闻人蔺生擒了赵承德和其家将何虎，立下的功劳最大，被天子破格加封为大将军，领鹰骑护卫京师。他乃天纵奇才，一时名气更甚于当年的闻人晋平。

庆功宴刚散，闻人蔺辞别皇帝出宫，路过崇文殿，不由得微微一顿。

栏杆后的少女背着双手站在那里，莹白的面容褪去了一年多前的青涩的稚气，变得越发明艳美丽，一袭绯红色的精致衣裙宛若朝霞出岫，衬得她窈窕无双。

她似乎在与人交谈，眉眼弯弯，灵动无比。

不消片刻，一个容貌艳丽的穿着襕衫的少年自廊下走出，低头回应了小公主一句什么，两个人看上去十分亲昵。

小公主不服气，挑起眉，而后扭头看向了一旁端庄儒雅的年轻的文官："周侍讲，你来评评理！"

风流才子，绝代佳人，颇为养眼，闻人蔺却只觉得这个场景非常碍眼，心中隐秘的情绪又开始蠢蠢欲动，那是一年来多少杀伐和鲜血也无法压抑住的躁动。

他不动声色地收回目光，长影如剑，朝宫门行去了。

赵嫣在不经意间瞥到远处的那道身影，心里暗道：他回来了？

"嫣儿，看什么呢？"赵衍走过来，笑着问道。

赵嫣收回目光，摇了摇头，也笑着回道："没什么。"

此番梁州的叛乱被平定，江山巩固，天子大喜，决定于冬月举行郊祀，祈求国祚绵延。闻人蔺领禁军和鹰骑开路护送，太子与长风公主伴驾随行。

归程中，在道旁水渠中蛰伏已久的刺客猛然跃出，一时间刀光剑影，箭矢如雨，骚乱就发生在一瞬间！

赵衍知道，这些刺客是冲着他来的——自己重生后的第一桩要事就是借雍王府豢养炼丹术士之契机，阻止了神光教蛊惑天子、渗入朝堂。雍王受牵连，对他怀恨在心，最终还是勾结神光教的余孽对他下手了……

“敌在暗，我在明，这样下去太被动了。”

听到阿行说出与前世一般无二的决绝的话语，赵衍肝胆欲裂。

难道他活到了十六岁，还是阻止不了前世的那场劫难吗？

“阿行！”这一次，赵衍握住了阿行伸过来的手，一字一顿地命令道，“孤不许你说出那句话！”

与太子身形相似的少年愕然：太子殿下怎么知晓他要说的是哪句话？

可是箭雨实在太密集了，东宫卫的哀号响彻耳畔。若不用金蝉脱壳的诱敌之计，他们要如何杀出去呢？

赵衍正想着，箭雨似乎突然变得稀疏了。不知是谁惊喜地叫了一声：“是长风公主！长风公主领着禁卫前来驰援了！”

赵衍听到“长风公主”的名号，心一揪，连忙探首朝车窗外望去。

染了血的绣着暗纹的车帘被风掀起一角，狭窄的视线中，一个身着青红色礼衣的少女策马而来，于马背上利落地开弓放箭。

马背颠簸，前两箭都射偏了，射第三箭时，她很快就找准了状态，接连射杀了几个快要攀上车顶的刺客，为仇醉和禁卫的反击争取了时机。

好生果决的箭术！

一时间，赵衍竟在妹妹纤细柔韧的身上看到了闻人蔺那不可一世的影子。

“保护好长风公主！去！”赵衍急促地吩咐。

闻人蔺领着鹰骑赶来救驾时，见到的便是这样的场景：烈马嘶鸣，少女弯弓搭箭，眼神坚定，瞄准，松弦，箭矢一击即中。

去年他在校场上教学的记忆闪现，小公主看起来对他爱搭不理的，对他教的骑射本领倒是一点儿也没忘记。

不知为何，闻人蔺心中竟生出一股莫名其妙的愉悦感来，连斩杀刺客的动作也变得优雅从容了。

刺客元气大损，眼瞅着就要被反杀，狗急跳墙一般掏出了两枚鸡蛋大小的铜丸，点燃火引后就朝太子所在的马车掷去了。

一颗铜丸被仇醉横刀击中，落回了水渠中；而另一颗则被弹落在地，“轰”的一声，炸开了道旁的土墙。

马儿受惊立起，正在弯弓搭箭的赵嫣一时不察，眼看就要摔落在地！

“嫣儿！”赵衍嘶哑着嗓音喊道。

完了！

颠倒的视线、天空，裹挟着火药味的滚滚浓烟……那一瞬，时间仿佛被无限地拉长了。

赵嫣慌张地紧闭双目，然而想象中的剧痛并未到来，一双有力的手臂稳稳地接住她的身躯，将她揽入了怀中。

土墙炸裂的碎屑纷纷扬扬，但是全被男人高大的身躯遮挡住了，没有一块落在赵嫣的身上。

尘灰散去，闻人蔺那双漆黑的美人眸渐渐清晰，映着赵嫣愣怔的小小的身影。

她听到了土块和碎砖砸在男人的背上时沉闷的声响，但他眼神沉静，仿若没有察觉。

“你……”

赵嫣吐出一个喑哑的气音，还未开口，脑袋就被闻人蔺轻轻地按进了怀中。

闻人蔺不许赵嫣抬头，她听不见他手中的剑刃贯穿刺客的皮肉的声响，只听得见男人沉稳有力的心跳声，一声声地撞击着她的耳膜。

“嫣儿！”

赵衍奔下车来，一向稳重守礼的太子殿下竟因太过着急而险些跌倒。

闻人蔺单手握着喂饱鲜血的长剑，松开怀抱，露出了完好无损的公主殿下。赵衍看到赵嫣，提在嗓子眼的心这才落了下去，含着泪笑了一声。他抬起眼，认真地朝闻人蔺拢袖行了一礼，道："多谢大将军。"

恍然间，赵衍觉得，嫣儿与闻人蔺大概就是他这辈子最大的变数吧？

赵嫣被闻人蔺救了一命，这一年多的嫌隙仿佛在急促的心跳声中荡然无存了。她也不知道这是怎么回事，只是抬手摸了摸发烫的耳朵，那里仿佛还残留着男人炙热的体温和心跳的声音。

不管怎么说，闻人蔺救了她和兄长，她总该有点儿表示。

闻人蔺回到宫中，由太医给他上药、包扎。男人解了外袍，褪去半边袖子，露出了肌肉结实的手臂，臂上筋络凸显，还有一道深入皮肉的伤口。

赵嫣呼吸一滞，下意识地转身，却听身后的男人状似痛苦地唤了她一声："殿下……"

赵嫣于心不忍，只得转回身，关切地道："你……你的伤怎么样了？"

"有些疼。"男人皱了皱眉，说道。

"那怎么办？"

赵嫣顾不上非礼勿视、男女大防，也忘了闻人蔺本就是在战场上厮杀着长大的，快步走上前查看伤口。

"太医的手法过重，或许殿下屈尊亲自为我包扎，我就没那么疼了。"男人藏起眸中的笑意，轻声说道，"谁知道呢？"

一旁的太医无端地被泼脏水，登时被气得胡子翘了翘。他眼观鼻，鼻观心，放下手中包扎了一半的绷带，垂首退至一旁。

自那以后，赵嫣就隐约察觉出自己待闻人蔺——抑或是闻人蔺待她——似乎有那么一点儿不一样了。

上元节刚过，定远侯闻人晋平就因旧疾复发，暂卸东宫太傅之职。

这日，崇文殿来了一位新的太子少傅。

这位太子少傅着一袭暗色的文武袖袍，肩阔腿长，年轻又俊美，什么都好，就是过于严苛了。他勒令公主与太子伴读们必须恪守男女大防，男女学生在私下相距不得近于一丈。

并且，霍蓁蓁发现，自从换了夫子之后，每日早晨来崇文殿里读书都能看见赵嫣的几案上摆着各色的咸口点心，十几天不带重样！自己偷吃两块，还被年轻的太子少傅当众点名，叫去一旁罚抄文章。

但是，霍蓁蓁觉得，最惨的人还是赵嫣。因为闻人蔺那厮总是盯着赵嫣，不住地点她的名，让她回答问题。若她答不出，闻人蔺还会将她留在崇文殿里补习，好半天都不放她走。

赵嫣大概没少挨戒尺打吧？

霍蓁蓁缩了缩肩膀，投给赵嫣一个同情的眼神。

春日鸟雀啁啾，夕阳滚下屋脊，只余三尺金纱似的余晖斜斜地铺展于窗台下。

崇文殿的西次间内，赵嫣托腮而坐，垂眸默诵今天的兵法章要，哼道："你就是在刁难我吧，闻人蔺？旁人都不需要背这些，你偏让我留下来背。"

闻人蔺将洗净的殷红的樱桃递至她的嘴边，慢悠悠地笑着道："胡说，臣明明是关爱殿下。"

赵嫣张嘴含住樱桃，又哼了一声。

此时，殿门外传来了一阵脚步声。温完书的少年迈进来，唤了一声："嫣儿，功课背完了吗？"

赵嫣做贼心虚，险些被樱桃核呛住。闻人蔺抬手接住了小公主慌忙咳出的樱桃核，赵嫣却慌忙推开他，抱着书坐远了一些。

赵衍绕过屏风，就见自家妹妹捧着书坐得远远的，脑袋低得几乎埋进了书卷里。而少傅大人闻人三郎则倚坐在窗边，手搭着凭几，指腹捻玩着一颗带着水光的樱桃核。

听到赵衍轻咳了一声，赵嫣才红着脸从书卷后抬起头，一双眼珠不停地转动，扯着嘴角，笑着道："哥，你来啦！"

"孤接你去母后那儿。说好了今晚一起用膳的，你忘了？"赵衍好像什么都没发现的样子，温声提醒道。

赵嫣"哦"了一声，起身将书放回闻人蔺的手边，低声道："少傅，我明早再来背。"

说罢，她看了闻人蔺一眼，出了门。

去坤宁宫的路上，赵衍侧首看了一眼沾在妹妹的唇上的樱桃汁，双眸一弯，轻柔地道："嫣儿，哥哥考你一道算术题。"

赵嫣回神，问道："什么算术题？"

"已知在嫣儿的心中，兄长值十套鲛绡裙、万两黄金，求太子少傅闻人蔺在嫣儿的心中，值金几何？"

"啊？"赵嫣睁圆了眼睛。

这算什么问题？

"此题若嫣儿不会，孤再换个问题。"赵衍见妹妹一脸古怪的表情，慢吞吞地道，"若有一日，哥哥与闻人三郎同时掉进水中，嫣儿救谁？"

赵衍今日吃错药了？

突然，赵嫣浑身一颤，心道：兄长该不会是猜到什么了吧？

等等，他猜到什么？她与闻人蔺又没有什么！

可是，为何她的心跳得这般快？她总觉得好心虚！

"当然是救哥哥。"赵嫣的嘴角抽动，半晌，她笃定地回道。

"哦，为何？"赵衍笑吟吟地看着她。

"因为哥哥体弱，不会凫水。闻人蔺身手矫健，可以自己游上来。"赵嫣绽出一抹明艳又清甜的笑来，负着手，倒着走，"放心啦，赵衍，你在我的心中是无可取代的。"

听到这话，赵衍却轻轻地笑了起来，摇了摇头："可是，嫣儿，你也不擅长凫水。所以正确的答案应该是你先保护好自己，无论何时，无论为了谁，都不要贸然将自己置于危险中。"

"那我岂非很浑蛋？"赵嫣有些不满。

赵衍停下了脚步。

晚风中的少年蹿高了不少，昳丽的面容已经长开，但温情依旧。他说："嫣儿只要认定了路，就只管往前走。被指婚给某人和嫣儿自己选择某人是不一样的，不是吗？"

赵嫣一愣，双颊随即浮现出了淡淡的绯红色。

自己和闻人蔺之间那层没有被捅破的窗户纸到底还是被兄长看出来了。

是啊，他们是血脉相连的双生子啊，她有什么秘密能瞒得过兄长呢?

“哥哥希望你能幸福。”赵衍上前，低头弯腰，如儿时般轻轻地揉了揉妹妹的发顶。

“知道啦，知道啦。赵衍，你越来越啰唆了。我才不想赶在你前头成婚，等你有了归宿，再与我谈这些乱七八糟的吧。”赵嫣眼眶一酸，只得用张牙舞爪的羞恼样子来掩饰此刻心中泛滥的暖意，“我只盼着你哪天娶个太子妃回来，管管你才好。”

她转身走了两步，又停下来。

黄昏的风很轻柔，赵嫣抿了抿唇，然后轻声道：“我也一样。”

我也希望你幸福，哥哥。

如今沈惊鸣正式踏足朝堂，明德馆的程寄行殿试夺魁，让大玄在天佑年间迎来了第一位寒门状元，赵嫣亦萌生了筹备女学的想法……

大玄正在以润物无声的方式悄悄地改变着，终将迎来天地焕新的一日。

到那时，愿兄长能觅得幸福，长命百岁。

出版番外一

生辰礼

永平二年，七月仲夏。

因摄政长公主提倡开源节流，含明殿内连冰鉴也未置。瓦片被日头晒得发白，连风都是燥热的。

赵嫣着一袭素色的长裙歪坐在榻上，手持团扇轻轻地摇晃着。她处理完了政务，正在研究一本陈旧的象戏棋谱。

闻人蔺手持兵书倚坐在她的对面，屈肘搭着红漆窗台，深青色袖袍垂落至棋盘的边缘，似乎要帮他替未婚妻挡一挡无孔不入的热风。

坐了小半个时辰，赵嫣心无旁骛。

闻人蔺终于忍不住，将兵书下移，抬起睫毛浓密的眸子，慢悠悠地提醒：“殿下芳辰将至，想要什么礼物？”

赵嫣怔了须臾，才想起又是一年的七月了，再过一旬便是她和赵衍的生辰。

闻人蔺一见她的反应就笑了，挑着眉道：“殿下冷落我也就罢了，怎么忙得连自个儿的生辰都忘了？”

这人真是记仇，她不过是忙起来少见了他几面，他就凉飕飕地说这些话。

赵嫣摇了摇团扇，嗔怪道：“哪有你这样的？让我自己挑礼物，惊喜都没了，好生无趣。”

闻人蔺亲自倒了一杯凉茶，递至赵嫣的手边，屈指抵着额角笑起来：“那要如何，殿下才觉得有趣？”

赵嫣一转眼珠，想到了什么，笑吟吟地将玉石雕刻的象棋往前一推，说道：“这样，你陪我下一局大象戏，若是输了，就要答应我一件事。”

闻人蔺闻言，倒是觉得有些讶异。

象戏，兵戏也。若论排兵布阵，他言第二，恐怕无人敢称第一。

“殿下这是妄想以弱攻强？”闻人蔺平静地道，“我不会输。”

赵嫣以团扇抵着下颌，问他：“你就说，敢不敢应战？”

这天下哪里有闻人蔺不敢做的事？

他抬手罩住黑方的棋盒，随性地一笑：“殿下若是输了，晚上可不许抵赖。”

纵横交错的棋盘上，车、马、炮、象、士、将和卒子逐一排列，三十二枚棋各安其位。

红棋为攻方。赵嫣拈起刻有“卒”字的玉石象棋，“吧嗒”一声落了棋，率先发难。

闻人蔺从容地应对着，防守、布局、侵吞，每一步都走得游刃有余。

他弃卒保车，兵不厌诈，打法一贯阴险。一时间，殿内只有赵嫣的棋子被压制然后被吃掉的“啪啪”的脆响声，让人闻之惊心。

才两刻钟，赵嫣的红棋就被吃了大半，而闻人蔺手里的棋子却两倍于她，完全呈压倒性的胜势。

闻人蔺眼睫半垂，故意拉长尾音，道：“怎么办？殿下要输了。”

赵嫣自顾自地落棋：“少瞧不起人。你现在断输赢，未免言之过早。”

闻人蔺轻笑一声：“是吗？殿下全身上下，也就这张嘴是硬的。”

但很快，他就收敛了笑意。

赵嫣直接以车将军，闻人蔺不得不以飞象来挡，飞象却被她的车吃掉了，她再次将军。

赵嫣手里的棋子越少，走位反而越发灵活，在闻人蔺的地盘上纵横驰骋，千方百计地吃他的棋、将他的军，奇诡无比。

棋盘上，双方只剩下最后一车一将一卒，旗鼓相当，殊死相搏。

闻人蔺稍稍坐直，显然已经动了真格，只可惜于事无补，赵嫣吃掉了他的车，又一次将军。黑方仅剩的一卒难挽颓势，败局已定。

蝉鸣阵阵，闻人蔺皱着眉审视棋局，良久不语。

难得见不可一世的肃王殿下吃瘪，赵嫣不禁感叹天道好轮回："怎么样，你服不服？别以为我对弈不如你，就连象戏也不如你。"

闻人蔺着实有些出乎意料，思索道："殿下从何处学来这以少胜多的招数？"

大象戏不如围棋错综复杂、变幻莫测，只要掌握一定的技巧，便可用残棋玩出花样来。

赵嫣晃了晃手中的那本手录棋谱，面带得意之色，说："我从小就和赵衍玩大象戏，可性子直，手中的棋子一多，就容易顾此失彼。后来我想明白了，我既然掌控不足，何不顺势而为，留下最少的棋子，再将它们玩到极致？"

她用这一招没少气哭霍蓁蓁，后来去了华阳行宫，还故技重施，赢了周及。

闻人蔺伸手接过棋谱，翻了几页，发现上面果然是孩童稚嫩的笔迹，按注解的年月推算，这应该是她十年以前写的。

她的机敏伶俐在她稚龄时便已初显了。

赵嫣道："愿赌服输，你可不许抵赖。"

闻人蔺合拢棋谱，倒也坦然："说吧，殿下想让我做什么？"

赵嫣蓄谋已久，以团扇挑起闻人蔺的下颌，眼中满是狡黠之色："我要你做我的随从，贴身服侍我三天。"

夜间下了一场骤雨，晨起时雨霁天晴，天气倒是凉爽了几分。

这日正是七夕乞巧节，赵嫣暂且从繁重的政务中脱身，给自己放了半日的假，准备出宫去逛逛。

夕阳还未完全消失，东边的星月已隐隐地升起来了。暮色四合，街市上高楼的灯笼相继亮起，仿佛世间所有繁华璀璨之景都聚集在这片华丽的光影中了。

灯火铺途，乔装过的马车缓缓地驶过沿街喧闹的人群，停在了大宁坊的归海楼前。

“到了。”

马车内，闻人蔺果真一副侍卫打扮，只穿了一件普通的暗色束袖武袍。他拿起一旁的幕篱替赵嫣戴上，调整好遮面的轻纱，方道：“殿下还有何吩咐？”

赵嫣岿然不动，轻轻地吹了一口气，刚捋好的轻纱便再度飘开，露出她那一双含笑的玲珑眼。

“出门在外，你要改口叫我‘主人’。”

闻人蔺的眼尾明显抽搐了一下，半晌，他垂首，嘴角勾出一抹还算和善的笑容：“那么，主人有何吩咐？”

咦，他竟然这么听话？

赵嫣顿感扬眉吐气。谁叫他三年前有那般恶趣味，以去玉泉宫为由胁迫她假扮妾婢来着？

“你的身量和容貌太招摇了，容易被人认出来。戴上这个试试！”

她递过去一张黑色的半截兽形面具，面具是皮革材质的，柔软、透气，又不失威严。

闻人蔺单手接过，微微皱眉，没说什么。他将那半截面具往下半张脸上一罩，再抬首时，他的唇鼻皆被黑色的面具遮盖，只露出一双漂亮的眼睛，眉如墨裁，英俊之余更添了几分神秘之感。

赵嫣没来由地心悸了一下。

她怎么感觉，他戴上这张面具之后反倒更霸道、显眼了？

闻人蔺戴好面具后先一步下了车，负手立于一旁。

大概是他的气质过于卓绝，一时间，路过的人纷纷回首，琢磨这是谁家的家奴，竟有如此气场。

赵嫣弯腰钻出了马车，却并不急着下车，而是转过头，透过幕篱清透的垂纱望向了闻人蔺。闻人蔺立即会意，走上前，躬身抬起了一只手臂。

赵嫣这才心满意足地抬起手，搭着他的小臂缓步下了车。

她三年没来，归海楼更热闹了。

赵嫣和闻人蔺径直上了三楼，四面透风的楼台上设置了几处席位，供贵客凭栏远眺。

赵嫣挑了一个清净的位置，落座了。闻人蔺安排好暗中监护的侍卫，又命人上齐好酒和瓜果糕点，这才撩袍在她的身边坐下。

“殿下……”他略微一顿，气定神闲地望着正歪着脑袋偷听的赵嫣，改口道，“主人在做什么？”

“嘘……”赵嫣撩开垂纱的一侧，竖起食指压在饱满的菱唇上，朝邻座努了努嘴，“你听。”

一丈之隔的邻座坐着四位年轻的妇人，为首的那位三十来岁，满身金玉，雍容华贵，唯有高耸的云髻上簪着一朵素绢花，以示其孀居身份。她虽丧了夫，身边却跟着两位唇红齿白的清秀少年，端茶奉水，一副温顺风流之态。

看这排场，她多半是京中某位颇有权势的女家主。

“这两年，姐妹间的走动频繁了一些，敢白日出游的女眷也越发多了起来。”其中一位摇着绸扇的纤瘦的妇人说道。

“这是自然。”孀居的女家主手搭凭几，张嘴衔取男侍递来的葡萄肉，笑着说，“如今是女子当家，民风开放。有宫里的摄政长公主以身作则，哪个女子还愿被困于后宅，做三从四德的无知妇人？”

几个人笑了起来，又聊了几句旁的事，话锋一转。

“听闻摄政长公主要和肃王殿下定亲了，她的那些裙下之臣又当如何处置呢？以肃王的威名，只怕他容不下这些眼中钉。”

“什么裙下之臣？”

“怎么，你没听说吗？摄政长公主容貌艳丽，超凡脱俗，朝中不知有多少男人争着当她的面首。传闻她呀，单日宣侍卫、近臣，双日召郡王、武将，少说也有二十来人，连周挽澜也倾倒在殿下的石榴裙下呢！”

“‘李门双璧’的周挽澜？那可是位端方的君子呀！”

“君子也有七情六欲，何况咱们这位长公主殿下可是前无古人的奇女子。”另一个女子压低声音道，“据说肃王殿下为此争风吃醋，还曾当众殴打周挽澜。三尺剑锋架上脖颈，周大人愣是身挺如松，一步不退……”

于是，接下来一盏茶的时间里，这些贵妇人将肃王如何妒忌威逼周挽澜、周挽澜如何矢志不渝之事一一道来，将二男争一女的戏码描述得绘声绘色。

闻人蔺听得直皱眉，赵嫣却笑得上气不接下气，几乎坐不住了。

她抬手撑着下颌，屈肘顶了顶闻人蔺的胳膊，笑着问：“哎，听说你吃周挽澜的醋，是个十足的妒夫，这是不是真的？”

从黑色的面具之上露出的眉眼俊美深沉，闻人蔺不答反问：“听闻殿下藏了二十六名面首，单日宣侍卫、近臣，双日召郡王、武将……这又是不是真的？”

二十六名面首……他居然还说得有零有整的。

赵嫣笑得双肩直颤，回道：“我有没有面首之流，你不是最清楚吗？这些市井流言都是无聊的人杜撰的，没一个字属实。”

“哦？是吗？”闻人蔺斟酒，不急不缓地说道，“殿下这几日主动召见了周及四次，召见了柳白微六次，召见了裴飒两次，主动见我……不过一次。”

赵嫣震惊于他竟然计较这些，随即哭笑不得地解释：“我那是在与他们谈政务！你知道的，今年春天推行了多项政令，得让他们与我里外配合……”

闻人蔺当然知道。他只是喜欢殿下满眼都是他的样子，迫不及待地逗一逗她罢了。

谁让他是个生性恶劣的人呢？

“你还说自己不是妒夫呢？”赵嫣睨视着他，接过他的酒杯，说道，“我虽为摄政长公主，但朝堂依旧是男子的。你若想让我少见男人，我便只能一步步地革除旧弊，推行新政。等到几十年后，天下大同，女子也能入朝为官，你就不用担心围绕在我身边的人都是男子了。”

闻人蔺一弯眼眸，缓缓地说：“殿下心有伟愿，何必拿我当借口？”

“我说了，别叫我‘殿下’，要叫我‘主人’。”

“是，小奴领命。”

赵嫣着实被这一声谦卑的“小奴”吓着了，顿时一口酒水呛在喉中。

“喀喀……这酒好辣！”

“慢些。”闻人蔺抬手为她抚背、顺气，又倒了一杯凉茶为她压一压酒水的辣意。

邻座的几位妇人被这边的动静吸引，偷看了许久。那名女家主主动出声问道：“这位小娘子可是携郎君出游？”

赵嫣咽下茶水，待气顺了方颔首还礼，道：“非也，这是我家的侍从。”

“原来他也是男侍……我观小娘子待他亲善，还以为你们是一对璧人呢。”女家主以为见了同道中人，当即摇首，道，“这可不行啊！”

赵嫣瞥了一眼闻人蔺，忍着笑道：“敢问夫人，哪里不行？”

“驭下有方，男侍当有男侍的规矩，怎可与家主同坐一席？男侍侍奉茶水，也要谨慎当心，让家主失仪更是大罪。”女家主讲到关键处，随手点了点身边那名清秀的红衣男侍，“小娘子若是不嫌弃的话，让小红为小娘子斟酒一杯，聊表敬意。”

赵嫣知道，女家主这是要给她做示范，教她驭下之术。

她还未来得及婉拒，那名略带脂粉气的红衣男侍已经端着酒盏款款而来。他于赵嫣的另一侧跪坐，颔首将酒盏举至额前，乖顺的模样颇有“举案齐眉”的意思。

闻到从男侍的身上幽幽地飘出来的脂粉香，闻人蔺缄默不语。

盛夏时节，赵嫣竟感受到了空气中凝滞的寒意。

不得了了，好大的醋味！她要是真的接受了小红的伺候，只怕某人要当众发作。

赵嫣当然不敢饮用别人送来的酒水，只扭过头不动声色地看向闻人蔺，娇声道：“少渊，你可学会了？你学会了就赶紧替我斟酒，让夫人们瞧瞧你的长进。”

半晌，闻人蔺才将冷冽的视线收回，慢条斯理地取了新的杯盏斟酒。

他举杯敬赵嫣，明明是臣服的姿势，做出来却没有半点儿卑微谄媚的感觉。

黑色的面具下，他刻意放慢的缱绻的声音传来：“酒水辛辣，以往都是奴以口哺之，主人才肯咽下。”

话音刚落，妇人们大惊，连跪着的小红都抬起了头，流露出了艳羡的神情。

赵嫣睁大了眼眸，瞪向心怀不轨的闻人蔺：她什么时候让他嘴对嘴喂酒了？

那位女家主回过神来，掩唇一笑：“还是年轻人会玩。”

赵嫣连忙道：“我家少渊素来有些骄纵，让夫人见笑了。”

女家主对这男子面具下的容颜好奇已久，当即半开玩笑地道：“奴才可骄纵不得。不若小娘子将他交给我，我为你调教一二，如何？”

几名妇人亦羞红了脸，掩唇笑个不停。

赵嫣睨了一眼身侧的闻人蔺，佯装思索的样子，道：“他是该被好生调教一番。”

闻人蔺一挑长眉，目光沉沉地看向了她，墨眸中似有清冽的酒光荡漾，威慑力十足。

赵嫣反将他一军，吊足了众人的胃口，方一转口风，道：“下次有机会，我再亲自来向各位夫人请教。”

她说亲自请教，便是舍不得割爱了。

女家主颔首一笑，命人递了名帖，大大方方地道：“随时恭候。”

“我亲口喂主人？”闻人蔺含着笑低语。

“大可不必。”

赵嫣才不让他得逞，侧首含住了他指间的杯盏，就着他的手一口一口地饮尽了杯中的清酒。

灯火明丽，在旁人看不到的地方，两个人眼波流转，腻得仿若能拉丝。

半轮明月当空，星斗密布，是个对月乞巧的好天气。

赵嫣难得放松，多饮了几杯酒，回宫的路上便有些昏昏沉沉的。

闻人蔺中途下了一趟马车，再回马车上时，身上便沾了一丝极淡的血腥味。

宫门已落锁，赵嫣便在闻人蔺的鹤归阁中歇下。进屋后，她揪着闻人蔺的衣襟皱了皱鼻子，问道："什么味？"

这次摄政长公主出宫的行程被藏得极为隐秘，但还是有人走漏了风声。

女子摄政，暗地里想要取赵嫣的性命的人并不少，闻人蔺中途离开便是亲自去处理了隐藏在归途的人群中的两名鼠辈，大概就是那时沾染上了血腥气。

他解下外袍搭在一旁，回答："没什么。主人醉了。"

赵嫣被这一声"主人"逗笑了。

不知为何，她听闻人蔺用毫无波澜的嗓音一本正经地唤她"主人"，就莫名其妙地觉得好笑。

闻人蔺抬手欲摘下面具，却被赵嫣制止了："别解开，让我再看一会儿。"

赵嫣抬手压下闻人蔺的脖颈，以指轻轻地描摹他的眉目，带着微醺的酒意感慨道："你说，你的睫毛和眉毛怎么这么浓密呢？你被蒙住下半张脸还怪好看的。"

她越凑越近，两个人的呼吸交缠起来。

眼看自己的唇瓣就要贴上面具，她使坏一般骤然后退，抬起双臂，道："好热，我要宽衣沐浴。"

"传热水。"

闻人蔺要给她当三天随从，这些贴身之事当然得他来做。

他替赵嫣解了大袖衫，亲自兑好热水，这才送她入里间的净室中沐浴。怕她醉酒犯困滑入水中，他还得一刻不离地在一旁守着。

"哗啦"一声水响，赵嫣沐浴完毕，披着宽大的浴巾跨出了木桶，一路湿淋淋的，泛着水光。

她的脸颊上添了几分气血上涌的绯红色，恰如初绽的芙蕖，凝香藏露。她就这么坐在小榻上，歪身翘着白皙泛红的足尖，等着晾干身上的水。

“殿下当心着凉。”

闻人蔺挽起袖子，撩袍单膝跪下，取了干爽的绸巾为她擦拭双足上未干的水。赵嫣却将脚一翘，反踩在他的大腿上，偏要在他衣服上蹭干水珠。

一双白皙纤细的脚顺着下裳的布料往上，在男人的腰腹处轻轻地踩了起来，慢慢地蹭干水分。

闻人蔺的喉结一滚，面上不动声色，眸色却黯了不少。他及时抓住那只纤细的脚踝，连声音都沉了几分：“殿下这是什么意思？”

“叫错了，该罚。”

赵嫣眨巴着眼睛看向他，神情既张扬又无辜。

闻人蔺只觉得腹中燥热。

他自持惯了，定力非比常人，此时也不急，反倒慢悠悠地扯出一抹神秘莫测的笑意，垂首在赵嫣凝脂般的脚背上轻轻地吻了一下：“是，主人。”

这下轮到赵嫣傻眼了。

她觉得有点儿羞耻，还有点儿痒，没忍住，笑着道：“大胆刁仆，你这是以下犯上！”

“我以下犯上不是一回两回了，更过分的事也做过了。”闻人蔺偏生要撩拨她，用带着薄茧的修长的手指摩挲着她的脚掌，手臂撑着榻沿倾身一压，“不是吗，主人？”

赵嫣朝后仰倒，被玉簪束起的发髻骤然松散，乌发铺了满床。她挑着眉看身上的男人，哼道：“放肆！你还敢顶撞本宫？”

“主人指的是什么？”闻人蔺拖长了语调，颇为意味深长。

赵嫣很快便明白过来了，登时脸颊飞红，骂他：“登徒子！”

闻人蔺气定神闲，将她的手往头顶一压：“主人想到什么了，这么激动？”

赵嫣被气得去堵他的嘴，却只吻到了冰冷的皮革面具。

“把这碍事的劳什子摘了！”

“遵命。”闻人蔺轻笑，单手解了面具，俯首一压，迎上了赵嫣红润的唇。

情到浓处，赵嫣还记挂着赌约的事，坚持索要主导权，决不让他以下犯上。

闻人蔺不置可否。

嗯……那一场大象戏自己输得真值。

出版番外二

箬　笠

杀手素来不许露脸，更何况仇醉的脸上还有狰狞的伤疤，烙有象征着极恶死囚的刺配痕迹，看上去尤为可怕。故而他经常用绷带一层一层地歪歪扭扭地缠住半张脸，只露出眉眼、可供呼吸的鼻孔和嘴唇，连睡觉也不会将绷带取下。他往太子赵衍的身后一站，嗯……看上去更诡异可怕了。

赵衍寻思：这不行啊，开春升温，仇醉的脸长期被这样缠着，迟早要坏，他用膳、饮水也不方便。

赵衍久病成良医，自己翻阅了一些医书，悄悄地和太医院的张煦商量着配了一服祛疤的敷脸药泥，好让仇醉能放心地将脸露出来，不会被人以异样的眼光看待。

“殿下……”前来奉茶点的流萤见到满脸黑泥的仇醉坐在阶前，被惊得差点儿摔落了托盘。

太子殿下挽着衣袖，正温和认真地将黑色药泥往仇醉的脸上涂抹。穷凶极恶的男人则漠然仰着头，像收拢了爪牙的野兽，任凭主子摆弄。

这画面诡异又和谐，还很滑稽。

“这是……”满心凌乱的流萤只说了两个字就没忍住，乱了气息。

小少年诧异，以手托着药罐，温声问道："流萤姊姊，你方才是在发笑吗？"

流萤看了一眼面无表情、在黑泥中露出一对眼珠的仇醉，飞快地转移了视线，道："奴婢没……没有……"

"你想笑便笑，不必忍着。"

"奴婢不敢。"流萤下意识地低头跪拜。

话虽如此，她的双肩还是止不住地抖了起来，显然，她忍得很辛苦。

"噫！什么玩意儿？！"做女子打扮的柳白微正巧路过，嫌弃地看着满脸黑泥的仇醉，"大男人涂成这样，好恶心啊！"

"这是祛疤养颜的药泥。"赵衍不好意思地解释道，"孤给他涂的。"

柳白微将变脸之技发挥到登峰造极，立即做出一副忸怩的女儿态，捏着嗓子道："妾这两日陪殿下熬夜太严重，皮肤都干干的了，妾也要敷！"

赵衍随即笑着道："柳姬花容月貌，无须用这些药泥也很好看。"

柳白微的嘴角抽搐了一下，然后他如释重负地走了。

据说那黑泥要敷半个时辰才有效，仇醉就顶着一张黑脸在阶前站了半个时辰。

路过的侍从看到他，想笑又不敢笑，俱手脚僵硬、眼歪嘴斜，短短一瞬就将毕生难过的事想了个遍。

柳白微在榻上笑得打滚，好不容易停下来，跑到门外瞥上仇醉一眼，又抱着肚子笑了起来。

"他还真敢让太子殿下折腾啊。"柳白微揉着酸痛的腮帮子说道。

"是啊，他还真敢让太子殿下折腾。"影子卫阿行靠着廊柱扶额，半晌，话锋一转，"说实话，这几个月我都不敢熟睡。"

"你怕他会背叛殿下？"柳白微懒洋洋地问道。

阿行一愣，说了一声"是"。

"弑主这种事，有一就有二。"阿行有些介怀。

"他不会的。"柳白微朝远处那张滑稽又淡漠的黑脸抬了抬下颌，"你没看见吗？满身血臭的怪物也就在殿下的面前有点儿人样。野兽或许会反咬主子，但人不会。”

仇醉任由太子折腾了半个月，粗犷黝黑的面容确实细腻了不少，但触目惊心的疤痕依然存在。那些皮肉翻卷、深可见骨的伤痕不是药泥能够消除的。

赵衍一开始就知道此事，如同知晓大玄的沉疴并非在皮毛上，却仍然会竭尽所能地做能做之事。

半个月后，一个细雨霏霏的日子，赵衍递给仇醉一顶箬笠，歉疚地向他笑了笑：“从今以后你还是用这个吧，会舒服一些。”

仇醉沉默地接过箬笠，戴上后将它压得低低的，遮住了额角的刺配痕迹和面上可怖的伤痕。

风雨如晦，仇醉身边的人越来越少，阿行、太子殿下，都消失了……最后只剩他踽踽独行。

但他头上那顶陈旧破损的箬笠一直都在。

—全文完—